美人骨 上

雪舞菱絮 著

青岛出版社
QINGDAO PUBLISHING HOUSE

图书在版编目（CIP）数据

美人了了 / 雪舞菱絮著. -- 青岛：青岛出版社，
2018.6
ISBN 978-7-5552-6633-4

Ⅰ.①美… Ⅱ.①雪… Ⅲ.①长篇小说－中国－当代
Ⅳ.①I247.5

中国版本图书馆CIP数据核字(2018)第012585号

书　　名	美人了了	
著　　者	雪舞菱絮	
出版发行	青岛出版社	
社　　址	青岛市海尔路182号（266061）	
本社网址	http://www.qdpub.com	
邮购电话	010-85787680-8015　13335059110	
	0532-85814750（传真）　0532-68068026	
责任编辑	郭林祥	
责任校对	耿道川	
特约编辑	伊艳蝶	
装帧设计	苏　涛	
印　　刷	三河市南阳印刷有限公司	
出版日期	2018年6月第1版　　2018年6月第1次印刷	
开　　本	16开（700mm×980mm）	
印　　张	34	
字　　数	410千字	
书　　号	ISBN 978-7-5552-6633-4	
定　　价	99.80元（全二册）	

编校印装质量、盗版监督服务电话　4006532017　　0532-68068638
建议陈列类别：畅销·青春文学

美人儿

目录【上】
CONTENTS

美人 3

目录【下】
CONTENTS

第一卷

顾家有女

顾冥磊很失落。

想他一人见人爱花见花开车见爆胎的江湖美男，一度引无数美人竞折腰，如今却因一个十六七岁的毛头小子的出现，沦落成明日黄花，"人老色衰"这四个字用在他身上再恰当不过。

被踢下江湖第一美男榜之后，顾冥磊愤愤挥拳，仰头大吼一声，"楚千舡，你小子给我记着！"

恰逢一群乌鸦从头顶飞过，落下一片呱呱叫声回应顾冥磊的心情。

顾冥磊更加抑郁，人失意时鸟也来欺就算了，连个婴儿都在哇哇大叫不放过自己，什么世道啊！

等等，婴儿？！顾冥磊猛然回神，四下张望，这荒郊野外哪来的婴儿？

他因一时失意而四处瞎逛，原本想找个清静的地方发泄一下悲愤的心情，没想到竟然在草丛中捡到一个嗷嗷待哺的婴儿。

顾冥磊将婴儿抱在怀中，小小软软的，竟突然勾起他心底那么一点点怜惜。若干年后，当他再看那个当年无意间捡回如今已经长大成人的孩子时，不禁连连感叹命运的无常，人生的莫测。

当然，此时的顾冥磊还没有如此高深的思想觉悟，他只单纯觉得这孩子着实可爱，丢弃在荒郊野外实在是可惜了，不如捡回去玩玩，借以慰藉一下他那颗受伤的心。

于是乎，婴儿便这么被顾冥磊带回去，成为玉凤山庄的顾小姐，哦，不，准确说是顾公子——顾了了。

"美人三千，不过了了。"被丫鬟问及婴儿叫什么名字时，顾冥磊感叹一声，"就叫顾了了吧！"

正巧顾了了睁开眼，看着顾冥磊，眼中似乎流露出一丝不满。

顾冥磊饶有兴趣，"要不然，叫顾美人？顾三千？顾不过？"

顾了了立马闭上眼，乖乖躺在丫鬟怀中，不吵不闹。

"小小姐真是可爱。"丫鬟赞叹一声。

"什么小小姐！是小公子！"顾冥磊眼中闪过一丝精光，骤然答道。

"小公子？"丫鬟哑然，不明白庄主的意思，"可是……"

"你给我记好了，是小公子！"顾冥磊面带威胁之色，警告道。

丫鬟面色发白，"哦"了一声，不敢多说。

顾冥磊得意，楚千舸，不就是江湖第一美男嘛，俗话说二十年后又是一条好汉，不出二十年我们再见分晓。

躺在丫鬟怀中的顾了了自然不会知道顾冥磊的如意算盘，她还暗自庆幸自己好运，穿越来时以为自己会饿死在荒郊野岭，岂料遇上个美男不说，还被美男捡回家里。只不过，这位美男口中说的顾了了，小公子，都是在指自己吗？

取顾了了这个毫无诗意的名字就算了，反正名字只是个符号，如同英文名叫Tom叫Lily叫Lucy一样，知道就那么一个人，可是他说自己是小公子，不明摆着睁眼说瞎话吗？

顾了了郁闷了，含着手指吧嗒吧嗒，摆出婴幼儿版沉思者造型。

"哎哟，小公子在哪儿？在哪儿？"外头传来一个娇滴滴的声音，叫得顾了了浑身起鸡皮疙瘩。

看到那女子时，顾了了两眼发直。古往今来，没哪个女人会希望自己是太平公主的，人人皆以波霸为豪。可惜顾了了前世身材娇小，一马平川，如今看到一个大胸女，小嘴不由嘟了起来。

"哎哟，小公子果然饿了，你看这小眼睛，小嘴巴。"说着，女人从丫鬟手中接过顾了了，一摇一晃，把顾了了弄得舒服无比。

"来来，小公子，乖啊……"女人的声音柔和下来，她将衣襟缓缓拉开，露出一对洁白的……

顾了了原本还在享受那温柔地颠簸，下一秒却因那对巨大的洁白的某物而深深震撼到，小手不受控制地摸上去。

顾了了泪，同是女人，为什么就这么大的差别啊！上帝果然是不公平的。

"小公子，来，喝奶啦，别乱摸，乖。"女人诱哄道。

顾了了泪眼汪汪，看着那无限放大的洁白，突然哇哇大哭起来。她好歹也是二十多岁的人了，竟然要她折服于另一个女人的胸下，俗话说士可杀不可辱，她顾了了是有志气的！不畏波霸的！

这一哭，顿时让一帮人措手不及，不知道哪里出了问题。女人赶忙去掀顾了了下面抱着的布片，被丫鬟阻止了。

"小公子是不是尿湿了？"女人焦急道，生怕一个不是得罪了庄主就惨了。

丫鬟眼疾手快，抢过顾了了，说："好了，这里没你的事，你先下去吧。"

"可是小公子他还没……"女人迟疑。

丫鬟抱着顾了了往后退了两步，不耐烦道："没关系，你先下去。"比起让顾了了挨饿，她更害怕女人发现顾了了的真实性别。庄主可是特意嘱咐了，是小公子，要记牢了。

打发走女人，顾了了哭得愈发伤心，丫鬟掀开布片，并没有尿湿，难道只是饿了？

可是刚才女人在的时候也不见她想要喝奶啊。

毕竟没有生孩子的经验，丫鬟万般无奈，只得抱着顾了了去找顾冥磊。

顾冥磊正在花园里作画，远远听到顾了了的哭声，眉头不由蹙起，这小家伙，捡来的时候还乖乖的，怎么没多久就闹起来了？

"庄主，"丫鬟抱着顾了了，怯怯说道，"小公子他哭了。"

"废话，这还用你说。"顾冥磊瞪了丫鬟一眼，没好气道。他又不是聋子。

丫鬟委屈，"小公子他不肯喝奶……"

"是不是尿湿了？"顾冥磊问道。

丫鬟摇头。

顾冥磊眉头拧得更紧了，鉴于某人至今尚未成家光棍一条，没有带过孩子的经验，自然也不知晓如何哄孩子。他搁下毛笔，将顾了了抱在怀中，看着她哭得惨兮兮的模样，红扑扑的脸蛋上满是晶莹的泪珠，不由心情好转，伸手捏了捏顾了了的小脸，触手竟是一片柔软，叫人舍不得放开。怪不得那么多女人都喜欢孩子。

顾冥磊将顾了了高举过头顶，吸引顾了了的注意力，很快，顾了了就不哭了，睁大眼睛望着顾冥磊，然后咯咯笑了起来。

小丫鬟长长松了口气，还是庄主有法子啊，小公子哭得那么凶，放眼全庄，也只有庄主一人能哄得住。

于是自此之后，每逢顾了了大哭大闹时，下人们总会有一堆借口把顾小公子推到庄主身边。可怜本来就"人老珠黄"的庄主大人，因顾了了的"折磨"而越发衰老得厉害。

不管喜不喜欢，日子还是要过的，对于顾了了来说，也同样如此。奶还是要喝的，大胸女的欺压，也是要受的。

经过几个月煎熬，顾了了终于忍无可忍，爆出人生中第一句话，不是爹也不是娘，而是——"我要吃饭！"

可怜她喝了大半年的母乳，连米粒味儿都没闻过。

丫鬟们都被小公子开口说的第一句话给震到了，抱着顾了了直奔顾冥磊处，泪流满面，"庄主，小公子他……"

"小公子怎么了？"顾冥磊等了半天只等到一个"他"字，不耐烦问道。

回答他的不是丫鬟，而是顾了了稚嫩的声音，"我要吃饭！"

小孩细细尖尖的声音在风中传播开——我要吃饭，反反复复，听起来无比哀怨。不知道的人还以为顾家虐待下人，不给人吃饭。

顾冥磊无语望天，他捡来的是什么怪物啊，牙齿都没长出来就想吃饭。顾冥磊长叹一声，吩咐丫鬟，"让厨房弄一碗米糊来吧。"

于是，顾了了总算见到了渴盼已久的"饭"。

顾冥磊一手抱着顾了了，一手将碗放到她嘴边，顾了了瞅了瞅那碗白乎乎的不明物体，没有见到米饭，不过闻到了饭香。此时的她饿得慌了，也管不了究竟是不是饭，舔了舔碗沿儿，觉得味道不错，便咕咚咕咚喝起来。

"以后给小公子喂米糊吧。"顾冥磊将碗递给丫鬟，那碗被顾了了舔得无比干净。

顾了了如愿脱离大胸女的压迫，心中窃喜，伸手搂住顾冥磊的脖子，大声笑起来。她眼睛眯成一条细缝，脸渐渐长开，圆乎乎的，白白嫩嫩，粉嘟嘟的小嘴翘起来，比大街上卖的瓷娃娃还要可爱几分。

顾冥磊禁不住捏了捏顾了了的脸蛋，只觉得满心欢喜快要溢出来了。顾了了虽然是他捡回来的，却似乎能懂人心，出奇乖巧，很少哭闹，每每在他怀中时，都是笑呵呵的，一双小手在空中胡乱挥舞，像是要抓住什么。

最后，她搂住他的脖子，在他的脸上留下湿漉漉的印记。

下人们都窃笑不已，说小公子与庄主心意相通，是上天赐给玉凤山庄的福音也未可知。

当然，真相也只有我们的顾了了知道，顾冥磊现在可是她的衣食父母，不努力讨好他讨好谁去？经过她多日侦查，这玉凤山庄还是颇为富裕的，下人们穿着打扮都不差，说话做事也极有规矩。看来她真是走大运了，在这样一个山庄里做小公子，衣来伸手饭来张口，无数丫鬟美婢服侍，莫名其妙穿越到这个时空里的所有怨气都消失殆尽。每天笑都来不及，所以顾冥磊总是看到顾了了咯咯傻笑不是没有道理的。

"了了啊，你要快快长大，然后替小爹爹去狠狠教训那个楚千觞一顿。"顾冥磊抱着顾了了，开始絮絮叨叨，把满腹的怨气对着这个小娃娃吐诉。

那是顾了了第一次从顾冥磊口中听到"楚千觞"这个名字，也成为了日后她和楚千觞之间种种恩怨纠缠的根源。

在顾了了来玉凤山庄满一年时，顾冥磊为她举办了一场盛大的庆生酒宴。

说是庆生，其实没有人知道顾了了是哪一天生的，只好将她来到玉凤山庄的那一天作为顾了了的出生之日。

酒宴开始前，在卧室里，偌大的圆桌上，摆满了各式各样的东西，从玉佩到笔墨纸砚，从美酒佳肴到胭脂水粉，琳琅满目，让顾了了看得目瞪口呆。这……这就是传说中的抓周吗？

"来，了了，挑一件最喜欢的东西。"顾冥磊抱着她，笑眯眯说道。

此时的顾了了，红扑扑的脸蛋上黑黑的眼珠转啊转。

选什么好呢？这是一个值得深思的问题。在古代，抓到的东西或许会决定自己一生的命运，是以古人尤为看重，因此必须谨慎再谨慎。

那么，她想要怎样的命运呢？顾了了想起自己上一辈子，用四个字概况，那就是"平淡至极"，大街上随便一块砖头掉下来估计能砸死一把像她这样的人。

好吧，既然上天赐给她一个重生的机会，她有什么理由不好好利用一番，闹个天翻地覆鸡犬不宁？

反正有顾冥磊在，她不信这世上有他搞不定的事情。从平日里下人们的对话中，顾了了早已了解到，这玉凤山庄是顾冥磊在十年前建造的，曾一度威震江湖，庇护许多被魔教追杀的武林人士，而顾冥磊也多次被推举为武林盟主。只是他心性散漫，不喜江湖纷争，偶尔会出席武林大会，但多数时候更喜欢四处游荡，喜欢美人美酒，喜欢风花雪月。

这"玉凤山庄"四个大字便是取自一位美人的名字。下人们还说，那位玉凤姑娘本姓"罗"，是顾冥磊最爱的女子，差一点就做了玉凤山庄的庄主夫人。

丫鬟们八卦的时候，顾了了正准备午睡，结果听到"罗玉凤"三个字，耳边一阵雷声滚滚，大脑立刻被震醒，随后四十五度仰天，明媚而忧伤。

除去顾冥磊看似坎坷的感情历程不说，这个男人还是颇有成就的，比如现在年过三十，依旧是"宝刀未老"，英明神武丝毫不减当年。所以，顾了了相信，凭顾冥磊的实力，绝对可以为她断去后顾之忧。再说，顾冥磊不是想利用自己打击那个叫楚什么觞的人吗？

顾了了一边苦思冥想，一边分析敌我情况，一边对付着顾冥磊等一帮人的逗弄。

最后，她决定，顺从顾冥磊的意思走下去，这样也方便自己借机兴风作浪。大家互惠互利，何乐不为？

胡思乱想间，顾冥磊第三次催促顾了了抓周，顾了了眼珠一转，落在桌角上。在成堆华丽贵重的物品中，一个长相奇特的壶被孤零零地搁置在最不起眼的地方。顾了了深以为，那样朴实无华的壶，结构独特造型新颖，又被放在那么一个偏僻的角落，比起那些俗物，应该有其特殊的意义和价值。

于是她伸出手，做出要的动作。顾冥磊忙顺着她所指的方向走去，然后……全场震惊了！

只见顾小公子捞起一个壶，高高举在头顶，得意地大笑。

顾冥磊忍着吐血的冲动，咬牙，一字一字艰难开口问道："是哪个不长眼的家伙把夜壶放在这里？"

第二章

乌龙初吻

　　见庄主在气头上，自然那个不长眼的家伙是不会承认的。室内持续低压状，顾了了怀疑再这么下去，这个房间可以用作冷藏室了。没办法，她只好再无私奉献一回，拯救苍生于水生火热之中。

　　"爹，"顾了了把夜壶递到顾冥磊胸前，"送你，送你！"

　　"了了，你这是要送给爹爹用的？"顾冥磊一怔，问道。

　　"送你！送你！"顾了了拼命点头，笑靥如花。

　　顾了了立马脸色好转，也跟着笑起来，一手接过夜壶，问道："那了了，你想要什么？"

　　想要什么呢？顾了了左顾右盼之际，正要出手，突然被门外的脚步声打断。

　　"庄主，客人已经来齐了，请带小公子去前厅吧。"来人正是玉凤山庄的管事顾翼。

　　顾翼一脸严肃道："楚千觞也带来贺礼，为小公子庆生。"

　　没有提到"楚千觞"三个字时，顾冥磊还是笑吟吟的，但"楚千觞"三个字一出口，顾了了方知此人杀伤力威不可当，哪怕仅是一个名字，也让在场之人闻之色变。

　　不知真相的人还以为那楚千觞是大奸大恶之人。

　　"我们走！"顾冥磊也顾不得抓周了，深深呼吸一口气，沉声命令道。

　　顾家下人百年难得一见地团结，齐声道："是。"

　　顾冥磊抱着顾了了，雄赳赳气昂昂走向前厅。果然，已经来了不少人。

　　只是此刻的前厅鸦雀无声，所有人的头都转向一侧，目不转睛盯着一个人看，这样的场面，委实诡异。

　　顾了了也好奇地转过头，却听到顾冥磊在她耳边低语，"了了，就是那个男人，你爹爹的天敌，你将来一定要为爹爹出一口气。"

　　天敌？这个词令顾了了很无语，让她不由想起老鼠的天敌是猫，鸡的天敌是黄鼠狼，灰太狼的天敌是喜羊羊。

因此顾了了以看猫、看黄鼠狼、看喜羊羊的眼神去看楚千觞，结果和在场的无数人一样——瞬间被秒杀了。以至于后来，每每提及第一次见到楚千觞情景时，顾了了都咬牙切齿、捶胸顿足恨不得将那个人千刀万剐。

妖孽啊！货真价实的妖孽！楚千觞之美，不在于他的五官有多么漂亮，脸蛋有多么完美，这样的美人，虽然少见，但不至于找不到。

楚千觞的美，完全在于他散发出的气质，白衣翩飞，不染尘埃，这令他看起来高洁而清雅，犹如谦谦君子，温润如玉。而他狭长的凤目泛着波光，嘴角那一抹笑意若有似无，又为他添了丝丝魅惑，像是狂放不羁的侠客。

这么一个人，集正邪两面于一身，却能够完美地融合起来，不见一丝一毫异样或者是不妥。

"江湖第一美男"这个称号，简直是为他而生。

顾了了小心肝颤了颤，这样的祸害，顾冥磊要自己为他出气，不是摆明了去自寻死路吗？还不如找两个美人来色诱他比较切合实际。哦，不对，找美人来也没用。

听丫鬟们说，楚千觞身边从不缺绝色女子，却自始至终没有钟情的女子。估计女人对着他都自卑去了，哪里还有什么心思花前月下卿卿我我。所以啊，最好的法子就是给他一面镜子——让他自己色诱自己！顾了了坏心眼地想。

不过，显然楚千觞对自己的容貌自信程度远远要高于顾了了的预估。

他微微上前一小步，在众目睽睽之下从身后的绝色侍女手中取过一柄短剑，玄铁锻造而成，剑身上雕着古朴的字体，剑柄镶着红色宝石熠熠夺目，在楚千觞手中闪啊闪，顾了了的眼睛也跟着眨啊眨。

楚千觞的动作犹如行云流水，一颦一笑也透着无尽风流。宝剑配英雄，简直是倾城绝代。

顾了了一时看呆了，莫说顾了了，抱着她的顾冥磊，还有顾家下人们，都是目不转睛。

最后，顾冥磊总算回过神来，低咳两声，将众人的心神拉了回来。

"这是在下一点心意，希望顾庄主能够收下。"楚千觞微微一笑，那笑如春风一夜拂过，千万朵梨花瞬间绽放。

他递出手中的玉剑，顾冥磊身后的顾翼上前去接。

突然有人惊呼一声，"风月剑！"顿时震惊了在场的所有人。

人生自是有情痴，此恨不关风与月。

这风月剑，据说是数百年前，玄昭帝赠与白皇后的定情之物。帝后二人携手平定江山，治理天下，百姓莫不将风月剑作为镇国之宝。

之后国家又经历分久必合，合久必分的动荡，风月剑便在无数次政变中落入民间，却不知究竟在谁手中。没想到竟是被楚千觞得去了。更没想到，楚千觞会将风月剑赠给顾家小公子作为生日礼物。

顾冥磊板起脸，心中暗叫不好，这楚千觞不是明摆着要把矛头对准玉凤山庄吗？

"楚公子，你这是什么意思？"顾冥磊示意顾翼将剑还给楚千觞。

楚千觞笑笑，并不理会顾翼，而是与顾冥磊直视。

顾冥磊怀中的顾了了心跳猛然快了两拍。和美男对视，果然是需要勇气的。

楚千觞气场太强大，她小小的心脏还没有发育完全，立马败下阵来。

还是顾冥磊比较有气势，不愧是前江湖第一美男，身经百战哪！

她正感叹间，听到楚千觞清朗的声音淡淡响起，"顾庄主，在下不过是为了祝贺小公子生日。"

顾了了也奇怪，不就是一柄玉剑嘛，有必要弄得如此草木皆兵？

她才来这个世界不久，自然不知风月剑背后的含义。

"这风月剑，是昭帝赠与白皇后的定情之物，楚公子怎可将这么贵重的东西随意送人？"顾冥磊冷然道。

顾了了了然，原来中间还夹着这么一层！

定情之物……等等！顾了了小眼珠一转，抓住最关键的四个字。那不是指男女之间表示爱情忠贞不渝而互赠的信物吗？她抬起头，再看楚千觞时眼神有些复杂。

这个人……不会是心理不正常吧！？

他送一个婴儿风月剑，难不成要和一个男婴定情？还是说，他假借自己的生日，其实是想将风月剑送给顾冥磊？

这其中绝对有猫腻。顾了了将楚千觞上上下下打量一番，最后视线落在他的脸上，与他玩味的目光相撞。

他似笑非笑，对着顾了了，嘴角弯起，那笑容，怎一个妖孽了得！顾了了泪奔，小脑袋一转，顺势埋进顾冥磊的衣襟里。

——小爹爹啊，不是了了不帮你，是敌人真的太强大了。她只这一眼，就差点沦陷了。

面对顾冥磊的责难，楚千觞丝毫没有动怒的预兆。

他甚至很好心地上前，伸出双手，轻声道："这就是顾小公子吗？能否给在下抱抱？"

顾冥磊犯难了，这风月剑的问题还没解决，楚千觞又故意转移话题。

不过不给他抱，岂不是显得自家太小气了？顾冥磊自然不肯玉凤山庄丢面子，尤其是在楚千觞面前。

他点头，豪爽道："了了比较顽皮，楚公子小心了。"说着将顾了了递给楚千觞。

顾了了两眼呆滞，浑身僵硬，就这么被楚千觞抱在怀中。

楚千觞笑了笑，将顾了了举起，高过头顶，成为众人瞩目之所在。

"顾了了吗？好名字！希望顾小公子能成为一代武林至尊，将玉凤山庄再推上巅峰。"

形势所逼，顾了了不得不与楚千觞相对视，那双狭长的凤眼映入顾了了眼中时，她小嘴微张，控制了很久才努力不把口水流出来。

当她又回到楚千觞怀抱中时，淡淡的香味扑鼻而来，不同于顾冥磊衣襟上的栀子香，楚千觞身上仿佛天生带着一股香味，是顾了了也说不清的味道。

她用力吸了吸鼻子，只觉得这味道甚是好闻，比前世的那些香水什么的好多了。

楚千觞一言，让厅中的人群骚动起来。

虽说他年纪轻轻就行走江湖，但江湖传言：此人无论是武功计谋还是家世背景都深不可测，顾家小公子能够得到楚千觞这番祝福，将来定是前途无量，前途无量啊。

于是众人纷纷讨好起顾小公子，将事先准备好的礼物一一送上。

楚千觞抱着顾了了，走到放满礼物的桌边，他所赠的风月剑摆在最中央。

这柄剑，已不再是传说中用来定情之物，如今在外人看来，这是楚公子对顾家小公子的看好。

更确切一点说，楚千觞有将顾家收归帐下的意思。

顾冥磊是什么人？楚千觞的画外之音他自然听出，但为了玉凤山庄和顾了了的人身安全着想，他不得不憋着一口气，任由楚千觞抱着顾了了在所有人面前装和气。

"了了，可有你喜欢之物？"楚千觞指着一桌礼品，笑道。

顾了了含着手指，小眼珠转啊转，尽量避免与楚千觞正视，尤其是他那双眼睛，深邃，望不见底的沉寂。她突然觉得，楚千觞也许并不像外表那样，风流不羁。要知道，越是出色的人，往往比普通人要忍受更多的孤独和寂寞。

顾了了眼中不由流露出几分同情之色，她一时忘记了大家正看着自己，也忘记了眼前那张绝色俊颜，只是情不自禁想到自己跨越了几千年的时光，穿越到这个举目无亲的时代。

或许，从某种程度来说，她和楚千觞属于同一类人。

怀中婴儿神色的变化自然都落在了楚千觞眼中，他微微侧头，不动声色挡住了其他人的视线，心底却暗暗叫奇：顾冥磊果真捡到了个宝贝，这个顾了了才刚满一周岁，竟如此与众不同。

委实有趣得很！

他转头，正欲伸手逗弄顾了了，突然见怀中的小人儿张开胖胖的双臂，身子往前一倾，搂住楚千觞的脖子，随即一声响亮的"啵"回荡在前厅的上空。

如同被施了定身咒一般，厅中众人连同楚千觞一道，一动不动，愣了许久。

顾了了也有些不知所措，她其实就想亲亲楚千觞的脸，垂涎他如凝脂般的皮肤很久，刚准备偷袭，没想到这厮会突然转头，于是乎……

误会啊！赤裸裸的误会！她是真的只是想单纯地想亲亲脸，却不料亲到楚千觞嘴唇上。

似乎是自己用力有点猛，一下子收不住，就这样撞上去了，楚千觞的唇上微微溢出血丝。

顾了了欲哭无泪，想着自己这一世的初吻，这么没了，而且还是献给一个比自己大十五六岁的男人。

楚千觞也有些思绪紊乱，难以理出头绪。刚才……他好像被一个小娃娃轻薄去了？！鼎鼎大名的楚千觞，竟然会被一个小娃娃得手，这要是传出去，不知要笑掉多少人的大牙。

好在楚千觞一向不大在意自己的名声，素来行事诡异之人，怎会在意他人的目光？也因此没有过多追究，只一笑而过，将顾了了还给顾冥磊。

顾了了回到熟悉的怀抱中时，心底无端涌起一股小小的失落。虽然是婴儿的外表，怎么说，她也是活过二十多年的人了，自己的第一个亲吻对象，不可能不在乎。

顾冥磊暗暗松了一口气，毕竟楚千觞是有头有脸的大人物，不可能会和一个孩子计较，于是立马对顾翼使了个眼色。顾翼心领神会，垂手朗声道："庄主，宴席已经备好。"

顾冥磊点点头，一脸严肃，"各位，里边请。"

大概是顾了了不吻则已，一吻惊人，酒席上众人目光的焦点一直聚焦在她身上。

本来嘛，这就是她的庆生酒宴，顾了了倚在顾冥磊怀中，用不着动手，饭来只要张张口就可以。

参加酒宴的都是在江湖中有头有脸的大人物，不少人纷纷起身向顾冥磊敬酒，称顾庄主是"虎父无犬子"，顾小公子大有庄主当年的风范。

顾冥磊顿时春风得意，笑着将酒一饮而尽，接受众人的称赞。

顾了了看着顾冥磊一杯接一杯地灌下去，浓烈的酒气刺得她皱了皱鼻子。她暗自思忖，顾冥磊要再这么喝下去，估计可以"含笑九泉"了。

突然，不知是谁开口大声问道："顾小公子抓周抓到了什么？"

厅堂里的顾家人顿时一个个垂下头，不敢作声。

顾冥磊喝得半醉之间，一时间也糊涂了，冲着顾翼嚷道："顾翼啊，了了抓了什么？"

顾翼满头大汗。

顾小公子抓了什么，他虽然没有目睹全程，但也看到了那个结果。

要是这么说出去，明早庄主醒来后知道了，他顾翼就不是顾翼了，要变成鸟儿西飞去了。

可又不能不回答，在这骑虎难下之际，顾了了忽然从顾冥磊手中抢走酒杯。她的动作极大，又没有一点征兆，顾冥磊被吓了一跳，身子没坐稳，整个人都向后摔去。

好在身后有丫鬟扶住，众人注意力又转回了顾了了身上，只见她从顾冥磊怀中爬下来，拿着一个小酒杯爬到桌边，然后捧着酒壶往酒杯中倒酒。

她在顾冥磊怀中闻了半天的酒香，早就垂涎不已，要知前世的顾了了，素有千杯不醉之称，白酒、啤酒混喝依然生龙活虎巍然不倒。

方才顾冥磊拿着酒杯时，手没稳住，酒出的酒正巧落到顾了了脸颊上，她伸出舌头舔了舔，立即蠢蠢欲动起来。

这可是上好的白酒啊，肯定比现代的茅台五粮液还要醇厚。她还想着怎样偷点白酒喝，机会就来了，于是在众目睽睽之下端起一杯白酒，咯咯笑了两声，直接往嘴里送。

入口的香甜在舌尖涤荡，伴随而来的微辣更让这种滋味长久地留存在唇舌之间，难以散去。

只一杯，顾了了便感到从未有过的爽快，好像束缚在身上的衣物全部脱去了，浑身上下说不出的轻松，如同在云层中行走，脚下软绵绵的。

"小公子醉了。"身边的丫鬟一声惊呼，将众人从惊愕中拉出来。

"小公子果然不同于常人啊。"

"这么小就会喝酒，还喝得这么豪爽，将来玉凤山庄一定能在小公子手中发扬光大。"

"我简直迫不及待了，想要一睹小公子以后的风姿。"

赞叹声不绝于耳，没人再提起方才的抓周之事。

楚千觞瞥了眼被丫鬟们带下去的顾了了，微微一笑。有趣，这孩子简直超出了他的想象。

顾了了是吗？他也隐约有些期待，想知道这个小家伙长大会是怎样。

很快，顾冥磊被喂了一碗醒酒汤，迷糊间看到楚千觞端起酒杯，向自己敬酒。

楚千觞双手捧着酒杯主动敬酒？！

这可是百年难得一见啊。众人皆知，楚千觞鲜有主动之时，即便是敬酒，也是单手随意打发了，这副庄重的模样叫在场之人无比震惊。

"顾庄主，在下敬你一杯。"

"楚公子太客气了。"顾冥磊大笑接受了楚千觞敬的酒，总算扬眉吐气了一回。

"在下有个不情之请。"楚千觞继而道。

不情之请？众人振奋，好戏来了！

"楚公子请讲。"顾冥磊口齿不清答道。

"风月剑赠给小公子，是因为小公子甚合我口味。不知顾庄主可否愿意割爱，在小公子十岁时让在下收为徒儿？在下定倾力教导小公子。"楚千觞收敛了笑意，正色道。

"没——问题！"顾冥磊大手一挥，爽快应道。

"庄主……"站在他身后的顾翼不由冷汗，庄主醉得这么厉害，可能根本没明白楚千觞说了些什么，明天清醒时没准会后悔的！

他还没来得及阻止，楚千觞伸手道："顾庄主果然是性情中人，来，我们击掌为誓。"

啪的一声，众人面前，顾冥磊做出了一个没有经过深思熟虑就让顾了了十年后的生活天翻地覆的誓约。

翌日清晨，顾冥磊在头痛中醒过来，顾翼正站在屋子角落里，头垂下，一动不动。

顾冥磊揉着太阳穴，蹙眉道："说吧，犯了什么错？"

记忆中只有当顾翼犯错时，才会不声不响站在房间内一夜，等到第二天早晨时，再做批评与自我批评。

"是这样的，"顾翼小心措辞，"庄主，您昨天喝多了。"

"这个我知道。"顾冥磊不耐烦地挥挥手，他一高兴多喝了两杯，头到现在还疼得厉害，"挑重点说。"

顾翼顿了顿，猜想庄主大人听到他下面要说的话会不会暴跳如雷，把自己炖成鸟汤。

事实证明，顾冥磊涵养再好，再有理智，有时候免不了冲动。

虽然顾翼没有被炖成鸟汤，但也好不了多少。

"庄主和楚公子约定十年之后小公子拜楚公子为师。"顾翼一鼓作气道。

第二章

乌龙初吻

"你说什么？"顾冥磊的声音毫无波澜。

"庄、庄主和楚公子约定十年之后小公子拜楚公子为师。"顾翼声音颤抖，又重复了一遍。

"再说一遍。"顾冥磊低着头，看不到他脸上的表情。

扑通一声，顾翼跪在地上，都说男儿膝下有黄金，他都快要变成烤鸟了，还管什么黄金不黄金。

"庄、庄主，这不关我的事啊。"顾翼哀号，"这完全是楚千觞那家伙自以为是、诡计多端、乘人之危！"

"很好嘛，连成语都用上了。"顾冥磊仍旧没有抬头，手扣着床沿，发出嗒嗒的响声。

那声音让顾翼听得心惊胆战，"庄、庄主英明，都是庄主的功劳……"

"原来我的功劳就是教你这些没用的成语啊。"顾冥磊发出轻微的笑声。

顾翼下意识要磕头求饶，突然发觉哪里不对劲，猛然抬头，正对上顾冥磊愉快的神情。

"庄、庄主？"顾翼一时思绪打结，转不过弯来。

"啊哈哈哈哈哈哈——"顾冥磊突然双手叉腰，仰天大笑。

"庄主？"您脑子不会是烧坏了吧！？

"啊哈哈哈哈哈哈哈——顾翼，我们的机会来了。"顾冥磊摸了摸眼角笑出的泪水，满脸得瑟。

"啥——啥机会？"顾翼张着嘴巴，一副傻呆呆的模样，完全没有平日的精明。

顾冥磊摇摇头，这小子还不行哪，太嫩了，完全经不起考验。

"了了的机会啊。"顾冥磊竖起食指，在半空中晃了晃，"你想想，楚千觞收了了为徒，说明了什么？"

"小公子天赋非凡？"

"不不不，要说天赋非凡，比了了更有天赋的大有人在，可你听说过楚千觞亲自开口要收谁为徒弟吗？"

顾翼摇头，他只听过楚千觞收了一房又一房姬妾的传闻。自他十四岁初入江湖以来，只一年，江湖谣言楚千觞有姬妾无数，更别提那些倒贴上来的女子了。

为此曾有不少人看楚千觞不顺眼，扬言要狠狠教训他一顿，结果几天之后那些说过要"教训楚千觞"的人全部拜倒在楚千觞门下，哭喊着要拜他为师。

楚千觞曾一袭白衣，站在至高处，傲视群雄，朗声道——千觞一生，只收一个徒儿。

如今，这个徒儿便是玉凤山庄的小公子，顾了了。

"了了这孩子，将来必成大器。"顾冥磊意气风发道。

知道自己不会被炖成红烧鸟翅，顾翼抹了把汗，"庄主，您还没说楚公子到底看中了小公子哪点要收他为徒。"

"笨，当然是我家了了有着过人之处，吸引了楚千觞。"顾冥磊一昂头，"你想想，天下第一美男都被了了的魅力所深深折服，有朝一日了了一定能超越他，将他狠狠踩在脚下。"

深深折服？魅力？顾翼怀疑，刚一岁的婴儿有这玩意吗？不过庄主说什么就是什么吧。

顾翼起身，请示道："楚公子尚未离开，要不要带小公子正式拜师？"

"这个先不急，十年后也不迟。"顾冥磊摆手，"有风月剑在，又有那么多人作证，楚千觞自然不会食言。"

顿了顿，他看了眼窗外，"了了呢？起来了吗？"

"……"顾翼在顾冥磊房内罚站了一夜，怎会知道顾了了有没有起床。

实际上，顾冥磊和顾翼谈论着的那位早已起床，秉承着早睡早起身体好、胃口好、牙口好的理念，顾了了在丫鬟的怀抱中感受着独属于古代的新鲜空气。

"小公子，您还要去哪儿逛？"丫鬟细声细气问道。

顾了了打了个哈欠，眯着眼看到地上抽出嫩绿的草芽，忽然心血来潮，想要下地走一回。

她指了指地面，配合着还做出爬来爬去的动作，"爬爬。"

很快，丫鬟便明白了了的意思——她要下来自己爬。

弯下腰，将顾了了放在松软的草地上。正值暮春时节，清风和煦，阳光微醺，顾了了手脚并用，在地上爬来爬去。

不是她不想走路，而是这个小小的身子，暂时还不太会走。虽然时常会在丫鬟和顾冥磊的看护下练习走路，但总是走着走着就爬起来。

顾了了郁结了许久，最后将这一现象归为动物的本能——不是自己不聪明，而是人也是从猩猩猴子进化而来，所以她顾了了自然要顺应进化的规律。

"小青，"另一边有人挥手叫嚷，"过来帮个忙。"

小青是顾了了贴身丫鬟的名字，她低头看了眼正在地上专心致志研究蚂蚁的了了，然后向四周看了看。这里是玉凤山庄后花园，门口有人把守，外人一般是不允许进入的，将小公子留在这一会应当不要紧吧。

左思右想，又听到对面人催促，小青无奈，应了一声，便小跑过去。

顾了了抬头，瞥了一眼小青的背影，继而低头钻研蚂蚁搬家去了。

一股淡淡的花香随风飘来。

清甜的芬芳让顾了了用力吸了吸鼻子，大致确定了方向，活动活动爪子，便朝花香的源头爬去。其实并不算远，顾了了看到一座假山，那花香似乎就是从假山后面传来。

忽然悠扬的笛声响起，婉转的乐曲，带着说不尽的哀愁。

顾了了爬得有些累了，索性趴在地上，听着笛声。什么人兴致如此好，一大早就在这里吹笛子？

多半不是玉凤山庄里的人，这里除了顾冥磊略懂音乐，其余的都是做活的下人。便是顾冥磊，她也只在夜里听过他吹箫，为此害得她半夜尿频。好在她年龄尚小，出现此类症状也不足为奇，所以顾了了也就心安理得在床上画地图。

一曲毕，鉴于自己良好的习惯，顾了了情不自禁啪啪拍起小手。

"谁？"男子低沉的声音立马将顾了了拉回了现实，她左右看看，好像没有地方给自己藏身。

随着脚步声由远及近，一袭白衣走到顾了了面前。

顾了了缓缓扬起头，那张绝世容颜正居高临下盯着自己。

"原来是你这个小家伙啊。"

顾了了不由咧嘴傻笑，其实她也挺意外的，为了不被看出自己真正的心理年龄，顾了了只好自我牺牲一下，伪装出婴儿的心智，揪着楚千觞的衣袍在手里揉捏。

楚千觞见此，轻笑一声，笛子顺手插在腰间，半蹲下来，抱起顾了了。他轻轻把顾了了的手和自己的衣袍分开，然后直起身子，将她抱在怀中。

后花园景致独特，春季万物复苏，柳条抽芽，雪水初融，有几株桃花已迫不及待吐出红彤彤的花瓣儿，正是一片明媚的春光。

两个人静静相依，顾了了见楚千觞沉默不语，便靠在他怀中，老老实实享受着片刻的宁静。

鼻尖是来自楚千觞身上淡雅的清香，夹杂着若有若无的桃花香，她忽而觉得这样的味道，令人沉迷不已。

"了了，你喜欢这里的景致吗？"突然，楚千觞开口问道。

顾了了愣了，他这是在问自己吗？

不等顾了了回答，楚千觞自言自语，"了了，等你长大了后，便会知道，这世上许多事情远远不如看起来那么美丽。"

这么简单的道理顾了了当然知道，只是她目前扮演婴儿的角色，在楚千觞怀中装傻充愣，听他缓缓倾诉。

"绝世容颜又怎样？旷世才智又如何？世人都道神仙好，但在功名利禄金钱权势面前，还不是一样丑态毕现。"顿了顿，楚千觞转过头，看着怀中顾了了呆滞的神情，不由伸手捏了捏她的脸蛋，"我看到你第一眼时，就觉得你不一样。所以，了了，我希望你能一直如此，单纯可爱。"

顾了了呆呆昂起小脑袋，对上楚千觞幽深的眼眸，沉静的面容之上残留着一丝淡得看不出的忧伤，她只觉得自己的心被什么东西撞了一下，咚咚作响。

小青回来时，看见顾了了还在地上爬来爬去，楚千觞早已先一步离去。小青带着顾了了去了正厅，江湖各门派的代表汇聚一堂，楚千觞、顾冥磊也都在场，算是作为告别仪式。

毕竟被邀请来玉凤山庄的皆是江湖有头有脸的大帮派，能一次性召集这么多人前来，规模可谓是仅次于武林大会，由此可见，顾冥磊在江湖中的地位绝不容小觑。

"顾庄主、小公子，在下还有要紧之事要办，先走一步，告辞了。"不知是谁率先站出来，向顾冥磊道别。

顾冥磊双手抱拳，微微一笑，没有挽留，道："一路平安。"

约莫半个时辰，正厅里的人走了大半，只剩下楚千觞以及尾随其后的几名绝色女子。

"顾庄主，告辞。"终于，楚千觞上前一小步，双手抱拳，目光扫过小青怀中的顾了了，朗声笑道。

顾了了抬起头，正见他转身，一举一动潇洒至极，连同转身的背影也是说不出的优雅。楚千觞迈开步子，朝门口缓缓走去。

那一袭白衣逐渐变小，直到成为一个黑点，消失在视线的尽头，顾了了才收回目光，满眼写着"不舍"二字。

君生我未生，我生君已老。生平第一次，毫无诗意可言的顾了了竟会突然想起这么一句诗，顿时觉得心头五味杂陈。

若是早穿越过来十年，自己或许会有冲动谈一场惊天地泣鬼神的恋爱，以现代人的智慧和新时代女性独特的魅力来征服楚千觞，哪怕他是弯的自己也要把他掰直来。

可惜呀，君生我未生，我生君已老。顾了了四十五度望天，明媚忧伤三秒钟后，立刻被一名丫鬟端上来的米糊汤吸引过去，舔了舔干燥的嘴唇，小脸露出渴望的表情，伸出小手咿呀作势要扑过去。

站在一旁的顾冥磊乐呵呵接过碗，亲自给顾了了喂食。一时间，正厅弥漫着一股祥和的气息，每个人的脸上都是恬淡的笑容，美好得令人不忍心去打破。

若干年后，顾了了离开了玉凤山庄，每当顾冥磊一人待在正厅中，总禁不住回忆起过去。记忆中的时光永远是那么的愉快而甜蜜，就像是被刻意勾画的水墨画卷，抹去种种伤痛与忧愁，余下的都是经过修饰后的温馨，不掺杂丝毫杂质。

将所有客人送走后，玉凤山庄又恢复了往日的宁静，只是这宁静之中，偶尔会出现一些不和谐的小插曲。

第二章　乌龙初吻

比如说——"庄主！小公子又不见了！"

玉凤山庄出动顾家所有下人，开始地毯式搜索，最后在顾冥磊书房中书桌下找到了顾小公子。

顾了了脑袋枕在书上，打着呼噜。

顾冥磊顿时泪流满面，他最爱的一本武林秘籍，就这样被水漫金山了。

鉴于顾了了年龄太小，顾冥磊自然无法狠心对着一个婴儿发火，所以可怜的顾翼大管家被生生折腾成比翼鸟了。

又比如说——"庄主，姚家庄送来的唐三彩又被打碎了。"

顾冥磊瞬间目光如炬，两眼飞刀，前来禀报的顾翼身先士卒，不幸中弹，应声倒地。

那几日山庄上下所有人莫不战战兢兢，连话都不敢大声说，生怕下场如顾管家那般壮烈。

姚家庄唐三彩以精雕细琢、色彩艳丽闻名天下，珍品更是难得一见，尤其是被打碎的那个，是顾冥磊费尽无数心思才得到的。

在山庄草木皆兵之时，罪魁祸首却躺在小青怀中，享受着香甜可口的米糊，丝毫不把自己背着小青爬去玩顾冥磊最爱的唐三彩然后摔得粉碎一事放在心上。

再比如说……如此种种，随着顾小公子年龄的增长，有增无减，甚至为她赢来"混世魔王"的光荣称号。

第 三 章
顾家美人

　　正当顾了了在玉凤山庄过得风生水起时，她的生活却因一个人的出现而就此改变。

　　那是在春末夏初的一天，顾了了午睡醒来，伸了个懒腰，正伸手要小青抱抱时，顾冥磊和顾翼从外边走进来。

　　顾翼手中，抱着一个大大布包。顾了了探出脑袋，拉扯布包，想要看看里面装着什么玩意。

　　结果，她看到一个巨大的脑袋。一个粉雕玉琢的婴儿躺在里面，安安静静的，睁着大眼睛，好奇地打量着顾了了。

　　"庄主，这个孩子是……"小青替顾了了问出她心中的疑惑。

　　顾冥磊微微一笑，"顾美人，是顾翼在外面捡到的！了了啊，你以后就多了一个妹妹了。"

　　顾了了无语，又是捡来的。不过顾美人，这个名字还真是……贴切得令人无法反驳。

　　顾翼将顾美人放在顾了了床上，四目相对，顾美人冲着顾了了咯咯笑。

　　那婴儿看上去比现在的自己要小一些，顾了了顿时来了兴趣，爬到顾美人面前，伸出双手捏她的脸蛋。

　　两秒钟之后，房间里传出惊天动地的哭声，顾了了不得不双手堵住耳朵，迅速逃离犯罪现场。

　　顾冥磊和顾翼两个大男人顿时束手无策，皱起眉头看着哇哇大哭的顾美人。最后还是小青抱起顾美人，轻轻摇晃，哼着歌，哄她入睡。

　　见此，顾冥磊与顾翼不禁相视一笑，顾翼拍了拍小青的肩膀，"小青啊，小公子和小小姐都交给你了。"

　　起先，小青还乐呵呵地抱着顾美人摇来晃去，直到为顾美人换尿布时，不禁呆住。

"庄主，小小姐她——"

正在逗弄顾了了的顾冥磊回过头，看见小青怀中的顾美人，蹙眉，"怎么了？"

"小姐她、她——"小青结结巴巴，一时不知如何表达。

一旁的顾翼眨眼，确定附近没有其他人时，小声嘱咐道："小公子不可能一辈子女扮男装，所以庄主吩咐了，再添一个小小姐，以备不时之需。"

趴在顾冥磊怀中的顾了了听到他们的对话，心中一片了然，敢情顾美人是个小子啊。

万一被人戳穿，只要交换一下身份，她和顾美人，仍旧是顾家小公子和小小姐。

顿时，顾了了看向顾美人的眼神充满了同情：兄弟，真是难为你了。伪娘，原来要从娃娃抓起。

庄主的吩咐，小青不敢不遵从，她只得对外隐瞒顾了了和顾美人的性别，但顾了了感觉得到，这个善良的小丫鬟对于顾美人还是有一丝歉疚的，因此无论什么事都会尽量顺着顾美人。

顾了了对此很不满，就算顾美人有所牺牲，她顾了了不是同样如此？

顾美人的出现，从此占据了小青大部分注意力，导致顾了了经常一个人被关在房间里爬来爬去，再没有机会出去兴风作浪。

沦落到这样的待遇，顾了了自然将怒火撒在顾美人身上，因而想尽各种办法捉弄顾美人。岂料顾美人也不是好惹的主，常以惊天地泣鬼神的哭声进行反击。他们俩的梁子，算是彻底结上了。

以至于随后的许多年里，顾了了和顾美人之间的关系一直处在水生火热之中。顾了了不会放过任何捉弄顾美人的机会，顾美人也从不对顾了了手软，整个玉凤山庄从鸡飞狗跳上升为鸡飞蛋打、人犬不宁。

对于这一情况，玉凤山庄上上下下、男男女女、老老少少不知用过多少办法想要改善顾了了和顾美人之间紧张局面，但皆以失败而告终。

最后顾冥磊不得不仰天长啸——他上辈子是不是太一帆风顺了，所以这辈子遇上一个楚千觞不算，还来一个顾了了，一个顾美人，让他那本来就不太平的人生，变得更加颠覆离奇。

六年后，玉凤山庄。

"顾了了，你又在偷懒。"

草丛里传来孩子的童音，听上去带着几分恶声恶气，却因那声音中稚气而显得天真可爱。

顾了了原本叼着草根，躲在树荫里打瞌睡，顾美人的到来打破了她的美梦。

嫌恶地瞪了一眼顾美人，水蓝色的长裙，扎着包包头，怎么看都像个女娃娃，哪里有一点男子气概。

顾美人，顾家美人，真真是名副其实。

顾了了吐掉嘴里的草叶，拍了拍衣服，站起来，伸个懒腰，凉凉地问道："顾美人，又怎么了？"

"夫子布置的作业，你还没做。"顾美人理直气壮道。

顾了了想了想，才记起上午夫子布置了几个字让他们抄写。

对于顾了了这个顶着七岁孩子皮相实际上已经活了快三十岁的人来说，识字写字，自然再简单不过，她甚至不屑于抄写，瞄了两眼便记下来了。

这便是穿越最大的好处——她觉得，以自己的智商，完全可以扮演古代版的江户川柯南。

"你做完了？"顾了了打着哈欠，漫不经心问道。

顾美人自豪地挺起胸，"爹爹夸奖我字写得很好，还问你写的呢？"

对于顾冥磊的夸奖，顾了了向来不屑一顾，她转身慢吞吞地往回走。顾美人以为顾了了受打击了，难得好心地安慰她，"顾了了，你回去主动承认错误然后把字补起来，爹爹肯定也会表扬你的。"

顾了了鄙视之，她又不是几岁的小毛孩，一两颗糖就能哄骗得团团转。

"顾美人，你长点出息好不好。"顾了了横起眉毛，一副老成的模样，"开口闭口就是爹爹夫子、夫子爹爹，跟个娘们似的。"

顾美人顿时委屈地噘起小嘴，长长的睫毛眨巴眨巴，看上去简直像自己以前养的一只京巴。

顾了了抚额望天，郁闷了许久。

如果她是腐女，一定会不遗余力把顾美人打造成天上绝无、地上仅有的绝世小受，可问题在于——她不是啊。她顾了了兴趣爱好再正常不过——吃饭睡觉看美男。

这世上美男本就少，再把为数不多质量不错的美男培养成GAY，这不是自己挖自己的墙脚吗？

因此，在顾了了心中，一个念头日渐形成——正太养成记。

看在顾美人先天条件如此优越的分上，顾了了私自决定，要矫正顾美人的三观，为他树立起良好的性别意识，最好把他培养成标准正太一枚，以便随时随地满足自己的YY。

当然，外人面前顾美人仍旧要维持着女孩的模样和姿态。所以说，目标，是远大的！任务，是艰巨的！

打定主意，顾了了猛然停住脚步，顾美人一下没刹住车，撞上来。

"顾了了，你又怎么了？"顾美人捂着额头，细声细气说道。

顾了了双手叉腰，双腿叉开，做出一副大男子的模样，豪情万丈地叫道："顾美人！"

"嗯？"

"男人，就要有男人的样子。"正太教育，从娃娃抓起。顾了了决定从零开始，先告诉他，男人该是什么样子。

"是吗？"顾美人眨眼。

顾了了点头，挺直腰板，不忘自吹自擂，"就像我这样！"

顾美人不感兴趣地瞥了她一眼，"你是男人吗？"

顾了了心一虚，顿时矮了一截。

"你明明是个小屁孩。"顾美人指着顾了了的鼻子，学顾翼的语气说道。

顾了了："……"

顾了了和顾美人回到书房时，顾冥磊正坐在桌边，手中拿着一幅字帖。

他先是看到顾美人，面容和蔼，待到看到顾美人身后的顾了了时，脸色顿时沉下来。

"顾了了！"顾冥磊拍案喝道，"美人的字都写好了，你的呢？"

顾美人睨了一眼顾了了，不动声色退后两步，将战场空出来，等着看她和顾冥磊之间的好戏。

顾了了无所谓地耸耸肩，顾冥磊向来雷声大雨点小，按照咱们现代的说法，就是——一切反动派都是纸老虎。顾冥磊自然也被顾了了归为纸老虎一类。

"还没写。"顾了了大言不惭。

顾冥磊横眉，反了，没写都这么理直气壮。

"顾了了，给我跪下！"顾冥磊声色俱厉，决定这次绝不姑息。

虽然只是七岁的孩子，但要不了多久，顾了了的一举一动一言一行，都将代表整个玉凤山庄，站在无数人面前。这就意味着，她必须比其他人更加优秀，更加出色。

顾冥磊心中不是没有愧疚，对一个七岁的孩子，还是一个女孩儿，如此苛刻。可是，他已经别无选择。他一时意气用事，不计后果，结果带来了无穷无尽的麻烦。

当然，楚千觞亲口答应收顾了了为徒，冲着这一点，顾冥磊觉得再多的麻烦也是值得的。

但不包括顾了了不思上进，不好好学习。

顾了了闻声跪下，昂着头，脸上毫无悔意。顾冥磊无奈地叹了口气，顾了了面前，他常常会有一种无力的感觉。好像那双眸子的主人并非七岁的孩童，偶尔流露出的睿智成熟，甚至与自己不相上下。

一时间，两人僵持不下。顾了了坚决不肯低头认错，顾冥磊吹胡子瞪眼睛。站在一旁的顾美人觉得好生无趣，开口帮顾了了说话这种事他绝对做不出来的，顾了了那家伙平时有事没事就喜欢和他作对，他巴不得顾冥磊狠狠训她一顿。

不过，看着她此刻跪在地上，小小的身板弱不禁风，比女孩还要柔弱几分的样子，心底却有一丝不忍。

声音不受控制地响起，顾美人装出甜甜的笑容，说道："爹爹，今天夫子表扬了哥哥。"

"唔，表扬了什么？"顾冥磊顺势问道。

"夫子出了一个对子，只有了了哥哥回答出来了。"顾美人笑靥如花。

"哦？"顾冥磊挑眉，看着顾了了，语气和缓，"了了，你说说看。"

顾了了瞥过顾美人的笑颜，知道他是在为自己找台阶下，虽然不知是抱着什么心思，不过顾了了还没愚蠢到有台阶不下，偏要和顾冥磊一直硬扛着。

"夫子出的对子是'比目鱼'。"顾了了干巴巴回答。

顾冥磊沉吟片刻，问道："你对了什么？"

"独角兽。"其实这是鲁迅先生的答案，顾了了很厚颜地借来应付夫子。

"好！好！好！"顾冥磊连呼三个好，脸上的不悦一扫而空，"了了果然聪明，不过夫子布置的字，以后要按时完成。"

"是。"

"起来吧。"

顾冥磊走后，顾了了坐在桌子前，无精打采地练字，顾美人立马走上前，不客气地叫道："顾了了，你欠我一个人情。"

顾了了横了一眼这个比自己还小两岁穿着女装的男孩，看着他嘴角边得意的笑容，非常无语。

难道这就是传说中的……腹黑！？

不知从什么时候起，顾美人不像小时候那样总喜欢跟在自己屁股后面左一句"了了哥哥"右一句"了了哥哥"，如今他只在顾冥磊或者外人面前这么叫自己，人一走，立马变成"顾了了"，一点尊老爱幼的精神都没有。

仔细想来，顾美人的确很有做腹黑男，准确点说，应该是腹黑伪娘的潜质。

顾了了深吸一口气，认栽，道："说吧，顾美人，你想要什么？"

顾美人眼珠转了转，最后说："先放着，以后想到了再告诉你。"

这可是顾了了欠他的，怎么着也不能让她轻易还了。

七岁，不仅是识字最好的时候，也是习武最佳年龄。

趁着孩子身体骨骼还很柔软的时候，顾冥磊派顾翼来指导顾了了和顾美人。

于是乎，顾了了不得不和自己最爱的懒觉依依惜别了。

顾美人以为顾了了会像以前一样，要么阳奉阴违暗中捣乱，要么干脆便大吵大闹拒不起床。

但令他吃惊的是——顾了了居然无比顺从，无比听话，无比乖巧地准时起床了。

外边的天才蒙蒙亮，顾了了迅速地穿戴好，早顾美人一步出门走到院子里。

顾翼负手站在院中，当他看清第一个来的是顾了了时，那神情与顾美人如出一辙。

他甚至抬头眺望了一下西方，看看有没有太阳。

"顾叔叔，可以开始了吗？"面对顾翼和顾美人的震惊，顾了了出声提醒，心中却腹诽：人家不过是对武功很感兴趣，特别是那轻功，据说逃跑起来贼快、做坏事贼有用，有必要一个两个表现得那么吃惊吗？

她睁着大大的眼睛，一副乖巧听话的模样，看得顾翼甚是欣慰。

当然，倘若顾翼知道顾了了习武全然是为了学习那逃跑时用的轻功，多半会气得吐血而亡。

顾翼一脸严肃道："习武，要从最基础的开始。而马步是练习武术最基本的，大部分门派的武功将扎马步作为基本功之一进行训练，所以从今天起，你们二人要开始练习扎马步。"

话音一落，顾翼便扎了一个马步，双手握拳，双腿叉开，半蹲，姿势有如骑马一般。

顾了了和顾美人见了，立马学着顾翼的动作，各自像模像样地扎了一个马步。

顾翼一边为他们纠正姿势，一边提防着顾了了，生怕她又在玩什么新花样。

当天空完全亮起来时，顾翼才喊停，这时顾了了和顾美人早已浑身酸痛，就差没瘫倒在地。

顾了了长长吁了一口气，"没想到练功这么辛苦。"

"要不然你以为呢？"一旁的顾美人斜了她一眼，似乎猜到顾了了那点小心思，"顾了了，你是不是又在想什么馊主意？"

顾了了顿时无语望天，她顾了了对天发誓，她这次是真心诚意想要习武，以便于将来闯祸后好……立马闪人。

稍作整理后，顾了了和顾美人去饭厅用餐，顾冥磊正坐在桌前，等着两个人。

看着两个孩子肩并肩走进来，顾冥磊脸上扬起温和的笑容，他听顾翼说过了，今天早上顾了了和顾美人都出奇地听话，认真练功。

"来，了了，美人，快来吃饭吧。"

顾了了坐在顾冥磊左侧，她拿起筷子时，惊悚地发现，自己的右手在不停地抖动，连同手中两根筷子也不受控制地相互碰撞，发出嗒嗒嗒的声音。

她抬头，发现顾美人的状况比自己好不了多少。两个人都如同得了帕金森氏症，连吃根青菜都变成了一种奢侈，偏偏坐在中间的顾冥磊浑然不觉，当着顾了了和顾美人的面吃得喷香喷香。

无奈之下，顾了了只好丢下筷子捧着碗喝起白粥，顺便在心底问候了一遍顾冥磊全家。

对于顾了了而言，她对习武燃起的兴趣犹如一只大魔鬼，让她此后吃遍了苦头。

按照惯例，作为另一个世纪的人，应当上知天文下晓地理，琴棋书画诗词歌赋无不精通，最好再懂一点现代高科技的东西，比如水力发电啊，三峡大坝啊，霹雳火药啊，等等等等诸如此类的玩意儿。最后在古代长袖善舞，玩转江湖、宫廷，捕获无数美男的芳心，来一段感天动地的旷世绝恋——以上，才是穿越女主的基本标准。

可惜呀，向来胸无大志的顾了了没有那种在古代过得风生水起众星捧月人见爱的万能女主的远大志向。首先，她处于女扮男装中，离恢复女装那日遥遥无期，自然也不去做那种不切实际的美梦。其次，她也不是贪心的人，被许多男人追捧喜欢并不是一件什么令人幸福的事情。

如果硬要说她有啥想要的……

"了了、美人，"早饭过后，顾冥磊心情颇好，"除了武功，你们还想学些什么？"

他其实想说的是：琴棋书画，从中挑一样吧。

顾了了虽然目前是男子的身份，但可作为爱好培养培养，将来若是遇上了文人雅士，也能附庸一下风雅，换回女装还能讨好夫君，可谓一箭数雕。

可怜顾冥磊用意如此深刻，想法如此体贴，服务如此周到，到顾了了心中却变了一个味道——除了要学轻功逃跑之外，还该学些什么，好确保将来能万无一失地逃跑？

琢磨了半晌，她抬起头，甜甜一笑，"我要学下毒。"

话语一出，在场之人再度惊住。果然啊，顾小公子不鸣则已，一鸣惊人。此"惊"乃为"惊悚"的惊。

感觉到太阳穴突突直跳，顾冥磊深呼吸，定了定神，"了了，为何想学下毒？"

他一直知道顾了了绝非普通孩子，聪明顽皮简直无人可及，便是和她一道长大的顾美人，这么多年来也依旧望尘莫及。

这样鬼精的孩子，你要想从她嘴里听到什么正常的话，唔，估计就不是太阳从西边升起的问题了，太阳很可能会从四面八方升起。

"自保！"思忖了片刻，顾了了给出了一个勉强在顾冥磊接受范围之内的答案。

顾冥磊无限怀疑，真的是为了自保吗？以他对顾了了的了解，这丫头别说是自保了，她能不把人整死就不错了。恐怕，让她学了毒术，日子更没法过了。

顾冥磊苦于一时找不到拒绝的理由，将求助的目光投向顾美人，希望美人能够理解他的苦心，做一番好的表率。

岂知……"爹爹，了了哥哥学毒术，那我就学医术好了！"顾美人眨着亮晶晶的大眼睛，说道。

顾冥磊顿时老泪纵横。生我者父母，知我者美人也！

看顾了了那模样，想必主意已定，十匹骡子都拉不回来，与其拒绝后备受她折磨，不如反其道行之，遂了她的心愿，让顾美人习医术。万一出了什么事，有美人在，应当不会出什么大问题的。

顾了了看似顽劣不堪，但都是些小聪明，习毒蛊之术十有八九是好奇心作祟，能否学成也未可知。

"好吧。"顾冥磊点头，答应道，"不过，了了，美人，无论是学习毒蛊还是医术，有一点你们都必须记住——达则兼济天下，穷则独善其身。你们将来可以不出人头地，不称霸武林，但是一定要心怀仁善之心。"

被这严肃的气氛所感染，难得顾美人和顾了了不约而同地点头，乖乖应道："是。"

顾冥磊挥了挥手，唤来顾翼，嘱咐道："顾翼，立刻派人去倾城山，请元、齐二位掌门来，就说顾家小公子和小小姐想要习毒蛊、医术。"

顾翼听罢，瞪大了眼睛，不可置信地看着顾冥磊，"庄主……"

"快去！"顾冥磊毫不犹豫道，"如果他们不肯来，我便亲自去请。"

"可是……"顾翼迟疑，缓缓道，"这样，倾城山承我们玉凤山庄的情，就两清了。"

曾经，顾冥磊帮过倾城山一个大忙，为此倾城山一直想要回报顾冥磊的恩情，却苦于无从下手。如今，倘若顾冥磊开口，倾城山哪有不答应的理。

只是，那么大的恩情，换来教导小公子和小小姐，是不是有点……

顾冥磊自然明白顾翼言下之意，他淡淡一笑，满不在乎道："两清便两清吧。我们玉凤山庄难不成将来还要靠倾城山？"

顾翼慌忙摆手道："庄主，我不是这个意思……"

他只是担心，若有一日，玉凤山庄遭遇什么不测，也好有个帮手。

顾冥磊笑，"顾翼，快去！"

人，永远不可能仰仗他人而活，就算有朝一日，玉凤山庄遭遇危难，靠倾城山逃过一劫，但保不准还会有第二次、第三次，那时候，又有谁会来出手相助呢？

所以，最好的方法，就是让自己变得比以前更加强大。

数日之后，倾城山的齐掌门、元掌门抵达玉凤山庄。

站在顾了了和顾美人面前的两位老者，一个笑语盈盈慈眉善目，一个面无表情冷漠淡然。

还没等顾了了猜测哪位是教医术哪位是教毒蛊，顾冥磊便率先介绍道："了了，美人，这位是齐掌门，号称天下第一神医，这位是元掌门，素有万毒之师江湖称号。"

顺着他手指方向看去，那位和蔼的老者是元掌门，而面无表情的老者，则是齐掌门。

顾了了嘴角抽了抽，果然，这年头，"坏人"两个字都不会挂在头上，越是笑得灿烂，就越要当心。

以至于多年之后，江湖盛传，顾家小公子笑若春风温柔多情，顾家小小姐冰雪美人任是无情也动人，这与最初拜师求艺不无关系。

元掌门走到两个小人儿面前，笑呵呵问道："小家伙，要学毒蛊之术？"

顾了了点头，毫不客气道："当然！"

脆脆的声音，不带丝毫羞怯或者扭捏，元掌门最喜欢的便是这样的孩子——利落、果断。

"好！"他拍了拍顾了了的头顶，"若你真的有那个天赋，我便把毕生绝学传给你。"

另一位齐掌门，则不多话，默默看了眼顾美人，也不费话道："以后你便跟着我学医吧。"

"是。"顾美人乖巧答道。

看着顾美人和齐掌门的相处模式，顾了了庆幸不已，她选择的是一位如此和蔼如此可亲如此……不善良的老师。简直是个笑面虎！

上课第一天，她便被元掌门毒得晕晕乎乎，差点连自己姓什么都不记得了。

元掌门还煞有介事地告诉她，他教给她的是最简单的迷药，也是毒蛊之术的入门，如果连这都学不会，她便不用继续了。

顾了了被元掌门一激，咬牙发誓，死也不会放弃，一夜挑灯夜战，发挥自己三十多年的智慧，终于配出一副迷药，勉强符合元掌门的要求。

第二天早晨，顾翼来指导他们武功时，顾了了险些没站着睡着。

好在顾美人频频发问，缠住顾翼，让他没工夫理会顾了了。

吃完早饭后，又要去私塾里听夫子讲课，顾了了无精打采地走在前面。

顾美人突然叫住她。

"什么事？"

看着顾了了两眼青灰，眼皮耷拉，顾美人难得好心地说道："今天你回去休息吧，我帮你向夫子请假，就说你不舒服。"

顾了了先是一喜，而后生出警惕，他不会是借机想要背着自己做什么吧！？

"不行，爹说了，好孩子是不能撒谎的。"顾了了义正词严拒绝。

顾美人满头黑线，好孩子……他还真不知道顾了了有做好孩子的潜质。

"那随便你。"顾美人扬长而去，决定再不大发善心帮这个不识好歹的家伙，让她自生自灭去。

事情的结果不言而喻，顾了了狠狠被夫子教训了一顿——不好好完成作业，上课还公然睡觉打呼。

夫子痛心疾首，"孺子不可教也！顾了了，你虽是顾家大少爷，但并非皇亲国戚，怎能学那些纨绔子弟？"

顾了了，"……"她有这么严重么？

"再说，即便是皇子皇女，也并非个个那么好命。"夫子喋喋不休，"你不见那十三公主？才出生便没了，再想想自己现在优裕的生活，难道你一点都不愧疚吗？"

顾了了，"……"十三公主的生死与她何干？

"夫子，了了哥哥昨夜一夜没睡好。"顾美人看着被罚站在墙角的顾了了，想睡又不敢睡的样子，委实可怜，眨巴着大眼睛，道，"了了哥哥好像有点不舒服。"

"是这样的吗，了了？"夫子看着顾美人天真可爱的模样，自然心软下来，只是面对顾了了时，依旧是声色俱厉。

顾了了一惊，立马打起精神，瞪了一眼顾美人，答道："……是！"

"行了，下次不舒服让美人请个假就好，别硬撑着。"夫子不耐烦地挥挥手，"你回去休息吧。"

顾了了看着顾美人脸上露出的笑容，心里恨不得把手上的书砸向他的脑袋。

早知如此，刚才就应当让顾美人给自己请假的。

还好下午的课，顾了了和顾美人是分开来上的。元掌门看到顾了了制作的迷药，嘴角都咧到耳根了，大掌拍着顾了了的背，道："好！好！这才是我元涛的徒儿！"

有了这句话，顾了了才敢舒口气，这表示元掌门承认她，正式收她为徒。

她眼珠转向另一边，顾美人所待的屋子，不知那边情况如何。

晚上，与顾美人照面，见他神色从容，没有一丝不快，顾了了估摸着，顾美人也过关了。

这第一神医和万毒之师的弟子，也就实至名归了。

顾冥磊见顾了了和顾美人都如此争气，欣慰不已，特意命顾翼办了酒宴，感谢两位掌门。

"元掌门、齐掌门，了了和美人以后就拜托你们二位了。"举着酒杯，顾冥磊笑道，那笑容，藏着几分释然，似在说你们二位以后自求多福吧。

元掌门和齐掌门自然不知，相视一笑，各自拿起身前的酒杯，一饮而尽。

和乐融融之际，一旁正在啃猪蹄的顾了了突然拿着酒杯站起，小小的脸蛋满是严肃，只听到稚嫩的声音在半空中回荡，"师父在上，请受徒儿一拜。"

一语毕，顿时一阵沉默，而后不知是谁起头，哈哈大笑，那笑声惊天动地，源源不绝。

顾了了满脸疑惑，难道拜师……不是这样的吗？

直到很久之后，她才知道，的确不是这样拜师的。

自齐掌门、元掌门到来后，顾了了和顾美人的生活作息时间由练功识字的"两点一线"变为练功识字学医毒的"三点一线"。

对此，顾了了没有丝毫怨言，欣然从命，就连夫子的讲课也认真起来。

对此，顾美人吃惊不已，以为顾了了吃错了什么药，竟然会如此听话。

面对众多质疑之色，顾了了圆满了。她淡定地微微一笑，摆出翩翩佳公子的造型。

"顾了了，装成这个样子，你又想要做什么坏事？"看着顾了了装了那么多天，顾美人委实憋不住了，找上门来，开门见山问道。

顾了了看了他一眼，从容笑道："难道在你心目中，哥哥只会做坏事吗？"

顾美人被那笑容所惊住了……以他对顾了了的了解，顾了了越是笑得开怀，便代表事情越发向不可收拾的地步发展。

顾美人点头，你何止是只会做坏事啊，你根本就没做过好事！

为了玉凤山庄的明天，顾美人双手握拳，决定自我牺牲一回，无论如何都要套出顾了了的阴谋诡计。

"了了哥哥，你就告诉我嘛。你到底想要做什么？"顾美人难得对着顾了了撒娇。

顾了了顿时全身上下起鸡皮疙瘩。若是换成其他人，不知道顾美人的底细，大概会很享受一个小丫头对自己嗲声嗲气地撒娇耍赖。但是一个小男孩对一个小女孩，尤其是对一个外表虽然只有七岁但内心已经三十岁的熟女，很容易让她产生自己是在老牛吃嫩草的错觉。

"美人啊，你能不能先把手挪开？"顾了了伸手去掰开顾美人拽住自己胳膊的手指。

见顾了了几乎是毫不犹豫地想要摆脱自己，顾美人心中生出一丝怒气，甚至是失落。

为什么其他人对自己都是和颜悦色的，唯有这个顾了了，从来对自己不屑一顾。

难道在她眼中，他还比不上其他人吗？他们可是从小一起长大的呀！

夫子今天教了一首诗：郎骑竹马来，绕床弄青梅。同居长干里，两小无嫌猜。夫子还说，青梅竹马，两小无猜，就如他和顾了了，一起长大，亲密无间。他甚至还知道，顾了了和自己，与其他人都不一样。丫鬟小青早就偷偷告诉过他，这是他和了了之间才有的秘密。

可是他从没有感到，他们之间是亲密无间的，似乎一直有一条看不见的隔阂，将自己摒除在顾了了的世界之外。无论他做了什么，他怎么努力，顾了了像是沉浸在自己的世界中，有着自己的打算，从没有将他放在眼中。

这一点让顾美人尤为愤怒。他想要得到顾了了的承认，甚至她的青睐，而不是总以"你不懂"的眼神看着他，陌生而疏离。

好不容易，脱开顾美人的桎梏，顾了了舒了口气，果然男女天生优势摆在那儿，顾美人才这么点大，力气就已在自己之上。

顾翼也说了，顾美人资质很好，是习武的料，假以时日，定能有所进益。

看着顾美人阴郁不定的神情，顾了了顿时有种心虚的感觉，仿佛面前的不再是六七岁的孩童，而是有着成熟内心世界的男人。

难不成他也是穿越党？顾了了瞪大眼睛，想要从顾美人的一言一行中找出端倪。

思忖了片刻，顾了了决定旁敲侧击，试探下顾美人究竟是何方神圣。

"美人啊，你有没有听说过快男？"顾了了问道。

"快男？"顾美人满头雾水。

"就是快乐男声。"顾了了提示道。

顾美人谨慎地盯着顾了了，"你要寻快乐的男子做什么？"

难道不是和她一样的人吗？顾了了见顾美人的表情并不像装出来的，只得讪讪一笑，"没什么……没什么，那伪娘，你听说过？"

"顾了了，你究竟想说什么？"顾美人被顾了了吞吞吐吐的话语弄得没了耐心，大声朝她问道。

顾了了缩了缩脖子，呜呜，美人好凶哦！排除顾美人是穿越男的可能性，顾了了撇嘴，道："你不是想知道我想做什么吗？其实是这样的，我听说，再过半年，就会举行武林大会，所以……"

下面的话，顾了了不说，顾美人也知道，"所以你想去凑热闹？"

顾了了点头，满眼兴奋，"难道你不想去见识见识？"

她来古代这么久，除了最初来到荒山野岭，其余时间都待在玉凤山庄中。庄子虽大，却比不得外边。对于外头的花花世界，她自是垂涎已久。

"爹爹不会同意的。"顾美人一句话，灭了顾了了所有的希冀。

顾了了沮丧了一小会，突然又打起精神，"如果爹爹不同意，我们可以去求顾翼叔叔。"

顾美人本来想说，顾翼叔叔向来对爹爹马首是瞻，你求他还不如求我，但看到顾了了那张小脸上固执的神情，知道无论自己说什么都是多余的。

顾了了属于那种不撞南墙不会死心的类型。

武林大会，顾美人也听顾翼叔叔和爹爹提起过，据说五年举办一次，举办前夕，主办地附近便已聚集各大门派，客栈酒家早在数月前就已经全部预定完毕，不可不谓声势浩大。

大会上，最为人瞩目的便是兵器榜、秘籍榜以及剑术武术榜。照着这几类榜单，各大门派纷纷派出代表参赛，角逐名次，再根据榜单排行，确定各个门派实力高低。

因而，武林大会可以说是最具权威性的官方排行榜，无论正派邪教，每隔五年，必然会齐聚一堂，争夺各类榜单。

玉凤山庄最后一次参加武林大会是十年前，此后一次，顾冥磊没有出席，而这一次，似乎依旧没有参加的意思。所以顾了了想要去看武林大会，估计可能性非常小。

不过，也不是没有可能……看着顾了了渐渐消失在远处的背影，顾美人转念暗道：倘若顾了了真的那么想要去看武林大会，他也可以帮她达成心愿。

只是顾了了那家伙连问都不问自己一句，就这么笃定地去找顾翼。他顾美人向来不介意顾了了多撞几次南墙，最好撞得头破血流吸取教训后再来哀求自己。

顾了了果真去找顾翼，结果不言而喻。

一如顾美人所想，顾翼想都没想就立马拒绝，"不行！"

"为什么？"顾了了瘪嘴，眼睛睁得圆滚滚的。

"我说不行就是不行。"顾翼不耐烦地甩手，"没事做是不是？没事就去给我扎马步。"

顾了了缩了缩脑袋，眼珠转了转，"啊，我想起来了，上午夫子布置的字帖还没写，先回去了。"说完，人一溜烟就不见踪影了。

顾了了沮丧地回了屋子，面对一桌子的字帖，心中烦闷，毛笔在手中转来转去，墨汁画得到处都是。这一幕恰巧被顾美人看到了，他的屋子就在顾了了隔壁，打顾了了回来时起，他就站在窗口，往这边张望。

"顾了了！"顾美人终于看不下去了，好好的一张白纸被涂成那鬼样子，要是被夫子看到了，估计早吹胡子瞪眼睛了。

"什么事？"顾了了头也不抬地问道。

"你还想不想去武林大会？"顾美人问。

顾了了嗯了一声，沮丧答道："想啊，可是顾叔叔不同意。"

果然如他所料，顾美人微微一笑，胸有成竹道："也不是没有办法……"

"真的吗？"听到顾美人话中有话，顾了了抬头，眼中冒出火光。

顾美人吞了吞口水，他没想到顾了了的反应会如此……激烈。

原本打算借机要挟顾了了的，顾美人突然觉得，如果能一起去游江湖，或许会非常有趣。

毕竟，只要有顾了了在，无论走到哪都不会无聊。

"你可以去求元掌门，让他带你去。"

经顾美人这么一提醒，顾了了恍然大悟，对哦，她怎么没想到，武林大会，倾城山也会参加，要是元掌门、齐掌门都去的话，她可以趁机要求一起去。

"顾美人，你也想去吗？"顾了了眨巴着眼睛，问道。

她嘴角微微翘起，长长的睫毛一颤一颤，白皙的皮肤透着淡淡的苹果红，整个人如同从年画里走出来的娃娃，可爱得叫人挪不开眼。

顾美人突然感到脸颊微烫，不自觉地咽了咽口水，点头，"当然！"

顾了了咯咯笑，眼眸如一弯新月，"那我们一起去找师父和齐掌门吧。"

顾美人被顾了了的笑容所蛊惑，想都未想便同意了，于是两个人一道去找齐掌门和元掌门。

元掌门倒是出乎意料的好说话，笑呵呵地点头道："了了啊，你若能在三日之内配出一梦白头，我便答应去求顾庄主，让你去武林大会上看看。"

一旁的齐掌门则对顾美人说："三日内，配出一梦白头的解药。"

顾了了和顾美人相视一眼，异口同声说道："一言为定！"

一梦白头，最初用作安神，服之可酣然入睡。后来，不知是谁更改了药方，服用后，将陷入昏迷中。昏迷时间根据服用药量的多少而定，短则两三个月，长则三五年都有可能。但这些不过是其次的，最重要的是——醒来之后，一头乌发将全数变为雪白。因而，此药得名"一梦白头"。

第 四 章
两小无猜

元掌门交给顾了了的《万毒谱》中，只有关于"一梦白头"的药效基本描述，但具体的配方，却是残缺不全，至于顾美人那儿，就连"解药"二字都未听到过，基本上江湖中人提起此药，都连连摇头，说无药可解。不过，江湖上没有解药的记载，不代表不存在。说到不服输的个性，顾美人决不会输给顾了了。

两个人钻入玉凤山庄后院的药房中，里面储存着目前江湖上最齐全的草药。

自元掌门和齐掌门到来之后，又新添了几味比较难得的草药，对于制作"一梦白头"以及解药非常有帮助。

顾了了将《万毒谱》摊在地上，翻到"一梦白头"一页，按照书中残缺不全的记载，将所提及可能的草药一一取出。

"半夏、天南星、甘遂、商陆……"她踮起脚，伸手从药架上拿药。

约莫一盏茶的工夫，顾了了便将所取到的药材摊在地上，熟练地挑拣有用的部分，她的动作干脆利落，顾美人不由看痴了。

"暂时只有这些草药。"顾了了拍了拍手，撸起袖子对顾美人说道。

"啊？啊……"顾美人回过神来，扫过地上一长串草药，估摸了一下可能产生的药效，"这些就能配出一梦白头吗？"

顾了了摇头，"当然不能，这些只是其中的一小部分。"如果一梦白头这么简单就能配出来，江湖岂不是乱套了！

"还缺什么药？"顾美人问道。

顾了了摸了摸下巴，她习毒术不过半年，许多草药的药性并未完全掌握，以她现在的水平，要求配出"一梦白头"，委实有些强人所难。

不过这也是元掌门的意图所在，倘若他们真的能配出来，那么其他的毒药和解药，便不在话下。

江湖险恶，不会因为他们是孩子，就有所改变。恰恰相反，有些人正是觉得孩子软弱好欺，便肆无忌惮地做一些拐骗买卖的勾当。若要去武林大会，没有足够的能力自保，两位掌门是绝不敢轻易冒险。

"不知道。"顾了了摇摇头，"要不，我们先试试看？"

"好。"顾美人点头。

在玉凤山庄，出现了百年难得一见的奇观——没有吵架，也没有争执，顾了了和顾美人竟齐心协力，只为配制一梦白头和解药。

只三天的时间，说长不长，说短不短，顾了了和顾美人为了找出药方，不眠不休地研制草药，将玉凤山庄里面的动物抓来试药，然后再服以解药。

这些试药的小动物，起初要么七窍流血要么满地打滚，渐渐地，终于有小动物开始沉睡，但醒来时不见毛发变白。没有找到一梦白头的真正药方，顾美人也只得随顾了了研制的配方制作解药。他天生聪颖，记忆超群，一般只要顾了了做出毒药，他便能在半个时辰内找到解药配方。对此，顾了了妒忌不已。

眼见时间还剩一夜时，她也顾不得嫉妒他人，草草用过晚饭后，一把拽住顾美人的手，朝药房跑去。顾美人罕见地没有说什么，他的目光停在手腕上。顾了了的手，小小的，软若无骨，带着丝丝温凉，从她的指尖，没入他的血液之中。

他甚至产生了一种冲动，希望这条路，永远都到不了尽头，希望他们，能一直一直这么走下去……可惜，药房近在眼前。

"美人，你去把所有用过的草药都拿来。"进门时，顾了了松开顾美人的手。

顾美人心底一阵失落，他点头，默默跑到药架边，凭着记忆取药。

顾了了拿起这两天有关的记录，一条一条看，嘀咕道："既然能昏睡了，为何毛发不会改变呢？难道说这里面还少了一味加速衰老的草药？"

"加速衰老"这几字落入顾美人手中，他指尖打了个颤，好似突然想到了什么，忙丢下手中的草药，跑到另一侧书架边，从中翻出一本书。

"了了，你来看。"顾美人哗啦啦地翻动书页，最后停在其中一页上，挥手叫道。

他的语气中带着几分激动，顾了了忙起身跑到顾美人身边，凑过脑袋，看着他手指向的文字。

"岐山寒生草，服之者，莫不浑身无力，遍体生寒，精神困乏，年色渐老……"顾了了在顾美人耳边轻声念道，她的声音悦耳清脆，如鸣翠黄鹂，小嘴一张一合间，吐出淡淡的清香，几次让顾美人分神。

读完这一页，顾了了兴奋地抱住顾美人，嚷道："美人美人，就是这个，岐山寒生草，肯定是这个没错。"

顾美人点头，脸颊微红，他没有推开顾了了，恰恰相反，像是极其享受她的拥抱，他壮着胆子，慢慢伸手，抱住顾了了的腰。两个六七岁的孩子抱在一起，这对顾了了而言根本不算什么，她向来只把顾美人当做小弟弟看待，发觉顾美人也抱着自己时，以为他和自己一样开心。

直到她松开手，顾美人还没有放手的意思，顾了了蹙起眉头，"美人，你怎么啦？"

顾美人见她看向自己的目光带着一丝疑惑，慌忙松开手，结结巴巴道："没、没什么，寒生草放在哪儿，你知道吗？"

这个问题将顾了了难住了。寒生草，她只听元掌门提过一次，却没有真正见到过，甚至，这里有没有这味草药她都不知道。

"以后要让顾叔叔弄点寒生草来。"顾了了嘀咕道。

顾美人想得比顾了了要深远，如果一梦白头的配方真的是寒生草，那么，解药又该是那种草药？

他翻遍全书，也没有找到与寒生草相克的草药，眉头不禁深深蹙起。

咚的一声，一个手指突然戳到他额头上。

"哎哟！"顾美人抱住头，连连退后两步，怒道，"顾了了，你又在发什么疯？"

顾了了双手叉腰，一副少年老成的模样，"顾美人，皱眉头多了会变老的，你应该多笑笑，才多大呢，就这样。"

顾了了的话顾美人一时哑然。变老啊，他确实有过这样的念头，无数次希望自己能快点长大。

顾了了见顾美人还不笑，心中顿时跳出一个捉弄的念头，她拍了拍手，然后不等顾美人反应过来，拉住他的脸颊，往两边拉扯。

"来，美人，给爷笑一个。"顾了了一脸猥琐。

顾美人被她弄疼了，挣扎着要摆脱顾了了的魔爪，含糊道："顾了了，你给我放手。"

放手？怎么可能！顾了了越发肆无忌惮，使出浑身力气，将顾美人那张清秀小脸生生拉成丑兮兮的大饼脸，一面拉一面放声大笑，那笑声，在人听来，简直猖狂得无法无天。这，便是顾了了。

过了很久，顾了了才心满意足地松开手，可怜顾美人的小脸被拉得通红，还残留着顾了了作案的指印。顾了了从怀中掏出一个小瓶子，拔出瓶盖，一股幽幽的清香扑鼻而来。她弄了一点到指尖上，然后勾了勾手指，道："来，美人，了了哥哥给你上药。"

"什么药？"顾美人吸了吸鼻子，不放心道。

"白露散，对皮肤很有好处的哦！"顾了了炫耀似的说道，"顾叔叔给我的，说可以缓解皮肤衰老——"

她话音刚落，两个人同时瞪大眼睛。看着顾了了手中的白露散，顾美人翘起嘴角，咧开一个大大的笑容，"了了，我知道了，我知道解药了。"

那笑容，好似发自心底，灿烂至极，一时间连顾了了也为之失神。

那似乎，是她生平第一次，看到顾美人如此开怀的大笑。也是唯一一次，顾美人笑得如此无忧无虑。

第五章 初涉江湖

"笑得那么开心，是不是已经制出了一梦白头和解药？"门外，响起两位掌门的声音。

顾了了和顾美人同时转头，见元掌门和齐掌门皆站在门口。

顾了了屁颠屁颠跑过去，拽住元掌门笑道："我们找到药方了。"

"说来听听。"元掌门一脸和善。

齐掌门则将目光转向顾美人，顾美人则有些踌躇不定，显然还有疑虑，但最终点了点头。

三日之期近在眼前，如今已没有多余的时间可犹豫，只能放手一搏！

顾了了一口气将所有的草药报出来，最后特意将"岐山寒生草"咬得很重，满脸得意之色。

元掌门捋着胡须，听到后面，嘴角的弧度越来越大，拍着顾了了的肩膀大笑，"不错不错，竟然能找到药方，虽不完全正确，但照这样的配方配制出来，基本就成了。"

见元掌门亲口承认那药方，顾美人不再犹豫，也一口气将解药药方说了出来。

齐掌门点头道："寒生草此物，服下之后，的确会有体寒昏睡之状，体寒难以治愈，但沉睡的确可以借你说的药物唤醒。"

两位掌门相视一笑，纷纷点头，暗自赞叹，这两个孩子，委实聪明。

但对顾了了和顾美人而言，找到一梦白头的药方，不仅需要的是聪明，有时候，运气也是不可或缺的元素。

"那我们可以去武林大会了吧！？"顾了了摊手道。

元掌门点头，"三日之后便走。"

什么？三日之后就出发？！和顾美人不可思议地对视一眼，顾了了歪着头问道："师父，爹爹同意了吗？"

元掌门哈哈大笑，"同意了，早就同意了。"

"三天前，你们来过之后我们便去和顾庄主说了。"齐掌门好心地补充一句，"顾庄主便同意了。"

这两只老狐狸！顾了了愤愤然，原来早就同意了，他们还要自己找出一梦白头的配方，这不是故意为难人吗！？

元掌门似乎看出顾了了眼中的不满，笑着解释道："重压之下必有所成，了了、美人，若不是我们这么说，你们能在三日中找出一梦白头的配方和解药吗？"

且不说顾了了发现岐山寒生草了，便是白露散，也极少有人想到，这两个孩子若能如此坚持下去，将来必成大器。

便这样，顾了了和顾美人，随着两位的师父，踏上了江湖之路。

江湖险恶，临走前顾冥磊一手拉着一个孩子，眼中写满不舍。但他也明白，终有一日，自己还是要放手，让他们去闯荡。现在，不过是让了了和美人早些接触那些是是非非，也好早有所悟。

马车内，两个孩子面对面坐着。

只带了两三个侍卫上路，元掌门与齐掌门说是要欣赏风景，坐在外头驾车。对此，顾了了有些愤愤，好不容易出远门，结果是被一句"乖乖待在车里"给赶进来，实在无趣得很。

好在有大大的车窗，车帘被拉开，景色随之映入眼帘。顾了了随手抓过一个包裹，然后打开，掏出一把零嘴。

面对顾美人直勾勾的眼神，顾了了有些不好意思地递出包裹，"你要吃吗？"

她以为，顾美人那神色，是想吃自己手上的零食。

顾美人咽了咽口水，摇头，艰难地将目光转向顾了了身边那一大堆包裹。他随便目测一下，大概有二十多个，还不加上另一边的包裹。

"顾了了，你是要搬家吗？"顾美人憋不住，问道。出去一趟，怎么用得上那么多东西？

顾了了释然，笑嘻嘻地拍了拍身边成堆的包裹，"美人啊，什么叫未雨绸缪，你懂不懂？"

顾美人摇头，虚心请教。

顾了了正要继续，只见顾美人神色一凛，一句小心，飞身而上，用前几天刚从顾翼那学来的金鸡独立招式，单手单脚架住一侧堆叠了差不多半个车壁那么高的包裹。

上车前，十几个侍卫人手两个包裹放到车上时，顾美人看到顾冥磊嘴角抽搐，额头青筋暴起，他顿时产生了一种幻觉——他们走后，玉凤山庄上下会不会举杯欢庆，终于送走了顾了了这尊大神。现在，他深深领悟到顾冥磊这几年来的不容易啊，有顾了了这个活宝在，玉凤山庄能完好无损地留存下来，从某一方面来说，也是一个奇迹。

五六个包裹重重地压在顾美人大腿上，他艰难地撑起半墙壁的重负，道："顾了了，你不觉得，你带的东西太多了吗？"照她这架势，未雨绸缪，绸缪的全都是暴雨洪灾。

顾了了毫无知觉地摇摇头，一脸正经道："美人，你经历得太少了，自然不知出门在外，有诸多不便，能多带一些东西自然要多带。"

顾美人吐血中，"你究竟带了些什么？"

"上面几个，是王大爷做的卤菜，还有白师父腌的熏肉，这几个是小青做的桂花糕、绿豆糕，那几个是小桐做的杏花干、玫瑰脯，旁边的是……"顾了了掰着手指，一个一个指给顾美人看。

顾美人飙血，他不认识这个人！一点都不认识！几十个包裹，有一大半是零嘴吃食，剩下的是各类药材，还有便是皂角精油，连被子枕头她都打包带来了。

果然是搬家啊！顾美人默默望着上方。

"这些，外头都可以买到。"把包裹再次放好，顾美人虚弱地坐下，说道。

顾了了摇头，摆出你不懂的神色，"外面买的毕竟不如家里做的放心。他有卫生合格证吗？有质量检测证吗？有经营执照吗？"

顾美人："……"那些都是什么？

"没有吧。"面对顾美人呆滞的表情，顾了了摊手，"所以还是自备的比较让人放心。"

连续三日的赶路，让顾了了和顾美人原本的新奇和喜悦被折磨殆尽。三日来，吃喝睡觉全在车上解决，二人简直要得"厌车症"了。所以，当听说今晚还要露宿野外，在车中过夜时，顾了了终于抱着被子泪流满面，让辛酸逆流成河。

"我想住客栈啊！"她长啸一声。

坐在对面的顾美人一手翻看医书，听到顾了了无比哀怨的声音，抬起头，皱了皱眉，"没办法，荒郊野外，哪来的客栈？"

"为什么总是走荒郊野外，不能经过城镇吗？"顾了了撅起小嘴，问道。

"这个你可以去问元掌门。"顾美人不冷不热答道。

顾了了翻了个白眼，如果可以问出个所以然，她也不至于在顾美人面前抱怨啊。

无论她问什么，元掌门都是笑眯眯的，从不正面回答自己，最喜欢拐弯抹角，要么避而不答。

这只老狐狸！顾了了愤愤揉着被角，目光又回到顾美人身上。

话说，出门在外，顾冥磊竟然让他换回男装，说是行走江湖，还是男装要方便一些。

顾美人也没有任何反对，穿上和自己款式相仿的男装，再梳男孩的发式，还真有一点小正太的感觉。

和顾美人在一起时，他以女装居多，但谈吐之间丝毫感觉不到女子的娇气，反而更多是男子的利落干脆。这让顾了了很是纠结自己的计划究竟算不算成功，有着男子气概的伪娘……你见过吗？不如，让她试探一下，反正现在也很无聊！

"顾美人啊，"顾了了伸长脖子，三八兮兮问道，"你喜欢什么样的男人？"

顾美人挑眉，不懂顾了了为什么问这个。

"不要害羞啦。"顾了了一副大肚的模样，"说吧，你了了哥哥帮你参考参考。"

见顾美人抿唇不答，顾了了故作惊讶，"你不会是……喜欢女子吧！？"

这话怎么说怎么别扭，顾美人明明是男孩，喜欢女子再正常不过，为什么到她嘴里，好像变成不可饶恕的事情？顾美人顿时满头黑线，他努力克制住内心想要揍人的欲望，深呼吸，对自己说，千万不要和对面那家伙斤斤计较。

"我没有喜欢的人。"顾美人冷冷答道。

"哦！"顾了了点头，心稍稍放下。

还没喜欢的人呀……也是，五六岁的小孩，连毛都没长齐，估计连何为喜欢都不清楚。这正好给自己大展身手的机会，趁顾美人还没喜欢的人，先把他掰直了再说。

"美人啊，你将来一定要当心男人。"顾了了语重心长道，"有句老话，宁可相信世上有鬼，不可相信男人的嘴。还有句老话，男人要是靠得住，母猪都会上树，所以……"

不等顾了了吧啦吧啦说教一通，顾美人将书合上，懒懒地看着她，不咸不淡地抛出一句，"你是在说自己吗？"

顾了了："……"她怎么会遇上这么一个惹人厌的臭小鬼啊！

坐在车外的两位掌门将里面的对话一五一十听去，憋笑憋得很是辛苦。

这个顾了了和顾美人，委实有趣，顾冥磊倒真是捡到了宝！

漫漫江湖路，因为有顾美人和顾了了一路吵架拌嘴，而显得格外热闹。

多日赶路，终于在第十天，他们抵达了一座较为繁华的城镇。

此去武林大会，还有半个月的路程，幸好，一路风平浪静，没有遇到什么麻烦。

这一回，似乎连两位掌门都无法忍耐了，抵达城镇后，做的第一件事便是——找一家客栈。

当小二还没把"几位客官要点什么"之类的话说完，元掌门抛下一锭银子，干脆利落道："要三间客房。"

于是掌柜的两眼放光，眉开眼笑，立马抛下手头的账本，亲自操刀上阵——为他们带路。

被冷落到一旁的小二泪奔了。顾了了和顾美人被安排在一间房里，两张床，两个孩子也好互相有个照应。

受不了十天没有洗澡身上的异味，顾了了率先去洗澡，留得顾美人在外头看门。洗到一半时，顾了了终于意识到一个非常严重的问题——她因为洗澡心切，忘记拿衣裳了。凳子上放的是穿了许久的衣服，而新衣服，貌似还在马车上没来得及带下来。

顾了了囧了。

"美人……"她蜷缩在水桶中，叫道。

"什么事？"外面顾美人回应道。

"美人，你帮我一个忙好不好？"顾了了问道。

顾美人沉默片刻，答道："你是不是没拿衣裳？"

顾了了："……"

她窘了一小下，讨好地说道："谢谢你啦。"

顾美人老成地叹了口气，"顾了了，你那几十个包裹，你觉得我能找到你的衣裳吗？"

顾了了仰头，泪眼汪汪：天要亡我！

"那我该怎么办？"总不能穿脏衣服吧？打死她都不干！

"这样吧……"顾美人迟疑一下，答道，"你先穿我的好了。"

"你的？"顾了了先是一愣，而后小声问道，"干净吗？"

顾美人额头暴起青筋，咬牙道："顾了了！"

"在！"顾了了答道。

"你不愿穿，光着身子出来也行。"顾美人恶狠狠说道，给她衣裳还挑三拣四。

顾了了自知理亏，弱弱答道："那好，你拿进来吧。一定要干净的哦。"

顾美人取了一套衣裳，低着头走近隔间，放在小凳子上又随手取走脏衣服，走出去。

自始至终，他都没有抬头一眼，对此，顾了了甚为满意。难怪夫子会如此喜欢他，这小子深得夫子那"非礼勿视"的精髓。

她洗完澡后，拿起顾美人的衣服，正要换上时，手突然抖了抖。

"顾美人！"顾了了吼道。

"在。"

"你这是什么衣裳！"顾了了怒气冲冲质问道。

顾美人在外边吞吞吐吐回道："我就带了三套衣裳，两套男装一套女装。"

"还有一套男装呢？"顾了了追问道。

"我待会洗完澡要换。"

顾了了皱着眉头，"你把男装给我，你穿女装。"

"不行，爹爹说了，出门在外，我必须穿男装。"顾美人从善如流道。

顾了了忍不住翻个白眼，平时怎么不见你如此听话？

"美人，你就穿回女装吧，偶尔一次，没关系的。"顾了了动之以情道，"难道你要了了哥哥穿女装？"

"这有什么不可以。我能穿男装，你怎么就不能穿女装？"顾美人不以为然道。

顾了了无言以对，她想到自己正太养成的大任，默默换上女装，披散着一头黑发从隔间走出。

顾美人眼底闪过一抹异色，稍纵即逝，而后笑道："我去洗澡，你先歇歇，待会出去吃饭。"

"哦！"看着绣有碎花的长裙，顾了了心情一阵复杂，这好像是她来这个世界第一次，换上女装。

趁着顾美人洗澡，她偷偷在镜子面前摆出各种造型。古代无污染的水土最滋养人，这具身子又是七岁的小萝莉，圆乎乎的苹果脸蛋儿，又黑又亮的大眼睛，顾了了觉得自己的虚荣心什么的一下子全部满足了。

提问：吃完饭后该做什么？回答：擦嘴。

再问：擦完嘴后呢？再回答：洗手。

再再问：洗完手后呢？再再答：擦手。

顾美人能够想象，如果他要问顾了了吃完饭后该做什么，将会展开以上一段毫无意义的对话。

向来以言简意赅著称的美人同学，自然不会在这上面浪费时间，用过饭后，他喝了口茶，漱漱口，道："出去走走吧。"

不给顾了了任何拒绝的机会，把她拖出去散步。

常言道：饭后百步走，活到九十九。习过医术后的顾美人，对于健康养生之类有着独到的见解，所以每天雷打不动要拉着顾了了出去散步。

至于为什么要带顾了了出去散步，这是有历史原因的！

几个月前的某日，顾了了对着一桌菜流口水，迟迟不动筷子。

顾美人疑惑道："不吃饭？"

顾了了含泪道："不吃！"

顾美人奇怪，今天都是她最爱的饭菜，"不合胃口吗？"

顾了了摇头，做西子捧心状，两眼泪汪汪，"美人，这个月我胖了十斤。"

十斤啊，这是什么概念？猪肉出口都可以创外汇了。

没办法，玉凤山庄换了个人掌厨，新来的那人手艺堪称一绝，尤其是红烧猪蹄，吃得顾了了那叫一个不亦乐乎，导致的结果就是体重飙升，悲从中来。

善良的美人同学深深叹息，"顾了了，以后注意合理膳食，还有，吃完饭后随我去散步。"

所以说，顾美人散步，是为了养生，顾了了散步，是为了减肥。

两个孩子，走在大街上，顾了了左顾右盼，觉得一切都是那么的新奇有趣。

虽然以前在电视上也看过不少古装戏，但毕竟是电视剧，终归与真实的世界还是有差别的。

顾美人其实也差不多，他自小和顾了了一块儿在玉凤山庄里长大，连电视剧都没看过，这时候比顾了了还要心痒。

两人一路走一路闲逛，看着街边红彤彤的冰糖葫芦，顾了了咽了咽口水。

"美人，你带了银子吗？"顾了了拉着顾美人的袖子，目光时不时转向那糖葫芦串。

顾美人扯了扯嘴角，顾了了想干什么他还看不出，故意问道："干什么？"

"山楂有助于消化，你要不要吃？"顾了了舔了舔嘴皮，说道。

顾美人哑然，明明是她想吃才对。

顾美人叹了口气，这家伙整日只记得吃，真怀疑她是不是饿死鬼投胎。

"有啊，拿去吧。"顾美人摸出一串铜板丢给顾了了。能出门在外不带钱的，估计也只有顾了了这种人。

他甚至有预感，若让顾了了独自闯江湖，玉凤山庄的脸面十有八九会被她败光。

接过铜钱的顾了了眉开眼笑，拿着钱就朝那红艳艳的糖葫芦奔去。

"我要那串糖葫芦。"两个脆脆的声音同时响起。

面对街边的糖葫芦串，顾了了发现另一边站着一个小女孩，梳着精巧的发髻，嘟着嘴，和自己一样，看上了同一串糖葫芦。

作为一个心理年龄差不多可以称作"欧巴桑"而外表看上去不过七八岁的小女孩，顾了了本该秉承尊老爱幼的精神，将那串糖葫芦让给对方，可她听到接下来的一句话时，立马改变了主意。

"你算什么东西，敢和我抢！"那小女孩恶声恶气道。

虽说在古代，人分三六九等，譬如王侯将相，譬如王公贵族，这些都是从出生就注定好了的命运。而顾了了也没有那个志向去做什么政治家、改革家，更不会提倡众生平等、不分贵贱这种口号。这些思想只能是随着时代的洪流，社会的进步逐渐产生发展，倘若她罔顾自己生存的背景胡乱说话，多半可能被当做异类甚至是奸邪之人被铲除。

所以当对方说出这样高人一等的话时，顾了了只当是狗在耳边乱吠。她抬起头，冲着卖糖葫芦串的老大爷甜甜一笑，"老爷爷，能不能给我那串？"

她挑的是一串最大的糖葫芦。

生意人向来讲求先来后到，老大爷见顾了了率先开口要，长相甜美，又懂礼貌，笑呵呵将那一串取下来，递给顾了了。

顾了了将两枚铜钱放入老大爷手中，对着那个女孩扮了个鬼脸，蹦蹦跳跳朝顾美人那边跑去。

小女孩似乎从未遇到过这种事情，过了很久才反应过来，顿时委屈得哇哇大哭起来。任凭老大爷拿其他糖葫芦串给她都止不住泪水。

顾美人蹙眉，看着顾了了喜滋滋拨开糖纸，又看了看那个小女孩，说："让给她吧。"

顾了了一口回绝，"不给！"

"我再去给你买一串？"见小女孩哭得惨兮兮的，顾美人耐着性子劝道。

"不要！"顾了了大口咬下。甜甜的糖衣裹着青涩的山楂，酸脆可口，比起自己以前吃的不知要美味多少倍。

"你要不要尝一个？"顾了了将糖葫芦举到顾美人面前，晃了晃。

顾美人犹豫了一下，依言张口，咬下一个。味道的确不错，他点头，说了一声"好吃"。

随即，身后原本渐小的哭声又响了起来，顾了了漠然地看着那个哭得昏天黑地的小女孩，一边和顾美人分享糖葫芦，眼中写满不屑。

这样的小孩，绝对是从小被宠坏了，看中了的东西便非要得到不可，越是得不到，便越是想要。

小女孩见始终没人理会自己，就连卖糖葫芦的老大爷也走到另一侧去了，她委屈地撇撇嘴，泪汪汪盯着顾了了手中的糖葫芦，还剩下三颗。

那眼神，简直像玉凤山庄院子里看门的小白狗，平日若是吃不到肉，也是这般神情。

顾了了索性将糖葫芦塞到顾美人手中，她可没有任人随意打量的喜好。

顾美人也不喜被人盯着看。要在那小女孩可怜巴巴的目光下吃东西，他不是顾了了，还真吃不下去。

迟疑了片刻，顾美人大步走过去，说道："这个给你。"

小女孩咽了咽口水，一副想要却又不愿要的表情，高傲地扭过头，憋出一句话，"脏！我才不要你们吃剩下的东西。"

顾美人："……"他终于明白顾了了为何会和一个小女孩抢东西吃了。

"你不吃我吃了。"顾美人毫不客气地咬下一个糖葫芦，当着小女孩的面吃得吧嗒吧嗒响。小女孩回头，看到糖葫芦又少了一个，嘴一歪，哭声吊在嗓子眼里。

顾美人立马说道："是你自己不要。"

"我要！"小女孩一把抢过顾美人手中的糖葫芦串，一口气咽下去，看得顾了了生怕她会被噎着。

吃完后，小女孩心满意足地冲着顾美人笑。顾了了撇嘴，走过来，挽起顾美人的胳膊说："我们走吧。"

小女孩脸色立刻沉下来，眼见她又要大哭，顾美人无比头痛地说道："小妹妹别哭了，我再给你买一串糖葫芦好不好？"

小女孩含泪看着顾美人，"真的吗？"

顾美人点头，脱开顾了了的手，果真走去买了一串糖葫芦，递给小女孩。

小女孩破涕为笑，接过糖葫芦，突然扭过身，冲着对面大吼一声，"君沉暮，你输了。"

顾了了和顾美人都吓了一跳，不明所以地看了对方一眼。都说"江山代有才人出，各领风骚数百年"，顾了了今日也算见识到了，这江湖，不仅能出武林豪侠，也能出……伪娘！

小女孩喊"君沉暮"时，走来两个小孩，一男一女，看起来也不过八九岁。

其中的女孩儿皱着眉头，对她道："沉风哥哥，你怎么又穿女装？"

女装？！顾了了震惊了！再打量那位拿着糖葫芦的"沉风哥哥"，粉色短襦紫色长裙，梳着包包头，眼眶残留着泪痕，小脸因刚才的哭泣而红扑扑的，愈发惹人怜爱！

沉风不满地瞪了一眼女孩，朝着她身边的男孩发难，"君沉暮，你输了！霁光剑该归我所有！"

君沉暮默然，"君沉风，我没想到你会为了霁光做到如此地步。"

君沉风脸上还残留着泪痕，却洋洋得道："那是，你也不看和谁打赌。"

女孩愤愤然，"沉暮哥哥，你别管他，他有事没事就喜欢穿女装，让姑父瞧见了一定会狠狠教训他一顿。"

"穿女装怎么啦？"君沉风不屑道，"你又不是没穿过男装。"

"那不一样，女扮男装是为了方便，男扮女装是……"

"是什么？"

"是叫人恶心！"女孩一口气喊出来。

顾了了正看得津津有味，忽而觉得身边顾美人神色不太对劲，他似乎有些……阴郁。不会是因为那句"男扮女装叫人恶心"之类的话吧！？

虽然她也不大喜欢男扮女装，好好的大男人，没事喜好扮小女人作甚？不过在她心中，顾美人属于例外，都是因为她，他才不得不从小被当做女孩抚养。

"有什么恶心的？"一声娇笑，顾了了上前道，"既然女子可以扮男子，男子自然也可以扮作女子。"

小女孩嘟嘴，不屑道："好好的男子不做，穿什么女装。"

顾了了挑眉，冷笑，"好好的女子不做，又何必穿男装？"

"你！"小女孩气得跳脚，"我讨厌你！"

"那还真是抱歉啊，我也不喜欢你。"顾了了从善如流。

一边的君沉风哈哈大笑，咬一口糖葫芦，幸灾乐祸道："忆晚，你也有今天。"

忆晚跺脚，瞪了一眼君沉风，又退回君沉暮身边，拉住君沉暮的胳膊，"沉暮哥哥，那个小贱人欺负我，你要为我出头。"

顾了了冷笑，果然不是一家人，不进一家门，这个忆晚和君沉风的口德，有的一拼。

君沉暮显然意识到这样不太好，低咳了一声，刚要开口，被一个声音打断。

"谁是小贱人！"顾美人神情冰寒，看向忆晚的眼神简直能把她生吞活剥了。

顾了了惊喜，顾美人竟然会为自己出头，不愧是和自己一起长大的妹妹，哦，不——应该是弟弟啊。

"这位小兄弟，抱歉，忆晚说话向来没个轻重。"君沉暮似乎是三人中年纪最大的，做事说话也比其余二人要稳重老成许多，"我替忆晚向二位道歉。"

顾了了撇嘴，"话又不是你说的，凭什么你道歉她不道歉？"

忆晚哼了一声，又要大骂时，君沉暮扭过头，声色俱厉，"孟忆晚，出门前姑姑说了什么你就不记得了吗？"

孟忆晚那张桀骜不驯的小脸立马垮下来，像是受了天大的委屈，眼眸含着泪光。

"沉暮哥哥，连你也欺负我。"她大声抽泣道。

有君沉风男扮女装当街大哭不够，孟忆晚也来凑个热闹，这一块地方顿时变得极为热闹，来往行人无不投以好奇的目光。

"行了，别哭了，你烦不烦啊！"吃完最后一颗糖葫芦，君沉风蹙眉说道。

顾了了嗤笑，刚才不知是谁对着那一串糖葫芦哭得死去活来。

君沉风暗地里瞥了顾了了一眼，底气有些不足，"不就屁大点的事，死拽着不放做什么。"

"是啊，屁大点的事，为一根糖葫芦串也能哭得出来。"顾了了双手抱臂，毫不客气地嘲讽道。

君沉风嘴角抽了抽，宁可得罪小人不可得罪女人，这句话他今天是彻底领悟到了。可怜的君沉风同学大概还意识不到，真正得罪顾了了的下场，远比现在惨烈得多。

君沉暮头疼无比，对于孟忆晚的任性乖张，他没少受连累，原本只是他和君沉风之间的一个赌约，竟生出这么多事来，委实叫他左右为难。

"忆晚，你不是想看沉暮哥哥舞剑吗？我们回去，沉暮哥哥舞给你看好不好？"君沉暮万般无奈之下说道。

"真的？"孟忆晚猛地止住哭声，扑闪着大眼睛问道。

"真的。"君沉暮一本正经地答道。

"喂，君沉暮舞剑，你们要不要来看？"君沉风突然发话，对着顾了了和顾美人说道。

顾了了抬头，对视他的目光，君沉风微微觉得有些不好意思，头转向其他地方。

"好啊！"顾了了欣然一笑，扬声应道。

君沉风没料到她会如此爽快，再对上那双清澈的眼眸时，只觉得心头微微一跳，顿时脸上拂过尴尬之色，生平第一次，觉得这一身女装令人厌烦，恨不得当即换回男装。

对于君沉风邀请外人看自己舞剑，君沉暮心底不悦，却也不表现出来，"还不知二位姓名是……"

"顾美人。"顾了了抢先回答。

顾美人呛了一下，余光瞥了眼顾了了，她嘴角微翘，似又想到什么古怪的念头。

既然顾了了想玩，他也没有理由破坏她的兴致，尤其是对面君沉风看着顾了了的目光，让顾美人感到很不爽，很不爽！

"顾了了。"顾美人含笑回答。

"顾了了？"三个人异口同声惊呼，"你就是顾了了。"

"怎么了？"顾美人疑惑，"顾了了"这个名字很独特吗？

长年深居简出，他还不知道，顾了了一名，早在七年前，已传遍江湖。

楚千觞钦点的弟子，玉凤山庄的少庄主，但凡对江湖有一点点了解的人，都不会不知道"顾了了"三个字。

项庄舞剑，意在沛公。沉暮舞剑，很想……泪奔。

有一个孟忆晚在，已让他为此焦头烂额、胆战心惊、身心疲惫、痛苦不堪，加上一个顾了了，君沉暮觉得自己的心脏在猛烈地抽搐。

顾了了和孟忆晚两人坐在石桌边，桌上摆满各种水果糕点，两人你一块我一块吃得不亦乐乎，偶尔抬头瞥一眼正在舞剑的君沉暮，指指点点评论一番，从动作优不优雅到造型美不美观，然后继续享受美味。

君沉暮很想破口大骂：你们要看就认真看，不要一边指手画脚一边吃得满脸都是粉末儿。至于其余的两个人呢，君沉暮连看都不想看。

君沉风正喜滋滋地抱着霁光剑，向顾美人炫耀，这柄剑有多么多么锋利，多么多么了不起。

"顾了了啊，这剑原先的主人是江湖上首屈一指的杀手，后来总算被人抓住，霁光剑也流落江湖中，经过无数次转手，终于落入我们君家！还有一柄吞日剑，也很是厉害，不过据说在江湖第一杀手的手中。"

"对了，你会不会用剑？楚千觞会选你做徒弟，你的武功肯定很厉害吧？"

"你不知道有多少人想要拜楚千觞为师，听说七年前他门下就跪求了一批人，后来爹说楚千觞收你为徒，不可能再收其他弟子时，我们都嫉妒死了。"

"还有还有……"君沉风吧啦吧啦说了一大通，顾美人对此一声不吭，余光时不时扫过坐在石凳上津津有味吃东西的顾了了。

那家伙，从没有对自己说，她是楚千觞的徒弟。虽说还未正式拜师求艺，但这事早已板上钉钉，十岁那一年，她便要依照约定，去楚千觞门下。他此刻的心情，不知是高兴多一点，还是愤怒多一点。好像所有重要的事情，她都不曾告诉过自己，都是从其他人口中知道。难道她就一点都没把自己放在心上吗？还是说，对她而言，自己根本就是一个可有可无的人？

好不容易，君沉暮舞完剑，放下长剑，孟忆晚拍手道："沉暮哥哥跳得真好看。"

噗——顾了了正端着茶杯，差一点茶水就要随着口水喷薄而出。

这孟大小姐，真是……不鸣则已，一鸣惊人啊。跳得真好看……敢情她当君沉暮在跳舞？

君沉暮的面色，自然好不到哪里去，他咬牙切齿道："多谢。"

目光转向顾了了，顾了了踟蹰，怎么说，也得给点评价是不是？尽管她真的没看懂，那剑术好在哪里。

顾翼只教给他们最基本的功夫，至于高深的剑术，她还真没接触过。

所以……"公子舞的剑……很优美。"顾了了实话实说。

的确很优美，动作缓慢，如同电视上的慢镜头。顾了了不怀好意地想，若是与人搏杀时用这套剑法，估计没两下就成靶子了。

不过君沉暮似乎对顾了了这个评价甚为满意，仰起头笑道："那是，菱花剑法的精髓便在于此。"

好看不实用？顾了了用眼神质疑。

"对于初学剑法的人来说，这套剑法可以牵动人七经八脉，让内力随之流转全身，熟悉握剑、御剑的各种姿势，可以说是入门者必学的。"君沉暮略过顾了了的眼神，答道。

原来如此啊，顾了了不好意思地笑了笑，低头喝茶，嗯，喝茶。

"顾了了，你既然能被楚千觞选中，一定有什么过人之处，不如拿出来比试比试！"君沉暮一转头，剑直指顾美人，突然发出挑衅。

噗——这一次，顾了了是真的喷出来，茶水伴随口水，喷到对面孟忆晚脸上。

孟忆晚的脸，瞬间黑了。顾了了挠了挠头，她真的……不是故意的。

好吧，也许有故意的成分，但那也是被人害的。

"沉暮哥哥！"孟忆晚一边用袖子擦拭脸上的茶水，一边瞪着顾了了，那双眼睛简直可以喷出火来，"你给我狠狠地教训他们俩。"

君沉暮默默然，手中的剑垂下，他突然不想比了。向来都是孟忆晚作威作福，他做牛做马，今日竟然能碰上一个克星，委实是……大快人心啊。

孟忆晚见一向护着自己的沉暮哥哥都默不作声了，更别提那个总喜欢与自己作对的沉风哥哥

她气不打一处来，一双大眼睛死死瞪着顾了了，又从顾了了身上转到君沉暮，再从君沉暮转向君沉风。

突然嘴中蹦出一个响嗝，随后一个接着一个，不停歇，眼角的泪水都快溢出来。那张小脸变得惨白惨白，便是平日再不喜欢孟大小姐脾气的君沉风也看得几分同情，更别提君沉暮了。

君沉暮忙倒了一杯茶，递过去，"忆晚，喝点茶。"

孟忆晚接过茶杯，一边打嗝一边往嘴里灌茶，但丝毫不起作用，依旧是不间断的打嗝，身子不住地颤抖。情况一下子变得严重起来，顾美人三步并作两步上前，伸手握住孟忆晚。

君沉暮蹙眉要阻止时，听到顾了了发话，"美——了了他懂医术，让他看看吧。"

指尖熟练地搭在孟忆晚脉上，片刻后，收指，顾美人起身，抓住孟忆晚的手，轻压拇指两侧的少商穴。

"好一点没有？"打嗝的间隙，顾美人柔声问道。

孟忆晚抬头，眸中漾着粼粼波光，看向顾美人的眼神甚是可怜，顾美人又轻压几下，拍着她的背脊为她顺气。渐渐地，嗝声缓下来，孟忆晚满脸泪水，想必方才十分难受。

"谢谢……"她上气不接下气地说道。

"喝杯茶吧。"顾美人从君沉暮手中不客气地拿走了茶杯，放在孟忆晚手中。

孟忆晚顿了顿，喝了一大口茶，拍拍胸口，觉得舒服许多。

"以后切忌别吃太多，尤其是糕点酥糖。"顾美人叮嘱道，面色严肃，还不忘瞪顾了了一眼。

早就跟她说过了，糕点酥糖，吃多了对身体不好，结果两人还争抢着吃。

顾了了不好意思地吐吐舌头，无声对顾美人说了句话——下不为例。顾美人扭头，哼了一声，下不为例，他见鬼了才会相信她的话！见顾美人三下两下便治好了孟忆晚，君沉暮把剑入鞘。

"不比了吗？"顾了了好奇道。

君沉暮双手抱拳，道："了了兄果然厉害，在下自愧不如！"

噗——顾了了暗自庆幸，还好这回自己没有喝茶，保不准她又要喷得孟小姐一脸都是。

不就一个小小的打嗝嘛，有必要弄得如此严肃吗？她却不知，孟忆晚自小身体就不好，君家两兄弟会如此迁就，也多半源于此。甚至小时候，孟忆晚被两家宠上了天，她说一，没人敢说二。这几年因身体有了起色，两家人才渐渐注意到这位大小姐的脾气，该收敛收敛了。

"了了哥哥！"孟忆晚眨巴着眼睛，忽而叫道。那声音啊，顾了了浑身的鸡皮疙瘩都冒出来了。

顾美人倒是一脸正常。也是，孟小姐叫的是"了了哥哥"不是"美人哥哥"，该寒战的也是她而不是他。顾了了突然很有揍人的欲望，尤其是面对顾美人那张万年不变的从容镇定的神色时，忍不住磨牙霍霍。

"孟小姐，能不能换一个称呼？"顾了了咬着牙，强忍着吐血的冲动开口。

"为何？"孟忆晚看向顾了了的眼神带着敌意，"难道了了哥哥只准你叫就不准我叫？"

放屁！你哪只耳朵听到我叫他了了哥哥！

顾了了想要双手捶胸，想要仰天长啸，想要以头撞地。可是，谁叫她要先向人介绍自己是"顾美人"的？这是典型的天作孽犹可活，自作孽不可活啊。

孟忆晚似乎打定主意要和顾了了作对，左一声"了了哥哥"右一声"了了哥哥"，嗲嗲的声音，叫得不亦乐乎。可怜顾了了同学的耳朵，备受摧残啊！

"了了哥哥，你尝尝玫瑰露。"

"了了哥哥，你看我绣的香包。"

"了了哥哥，你说我穿这件衣裳好不好看？"

"了了哥哥……"

拽着顾美人不放不可怕，可怕的是，你明明叫的是一个人，口中却蹦出另一个人的名字，而且那个人还是你不喜欢的人。顾美人嘴角微微抽搐，看着顾了了那抓狂的模样，心中巨爽无比，什么叫天理昭彰，什么叫报应不爽，终于见到那家伙吃瘪了，而且吃得哑口无言，连反抗的力气都没有。顾美人含笑，故意在孟忆晚叫"了了哥哥"后应一声，似在鼓舞她这么叫。

良久，顾了了捂着胸口，虚弱道："美——了了，我们回去吧。"

天色渐暗，元掌门和齐掌门还在客栈里等着，明日又要赶路，早些回去，也好摆脱这该死的了了哥哥。

顾美人觉得戏弄够了，点头道："我们还有事，先告辞了。"

"了了哥哥，你们要去哪儿？不留下来玩吗？"孟忆晚眨巴着大眼睛，说道。

顾了了抢着回答，"不了，我们明日还要赶路。"

"去哪儿？"问问题的不是孟忆晚，而是君沉风，他看着顾了了，眼底似有一丝不舍。

顾了了耸肩，也不隐瞒，直言道："武林大会。"

顾美人眉头微蹙，仿佛对她的快言快语不满，一手拉住顾了了，道："那么，就此别过，后会有期。"

"了了哥哥……"孟忆晚还想再做挽留，顾美人却像是打定了主意，扯着顾了了的袖子，将她拉出了君府。

孟忆晚和君沉风的脸色不约而同沉下来，君沉暮尽收眼底，爽快地笑道："你们俩急什么，不就是武林大会嘛，爹也要去的，到时候带上我们就好了。"

"真的？"孟忆晚仰起头，眼中流淌着浓浓的喜悦。

看着面前小女孩瞬间眉开眼笑，君沉暮忽的感到胸口微堵，闷闷点头。

孟忆晚拍手笑道："那真是太好了，我要去找了了哥哥。"

见她一蹦一跳回自己的房间，君沉暮转身，看到君沉风一手抚着剑，神情凝重。

"沉风，怎么了？"

君沉风缓缓抬头，问道："顾了了和顾美人，他们是兄妹吗？"

在作介绍时，二人均未说明他们的关系，只道自己的姓名。

"应该是吧！？"君沉暮迟疑了片刻，答道。

"可是没有听说过，顾家还有一位小姐。"君沉风慢慢说道。

"这好办，派人去玉凤山庄打听一下不就知道了。"君沉暮拊掌而笑，顿了顿，他又揶揄道，"沉风啊，你是不是喜欢那位顾美人顾小姐？"

君沉风面上飞过一抹可疑的红霞，结结巴巴道："大、大哥，你说什么呢，她那么小，我怎么可能喜欢……"

"那就是不喜欢？"君沉暮挑眉。

君沉风顿时没了声音，许久才满脸尴尬地看向自家兄长，犹带几分哀求的神色道：“还请大哥帮忙。”

“好！”难得看到弟弟困窘的表情，君沉暮心情大好，连声应道。

回到客栈，元掌门和齐掌门将顾了了顾美人二人叫回各自房间中。

“了了啊！”元掌门看向顾了了的眼神带着几分复杂。

毒术和医术原本便是相生相克，懂得毒术之人势必略懂医术，因此元掌门初见时为顾了了把脉，他已知晓其真实性别。当然，顾美人的也不例外。

所以当初他与齐掌门询问顾庄主为何如此时，顾庄主苦笑一声，说因缘巧合至此，已无法改变，只希望两人不要戳穿，待到顾了了和顾美人年纪大些再据实以告，将来了了和美人若能结为夫妻则再好不过。但他却觉得不然，男子便该当成男子养，女子更是如此。

看顾了了如此大大咧咧的动作姿态，元掌门不禁想起倾城山上那些拜师求艺的小姑娘，虽说是舞刀弄枪，但姿态优雅，始终注意自己身为女子该有的仪容举止。是不是该适当地做一些引导？元掌门暗自忖度，因而先前看顾了了穿女装顾美人穿男装出门，他和齐掌门心照不宣地没有吭声，便在做如此打算。

“师父，何事？”顾了了乖巧地抬起头，眨着大眼睛，怎么看都像是小家碧玉一枚，真不知顾冥磊是怎么想的，好好的女孩儿要当成男孩养。

当然，元掌门不知顾冥磊那段纠结的过往，自然不会知道他是如何一失足成千古“恨”的。

“咳。”收回心思，元掌门掏出一本小册子，说道，“我这有一套剑法，你可以拿去练练。”

他见顾翼只教两个孩子基本东西却始终没有更深一步学习武术，想来是希望他们能将基础打牢。不过武林大会上鱼龙混杂，什么样的人都有可能遇上，状况百出，防不胜防，不如先让他们学一点剑术，至少可以增加几分应对意外的胜算。

以顾了了所学的毒蛊之术再配以剑术，虽成不了高手，但一般的无名小卒还是能够应付得了。

顾了了看过君沉暮的舞剑后，对剑术正产生了一丝兴趣，立马接过小册子，喜滋滋地翻开第一页——魅花宝典。

顾了了：“……”她嘴角抽搐了良久，很好，很强大，这本《魅花宝典》也不知是谁编写的。

再翻一页，“楚千觞，于乙亥年六月”。“楚千觞”三个字让顾了了微微一愣，记忆仿佛穿透时空，回到七年前，那倾国倾城的男子一曲笛声，宛若空谷幽兰，在寂静的山林中回荡着婉转悠扬。不过，“魅花宝典”这四字，委实让人浮想联翩啊。

元掌门似看出顾了了疑惑，开口解释道：“楚公子武艺超凡，无论剑术、拳法还是独门暗器，无一不精通，这本《魁花宝典》可是无数武林人梦寐以求的宝贝，我们倾城山也是好不容易才得到的，了了啊，你要好好珍惜。"

顾了了点头，捧着宝典回房间，见顾美人正坐在床上，翻看什么。

"齐掌门给了你什么？"顾了了好奇地凑过头。

"魁花宝典。"顾美人声音平平，瞥见顾了了手中册子，顿时了然，"你也是？"

"对啊！"顾了了一屁股坐在自己床上，略略翻了一遍，还好，这本书只是名字惊悚点，内容倒不怎么惊悚，口诀、心法配以动作图画，顾了了忍不住凭空比画了两下。

"好丑！"顾美人评论道。

顾了了扬眉，"有本事你来试试。"

顾美人放下册子，果真站起身，在顾了了面前慢慢挥动双臂，按照《魁花宝典》上的指示，认认真真地比画。还真是……似模似样。

顾了了暗自赞叹，无怪乎顾翼看见顾美人就两眼放光，他的确是武学奇才啊。比起自己，顾美人其实更有资格跟随楚千觞习武。只可惜没有机会。

很久很久以后，顾了了回忆起年少时，不禁猜测：如果当初，顾冥磊没有捡到自己而只是顾美人，或许之后便不会有那么多事情发生了。甚至连同那些欢乐的、悲伤的、恐惧的、痛苦的经历，也都不会出现。因为，顾美人比自己更有资格继承玉凤山庄，成为一代武林至尊。事实上，结局证明也的确如此。

有了《魁花宝典》，马车上的生活便不再索然无味。没事时，顾了了便缠着二位掌门，要他们演示上面的剑法给自己看，第一套剑法，便是那日君沉暮所舞的菱花剑法。

看着顾美人用树枝完整地演练了一遍菱花剑法，顾了了惊叹连连，第一次舞剑便让元掌门、齐掌门都赞不绝口，她甚至觉得和君沉暮不相上下。如果日后能加以精心培养，顾美人说不定能超越楚千觞。

元掌门也是这么评价的，"美人啊，你若是好生努力，定不会输给楚公子。"

顾美人抿了抿嘴，眼底流露出淡淡的笑意，扭头，将树枝抛给顾了了，道："该你了。"

顾了了接过树枝，在众人视线中很有压力地上场了。

实践证明，每个人都有擅长和不擅长的地方。比如顾美人，擅长医术，剑术也很有天赋，顾了了一时还找不到他不擅长的事情。再比如自己，略懂毒术，至于剑术……

怎么说呢，优雅的菱花剑法在她手中，很像在做第八套广播体操，那叫一个惨不忍睹啊！

连元掌门都禁不住用手遮住眼睛，不忍心再看下去了。

不忍心看下去不代表能看下去，望着顾了了不亦乐乎地舞剑，元掌门和齐掌门觉得自己要憋出内伤来。

最后，元掌门拍了拍顾美人的肩膀，说道："美人啊，你和了了从小一块长大，了了她交给你，我们也放心。"说完立马拍屁股走人，动作前所未有的干脆，好像生怕再多看一眼堵在嗓子眼里的血便会一股脑呕出来。

终于，顾了了将第八套广播体操做完，抛下树枝，笑嘻嘻地问道："美人，我做得如何？"

顾美人脸色镇定至极，嘴唇勉强动了动，喉咙里发出古怪的声音，"很……好……"

顾了了歪着脑袋，打量了他片刻，突然伸手，拽住他的脸颊，死命往两边拉扯。

"疼疼疼，顾了了，你在干什么？"顾美人吼道。

"帮你治疗面瘫啊。"顾了了松开手，满意地看着顾美人通红的面颊，上面还残留着她的指印，可见刚才是多么的用力。

顾美人差点没为她这一句"面瘫"岔气，他做了个深呼吸，对自己说，千万不要和顾了了计较，千万不要和顾了了计较……虽然，他真的很想很想揍她一顿。

和顾了了怄气，下场永远只有一个——把自己活活气死。元掌门和齐掌门将顾了了丢给自己，言下之意用脚趾头想想都能猜到——要他手把手教顾了了菱花剑法。

试问，这世上还有什么事情比教顾了了剑术更难的吗？

——有！打败楚千觞，称霸武林！

此刻，顾美人宁愿自己面对的是楚千觞，而不是正在走太空步的顾了了。

"顾了了，有你这样舞剑的吗？"再多看几眼，顾美人觉得牙龈就要被自己咬烂了。

顾了了抬头，满脸无辜，"难道不对吗？我明明是按照你的动作做的啊。"

顾美人忍不住在心底骂出脏话来，任是涵养再好的人，遇上顾了了也会被气得跳脚。

"这一招是这样的，手要伸直，略倾斜，眼睛要看着指尖，左脚脚尖点地。你呢？手弯的，眼睛看到哪里去了，你的脚尖有那么大吗？整个脚板都踩在地上。"

顾了了撇嘴，这个动作难度系数太高了，无论她怎么学都学不来。

不过，看着顾美人做，却像是一种享受。他一举一动，轻盈而利落，舒缓却不拖沓，比记忆中君沉暮舞得要好看不知多少倍。既像在跳舞，又不完全是跳舞，于柔韧中藏着刚硬，如果他手中的不是树枝，而是剑的话……顾了了眯起眼，看着林间阳光笼罩在美人的身上，透过他乌黑的发间，落在他深邃的眸中，只不过六七岁的男孩，似乎能从他稚嫩的五官坚定的神情中，看到他的未来。

——顾美人，生性坚忍，极具天赋，谨慎细密，灵活机变，将来必然能成大器。

这句话，出自顾冥磊口中，对两位掌门所说。顾美人并不知晓，顾了了却在无意中听到。

没有想象之中的嫉妒，更多的，是在为美人高兴。其实，她一直把美人看作自己的亲弟弟，有些别扭，有些冷漠，但实则心地善良，观察细腻，温柔体贴。

"顾了了，你再做一遍给我看。"顾美人恶声恶气的话语，打断了顾了了的回忆。

顾了了接过树枝，有几分无奈，她刚才看着看着便走神了，所以后面的动作一点都没有看到。

正当顾美人濒临爆发之际，一声"了了哥哥"将顾了了解救于水深火热之中。

顾了了生平第一次感到孟忆晚的呼唤是如此美妙如此悦耳，以至于她差点含泪回应。

还好反应得快，她扭头，见孟忆晚身后还站着君沉暮、君沉风两兄弟。

"了了哥哥，你在做什么？"孟忆晚选择性忽视顾了了，对着顾美人问道。

顾美人："……"他瞥了顾了了一眼，决定沉默，若是说出"练剑"二字，就算顾了了不嫌丢脸，他还是要脸面的。

"你有眼睛不会看吗？"顾了了冷冰冰地说道，心下越发讨厌这个小妮子。哼，想追我家美人，也得先过我这一关！

孟忆晚眼珠转了转，瞅了一眼顾了了手上的树枝和四肢摆出的怪异造型，良久才说道："你们是在用树枝作弓箭，捕麻雀吗？"

顾了了、顾美人："……"

后头传来君沉暮和君沉风哼哼唧唧的声音，两个人似乎捂着肚子在颤抖，君沉风甚至弯腰蹲下，一手撑着地面。

孟忆晚撇嘴，迷茫道："沉暮哥哥、沉风哥哥，你们哪里不舒服吗？"

"……没，我们很好、很好。"君沉风虚弱地答道，肩膀一颤一颤。

顾了了怒了：丫的，老娘就喜欢用菱花剑法捕麻雀，你们谁有异议？

"忆晚，顾小姐是在……练剑。"良久之后，君沉暮终于停止颤抖，直起身子，手顺便捶了捶腰，仿佛刚才笑得异常辛苦。

"练剑？"孟忆晚不可思议地重复了一遍，"怎么可能？"

"怎么不可能！"顾了了磨着牙问道，面色十分凶狠。

"可是沉暮哥哥不是这样的……"孟忆晚声音越来越小，似被顾了了扭曲的神情吓住，委屈地退后一步。

"了——美人。"顾美人上前，拍了一下顾了了的肩膀，示意她冷静，"你们怎么在这儿？"

"武林大会呀，我们也要去哦。"终于见顾美人开口说话，孟忆晚迫不及待地上前，笑盈盈回答道，"好不容易赶上你们，了了哥哥，接下来的日子请多关照啦。"

啪嗒一声，树枝应声落地，再啪嗒一声，顾了了应声摔倒。由于方才那个动作难度指数委实高了些，她坚持了两分十五秒后最终因孟忆晚最后一句话而破功，四脚朝地地趴在地上。

这不能怪她啊，若是放在以往，她铁定不会犯这么白痴的错误，但刚刚被孟忆晚这么一惊吓，手脚完全不听使唤，跌倒在地。

君沉暮和君沉风再也憋不住笑声，林子里充斥着张扬的大笑，连顾美人的嘴角也抑制不住地翘起，很久之后，他才弯下腰，向顾了了伸出手。

"起来吧。"

顾了了猛地撇过头，不理他。她懊恼地咬着嘴皮，肠子都悔青了。真是一失足成千古恨哪！她一脚没有站稳，将自己的脸面彻底摔尽了。

"哟，原来剑法里还有这一招，沉暮哥哥，这招叫什么？"孟忆晚冷嘲热讽道。

君沉暮止住笑，低咳了一声。玉凤顾家，江湖中无论哪个帮派都要卖他三分面子，虽不知这个顾美人顾小姐在顾家地位如何，但派出的探子回禀，玉凤山庄的确有一位顾小姐，闺名"美人"。

"忆晚，你不是说饿了吗？回去吃饭吧，别让其他人等急了。"君沉暮解围道。

孟忆晚哼了一声，见顾了了从地上爬起，拍了拍衣角上的草屑，一言不发，转身便走。

她知留在这里也是讨一个没趣，反正他们同路，一道去武林大会，来日方长，和了了哥哥不愁没机会搭话。

见顾美人抱拳告辞，孟忆晚摆出一个自认为最好看的笑容，脆脆叫道："了了哥哥，明天见。"

顾了了脚下一滞，什么了了哥哥明天见？我还天天见呢。

等人走远了，顾了了突然回头，怒气冲冲地朝着顾美人吼道："顾美人，你惹下的好事自己去解决，别让我再听到孟忆晚喊'了了哥哥'四个字。"

她怕自己一个不小心，撒一把毒药将那小妞毒哑。

顾美人无所谓地耸耸肩，凉凉道："我记得，是有人先盗用我的名字，不得已我才用了她的名字。"

顾了了："……"

她要是知道他们会遇到这么极品的一群人，早脚底抹油能跑多远跑多远去了。

了了哥哥，还美人妹妹呢。

马车边，两位掌门正在生火烤兔子肉，香喷喷油汪汪的肉味儿让顾了了咽了咽口水。

注意力被那烤得黄澄澄的兔子肉所吸引，她暂时忘记了方才的愤怒，大步扑上去，嚷道："我饿了。"

元掌门没好气地白了她一眼，道："想吃？先舞一遍菱花剑法给我看。"

他不说还好，一说又勾起了顾了了的怒火。

"我们还有多久才能到那个武林大会？"

"十天左右。"

"怎么还那么久？"顾了了惨叫道。

兔子肉在火上翻滚，元掌门缓缓道："你把菱花剑法学会了，就差不多到了。"

"我不要学那个破剑法。"顾了了赌气道。

"又怎么了？"元掌门见顾了了脸色难看至极，向来只有她气别人的份，是谁这么伟大，把顾家小恶魔气成这样？

顾美人将刚才发生的事情讲一遍，尽管删除了某些细节，又在某些细节上稍作省略，不过以元掌门那老狐狸的智商，眼珠子在顾了了身上晃一圈，便大概猜出前因后果了。

"你们遇到的人是君家和孟家的？"一直沉寂的齐掌门突然插嘴道。

顾美人点头，"君沉暮、君沉风和孟忆晚。"

听罢，元掌门和齐掌门对视一眼，沉吟片刻后，元掌门道："这两家是江湖武林世家，既然是同路，待会儿不如去拜见一下。"

齐掌门颔首。

"武林世家又怎样？"顾了了将树枝愤愤插入火中，像对待阶级敌人一样，咔嚓一声，单手捏断树枝，"顾家也是武林世家。"

元掌门失笑，联想到顾美人刚刚所描述的，不难想象顾了了方才的经历有多么难堪。

但这未尝不是一件好事。顾了了的性子便是这般，不经受一点刺激挑衅，是不会认真去做的。

"了了，美人，你们也一起来。"元掌门命令道，"正是因为顾家是武林世家，所以更需要保持良好的风度，不能让外人落下话柄。"

他的话让顾了了无法反驳。的确如此，出门在外，许多事不是能够任性为之。

在这里，她不再是玉凤山庄里那个任性妄为的顾家小公子，不会有人如山庄里的人那样宠溺爱护自己。所以，收敛起骨子里的狂妄骄傲吧。这个世界永远都不会是你手中的桔子，可以任你拿捏。

君家和孟家的队伍就在不远处，饭后，两位掌门果真带着顾了了和顾美人前去拜见。

来之前，顾美人说了，他和顾了了在君家兄弟和孟家小姐面前互换了身份，元掌门便很"好心"地不去戳破。自然，齐掌门更不会去自找麻烦。

"原来是两位掌门。"君老爷——君沉暮和君沉风的父亲起身，笑道，"这位便是楚公子钦点的弟子，顾小公子？"他的目光落在顾美人身上，顾美人抿唇，淡漠不语，心下很不以为然。

似乎所有人都以能成为楚千觞的弟子为荣，他却不知为何，对那个人愈发没有好感。

什么十五岁横扫各大门派，什么江湖第一大美男，终有一日，他顾美人要凌驾于楚千觞之上。

大人们相互打招呼时，孩子们自然去一边玩。

君家两兄弟都很高兴顾了了和顾美人的出现，至少他们不用当背景被冷落到一边了。

看着换上男装的顾了了，君沉风说道："美人妹妹，你换了男装啊。"

"是啊，出门在外，男装比较方便。"她笑了笑，心底却在抱怨，如果不是那天顾美人硬要自己穿女装，哪会有这么多麻烦事啊。

君沉风赞同地点点头，脸颊飘过一道可疑的红霞，"也是。不过……你还是穿女装比较可爱。"

"啊？"顾了了一时没反应过来，愣在那儿。

"顾美人，你今天还没练剑。"顾美人突然不耐烦地说道，不给她回神的时间，拽住她的手，一把往林子里拖。

"啊——等一下，我自己会走。"顾了了被他拉得跟跟跄跄走了几步，差点摔倒。

顾美人哼了一声，没有松手，放慢了脚步。

"了了哥哥，你们又要去干什么？"那一声"了了哥哥"阴魂不散，让顾了了浑身再度冒出鸡皮疙瘩。

比起面对孟忆晚，顾了了觉得自己宁愿用高难度的菱花剑法去捕麻雀，至少自己的耳朵不用备受摧残。可惜有元掌门这只老狐狸在，老天注定听不到顾了了的心声。

所以说，结果显而易见——他们和孟忆晚同路了，大家一道结伴去武林大会。

面对这个局面，顾了了无力地蹲在角落里，画圈圈。

和她一起画圈圈的，还有一个人——君沉暮，"真讨厌那家伙……"

顾了了听到君沉暮碎碎念，不由伸长耳朵，讨厌谁？

"……顾了了。"仿佛心有灵犀，下一刻，顾了了就从他嘴中听到自己的名字。

顾了了："……"她好像没做什么坏事吧！？怎么就惹人讨厌了？

"……忆晚怎么能这样？"

顾了了脑袋一转，顿悟了，原来君沉暮讨厌的是顾美人啊！

再抬头，见孟忆晚围着顾美人晃悠，顾了了眼中闪过一丝狡诈的笑意。

她挪了挪身子，凑到君沉暮身边，小声道："君沉暮，你可想抱得美人归？"

君沉暮想都未想断然回绝道："我对你没兴趣。"

顾了了："……"老娘会对你一毛头小子有兴趣！？不是看到你这张死人脸，老娘才懒得管你呢。当然，她也是有私心的，只有一点点哦。孟忆晚不要整天"了了哥哥"半句不离口，她听得几欲吐血，偏偏顾美人一副很满意的模样，似在鼓励孟忆晚多叫几声。

"我是说，帮你赢得孟忆晚的心。"顾了了解释道。

"你……怎么知道？"君沉暮惊疑地看着顾了了。

顾了了笑眯眯，小样，那么明显的表情我再看不出，不是白活了两世。

"你们在讨论什么呢？"原本在观看孟忆晚纠缠顾美人的君沉风突然伸过脑袋，问道。

"帮你哥赢得孟忆晚啊。"顾了了眨了眨眼，笑道。

君沉风一愣，看了看自家大哥，再扭头看了看整个身子都快贴到顾美人身上的孟大小姐，大脑当机中，"哥，你……脑子摔坏了吗？"

噗——君沉暮的脸顿时黑色，顾了了嘴角一抽一抽，很辛苦地憋着笑。

问得好！其实她也想这么问君沉暮的，不过萝卜白菜各有所爱嘛，君沉暮长得人模人样，品位怪一点也不足为奇。反正只要孟小姐不再叫那四个字便好。

君沉风收到大哥即将暴怒的信号，立马机灵地说道："我有个法子。"

"什么法子？"顾了了和君沉暮不约而同问道，声音之大让孟忆晚和顾美人侧头。

"嘘——小声点。"君沉风朝孟忆晚摆摆手，而后神秘兮兮地对着他们说，

"我听说，前边会有一个道观，我们会在道观里借住一晚，然后……"

如此如此说了一番，三个小脑袋凑在一块，又嘀嘀咕咕一阵，最后连一向看起来温文尔雅的君沉暮脸上也露出狡诈的笑意，更别提笑得贼兮兮的顾了了和君沉风了。

晚饭后，顾了了和顾美人回到自家的马车上，顾美人看了一眼顾了了，问道："你们刚才说了些什么？"

顾了了装傻，"没说什么啊。"

顾美人道："别给我装傻，你和君沉暮、君沉风凑在一起，是不是又在商量怎么捉弄孟忆晚？"

顾了了："……"顾美人，可不可以不要这么聪明？

"因为你笑得太奸诈了。"顾美人补充了一句。

面对顾美人强大的气场，顾了了开始反省，什么时候她竟然会对顾美人产生小小的怯意？

不过这不是重点，重点是顾美人紧追不放，似打定了主意要知道。

顾了了撇嘴，"还能怎样，英雄救美呗。"

顾美人一愣，而后嘴角翘起，"英雄救美？"

"别得瑟了，英雄不是你，是君沉暮，要救的美更不是你，是孟忆晚！"顾了了横了他一眼。

顾美人："……"他有说过自己想做英雄吗？

"怎么不叫上我？"顾美人说道。

顾了了撇嘴："孟忆晚缠着你，叫你，不等于泄露计划嘛。"

"你们打算在道观里下手？"顾美人换了一个问题。

顾了了："……"大哥，其实你都知道是不是？聪明得简直不给人活路。

"嘿嘿，听说这个道观里曾闹过鬼，所以……"他们的计划不言而喻。

孟忆晚隐隐觉得，有哪里不对，好像那四个人瞒着自己什么，连同看她的眼神都带着几分异样。这样的状况随着他们抵达道观后，愈发明显。孟忆晚几乎可以断定肯定以及确定——他们四个不对劲。

孟忆晚嘟嘴，她孟小公主居然被人嫌弃了。连一直对她关爱有加的沉暮哥哥，也爱理不理。

满腹的委屈无处发泄，她下车之后头也不回地甩下众人，直直冲入道观。在场的长辈们面面相觑，问君沉暮，忆晚是怎么了？君沉暮耸肩，说不知。

顾了了则偷偷笑，抬头间见顾美人嘴角似也挂着一抹浅淡的笑意。难得，他会如此积极主动配合自己一回。顾了了却不知，每日被孟忆晚叫上N多遍"了了哥

第六章 初显身手

61

哥"，顾美人其实正处于濒临爆发的边缘。良好的修养使他不愿和孟忆晚计较，隐忍到现在，不得不说是奇迹。

"啊——"突然传来的尖叫声让门外的众人心头一紧，君老爷第一个反应过来，慌忙说道："是忆晚的声音。"不待他再说，君沉暮和君沉风便闯了进去。

顾了了等人也紧跟其后，众人只见孟忆晚跌倒在地，双手撑着地面，眼中写满惊悚。

"怎么了，忆晚？"君沉暮焦急地询问道。

孟忆晚颤巍巍地举起手指着前方道："那个……好可怕。"

顾了了抬头看了一眼，然后彻底无语了。那是人家道观里供奉的三清天尊，真不知孟忆晚是什么眼神，竟然会说可怕。其他三人也好不到哪去，只是君沉暮还算是比较内敛温和，扶起孟忆晚，轻声道："忆晚，那个是三清天尊。"

"我怕……"孟忆晚拽着君沉暮的袖子，转过头，可怜巴巴地望着顾美人，说道，"了了哥哥，你扶我去后面好不好？"

君沉暮脸色瞬间黑下来。面对孟忆晚惨白的小脸，要顾美人狠心说"不"，好像有点过分。

顾了了推了一下顾美人，道："了了，你和君沉暮一起扶孟小姐去后面休息吧。"

顾美人点点点头，有小道士在前面领路，三人缓缓朝后头走去。只是顾美人始终没有伸手扶孟忆晚，只跟在一边。

进来的大人们看到三个孩子背影，君老爷皱眉问道："怎么了？"

"忆晚被道观里的尊像吓着了。"君沉风解释说，"听说这里曾经闹过鬼，不太干净。"

"这方圆几十里，也只有一个道观。"君老爷叹了口气，"让顾小姐和忆晚住在一块儿将就一晚吧。"

顾了了闻言嘴角微微一翘，她等的就是这句话！孟忆晚正坐在道观备好的厢房休息，君沉暮体贴地为她端茶倒水，而孟小姐的目光自始至终黏在顾美人身上，没有离开半分。

顾美人不冷不热，对于孟大小姐的问题往往是一个"嗯"字打发掉。顾了了见此叹息不已，这世上有一种感情，叫做——犯贱。越是对方爱理不理的，便越喜欢拿自己的脸倒贴上去，反而对喜欢自己的人视而不见，觉得那人所付出的一切都是理所应当的。顾了了对这种行为严重鄙视之，更加坚定了自己要帮助君沉暮同志的决心。

直到很多年以后，顾了了才发现，原来喜欢犯贱的，远不止孟忆晚一人。

其实世上大多数人都是如此——眼中只看得到自己所爱的人，而对爱自己的人熟视无睹。所以，他们只能在红尘之中不断错失彼此，在错失中惆怅，在惆怅中追悔。

孟忆晚听说要和顾了了合住一夜，脸上立马露出一百个不愿意。顾了了吐血，心中腹诽，你不愿意快去说啊，老娘才不稀罕和你合住一间屋子，说不定你半夜打呼、磨牙吵得我睡不着。

"沉暮哥哥，我不要！"孟忆晚叫道，一手指着顾了了，"万一她晚上打呼噜、磨牙齿怎么办？"

顾了了、君沉暮、君沉风："……"

顾美人："不会的，美人她睡相不怎么好看，但不至于打呼、磨牙。"

听听，还是自家人好啊。顾了了感叹，只是他把那句"睡相不怎么好看"收起来就更好了。

"那万一她晚上说梦话、梦游怎么办？"孟忆晚继续编造其他借口。

顾了了阴阴笑道："如果是梦游，即便不住在一起也没用。"

孟忆晚："……"

是哦，梦游到处乱跑，没准还跑到你屋里来呢！

孟忆晚看着顾了了，露出一副纠结的表情，"那……你睡觉不会打呼？"

顾了了："……"打不打呼我能知道吗？

"不会磨牙？"

顾了了："……"老娘现在就想磨牙宰了你！

"不会说梦话？"

顾了了："……"她终于相信自己和这个妞是八字相克。

"不会梦游？"

顾了了泪流满面，老天爷，您还是别让孟忆晚和自己同住一屋吧，她怕自己晚上一个不小心梦游掐死孟大小姐。

"放心，都不会。"看着顾了了抽搐的模样，顾美人好心替她回答。

"你怎么知道？你和她睡过？"孟忆晚脱口而出。

"你才和他睡过！你全家都和他睡过！"顾了了再也无法忍受，在沉默中爆发了。

孟忆晚被这强大的怒吼震得回不过神，君家两兄弟也是，仿佛是第一次认识此人。

唯有顾美人，脸色一沉，冷笑道："把刚才的话再说一遍。"

"你才和他……"声音越来越小，顾了了余光瞥了一眼美人同学，啊，她百分之百断定，顾美人，怒了！顾了了心声：她好无辜，她也是受害者啊！

"太久没收拾你，皮痒了是不是？"顾美人拉了拉手指，发出吧嗒的响声。

这声音，顾了了再熟悉不过。自从顾翼教他们习武之后，每次顾美人回击顾了了之前，都会发出这么一个声音。

好像是条件反射一般，顾了了惨叫起来，"美人我错了！再也不乱说话了。"

"晚了。"顾美人狞笑，对其他三个人道，"麻烦你们，出去一下好吗？"

"哦……"君家兄弟连同孟大小姐退出房门，砰的一声，身后的门被狠狠关上，不久之后，从里面传出的鬼吼狼叫一声大过一声。

君沉风道："美人妹妹她没事吧！？"要不要进去救她？

君沉暮咽了咽口水，"不、不用了吧……"万一救人不成反被误伤多不好。

孟忆晚两眼迷糊，"我怎么听顾美人叫了了哥哥'美人'呢？"

君沉暮点头，"貌似我也听到了。"

君沉风不寒而栗，"你们一定听错了，那个人，怎么可能叫'美人'。"

孟忆晚和君沉暮不约而同想起顾美人赶他们出房门时扭曲的表情，很有默契地点头，"一定是听错了。"

晚饭时分，顾了了和顾美人终于登场了。顾美人神清气爽走在前面，顾了了蔫成一根小白菜，跟随在后。

元掌门眯着眼，"了——美人啊，怎么了，谁欺负了你吗？"摆出一副受气小娘子的模样。

顾了了含泪，在心中呐喊——顾美人欺负我啊，这只披着羊皮的大灰狼。表面上她却笑得云淡风轻，"没谁欺负我，了了哥哥和我过招呢。"

元掌门颔首，"了了，做得不错，以后多陪美人过过招。"

顾了了："……"满腹苦楚无处诉说，顾了了只得一把鼻涕一把眼泪含恨吞下。

晚饭过后，大家便各自散去，顾了了对其他三人使了一个眼色，然后随孟忆晚回屋。

鉴于她和孟大小姐没有共同语言，顾了了回了房间稍作洗漱后便蒙着被子睡觉去。

房内，静悄悄的，一点声响也没有。外面传来鸟兽虫鸣的声音，伴着山风，吹打在窗纸上，发出呼啦啦的响声。树影斑驳地打在窗上，一摇一晃间，仿佛有人伸长了手在摆弄。

孟忆晚心中咯噔一声响，内心的惊恐翻滚而出。

"顾美人。"她叫道。

顾了了装睡，不理她，一动不动地蜷在被子里，仿若无人。孟忆晚大骇，欲下床去推醒她，外头突然传出一声轻响，她吓得躲在被子中，双手堵住耳朵，闭着眼，瑟瑟发抖。有时候，愈是害怕鬼怪，那些鬼怪便愈发缠着你。

顾了了悄悄推开被子一角，见孟忆晚躲在被子里，心里暗爽。她禁不住竖起大拇指，赞叹顾美人他们做得真像，如果不是事先知道，她大概也会信以为真。

外边，传来脚步声。越来越近……吱呀一声，门被推开，似有人进来。

顾了了无比激动，上啊！君沉暮，英雄救美的时候就要到了。常言道养兵千日用兵一时，咱们虽没有千日，但是两日的计划总有吧。所以说哥哥你大胆地上吧。

但奇怪的是，那脚步声并没有如顾了了所想，走到孟忆晚床边，反而向自己这边缓缓而来。

有什么不对！顾了了心下一紧，这个脚步声，不是君沉暮的脚步声。沉稳而轻盈，似习武之人，而且定然是成人。顾翼曾教过他们分辨各类脚步声，以防备偷袭。

顾了了手一紧，从袖子中掏出一包粉末，然后，在那只手碰触到自己被子角的那一刻，顾了了一声怒吼，"抓住他。"

粉末尽数撒在那人身上，随即爆发出的痛苦的惨叫声终于打破了这沉寂的夜空。

仔细听的话，里面还掺杂着凄厉的女声，"鬼啊——"

顾了了痛苦地捂住耳朵，孟大小姐，你镇定点好不好？现在便是没有鬼，也会被你那惊悚的尖叫吓出鬼来。周围全被惊醒，随之传来凌乱的脚步声、说话声。

君沉暮同学总算不负众望地现身了，他气喘吁吁奔向孟忆晚，将孟大小姐紧紧搂在怀中，安慰道："忆晚，没事了，没事了。"

"沉暮哥哥……"孟忆晚拽着他的袖子，两眼水汪汪的。

看，皆大欢喜了吧！？顾了了冲着随后而来的君沉风和顾美人摆了个V的手势。

众人正沉浸在各自心思中时，地上忽然传来虚弱的声音，"她没事……有事的是我……"

"你是——""谁"字还没说出口，门再度被撞开，然后两个道士以迅雷不及掩耳之势将一大盆水泼向屋子中。

在场之人无一例外地受到牵连。良久之后，顾了了闻了闻袖子，抬头，四十五度仰望天花板，出自内心的发出一声感叹——这个世界真是充满狗血啊。

当然，还有更加狗血的事情……"小贼，看你往哪里跑。" 位美女姐姐从天而降。

顾了了擦了擦眼睛，嘴巴摆成一个"0"形。

"三儿，不得无礼。"又一位白衣男子出现在门口，淡淡说道。

"公子，这小贼偷了您最喜欢的那块玉佩，怎能轻易放过他。"美女姐姐不依不饶说道。

顾了了低头，无比同情无比怜悯无比忧伤地看着那位小贼——他正苦苦挣扎

第六章 初显身手

中，浸泡在狗血中，显得格外楚楚可怜。

"在下楚千觞，惊扰了各位，委实抱歉。"外面的白衣男子双手抱拳，对着一屋子小孩温和有礼道。

很多年以后，顾了了偶然回忆起他们充满狗血的第二次相遇时，忍不住问楚千觞，"你是什么时候发现我和美人互换了身份？"

楚千觞瞥了她一眼，淡定地回答，"第一眼便认出来了。"

顾了了怀疑地看着他，眼中写满"不相信"三个大字。

楚千觞悠悠说道："那样不怀好意的眼神，除了你还会有谁？"

顾了了："……"

"千面手栽在你手上，也算是物有所值。"

顾了了："……"

尽管如此，顾了了还是不信，他们第一次相见时，她才是个嗷嗷待哺的婴儿，时隔六年的光阴，他怎能一眼就认出自己？

楚千觞没有告诉她，顾了了床头放着的那柄风月短剑，让他看她第一眼时，便知道了，眼前的小家伙，是自己亲口承认的弟子。这世上，听说过风月剑名号的人太多，但真正识得风月剑的人，太少。但凡见识过风月剑的人，绝非普通之人，顾冥磊让顾了了带上风月剑，可以说有他的思量。倘若遇上危险，亮出风月剑，对方或许会因为楚千觞的名号不敢轻易动手。但也有可能会遇到千面手这样的人，打风月剑的主意。

不管怎么说，千面手没有得逞，这便足矣。

此时，美女姐姐剑锋直指地上那摊狗血，眉眼冷艳，面如寒霜道："几位若不介意的话，我便将千面手带回去。"

"等一下，这千面手是何人？"顾美人问道，"为何会出现在这里？"

"他趁我不注意，偷走了公子的玉佩。"美女姐姐愤愤道。

"江湖传言楚千觞武功盖世，玉佩怎么会被一个小贼得手？"顾美人质疑道。

美女姐姐被噎得说不出话来，瞪着美人小小的身子，似在惊疑这看似只有五六岁的小孩说出的话如此老练成熟。

楚千觞莞尔一笑，缓缓道："是我让三儿代为保管的。"

顾美人颔首，"那么，请便。"

"等一下！"这回轮到地上的千面手开口，他颤巍巍地指着顾了了，说道，"能不能先把解药给我……"

顾了了眨眼装无辜，"什么解药？"

千面手悲愤了，"你给我下了什么毒？"

顾美人稍稍看了一眼，便下结论道："痒痒粉？"

"什么痒痒粉？"顾了了不满地瞥了他一眼，这个名字太没有创意了。

她深呼吸一口气，而后一口气报道："全名应该叫'想笑不能想哭不成哭笑不得下手无处半步倒地粉'。"

在场众人："……"

千面手颤抖着举起一只手，"可不可以名字短一点？"

"不行！"顾了了瞪着眼睛气鼓鼓道，"说不出全名就不给你解药！"

众人："……"

千面手："……"他不要解药。

"三姑娘，求求你把我捆起来吧。"果然不愧是下手无处半步倒地啊，千面手感到浑身上下如虫蚁啃食，奇痒无比，却不知该从何处下手，最后痛苦地哀求道。

"呸，谁是三姑娘。'三'这个字也是你能叫的吗？"美女姐姐踢了他一脚，恨恨道，"活该，让你偷公子东西，痒死你去。"

顾了了：这位姐姐好歹毒啊。作为新时代的"善良"女性，顾了了当然不会眼睁睁地看着美女姐姐带走千面手。开玩笑，她好不容易捉住一个人，怎么可以拱手相让？这可是她的处女捉啊。

顾了了昂起头说道："抱歉，这家伙不能给你。"

美女姐姐挑眉，指着顾美人说道："这位小公子已经答应了。"

"人是我抓住的，应该我说了算！"顾了了双手叉腰，理直气壮道，气势不输于美女姐姐。

她虽然年龄比这位姐姐小了一点，嗯，身体各方面也要小一点，不过加上她前世的年纪，就远远将美女姐姐抛在后头啦。

"好吧。"美女姐姐收起剑，和颜道，"你要怎样才给我们千面手？"

"怎样都不给！"顾了了想都未想便说道，话音一落，在场之人无不为之深深震撼。

这样坚定的语气，这样正直的口吻，是从顾了了那张嘴里吐出来的吗——这是顾美人的想法。

美人妹妹真是太帅气了——这是君沉风的想法。

能当着楚千觞面驳回他手下人的要求，顾美人，了不起——这是君沉暮的想法。

对，不要给她，这个千面手竟然敢扮鬼吓我，留下来整死他——这是孟忆晚的想法。

小祖宗啊，您大人有大量，就饶了我吧——这……是受害者的想法。

千面手泪流满面，指甲抠着地板，划下道道印痕，咬牙道："我的去处你们能不能待会儿再商量，先找根绳子把我捆起来吧。"真的好痒好痒，他快要忍不住了。

不等其他人回答，楚千觞缓缓走入，指尖一弹，瞬息之间千面手脑袋重重撞在地面上，随后便没了声音。

"无影指！"君沉暮惊呼道。

美女姐姐骄傲地瞥了一眼几个孩子，转身笑道："公子，这种事何必您亲自动手，我来便好。"

楚千觞目光沉沉，扫过浸满狗血的孩子，视线在顾了了身上顿了顿，点头道："不知几位尊姓大名。"

能得到一位武林高手如此礼貌的询问，这在江湖中人看来是再光荣不过的事。

君沉暮几乎是颤抖着答道："在下君沉暮，这位是舍弟君沉风，还有表妹孟忆晚。"

"顾了了。"顾美人简单干脆地答道，没有丝毫犹豫。

顾了了迟疑了一下，硬着头皮回答，"顾美人。"

事态仿佛脱离了她所能控制的范围，朝着无法预计的方向发展。根本没有想到过会遇上楚千觞，结果不但被他们撞上了，还撞得如此彻底。真是流年不利啊，顾了了暗自叹息，出来前忘记翻翻老黄历了。看来这回出山，她只能将顾美人假扮到底。

听到顾美人自报名号"顾了了"时，楚千觞不由眯起眼，脸上神色莫测。

美女姐姐却因此兴奋起来，笑问道："你就是顾了了？"

她不等顾美人再次开口，目光便毫不客气地在他身上上上下下来来回回打量，啧啧称赞道："身骨不错，资质尚佳，公子果然好眼光。"

楚千觞微微点头，没有开口，视线有意无意划过顾了了的面庞，看得顾了了毛骨悚然。

她内心忐忑，是不是被发现了？应该不会吧……楚千觞又不是神，六年前见到的不过是婴儿时期的自己，怎么知道谁才是真正的顾了了。

面对楚千觞似笑非笑的神情，顾美人面色微冷。他本不欲理会这些事，但见顾了了眼中流露出一丝哀求，知道她今后拜师楚千觞，此时必不能得罪，只得按捺住心中不快，冷然而立。

于是，热闹的场面瞬间就冷下来了……

还好其他人姗姗来迟，打破了这一刻的尴尬。狗血味扑鼻而来，元掌门一手捂着鼻子，蹙眉问："发生什么事情？"

目光落在楚千觞身上，顿了片刻，又挪到地上的那具疑似"尸体"上面。鉴于场面过于混乱不清，当事人或者激动得无法自拔，或者愤愤之情难以平息，最后由顾美人做代表，三言两语将事情来龙去脉概述了一遍。

元掌门点头，"你们都去洗洗吧。"

顾了了指着地上的"尸体"嚷道："这个家伙我要了。"

元掌门扶额喟叹，不愧是顾家小恶魔呵，到哪里都不会吃亏。

他看向楚千觞，笑道："楚公子，您看……"

楚千觞又怎会和一个孩子计较？他颔首淡淡一笑，那笑容如清风霁月，璀璨夺目。

他朗声笑道："既然是顾小姐抓住的，理应由她来决定。"

"好！楚公子果然爽快！"元掌门拊掌大笑。

于是乎，千面手同学悲剧性的一生，从他进入这个门槛那一刻起就落下帷幕。

要知道，落在顾了了手中远比在美女姐姐那儿壮烈得多。美女姐姐至多会吊起来痛打几顿出出气，而在顾家小恶魔手上……她不会打你，更不会骂你，但她会有本事让你生不如死，让你悔不当初，不该一时冲动投胎做人。

顾了了在浴桶中浸泡了许久，用皂角将浑身上下搓了个遍，勉强将那股难闻的狗血味除去，擦干身子出来时，见门口放着的竟是一套女装。

顾了了郁结了许久，终于心不甘情不愿地将衣服换上。看起来像是孟忆晚的衣裳，粉红色的裙子，是她最讨厌的颜色。尤其是绣着小兔子的布鞋，穿上时，顾了了简直有找块豆腐撞死的冲动。以她前世活了二十五年加上今生活了七年，如今该是三十二岁的"高龄"来说，穿粉色裙子小白兔布鞋，这该是怎样一种"惨烈"的情景啊。

你能想象一个三十多岁的欧巴桑梳羊角辫扮萝莉的样子吗？顾了了现在就很有呕血的冲动。

不过，衣服还是要穿的，总比光着身子要好。

顾了了披散着湿漉漉的黑发，走出去，孟忆晚、君沉暮、君沉风和顾美人都已经穿戴整齐，站在外头，只等她一人。

从未见过顾了了穿得如此可爱，其他几人眼睛都有些直了，盯着她看了许久，直到顾了了被盯得有些发毛，双手叉腰正要发火时，君沉风磕磕巴巴说道："美、美人妹妹，原来你也有可爱的时候啊……"

什么叫"也有"？！顾了了头脑一热，冷笑问道："我不可爱吗？"

视线直逼君沉风，似在威胁，你敢说个"不"字看我怎么收拾你！君沉风立马没了声音。

顾美人颔首，"你不说话时候比较可爱。"

顾了了："……"

见众人皆在称赞顾了了，孟忆晚不由瘪嘴，双手搂住顾美人的胳膊，甜腻腻叫道："了了哥哥，忆晚不可爱吗？"

那声音，让顾了了哆嗦了许久才缓过来，瞥见君沉暮沮丧的神情，禁不住抚额叹息：君家兄弟，不是俺瞧不起你，实在是你太没战斗力了！大好的时机，就这么被浪费掉。

顾美人厌恶地皱了皱眉头，一手拉开孟忆晚，打发她道："很可爱。"

孟忆晚立刻眉开眼笑，又跑到君沉暮面前，撒娇道："沉暮哥哥，忆晚可不可爱？"

君沉暮瞬间活了过来，一手拉住孟忆晚，道："忆晚妹妹最可爱了。"

这一回，顾了了和君沉风一道哆嗦起来。

大厅里，众人听过元掌门的叙述后，对于顾了了要留下千面手没有提出任何异议。反而君老爷听说顾了了一包痒痒粉就制伏千面手后，目光在小儿子脸上转了一圈，随即便拉着元掌门询问有关顾家小姐的情况，像是多大了，是否婚配……诸如此类的。

元掌门对此是知无不言，言无不尽，简直笑得像一只老狐狸。连齐掌门投以警告的目光也置若罔闻。一直静静喝茶的楚千觞听着二人一来一往的对话，嘴角微微翘起，似心情极度愉快，突然开口道："既然如此，不如君家和顾家结为儿女亲家。"

此提议大合君老爷心意，又是楚千觞开口提议，不知长了多少脸面，便笑吟吟道："元掌门，连楚公子都这么说了，你看如何？"

元掌门原先是出于无聊打发时间才与君老爷兴致勃勃聊起来，没想到君老爷真的开口，还是由楚千觞搭桥引线，顿时不知该如何回答。他虽希望顾了了恢复女子身份，比起顾了了，顾美人更适合继承玉凤山庄，但他不过一个外人而已，怎能对顾家家事指手画脚？加之顾冥磊叮嘱过，万万不能对外人道出真相。此时的他，如同喉咙中卡了一根鱼刺，咽不下，也吐不出来。

"这……还要顾庄主决定。"最后，元掌门只能硬着头皮说道。

君老爷笑着点头，"也是，等武林大会结束后，我们便去拜见顾庄主。"

几人的对话刚一结束，顾了了等人便进来了。因此他们之中还没有人知道君老爷的思量，更没有人能想到，元掌门因穷极无聊而说出的一番话，将会对未来几个人造成怎样的混乱局面。

当然，这些都是后话了。

得知楚千觞也要赶去武林大会，君老爷异常热情地邀请他一道前往。楚千觞倒没多说什么，委婉推辞了片刻，见君老爷如此坚定，便点头同意。他却不知，君老爷何止是坚定啊，他抱着必胜的信念，瞬息之间就将君家大小两位的未来设计好了。

大儿子娶表妹孟忆晚为妻，继承君家和孟家两家家业，而小儿子与顾家女儿联姻，倘若能有楚千觞做媒，则更是为君家家业锦上添花。相信不久的将来，君家不只是居于一方豪门望族，整个江湖武林，都会有君家的一席之地。

有了楚千觞这位江湖大神在，众人赶路的速度快了一倍。此次武林大会，楚公子将要出战江湖剑术榜，此前他位居江湖兵器榜第一多年，这一回终于打算换换口味。

这样的话，对于其他人而言，简直是不可思议，但对于楚千觞来说，武林大会就如同五年举办一次的游戏，极少放在心上，来去随意不受拘束。

这一次的武林大会，在枫丹城召开，早在半年前，城内客栈就被预订一空。

玉凤山庄没有参加，自然不会去订客栈，好在顾了了和顾美人是借着倾城山的名号来凑热闹。

一进城，一行人便分成了三拨，去各自早已订好订的客栈。

下车前，齐掌门难得多话，"这次是和倾城山在一块，不比在山庄里，你们二人莫要调皮捣蛋。"他虽是对顾了了和顾美人两个人说话，实际上只针对顾了了一人。

不过，顾了了要是能听得进去，便不是顾了了。以她那唯恐天下不乱的性格，能够不惹祸上身就足以谢天谢地。

元掌门趁下车之际，拉住顾美人，耳语道："美人啊，武林大会，我和你师父齐掌门都要参加，可能没时间管你们，了了就交给你了。"

顾美人点头应了一声。

"你要看紧一点，千万不要让她捣乱。"元掌门又不放心地叮嘱道。

顾美人抿了抿唇，道："有千面手在，了了应该能安静一阵子。"

余光扫过被牢牢捆绑着搁在地上的某人，顾美人神情十分淡定。

好像是这样的……元掌门摸了摸下巴，顾了了看千面手的眼神，就如同小狗看到了肉包子——目不转睛、专心致志、全心全意、神采飞扬。估计她又在打什么鬼主意。

鬼主意就鬼主意吧，只要不给他们添乱，顾小祖宗就是要玩死千面手都没有人会反对。至于千面手同志，大家会为你的无私奉献而深切哀悼。

"你好好照顾千面手，别一下子让了了玩没了，至少要支撑到武林大会结束。"元掌门拍了拍顾美人的肩膀，说道。

"我会注意的。"顾了了嘿嘿一笑，躺在地上的某人翻了个白眼，又昏死过去。

进了客栈便见倾城山众人，这家客栈已被倾城山所包下来。元掌门为顾了了和顾美人要了一间稍大的上房，好方便顾美人盯梢顾了了。

自然，可怜的千面手同学也被搬入那间房间中。他暗无天日的后半生，也就此拉开了帷幕。

这几日，不知从哪流传出一个惊悚的传闻，席卷了大半个枫丹城。

据说，每天到了半夜，城西方向便会传出鬼吼狼叫声，那声音，凄厉至极，简直叫人不忍听下去，便是蒙着耳朵睡觉，也会在梦中听到。

一开始，人们还以为是自己做了噩梦，一个两个听到那般恐怖的声音就算了。但几日过去，人们渐渐发觉，不只是一两个人，几乎半城人都听得清清楚楚时，不少人开始怀疑，甚至害怕起来，是不是枫丹城闹鬼了，或者是藏有冤魂。

后来，更有好事者从外头挖来消息，称离枫丹城不远的一座道观中，也曾在夜间传出嘶吼声，而且极有可能枫丹城的鬼怪和那道观中的是同一个。

传闻到最后愈演愈烈，到了后来天色一暗，店铺便早早收摊、行人早早回家。人们都不敢外出，甚至在孩子们吵闹时大人威胁说，如果不听话就丢出去喂鬼。武林大会前夕原本热闹非凡的场景，似乎在一个瞬息就烟消云散了。

江湖上的豪杰侠客们起先对此不屑一顾，嗤笑枫丹城人胆小如鼠，在城中百姓挑拨下夜晚持刀持剑上街走了一遭，结果还未过一炷香的功夫便狂奔回客栈，面无人色，直到第二日时皆纷纷称病不肯出来见人。于是乎，这闹鬼一事，竟到了无法收场的地步。甚至连和尚道士都无法降服，最后有人竟拜到楚千觞门下，求他出面相助。

楚千觞身边的那位三姑娘听后冷笑，"我家公子不是降妖除魔的道士，阁下还是去找其他人吧。"

那些人不肯放弃，第二日叫来了一帮同伴，一道聚集在楚千觞下榻的客栈门口，其中二人将一条鲜红的横幅挂在客栈对面的墙壁上，然后众人齐声吼道："公子出手，妖魔全走，一生无忧。"

此刻楚千觞本是在喝茶，听到口号最后的"一生无忧"时，差点被茶水呛住，猛地咳了几声后，直到面上泛起一丝潮红，问道："三儿，外头是怎么了？"

三姑娘原不想让楚千觞知道此事，但见瞒不过去了，扭头哼了一声，愤愤道：

"不就是城西闹鬼嘛，那些家伙竟然要公子去捉鬼！"

捉鬼？楚千觞顿了顿，问道："城西闹鬼？"

"好像就是在一周以前发生的吧，大概是在我们刚来枫丹城之后。"三姑娘略略估算了一下，"传闻是在倾城山下榻的客栈附近，听说倾城山因这次闹鬼，不少人都生了病，卧床不起。"

生病卧床不起……楚千觞细细咀嚼三姑娘的话语，眉角微微蹙起，似在思索什么。

"真的会是鬼？"他自言自语道。

就在楚千觞这边纷争不休时，另一边……

"请问这位小哥要点什么？"

"两团棉花。"

"好的，两团棉……两团棉花？"

"这里也没有吗？没有就算了。"

"别走啊，我又没说没有。"

"那就是有了？来二十团。"

"……您刚刚不是说只要两团的吗？"

"我怕你没有才这么说。"

"……"

一炷香的功夫后，顾美人抱着一大包东西回到客栈。

"美人买到了吗？"元掌门一见顾美人走进来，立马从椅子上一跃而起，问道。

顾美人将那包东西往桌上一丢，说道："从别人冬被里掏出的，省着点用。"

"冬被？这也行！？"元掌门不可思议道。

顾美人耸肩，要不是现在快夏日了，冬被早已被收起，没准被子里的棉花早被掏光。

元掌门见此换了个话题，"了了那里，还没好吗？"

"她最近迷上了制药。"顾美人陈述事实，"说要制一味'银嗓子喉宝'。"

元掌门："……"

勉强抑制住吐血的冲动，元掌门压低嗓子说："让她玩玩就歇了吧，这都快成鬼嗓子喉宝了。"

顾美人眼角抽搐，无奈道："鬼吼狼叫，总好过百鬼夜行吧！？"

百鬼夜行……也对哦，以顾了了的个性，对鬼吼狼叫腻味了，没准真会来个百鬼夜行。

元掌门自觉地闭了嘴，拍拍顾美人的肩膀，顺便从那包棉花中揪出最厚实的两团，递给顾美人，"美人啊，武林大会在即，为了解救天下苍生，你一定要努力啊。"

顾美人："……"去他娘的天下苍生，他现在只想好好睡个觉！

自从顾了了发现了一种可以改变声音的迷药后，几乎是没日没夜地投身于药方搜集中，将枫丹城大大小小的药铺逛了个遍，采购到所需药材后便闭门不出，开始了如火如荼的科学实验。

而她的实验助手，当仁不让的便是那位千面手同学。

在受到顾了了毒药攻势的无情威胁后，千面手同学含泪签下了若干卖身求活的不平等协议，答应为顾了了以身试药。作为交换条件，顾了了给以其一定的人身自由。因此，枫丹城每晚传出来的鬼吼狼叫声，其实是千面手在服用变声药后，调试声音时所发出的。

最初是普通的对话，但顾了了嫌声音太轻听不出效果，便要千面手吼一嗓门。后来千面手干脆每次服用药前药后都干脆大吼一声，以免去那唠叨之苦。只可惜的是，顾了了对于实验结果不甚满意，变声药还没研究出来，千面手的嗓子已差不多可以寿终正寝驾鹤西游了。

所以现在顾了了又在制作治疗嗓子的药草，美其名曰"银嗓子喉宝"。

顾美人推开房门，见千面手正瘫软在地上，没精打采的，如一具死尸。

"又在装死。"顾美人用脚踢了一下地上的"死人"。

千面手同学抬起头，一脸疲惫，开口时声音沙哑不堪，"美人呀，你们就饶过我吧，死人都比我过得好。"

顾美人点头，"的确如此。"

千面手："……"

顾美人转身，看到桌上的药瓶，见房间里空荡荡的，不由奇怪，"怎么没人了？"

千面手瞪眼：我不是人吗？

顾美人耸肩：抱歉，你在我眼中是顾了了的玩具。

千面手掩面泪奔。

"顾了了去厨房了。"半天他才闷闷回答道，瞅了瞅顾美人，双手撑着下巴趴在地上，开口问道，"你们干吗要在别人面前互换身份，换来换去的，不累吗？"

好几次他躲在屋子里看到外头人叫顾了了"美人"，叫顾美人"了了"，而回到屋子里顾了了又变回了"了了"，顾美人自然还是那个"美人"。

弄得千面手也跟着糊涂起来，不知道这两个孩子在搞什么花样！

明明看起来不过七八岁，却鬼精得很，他一个行走江湖多年的盗圣竟然就这么生生栽在两个不知名的小毛孩手中，一想起来就觉得肉疼哪！

顾美人一手捏着药品，里面装着透明的液体，眉头微蹙，"变声药还没研制好吗？"

提起那变声药，千面手顿时露出凄惨的表情，他被这药害苦了！现在一提到"变声"二字就禁不住浑身颤抖。好在那小妮子还有点良心，做了一副"银嗓子喉宝"，虽然嗓子没有完全恢复，但也不再疼得那么厉害。他现在正处于恢复期。

"大概……还没吧！？"千面手有气无力道。

"什么还没？"伴随呼啦一声推门声，顾了了嘴里叼着包子走进来，含糊不清地问道。

"变声药。"顾美人摇了摇药瓶。

"哦，那个呀，"顾了了一面嚼着包子，一面说道，"已经研制得差不多了。"笑话，这么久的实验若还没做好，岂不是太小看她顾了了的实力。

千面手听到"差不多"三个字，顿时来了精神，研究得差不多，是不是代表自己不用再鬼吼狼叫了？

"为了配合这药，我还特意为你取了一个新名号，以后行走江湖时可以用得上。"顾了了冲着千面手微微一笑，那笑容，让千同学不寒而栗。

以他对顾了了多日相处后的了解，知道她笑得越是灿烂，结果便越是凄惨。

千面手额角默默流汗，很想说：可不可以不要。不过，他没有回绝的余地。

"当当当，听好了，你服用变声药后名号就叫——百变面首！"

噗——千面手被狠狠地噎住了。百变……面首，可不可以不要后面两个字啊？

千面手虚弱地举手问道："为何不叫百变千面手？百变小千也可以啊……"

顾了了一口解决掉包子，双手叉腰极有气势道："万一被人误会成楚公子就不好了。"

千面手泪流满面，就他这形象，能被误会成楚千觞简直就是奇迹中的奇迹。我不要面首啊……我不要面首……千面手碎碎念。

顾了了似看出他的纠结，狞笑，"谁叫你取这个名号。"

千面手挠头，"我本来想取'千只手'的，后来有人说听起来像千手观音。老子为非作歹惯了，才不想被人误当做那悬壶济世的观音，所以将'只'改成'面'了。"

顾美人凉凉地插一句，"面首。"

千面手怒，"请连名带姓叫我。"

顾美人笑得一脸灿烂，"那怎行，你刚才叫我'美人'，我怎能如此生疏地叫你全名，你说是不，面首哥。"

千面手打了个冷战，苍天啊，大地啊，你为何让我一下子遇上两个极品。

"咱、咱俩不熟……"千面手泪水逆流成河。

顾美人挑眉，"哦，是吗？"

寒意袭来，千面手禁不住战栗起来，立马狗腿地叫道："不不不，咱俩是好哥们，好哥们。"

顾美人这家伙，比顾了了还要恐怖十倍。顾了了是明着来，而他是暗着来，让人防不胜防啊。

正说着，外面传来匆匆的脚步声，还有细碎的对话声。

"楚公子来了！？你说的是真的？"

"真的真的，就在下头呢，据说是应邀来抓鬼！"

"抓鬼！太好了！楚公子出马，一定能将那鬼抓住，到时候，嘿嘿……"

……

门内的千面手抖了抖，一时间竟连哭都哭不出来了，干瞪着顾了了和顾美人，随即连翻白眼，身子一翻，躺在地上一动不动。完蛋了，惊动了楚千觞楚大神，估计他真的离死不远矣！

顾美人和顾了了对视一眼后，顾美人又踹了千面手一脚，"面首，收拾一下，我们下去。"

千面手：……请叫我全名！

"为何我要下去？"千面手不解道，平时他们都让自己在屋子中，避而不见其他人。

"笨啊，楚千觞知道你在我手中，你若不下去，不是显得很可疑。"顾了了白了他一眼，顾美人也露出鄙夷的神情。

千面手：……他竟然被两个小毛孩鄙视了。

"那我要如何向别人介绍自己？"总不能告诉其他人，他就是那个江湖中赫赫有名的盗圣——千面手吧！？不过，照现在的情形来看，就是他亲口承认了，估计也没人会信。

堂堂盗圣，会栽在孩子的手中，传出去真要笑掉大牙。

"就说，你是我的护卫好了。"顾了了思忖了片刻，说道。

千面手心不甘情不愿地跟着顾了了和顾美人下楼，果真，楼下围满了人，楚千觞和倾城山的教主坐于其中，两侧元掌门、齐掌门和其他几位掌门垂手而立。看来那楚千觞的地位，堪比倾城山教主。顾了了心一动，踮着脚，探出头，想要听清他们在说什么。

可惜前面的人挡住了她的视线，加之议论声不绝于耳，顾了了几乎什么都听不到。

倒是顾美人和千面手二人面色平静，双手抱臂靠在楼梯口，一副与己无关的样子。

隔了一会儿，听到顾了了自言自语道："他们究竟在说什么呢……"

话音刚落，四面突然安静下来。

抬头，见倾城山教主起身，手一挥，顿时没有人敢说话，都等着教主开口。

"各位，想必大家都听说了，近日来枫丹城闹鬼一事吧。"教主一言，惹得众人再度窃窃私语，不少年幼的弟子闻之色变，满脸惊惧。

"楚公子，便是为捉鬼一事而来。"第二句话一出口，议论声渐渐变成叫好声。人们在听到楚公子亲自捉鬼后，脸色迅速由恐惧担忧变为兴奋，甚至有人跃跃欲试，提出希望能追随楚千觞，为此次武林大会的召开、为江湖的安定出一份力。

楚千觞微微一笑，在教主和众人希冀的目光下缓缓起身。一袭白衣胜过腊月寒雪，面上和善的笑意又似三月的春风，薄薄的唇角如新月弯起，低沉而动人的声音便从那唇中吐出。

"楚某在此多谢各位。在下的确需要几个帮手，不知教主是否同意？"

教主连忙点头，笑道："楚公子只管挑人，能为楚公子效劳，是我等的荣幸。"

目光逡巡一周，最后落在了楼梯口人最少的一处。他含笑指了指那儿，说道："就请这三位吧。"

众人只道楚千觞会挑倾城山中武艺最高强的弟子做帮手，却不料他挑了两个孩子和一个外人，皆露出不可置信的眼神。连教主也疑惑地皱起眉头，"楚公子，您要两个孩子？"

"不可以吗？"楚千觞笑着问道，他在笑，但眼眸中透着星星点点的寒意，让人不敢质疑。

教主擦汗，颔首，"楚公子请便。"

众人自动让出一条小道，楚千觞走到顾了了三人面前，神色淡淡说道："你们三人，可愿意随我去捉鬼？"

都已经到这份上了，还有说"不"的余地吗？顾了了向来没心没肺，忙不迭点头称愿，顾美人无所谓地耸肩，剩下的千面手同学只得含泪，硬着头皮答应下来。

于是乎，捉鬼四人组，便这么定下来——楚千觞，顾了了，顾美人，千面手。

顾了了还为其取了一个非同凡响的名字——捉鬼面首帮！

多少年后，江湖曾流传下来一个传说。传言，捉鬼面首帮四人中有两个就是孩子，但无论是大人还是小孩，都生得举世无双，武功无比强大，比那些妖魔鬼怪魑魅魍魉还要厉害百倍。

甚至江湖中出现这样的口号——信面首帮者得永生。

一般来说，有些事情比较适合在夜间进行。比如，行人伦之礼，还比如，那些要去捉鬼的茅山道士。但这只是对于大多数人而言，楚千觞楚大公子显然不属于这个范畴。

所以对于他反其道而行之大白天带着两个孩子一个大人去捉鬼这一行径，人们除了投以崇拜的眼神，不再会想到其他。

四个人走在大街上，光是楚千觞那出尘脱俗的气质，无论站在哪儿都能吸引无数目光。

千面手被看得浑身不自在，不得不躲在顾了了身后，借以躲避那些灼热的视线。

"小祖宗啊，能不能挑个人少的地方走？"千面手忍不住在顾了了耳边叨念。

顾了了白了他一眼，"你找个人少的地方给我看看。"

千面手目光巡视一周，悲剧地发现无论哪儿都很多人。或者，更确切点说，只要有楚千觞的地方，就不会缺少人气。他的存在，简直如同一只超大号裂缝鸡蛋，引无数苍蝇君竞折腰。

"那挑个没人的地方先避避？"

顾了了还没开口，楚千觞便回过头来替她作出回答，"正好我有些事要问你。"

千面手："……"这算不算给自己挖坑跳？

楚千觞果然做事很有效率，不到一盏茶的工夫便在一家小茶馆中坐下。

小二上了一壶喝不出味道的茶，顾了了闻了闻便嫌弃地推到一边。可怜千面手同学抱着杯子牛饮，也不管那茶水好不好喝，只为了逃避楚大公子的质问。不过他的运势在遇上顾了了之后就只走下坡……

"关于枫丹城闹鬼一事——"楚千觞刚开了一个头，千面手浑身哆嗦起来，立马不打自招了。

"楚公子，这是个误会，是个误会啊……"鉴于顾了了和顾美人在场，他强忍着抱住楚千觞的大腿哀号公子饶命的冲动，勉强保持着镇定说道。

"误会？"楚千觞挑眉，嘴角微微一翘，似在等千面手继续。

"不、不是误会……"千面手背脊直冒冷汗，舌头开始打结。

"那是什么？"

"是……"

这个对话显然陷入了一个死角，无法再进行下去。顾美人委实看不下去了，干脆替千面手全部招了。

"关于闹鬼一事，楚大人应当都知道了吧？"会这样拐弯抹角将他们拉到此地，只会有一种可能，他已经猜到背后是谁在捣鬼。

楚千觞颔首，看向顾美人的眼神带着稍许赞赏。

"那为何不当面戳穿，还要将我们带到这里？"这才是顾美人真正想问的，方才一直憋着不问，只为了证实楚千觞知晓真相这一点。

"我需要你们帮我调查一件事。"楚千觞直言道。

鼎鼎大名的楚千觞，竟然求他们帮忙？这在顾美人和千面手二人看来都是不可思议的，江湖将楚千觞其人说得神乎其神，似乎他上天入地无所不能，根本用不着其他人的帮助。

至于顾了了嘛，她向来关注的焦点比较特别，嗯，比较特别……

她突然冒出一句，"帮你有啥好处啊？"

顾美人："……"可不可以说他们不熟？

千面手："……"可不可以说不认识她？

楚千觞顿了顿，眼中划过有趣之色，微微一笑，"好处嘛，自然是有的。"

若干年之后，当有人采访顾了了对她的师父——江湖第一美男楚千觞有何感想时，顾了了非常经典地吐出三个字，"老狐狸"。

传说，这三个字最后落到了楚千觞耳中，楚千觞轻轻一笑，令所有在场者痛哭流涕。

楚大人，您能不能不要笑得这么诡异好不好？大家不是都像您的徒儿顾了了，没有那么好的承受能力。但是，用"老狐狸"三个字来形容楚千觞，再适合不过。

大多数人都被他温润俊美的外表、高贵不凡的气质所蒙蔽，无法透过现象看到本质。

对于顾了了而言，接受过十几年的唯物主义教育，深受马克思主义的辩证法影响，她深谙一个道理，那便是——看人不能只看外表，要将对人的认识从感性层面飞跃上升到理性层面。

而此刻的他们，正停留在感性认识的阶段，还没有上升为理性认识，更没有透过楚千觞温润的表象看到他狐狸一般的全黑本质。

顾了了一听到楚千觞说"好处自然是有的"，顿时两眼放光，江湖第一美男允诺的好处啊，想想就觉得兴奋。

"什么好处？"她追问道。

楚千觞抿唇淡笑，"等你们帮忙之后我自然会给的。"

顾了了想了想，只要是好处就成，于是毫不犹豫地点头道："成交。"

还生怕他会反悔，伸出爪子贼兮兮笑道："我们击掌为盟。"

击掌为盟？楚千觞忍住大笑的冲动，视线停在顾了了身上，觉得她不止是有趣，她的身上，似乎有一种常人少有的生命力。灿烂至极的笑容，没心没肺的话语，犹如冬日里最温暖的那一抹朝阳，让她周围的人都不由自主地想要靠近，汲取温暖。

他很好奇，顾冥磊究竟是怎样培养出这么一个古怪的孩子，好似在六年之前，她身上便带着一股不可思议的气息，让他为之停顿驻足。

楚千觞伸手，意思一下地和顾了了击掌，视线有意无意地扫过四周，端起茶杯吹了吹，不紧不慢道："还是关于枫丹城闹鬼一事，半夜的鬼吼狼叫可是你们的杰作？"

顾了了和顾美人的视线不约而同落在了千面手的身上，巨大压力下千面手慌张地灌了一大口茶，结结巴巴道："我、我只是吼了两声……吼了两声……"

"只是吼了两声而已？"楚千觞似在确认什么。

"的确如此。"顾美人替千面手答道。

楚千觞颔首，"我明白了。"

停了片刻，他蹙眉低声道："如果只是半夜吼叫，不至于弄得满城风雨。"

"你的意思是闹鬼之事另有其人？"顾了了顺势接口道。

"的确。"楚千觞没有隐瞒，"都说城西闹鬼，半夜鬼吼声不断，所有人的注意力都放在了城西，因此其他地方发生的一些怪事便没人注意到。"

怪事？顾了了一下子被挑起了好奇心，急忙问道："什么怪事？"

"闹鬼。"楚千觞吐出这个已经被人说滥了的词。

顾了了不由自主地"切"了一声，闹鬼，这还用他说吗？

"我是说，闹鬼一事另有其人，只是因为你们动静太大而被忽视了。"楚千觞微微一笑，补充道。

另有其人？顾了了、顾美人和千面手三人面面相觑，不明白他话中的含义。

楚千觞手指扣着桌面，嗒嗒嗒的响声传出，似极有耐心，慢慢解释道："其实在我们来枫丹城之前，已经有关于闹鬼的传闻了。就在离这里不远处的一座歌楼，听说每到夜里，都能听到其中传出的歌声。"

"歌楼里传出歌声，这有什么奇怪的。"千面手不解道。

楚千觞轻笑一声，眸中流动着别样的光彩，让千面手自觉闭上嘴，不敢出声。

"如果是别家歌楼，自然不奇怪，而这座歌楼，早在二十年前已被废弃，何来歌声？"

一语落地，不止是千面手了，连顾了了也跟着抖了抖。

楚千觞话语平淡无波，好似与自己毫不相干，仅仅在陈述一件事，不带丝毫感情。

偏偏就是这样的冷漠，加上话语中隐隐透出的诡异，让人不寒而栗。

"二十年前，为何被废弃？"唯有顾美人，保持着理智，咄咄问道。

千面手不禁投以崇拜的目光，了不起啊。楚千觞面前，莫说他了，换做其他人估计也要退避三分，这小孩儿才不过六七岁，就如此镇定。镇定得……简直有些过头了。

楚千觞微微诧异，偏着头看了一眼顾美人，仿佛在赞赏他反应之快，点头道："曾经，有一名女子在歌楼上自缢，这歌楼之后渐渐就被人废弃。"

自缢……"那不就真的是闹鬼了？"顾了了双手抱肩，说道。

明明是大白天，为什么她会觉得背后阵阵阴寒？让她毛骨悚然。

"也许吧……"楚千觞笑了笑，眼底划过一丝狡黠，"此次来枫丹城，不止是参加武林大会，也想顺便解决这一事。"

顺便啊，顾了了抬头，望见窗外明媚的阳光。生命是如此美好，她怎会没事想不开要跑来抓鬼？就算好处有，生命价更高啊。连普希金那么伟大的诗人都发出如此感叹，她顾了了自然是举双脚赞成。

"那……我们就不打扰您办正事了，先走一步告辞了。"

顾了了非常没有骨气地回了一个媚笑，跳下凳子就准备开溜。

楚千觞挑眉，刚才是谁口口声声问他要好处还和他击掌为盟的？

"这么说你打算出尔反尔？"虽然这个"出尔反尔"的只有七岁，不过作为自己未来唯一的弟子，楚千觞有意想要试她一下。

"对啊，美人啊，你刚才还和公子击掌为盟了。"千面手不知死活地凑了一句，心中却暗暗笑：顾了了你个小家伙，总算栽在楚千觞的手中了，也算帮自己出了口恶气。

顾了了额角冒黑线，恨不得将楚千觞、千面手祖宗十八代都问候一遍，扭曲着面庞，狞笑说道："是……是哦，你看我这记性，唉……"一边说，一边装模作样抚额叹息，似在感叹年华易逝，岁月如斯。

顾美人和千面手习惯了顾了了作怪模样，早已见怪不怪了，可怜楚千觞没做好准备，一口气堵在嗓子眼里，险些被噎得喘不出气起来。若真是如此，脸便丢大了……

眯眼打量这正在耍活宝的顾了了，楚千觞摸摸下巴，暗自思忖，当初一时兴起收她为徒，今日看来，真不知那时候的决定是好是坏呢……

"你要我们做什么？"顾美人很快打断了楚千觞的沉思，问道。

楚千觞收起笑容，正色道："做什么啊，其实很简单……"

"就是，去歌楼装鬼。"他目光扫过千面手时，面无表情地吐出"装鬼"二字。

千面手浑身剧烈地颤抖，两眼一翻，知道这回自己又完了！虎穴还没出，又要陷龙潭哪。

"可不可以请病假？"千面手弱弱地举手。

"什么病？"

"……例假。"

"不可以。"这次回答他的是三个人，难得顾了了、顾美人和楚千觞竟会如此友爱的异口同声。

"最好，你能换上女装。"楚千觞又笑笑，丢出一句让千面手足够吐血而亡的话。

这要传出去了，他千面手今后要怎样在江湖上混哪！

有句话说得好：强权之下，必有狗腿。面对楚千觞的强权，顾了了的威胁，顾美人的冷漠，千面手陷入四面楚歌的境地。他欲哭无泪，自己啥时候沦落至如此境地？若是让其他盗友看去了，大概会被耻笑至死吧！？左思右想，千面手不甘心地再度举手抗议，他一个大男人扮女装，明眼人一眼就能看出真伪。再加上他的五官，如此刚硬，如此有男人味，要扮女装怎么着也轮不到他头上啊。

要说，他们之间就有个现成的可以去扮女装，虽然身材比他更男人更有味道，不过那张脸啊！理云鬓、贴花黄之后还真不知是啥模样。

千面手隐隐期待地看着楚千觞，那念头占满了脑后，竟一时忘记了害怕，露出一个猥琐的笑容，"楚公子，其实您比小的更适合啊。"

话音一落，寒意逼人。千面手顿时被冻醒了。他狂乱地抖了抖，牙齿咯咯直颤。

"是、吗？"楚千觞微微笑道，眼中的笑意犹如和风三月，让人感觉不到盛夏的酷热，满身满心全都是严冬残留下的冰霜。

"不不不——"千面手急忙否认，内心则深深唾弃鄙视自己的行为，"男扮女装，舍我其谁？"

"很好……"楚千觞点头，满意地勾起嘴角，那笑容比顾美人还顾美人。

千面手默默哭泣，一个顾了了加一个顾美人已经够了，现在又冒出一个楚千觞，他的前景堪忧啊堪忧。

当初要是知道会有今日，他一定不会踏入顾了了的房间，更不会对风月剑起异心，更不会走向顾了了床边……如果一定要给这份保证加一个时间期限，他希望是永生永世。

"那就今晚吧！"楚千觞拍板定下时间，扭头问顾了了和顾美人，"你们觉得呢？"

顾美人冷漠依旧，"随便。"

顾了了笑靥如花，"好啊。"

千面手："……"他们根本不是去帮忙的，他们是去看热闹的！

说定了时间，接下来自然是布局了……千面手悲催地发现，楚千觞明明身边带着一个三姑娘，却搁在一边冷落不用，偏偏要他去穿女装，扮女鬼，这不是本末倒置、舍近求远、颠倒黑白、强人所难吗？无奈他已签订丧权辱国的条约，在顾了了笑眯眯的注视下和顾美人饶有兴趣的目光中，颤巍巍地跟着三姑娘进房间打扮去了。

"公子难得发话请你帮忙，不要不知好歹！"三姑娘絮絮叨叨说道，"你可知道，公子在江湖中威名远扬，一般人想帮还帮不上呢！"

千面手：他可不可以把这难得一遇的机会让给其他人？

脸颊上厚厚的胭脂，眼眶涂上深深的眼影，嘴唇抿上红红的朱丹……看着铜镜中的自己，千面手瞬间圆满了。他终于明白了神话故事中的妖魔鬼怪形象取自于哪里！

男人的粗壮被胭脂水粉刻意遮掩，却又修饰得不够彻底，或者说无法从本质上改变，所以现在的他，变成了不男不女阴阳怪气的——人妖！这个模样出去了，指不定人家都对着他喊"鬼啊"。他哪还用得着去装鬼，这就是活生生的女鬼在世，妖孽重生。由此可见，楚公子还是蛮有先见之明的。

三姑娘将千面手推出门的那一刻，外头站着的顾了了、顾美人和楚千觞全部惊呆了。

千面手抬起头、挺起胸、翘起臀，雄赳赳气昂昂迈着大步走出来。

"看什么看，没看过美女啊。"趁三个人还没回过神来，千面手不客气地瞪了一眼。

"的确，没见过。"楚千觞点头，很快镇定下来，瞥了一眼千面手。

千面手哼了一声，索性破罐子破摔，目光转向顾了了和顾美人，眉头一挑，"你们呢？"

顾美人淡淡嗯了一下，不置一词。

唯有顾了了，憋不住了，扑哧一声笑出来，"面首啊，你再用这药就更完美了。"

说着，她从怀中掏出一个纸包，不怀好意道。

千面手见之色变，堪堪退后一步，翘起兰花指，颤抖道："不、不用了……"

"不用怎行？"顾了了眨眼，"我好不容易配置出来的变声药，就是在这种时候派上用场的。人家初看你模样时也许会被迷惑，但你开口就立马能辨认出来。"

迷惑？你确定是迷惑而不是惊悚之类？

千面手那个"不"字卡在嗓子眼中，听到楚千觞发话，"变声药？……原来如此，想得真是周全。"

既然楚千觞这么说了，他还有反驳的余地吗？接过那纸包，摊开，里面是熟悉得不能再熟悉的白色粉末，那味儿有生之年他都难以忘怀。千面手这辈子还没像服变声药这般如此凶猛地用过其他药，他担心自己再这么服用下去，就不是变声了，到最后估计成失声。

第七章 夜半出游

硬着头皮吞下药粉，轻微的疼痛感从嗓子眼里传来，又过了一阵，平复下来，千面手再开口时，声音竟细了许多。

"啊——啊——"

听到他试声，顾了了满意地点点头，"这包药是男声变女声的，看来效果还不错。"

"还有女声变男声的？"三姑娘好奇道。

"自然是有的。"顾了了答道。

"谁来试药？"楚千觞插嘴问道。

男声变女声让千面手试药便可，但女声变男声，这试药，又该由谁来？

眼前的小人儿，一个看起来要比一个精怪，若说他们亲身试药，楚千觞决不会相信。

顾了了默然，不愧是江湖第一啊，反应如此之迅速，问题如此之敏锐，眼神如此之锋利……让人望尘莫及。

"这个解释起来有点麻烦。"顾了了犹犹豫豫地看了一眼千面手，现在他们几个也算是一条船上的人了，楚千觞既然知道夜半鬼叫的发源地，也没必要瞒着他。

"其实就是在面首男声变女声之后，再服用女声变男声的药，一来检测药性，二来如果成功了，还能帮他复原声音。"

"那么，成功了吗？"

看顾了了那心虚的眼神还有千面手悲愤的表情，楚千觞了然。大概，半夜会叫得如此凄惨，有大半的缘故是源自于此。

"了——美人她配了其他药方，可以恢复部分声音。"顾美人平静无波的声音响起。

顾了了感激涕零，美人啊，你真是了了哥哥贴心的小棉袄。

楚千觞哂笑，不再追问，开始谋划晚上的行动。

"既然要去抓鬼，就一定不能失手，否则以后便更加麻烦了。"楚千觞如是说道，"歌楼有正门和侧门两处，三儿，你从正门和了了一道进入，千面手、美人，你们随我从侧门进入。"

"为何？"顾了了因楚千觞的人员分配而疑惑，怎么还要分头行动。

"暗渡陈仓。"楚千觞浅笑，俊颜舒展时，狭长的眸子燃起星星点点的光芒，似九天星辰溶于其中，熠熠夺目。

暗渡陈仓啊……顾了了点头，这么说，栈道就要由她和那位三姑娘来修！？

不——不对，应该是顾美人和三姑娘来明修栈道。现在的她，占据着的是顾美人的身份。

对于楚千觞的吩咐，三姑娘向来不会有意见，顾美人仿佛领悟到了什么，点点头，默默跟随三姑娘先行离去。

剩下千面手、顾了了和楚千觞三个人排排坐、喝茶茶。

"唔，好茶啊……"千面手曰。

"小心你唇上的胭脂。"楚千觞面无表情道。

千面手："……"

顾了了很想笑，却又觉得这个时候笑场不太好，没准会被千面手当成出气筒。他现在的身价今非昔比，是今晚捉鬼的关键，可不能得罪了。她小心翼翼观察着千面手，视线落在他耳垂上，眯起眼，说道："你没有耳洞？"

千面手回以她"废话"的眼神，有哪个大男人会去穿耳洞？

"这样可不行。"顾了了摇头晃脑道，"若没有耳洞，人家一眼就看出你不是女人，要不，我现在帮你穿耳洞？"

面对顾了了那双闪着绿光的眼眸，千面手非常想要潇洒转身，却忌惮于顾了了的手段，害怕会华丽撞墙，最后只得霍霍磨牙，"多谢，不过我觉得有人比我更需要穿耳洞。"

言下之意不言而喻，顾了了耸肩，不再多说。

两败俱伤可不是好玩的，尤其是这里还有外人，这个外人还是自己未来的师父。

楚千觞对他们俩的掐架充耳不闻，只在最后点拨一句，"去穿个耳洞吧，事后不管它自然会没有的。"

千面手："……"

"或者拿根针来，我帮你也可以？"楚千觞笑眯眯地添了一句。

千面手浑身冷汗，哆嗦道："这怎能劳烦您动手呢，我自己来就好，自己来……"

楚千觞颔首，招来小二，问他要了根银针。

顾了了瞠目结舌，没料到她一句戏言会惹来这"惊心动魄"的一幕——千面手面色灰白，拿着银针的手不住颤抖，一点一点往耳垂靠去。

这一段距离漫长而艰辛，最终，冰凉的针头碰触到耳垂时，千面手面容变得狰狞起来。

横竖不就两个洞嘛，他咬咬牙，朝耳垂上扎去。

"啊——"尖锐而凄厉的女声犹带有男子低哑的声音响彻客栈上方。

因为疼痛的缘故，银针早已从指间滑落，不知掉到哪去了，顾了了双手蒙住眼睛，不忍看下去。她突然很庆幸，自己从小被顾冥磊当做男孩子养，免去了穿耳洞之痛。

楚千觞神色自若，声音不紧不慢，"还有另一边。"

千面手几欲哭出来，声音沙哑不堪，"别……别了吧……"

"很痛？"楚千觞扬眉。

千面手默然，承认痛，就意味着承认自己没用，连一点微小的疼痛都无法忍受。

"不、不痛。"千面手咬牙，又要了一根银针，将两只耳朵的耳洞穿好。

顾了了深切同情中，能为扮女装到这个地步……

面首，你真是……爱岗敬业的好同志啊！

掏出止血的药膏为千面手涂上，顾了了难得轻柔了一回。

"美人，你随我出去走走。千面手，你留在客栈等我们。"见千面手耳垂上的血止住，楚千觞起身道。

千面手求之不得，摆手道："快去快去。"最好永远不要回来。

楚千觞温文尔雅一笑，"你喜欢什么样子的耳环？正好为你买来。"

千面手飙血。

傍晚的枫丹城，空气中弥漫着一股淡淡的香气。

顾了了一直很喜欢黄昏，无论是前世还是今生，落日余晖总给她一种温暖的感觉。她一路跟在楚千觞的身后，看到无数枫单少女对着楚千觞暗送秋波、窃窃私语，禁不住笑出声来。

楚千觞放慢脚步，低头问道："有什么好笑？"

"公子是不是已经习惯了这样？"顾了了挤眉笑道。

这样？楚千觞眼珠一转，明白她话中含意，嘴角扬起，颔首道："是。"

"很烦恼吧！？"顾了了继而问道。

楚千觞微微一愣，从没有人会这么问他，很烦恼吧！？

似乎人们对他一直是敬若神明，永远是毕恭毕敬的态度，连挑衅之类的，也越来越少。看他的目光，崇拜、爱慕、嫉妒……各色各样，却没有一种，是如她这般，坦坦荡荡，清清澈澈，既不刻意为之，也不遮遮掩掩。

好像六年的时光，转眼她便从一个婴儿长成孩童，五官外貌渐渐长开了，唯独那双眸子，一如最初那般，让人禁不住困惑。还有，沉迷……

面对楚千觞骤然深邃的目光，顾了了心不受控制地乱跳起来。他能不能不要用这样的眼神看人？那张脸已经长得人神共愤了，再加上这样的神情……是人都无法抵挡得住啊。

更何况她这个外表七岁实际年龄疑似接近欧巴桑的家伙。

"公……公子……"顾了了磕磕巴巴道。

楚千觞倏地收回视线，抬头平视前方。

顾了了收起那微小的失落感，指了指街边的小摊，"不是要给面首买耳环吗？去那边看看吧。"

楚千觞点头应道。

摊子上摆满了各式各样的耳环吊坠，琳琅满目，让顾了了这个欣赏过无数现代经典首饰的穿越女也不由看花眼，不知买哪一款好。

"这一对怎么样？"挣扎了许久，终于顾了了拿着一串紫色晶石雕成的蝴蝶状耳环问道。

看着顾了了眼眸中映着璀璨的紫色，楚千觞含笑应道："喜欢便买吧。"

"就要这对了。"顾了了冲着摊主吆喝道。

摊主上前来，见一大一小两人，立马对楚千觞笑呵呵道："给夫人买的？公子好眼光啊！这可是上等的晶石雕刻而成，经名家之手……"

楚千觞浅笑，不置一词，又瞥了眼顾了了，问道："可有两对？"

摊主抱歉地摇头，"仅剩这一对了。"

"为何要两对？"顾了了听到楚千觞和摊主谈话，好奇问道。

楚千觞沉默片刻，随意指了一对耳环道："把这两对包起来吧。"

"好的，公子。"

楚千觞接过包好的耳环，付了银子，放入怀中，又转身离去。

顾了了心中的好奇如同一串串泡泡，不停地冒出来，想要知道那个答案。

"公子，你要买给谁啊？"她问道。

楚千觞心情颇好，淡笑道："你猜。"

顾了了想了想，"莫非，公子想送给心上人？"

"心上人"三个字让楚千觞微微一怔，他蹙眉，神情淡淡道："我没有心上人。"

没有？没有你买女子的耳环做什么！难不成自己也想男扮女装尝试一回？不过如果是楚千觞扮女子，说不定会……

顾了了的目光在楚千觞身上来回转悠之际，楚千觞突然变得有些无奈，叹了口气道："你若认定是送给心上人的也行……"至少胜过胡思乱想。

早说嘛！顾了了窃笑不已，"来来，告诉姐姐，你喜欢谁？"

某人太投入了以至于全然忘记了自己的身份，将楚千觞当成同辈对待。

楚千觞失笑地摇摇头，看了一眼渐晚的天色道："时间不早了，还是回去吧。"

听到他这么说时，顾了了猛然回神，顿时明白现在不是开玩笑的时候。而楚千觞，也不是可以随意开玩笑的人。

夜色浓浓，月挂树梢。

白天里一派热闹繁华的枫丹城很快就寂静下来，只闻鸟兽虫鸣声。

夜间频频闹鬼，让行人不敢夜里行走，店铺也早早打烊，家家户户燃起幽幽烛光，大门紧紧闭着。

这时候走在大路上，连声"天干物燥，小心火烛"也听不到。人们都唯恐被鬼附上身。

好好的大道不走，楚千觞似乎喜欢挑那些弯弯曲曲的小路，或者是飞檐走壁。顾了了刚习武不久，根本不会轻功，全赖楚千觞抱着她，一路飞驰。千面手原本轻功也不错的，不过碍于他一身女装长裙，施展轻功时束手束脚，几次差点被裙摆绊倒。

顾了了捂着嘴，在楚千觞怀中笑得一颤一颤。楚千觞知道她在笑什么，拍了拍她的脑袋，低低对她嘘了一声。嘲笑是可以，不过惹得某人恼羞成怒甩手不干就有点麻烦了。

他身上传来清淡的味道，似谷雨时节的新茶，带着别样的芬芳。顾了了不由吸了吸鼻子，她很喜欢这股味道。一如记忆中，宁静而悠远。

到了歌楼，楚千觞将顾了了缓缓放下。留恋于那个温暖的怀抱，顾了了不舍地松开手，抬头，正见歌楼上灯火忽明忽暗。一阵凉风习过，顾了了背上骤然生出冷意。

"里面……有人？"略带沙哑的女声响起，千面手开口问道。

他的面上，流露出和顾了了一样的惶恐与不安。

"应当是三儿他们吧。"楚千觞却闲雅一笑，似胸有成竹，"我们从后面进去。"

歌楼的后面，是一个盛放杂物的小院子，被废弃了许多年，生满灰尘和蛛网。

"小心一些。"楚千觞话语未落，顾了了险些被地上横着的木头绊住，好在千面手及时出手，将她扶住。

"咳咳……这是什么鬼东西？"偌大的动静激起了地上厚厚的尘埃，顾了了单手扇了几扇。

她小小的脸蛋上落下了灰尘，鼻尖黏着一块黑黑的东西，眯着眼，滑稽不堪。

楚千觞禁不住微微一笑，见她如此狼狈，竟转身半蹲下来，在千面手目瞪口呆的神情中说道："上来吧，我背你进去。"

"这样好吗？"顾了了歪着头。

楚千觞眼眸一转，"或者，你想自己走进去？还是让他背你？"

顾了了扫了一眼前路，浓重的夜色，她夜视显然不如习武多年的楚千觞、千面手二人，若要自己走，没准摔得鼻青脸肿。至于千面手背她嘛……

顾了了往前一扑，毫不客气双手搂住楚千觞的脖子，笑嘻嘻道："公子，就麻烦您了。"

一转头，又横了一眼千面手，"收好你的下巴，小心掉到地上。"

千面手摸了摸下巴，无辜地跟在后头，两个人跃上房顶。

将顾了了放在一处平坦处，楚千觞瞅了一眼靠窗的烛台，长袖挥舞的瞬息，那一片烛光灭了。

"好厉害！"顾了了禁不住低声喝彩。

千面手无语望天，这对楚千觞来说，根本不算什么。

楚千觞抿唇一笑，回眸间眼中溢彩流光，"你若喜欢，我将来教给你。"

"好啊好啊！"顾了了欢快地应道。

笨蛋，他那一身绝学迟早都是你的。千面手忍不住对天翻了个大大的白眼。

窗台边的烛光熄灭，紧接着歌楼上的烛光一点一点暗淡，直至化做一团黑暗。接着朦胧的月色，顾了了看到一个人影出了歌楼。

"是三儿。"楚千觞解释道。

顾了了点头，"美——了了呢？"

"还在里面。"楚千觞说道，"待会需要你们的帮助。"

他说话时的表情很是认真，夜色模糊了他的面容，却遮掩不住他眸中的华彩。

顾了了下意识地点头，好似他的请求，哪怕再艰难，她都不会拒绝，也……无法拒绝。

苍茫的夜空，楚千觞转过身，背对着她与千面手，挺直的背脊傲然的身姿，仿佛只要站在那儿，便可顶起一片天地。

"千面手。"楚千觞抬了抬下巴，目光落在歌楼第二层。

千面手心领神会，提起裙摆，欲跃身而下。

"等等！"就在他要跳下屋顶时，楚千觞突然出手拦住。

"怎么了？"千面手不解。

楚千觞没来得及开口，窸窸窣窣的微响就替他做了答复。有人跟随三姑娘而出。

屋顶上三人顿时一冷。除了三姑娘，歌楼中竟会有人冒出，此事就不再是闹鬼这么简单了……

待到三姑娘身影消失不见时，楚千觞才轻声道："你且去吧，当心些。"

千面手应了一声，身子一转，脚步轻盈地落在二楼天台上，而后蹑手蹑脚从三姑娘事先留好的窗口进去。

"我们也进去吧。"楚千觞说道。

"从二楼？"

"不，从这儿。"

话一落地，顾了了见他弯下腰，盯着地面片刻，而后伸出手一拽，一块木板顺势拉起。

"走吧。"

见顾了了瞪大眼睛，楚千觞不由轻笑，牵起顾了了的手，像是无数次这么做过一般自然。

两人一前一后下了楼梯，走到最后一层时，是一扇门。楚千觞推了推，门被人从里头反锁住了。要怎么办？顾了了看着楚千觞，却没感到一丝害怕，而是……从未有过的心安。楚千觞轻叩了叩门，笃笃笃，一共三下。门，从内缓缓开启。

"美人！"顾了了看到门后的小身影，禁不住叫出声来。

顾美人慌忙捂住她的嘴，嘘声。

视线转向楚千觞，他似毫无异样，顾美人这才放下心，说道："都准备好了。"

楚千觞嗯了一声，抬脚朝里走去。

顾了了拽着顾美人的袖子，低声问道："什么准备好了呀？你们究竟做什么事？"她怎么一无所知。楚千觞什么都没说，她也不敢开口问。

顾美人眨眼，"马上你就会知道。"

顾美人所说的"马上"果真是马上，下一刻，顾了了就听到凄厉的尖叫声，而且不止是一个人在尖叫。那声音，简直比千面手夜半变声嘶吼还要惨烈！

"发生什么——"顾了了刚要再问时，突然见顾美人神色一凛，身子从后扑住顾了了，将她压在地上。

"小心！"顾美人话一出，一柄剑直直插入顾了了前方地上，剑尖没入地面。

顾了了浑身一颤，竟有几分紧张。耳朵贴在地上，能听到四面八方传出的脚步声。

楚千觞拔出腰间的长剑，剑锋直直垂向地面。

"美人，保护好了了。"他话音未落，头顶上一阵噼里啪啦的金属撞击声。

又过了半炷香不到的工夫，听到楚千觞淡淡的声音，"你们可以起来了。"

而后，便是扑通扑通的倒地声。

顾了了跨过十几具人身，走到楚千觞身边。

"公子好厉害！"顾了了这回是诚心诚意赞美道。

楚千觞微笑，利落地还剑入鞘，弹了弹衣摆道："二楼差不多也收拾干净了。"他指的显然是千面手。

下了二楼，果然见千面手气喘吁吁地坐在人堆上，耳上挂着新月状的耳环，闪烁着明晃晃的光泽，犹如暗夜中的微光，让顾了了第一次觉得，原来千面手也是这般可靠。当然，如果他不开口就更好了。一开口，他那一身造型明显就被毁掉了大半。

"靠！老子又是扮女人又是帮你捉鬼。楚公子，你说说，你要怎么感谢老——我？"千面手一面叫嚣，又踢了几下地上躺着的人，嘀嘀咕咕道，"压根就用不上我穿女装嘛。这哪里有鬼？分明是人扮的鬼。"

楚千觞不理会千面手的叫嚣，走到人堆边，俯瞰地上被打得七零八落然后堆在一起的人，开口问道："你们是谁派来的？为何要躲在歌楼中？"

"别问了，问了也是白费力气。他们被我喂了无骨散。"千面手吹了一声口哨，悠悠说道。

"无骨散？"

"美人给我的，说人太多万一绑不完，点穴又太费力，不如用无骨散，反正效果是一样的。"

说到"美人"，顾了了这才发现，身后的顾美人不知何时消失不见了。

"美——了了呢？"顾了了急急问道。

"这里。"

顾美人冷淡的声音传来，顾了了舒了口气，见他缓缓走近，埋怨道："你刚刚去哪儿了？"

"在二楼处埋那群麻烦。"

"哦。"

"解药。"

"什么解药？"

"无骨散的解药。"

顾了了恍然想起，无骨散是她路上无聊时配置出的迷药，当时还在顾美人面前炫耀了一番。

"你难道不知道吗？"顾了了一面在怀里摸索，一面问道。

顾美人很想回答她一句"废话"，因为外人在场不得不有所收敛，"你没有告诉过我药方。"

"可是我给了你药啊！"

"我懒得研究。"

顾了了："……"美人，你真是越来越懒了。

好在当初顾了了留了一个心眼，配出了解药。不过，即便她没有配制出，以顾美人的天赋，说不定立马就能找出解药。顾美人拿过顾了了递出的解药，手往后一扬，包着解药的纸包瞬间落入楚千觞手中。楚千觞一转手，又将它丢给了千面手。

"啊？给我？"千面手大吃一惊，捧着解药不知如何是好，"你要给谁用解药？"

"随便。"楚千觞淡淡说道。

既然是随便……千面手随意抓出一个人来，将解药塞入他口中，而后见他眼珠缓缓转了转，嘴微微张开。伸手制住那人身上穴道，千面手很自觉地将他丢到楚千觞脚边。

"说吧，是谁派你们来此的？"楚千觞负手问道。

这一刻，他身上的气势仿佛彻底改变，变成另一个人，一个高高在上，可望而不可即的男子。

原本的华贵温润——不见，他浑身上下透着的，是一股难以言喻的威严。

"我……我……"

那人想要抵死不说，听到楚千觞冷然一笑，"这世上，活着，远比死更需要勇气。你确定你有这个毅力？"他的声音太冷太冷，没有一丝感情，仿佛他眼前的，不过一具尸体。

顾了了打了个寒战，这样的一个人，宛如一个嗜血的魔鬼，月影从窗栏透入，照在他的眼睛上，染上一层诡异的猩红。他明明是一袭白衣，她却觉得，这样的白，比任何颜色都容易染上其他的色泽，妖冶而多变。

那人显然也被狠狠地惊吓住，连声叫喊起来，"饶命啊，殿——"话未说完，不知被楚千觞用什么堵住嘴，只剩下"唔唔"的挣扎声。

"好了，我已知道是谁做的事情。"楚千觞转身，脸上恢复一丝温暖。

"谁啊？"顾了了随口问出来。

楚千觞抿唇，没有回答。

顾美人拉了拉她的袖子，示意顾了了不要再问。这世上，有些事，最好永远都不要知道。千面手显然也明白这个道理，闭口不问。

"我们走吧。"楚千觞挥袖道。

"啊？"这就结束了？

顾了了不可思议，"我们不是来捉鬼的吗？"

"这些就是'鬼'。"千面手用脚踢了踢人堆。

"可是……不是说还有歌声么？"顾了了迟疑地问道，难道这一群大男人会半夜在歌楼上唱歌？真是有闲情逸致。她一语似提醒了什么，楚千觞、千面手和顾美人三人皆不由脸色一变。

"我……我好像听到有歌声。"千面手面色煞白道。

连顾美人都默不作声，似乎默认了。楚千觞单手握紧剑柄，眉宇紧蹙。唔……她不过是想开个玩笑而已，没必要这么严肃吧。

顾了了摸着下巴问道："有吗？我怎么什么都没听到啊。"

千面手颤抖着抬起手，指向顾了了身后，"那……那是……"

顾美人绷紧身子，双手握拳。楚千觞则倏然抽剑，那仗势，堪比刚才与人对敌。

"后面怎么了？"顾了了歪着脑袋问道。

"有鬼啊——"千面手狂叫一声，昏了过去。

顾了了感到背后阴风习习，身上鸡皮疙瘩一齐冒了出来。

"呵呵……"诡异的笑声传入耳畔，顾了了像是被人施了定身咒，动弹不得。

"了了小心！"顾美人大声吼道，欲冲上来，却被楚千觞抢先一步，将顾了了护在怀中。

熟悉的味道再度传入鼻息，顾了了心渐渐恢复平静，这时候才敢回头。

一个浅白色的声音，缓缓飘来。

"梦郎……梦郎……"幽幽的声音，含着无尽的幽怨，又似一曲轻歌，缠绕耳侧。

"你是谁？"楚千觞厉声呵道。

一道黑色的影子停在众人面前，缓缓伸出双手，呢喃，"梦郎，你不记得我了吗？我是小芳啊，那个长得好看又善良的小芳。"

噗——楚千觞和护在身前的顾美人镇定自若，顾了了却忍不住抽了，长得美丽又漂亮？

她心生一计，推开护着自己的顾美人，惊叫道："我知道你，你是不是那个'村里有个姑娘叫小芳，长得好看又善良，一双美丽的大眼睛，辫子粗又长'的小芳？"

"你是我的梦郎！"小芳扭头，冲着顾了了轻呼道。

她撇开楚千觞，朝顾了了方向走来。顾了了有些紧张，好在顾美人在她身边，也不那么害怕。

"顾了了，你在打什么鬼主意？"顾美人见小芳步步逼近，不得不护着顾了了步步后退。

听到顾美人咬牙切齿的声音，顾了了嘿嘿一笑，"我只是偶尔想起一首歌来嘛……"

顾美人：……你想唱歌也用不着选在这个时候啊！

"小心！"小芳扑过来的刹那，顾美人将顾了了狠狠推开，伸手欲制住对方。

可他不过七岁的孩子，小小的身子哪是小芳的对手？

离得顾美人最近的姬三芊慌忙上前一挡，被小芳拍飞出去，头狠狠撞在墙上，昏迷不醒。

趁众人没反应过来之时，小芳猛然双手扼住顾美人的喉咙，面色狰狞道："阻碍我和梦郎相会的人都不得好死。"

顾了了脸上煞白，她是说真的。楚千觞挥剑攻来，却被小芳轻松避开。只见她足尖轻点，身子便拖着顾美人转了一圈，跃到不远处。

"美人！"见顾美人被扼得喘不过气来，顾了了担心地叫道。

"你快离开这！"楚千觞挡在顾了了身前，命令道。

"不行，美人他——"

"你留在这里只会增添麻烦！"

生平第一次，顾了了这样被人怒斥。留在这里，只会增添麻烦，是……是吗？

原来，她还是多余的呵！前世的她也是如此，如同一个可有可无的人，跟着父亲和另一个陌生的女人、陌生的弟弟，重组一个新的家庭。那个家，她的继母，似乎每次看她的眼神都在说，要是没有你就好了！只因为，她是多余的。

"你要多加小心。"顾了了转过身，背影透着一股深深的落寞。

即便在千钧一发之际，楚千觞却没有忽略她眼底的失落与悲伤，宛如一把尖刀，戳在他的心底。了了……他想叫住她，却不能。

小芳掐着顾美人的脖颈，狠狠攻来。面对从未遇到的强大敌人，这么多年来，楚千觞从没有过像这一刻，如此狼狈。被打得只能退后，无力还击。不管他的剑从哪一个方向挥来，都会被小芳轻松避开。即使剑锋扫过小芳，也造成不了任何伤害。她的轻功，根本不像轻功，飘荡在黑夜之中。

"让开，我要去见梦郎。"小芳恶狠狠地叫道。

楚千觞目光落在快要窒息的顾美人身上，神色淡漠，"你现在这个样子，梦郎不会想见到你的。"

小芳顿时一怔，又怒道："你骗人！"

"你手上的那个孩子，快要被你掐死了。"楚千觞话一落，小芳手微微松开，听到顾美人大口的喘息声，伴着咳嗽声。

"阻挡我和梦郎相会的人，都该死！"松开的手指又一点点扣紧，小芳一把提起顾美人，将他半吊在空中。

楚千觞皱眉，这样下去，顾美人真的会性命不保！要怎么办？

"让——开——"嘹亮的声音充斥着这诡异的黑夜，楚千觞只来得及转身推开半步，哗啦啦的水势扑面而来。

好在他避让得快，只衣角沾湿一点而已。可怜小芳和顾美人，浑身湿漉漉的晾在夜风中。

"这是什么——"小芳大惊道，挥袖闻了闻身上的异味。

随后奔来的顾了了一脸淡定，"狗血。"

小芳冷笑，"你以为区区狗血能够制得住我？你也太小——"

"瞧"字未尽，就见她陡然色变，一手甩开顾美人，抓着颈脖，痛苦挣扎起来。

"不……不要……我要见梦郎……"小芳伸开五指，不停地向一侧攀爬，却最终无力地垂落。

话语到了最后，空余下无尽回音……

第九章　恋爱中人

"还有洋葱大蒜什么的。"顾了了很无辜地解释说。

她不过是抱着试一试的心情，没想到效果这么立竿见影。

"咳咳……"

顾美人抱着脖子剧烈地咳嗽，顾了了慌忙走到他身边，不顾那股难闻的狗血味，蹲下来问道："美人，你没事吧！？"

顾美人摇摇头，声音沙哑得几乎听不到，"没……事。"

话虽这么说，但顾了了清楚地看到他脖子上那道青紫色的印记。还好，没有流血，调养一段时间就能恢复如初。

顾了了掏出当初给千面手用的"银嗓子喉宝"，伸到他嘴边，说道："吃吧。"

顾美人眼中的愕然一闪而逝，似没有料到，顾了了会有这么温柔的时候。

顾了了被他的目光看得有些恼羞成怒，药往他怀中一塞，"快点吃，自己没手啊。"

她转过身，假装去看三姑娘，却听到身后低低的笑声。不知为何，那笑声让顾了了心颤抖了一下，很快又镇定下来。

"她是谁？"顾了了问道。

小芳是谁？这个问题问出来，恐怕楚千觞也不会知道。甚至他们之中根本没人预料到会半路杀出个小芳姑娘。

"嗯……我的头好晕啊……"

尖细而粗哑的声音响起，顾了了转过头，看了一眼从地上坐起来的千面手，冷哼一声，"原来真有人怕鬼怕得吓晕过去啊！"

千面手露出尴尬之色，磕磕巴巴道："老、老子才不是被吓晕过去的……老子是累了，又是扮女人又是装歌姬又是消灭敌人，所以躺一躺而已，躺一躺！"

见他反复强调自己躺一躺，顾了了嗤笑，"我怎么还听到打呼声？"

"呸！老子睡觉从不打呼。"千面手恼羞成怒了。

顾了了眼睛一闪，"这么说你刚才的确是吓晕了？"

千面手："……"泪流满面啊，和天斗，其乐无穷，和地斗，其乐无穷，和顾了了斗，其蠢无比。

"拿着，这是解药。"顾了了没好气地将一包药抛给千面手。

千面手欢天喜地接过药包，余光无意间触及顾美人颈脖上的痕迹，在微弱的夜光中尤其显得触目惊心，不禁愣住，"美人，你脖子怎么了？"

顾了了撇嘴，指了一下地上的三姑娘，千面手立马哆嗦了一下。

"三姑娘也晕了？"声音稍微恢复，不再那般尖细难听，千面手将耳环摘下，问道。

顾了了翻了一个白眼，"人家才不像你，被吓晕的，三姑娘是为了救美人才受了伤。"楚千觞打横抱起三姑娘，转身道："先回去吧。"

"剩下的人呢？"顾了了回身扶起虚弱的顾美人，问道。

"明日我会派人来收拾。"楚千觞皱了皱眉头，扫过地上一干人。刚才小芳姑娘现身，让那些原本就浑身无力的人全部吓得口吐白沫不省人事，估计一时半会儿还醒不来。"无骨散药效有多长时间？"

"一天是没问题的。"顾了了看了下窗外夜色。

楚千觞颔首，抱着三姑娘朝外走去。

顾了了、顾美人和千面手回客栈时，元掌门、齐掌门正焦急地等在门口，见他们三人回来，方舒了口气。又见顾美人面色青灰，脖子上的痕迹煞是可怖，元掌门顿时脸色大变，问道："发生什么事了？"

他放心两个孩子，也是看在有楚千觞和千面手的保护，加之顾了了和顾美人本身也有一定自保能力，却不料顾美人会这般。

"没事……"顾美人靠在顾了了肩上，拉了拉嘴角，"是我不小心。"

不小心？如果说顾了了会不小心元掌门还会相信一二分，可是换成顾美人，元掌门完全想不到会是什么样的状况下他不小心伤成这个样子。

齐掌门上前看了几眼，"无事，休息几日便可。"

顾美人默默点了点头，推开顾了了的手，一个人慢慢走了进去。千面手与两位掌门对视一眼，也跟了进去，留下顾了了一人面对元掌门和齐掌门。

"师父，您知道小芳姑娘吗？"不等元掌门开口，顾了了率先问道。

"小芳姑娘？"元掌门一怔，思索良久才缓缓道，"是不是有首歌，这么唱的，'村里有个姑娘叫小芳，长得好看又善良，一双美丽的大眼睛，辫子粗又长'？"

顾了了："……"师父，其实您才是穿越来的是不是？

"这首歌在二十年前很红的。"元掌门叹息似的说道，追忆往昔的表情。

连同齐掌门也频频点头，赞同道："的确，我记得你当初还拿这首歌去追求文师妹。"

元掌门顿时横了他一眼。

"后来呢？追求到了吗？"顾了了饶有兴趣地追问道。

"这个嘛……"齐掌门微微一笑，"问你师父吧！"

"师父，你该不是没追求到吧！"顾了了瞅着元掌门那架势，揶揄道。

元掌门尴尬笑笑，"常言道，君子不夺人所好，大师兄喜欢文师妹，我自然就不和他争啦。"

"其实是你争不过你大师兄吧。"顾了了接口道。

元掌门："……"了了，你可以不用对这种事那么犀利。

"对了，这首歌，又是谁唱的呢？"顾了了突然将问题拽回来。

"好像是一个叫小芳的女子。"元掌门摸着下巴，"当年红遍大江南北，不过后来再没有听到过有关这名女子的传闻，这首歌也就被人遗忘了。今天若不是你提起，我一时都记不得。"

二十年前吗？那么，那位小芳姑娘岂不是……想到这，顾了了不由打了个寒战。她抬起头，见天露出亮光，不由伸了个懒腰。这一晚，真是好累啊……

"了了，昨夜你们和楚公子出去遇到什么事了？"元掌门正色问道。

顾了了想起楚千觞那神秘莫测的眼神，还有顾美人阻止自己追问，一时也不知该如何回答，闷闷道："我们遇到鬼了。"

鬼？元掌门和齐掌门对视一眼，要说那闹鬼的传闻，不就他们几人制造的吗？

"是真的鬼哦！"顾了了一脸严肃道，"还唱了'村里有个姑娘叫小芳'。"

经顾了了这么一说，元掌门心中顿时相信几分。这首歌出自二十年前，若说听过的，估计只有楚公子和千面手。但二十年前，他们也不过是个孩子，不至于拉出这么一首老歌出来唬人。

难道说……"美人脖子上的痕迹是？"

"那位小芳姑娘掐的，"顾了了答道，"她还叫了一个名字。"

"什么名字？"

"梦郎。"

所有的疑点都聚集在"梦郎"二字上，齐掌门沉思良久才道："似乎听谁说过，这首歌出自枫丹城。"

"而且是出自一个歌楼。"顾了了补充道。

三人互看对方一眼，元掌门颔首道："了了，你先回去休息，这个小芳姑娘的身世我们会派人打探。"

"好。"顾了了乖巧应道，转身回了房间。

房内，千面手已换下女装，那套裙子丢在角落里，上面赫然印着几个脚印。

顾了了不动声色地看了一眼，说道："面首，衣服记得要还给三姑娘哦！"

千面手一愣，怔怔道："还？"

"是啊，"顾了了耸肩，"这可是三姑娘好心借给你的，不还给她，万一楚公子知道了……"

千面手立马捡起地上的衣裳，气冲冲地推开门。

"你去哪儿啊？"顾了了不怀好意地问道。

"去、还、衣、裳！"千面手咬牙恨恨答道。

门哐当一声被关上，顾了了捧腹大笑。

"了了，别太过分了。"一直躺在床上的顾美人缓缓开口。

顾了了回头，见顾美人依旧面色灰白，心中禁不住涌起一丝歉疚。

若不是为了救自己，美人也不至于此。

"美人啊，想喝点什么吗？了了哥哥帮你拿。"

喝什么？顾美人连笑的力气都没有了，他默默盯着顾了了，直到顾了了被盯得发毛。

"美、美人，你怎、怎么了？"顾了了觉得经过昨晚之后，顾美人就变得怪怪的，莫不是也被那小芳姑娘附身了吧！？

顾美人微微一笑，勾了勾手指，"了了，你过来。"

顾了了没有动。

"你不是想知道昨天我和三姑娘去做什么了吗？"

是哦，顾了了好奇，为何他们俩那么早就跑掉。

"过来我告诉你。"顾美人继续笑道。

顾了了犹犹豫豫地走上前，还没来得及说什么就被顾美人一把拽住，紧紧握住她的手。

顾了了登时吓得魂飞魄散，抱头就要鼠窜，"小芳姐姐饶命啊，我不是故意的！我真不是梦郎！"

被握住的那只手始终没有放开，似乎使出了所有的气力，暖暖的温度让顾了了一点一点半静下来，面前的顾美人，眼波清澈，是她一直熟悉的那个美人。

"对、对不起……"顾了了搓手，局促道。

顾美人了然笑笑，"还在害怕？"

"……是。"顾了了没有否认，她一直都在害怕，直到走出那个歌楼时，双腿依然颤抖。

没有人知道，她在被楚千觞赶走的那一刻，心中有多么恐惧。一个人走出歌楼，走在空无一人的大街上，无意中在别人家墙角发现一盆狗血，掺入各种药材，

第九章 恋爱中人

99

然后再回到歌楼。

这一路的惶恐与害怕，一直都是她一人默默承受着。

"不怕了……"美人低哑的声音回荡在房间里，只让人觉得……心安。

"嗯……"顾了了合上眼，趴在顾美人床边，慢慢睡去。

顾美人静静看着了了的睡颜，心底溢出一丝甘甜，他松开手，又摸了摸顾了了的额头，见她睡得正香，唇角流出水渍，顿感好笑。

他艰难起身，走下床，抱起顾了了，将她放在自己的床上，为她掖好被角。

"好好睡一觉，醒来时候就不会害怕了。"顾美人轻声呢喃。

他转过身，走向顾了了床边。

顾了了再度睁开眼睛时，又是白天。这一觉，她足足睡了一日一夜。醒来后，她肚子咕咕直叫。顾美人不在房间里，倒是千面手坐在桌子边，翘着腿，正哼着小曲喝茶。

"你醒了啊。"千面手见顾了了坐起身，忙露出一个大大的笑容。

"面首。"

"嗯？"

"可不可以不要笑得那么恶心？"

千面手："很恶心吗？"

"非常恶心。"顾了了义正词严。

"那这样笑呢？"千面手又摆出一个造型。

顾了了："你是不是被人附身了？"

"……我是想，三姑娘会不会喜欢。"在顾了了再三追问之下，千面手略带羞涩地回答。

顾了了：……大哥，难怪你不正常了，敢情是春天提前到来？

"放心，无论你啥样子她都不会喜欢你的。"顾了了毫不留情地说道。

"为什么？"

"你也不想想她身边那个人是谁！"

……楚千觞！千面手一颗玻璃心破碎满地。爱情很丰满，现实很骨感，以至于千面手跟着顾了了下楼时始终提不起精神。

客栈一楼，倾城山弟子三三两两围坐在一块，讨论即将到来的武林大会。顾了了目光巡视一周，迅速定位在角落一桌，顾美人和两位掌门坐在一块。见到顾了了和千面手走来，顾美人含笑起身，让开一个座位。

顾了了对着他的脖子研究了半日，挑眉问道："这么快就消失不见了？"她指的是那日小芳姑娘留下的掐痕。

顾美人应了一声，"师父配的药，很灵。"

"可以去疤？"顾了了两眼放光。

"了了啊，你又想做什么？"元掌门蹙眉问道。

顾了了顿时收敛了笑容，眨眨眼，装作乖巧的模样，双手捧着下巴笑道："没什么，师父！"

元掌门一身鸡皮疙瘩。

"对了，小芳姑娘的事，你们调查到了吗？"顾了了突然开口问道。

提到小芳姑娘，对面三人不约而同默然。

"怎么了？"察觉到气氛不对，顾了了问道。

隔了片刻，才听到元掌门捋着胡须，缓缓叹道："小芳姑娘一事，真真是天意弄人啊。"

原来二十年前，这位小芳姑娘与枫丹城一位才子两情相悦。无奈小芳姑娘深陷歌楼，不能离开，才子便允诺进京赶考，待到考取功名后回来娶小芳姑娘。结果不等才子考取功名，这位小芳姑娘便香消玉殒，在最美好的年华中悄然而去。

顾了了听后，仰天长叹一声：这么狗血而又天雷的故事，是谁编出来的！身边的千面手还恶心巴拉地掏出一块绢子，装模作样抹抹眼角。

"面首，拭泪这种动作应该是女子做的。"顾了了恶意说道。

千面手瞪了她一眼，"这么感人的故事，你听了难道不会为小芳姑娘深深惋惜，恨不得替她死去，只为她能好好活着，和那位公子相守一生？"

顾了了："……"是不是人恋爱后，智商都为零？她扭过头，决定彻底无视千面手。

"那位才子呢？叫什么名字？现在又在何处？"顾了了追问道。

"当朝宰相柳阡梦。"齐掌门答道。

顾了了扑哧一笑，这不就得了！什么佳人逝去今生无缘，全是放屁！搞不好那个柳阡梦暗中做了手脚，让小芳姑娘死得不明不白好让他另娶他人！

元掌门似看出顾了了的怀疑，又解释道："当初小芳姑娘逝世时，柳相曾抱着她号啕大哭。"

这样假惺惺的作秀，谁不会？

"如今的柳夫人是谁？"

"一位公主。"

"你是说，柳阡梦为了尚公主故意害死了小芳姑娘？"千面手禁不住插嘴问道。

"谁知道呢。"顾了了冷笑，"事情已经过去了二十年，除了当事人，真相早被掩埋起来。"

千面手了然地点头，又不由叹道："可怜那位小芳姑娘！"

"我们接下来又要怎么办呢？任那个小芳姑娘留在歌楼中？"千面手问道。

"当然——不！"顾了了突然站起身，哗啦一声长凳被狠狠推开，她视线扫过顾美人和千面手，一脸坚定道，"别忘了，我们可是捉鬼面首帮！既然遇到鬼了，就有义务拯救他们。"

顾美人："……"那个名字，是你自封的吧！？

"拯救？你要如何拯救？"千面手问道，就凭他们几个无名小卒，难不成想把柳相拉回来当面对质？

"五年一度的武林大会，朝廷难道会坐视不管吗？"顾了了笑了笑，"如果派什么人都是派，那何不如将柳相派过来，也好和小芳姑娘再续'前缘'。"

森冷的声音，不带丝毫感情，千面手不禁打了个冷战，这样的顾了了，莫说他了，连顾美人也是第一回见到，如此的强势而冷酷。

"敢玩弄女人感情的男人，真该千刀万剐！"顾了了最后抛出那句话，让在场的几位终生难忘。

元掌门和齐掌门离去后，顾了了、顾美人和千面手三人霸占一桌。

"面首，想不想追到小三姑娘？"顾了了勾手指，邪邪一笑。

"怎么追？"千面手见顾了了似有几分把握的模样，凑过耳朵惊喜问道。

"唱情歌啊。"顾了了挑眉，"大凡女子都喜欢这个，小三姑娘肯定也不会讨厌。"

"你是要我唱……"

"村里有个姑娘叫小三，长得好看又善良，一双美丽的大眼睛，辫子粗又长——就是这样。"

顾美人："……"

千面手沉默良久，终于缓缓抬起头，爆出一个字，"好！"

"老子就这么拼了，反正也不差这一回丢脸。"自从遇上顾了了，他脸面就被丢光了！

"等等面首！"见千面手冲动地要转身奔出，顾了了拉住他的衣角，说道，"你想这样就去找小三姑娘？"

"还要什么吗？"

"造型啊！包装啊！"顾了了白了他一眼，"你这土气的模样，和楚公子站在一块，竞争力为零。"

千面手："……"

"你说该怎么办？"千面手虔诚地问道，完全把她奉为女神，眼中满是敬意。

顾了了昂起头，得瑟道："回屋去，姐把你打造成枫丹城第一天王！"

"第一天王"四个字让千面手肃然起敬，他乖乖地跟在顾了了屁股后面，上楼。

"美人，来做我助手。"顾了了豪气万千地吩咐道。

"可不可以弃权？"顾美人放下茶杯，慢吞吞说道。

"不可以！"顾了了与千面手异口同声否定。

于是乎，一个下午，顾了了三人在房间内度过。当傍晚时分，千面手走下楼时，所有人的下巴控制不住地往下掉。这样的造型……真是前无古人后无来者。刘海卷曲而蓬松，左耳戴着红宝石耳钉，指甲上涂满深紫色，一袭黑衣劲装绣有红色流云图纹，领子开叉处露出一条骷髅头的银色项链。

"这样会不会很怪异？"千面手见大家面露异色，忐忑不安道。

"不会不会！"顾了了拍了拍他的肩膀，"你没看到那些都是倾慕的眼神？你这副打扮又帅又酷，和楚公子完全不是一个风格！走另类路线肯定能在第一时间吸引小三姑娘的注意力，接着你再以一曲'村里有个姑娘叫小三'夺得芳心，人生三大喜事洞房花烛夜就唾手可得！"

千面手被顾了了豪气万丈的宣言唬得一愣一愣，迷迷糊糊觉得哪里不太对劲，却说不上来，被顾了了推着往前走。

"我们去找小三姑娘吧！"顾了了一鼓作气道，"美人，你去借一把琵琶来。"

"要琵琶做什么？"一直满脸黑线的顾美人终于嘴角抽搐，憋着内伤问道。

"笨啊，弹琵琶唱情歌，这是多么浪漫的一件事。"顾了了自我陶醉道。

顾美人："……"他深深相信，倘若对方不将他们扫落出门，绝对是因为涵养太好的缘故。

千面手抱着琵琶，在顾了了的加油打气下，在无数枫丹城人注目礼中，一步一步走向楚千觞和小三姑娘下榻的客栈。客栈内，楚千觞正在看一份密报，突然听到外边的喧嚣声，蹙眉问道："三儿，外面发生什么事了？"

三姑娘探头往外一瞥，面无表情地转身，"外面有个拿着琵琶的疯子。"

拿着琵琶的疯子？楚千觞默然，转口问道："你这两日感觉如何？"

姬三芊点了点，摸了摸脑门后的大包，说："多谢公子，已经好多了。"

楚千觞颔首。

探子送来的密报写道，小芳姑娘确有其人，而且与当朝丞相柳阡梦有丝丝缕缕的关系。

柳阡梦……是吗？楚千觞冷然一笑，一手抚着茶杯，眉头拧在一块。

忽而，外头飘入一阵清晰的歌声，打断了楚千觞的思绪。

"村里有个姑娘叫小三，长得好看又善良，一双美丽的大眼睛，辫子粗又长……谢谢你给我的爱，今生今世我不忘怀，谢谢你我的温柔，伴我度过那个年代……"嘹亮的歌声激得过往行人们一阵叫好，千面手横抱琵琶，单手随意拨弄，摇头晃脑，浑身有如触电一般抽搐。

"村里有个姑娘叫小三？"楚千觞凝眉细听。

哐当一声，三姑娘手中的茶杯摔落在地。

"公子，您一定是听错了。"三姑娘慌忙起身，勉强维持着微笑。

"我对我的听力还是蛮有信心。"楚千觞扬眉，温雅笑道，"三儿，外面那人是不是为你唱歌？"

"怎、怎么可能……"三姑娘面色尴尬，"公子你知道我一心追随您，不求今生和公子……"

"三儿，"楚千觞蓦然打断她的话，"别再说这样任性的话，随我出去看看吧。"

"别！"三姑娘咬着唇，挡在楚千觞面前，"公子别去……"

在楚千觞幽深的目光注视下，三姑娘不自在地转过头，局促道："我、我自己去就好……"

楚千觞轻笑，目光温和，"好，你自己去吧，这件事我不管。"

"不过三儿，我希望你能好好珍惜……"对着三姑娘的背影，楚千觞似喟叹般说道。

三姑娘走出去时，千面手正唱得欢快，"谢谢你给我的爱，今生今世我不忘怀，谢谢你我的温柔，伴我度过那个年代……谢谢你——三……三……"

三姑娘杀气腾腾冲出来，一把拽住千面手的领子，咬牙切齿，"死面首，要唱歌滚回去唱，别在这里丢人现眼。"说完手一松，转身就走。

千面手扭头，泪汪汪地看着顾了了。

"不要放弃，加油！"顾了了打手势鼓励他。

深深吸了一口气，千面手放开喉咙，吼道："对面的女孩看过来，看过来，看过来，这里的表演很精彩，请不要假装不理不睬……"又是一阵俏皮的歌声，伴随着琵琶清脆的叮咚声，惹得人群阵阵哄笑，"……我左看右看，上看下看，原来每个女孩都不简单。我想了又想，我猜了又猜，女孩们的心事还真奇怪，爱真奇怪。"

三姑娘的脚步渐渐放慢，千面手见此唱得越发卖力，单手抱着琵琶，另一只手做出勾手指的动作，微微侧头，甩了甩脑后飘逸的长发，"对面的女孩看过来，看过来，看过来……"

顾了了在人群中起哄。

"了了，这就是你教面首的追女招数？"顾美人满头黑线地问道，眼中写满震撼二字。

"怎么啦？有什么不对吗？喜欢就要大胆去追。"顾了了扬眉笑道，"你看，那么多人为面首喝彩，三姑娘即便想要拒绝也不会当着众人的面。而且，这样隆重的追求，是女子都应该不会讨厌。"

"真的吗？"顾美人深深怀疑。

顾了了看了他一眼，这孩子，难不成担心将来自己会被这般猛烈地追求？其实爱情有千万种模样，不是每个人都能如面首这般，放下身段与顾虑，大胆地告白。也不是每位女子都如三姑娘这般，脸上表情既愤怒，又带着隐隐的开怀，甚至还有丝丝感动。

千面手回头，正对上顾了了的视线，顾了了点了点头，表示时机成熟。

千面手顺势将琵琶往地上一搁，大步上前。三姑娘瞠目结舌，看着千面手张开双臂抱住自己。

"村里有个姑娘叫小三，长得好看又善良，一双美丽的大眼睛，辫子粗又长……"

他单膝跪下，深情款款，"小三姑娘，能不能将你的爱给我，我今生今世都不会忘怀，能不能将你的温柔给我，伴我度过这漫长的一生？"

注视着三姑娘，千面手缓缓吐出这一句，引得身后一片鼓掌叫好。三姑娘张了张嘴，半天答不出一个字。能不能？面对千面手反反复复追问，三姑娘茫然无措。她似乎、似乎也不讨厌他。又或者说，之前他们都一直如同陌生人一样，如果不是千面手从她那儿偷走公子的玉佩，或者这一生他们都不会有任何交集。可是……

——三儿，我希望你能好好珍惜。

公子的话语犹在耳边，三姑娘明白，终其一生，她都不可能得到公子的心。所以，不如……三姑娘用力推开千面手，双手叉腰瞪着他道："什么小三姑娘！记住了，本姑娘名字叫'姬三芊'。"

"鸡三千？那我就是鸭面首！"千面手笑得像个傻子。

顾了了："……"白痴！

顾美人："……"我不认识这个人！

姬三芊："……"我可不可以反悔？

等到看热闹的人散得差不多时，姬三芊面无表情地对千面手说道："你还有什么话要说，没什么就走吧。"

"芊儿……"

"谁准你这么叫我。"

"公子叫你'三儿'，我与他不同，自然叫你'芊儿'啦。"千面手嬉皮笑脸道。

姬三芊顿时无语。

顾了了禁不住在心底叫嚣：面首，做得好！就是要有这股气势，一鼓作气将三姑娘拿下。

"三儿，让他们进来吧。"楚千觞忽然出现在门口，双手抱臂，眉目淡淡，说道。

他一袭月牙白长衫，一根玉簪斜插脑后，整个人犹如月下谪仙，笼罩着玉般的润泽。

顾了了一时看痴了。

"了了，你愣在那儿做什么？"顾美人走了两步，骤然回头。

顾了了回神，不好意思地挠挠头，"公子实在太美了……"

对于这样的赞赏，楚千觞习以为常，弯了弯嘴角，转身进去。

还没走两步，顾了了突然惊呼一声"糟了"，走在最后面的顾美人停住脚步，蹙眉不耐烦道："又怎么了？"

"你刚才叫我什么？"

"了了。"顾美人无比淡定。

"你……不该叫我'美人'吗？"顾了了跺脚道。

顾美人默然，"用不着了。"

"为何？"

"昨晚就露馅了。"

"……"顾了了这才想起，昨夜危险关头，她根本顾不上谁是谁，直呼顾美人其名。难怪当时楚千觞会对顾美人说——美人，照顾好了了。其实，他都已经知道了对不对？

"公子知道我是女——你是我妹妹？"思及顾美人对男女性别一事还不知晓，顾了了换了个问题问道。

顾美人耸耸肩，走入客栈。

"三儿，你去泡壶茶来。"楚千觞吩咐道。

"是。"姬三芊柔柔答道，转身朝里走去，看得千面手惊艳连连。

"芊儿真的好温柔好体贴好贤惠哦。"

顾了了：……面首，你可不可以不要这么肉麻？

楚千觞不置可否地笑了笑，"千面手，你是否真心喜欢三儿？"

"我从见到芊儿第一眼就被她的知书达理、温柔体贴、兰心蕙质深深吸引。"

顾了了咳嗽，顾美人远目，楚千觞依然淡定。

"那你能否保证待三儿永远如此？"

永远如此？千面手一愣，喜还没上眉梢又变得抑郁起来。

"不、不是吧！？"

楚千觞蹙眉。

"难不成公子要我天天这副打扮抱着琵琶大街小巷唱歌？"千面手纠结道。

楚千觞、顾了了、顾美人："……"

"其实这样也没问题啦，不过我怕芊儿会讨厌。"千面手弱弱加了一句。

"并不需要做到这般地步，"楚千觞微微一笑，保持良好的修养，镇定回答，"你只要诚心诚意待三儿便可。"

"公子意思是……"

楚千觞颔首，"三儿若愿意，我自然不会反对。"

有楚千觞这一句话，千面手几乎没高兴得跳起来，他双手捧住楚千觞的手，眉开眼笑道："公子的大恩大德，我千面手来世将结草相报！生我者父母，知我者公子也！"

"咳咳……"顾了了在一旁低声咳嗽。

哐当一声，茶壶重重搁在桌上，姬三芊拍开千面手的手，怒道："公子的手，岂是你能随意乱碰的。"

楚千觞被呛住。

"芊儿，我以后只碰你一人的手。"千面手反手握住姬三芊的小手，一脸无尽温柔。

顾了了捂着胸口心中呐喊：神啊，请劈死他们吧。不带在这里做秀恩爱的。

姬三芊终于缓缓低下头，脸上露出淡淡的羞涩。

都说，良好的开始是成功的一半。千面手这异于常人的开端，已经是成功的三分之二。

姬三芊偷偷瞥了一眼楚千觞，见他亦含笑看着他们，她的内心，好像并不如自己想象那般失落。仿佛，多年未果的爱恋，在这一刻彻底得到了解脱。而她，也拥有被人宠溺、被人捧在心上珍惜的资格。

"公子，我……"

"三儿，千面手已向我保证过，会一辈子待你好的。所以，一切都随你意。"楚千觞淡然笑道。

姬三芊咬了咬嘴唇，好似良久才作出决定，"我想要一直追随公子左右，你可愿意？"

她瞪着千面手，直言不讳道。

千面手想了想，笑嘻嘻道："好啊，大不了我也追随公子。"

姬三芊没有料到他会这样回答，这个人真是……

"看你的表现。"姬三芊甩开千面手，转身离去。

千面手看了一眼楚千觞，又看了看顾了了，做口型道："我要怎么回答？"

白痴，回答什么，人家三姑娘都默认你了。

"快追上去啊。"顾了了挤眉，"如此花好月圆你不抓紧机会花前月下、风花雪月难不成要对着几个男人小孩对月当歌？"

千面手经顾了了一提醒，立马追了过去。

"咳，你们来这里，不光是为了三儿和他的吧！？"千面手和姬三芊的身影消失在门口后，楚千觞收回目光，瞥过顾了了和顾美人，缓缓问道。

"不错。"顾了了爽快地承认道，她也不再顾忌楚千觞是否知道自己真实身份，直视对面的男子，一脸坦然道，"是关于小芳姑娘的，您大概已经知道了吧！？"

楚千觞颔首，"你想怎么做？"

"让柳阡梦来枫丹城，和小芳姑娘对质。"顾了了豪气冲天地说道。

对质？楚千觞轻笑，"人已死，死无对证，你要如何让他们对质？且不说能否对质，这种鬼神之事，对方会相信吗？"楚千觞一语道出这其中重重破绽。

"可……"顾了了一时哑然，良久才缓缓说道，"难不成任小芳姑娘魂魄在那歌楼上飘荡？"

"当然不。"楚千觞敛笑，目光沉沉道，"这世上无论做什么事，都要付出代价。"

"代价"，不带一丝感情的字眼，让顾了了微怔。

她仿佛是第一次认识楚千觞，觉得此人，远非表面看上去那般温润。又或者，早在歌楼一夜，她便察觉出，楚千觞眼中藏匿着，比他表现出来多得多的东西。

"但是柳阡梦是朝中重臣，就算他承认当初小芳姑娘的死与自己有关，也未必有人敢抓捕他归案啊……"顾了了变得有些迟疑。

"那就让他自首好了。"楚千觞不在意地笑笑。

顾了了：……大哥，这种事情不适合开玩笑。

放开小芳姑娘一事不说，当顾了了和顾美人告辞时，千面手与姬三芊还不见踪迹。

"我送你们回去吧。"楚千觞起身道，"他们俩恐怕一下子不会回来。"

顾了了看了看月色，默默想，难不成面首想要打野战？三姑娘看起来蛮强势，不知道谁上谁下啊！

楚千觞带着顾了了和顾美人走在大街上，闹鬼一事仍未过去，大多数人还不知道这其中的曲折。路上空荡荡的，完全不复白日里的繁华与喧闹。

倒是夜空那轮明月高悬，空气中弥漫着淡淡的花香，让人觉得一片祥和安好。顾了了双手扣在身后，转过身倒着行走。

"美人，你说面首和三姑娘现在在做什么？"她笑盈盈问道。

"还能做什么，"顾美人耸肩，"花前月下、风花雪月、花好月圆。"

顾了了："……"美人，你的回答就不能有点新意吗？

"公子，你觉得呢？"顾了了将目光投向楚千觞。

楚千觞眺望远方，闲闲一笑，"他们很般配。"

这也算是一种默认吧！？其实顾了了很想问，为何三姑娘会一直追随他左右，即便选择了面首，也依然不愿放弃？

"公子，您不喜欢三姑娘吗？"顾了了小心翼翼问道。

"不喜欢。"楚千觞没有回避这个问题。

"那为何又要让她跟着您？"顾了了不明白了，既然不喜欢，为何又要带在身边。弄得她最初以为，三姑娘是楚千觞传闻中众多姬妾之一。

"这是她的意愿。"楚千觞回答得坦坦荡荡，"无论后果如何，都是她的选择，我无权干涉。"

顾了了顿住，就是因为是三姑娘的意愿，所以他才不加阻拦，无所谓身边是谁吗？

这样的人简直是……"如果你不喜欢，就不该让她心存幻想。"顾了了愤愤说道，"耽误三姑娘的青春，你难道就不愧疚吗？"

"耽误？"楚千觞冷笑，"当初她要跟随我时，我已经告诉过她，这一生她绝不会有机会，但她依旧不听。一切都是她自愿如此，又何谈耽误二字？"

"你！"顾了了跺脚，她最看不惯这种男人，装出一本正经的模样，却不知伤了多少女子的芳心，还始终不肯认识到自己的错误。

"那个柳阡梦肯定也是像你这样，暧昧不清，最终害死了小芳姑娘！"顾了了生气地冲着楚千觞吼了一句，扭头便大步跑开。

留下顾美人一人，对着楚千觞抱歉笑笑，"对不起，了了她今天心情不大好……"

楚千觞颔首道："无事。客栈就在前面，你进去吧。"

"多谢公子。"

看着顾了了消失在客栈门口的身影，楚千觞眼中的惘然稍纵即逝。似乎她说的并没有错，如果不喜欢，又何苦让那些女子心存幻想呢？喜欢？究竟是怎样一种心情？楚千觞涩然一笑，仰头，负手看皓月当空，幽幽一声叹息。连他也不知道呢。这世上，鲜有他不知晓的事情，然而唯独对于感情，仿佛是一道禁制，他徘徊在外，彷徨不前。

好似多少年前，娘亲的去世，带走了他最后的泪水与哀乐。

顾美人回到房间时，见顾了了头埋在被子里，外衣也没脱下。

"你今天怎么了？"顾美人关心问道。

"没什么。"顾了了闷闷道，"我刚才是不是很……丢脸？"

"怎么会？"顾美人哑然失笑，"我觉得，你说得很对。"

"是吗？"顾了了抬头，黑黑的眸子盯着顾美人。

"嗯。"顾美人点头，"如果不喜欢，就不要给对方留有丝毫幻想的余地，我也是这么认为的。"

顾了了这才稍微高兴了一点，复而抱住被子，在床上翻滚，"可是，楚公子会不会对我有什么看法？"

顾美人微微一笑，"公子应该不会是那么小心眼的人。"

顾了了思索了片刻，嗯了一声，头复而埋在被子里，碎碎念，"也不知面首现在在干什么……"

面首在做什么呢？到第二日时，答案便揭晓了。

顾了了和顾美人原本在大街上晃悠，结果没走几步，便听到有人大肆谈论。

"昨晚竟然没有鬼叫，真是奇迹了。"

"是啊是啊，不过你们有没有听到什么奇怪的声音？"

"你这么一说好像是有啊。"

"我仔细听了听，好像是歌声。"

"什么歌？"

"村里有个姑娘叫小芳——就是这首歌。"

"我听到什么'对面的女孩看过来'。"

"你们说的我都听到了，我还听到一句'我很丑可是我很温柔'。"

"什么乱七八糟的歌，还不如半夜鬼叫呢。"

"就是就是。"

"……"顾了了和顾美人无言相对，看来昨夜面首唱得很high啊，就连住在城东的君家两兄弟和孟忆晚都知道了。

"听说千面手和楚公子身边的三姑娘在恋爱？"见到顾了了他们时，君沉风最先沉不住气，急急问道。

"……是啊，怎么了？"顾了了暗暗惊叹这速度啊，才不过几个时辰，满城皆知了。

"千面手那么丑，三姑娘貌美如花，怎么会看上他。"孟忆晚皱了皱鼻子，不屑道。

顾了了最不喜这样的评论，以貌取人，却不管当事人的想法。

爱情这玩意，向来如人饮水，冷暖自知，不讲任何道理，更不在于其他人眼中的般配与否。

喜欢便是喜欢，大胆地去表白、去追求，有何不对？

"丑又如何？"顾了了蹙眉，慢吞吞答道，"再丑也要谈恋爱……"

孟忆晚："……"

"谈到世界充满爱！"

孟忆晚撅起小嘴，撇过头，见顾美人面无表情站在那儿，顿时笑盈盈地跑上前，在君沉暮暗淡的目光中挽住顾美人手臂，用腻死人的声音叫道："了了哥哥！"

顾美人如雕塑一般一动不动。顾了了没有他那么好的功夫，打了个寒战，"能不能不要这么恶心？"

孟忆晚瞪了一眼顾了了，"我叫我的了了哥哥，关你什么事！"

顾了了："……"当然关她的事，她才是真正的顾了了啊。

"三日后便是武林大会，你陪我一起去看好不好？"孟忆晚撒娇道。

经她这么一提醒，顾了了方才想起，他们来枫丹城的重头戏，便是为了这武林大会。

顾了了顿时兴致勃勃问道："会有很多武林高手参加？"

"基本上江湖中有点名气的高手都会来。"君沉暮企图在孟忆晚面前维护良好的形象，摆出老练的模样，"倾城山、忆锦楼、落凤宫，这三大门派此次都将出席，更有楚公子、落凤四大护法、忆锦楼楼主、倾城山掌门亲临，因此格外盛大。"

"我听父亲说，这次朝廷也会派人来。"君沉风又补充道。

"哦？谁啊？"

"好像是一位丞相。"

第九章

恋爱中人

第十章 曲终人散

　　武林大会，说到底，就是一场接着一场的比武大会，天下武林高手聚集一堂，争夺各类排行榜榜单。这和顾了了上辈子熟知的四年一次的世界杯有异曲同工之妙，世界杯会带动许多相关产业的发展，相对的，武林大会的召开也会附带上许多衍生品。

　　比如餐饮，比如住宿，比如交通，还比如某些特殊的"服务"业。顾了了穿越到这个世界之后，一直对那青楼楚馆很是感兴趣。都说青楼是穿越女必去之地，她自然不愿放过，几次提议去里面逛逛，被顾美人无条件驳回。

　　"美人啊，我们今天去万花楼吧。"顾了了对着铜镜摆出一个自以为很帅很有魅力的造型，说道。

　　"今天是武林大会第一天，你觉得师父会让我们去那里吗？"顾美人系好衣带，凉凉道。

　　"……"顾了了望着天空，明媚而忧伤。

　　下了楼，果然倾城山众人整装待发，元掌门见顾了了和顾美人来了，挥手招他们至跟前。

　　"今日是武林大会开赛，届时有许多人赶到会场，你们两个一定不能落单，要时时刻刻在一起，听到了吗？"

　　"是。"顾了了没精打采地应了一句，一门心思还挂念着那青楼里的美女姐姐们。

　　元掌门对她这副模样很是满意，倘若此刻顾了了兴致勃勃情绪高昂，他反而会不安，担忧她等一下又闯出什么祸来。

　　"美人，你好好注意一下。"元掌门特意拍了拍顾美人的肩膀，叮嘱道。

　　顾美人点头，"千面手呢，这几日怎么没看到他？"

　　"他去楚公子那儿了。"

　　"好了，准备准备，马上就出发了。"

到达大会现场时，顾了了有一种进入肉搏会现场的错觉。所有的出入口被围得水泄不通，若不是倾城山声名在外，走特殊通道直入其中，他们估计要排队等上几个时辰才能进入。

这天，虽说不是三伏三九，但呆呆站在外头那么久，换成顾了了，她没准拍拍屁股逛青楼去了。

倾城山、落凤宫与忆锦楼三大门派分据三方，中间一些零碎的空位留给了其他门派或者是江湖中那些独来独往的侠客，再剩下的空位，则是给来观赛的百姓。有时候没有多余空位，人们只好借助会场外那些高大的树木，听说坐在那些树干上也要收费，还根据距离大会现场远近定下收费标准。

顾了了随顾美人走在最后，因而挑了离看台最远的地方坐下。

这时候元掌门和齐掌门一门心思扑在本派弟子身上，已顾不得他们二人。有好心的小弟子提醒顾了了，左侧坐着的是落凤宫，也是江湖第一邪教，当心不要靠得太近。

右侧的一干人，则是来自忆锦楼。

"对面的呢？"顾了了问道。

"武林盟主，还有历届武林高手。"

顾了了眯起眼，毫不意外地看到楚千觞一袭白衣翩翩，站在对面正中间，身后一男一女，毫无疑问是几日不见人影的千面手，还有姬三芊。

"其实面首长得并不差啊……"顾了了手搭凉棚，细细盯着千面手，喃喃自语道。

的确，千面手相貌可以说是中等以上，眉清目秀，倘若不说话不做事时，看上去像个文弱书生，却又不是那种手无缚鸡之力的读书人。他的侧脸轮廓分明，嘴角抿起时，阳刚之气尽收眼底。只是和楚千觞站在一起时，或许是楚千觞气质出尘，又或者是他身姿非凡，才让人忽视了千面手的存在。再者，职业缘故，也让千面手经常没有存在感。

"美人美人！你看，那个人是谁？"顾了了突然捅了捅顾美人的胳膊，兴奋道，"就是那个白衣男人，他旁边那个红衣女子好漂亮啊。"

"哦，那个是忆锦楼楼主李云陌，他身边的是楼主大人。"坐在附近的小弟子笑着介绍道。

"哇哦！"顾了了羡慕地感叹道，"那个小男孩是他们的孩子？"

李云陌一手牵着夫人，另一侧则站着一个四五岁的小男孩，粉雕玉琢，煞是可爱。

"是啊，忆锦楼少主，虽然只有五岁，听说资质绝佳，是练武极好的料子。"

"那四个人又是谁？"顾了了指尖一转，指向另一侧，三名黑衣男子和一名绯衣女子站在一块。明明只是站在那儿，却仿佛四周的气氛完全变了，那三名男子面无表情，腰间或是悬着短刀，或者挂着长剑，还有一人背上背着一把大刀。相比之下，绯衣女子显得妖娆魅惑。

"那是落凤宫四大护法，"小弟子说道，视线遇上绯衣女子时，顿了顿，不自在地别过头，"青龙、白虎和玄武都是男子，唯有朱雀护法是女子。"

"那位朱雀护法好漂亮。"顾了了赞叹道。

"不过妖女而已。"小弟子嗤笑一声，很是不屑道。

顾了了默然，在她眼中，魔教与正教，并没有什么差别。魔教也可以做出正义之举，同样，正教有时候会借着正义的旗号去做那些非正义的事情。所谓的正义与邪恶，不是世人给予的称号，而是源于人心。很快，平静的会场突然骚动起来，只听有人叫道——丞相来啦！

对面坐席上，一名中年发福的男子缓缓步入，其后跟随不少侍卫，紧握刀剑，步步相随。

"那就是柳阡梦吗？"顾了了自言自语道。

楚千觞迎了上去，不知说了什么，对方哈哈大笑，将着胡须拍拍他的肩膀。

"应该错不了。"顾美人难得开口说话。

随后，是漫长的入场仪式，主持司仪介绍，武林盟主发言，各大门派掌门的宣誓等等等等，顾了了打了一连串哈欠，才见有两人上了比武的看台。

"要开始了吗？"顾了了激动问道。

"不是，下午开始。"顾美人回答，"你没听刚才武林盟主说嘛，比赛下午才开始。"

"那现在做什么？"顾了了无聊地卷着头发。

"吃饭。"

"……"美人，这个笑话真冷。

事实证明，顾美人的确没有在讲冷笑话，从会场后面出现一排人，每人提着一个铁桶，分成几路走向会场各处，然后顾了了惊奇地发现，她椅子底下竟然放有干净的碗筷。

这个世界真是太神奇了。武林大会竟然提供午饭。顾了了激动得无法自拔，像初入大观园的刘姥姥一样捧着饭碗，眼巴巴地看着那些分饭人由远及近。

"顾了了……"

"嗯？"

"可不可以不要摆出那样的姿势。"顾美人将身子挪远一点。

顾了了咬着筷子，一脸迷茫，这姿势有什么不对吗？

"很像要饭的。"

顾了了："……"

"不是很像，你不觉得我们就是要饭的吗？"拿着碗等着人家来添饭啊！

顾美人："……"他突然觉得自己没有了食欲。

不过等到饭菜端到面前时，差不多已经过了大半时间，对面一排人早捧着碗筷吃起来，顾了了眼巴巴瞅着分饭人走到自己面前，铁桶里的饭菜少了大半。

还好主办方并不小气，里面的肉并没有因为菜的减少而无限趋近于零。

顾了了端着满满一碗饭，开心地看到米饭上倒扣着的熏鱼。但当她看到顾美人的饭碗时，笑容顿时黯淡下来。

"你碗里怎么会有鸡肉。"顾了了愤愤然，筷子直指顾美人的碗。

顾美人夹起一块鸡肉，瞅了一眼，张开口，在顾了了的注视中咬了下去。

"啊——好像是熏鱼没了，所以换成鸡肉。"

"我要吃你的鸡肉。"

"我的菜就不够了。"

"没关系，我把我的生姜大蒜给你。"

顾美人："……"了了，你当我是小芳姑娘吗？需要用生姜大蒜驱鬼。

最后，在顾了了死缠烂打下，顾美人无奈让出鸡肉，当然，也得到了顾了了慷慨相赠的生姜大蒜。面对碗中堆满的大蒜生姜，顾美人很有揍人的冲动。

顾了了因为太专注于吃饭，而错过了对面一群人吃饭的模样。那真是……千姿百态，无奇不有。当下午比赛开始前夕，顾了了解决内急时，听到有女子惊呼"楚公子连吃饭都那么优雅"时差点没摔入茅坑。顾了了禁不住邪恶地想，如果内急可以拿出来展示，不知道有没有人会发出"楚公子连如厕都如此优雅"诸如此类的惊叹。

不管怎么说，比赛，终于要正式开始了。

顾了了看了一下比赛名单，今天的都是些不知名的参赛者，重头戏全放在了明日。

楚千觞、李云陌、落凤宫四大护法还有其他高手一一对阵，争夺兵器榜、秘籍榜、剑术榜和武术榜。剑术榜参赛者第一个就是楚千觞，下面寥寥无几，怕是都因这个名号而退缩，不敢挑战。相反，兵器榜倒是有许多人争夺。忆锦楼楼主李云陌和落凤宫青龙白虎护法排在顶端。至于秘籍榜和武术榜，好像并不怎么热门。

顾了了研究了半日，最后得出结论，如果有朝一日，她要参加武林大会，绝不会和人去挤那剑术榜兵器榜。下午的比赛在无数人呐喊尖叫声中度过，顾了了吃饱喝足，迷迷糊糊几乎睡了一个下午，直到夕阳西下时，顾美人将她摇醒，"了了，回去了。"

"结束了吗？"顾了了擦了擦眼睛。

顾美人："……你对武林大会不感兴趣？"

顾了了耸肩，两个人打打杀杀一点意思都没有，她怎么会有兴趣。

"那当初为何要求爹爹来参加武林大会？"顾美人不解问道。

"笨啊，在玉凤山庄待了那么久，你难道对外面的世界一点都不好奇？"顾了了伸了个懒腰，站起身。

其实这些都不是最重要的，对顾了了而言，玉凤山庄再怎么温馨，依然不是她的家。陌生感从来到这个世界之初就没有消退过。她只想，在这茫茫天地中，找到一处真正属于自己的地方。将来会继承玉凤山庄的，势必会是顾美人。他远比自己更适合那个地方，也更能展开手脚将玉凤山庄推向巅峰。而她，对那些都不感兴趣，她一心只想要吃遍天下、玩遍天下。

出了会场，顾了了津津有味地听着一旁倾城山小弟子对今日下午赛事的点评，直到经过枫丹城最繁华的一条街道时，她的脚步渐渐放慢。

"了了？"顾美人走在前面，转身询问道。

顾了了眼珠转了一圈，笑呵呵道："美人啊，你先走，我有点事，待会儿跟上来。"

"什么事？"

"咳，话说人有三急……"

顾美人："……"

"你快去快回。"

"知道了。"顾了了笑得谄媚，挥挥手便往回跑去，"你慢慢走，回头我就追上来！"

顾美人心底隐隐觉得不太对劲，顾了了这副模样绝对是有阴谋的，可偏偏说不上来哪里不对。

她难道真的只是去解决内急？答案当然是——不！顾了了一边小跑一边偷笑，甩开顾美人，基本上没人能管得住她。除非是顾老爹亲临现场，不过这时候她那爹爹大概还待在玉凤山庄里吧!？跑了一会儿，顾了了停下脚步，摸摸怀中，带出的银子好像够了，便大摇大摆地朝街头一灯红酒绿处走去。

没错，那里便是她垂涎已久的万花楼！一个六七岁的小孩逛青楼，这看似不可思议的事情，但顾了了手中有银子，又打扮得十分得体，一看便是有钱人家的小公子。万花楼中的姑娘们自然舍不得将白花花银子往外丢，也就更舍不得赶走顾了了。于是乎，在一群穿红戴绿的女子包围下，顾了了进了万花楼。

老鸨见到顾了了第一眼时，先是一愣，以为哪家的孩子来捣乱，再看到她手中的银子，立马眉开眼笑，"小公子，您要来点什么？"

顾了了挥一挥衣袖，豪爽道："将你们这里的头牌叫来，本公子要听小曲。"

"好，公子请稍等。"老鸨乐得屁颠屁颠上楼，为顾了了安排了一间上房。

顾了了舒舒服服地倚着靠垫，听那位"琴儿"姑娘唱曲。

"独自莫凭栏，春意阑珊……"凄凄婉婉的曲子，原本该是对着心爱之人弹唱，对面坐着的却是个七八岁的小孩儿，琴儿面色明显不佳。

顾了了倒不怎么放在心上，随口问道："嗯，这曲唱得真好，词也写得不错。"

"回公子，这词，是罗家千金所做。"琴儿淡淡答道，"为自己的心上人。"

罗家千金？不认识！

琴儿见她一脸茫然，好心解释道："这位罗家千金闺名唤作'玉凤'，曾是京城第一美人儿。"

罗家千金……闺名玉凤……那不就是罗玉凤吗？顾了了喷了，京城第一美人啊……老天，你实在太雷人了。不过她隐约记得，好像这位罗千金，与她的小爹爹有过千丝万缕的关系。

顾了了禁不住八卦一回，"这位罗小姐的心上人是谁啊？"

"传闻是玉凤山庄的顾庄主。"

顾庄主……好奇之心越发难以抑制，顾了了身子往前微微一倾，"那么他们有没有在一起？"

琴儿遗憾地摇头，"奴家也只是听人说的，好像是为了一个赌约。约莫是十年前的那场武林大会，罗小姐说，除非顾庄主赢得兵器榜榜首，否则她便不同意顾庄主的求亲。"

"结果顾庄主输了？"

"那一年，是楚公子占据兵器榜第一位。"

顾了了："……"顾老爹，我终于明白你当年的心情了。十年前啊，那不就是顾冥磊收养自己的前三年吗？没想到她那位小爹爹受到如此大的重创，难怪对楚千觞一直心存敌意。

话说回来，这也怪不得楚公子啊，输赢乃兵家常事嘛。

"那后来呢？"顾了了忍不住为她那位可怜的小爹爹打探，"罗小姐另嫁他人？顾庄主娶了其他女子？"

琴儿摇头，"至今二人男未婚女未嫁。"

顾了了默然，有机会，她一定要去一次京城，膜拜一下那位罗小姐。

是怎样的女子，刚烈至极，又专情至极。倘若她爱顾冥磊，为何要设下那个赌约？倘若她不爱顾冥磊，又为何十年不嫁？

顾了了沉思之际，听到外头忽然传来嘈杂之声，又有人闯进来，抱歉地对顾了了说道："小公子，柳大人来了，点名要琴儿过去。"

一听"柳大人"三字，琴儿眉色一飞，大喜起身。

而顾了了则面色一沉，愠怒道："明明是本公子先点了琴儿的，为何又要让给那个柳大人？"

来人朝琴儿使了个眼色，琴儿立马出去，顺手带上门，顾了了才听那人解释道："柳大人，是朝中重臣，得罪不起，小公子，抱歉了，要不我再叫一位姑娘来？"

"不用了，"顾了了甩袖，故作大怒道，"本公子要回去了。"

柳相的到来，几乎吸引了所有人的注意力，顾了了仗着个头小，混迹于人群中，并没有人发现她。柳相啊，本公子正想要如何去找你，没想到你就送上门来了。顾了了狞笑，盯着柳相的房间，从怀中掏出一包药。她弯着腰勾着身子蹑手蹑脚潜入后面的厨房，趁着其他人手忙脚乱无暇顾及时，在其中最华丽的一套茶具上撒了些药粉，又看着丫鬟将那茶杯倒满茶水，端了出去。

不出片刻，顾了了便看到有丫鬟扶着柳相快步走出，去了后头。

顾了了避开众人，神不知鬼不觉地绕到后面见，见丫鬟正守在门外，顾了了迅速服用变声药，装出柳相低哑的男声，缓缓道："我想听那首'村里有个姑娘叫小芳'，你快去叫人准备。"

丫鬟呆了呆，"大人，您不是还在……"

"快点！"顾了了呵斥道。

丫鬟不等她再开口慌慌张张跑走。这里，只剩下顾了了一人，还有在里面内急的柳相。

约莫一盏茶的工夫，柳相终于出来了，他舒服地松了松腰带，却不见外头的小丫鬟，顿时蹙起眉来。

"小梅？"四面没有回应。

柳相又唤了一声，"小梅？"

"梦郎……"低柔的女音，犹如在耳边缠绕。

柳相大惊失色，几乎跌倒在地，"你、你你是谁？"

"梦郎，你不记得我了吗？"

柳相几乎是失魂落魄地回到了房间里，一进门，便听到琴儿扬声唱道："村里有个姑娘叫小芳……"

"别唱了。"柳相一挥袖，将茶杯扫落地，沉着脸怒道。房内服侍之人顿时吓得不敢作声，连同外头的丫鬟们也瑟瑟发抖。

"回去了。"柳相一脸阴郁地说道。

顾了了窃窃笑，不失时机地紧跟在后，想要探得柳相下榻之处。但柳相的那群随身侍卫又怎可能是能随意糊弄之人？很快，顾了了就被人发现，揪了出来。

"放开我！"顾了了被一个人高马大的侍卫提着后领，在半空中胡乱挥舞着双手叫道。

柳相眯起眼，"这个小鬼从哪儿来的？"

老鸨忙赔笑道："是哪家的小公子，还只是个不懂事的孩子，大人您就别和他计较了。"

柳相哼了一声，挥挥手。那名拽着顾了了的侍卫一松手，顾了了扑通一声摔在地上，四脚朝天，疼得直蹙眉。周围的嘲笑声让她羞辱感一阵接一阵，紧握着拳头，在心底暗暗发誓，此仇不报非君子！看热闹的人都走开时，顾了了一瘸一拐地站起身，眼中蒙着一层淡淡的雾气。

直到一块干净的帕子递到她面前，温柔的话语在耳畔响起，"好了，别哭了。"

"谁说我哭了！"顾了了用袖子随手擦脸，愤愤道，"你都看到了？为什么不出来帮我？"

"这是你自找的。"话语依旧淡漠，但在顾了了听来，如同嘲讽，让她心头怒气难以平息。

"是，是我自找的，我不像你那么冷漠无情。"她反唇相讥道。

"冷漠无情？"来人一声轻笑，"看来我不该出来安慰你。"

"这算安慰？楚公子，你莫不是没安慰过人吧！？"顾了了抬头瞪了对方一眼。

咳……楚千觞微微别过脸，眼神躲闪。那架势，似乎、仿佛、好像……真的从未安慰过人。

顾了了奇异道："你难道从没有安慰过其他人？也没被人安慰过？"

楚千觞神情莫辨，良久不自然道："好了，没事该回去了，以后不要再来这种地方。"

"你不是也来了。"顾了了嘟囔道。

"我是大人，你是孩子。"

"孩了就不是人！？"顾了了抗议。这算什么烂借口？

楚千觞像那名侍卫一样，拎起顾了了后领带她往外走。一路上不知吸引了多少灼热的目光，无奈楚千觞一副生人勿近的表情，加上那出尘脱俗的气质，让人难以企及。

"放我下来，我自己会走。"顾了了再三抗议声中，楚千觞终于将她放了下来。

他们站在万花楼之外，天色渐晚，往来之人渐渐稀少。

"我送你回去。"楚千觞话音刚落，便听到熟悉的呼唤声。

"顾了了——你死到哪里去了——"

"顾了了，你给我滚出来——"这样的呼唤声，让顾了了微汗，美人他，似乎暴怒了！

"那啥……楚公子，"顾了了弱弱道，"待会你可不可以和美人说，就说是你临时找我有事？"

楚千觞看了她一眼，面对顾了了满眼期待，悠悠吐出三个字——"不可以。"

顾了了吐血，她合掌做乞求状，"拜托啦……"

楚千觞温和地揉了揉她的头发，"好孩子不能撒谎。"

顾了了："……"谁说老娘是好孩子。

"那你能不能不要告诉他我去了青楼？"顾了了再退一步。

楚千觞默默瞥了一眼远处，点了点头。顾了了顿时舒了口气，只要不说去青楼，她可以找千万种理由打发美人。真不知现在谁是长辈谁是晚辈了，没来由的她似乎对美人产生一种忌惮。好似顾美人一个眼神、一声冷笑，都让她心生恐惧。

那孩子，阴险指数绝不在自己之下，真是江山代有才人出啊。

顾了了正在无限感叹中，听到楚千觞又开口，"用不着我告诉，他已经知道了！"

"知道什么？"顾了了一时未反应过来。

楚千觞扬了扬下巴，顾了了机械转身，然后看到顾美人那张黑乎乎的面庞，已经和夜色融为一体，分辨不出哪个更黑了。

顾了了抖了抖。

"美人……"她谄媚笑道。

顾美人没有回答，一步一步走来。

顾了了有种被凌迟的感觉，慌忙躲到楚千觞身后，"美人，你听我解释……"

"解释你为何去青楼？"顾美人阴森森地盯着她看，笑道。

美人，你能不能笑得正常点？顾了了上牙和下牙不停颤抖，"不、不是你想的那样！"

"哦？那是我想的哪样？"

"其、其实我是为了小芳姑娘，对，小芳姑娘！"顾了了死拽着楚千觞的袖子不肯放开。

楚千觞不禁好笑地叹息一声，出面道："我先送你们回去，有什么事慢慢讲。"

顾美人瞥了一眼楚千觞，颔首道："有劳公子了。"

回去的路上顾了了不敢吭一声，一直都是楚千觞和顾美人两人在谈论今日的比赛。

两个人似谈得颇为融洽，偶尔还会听到开怀的笑声。顾了了暗暗祈祷，就这么下去吧，美人心情好了，自然不会追究自己。可是，愿望往往与现实相违背。

告别楚千觞，顾美人一把将顾了了拽回房间，狠狠关上房门。

"美人，轻点、轻点！"顾了了连滚带爬躲在被子里。

"给我死出来！"顾美人冷声道。

顾了了探出一个脑袋。

"还不死出来，要我亲自动手是不是？"美人的声音更冷了。

顾了了咬了咬牙，不就出去嘛，怕他不成？掀开被子，顾了了气势汹汹地坐直身子道："凶什么凶，我是你哥哥，难不成还被你教训。"

顾美人一愣，他倒未料到顾了了会这么说。"要我去告诉你师父？"

"别，千万别！"顾了了气焰缩了一大截，被元掌门知道那还得了。她暂时觉得古代很好，不想再穿越一回。

顾美人瞪了她一眼，"去青楼了？"

"嗯……"

顾美人扬起嘴角。

顾了了见此大呼不好，抢在他说话前坦白道："我在那里遇到柳阡梦了！"

顾美人顿了顿，脸上稍稍好看。顾了了连忙讨好地将全过程一一告诉顾美人，顺带隐瞒了一些她听小曲的经过。

"你是为了柳阡梦一事才去的？"顾美人怀疑道。

顾了了郑重点头，就差竖起三根手指对天发誓。

"为何不叫我？"顾美人继续追问。

"叫你，你会同意吗？"顾了了瘪嘴道。

顾美人摸了摸下巴，大概……不会吧！？毕竟是青楼，不是他们该去的地方。

"好吧。"顾美人点头，算是就此作罢，"以后不准这样。"

顾了了嘿嘿笑，表面上说"一定一定"，心里却在想，以后要是有机会了应当更加谨慎点才是。

"今日你行事太鲁莽了！"顾美人在听过顾了了叙述后，评论道。

顾了了也有所同感，嗯了一声，"好在没被人发现，而且能让柳阡梦心神慌乱也算是收获吧。"

顾美人没有回答。

顾了了继而自言自语道："明日我们再放出风声，说歌楼传出那首小芳姑娘的歌，许多人都听到过，搞不好柳阡梦会偷偷去歌楼。"

"你又想如何？"顾美人听出其中不同寻常的意思。

顾了了撇嘴笑，"机会，往往只有一次，错过就再难寻到这么好的时机了。"

"你是说……趁热打铁？"顾美人问道。

顾了了领首，"就要现在，趁他心绪未定乱了阵脚时传出流言，让他没有时间思考。"要是时间一拖久了，被他识破其中的计谋那便糟糕了。

顾美人左思右想，觉得这个主意似乎有些牵强，但照目前状况而言，也算是最好的办法之一。

毕竟这世上最难测的，莫过于人心。倘若柳阡梦有一丝感怀之心，他们便有空子可钻。

"此事，还要与楚公子商量后再说。"顾美人谨慎道。

和楚千觞商量啊……结果便是——在第二日武林大会开始前两分钟，顾了了还未开口说什么，楚千觞了然地点头，道："老时间、老地方见！"

顾了了抑郁，这些家伙，怎么一个个聪明得不像个正常人。她真诚祝愿他们早日谢顶。

第二日的比赛，出场的几乎都是各门派的高手，以及像楚千觞这背景门派神秘，或是不依附于任何门派行走江湖之人。

上午的初赛，楚千觞一路过五关斩六将，毫无悬念打入决赛，与此同时，忆锦楼楼主李忆书、落凤宫青龙护法、朱雀护法、倾城山元掌门等人也纷纷晋级。

中午午饭时，难得见到千面手不像连体婴儿一样黏着姬三芊，捧着一大盆肉跑过来找顾了了和顾美人。结果不言而喻：千面手那盆肉有去无回了。他还没尝到一口，便被顾了了和顾美人算计去。千面手面对一堆生姜大蒜默默流泪。

"面首啊，跑来有什么事？"顾了了一面打嗝，心满意足地拍着千面手肩膀问道。

千面手小心肝颤啊颤，真的很想将某人痛扁一顿。

"公子要我告诉你们，比赛结束后先回去，他晚上会亲自过去找你们。"

顾了了点头。

"公子说，你们不要轻举妄动，他会派人去散播谣言，引柳阡梦上钩。"

顾了了继续点头。

"公子还说，你们要好好观看比赛，最好在参赛者的招式上有所领悟。"

顾了了依旧点头。

"公子还说……"

"行了，你有完没完！"

千面手委屈，"是公子要我说的……叫你们也要注意休息。"

顾了了不耐烦地挥挥手，"好了好了，都说完了吧。你可以回去和三姑娘卿卿我我了。"

千面手："……"

下午比赛一开始，就是忆锦楼楼主李云陌对阵落凤宫青龙护法。

两人一黑一白站在比武台上，皆是一脸肃然，一身劲装，加之俊美的外表、矫健的身姿，比赛还未开始就吸引一批少女们尖叫。

"你支持谁啊？"顾了了听到倾城山几个女弟子议论纷纷。

"当然是忆锦楼楼主啦，能做到楼主之位，自然是最厉害的。"

"可是我希望是青龙护法！忆锦楼楼主都已经娶妻生子了。"

"是啊……要是他还是单身该多好。"

"说来说去还是楚公子最好啊！"

"是啊是啊！"

"那当然，人家是江湖第一美男。"

顾了了有点喷饭，敢情这不是比武大会，成了选美大会，选的还是单身美男。

不过这个兵器榜，既然是今年争夺的热门，自然不是那么容易拿到名次的。

顾了了暗中观察对面的楼主夫人，比赛时她看起来很紧张，紧紧抱着孩子，一眨不眨地盯着赛场。其实，楼主夫人大可不必如此紧张的，因为从一开始，忆锦楼楼主李云陌已占尽优势。

他的武器看似简单，仅一把长剑，剑尾处却挂着一吊铜钱。

最初顾了了忍不住嘲笑，以为那位楼主爱财，走到哪儿都带着钱，到后来她才知道，原来那一吊铜钱也是武器，而且是异常厉害的暗器。在李云陌绝杀时会从各个角度封杀对手的进攻。

半个时辰不到，落凤宫的青龙护法便失了武器，甘拜下风。

接下来，便是楚千觞对阵一位小帮派的掌门。同样都使用剑，楚千觞未挪动一步，就轻而易举将那掌门压制住，进攻不得，防守无力，最终落剑称败。

顾了了禁不住拽着顾美人问道："你说，如果李楼主对阵楚公子，谁厉害？"

顾美人思忖片刻，"论剑术，公子更胜一筹，但剑中藏有暗器，李楼主也绝非池中之物。"

言下之意，谁胜谁败　言难尽。

顾了了深以为然，暗自感叹，江湖高手果然层出不穷，武侠小说诚不欺我！

所谓的老时间、老地方，自然指的是夜晚和歌楼。出场的人物稍作调整，这一回千面手总算是正常着装登场。他一手紧搂着姬三芊，可谓是美人在怀，春风得意。

"放开，还有孩子呢。"姬三芊两腮酡红，微恼道。

千面手瞥了一眼那两个孩子，慢慢道："你也可以不把他们当孩子看。"至少他从没有把顾了了和顾美人当做孩子看待。

说是孩子，实则比几个臭皮匠还诸葛亮。

"芊儿，将来你我的孩子千万不要像他们俩那样，否则我一定要揍他屁股。"千面手感慨曰。

姬三芊："……"谁跟谁生孩子。

依旧和上次一样，从房顶入歌楼，只是这次五人没有分散，皆紧跟楚千觞，藏匿于二楼房梁上。

"柳阡梦会来吗？"顾了了迟疑问道。

他们所做的一切，都是凭借着自己猜测和推断，所以不排除错误的可能性。

楚千觞用食指轻点嘴唇，"来了……"

众人屏息，果真听到嗒嗒的脚步声，细细听去，似只有一人。

二楼楼梯口处，出现一道人影，借着朦胧的月色，顾了了依稀能辨认出此人就是柳阡梦。

"怎么就他一人？"

"这种事他会想让更多人知道？"千面手嘲讽道。

顾了了默然，也是啊……无论柳阡梦是否心中有鬼，这时候必不愿有人跟随在旁。

"小芳，是你吗……小芳……"柳阡梦轻声呼道，他的声音带着一丝沙哑，好似在无声哭泣。

连顾了了都快要被这呼唤声所感动。

"小芳，我是梦郎呀……出来吧，小芳……"

小芳姑娘没有现身，顾了了掏出变声药，询问地看着楚千觞。

楚千觞凝眉，想了想，突然指着千面手说道："面首，你下去假扮小芳姑娘！"

千面手："……"不是吧，他今儿可是特意穿着一身男装！

"楚、楚公子……"千面手结结巴巴地望着楚某人。

楚千觞毫不客气地使唤道："把变声药喂给他。"

"好嘞！"顾了了笑嘻嘻，装神弄鬼什么的，最有爱了！

千面手吓得退了一小步，又扭头向姬三芊求助。自家公子发话，姬三芊永远不会反对。见心上人也视若无睹的模样，千面手顿时泪奔了。

"速度！"顾了了催促。

千面手以不要命的心态，将变声药一饮而尽，然后双目一闭，只听扑通一声，重重摔下去。

"面首实在太敬业了！他这么摔下去不会摔晕吧？"顾了了双手捂住嘴巴，努力阻止想要大笑的冲动。

这时候委实笑不得，可一想到千面手上次吓昏过去的场景，就抑制不住想大笑。顾美人嘴角抽了抽，默然无语。

姬三芊有些担心地扶住横梁，拼命探头往下看。楚千觞淡定地拍了拍姬三芊的肩膀，身子微微向下倾斜，"三儿，不必担心。"

柳阡梦自然被那突如其来的巨响吓了大跳，小心翼翼走过去，看到是名男子时，面色沉了沉。

顾了了不由紧张，好戏就要开场了！

几乎是在同一时间，千面手睁开眼，嘴角溢出一丝低吟，"梦郎……"声音犹如空谷幽兰，清脆婉转。

姬三芊杀气腾腾地站起身，还没开口说话便被楚千觞点住穴道，"三儿，冷静一点，不能让面首的牺牲付诸东流。"

"小芳啊，你安息吧。"柳阡梦拍了拍袖子，厌恶地踢了一脚昏迷过去的千面手，冷笑道。

顾了了双手握成拳头，很想下去给那个柳阡梦一个教训。

留在歌楼中，夜夜徘徊不走，小芳姑娘究竟是为了谁？二十年如一日的等待，痴情收获，小芳姑娘又是为了谁？

"楚公子，我们收拾他一顿吧。"顾了了狠狠盯着柳阡梦道，她已经看不下去了。"

不止是她，顾美人同样如此。至于姬三芊，如果眼神能够杀人的话，柳阡梦大概已被她毁尸灭迹上万次了。

楚千觞轻轻点头，正要飞身而下时，脚步一顿，眼神闪了闪，道："你们看那里！"

顾了了被他突变的神情吸引，低头俯瞰下面，什么都没看到。只见柳阡梦转身，准备离去。

"柳阡梦身后，看到一团黑影吗？"

经楚千觞一提醒，顾了了定睛细看，的确有一团模糊的影子。那是……

"恐怕是小芳姑娘。"楚千觞沉沉说道。

那团黑影在下一刻猛然扑上去，将柳阡梦包围住。此时柳阡梦还浑然不觉，一个劲往外走，步子却越来越沉重。似乎有谁拖住了他的脚步，让他无法前行。

"小芳，你已死了，就乖乖去投胎吧！"柳阡梦不耐烦道。

他挥手时，似感觉到什么，一回头，便见黑影凝聚成人脸。那是怎样一张面庞呵！露着青色的獠牙、肌肤全数焚毁溃烂、脓水与血水交织密布，柳阡梦被吓得说不出话来。

第十章 曲终人散

他眼睛瞪得滚圆滚圆，嘴巴简直无法合拢，大口大口喘息道："你……你……"

那张人脸浮在半空中，发出的声音粗粝沙哑，不堪入耳。

"梦郎……是我呀，小芳！"

柳阡梦顿时吓得跌倒在地，浑身抽搐，一面胡乱挥舞双手扭头便朝外头爬去，"别，别过来！我刚刚不是封印住了你吗？"

"梦郎，你在说什么呢，凭你的本事怎么封印得住我？我可是在这里等了你二十年啊！"厉鬼步步紧逼。

"怎么会这样？"房梁上，姬三芊已被解穴，看着下面的一幕，不由害怕问道。

"怕是已经化作了怨灵。"楚千觞面色冷沉。

"那该怎么办？"

"驱鬼。"顾美人吐出两个字。

"你会吗？"姬三芊奇异地盯着顾美人。

"不会。"

姬三芊：……不会也不用说得这么理直气壮吧。

"楚公子，我们该怎么办？"顾了了抬头看着楚千觞，仿佛眼下他是他们唯一的依靠。

事实也正是如此。等到怨灵解决了柳阡梦，接下来轮到的就是他们了。

"我不会。"楚千觞坦然道。

顾了了："……"

我知道你不会，可你不会想其他办法吗？

"还有一个办法。"在顾了了、姬三芊和顾美人的注视下，楚千觞缓缓说道，"净化它。"

"怎么净化？"顾了了和姬三芊不约而同问道，眼中散发出希冀的光芒。

"不知道。"

顾了了、姬三芊："……"

顾美人，"……让它听歌会不会有用？"

"兄弟，好主意啊！"顾了了拍了拍顾美人肩膀，"你去唱。"

顾美人白了她一眼，很干脆地拒绝道："我不会。"

"要不我去试试？"姬三芊有些犹豫地说道。

好像也只有如此了！姬三芊跃下横梁，悄悄走到千面手身边，瞥了一眼地上正在打呼噜的某人，似乎睡得很香嘛。

"村里有个姑娘叫小芳，长得好看又善良，一双美丽的大眼睛，辫子粗又长……"

清脆悦耳的歌声似乎勾起了久远的记忆，那团黑影渐渐变淡，顾了了兴奋地低呼，"有效了！有效了！"

倘若柳阡梦不挣扎不动也不开口说话的话，那么这团黑影大概会随着歌声逐渐消失。

然而柳阡梦恶狠狠地瞪着黑影，见它力量变弱，脱开身子时朝那方向踹了一脚，道："我叫你赖在这里不去投胎。"

这句话，让正随着歌声进入沉睡的怨灵再度苏醒过来，整个儿将柳阡梦团团包裹住，而后那张鬼脸转向姬三芊，冷笑一声，呼了口气，姬三芊立马晕了过去。

"真是成事不足，败事有余！"楚千觥冷然道。这下子，柳阡梦要是死了，谁也救不了他！

"怎么办，三姑娘也晕过去了，谁来唱歌？"顾了了激动地问道。

楚千觥和顾美人的目光瞬间聚焦到她身上。

"我……我不想下去。"顾了了怯怯地举起一只手。

"那就在上面唱。"楚千觥答道。

"我……记不全歌词。"顾了了又举起另一只手。

"换成其他歌也无妨。"

真的可以吗？似乎也没有其他法子了，顾了了硬着头皮接上姬三芊："……谢谢你给我的爱，今生今世我不忘怀，谢谢你给我的温柔，伴我度过那个年代——"

唱完这句，顾了了委实记不起后面的词儿，只得随口唱道："十个男人七个傻八个呆九个坏，还有一个人人爱，姐妹们跳出来。就算甜言蜜语，把他骗过来，好好爱，不再让他离开……"

"还要唱吗？我不会了……"唱完最后一句，顾了了口干舌燥道。她是真的忘记该怎么唱了，这种时候，有谁会有心情在大半夜对着一个怨灵引吭高歌啊。

"不用，你们俩好好在这上面待着。"楚千觥一手撑着横梁上，借助横梁的缓冲力，跃身而下。

而那团黑影，仿佛还沉浸在顾了了刚才的歌声中。"十个男人七个傻八个呆九个坏……"怨灵的声音变得轻柔起来，学着顾了了的调子低低吟唱，"还有一个人人爱，姐妹们跳出来。就算甜言蜜语，把他骗过来，好好爱，不再让他离开……"

怨灵恢复了最初的清澈，松开柳阡梦，静静地望着那个瘫软在地上的男人。是她的错吗？没有遇上一个好男人，没有看清这个男人的本质，所以被骗，所以受尽欺凌……她已经没有了生命、没有了爱情，这个世上，她一无所有……

她还徘徊在此做什么？她还有什么未尽的执念吗？只为等他而来？不……不是的……

"小芳姑娘，你还记得这个吗？"楚千觥走到怨灵跟前，不紧不慢地从怀中掏出一块玉佩，问道。

顾了了无比崇拜此时的楚千觞，面对凶狠莫测的怨灵，竟能做到如此镇定自若。

"这个是……"小芳姑娘大吃一惊，手指伸向楚千觞手中的玉佩，触及的却是一片虚无。

她看着自己的掌心，虚无缥缈，眼中的迷茫最终散去。

原来，她已经死了很久很久，久到自己都快忘记了，她是怎么死的。

"公子，请一定帮帮柳祈枫，他是妾身在这世上唯一的牵挂。"淡去了，她的声音、影子都在一点一点淡去、散开，消散于夜色中，最后留在一句话。

尽管顾了了无比厌恶柳阡梦，恨不得将他一脚踹死，但他毕竟是朝廷命官，倘若不明不白地死在枫丹城里一座废弃歌楼中，朝廷定然不会善罢甘休。所以最后顾了了不得不和顾美人二人合力将昏厥过去的柳阡梦拖出歌楼，丢到大街上去。剩下的事情便是他自己去解决了。

至于"昏迷不醒"继续装死的千面手嘛，顾了了撒了一包"想笑不能想哭不成哭笑不得下手无处半步倒地粉"，千面手很给面子地"惊醒"过来，然后浑身抽搐。

"顾了了！你又用了什么鬼药！"千面手怒吼道。

顾了了笑嘻嘻地给他解药，然后指了指姬三芊所在的方向。

千面手霎时顾不得顾了了，七手八脚爬过去，抱住姬三芊便哇哇大哭起来，"芊儿！芊儿！你不要死啊……芊儿！"

顾了了满头黑线看向楚千觞，楚千觞一手扶着额角，大概对此也很苦恼吧。面首同志，你的想象力未免太丰富了一点吧！？

"死面首！谁说我死了！"啪的一声，姬三芊一巴掌落在千面手脸庞上，真是一点心慈手软都不讲。

"芊儿，你没死，太好了！"千面手一把鼻涕一把泪地说道。

姬三芊愤怒地推开千面手，叫道："别碰我！"

千面手："……"

"三儿，不是你让我去的吗？"千面手可怜兮兮地问道。

姬三芊横眉冷对："我可没让你和一个大男人搂搂抱抱，还要亲吻！"

千面手默默流泪，他真的好无辜啊！被迫牺牲色相不说，还被心上人嫌弃，千面手默默蹲墙角画圈圈。

顾了了扶额，表示看不下去。"哎呀，天都快亮了。今天公子不是还有比赛吗？"她提示道。姬三芊的注意力果然瞬间被转移去别处，见楚千觞缓缓走来，忙爬起身道："公子，您今日还有比赛……"

楚千觞罢手，淡然道："无事，横竖不过兵器榜而已，输了也无妨。"

话虽如此说，姬三芊却不肯放弃，拉着一行人定要在比赛开始前到达会场。

不见那张可恶的老脸，顾了了心中出了一口恶气，与顾美人向楚千觞三人告别后，回到倾城山的看台。时间尚早，会场上来的人不算多。

一夜未睡，顾了了困倦地撑着脑袋，对顾美人说道："我先休息一会儿，待会儿比赛开始了记得叫我。"

顾美人看着顾了了眼底的青灰，默默点头。顾了了便放心睡去。

一觉醒来，太阳已高悬头顶。她动了动酸痛的脖颈，这才发现自己靠在顾美人的肩膀上睡了一个上午。身前摆着一碗热气腾腾的饭菜，都是她爱吃的。

顾美人注意到顾了了醒来，微微笑道："醒了吗？吃饭吧！？"

顾了了有些不好意思地低下头。刚才，她几乎能感觉到美人脸上睫毛的颤抖，他们真的离得很近很近啊……好似她第一次如此近距离观察顾美人，觉得他的相貌如同"美人"二字一般，真真是个眉目清秀的男孩。

"谢、谢谢……"顾了了颇为不自在地说道。她接过饭碗，正要动筷子时，一道黑影刷的一声冲到他们面前。

"了了、美人，快帮帮我。"千面手双手捧着饭碗，高过头顶，举在顾了了面前。

"面首你……"顾了了被惊住了，他的饭菜好丰盛啊。

"了了，你一定要帮帮我，这些饭菜都是你的。"千面手哀怨道。

"怎么了？"顾了了咽了咽口水，眼睛时不时偷瞄米饭上满满的鱼肉，尤其是超大块的猪蹄，装出一本正经的模样。

"芊儿为何从昨夜开始就不肯理我了？"千面手眼中满是委屈，像是做错了事不知如何是好的大男孩。

顾了了、顾美人："……"

这，真是一个复杂的问题啊！难道告诉他真相？他和另一个男人当着姬三芊的面亲热引发女人的嫉妒之心？可这事也不能怪面首啊，他也是在楚公子的逼迫下才做出这种举动的。

顾了了本着人道主义精神，放下碗筷，装模作样地拍着千面手的肩膀，叹息道："面首啊，俗话说，女人的心，犹如海底的针，你现在是要大海捞针哪。"

千面手一颤一颤地点头，泪眼汪汪地仰视顾了了，无限崇拜地问道："那根针现在在哪儿？"

"咳……"顾了了余光瞥见顾美人微颤的肩膀，知道他一定在偷笑，其实她也 憋笑憋得好辛苦。

"要不你向她说一些情话试试看？"顾了了建议道。

"什么情话？"

顾了了："……"不是吧大哥，连这个也要我替你想好！

如果千面手是像至尊宝那样无赖的男人，而姬三芊是紫霞那样痴情的女子，顾了了大概会教他说上这么一段——曾经有一段真挚的感情摆在我的面前，我没有珍惜，如果还有机会再来一次的话，我愿意对你说三个字：我爱你。如果要给这个承诺加上一个期限，我希望是——一万年。

如果千面手是如同拿破仑那样霸气的男人，而姬三芊是约瑟芬那样厉害的女人，顾了了会怂恿千面手说——我将把你紧紧地搂在怀中，吻你亿万次，像在赤道上面那样炽烈的吻。

如果千面手是像温莎公爵那样浪漫的男人，而姬三芊是辛普森夫人那样高贵的女人，顾了了则会让他说——我不知道别人的幸福是怎样的，我只知道，我的幸福永远维系在你身上。

可惜，以上的假设皆不成立，所以顾了了只得为千面手选择一种最肉麻也是最见成效的表白方式——"你是我的心，你是我的肝，你是我生命的四分之三……怎样？"

从顾美人肩膀抽搐的程度上来看，这句表白大概会有非常意想不到的效果……

"你是我的心，你是我的肝，你是我生命的四分之三。"千面手重复了一遍，一脸惊喜地将饭碗塞到顾了了怀中，感激涕零道，"了了，你真是我救命恩人。"丢下这句话头也不回地钻入人群中去。

顾了了端着两碗饭，无语望天：这么多饭菜，他当自己是猪吗？至于那段顾了了随口拿来的表白是否真有用处，这也只有千面手和姬三芊这两个当事人知晓。

不过下午比赛开始前，对面看台上，姬三芊总算没有离得千面手十万八千里之远，但她依然对身边那可怜的男人爱理不理。

顾了了感慨：所谓婚后的家庭地位，其实在婚前就能看出。照这个架势看，将来千面手一定是在家里备受欺压的那一位了。

"怎么楚公子不比赛吗？"顾了了张望对面看台，不见楚千觞的影子，好奇问道。

"已经比过了。"顾美人平静无比地回答道。

就比过了！？顾了了越发奇怪，明明比赛名册上写着楚千觞下午还有一场啊。

"对手弃权。"顾美人补充道，"上午和楚公子对阵的那名对手也是弃权。"

顾了了："……"

"楚公子赢了兵器榜？"

"嗯。"

这比赛赢得还真是容易啊，顾了了远目。

不过面对楚千觞，一般人估计都会选择弃权吧。这样强势而又神秘的男人，他的一举一动皆引人注目，却又让人匪夷所思。

武林大会三日便这样过去，柳阡梦自第一日出现后便再没有现身过，这其中曲折，也只有顾了了几人才知晓。后来听说歌楼被拆除，枫丹城太守请来一群和尚道士在那作法，好像说是驱鬼除妖。之后，也的确没有再听到半夜鬼叫，枫丹城闹鬼一事便渐渐平息，也无人再追究。还听说那位柳相早早动身回京，似乎是得了什么病，许久都卧床不起。

总之，随着武林大会的落幕，人们便要各奔东西。

顾了了和顾美人收拾好衣物，也准备随两位师父回玉凤山庄。走之前，君家两兄弟和孟忆晚来看他们。顾了了没想到他们会来相送，不由眉开眼笑，却不料君沉风一手拉住顾了了，脸色绯红。

"美人。"

"……嗯？"

"你一定要等我。"

"……哈？"

"我爹说了，等我年龄够了便会让我上门提亲。"君沉风猛地一松开手，又伸手抱住顾了了，而后不等她反应过来扭头便跑走了，让顾了了满头雾水。

至于孟忆晚，依依不舍地看着顾美人，"了了哥哥，以后能不能写信给忆晚？"

君沉暮脸色一黑。

顾美人面无表情，断然回绝道："不行。"

毫不留情的回答让孟忆晚撅起嘴走了，君沉暮只得匆匆对他们说了句"告辞，后会有期"，也跟着消失不见。

顾了了撇嘴，"这三个人究竟是来道别还是比赛跑步的？"

顾美人："……"

最后来道别的是千面手与姬三芊，自然楚千觞也一道来了。顾了了有些惊讶地看着这三人。

千面手乐呵呵地搂着姬三芊，对顾了了挥手道："了了，后会有期！"

顾了了抿嘴笑笑，点头应了一声。

"美人，后会有期。"千面手又对顾美人说道。

顾美人哼了一声。

"后会有期。"姬三芊温柔地笑道。

楚千觞上前一步，与元掌门、齐掌门打过招呼后，视线扫过顾美人，最后落在顾了了身上。

"后会有期。"他温言道。

"后会有期。"顾了了眯起眼，心中不禁涌起一种难言的怪异，好像、好像有一丝不舍，又有一丝期盼，期盼三年能早些过去。马车缓缓朝前驶去，时间也如同这前行的车子，永不会停息……

第二卷
琉璃美人

第十一章　广播体操

　　顾了了曾无数次想象过离开玉凤山庄，随楚千觞习武的生活，她以为，那样的日子还很遥远，却不知时光如水日月如梭，套用伟人的话就是——一万年太久，只争朝夕。

　　一万年都太短了，更何况是三年呢？

　　这三年，对顾了了而言，是非比寻常的三年……

　　这三年，她从稚嫩孩童成长为翩翩美少"年"，拜她那张皮相所赐，玉凤山庄不少新进的丫鬟侍女都对这位小公子秋波暗送、芳心悸动。

　　这三年，她从顾家小恶魔进化为山庄霸王草，拜她那手毒蛊之术所赐，玉凤山庄上自庄主顾冥磊，下至打扫茅厕的小厮，都深受"毒害"。

　　这三年，她从第八套广播体操式剑术升级为第三套广播体操，拜她那拙劣的武艺所赐，顾翼和顾美人几乎没有一天不受折磨。

　　总而言之，顾家山庄上上下下、男男女女、老老少少、鸡鸡狗狗、猫猫鼠鼠、虫虫兽兽、桌桌椅椅……无一不盼着楚公子快些将这位小霸王给接走。

　　就连那飞上房顶的苍蝇，倘若遇上顾小霸王，也一定会不辞辛苦改道绕飞。

　　就在玉凤山庄水生火热之际，终于，十年之约到头了。

　　那一日，是顾了了十岁的生日。她穿着一袭湖蓝色的长衫，梳着男式发髻，一手晃着桃花扇，正在回廊处与一位小丫鬟眉来眼去。

　　顾美人面色沉沉地走过来，冷然道："顾了了，爹叫你去正厅。"

　　顾了了临走不忘留下一个飞吻，看到那丫鬟满脸酡红时，才心满意足挪步前往正厅。顾美人一路跟随在后。

　　"美人啊，你看看其他小姑娘，都知道把自己打扮得美美的，就你，一身不男不女的装束。"顾了了一边走一边调侃道。

　　这一日顾美人穿着一件浅绿色的长衣，头发也是用一根黑色发带随意束起。远远看去，像是个清秀少年。

事实上，也的确如此。只是山庄里知道真相的人少之又少，大多数人还只把他当做顾家小小姐看待。至于他这身打扮，也是借口习武方便，女子服饰过于繁琐复杂，顾冥磊听后非但没有反对，更是夸赞顾美人聪慧，然而顾了了猜顾冥磊多半是出于心虚。

"这样方便。"顾美人淡淡回答。

进了正厅，顾冥磊身旁坐着白衣男子，正手捧茶杯，与顾庄主谈论什么，嘴角带着一抹淡笑。

"楚……公子？"顾了了一愣，而后下意识叫道。

顾冥磊见是顾了了和顾美人，不由莞尔，"什么楚公子，了了，你该叫师父了。"

一旁的元掌门也笑着应道："了了啊，从今日起，楚公子便是你的师父。"

顾了了这才想起十年前的那个约定，一转眼，自己就已来到这个世上十年了。

她不由心中唱叹一声，而后双手抱拳道："了了见过师父。"

见顾了了行礼，厅中几人纷纷大笑起来。元掌门摆手道："了了，拜师可不是这样的。"

不是这样？顾了了疑惑，她三年前不就如此吗？

"那时候你们太小，所以没有严格遵照江湖上的规矩。"齐掌门解释道。

江湖……规矩？"请师父明示。"顾了了无奈道。

元掌门捋着花白的胡须，笑呵呵道："这个，自然是以拿手绝活博师父一笑。"

"倘若楚公子满意了，你便是他的徒儿。"顾冥磊接着又道。

拿手绝活……博得师父一笑……还要满意……这是什么烂江湖规矩！顾了了一时愣在原地，不知该如何是好。

"你擅长什么？"顾美人在身后笑声提示道。

泡妞？下毒？第三套广播体操？……如果这些都能算是擅长的话。

"好像……没有耶。"顾了了不好意思地挠挠头。

顾美人："……"他怎么忘了，这个家伙整日就喜欢胡作非为，不思进取，这时候自然拿不出什么像样的东西。

"或者唱歌弹琴做诗？"思索了良久，顾美人建议道。

唱歌……难道要她唱"村里有个姑娘叫小芳"或者"十个男人七个傻八个呆九个坏"？

算了吧，她怕自己还没有拜师就被逐出师门。

弹琴……古人有云"对牛弹琴"，不知道有没有"牛对人弹琴"？

做诗……好主意！可以盗版一首，这个时代总不至于还有李白杜甫白居易吧！？不过盗版哪首诗，这值得顾了了好好斟酌一下。

　　"听说了了一直在习《魁花宝典》？"楚千觞突然开口道。

　　顾了了条件反射地应了一声。

　　"笨蛋！"她身后的顾美人咬牙低声道。

　　顾了了还来不及质问他为何好好的就骂自己"笨蛋"，听到楚千觞又道："那么，舞一套剑法给为师看看吧。"

　　一锤定音，彻底绝了顾了了后路。这时候，一切的借口都是那天上的浮云……

　　"啊，我没有带剑来。"

　　"用这把吧。"楚千觞将腰中佩剑丢给顾了了。好重！顾了了接住，勉强抱在怀中。

　　"嘿嘿，室内太小了点，舞剑我怕伤到人，就算伤不到人，万一伤到花花草草也是不对的。"

　　"那么我们去外面吧。"

　　顾了了："……"

　　有句话，在这一刻用来形容顾了了特别合适——是福不是祸，是祸躲不过。顾了了沮丧地抱着剑，在众目睽睽之下走出去，正厅外头有不少围观者，早知道还不如在室内舞剑。

　　"了了哥，加油！"丫鬟们双手做喇叭状，为顾了了打气。顾了了强颜欢笑，挥挥手，以呼应少女们的呐喊。

　　"大家能不能走远点？我怕剑气太重，伤到人。"顾了了厚颜无耻道。

　　众人默然。剑气？她吹嘘的本事越发进益了。不明真相的下人们果然纷纷退后几步。

　　"远点，再远点！姑娘们最好先回避一下，你们身子柔弱，我怕伤着大家。"

　　面对顾了了诚心诚意的请求，她顿时在顾家下人眼中形象光辉许多，顾小公子其实也是一位体恤下人、爱护大家的好主子。唯有知道顾了了心中打着什么算盘的那几位，皆满脸黑线。

　　当外面被顾了了清得差不多时，楚千觞终于问道："可以开始了吗？"

　　顾了了做了一个深呼吸，沉沉点头，一脸肃然。这让平日里和她一道练功习武的顾美人不由暗暗吃惊，见这气势非比寻常，以为她会拿出看家本事以博得楚千觞的认同。

　　哪知……顾了了抽出长剑，将剑搁在地上，舞动剑鞘，摆出自认为帅气的造型。

　　"哈——"随着一声呵声，顾了了开始做——第三套广播体操。

　　一二三四五六七八、二二三四五六七八、三二三四五六七八……

众人滴汗，楚千觞无比淡然无比镇定地看顾了了跳完所有动作，然后很给面子地鼓了鼓掌。

顾了了将剑插回剑鞘，走入厅中，双手递回给楚千觞，"师父，不知是否对弟子这一舞剑满意？"

"嗯……"楚千觞略略思忖，含蓄答道，"还有很大进步空间。"

"多谢师父承认弟子。"顾了了狗腿地答道。

这……不算是承认吧！？不过好在楚千觞并未计较，淡淡一笑，道："你已是我门下弟子，以后要遵照我的话行事，不可擅作主张。"

"是。"顾了了内心怦怦直跳，原来拜师也没有那么困难嘛。

楚千觞起身，"如此，我们该走了。"

"就要走？"顾了了大吃一惊。

楚千觞瞥了她一眼，她立马默不作声低下头。刚才师父说了，一切都要遵照他的话行事。

"在下还有急事，不能久留，请庄主、二位掌门见谅。"

顾冥磊了然地点头，"既然如此，在下也不强留楚公子。"

"告辞。"楚千觞甩袖，朝外走去。

顾了了慌忙紧跟在后面，小声嘀咕道："可是我东西都没有收拾……"

"你缺什么去买便是。"

于是乎，来不及与山庄里的丫鬟们依依惜别，也来不及和顾美人说好走不送，顾了了便这样踏上了她拜师求艺之旅。

这一走，便是整整五年，顾了了离去时回眸再望了一眼玉凤山庄，只道这里还有顾老爹、还有美人，这里是抚育了她十年的顾家山庄，无论什么时候回来，都不会改变。

殊不知，这世上有个词语，叫——物是人非。

上了马车，顾了了和楚千觞面对面坐下。

"楚公子……"

"你该叫我师父。"

"是，师父。"

"什么事？"

"面首和三姑娘呢？"

"回家结婚生孩子去了。"

"……"师父，其实你才是真正穿越来的吧！？

面对顾了了质疑的眼神，楚千觞不由翘起嘴角，心情颇好道："他们有五个孩子。"

五个孩子！

"那么多！"顾了了惊呼道。

"是啊。"楚千觞赞同道，"家里乱糟糟闹哄哄简直让人住不下去。"

乱糟糟？闹哄哄？顾了了有点向往拜师求艺的生活了。

"他们不和我住在一块儿。"楚千觞似看出顾了了心中小九九，补充道。

顾了了："……"

"为师喜爱清静。"这个理由很充分。

不过顾了了眼神充满怀疑，一个号称姬妾三千的男人，会有清净的时候吗？

"我们这是去哪儿？"顾了了很明智地决定不再追问。

"琉璃宫。"

琉璃宫是什么地方，顾了了从没有听人提起过。她想要从楚千觞那了解到更多的消息，眼珠子在他身上来回晃动时，忽见他脸色惊变，煞白的唇角溢出淡淡的血丝。

"你受伤了！"顾了了惊呼道，上前扶住他时，单手扣住他的脉门，而后断言道，"中毒了？"

"嘘——"楚千觞一把捂住她的嘴，轻言道，"小声点。"

顾了了见他神神秘秘的模样，不由得点点头，待楚千觞手松开，才问道："怎么会这样？"

楚千觞毫不在意地擦拭嘴角的血丝，淡淡道："无妨，一点小伤而已。"

才不是一点小伤。习毒术多年，顾了了切脉便感到他体内的异样。真气流窜，脉细紊乱，不只是受伤，还中了毒。且这样的毒，一般人难以觉察，光是看外表，连她的师父元掌门和齐掌门都没有发现。唯有在诊脉时，才觉察出不对。

"师父，你受了伤，还中毒，必须治疗。"顾了了难得正经一回。

楚千觞蹙眉，"中毒？"

"是。"顾了了额首，"这毒无色无味，应是相当厉害，必须快些解毒。"

"你可会解？"

"弟了愿试 试。"

楚千觞微微一笑，"给你半日时间可够？"

掀开车帘，楚千觞吩咐马夫将车子停在沿途的一个小镇上，顾了了逛遍了镇子上所有的药铺，勉强买齐了所需的草药。只可惜有些名贵的药材，在这种地方是绝对买不到的。

顾了了一时后悔，自己该收拾一下再出来的，至少把那些珍贵的药材都带出来。而现在她身上只有一些最普通的毒药和迷药。

马车停在对面，楚千觞还在车子上休息，车夫则靠在墙上，双手抱臂。顾了了进了药铺，挑了几味药，走出来时，却觉得哪里不对劲。那车夫眼神不停地飘向四周，似在等什么人。

见那马夫从怀中要掏出什么，顾了了脸色一凛，管不得那么多，三步并作两步奔过去。

好在小镇道路狭窄，顾了了熟练地朝那马夫撒了一包药粉，只听一声尖锐的叫声，一把匕首落在地上，马夫也随之跌倒在地，抱着脸痛苦地打滚。

"何事？"楚千觞探出头，看到外边一幕，脸色一沉，道，"了了，快上车！"

顿时，不知从哪冒出的一群黑衣人，个个手拿长刀，对准顾了了和楚千觞。

楚千觞一个翻身，坐在车头，手握马鞭，狠狠地甩在马背上，趁马嘶鸣时伸手将顾了了拽上车。

马车朝那群人冲去。

"进去！"楚千觞将顾了了推入马车，而后挥舞马鞭，卷落随之刺来的刀剑。

局面异常险恶，顾了了躲在马车内，也不免受到攻击。

她虽武艺不精，好在有顾美人和顾翼的逼迫，多少也有所收获，勉强避开那些刺入的剑锋，再反手朝人群播撒迷药。不出片刻工夫，他们二人便突出重围。

马车出了小镇，朝林子方向驶去。

又过了一阵，楚千觞停下马车，对顾了了道："下车吧。"

顾了了奇怪，"不坐马车吗？"万一后头有追兵，被追上来怎么办？

楚千觞摇头，似看出顾了了猜测，"马车进不了山林，必须徒步。"

顾了了跳下了车，楚千觞一挥马鞭，啪的一声，马腾起前蹄，朝另一个方向奔去，留下两道深深的车辙。这也算是一种金蝉脱壳的办法吧。顾了了抱起一堆草药，跟随楚千觞走入林子中。

过了许久，直至天色渐晚，楚千觞才停下来，回头看了看，说道："就在这里休息吧。"

说罢，他靠着一棵大树坐下，一手捂着胸口。

夕阳西下，落日余晖照在他的身上，给他整个人镀上一层桔红色。苍白的面色也有了一丝红晕，顾了了歪着头，仔细打量了他几眼，看到他衣摆上的血红。点点滴滴，不是大块大块的，所以并不显眼。但很明显，师父他受伤流血了。

顾了了一面庆幸自己和齐掌门习过一段时间医术，一面从药草里挑出几味止血的，再从中衣上撕下几块布条，走到楚千觞面前，道："师父，我帮你包扎吧。"

楚千觞看了一眼顾了了，仿佛没有料到她会有这番举动。

顾了了忐忑，"我学过一点医术，你如果不放心，可以……"

"麻烦你了。"楚千觞微笑道。

顾了了被那温和的笑晃花了眼，愣了片刻才定了定心神，反复告诉自己，楚公子是她的师父。就算她是穿越女主，依照穿越定律，会有无数美男倒贴上来，但也不能打自己师父的主意。尤其是现在，师父他老人家还受了伤，中了毒。

包扎好后，顾了了摸了摸咕咕叫的肚子，然后看了眼周围，好像没什么可以果腹。

楚千觞勉强站起身，稳住脚跟，道："你在这里等着，我去寻有没有山鸡之类。"

顾了了默默看着手臂被绑成木乃伊状的某人，有些愧疚道："还是我去吧。"

由于自己学艺不精，学习包扎时也是半瓶子水，所以……刚才师父一定很痛吧！？

平生第一次，顾了了反省自己过去的几年中不学无术。其实，也不完全是……她只对那些自己感兴趣的东西会去用心，而其他的，往往是敷衍了事。

可是，这世上有多少事情会引起我们的兴趣呢？多半，是为了各种各样的原因，我们不得不去学习。直到那些知识、那些经验派上用场时，我们才会感谢当初，自己用心过、努力过。

楚千觞抿嘴笑笑，不在意道："要不然我们一道去？"

"好啊好啊！"顾了了蹦起来，欢呼道。

楚千觞哑然失笑，这个孩子啊，她在为自己包扎时，他注意到她眼中的倔强与内疚，虽然不知她为何内疚，又为何那么倔强，但好似真的哪里不一样。

眼下的这一刻，她完全如同一个十岁的孩子，无忧无虑，但更多的时候，她的表现却有着超出这个年龄的冷静与睿智。也许……是他多心吧。本不想这样带着她冒险，却在路过玉凤山庄时犹豫了，好像心中有个声音不停催促自己，带上这个小弟子。如今看来，他的做法的确没有错。倘若不是顾了了，或许这一刻自己已然身首异处。

莎士比亚说：人类，你是宇宙的精华，万物的灵长。

顾了了说：师父，你是人间的妖孽，基因的突变。

你见过受了伤又中了毒又受了伤的人动作比野山鸡还快吗？你见过身上染着鲜血伤口刚刚上完草药的人行动比游鱼还要迅捷吗？你见过手上吊着绷带厚厚裹着布条像个木乃伊的人速度比兔子还敏捷吗？……

顾了了嫉妒地看着楚千觞脚下一堆收获，然后看看自己的脚下。似乎有一只小强爬过？

据说这种动物哪怕人类毁灭了都还能繁衍生息下去，生命力真够强的。顾了了一脚狠狠地踩下去，终于干掉了一只生物，然后厚脸皮笑道："师父，这么多材料，可以做一顿丰盛的晚饭啦。"

说到做饭，这可是顾了了前世的最爱啊。拜她那张挑剔的嘴巴所赐，周末假日的时间几乎都贡献给美食节目、美食杂志、美食专栏……自然，还有亲手下厨。

俗话说：要吊住男人的心，首先要吊住他的胃。先不管这句话真实程度如何，自己的胃，也不能太亏待了吧！？

顾了了喜滋滋地蹲下来，一把捞起鱼，感叹道："好大啊。"

楚千觞挑眉。

顾了了挥手，动作若行云流水一般，从腰间掏出风月剑。

楚千觞再挑眉。

剑锋一闪，准确无误地落在鱼背上，然后……刮鳞！

楚千觞额角一抽一抽。

拿风月剑刮鱼鳞，倘若前任主人泉下有知，大概会被气活来吧！？

"愣着做什么？"顾了了抬头，蹙眉，她最不喜自己忙碌时候其他人闲着围观，都不主动一点打下手，"快点拔鸡毛、去掉里面内脏什么的，要不然待会儿没得吃。"

好吧，天大地大吃饭最大。

楚千觞认命地蹲下身子，盘腿坐在顾了了对面，开始拔鸡毛。这幅场景，要是让江湖之人看到了，估计下巴会掉到地上吧！？楚千觞啊……这可是鼎鼎大名的江湖第一美男……竟然让楚公子拔鸡毛。这事，也只有顾了了能如此理直气壮。不过，即便是拔鸡毛，第一美男依旧是第一美男，动作优雅华丽。

"师父，你在解剖尸体吗？"顾了了一开始被楚千觞动作怔住，看到后面越发觉得不对劲。

"对不起，我没拔过鸡毛，也没除过内脏什么的。"楚千觞道歉。

顾了了瞥了眼他手中那只已经不成形的野山鸡，感叹美男子在暴珍天物，"算了，你去捡柴火，待会烤鱼和野兔好了。"

"那这只鸡呢？"

"你吃得下去也可以烤。"

"……还是算了，一只兔子几条鱼，够了吧。"

顾了了给他一个"算你自觉"的眼神，晃晃脑袋，示意他还不快去。

瞅着楚千觞几分无奈的背影，顾了了窃窃笑。原来楚公子不是万能的，就比如拔鸡毛，这种事他也一窍不通。

很快，柴火拾捡好，楚千觞燃起一堆火。顾了了用几根木棍搭成一个简易的三脚架，将兔子绑在木头上，悬于火堆上方。几条小鱼插着木条，竖在火堆边上。顾了了哼着小曲，转动木条，慢慢烤起来。没有油盐酱醋，味道自然不能和现在的烧烤相比。不过人在饥饿的时候，吃什么都是香的。更何况精通药草的顾了了，偶尔身上也会带上一些意想不到的东西。

"师父，这个给你。"顾了了拔出楚千觞的长剑，砍下一条兔腿，剑锋插着兔腿，直对楚千觞。

楚千觞额角冒出虚汗，这样的吃法，委实……

"师父，现在是特殊情况。"看出楚千觞的犹豫，顾了了强调道。都什么时候了，还那么爱干净那么爱面子。

"了了，以后不能这样对待佩剑兵器。"楚千觞说道。

他在意的是这个。平日里百般爱惜的宝剑，竟然在这时候用来叉兔腿，实在是大材小用了。

顾了了不屑，不就一把剑嘛，此时不用更待何时？能为主人排忧解难，这是它的荣幸才对。

楚千觞接过兔腿，一股肉香飘过鼻息，他咬了一小口，"好香！"

"那是自然。"顾了了得意道，"要是有孜然粉会更香。"

"孜然粉，那是什么？"楚千觞好奇道。

提到自己最爱的美食，顾了了不由眼睛一亮，小嘴犹如黄河决堤，滔滔不尽。

楚千觞含笑听着顾了了吹嘘各种美食的制作方法和吃法，最后禁不住问道："这么奇妙的做法，你是如何想出来的？"

顾了了嘴角的笑意一僵，低头咬着兔肉，含糊道："哪里是我想出来的，是从书上看来的。"

"哦？是什么书？为何我从未见过？"

顾了了涩然一笑，你当然不会见过，那些书怕是这个世上都无人见到过。这一刻，她格外想念那时空的彼岸，那遥远的年代。就算没有挂念她的人在，可那里，毕竟是她记忆初始的地方。人们往往会对最初的东西念念不忘，譬如初恋，譬如初吻。那是因为，最初的，也是自己最美好的回忆。

吃过晚饭，楚千觞将火把熄灭，以防敌人发现。两个人并排躺在草地上，头顶是宁静的夜空。

"师父，你说我们这算不算是同床共枕？"顾了了嬉皮笑脸问道。

楚千觞："……"如果是以地为床的话，也只能算是……

"只能说是同床。"他淡淡答道。

顾了了轻笑，"十年修得同床度，百年修得共枕眠。"

咳……楚千觞被狠狠噎住，顾了了这孩子在说什么呢。

"原话明明是十年修得同船度。"楚千觞纠正道。

"一样一样啦。"顾了了侧过身子，微弱的星光下，楚千觞的侧面像是笼罩上一层淡淡的光泽，煞是好看。

"师父真好看。"顾了了毫不吝啬地赞叹道。

楚千觞已完全适应顾了了这副毫不正经的模样，莞尔道："你不是第一个这么说的。"

"也不会是最后一个这么说。"顾了了翻了个身，又盯着星空发呆。

"了了，在想什么？"顾了了突然安静下来，让楚千觞很不习惯。

"我在想爹爹有没有偷吃我酿的米酒。"

"……"

"顾翼叔叔有没有偷吃我今天还来不及吃的桂花糕。"

"……"

"还有美人有没有偷吃我的长寿面。"

"……"

顾了了，除了吃，你能不能说点别的？

"师父！"

"嗯？"

"我想家了。"顾了了呢喃道，她的声音变得轻缓低柔起来，好似提到那个"家"，唤起的是无数温馨的、美好的回忆。这个"家"，让楚千觞一时间也为之向往起来。

"想要放弃？"楚千觞轻笑，问道。

"不是。"顾了了顿了顿，"师父，你不想家吗？"

楚千觞没有回答。家，对他而言，是一个虚无的存在。好像，他从来就没有过那样一个地方。可以为他避风遮雨，可以让他身心彻底安宁的地方。他的世界，只有一个接一个的驿站、客栈、借宿之处，却没有一个能为之停息的家。

顾了了见他不答，以为触动了他的心弦。

"师父的家，是什么样子？"顾了了好奇问道。

什么样子啊，楚千觞茫然了……

"有兄弟姐妹，有父母双亲。"他回答道。

顾了了切了一声，嘟囔道："谁的家不是这样。"

是啊，谁的家都是如此，有父母，有兄弟，有姐妹。

可他的，却又不止于此……有父母，父母貌合神离；有兄弟，兄弟反目成仇；有姐妹，姐妹钩心斗角。怎么看，都不像是一个家……

"了了的家，是怎样的呢？"楚千觞反问道。

良久都没有回应。他转过头，见顾了了侧身正对着自己，一半面庞藏在草丛中，只露出小巧的鼻尖、弯弯的嘴角，还有均匀的呼吸。一声淡笑溢出，楚千觞脱下外衣，为顾了了盖上。

第十二章
捉鱼剑法

一夜好眠，第二日清晨时，顾了了在林间山鸟之音中醒来。

从身到心的舒畅，是未曾有过的，顾了了伸了个懒腰，嘴角溢满幸福的笑容。林间的早晨，晨雾很大，凉气也很重，却不知为何，她不感到冷。双手往大衣中缩了缩，淡淡的香味萦绕鼻息。

这香……是师父的。顾了了低头，白色的衣袍正盖在自己的身上，她小小的身体缩在其中。

目光缓缓转向一侧，楚千觞穿着浅蓝色的中衣，头枕着手肘，眼睛还紧紧闭着。似乎连梦中，也在思索什么，双眉紧蹙。

顾了了心头一动，侧过身，缓缓靠近他的面庞。师父……长得真好看。无论怎么看都看不厌的姿容，不单单只是五官的清隽，更是他散发出的那股气质，如集天地之精华，万物之灵气，尤其是那张脸蛋啊，红扑扑的，像个苹果，好想咬一口呢。不过，似乎也太红润了一点吧！？

顾了了歪着脑袋打量楚千觞，想昨天他还是脸色苍白。心中似乎想到什么，顾了了慌忙伸手盖在他额头上，果不出所料——好烫！师父他，发烧了！也难怪，受了伤、中了毒，加上外衣又给自己。

总算做了一回正常人。

顾了了将剩下的药材取出，晾在干净的石面上，好在这里离溪边不远，没有盛水的容器，只能用叶片卷成小碗状。

"师父，吃药啦！"顾了了摇醒楚千觞，说道。

楚千觞迷迷蒙蒙地睁开眼，脸上已经烧得绯红，辨不清眼前是谁。

"来，张嘴——啊！"顾了了诱哄道。

楚千觞乖乖地张开嘴，任顾了了将药粉倒入，"咳——好苦！"

"别、别吐出来啊。"顾了了心疼地叫道，那可是剩余不多的药草了。

她小心递过一片小叶子，上面流动着晶莹的水珠。

"只能喝一点点，一点点哦。"水会冲淡药性，本不该在服用药时立即喝水，但看楚千觞那痛苦的样子，顾了了不得不心软一下下。

舔了舔叶面上的露水，顾了了扶着楚千觞躺下，将大衣为他盖上。然后拍了拍衣摆，站起身。

现在师父生病了，一切只有靠自己。她还真是倒霉啊，才拜师第二天，就经历了重重磨难。

不过有美人师父陪伴，她暂且不计较那么多了。

烧退下去时，已经日落西山。

楚千觞睁开眼，感觉身子舒服不少。额上凉丝丝的，伸手一摸，是一块浸泡过溪水的布条。大衣紧紧地裹着全身，上面还盖着一些松软的草叶。四下看去，身边的火堆像是刚刚熄灭，留有淡淡的焦味，火堆边还插着几条小鱼。

是留给自己的吗？楚千觞伸手取过烤鱼，温温的，尝了一口，不咸不淡，味道刚好。一切似乎都被收拾得井井有条，仿佛是有人在用心打理。心中发出一丝难以察觉的感叹，楚千觞正要寻顾了了时，就听见轻轻的脚步声。那是孩童才会有的声音，轻巧，却又笨拙。

"了了。"楚千觞神色莫测地开口呼道。

"师父，"顾了了见楚千觞醒来，惊喜叫道，"你醒了。"

她手里抱着一堆枯木枝，想是要烧火。楚千觞颔首，准备起身，顾了了一把丢下树枝，跑到他面前，蹲下，小小的手掌贴在他额头上。一系列的动作，那么熟悉精练，好似曾无数次这么做过一般，理所当然。楚千觞先是一怔，而后颇为不自在地别过头。

顾了了倒没有注意到他的尴尬，乐滋滋地说道："你的烧终于退了。"

"你一直在照顾我？"楚千觞问道。

顾了了眨巴眨巴眼睛，师父他莫不是被烧坏了脑袋吧！？这里除了她能照顾他，还有谁？

"多谢。"楚千觞低咳一声，缓缓道。

顾了了嘿嘿笑，"你是我师父，我是你徒弟，徒弟照顾师父，天经地义嘛。"

她拍了拍楚千觞的肩膀，说道："师父，你今天就别动了，在这里休息，我去捉鱼。"

楚千觞哑然，她这动作神情，可有一点将自己当做她的师父？他们两人之间，犹如朋友一般随意。明明不过一个十岁的孩子，说话做事却如此老练。目光紧随顾了了的背影，楚千觞浑然不觉自己的好奇占据了心底。那个孩子如同一个谜团，充满了各种惊奇，让人忍不住想要靠近，想要解开那些谜题，却又发现，自己无论怎么靠近、怎么解开，她身上的奇妙，依然层出不穷。

也许她还没有意识到，她的一颦一笑，如同腊月寒冬的暖阳，令她周围的人都不由自主地想要汲取这丝丝温暖。再顽劣地捉弄、再古怪的戏法，都掩盖不了她眼底的华彩。

顾了了哼着歌，跑到溪边捉鱼去。她将裤脚高高挽起，然后走下水，双手在水底捞啊捞。

楚千觞摇头，难怪她抓的鱼都这么小一条，以她这种笨拙的方法，是抓不住大鱼的。

"了了！"顾了了回头，见楚千觞披着大衣，站在岸边。

"师父，你快回去休息啊。"顾了了挥挥手，说道，脸上满是溅起的溪水。

楚千觞莞尔，手一挥，长剑在空中划开一个弧度，落在顾了了怀中。

"师父？"

"你可记得《魁花宝典》第二卷，青石剑法？"

顾了了点头，《魁花宝典》上的剑法她背是背得差不多了，只不过……

"你便用青石剑法刺水底的鱼吧。"

"哈？"顾了了一惊，磕磕巴巴道，"可、可是……"

师父他也看到了，让她用剑刺鱼，还不如让她继续捞鱼呢。

楚千觞微微一笑，"不急，你先回忆一下青石剑法。"

他这是要教自己剑术吗？师命难违，顾了了深呼吸一口气，闭上眼，回忆青石剑法。

"有没有记起每一个动作？"

"嗯。"

"心里再想着鱼。"

顾了了脑海里顿时出现一条活蹦乱跳的大鱼。

"将鱼当做你的敌人。"楚千觞淡淡道，"了了，想要真正舞出一套剑法，单单背出剑谱是毫无用处的，你必须心中有谱，心中有剑。"

是这样的吗？顾了了有些疑惑，心中有谱，心中有剑。她缓缓挥剑，脚下游鱼掠过，剑锋直入水中，却一无所得。

"师父，还是不行啊。"顾了了沮丧道。

楚千觞扬唇，轻笑，"你刚刚那一剑很好，比你先前拜师时要好许多。"

顾了了面色一红，不好意思地挠挠头。她拜师时舞的剑，哪儿能叫做舞剑，那完全是在做广播体操。

"就照这样练下去，一定能捉到鱼。"楚千觞说道。

"可不可以先抓鱼，待会再练剑？"照这样练下去？明天都未必能捉到鱼呢。

"不行。"楚千觞干脆地拒绝。

有师父他老人家亲自监工，顾了了不敢懈怠，只好一遍又一遍地用青石剑法，对准水中游鱼狠狠刺下。起先，总会偏离许多，渐渐地，顾了了一门心思都扑在那鱼身上，甚至忘记了剑谱剑法什么的，利落的挥剑，身体完全是在无意识地挪动。

楚千觞看着顾了了的一举一动，嘴角的弧度越来越大。其实，了了她并非资质不好，也不是什么不好的苗子，她只是欠缺正确的指导罢了。这世上，总有些人，不同于寻常，也需要不同寻常的方法去教导，方能成长。顾翼的指导，固然没错，相较于天赋极高的顾美人而言，或许有意想不到的收获。而顾了了，则要以另一种方式去引导。

等到顾了了终于刺中大鱼时，天已完全黑了。她满头大汗地上了岸，胡乱地擦了擦汗湿的面庞，挥着挂满鱼的长剑叫道："师父，我们可以开饭了。"

楚千觞点点头，将大衣脱下，披在顾了了身上。

"会着凉的。"他温言道。

温柔的动作，关心的眼神，让顾了了大脑彻底当机，只会傻笑，师父他真好……

第三日清晨，当顾了了再度醒过来看到身上的大衣时，再瞅了一眼一边只穿着薄薄中衣入眠的某人，心中恨得咬牙。他是病人，怎么能这样糟蹋自己的身子。就算用草叶作被盖，但毕竟不比衣物，来得暖和舒适。思及此，顾了了故意将草药加苦了几分，且不给溪水，逼着楚千觞咽下。看着楚千觞艰难地吞咽，眉宇都拧在一块时，顾了了心中又是担忧又是焦虑。

他们已在这林子里待了两日，总不能一直待下去吧，师父身上的毒，她只解了一半，还有部分毒素残留在体内，需要运功逼出，再配以草药清除余毒。只是这种环境，加之自己毫无内力，根本无法帮他逼毒。

"师父，我们什么时候去琉璃宫？"顾了了随手摘了一把狗尾巴草，拿在手上晃悠。

楚千觞笑着看了顾了了一眼，"就快到了。"

"啊？"就快到了？顾了了不相信地瞪着楚千觞。

楚千觞不置可否地笑笑，手拍了拍顾了了的脑袋，说道："跟我来吧。"

两人一前一后，沿着小溪前行。顾了了原以为楚千觞口中的"琉璃宫"会是怎样一个神秘之处，藏匿于深山老林中，有许多避世的武林高手。等到真正抵达时，才发现这琉璃宫其实如同一个小小的村庄，排排院落错落有致地布于山间开阔处，东南西北四个方向皆有四座大门镇守，中央则竖立着一座高塔。

"这就是琉璃宫。"楚千觞说道。

"那座高塔吗？"顾了了好奇地盯着中间高耸入云的尖塔。

"那是琉璃塔。"楚千觞道，"琉璃宫便是为这座塔存在，里面镇压着一些前朝传下来的宝物。"

从怀中取出一支短笛，楚千觞吹奏一曲，悠扬的调子飘散于空气中，不出片刻，便见有人迎了出来。顾了了定睛，见是一名十三四岁的少年，白衣乌发，面容清秀。

"在下凤曦，见过楚师叔。"少年双手抱拳道。

楚千觞颔首轻笑，"可是任师兄的弟子？"

"正是。"凤曦一板一眼道。

"这位是我的弟子，顾了了。"楚千觞微微侧身，将顾了了推至身前。

凤曦打量了一眼顾了了，见她生得眉目如画，几分柔美犹胜女子，顿时心中生出一丝冷漠，道："原来是小师弟。"

顾了了迷迷糊糊地点头，顺着说道："师兄，你好。"

凤曦的眼眸愈发冷淡。

"凤曦，顾了了初来乍到，并不了解琉璃宫的规矩，还需要你多多指点。"楚千觞温和道。

"是。"面对楚千觞时，凤曦立马换做一副毕恭毕敬的态度。

楚千觞满意地点点头，又要说话时，突然一阵剧烈的咳嗽，随之喷出一口鲜血。

"师叔，你怎么了？"凤曦大惊道。

顾了了一手扶住楚千觞，解释道："师父他受了伤还中了毒。"

"你且随我来。"凤曦点头，飞快道。

他转过身，一手扶住楚千觞，撑起他的身子，缓缓朝内走去。

琉璃宫似乎没有多少人，沿途空空荡荡，直至接近中间的高塔时，才见到不少白衣弟子。弟子们见楚千觞衣襟上沾有血迹，纷纷上前帮忙，将他抬入一座院落。随后，又有弟子前来为他把脉看病治疗，院子里外围满弟子，顾了了根本插不上手。

她只得泄气地蹲在院子外头，望着碧蓝的天空，听着肚子咕咕叫声。怎么有这样招待客人的呢？连一口茶水都不给，她现在可是又渴又饿。手中的狗尾巴草被玩得只剩下一根茎，顾了了还不肯放过，继续折腾，以泄心头之愤。

"你肚子不饿吗？"清淡的话语在耳边响起。

"怎么可能不饿。"顾了了叫道，她饿得快要前胸贴后背了。

"那跟我来吧。"

顾了了腾地一下站起，看着凤曦漠然的背影，忽然觉得，这世上还是有不少好人的。只不过……这个好人需要打一个折扣，尤其是在看到桌子上的饭菜时，顾了了那张小脸迅速耷拉下去。

"午饭就吃这个？"她不可思议问道。

桌上放着两个瓷碗，瓷碗盛着米饭，还有几片叶子做点缀。

凤曦颔首，"你第一次来琉璃宫，所以特意为你加了一道菜。"

顾了了："……"看来她还得好好感谢一下自己是初次到来，往后是不是连叶子都没有，就一碗白饭呢？勉强咽了两口，顾了了不得不放弃继续的打算，她宁愿饿着也好过这样。

"琉璃宫，是不是经费短缺？"顾了了打探道。

凤曦已吃完他那碗饭，放下筷子，"何出此言？"

"为何连一点油水都没有？"顾了了愁眉苦脸地夹起干巴巴的菜叶，上面还有虫子蛀过的小洞。

"古人道，天将降大任于斯人也，必先苦其心志，劳其筋骨，饿其体肤，空乏其身，行拂乱其所为。如今能吃饱穿暖，已属不易，何必求那么多？"

顾了了眨眨眼，看着凤曦那一本正经的模样，怎么瞧都觉得像顾美人的翻版。哦，不对，这家伙比顾美人还要严肃正经。

"你不会一直吃这些吧？"她拖着快要掉下来的下巴问道。

"有什么不对吗？"凤曦蹙眉反问。

顾了了简直要对天翻白眼，神啊，这家伙究竟错过了世间多少美好的东西。

"我问你，人长着一张嘴，为了什么？"顾了了决定拯救一下这位师兄的世界观。

凤曦凝眉，似乎第一次有人这么问他这个问题。

"这个……为了谈话交流、阐述论说？"凤曦缓缓答道。

"若只为了谈话交流，则用手语便可，若为了阐述论说，则用文字便可。"

"那依师弟之见……"

顾了了就等凤曦这句话，她一脚踏在板凳上，神色激动地拍着桌子叫道："为了吃呗！"

"为了吃？"凤曦似不信。

顾了了坚持不懈，"你想想看，这天下有多少美味多少佳肴，人这一张嘴不用来吃，难道还能用来拉撒？"

噗——门外传来一阵轻笑。

"谁？谁在外面？"凤曦喝道。

门帘掀开，一位白发老者踱步而入。

"哈哈，没想到千觞此次回来，竟会带来如此有趣的弟子。"老者捋着胡须，大笑道。

凤曦毕恭毕敬行礼，"弟子见过太师父。"

太师父……顾了了睁大眼睛，"你是美人师父的师父？"

"美人师父？"太师父扬眉。

顾了了立马捂住嘴巴，暗暗叫苦。她一不小心竟说漏了嘴，将心底对楚千觞的称呼说了出来。

"是啊，太师父不觉得很形象吗？"无奈之下，顾了了只好装傻充愣道。

太师父想了想，点头笑道："的确很贴切。"

顾了了瞬间有一种觅得知心的感觉，也不管一旁的凤曦，冲着太师父挤眉，"太师父，您怎么过来啦？"

太师父乐呵呵道："我听说千觞带来了一个小徒弟，所以跑来看看。"

"师父的毒，可解了？"顾了了问道。

一提到楚千觞身上的毒，太师父面色微沉，摇头道："这毒竟是无色无味，一入体内，很难察觉出来，好在有人及时帮他排出部分毒素，如今剩下的毒也被内力差不多逼出，唯有余毒难以清除。"

余毒吗？顾了了摸了摸下巴，思索了片刻，问道："可有祝馀草、育沛、芝兰、丹粟、荆杞、水桐？"

太师父挑眉，惊讶于顾了了竟会知道这些药材之名，"有些一时难以取来，需要等上几日。"

顾了了听到太师父这么承诺，不由松了口气，笑道："其实余毒很好清，只可惜有些药材难以得到。"

太师父含笑道："你懂得药理？"

"略通一些。"顾了了谦虚道。

为了能给自己的毒药配出解药，自然要习医术，甚至在排毒解毒这方面，顾了了远在顾美人之上。

"不是千觞教你的吧？"太师父追问。

顾了了摇头，"倾城山元掌门和齐掌门。"

"原来是他们俩啊。"太师父了然一笑，叹道，"他们二位可谓当世的毒王和神医，你能拜师于他们二人之下，为千觞解毒排毒理应不在话下。"

"太师父谬赞。"头一回被人这般夸奖，顾了了有些不好意思。

太师父面色和蔼道："凤曦，了了是新来的师弟，需要你多多指点。"

"是，凤曦会好好照顾顾师弟。"凤曦毫不犹豫答道。

顾了了撇嘴，这人无论何时看上去都是一副正儿八经的模样，无趣得很。

太师父凑过脑袋，在顾了了耳边悄声道："凤曦很没意思吧！？"

顾了了："……"太师父，您莫非会读心术？

太师父直起身子，勾勾手指，示意顾了了凑近一些，顾了了伸长耳朵，"凤曦那孩子一直是这个样子，以后就拜托你了。"

说完，太师父眼睛眨了眨，顾了了眼睛也跟着眨了眨。两人不约而同坏笑起来，果然是知己啊。

顾了了拍拍胸脯，"太师父请放心，了了定不辱使命。"

"了了，你叫顾了了？"太师父惊讶道，"可是顾冥磊顾庄主之子？"

"正是。"

太师父顿时眉飞色舞，"顾庄主竟愿意将你交给千觞？他们不是死对头吗？"

顾了了完全能明白太师父那唯恐天下不乱的心态，默了一小下，而后道："死对头，也只是单方面的吧。"

其实怪不得她家师父呀。凤姐突然要设下那么刁钻的誓约，谁又能够预测到楚千觞会脱颖而出呢？

太师父乐道："其实你美人儿师父也对顾庄主的事情很上心。"

"真的？"顾了了眨巴大眼睛。

太师父弯下腰，颇有些为老不尊的气质，坏坏笑道："那是因为啊，千觞他从小就很敬仰顾庄主，想要成为他那样的人。所以一直以顾庄主为毕生奋斗的目标。"

原来还有这么一段，顾了了点头再点头，"然后呢？"

"十年前，你师父击败了顾庄主，夺得兵器榜第一的位置。"太师父摊摊手，表示故事到此就结束了。

切，真没意思。顾了了努嘴，他们俩之间怎么就没擦出点火花来？

假如这是一部耽美小说，那么她的师父和爹爹之间很可能会擦出奸情的火花。

假如这是一部武侠小说，那么她的师父和爹爹很可能会为博美人一笑而继续拼杀。

假如这是一部玄幻小说，那么她的师父和爹爹说不定从前世起两人就是宿敌。

可惜，这只是一部言情小说，所以注定两个人连火星都擦不出。

"太师父，您今日不是要出去办事吗？"凤曦见他们二人越说越远了，忙出声提醒道。

太师父这才恍然醒悟，自己还有正事要做，慌忙跳起脚朝外走去，自言自语道："糟了糟了，又迟到了，那老头肯定要骂人。"

看得顾了了一愣一愣，只见太师父差点被门槛绊倒，终于忍不住咯咯笑出声来。

凤曦低咳一声，"顾师弟，太师父向来慈善。"

"是啊……"简直就是个老顽童嘛。

"师弟还是要尊重他老人家。"凤曦补充道，"那么我现在带师弟四处走走，顺便认识一下其他的师兄弟。"

顾了了本想说可不可以先休息一下，抬头瞥见凤曦抿起的嘴角，知道他性格坚毅，一般借口是难以打动他，只得应道："那就有劳师兄了。"

"这边请。"凤曦做了个手势，肃然道。

顾了了在琉璃宫的生活，也就此正式开始了。

这一日她随凤曦四处走动，随意逛逛，而后与诸多师兄弟见面，由凤曦一一介绍那些师兄，顾了了不停地点头哈腰，等到拜见完所有的师兄又去拜见诸位师叔，半天下来，她累得腰酸背痛腿抽筋。还好拜见师兄弟、师叔啥的只有一次，要多来几次，她这条小命估计都要搭上了。

晚饭时，对着一杯清水一碗白饭，顾了了愁眉不展，半天慢吞吞捧起碗，艰难地咀嚼。

这一刻，她格外思念玉凤山庄……的厨房。

晚上没有什么活动，凤曦早早告辞，顾了了一人回到楚千觞所居住的小院——青竹居。

雅致的名字，挺合适她那位美人师父的。

顾了了还没有跨过门槛，迎面看见一名白衣女子掩面奔出，擦肩而过时，她隐约注意到女子眼角的晶莹。啊啦啦，师父把人家弄哭了？

顾了了走进屋内，见楚千觞正起身下床。

"师父，你要做什么？"顾了了被他跌跌撞撞的动作惊到，慌忙走过去道。

楚千觞摆手，指了指桌上的烛台。顾了了了然，点燃蜡烛，挑了挑灯芯。楚千觞一手捂着胸口，大口大口喘气，他的脸色很不好。

顾了了心头一紧，拉住他的手把脉，片刻后舒展眉头道："师父，您需要好好休息。"

他身体内的毒素大部分都被拔出，只剩一点余毒，好生调养，即便不用药清除，随着时间推移也能够渐渐淡去。楚千觞摇了摇头，在顾了了的扶助之下坐在桌边。

"了了，今日可有什么收获？"他问道。

收获？顾了了眼珠一转，"认识了许多师兄和师叔，还有太师父。"

"哦？你见过太师父？"楚千觞惊奇道。

顾了了想起那位太师父脸上不怀好意的笑容，顿时咧嘴道："是啊，师父，太师父人很好呢。"

楚千觞默然。很好……貌似她是第一个这么说太师父的人，也似乎，只有她会这么认为。这就是所谓的"物以类聚，人以群分"吗？难怪刚才太师父来时，拍着自己的肩膀一个劲夸赞自己收了一个好徒儿，还说有机会要亲自教导顾了了。

楚千觞揉了揉太阳穴，颇为头疼道："了了，这里是琉璃宫，不是玉凤山庄，有些时候还需注意，毕竟这里有你的师叔师兄弟。"

楚千觞言下之意顾了了自然明白，那么多双眼睛盯着她，不比在玉凤山庄，做了坏事大家也是睁一只眼闭一只眼。这里，或许有不少人正等着她犯错受罚。

"以后若碰上什么困难，师父不在的话，你就去找凤曦。"

"嗯。"顾了了乖巧应道。

楚千觞挥了挥手，指着隔壁一间厢房，"你的屋子还没有打扫出来，先住在隔壁吧。"

第十二章 捉鱼剑法

顾了了犹豫了一下，还是点头，慢腾腾地朝隔壁走去。

"师父……"走到门口时，她蓦然回头，叫道。

"什么事？"灯下，楚千觞的面容显得格外柔和。清隽的五官，蒙着一层橘色的光泽。幽深的黑眸，也染着淡淡的橘红。

"我……"顾了了捏着衣角，神情闪烁。

楚千觞含疑看着她半晌，似突然领悟，"你不敢一人睡？"

被楚千觞一眼道破，顾了了极其尴尬，却不得不点头承认。她一直很怕黑，尤其害怕一个人待在黑暗幽闭的房间。所以在玉凤山庄时，晚上都是丫鬟小青陪着她。出门在外，也有顾美人和她同住一个房间里。楚千觞盯着顾了了良久，看到她眼底流露出的惶恐与不安，不像是刻意伪装出来的。双手紧张地搅在一块，瑟瑟发抖，瘦小的身子仿佛一阵清风就能将她吹走。

楚千觞不由暗暗叹一口气，"算了，你就睡在我这儿吧。"

不等他话说完，顾了了便高兴地发出一声"师父最好了"的呼声，飞身扑到楚千觞床上，头埋在被子里。行动之敏捷、速度之迅猛，让楚千觞差点以为顾了了刚才施展了轻功。

顾了了除去鞋袜和外衣，将被子拉至鼻尖，仅露出一双大眼睛，不停转动着，"师父，你不睡觉吗？"

楚千觞苦笑一声，她占了他的床，要自己怎么睡？不过说出来，小家伙一定会内疚，楚千觞温言道："师父还有事，你先睡吧。"

顾了了嗯了一声，闭上眼。不出片刻，楚千觞就听到床上传来微笑却又均匀的呼吸声。她似累得厉害，声音比前两日要沉许多。楚千觞好笑地摇摇头，一手撑着下巴，看着桌子上的书卷。然而书上的字，始终入不了眼，他的耳畔，反反复复回荡着方才小师妹留下的一席话。

——楚千觞，你是没有心的人。

——你不爱任何人，就连自己也不爱。

——我恨你，楚千觞！

没有心吗？不爱任何人吗？也许吧……

顾了了醒来时，已经是半夜，桌上的烛光忽明忽暗，楚千觞单手撑着下巴，眼皮重重垂下。

"师父？"顾了了轻声叫唤，没有回应。

"师父！"顾了了声音又大了一些。

"……嗯？"楚千觞勉强睁开双眼，"什么事，了了？"

"师父，到床上来睡吧。"顾了了挪了挪身子，空出大半位子，说道。

楚千觞笑笑，摆手道："了了，你自己睡就好，不用管我。"

顾了了见他眼睑下暗藏着青灰，知道他必然是累极，又加上连日的劳累和身上的伤毒，换做一般人，估计早已体力不支晕死过去。

"师父，你需要休息。"顾了了加重语气道，"要不你在床上睡，我打地铺。"

"这怎么行。"楚千觞断然拒绝。

"那么你就上来睡觉。"顾了了不容他拒绝道。

"了了，"楚千觞目光几分闪躲，"你是……"

"我是你弟子而已，难道琉璃宫有规定师父与弟子不能同榻而眠？"顾了了说得理直气壮。

楚千觞一时无言以对，加之自己的确累坏了，熄灭了蜡烛，缓缓走到床边。

他脱下外衣，除去鞋袜。

浓浓的夜色遮掩了顾了了脸上的喜悦，她将被子掀起，待到楚千觞躺下时，为他仔细盖上。

楚千觞不自在地拦住她道："了了，这个我自己来便好。"

顾了了手顿了顿，依旧不松开，"师父，你好好躺着，让我来照顾你吧。自古弟子照顾师父，天经地义。"

服侍好了楚千觞，顾了了才挨着他躺了下来，两个人睡在一个长枕上，盖一床被子，连同对方呼吸的声音、身上的温度，似乎都能感觉得到。

顾了了心里偷偷笑，想起前两日林子里的对话，揶揄道："师父，我们这算是同床共枕吧！？"

楚千觞不由咳了一声，语调显得几分无奈，"了了，胡说什么……"

她有在胡说吗？顾了了侧过身，黑夜中看着师父的轮廓，虽看不清他五官，却依稀可见那挺直的鼻梁、抿起的嘴唇。若是在白天，该是多么的秀色可餐啊！顾了了嘴角漾起淡笑，不知不觉又进入梦乡。没有思想包袱，她轻松入睡，可苦了旁边的人。

一声苦笑，楚千觞直至听到微微鼾声，才扭过身子，借微光看着顾了了的睡颜。

稚嫩的面庞，长长的睫毛，微微扬起的唇角……这张小脸，唯有在睡着时才会格外乖巧可人。而当醒过来时，那双黑漆漆的眼眸时常滴溜溜转悠，永远没有人知道她的笑容之下藏着什么。

好像是漫不经心的嘲弄，又似乎是毫无意义的恶作剧，顾了了总是给人这样的感觉，无忧无虑，自由自在。楚千觞伸出手，轻轻在她的鼻尖划了一下，细腻的触感，让他心尖微微颤动。

突然，顾了了一声呓语，惊得楚千觞猛地缩手，一动也不敢动。却听到她叫了一声"小青姐姐做的桂花糕真好吃"，随后脑袋在枕头上蹭了蹭，又没了声音。

楚千觞失笑，顾了了回来时向他不停抱怨琉璃宫的饭菜是如何难吃，想必她很不习惯。他探起身子，为顾了了捏了捏被角，正准备睡去，哪晓得顾了了睡梦中感觉到身边的温暖，身子动了动，一下子钻入楚千觞怀中，手脚并用，像一只八爪鱼将他抱住。

"了了？"楚千觞浑身僵硬。

顾了了脑袋埋在他胸口，汲取着那一片温暖。楚千觞试图掰开顾了了的手，却被她抓得更紧，仿佛怀中藏有珍宝，舍不得放开。

"妈妈，双双好想你……"顾了了忽而又小声呢喃道。

妈妈？双双？楚千觞听得一头雾水，不明白顾了了在说什么。

"别离开双双好不好……"低低的呼声带着一丝抽泣，楚千觞低下头，似乎能感觉到胸口的湿意。

抬起的手最终垂下，垂放在两侧，而后又反手将顾了了小小的身子圈在怀中，楚千觞发出一声似有若无的叹息。他虽然不明白顾了了在说什么，不过她做的那个梦，一定很悲伤很悲伤……以至于自己再不忍心将她赶出自己的怀抱。毕竟，她也只是个孩子。

第二天清晨，顾了了睁开眼时，发现身边空空如也。

等到她换好衣裳才见楚千觞走了进来，一副神清气爽的模样。

"师父，你去哪儿了？"顾了了跳下床穿好鞋子，问道。

楚千觞微微一笑，"刚才去武场晨练了。"

"怎么不叫我？"顾了了想起以前顾翼也是每天很早将自己和顾美人从床上揪起来去晨练。

"你昨天累坏了，所以今日就好好休息一下。"楚千觞答道。

其实真正该休息的人，应当是师父。

顾了了撇撇嘴，"师父，您身上的毒还未清除，需要更多的休息。"

楚千觞点头，"对了，你要的那几味草药已经到了。"

"就到了？"顾了了惊喜道，动作真快。她昨日才说的，以为还要三四天甚至更久才能拿到。

"是，在丹药房中，待会儿让凤曦带你过去。"

"好！"听到草药到了，顾了了心情大好，笑呵呵地答道，"师父，你身上的毒很快就能清除干净了。"

"我知道。"楚千觞颔首，真诚道，"谢谢你，了了。"

顾了了勉强按捺住内心的激动，以及心头滋生出的一股异样的感觉，笑道："昨天不是说了嘛，弟子照顾师父，是天经地义的事情。"

说话间，凤曦已在门外，他叩了叩门，问道："顾师弟可在？"

楚千觞道："在屋内，你进来吧。"

凤曦依旧一袭白衣，没有什么花纹修饰，简简单单的，穿在他身上，却有一种别样的清雅。

好似他这个人一般，清水出芙蓉，天然去雕饰。

"了了，跟我习武之前，你须跟随其他弟子练习基本功，待到基本功熟练后，方可再进一层，所以现在暂且由凤曦来教导你。他不仅仅是你的师兄，也是你半个师父。"楚千觞语重心长道。

顾了了难得如此听话地点头，恭恭敬敬答道："是，师父。"

"凤曦，了了就拜托你了。"楚千觞又转向凤曦，叮嘱道。

"师叔请放心。"凤曦抱拳应道。

二人出了青竹居，凤曦停下脚步，转过身对顾了了说道："顾师弟，你昨日已拜见了各位师叔、师兄弟，今日先去停云阁吧。"

停云阁是干什么的，顾了了还没来得及问出口便已经到了。一座书楼，其中藏有的武功秘籍不计其数。被人按照各大门派进行归类整理，分放在各处，中间一张偌大的书桌，不少弟子正拿着书卷抄抄写写。

顾了了顿时头痛，这让她想起儿时在夫子的强迫下识字，她的书法，向来难以入眼。

哪怕是顾冥磊亲自监督，她依然是敷衍了事，选一些自己熟悉的字帖随意写一两张以打发夫子和顾老爹。凤曦走到一排书架前，抽出一本小册子，递给顾了了。

"这是？"

"这本是我们琉璃宫入门心法，你在习武之前，首先需要将它记下来。"凤曦解释道。

顾了了略略翻了翻那本琉璃心法，密密麻麻的字迹犹如蝌蚪一般，在她眼中扭来扭去。

顾了了暗自呻吟，"要求多少时间背下来？"

"今日傍晚。"

傍晚？顾了了瞪大眼睛，"这么点时间？"她说话的声音有些大，引来不少弟子的目光。

凤曦挑眉，"不错，给你一日的时间，一定要将琉璃心法熟记，傍晚我会来检测你一日的成效。"

拿着那本《琉璃心法》，顾了了欲哭无泪，她从小到大都没经受过如此痛苦的折磨。想来理科生最恐惧的就是背书，她高中就是因为历史屡屡记不住历朝历代发生过什么大事、有些什么名人，所以分科时毫不犹豫选择理科。这下子可好了，倒霉的事情仿佛被她一并碰上了。

顾了了选了一处靠窗的小桌子坐下，附近有几个年纪和她相仿的小弟子，正在抄写什么，嘴中还念念有词。没精打采地翻开书卷，将那本小册子从头翻到尾，里面除了文字，连一点图案都没有。她干坐在那半个时辰，脑子连第一行字都背不下来。

终于，有个坐在她左侧的小弟子看不下去了，探过身道："顾师弟，你这样是背不出《琉璃心法》的。"

顾了了抬头，疑惑地看着对方。

那位小弟子微微一笑，"我叫沈书。"

顾了了迷糊地点点头，大概是昨日拜见的诸多师兄中的一位，人太多了，即使凤曦一一介绍，她也记不得那么多。

"沈师兄，你在抄什么？"顾了了好奇道。

沈书拿起他手中的书，露出封面上几个大字——《玄女心经》。那是一本比《琉璃心法》要厚重得多字要小得多的书。顾了了嘴角一阵抽搐，这真是浩大的工程。

"难道不能印刷吗？"这个时代没有印刷术？

沈书摇头，"俗话说，好记性不如烂笔头，顾师弟，你也可以这样试试？"

"你是说——你在背这本《玄女心经》！？"顾了了无法置信地叫起来。

"嘘——"沈书捂住顾了了嘴巴，"顾师弟，小声点。"

见四周弟子们都专注于自己手中的书卷，他才放下心，说道："琉璃宫共有四楼六阁七十二层书，每位弟子至少要读完一楼背完一阁的书卷。比起楚师叔、凤师兄，我还差得远呢。"

顾了了顿时泪奔，读完一楼背完一阁的书，这要到猴年马月去啊。

"顾师弟，你不如用抄写的方式背《琉璃心法》，大家都是这么做的，一般抄完三遍，基本上便能通过检测那一关。"沈书建议道。

抄完三遍……顾了了再将那本心法从头翻到尾，认命道："沈师兄，纸笔放在哪儿？"

"桌子里就有。"沈书说道。

顾了了伸手摸了摸，果然笔墨纸砚都备齐了，看来抄书是大家惯用的方法啊。

花了大半个上午的时间，顾了了揉着酸痛的手腕，欣赏自己的杰作——一幅犹如鬼画符般的《琉璃心法》，不知道师父看了后会不会想哭。

沈书见她搁下笔，关心问道："怎么样，是不是记住了不少？"

顾了了转过头，默默道："好像……一点印象都没有。"

她光顾着辨认那些蝌蚪字，以防写错别字去了，完全没有将其中的内容记在心上。

沈书："……"

"顾师弟，你——"沈书刚要说什么，抬头瞥了一眼顾了了的面庞，顿时说不出话来。

"怎么了？"顾了了歪着头，见沈书那副古怪的神情。

沈书摸了摸脸，"顾师弟，你的脸……"

"我的脸怎么了？"顾了了也跟着摸摸脸。

沈书默然，他从未遇到过这么奇怪的小师弟。

"顾师弟！"

顾了了突然听到有人叫她，举起手应道："在这儿呢！"

凤曦大步走来，"快到正午了，你先随我去一趟丹药——"

"房"字还没来得及说便生生停住，凤曦瞅见顾了了那张面庞，满眼震惊。

"顾师弟，你的脸上……"

"我的脸到底怎么了？"顾了了不耐烦道，为何那么多人都用惊愕的目光打量自己。

最后沈书憋不住了，轻声提示道："沾了点墨汁。"

顾了了哦了一声，不就沾了点墨汁么，有必要那么大惊小怪吗？

"那我去洗洗就来。"她淡定地起身，走入隔壁的盥洗室，很快，便听到一声尖叫。

"顾师弟没事吧！？"沈书担忧问道。

"应该没事吧！"凤曦不确定答道。

顾师弟……咳，也就是顾了了自然没事，她只是……彻底凌乱了。

水盆里中的那个倒影，是自己吗？她还从来没有过如此狼狈的时候，眼睛下方沾了一大块墨迹，下巴上也有三道条条，想来是刚才她用沾满墨汁的手摸过下巴后残留下来的。

这些都还不算什么，最要命的是，她的鼻尖上，也布满那该死的黑墨。顾了了拼命用水洗脸，结果脸上墨迹化开，整张脸都花了。一张帅气的面孔，就这么被毁掉了。顾了了不禁捧着脸蛋哀叹连连，这世上本来美男就少，如今又少了一个美男。

"顾师弟，墨迹过几天就会淡去。"身后响起凤曦的声音，"我们还是快点去丹药房吧。"

顾了了一转头，瞪着那白衣少年，张牙舞爪道："都怪你！要我背什么《琉璃心法》，现在这张脸怎么出去见人啊。"

见她一时气呼呼的，一时又沮丧地垂下头，凤曦哑然。让顾了了背《琉璃心法》也不过是出于本门的规矩罢了，他未曾见过有小师弟因抄写心法而弄得满脸满手墨汁。若要怪，也只能怪自己学艺不精，才如此狼狈不堪。

凤曦内心纯善，此时定不会火上浇油，只得柔声安慰道："这样也很好，更有男子气概些。"

"真的吗？"顾了了眨巴着大眼睛。

凤曦犹豫了一下，老实地点点头。他初见顾了了，只觉得这位小师弟生得眉目如画，五官委实精致了些，又不若楚师叔那般出尘的气质，搞不好还会被人误以为是女子。如今她的面庞因染了墨汁的缘故，暗淡不少，尤其是嘴唇上方那一道痕迹，简直就像一抹小胡子。自然……是有一些男子气概了。

顾了了这才心情好了一些，出去时见许多弟子眼中怀着嘲弄之色，心底又是一阵忐忑。

凤曦拍了拍她的肩膀，说道："楚师叔身上的余毒，这里只有你能帮他清除，光凭这一点，你便比这里的弟子要厉害许多。"

对哦！顾了了瞬时扬眉吐气，想到太师父听到自己报出一连串草药时的惊讶，心情好了不少。

"我们快去丹药房吧。"顾了了催促道。

丹药房，一入其中便见一座青铜制成的炼丹炉，旁边摆满各式的药草，一位女子正蹲在地上清点草药。

"芍药，少了两钱，芝兰，多了半钱，黄石，多了半钱……"她对身边的一位小弟子说道，那位小弟子执笔迅速记录下来。

凤曦进门时，轻轻叩了两下门，"王师姐。"

女子回头，见是凤曦，扬眉一笑，"凤曦啊，你来了，后面那位是新来的小师弟吗？"

顾了了机灵地上前一步，有模有样地学着凤曦作揖道："顾了了见过师姐。"

嘴甜的孩子向来招人喜欢，顾了了深谙此道。

果然，那位王师姐眉开眼笑，摆手道："不必多礼，都进来吧。"

她指了指一侧叠在一块的纸包，说道："这是你要的草药，你看看是不是都齐了。"

顾了了走过去，辨认了一下纸包上的字迹，再掂了掂分量，而后打开一个小角，取出一点药草细看，放在鼻尖闻了闻，良久之后直起腰点头笑道："都齐全了。"

顾了了暗自感叹，这么快的速度，竟能将所有的药草都弄到，这琉璃宫，真真不能小看。

王师姐似看出顾了了眼中的感慨与惊异，不由几分得意："我琉璃宫向来与药王谷交好，自然天下草药一应俱全。"

顾了了抱起纸包，笑着向王师姐道谢。

王师姐又道："听说你曾拜师于倾城山元掌门、齐掌门下？"

"是。"

"有时间来我丹药房帮忙吧。"王师姐邀请道。

"可以吗？"顾了了暗喜，若能来这丹药房，不知能碰上多少好药，这对她研制毒药来说，是再好不过的事。

王师姐不知顾了了心中打着的小九九，颔首道："欢迎至极。"

顾了了简直要欢呼起来，上午的郁结一扫而空，跟着凤曦离去时还蹦蹦跳跳，表示她心情好极。

"顾师弟，你莫忘了《琉璃心法》。"凤曦忍不住提醒她道。

顾了了一听，顿时蔫了下去。凤曦不忍看她那张可怜兮兮的小脸，又是墨汁的印记，委实叫人……

"最晚明日一定要背出来。"无奈之下，他终是松了口，放宽期限。

"多谢凤师兄。"顾了了眉眼弯弯，脆生生答道。

声音悦耳，宛如黄鹂鸣唱，让凤曦微微一怔。

"顾师弟，"凤曦严肃道，"你这个样子，非常容易被人误认做女子。"

顾了了愣神，"是吗？"

凤曦点头，"所以以后还是要严肃一些，尽量少笑。"

顾了了："……"

像他那样严肃得和老古板一样？顾了了十分不屑。不过凤曦也是出于好心才这么说的，看来今后还是要多加注意。凤曦放宽期限，顾了了自然是将为师父配制药草放在第一位。

午饭后，直接回了青竹居。

第十三章　师父药点

楚千觞并不在，偌大的青竹居空荡荡的，微风中，只有几竿翠竹摇曳。顾了了将药草摊放在院子的石桌上，取出药杵和小碗，细细碾磨。直至成了粉末状，顾了了擦擦额头的汗水，稍稍松了口气。凤曦为人心细谨慎，煎药用的炉子、药壶之类都派人送来，顾了了忙碌一下午，终于熬了一大锅黑乎乎的药汁。

她舔了舔，味道……很怪异。不过不算苦，她特意加了一大勺蜂蜜，以冲淡苦味。

门口传来的开门声和脚步声，让顾了了心头一喜，抬头乐呵呵道："师父，药配好了。"

待看清来人时，却不由怔住。一名白衣女子，缓缓走来。

"你师父不在吗？"白衣女子面带微笑问道。

顾了了盯着她看了片刻，只觉得眼熟，似乎在哪见过。白衣女子被顾了了的目光盯得有些不自在，别过头，又问了一遍。

顾了了恍然回神，摇头道："他还未回来。"

"那好，我明天再来。"女子说完转身便走。

顾了了看着她的背影，猛然想起昨天与自己擦肩而过的女子。是了，就是这个人。她深深记得女子的侧脸，含着泪光。她来找师父有什么事吗？顾了了双手捧着脑袋，对着竹子发呆，直到天色全黑时，楚千觞才回来。

"了了，你在这里做什么？"楚千觞看到顾了了呆滞的神情，不由问道。

顾了了昂头，见楚千觞含笑看着自己，忙俯身端起那锅药，笑嘻嘻道："师父，你看这是什么？"

楚千觞蹙眉，"你就配好了？"

顾了了很得意，可别太小看你徒弟。

"有点凉了，我热一下再喝。"顾了了摸了摸说道。

楚千觞迟疑地点点头，"劳烦你了。"

看着顾了了转身，屁颠屁颠朝炉子奔去，楚千觞悄无声息地退了两步。

"对了，师父。"顾了了突然回头。

"什么事？"楚千觞吓了一跳，心虚问道。

顾了了眯起眼睛，"你别跑啊。"

楚千觞："……"

以顾了了连日来的观察，知道她家师父平生最讨厌的便是苦味的东西，草药尤甚，所以能逃掉喝药的时候绝不会错过机会。这一点，是太师父亲口对她说的，要小心某人喝药时跑路。

楚千觞无奈道："我还有点事……"

"什么事会需要你一个病人去做？"顾了了扬眉。

楚千觞纠结道："你师父在琉璃宫里可不是吃闲饭的。"

"我知道，"顾了了点头，"师父你是吃软饭的。"

楚千觞："……"

"本来就是啊，"顾了了一脸无辜的表情，"太师父说了，你除了我，从不收弟子，在琉璃宫中也不担任任何职务，基本上属于无所事事那一类。"

楚千觞："……"看来很有必要让顾了了远离那位太师父。

"了了，"楚千觞咳了一声，强调道，"我是你师父，所以……"你得尊重我。

"我知道啊。"顾了了装傻笑道，"师父，药热好了，您快来喝了吧。"

"这么快？要不要再热一热？"

"这大热天，您确定要喝滚烫的中药？"

"……算了，还是给我喝吧。"

在顾了了严密的监视下，楚千觞皱着眉头将中药一饮而尽。

"真苦。"他抱怨道。

"张开口——啊，这个。"顾了了笑着将一颗甜枣塞入楚千觞嘴中。

楚千觞缓了口气，表情可爱得像个大男孩。

顾了了接过碗，突然想起先前的白衣女子，扭头问道："对了，师父，今天来了一个白衣姐姐，是谁啊？"

"白衣姐姐？"楚千觞含糊不清地重复了一遍。

"昨天也来过了，你还把人家弄哭了。"顾了了点头说道。

听到"弄哭"二字，楚千觞险些噎住，不得不狠狠捶了捶胸口，才将那颗甜枣咽下。

"了了，别乱说话。"他说道。

"我有说错吗？那位姐姐明明是抹着眼泪出去的。"顾了了秉着实事求是的精神，特意强调了一下"抹眼泪"几个字。

静谧的夜空下，凉如水的月光倾泻一地，斑驳的竹影倒映在墙上，风过时，惊起一片婆娑之声。

楚千觞淡淡一笑，看着顾了了的眼神带上几分温和，"了了，有些事并不如你看起来那么简单……"

顾了了见他一副有心事的样子，也不便再追问下去，敷衍地点点头。

"对了，凤曦今日可带你去了停云阁？"楚千觞似想起什么。

一提到"停云阁"，顾了了那张小脸挤满皱纹，鼻子眼睛都皱到一块儿去了。

"师父！"她哀怨道，"凤师兄要我明天背出《琉璃心法》。"

楚千觞扬眉，"明天？"

"是啊，"顾了了愁眉不展，"就这么点时间，怎么背得出啊……"

她又瞅了几眼楚千觞，眼中写满可怜之色，仿佛希望他能帮自己求凤曦再多给点时间。

"很好背的。"

哪知楚千觞的思维根本不和她在一个水平线上，某人温和地安慰道："当年我只花了一个时辰就背出来。"

顾了了："……"因为你不是人。你是公鸡中的战斗机，妖孽中的VIP！

"师父，弟子怎么能跟您比呢。"顾了了谄媚笑道，还寄希望于他能为自己说情。

"也是……"楚千觞点头。

"……"

"那好吧，今晚我监督你背。"他一锤定音。

顾了了顿时哭了。这年头，不是凡事都讲求锦上添花吗？他雪中不送炭就算了，怎么还来送冰块呢？

"不……不了，这点小事，哪敢劳烦师父您啊。"顾了了干巴巴笑道。

"你是为师唯一的徒儿，我不关心你关心谁去。"楚千觞拍了拍顾了了的肩膀，"走，进屋背书去吧。"

顾了了："……"

面对一根蜡烛，一个美男，一本蝌蚪文，顾了了欲哭无泪。

她今日一直在忙碌，早已困倦得睁不开眼皮，却又不得不强打起精神，毫无感情地默念《琉璃心法》，"务培其元气，守其中气，保其正气，护其肾气，养其肝气，调其肺气，理其脾气，升其清气，降其浊气，闭其邪恶不正之气……"

"了了，你可知这段话是什么意思吗？"

顾了了麻木地摇头。

楚千觞微微叹气，"古人有云'万物之生，皆禀元气'，元气便是由元精所化生，由后天水谷精气和自然清气结合而成阴气与阳气。"

一席话，听得顾了了似懂非懂，"师父，什么叫元精？"

"……"

"天水谷精，又是什么东西？"

"……"

"自然清气，是不是就是空气啊？"

"……"

于是乎，楚千觞不得不花了大半夜时间，开始为顾了了普及这个时代最基本的武学常识。

最后两人都熬不住了，趴在桌子上累得睡死过去。

直到第二日清晨，顾了了揉了揉酸痛的胳膊，睁开浮肿的双眼时，第一眼看到的，是楚千觞俊逸的侧脸。他双目紧闭，嘴角微微扬起，似做了一个好梦。

"师父？师父？"顾了了轻轻在他耳畔叫了两声，不见他醒来。

大概是体内余毒未清，他身子尚未完全恢复吧。顾了了小心起身，推开凳子，看了一眼桌子上只翻了几页的《琉璃心法》，一声叹息，拿着书顶着一头乱发走到外边去了。

"务培其元气，守其中气，保其正气，护其肾气，养其肝气……"门外响起清朗的读书声，楚千觞睁开幽深的眸子，露出一丝浅笑。

这一夜只来得及普及武学中最基础的知识和最基本的技能，所以当凤曦来的时候……

顾了了苦着脸，"师兄，我……"

"还没背完？"凤曦简直有点难以相信。

顾了了："……"此人一定和她家师父一样，属于基因突变型妖孽。

"凤曦，"楚千觞负手而出，"了了她过去未曾接触过武学心法，你再给她一点时间吧。"

有楚千觞开口，凤曦哪敢不遵从，他皱着眉头应道："好吧，再给你半日时间。"

凤曦走后，顾了了几乎要瘫软在地上。

为何此人明明没有顾美人那么阴险，她却会觉得他比十个顾美人加起来还要可怕？

楚千觞拍了拍顾了了肩膀，"了了，继续背吧。"

还要背啊……顾了了头脑发胀地坐在桌子前，那一排排小字如同鬼画桃符咒得她不得安宁。

楚千觞见顾了了痛不欲生的模样，不由得连声叹气。

"了了，《琉璃心法》你必须背下来。"哪怕现在逃过了，将来还是要背出的，长痛不如短痛。

"可是……"顾了了泪眼汪汪。

"没有可是。"楚千觞板着脸说道，"开始吧，一页一页地背。"

在楚千觞严格的监视下，顾了了几乎是硬着头皮将前面三分之一背下来。

直到正午时分，顾了了饿得趴在桌上再也背不下去时，楚千觞不得不叹息，他

第十三章 师父的点

165

这个徒儿啊，确实没有背书的天赋。可偏偏又懒惰得很，遇上困难习惯逃避而不是去面对。

这世上，能过目不忘之人寥寥无几，大多数人都是靠着自身的勤奋和毅力一点一点攀爬。

倘若顾了了能够再勤奋一点，也不至于如此。

眼见下午凤曦便要来检测顾了了背书成果，楚千觞无奈道："了了，吃完饭我将重点划给你，你先将最重要的几处背下来。"

"还有重点。"顾了了登时两眼放光，她就说嘛，考试有重点，这是亘古不变的道理。

只可惜她那师父迟迟才告诉自己，要是早点说昨晚也不用通宵开夜车了。

楚千觞敲了敲她的额头，道："这是帮你通过凤曦的检测，但是三日内你必须将《琉璃心法》记下来。"

"遵命。"顾了了心中窃笑，等过了凤曦那一关，谁还管记不记下来，这和大学时代的考试是一个道理——过一门丢一门啊。

有了划重点这个动力，顾了了背书速度果然快了起来，半个时辰后便磕磕巴巴地背了一遍。

楚千觞点点头，又摇了摇头，"你方才若有这样的精神，《琉璃心法》其实只需一两个时辰便可拿下。"

顾了了讪讪一笑，几乎是迫不及待地等着凤曦到来。

第十四章 师兄苏叶

下午，凤曦果然准时来了，只是同来的，还有一人。白衣少年看上去和凤曦差不多大，眉眼细腻而秀美，初看上去竟有几分女生相。顾了了暗自揣摩，十三四岁的男孩，估计还未发育，所以都比较秀气吧。凤曦也是五官清秀型，不过他天生带着一股英气，决不会被人误认为是女子。

"楚师叔。"白衣少年见到楚千觞时，笑嘻嘻地行礼道，"顾师弟。"

"这位是庄师兄的弟子吧？"楚千觞瞥了一眼少年白衣领口上的花饰，说道。

"正是，在下苏叶。"少年笑道。

"苏叶？"顾了了忍不住笑出声来，"不是一种草药的名字吗？"

苏叶挑眉，似笑非笑道："小师弟好生聪明。"

顾了了不觉挺了挺胸脯，那是，想她顾了了是谁？摸过的中草药绝对比他见过的女人还多。

"不知顾师弟《琉璃心法》可背好？"苏叶眼珠在顾了了身上转了一圈，直奔主题问道。

"当然背好了。"顾了了面不改色心不跳地答道。

凤曦听到顾了了如此肯定，不由露出一个淡淡的笑容，"那么楚师叔，我们现在带顾师弟去临墨阁。"

临墨阁？顾了了疑惑，"不在这里检测吗？"

苏叶含笑道："顾师弟是楚师叔唯一的弟子，怎可怠慢，自然是要比其他弟子正式些。"

哈？正式些？顾了了瞅了一眼旁边某位号称只收一徒的人。

楚千觞尴尬地摸摸鼻子，"了了刚来不久，你们可别吓着她。"

苏叶点头，"那是自然，顾师弟，快跟我们走吧。"

"师父……"顾了了面露不舍。

"师弟，很快就能回来的。"苏叶催促道。

顾了了："……"

很久以后，顾了了才听说，她那位苏师兄，平素最讨厌别人将他的名字和丑兮兮的草药相提并论，若是谁无意中说出口了，定然不会有好下场。所以当年，顾了了一直觉得她和苏叶犯冲，却不知其缘由，其实是早在第一次相见时，她已将那位苏师兄不声不响地得罪了。

临墨阁，比停运楼要小一些的书阁，里面藏有的书籍都较为高深，因而来的弟子也很少，唯有像凤曦苏叶这样的大弟子才会常入临墨阁。

这一日，他们三人来时，里面空无一人。

苏叶摸着下巴笑道："正好，可以借此地检测顾师弟背诵《琉璃心法》如何。"

顾了了那小心肝颤了颤，"那么师兄开始提问吧。"有师父划的重点在，就算回答得不全，也不会给师父丢太多脸吧。至于她自己，早已练就了一副铜墙铁壁般的厚脸皮。

苏叶咧嘴一笑，若有所悟道："那么从头开始背一遍吧，也省去提问这么麻烦的事情。"

从头开始背一遍？顾了了笑得比哭还难看，"提问一点都不麻烦，还是提问吧。"

苏叶扬眉，"顾师弟莫不是背不出来？"

顾了了："……"眼睛一点点移向凤曦，却见凤曦也默默点头，要她全部背一遍。

顾了了不知道是"楚千觞"这个名号太响亮了以至于自己受到特殊待遇，还是她今年流年不利，注定要颜面尽失。她深深吸了一口气，反正也不是第一次丢脸了，当然也不会是最后一次。师父，了了对不起您了。

结结巴巴背到一半时，顾了了终于背不下去，垂头丧气道："师兄，我实在记不住了。"

"记不住？"苏叶冷笑，"我记得逾期不完成任务的弟子可是要受罚的。"

"受罚"二字让顾了了一阵恶寒。

"苏师弟……"凤曦露出怜悯之色。

"即便是新来的小师弟，楚师叔的得意门生也不能例外，你说是不是啊？"苏叶特意反问一句。

"……"凤曦无言以对。的确如此，任何人都不得例外，这是琉璃宫的宫规。

但是……

"好，我接受惩罚。"顾了了突然说道，一副大义凛然的模样。

"这可是你说的。"苏叶嘲弄道。

不知为何，顾了了最看不得苏叶那一副高傲的神色，好似瞧不起其他人。

"一人做事一人当，受罚就受罚。"不知从哪生出的勇气，顾了了镇定道。

"好小子，我就喜欢你这个样子。"苏叶鼓掌，"那么从今日起，你就负责西北区的清洁卫生吧。"

"苏师弟。"凤曦喝道。

苏叶摊手，"凤师兄，这可是顾师弟自己亲口同意的，我没有逼迫他。"

凤曦额角突突直跳，几乎是忍着怒气道："可是你也不能这样。"

两人的争执让顾了了不明所以，"西北区清洁卫生怎么啦？"

"那边是女子与男子所住的交界处。"凤曦扭头解释道，面色几分暗沉，"一般弟子都不愿负责那一块清洁卫生。"

顾了了哦了一声，原来在琉璃宫，分东南西北四区，东南二区为习武之地，而西北二区分别是男弟子与女弟子居住之所。因而西北区中间一处，常常因为划界不明而互相推脱不愿打扫。后来男女弟子派代表进行谈判切磋，最后商定双方分月轮流打扫。而这个月，恰好轮到他们男弟子负责西北区。

"曾经有一次选择的机会在我的面前，可是我没有珍惜。等到失去我才后悔莫及，如果上天再给我一次机会，我会对那个妖孽说三个字——我不干，如果非得给这个承诺加上一个期限，我希望是一万年。"

"顾师弟，你在自言自语什么呢？"

"噢，我在背《琉璃心法》。"

"这也可以？"

"是啊，你没听说过一句名言——时间就像女人身上的游泳圈，挤一挤总会有的。"

"游泳圈是什么？"

"肚子上的赘肉。"

"……没听说过。"

"……"

"对了顾师弟，我听说你是因为背不出《琉璃心法》被罚打扫西北区？"

"……"你的耳朵还真尖！

"顾师弟能够抓紧时间背诵心法，楚师叔知道一定会非常欣慰的。"

"……"他已经很欣慰了，尤其是听说苏叶将打扫西北区作为惩罚时，露出一个"你罪有应得"的表情。

这个表情让顾了了连续几天对楚千觞不理不睬，给他清毒的草药比之前的苦了几倍，还将所有的蜜饯果脯都藏起来。望着楚千觞痛苦不堪的模样，顾了了才觉得心中那股抑郁之气稍稍平息。当然，那位罪魁祸首的苏叶，她顾了了对天发誓，此仇不报非女子。

此时正在练武场切磋拳脚功夫的苏叶突然打了个喷嚏，望了望天空，好像秋天还远得很啊。

"苏师兄，不继续了吗？"对方见苏叶走出比武场，追过去问道。

苏叶眯起眼笑了笑，"怎么，你还想继续？"

"不不不——"师弟立马摇头，开玩笑，宁可得罪小人，不可得罪苏叶，这是他们琉璃宫第一宫规，比那太师父立下的规矩要重要得多。

苏叶弯了弯红唇，"有只小猫，似乎很不听话，我要去看看。"

师弟嘿嘿笑道："有苏师兄出马，哪有小猫敢不听话呢？"

苏叶点头，拍了拍那师弟，掌上犹带几分力道，拍得那师弟龇牙咧嘴。

"你知道就好。"他淡淡留下一句，身子远远飘走。

师弟双手合掌，说了一句"阿弥陀佛"。

挥舞着比自己还要高出半个头的扫帚，顾了了不停地将落叶归到一起，然后风吹过，伴随又是数不尽的落叶悠悠飘落。顾了了站在树下，仰望着那一棵棵大树，生平第一次有破坏环境的冲动——她真的好想做一回伐木工啊！

"我是一个伐木工，伐木本领强，我要把那死木头，统统都锯掉。锯完上面锯下面，锯子飞舞忙。唉哟还有个妖孽，一起锯掉去。"哼着小曲，顾了了决定苦中作乐，不停为自己做心理建设，自我安慰中。

一道同她来打扫的弟子听到顾了了哼出古怪的调子，皆是一副迷惑不解的样子。为何……顾师弟看起来很高兴啊！？明明是受了罚才来这里的，不应该表现得沮丧一点吗？

"既来之，则安之。"顾了了见这位师兄愁眉不展，好心拍拍他的肩膀，又开始唱"我是一个伐木工"。

"那家伙看起来还挺开心的嘛。"不远处，两名白衣少年站在大树下，观望顾了了。

凤曦默然，好像的确如此。隐隐的他还听到古怪的小曲，什么"伐木工""死木头"之类。

当顾了了唱到"唉哟还有个妖孽"时，苏叶嘴角抽了抽。顾了了所指的妖孽是谁，一目了然。这只小猫还真是……不听话啊。苏叶正了正领子，抬脚准备走过去，被凤曦一手拦住。

"苏师弟，你要去做什么？"凤曦问道。

苏叶向来看不惯凤曦一本正经的样子，他唯我独尊惯了，此刻毫不相让，"当然是去指点一下新来的小师弟。"

指点？凤曦蹙眉，苏叶所谓的"指点"他再清楚不过。

"苏师弟，顾师弟是楚师叔唯一的徒弟。"就算看不惯她，至少也要给楚师叔留个面子。

哪只苏叶横眉冷然道："我就是看不得这点。"

见凤曦怔住，苏叶冷哼一声，"凭什么他顾了了就能获得楚师叔的青睐，成为他唯一的弟子？将来能继承楚师叔一身武学的，岂不是只有他一个？"

天大的好事，无缘无故竟落在这么一个人头上，任谁都不服气。如果楚师叔挑选的是名门世家中的弟子，或者是骨骼清奇、资质奇佳的弟子，他苏叶绝不会有一声怨言。但这顾了了，江湖都知晓，是顾冥磊随便捡来的婴儿，就算将来能继承玉凤山庄，但她骨子里流淌的血液，永远都不会出自最正统的武林世家。凤曦对于苏叶的偏见无力反驳，事实上，许多人都是这么认为，包括他在内，觉得顾了了不配做楚千觞的弟子。然而配与不配，岂是他们说了算？

"凤师兄，我今日便要去看看那个顾了了究竟有何本事，让楚师叔收为弟子。"

说罢，苏叶手一抬，推开凤曦的阻拦，径直朝顾了了那处走去。凤曦顿了顿，也跟了过去。不过这次，他再没阻止苏叶。因为，他也想知道，顾了了到底有何异于他人之处，得到楚千觞的垂青。

"顾师弟。"远远地，顾了了听到苏叶的声音。

她打了个寒战，深感此人气场之强大。

"苏师兄。"顾了了点头哈腰。

苏叶扬眉，"刚刚听到顾师弟哼小曲了，不知是谁教的？能否再唱一遍给师兄听？"

顾了了不由一脸黑线，要她再唱一遍？

"好啊，这首曲子是一位丫鬟教我唱的。"顾了了爽朗地应道，她清了清嗓子，唱道，"我是一个粉刷匠，粉刷本领强……"

苏叶抿唇，"顾师弟，你刚才好像唱的不是这样的吧。"

"哦，那是怎样？"顾了了装傻问道。

"……你好像唱的是'我是一个伐木工，伐木本领强'。"苏叶说道。

顾了了干笑两声，"苏师兄，你一定是听错了，我唱的是粉刷匠，对不对？"

说着，还朝另一名弟子挤眉弄眼。那名弟子看起来几分呆傻，无论说话做事都是一副笑呵呵的样子，让顾了了深深怀疑此人是否患有"愉悦症"。

苏叶皮笑肉不笑，"凤师兄，你呢？"

顾了了这才注意到苏叶身后的凤曦，不禁抚额叹息，此妖孽甚为强大，以至于让她疏忽了身后的凤曦。凤曦为人正直，听到什么就是什么。

顾了了不由紧张起来。

凤曦沉默半晌，终于缓缓道："我没太听清。"

顾了了狠狠松了口气，上帝、安拉、佛祖保佑啊……

没听清？苏叶冷笑，习武之人耳力过人，以凤曦的修为，怎么可能听不清？只怕听得比自己还要清晰，他点点头，"连凤师兄也学会说谎。"

凤曦脸颊飞过一道红霞，神色不自然起来。

"谁说的！明明是你听错了好不好！"有了凤曦这个强大的后盾，顾了了立刻气焰嚣张，挺身而出道。

苏叶领首点头，"好，今日算你走运。"

看着苏叶愤然离去的背影，顾了了不明所以。

"凤师兄，苏师兄是不是误会了什么？"她问道。

凤曦眸色复杂。他本不欲插手，但见苏叶那算计人的模样，又一时心软，不想让这位刚来的小师弟这么快就对琉璃宫产生恐惧感。虽然他的做法也只能暂时躲过，不过此时他还是很有必要提醒一下这位小师弟。

"顾师弟，苏叶是你师兄，你尽量少招惹他。"毕竟得罪了他，还是你吃亏……

顾了了郁闷地点点头，如果可以，她也想绕着道走啊！只是绕道，不代表某人就会放过她。

打扫了一日，晚上顾了了拖着疲惫的步伐回到青竹居，见楚千觞房内燃起点点火光。

倦意瞬间扫落，顾了了连蹦带跳进了屋子。

"师父！"她叫道。

"了了，回来啦。"楚千觞抬头，含笑应道。

顾了了趴在桌子上，喘气道："今天真是累死我了。"

"这还只是第一天。"楚千觞提醒。

顾了了抱头呻吟，楚千觞轻笑，给她倒一杯茶。

翻开茶盖，一股清甜的香味窜入鼻息。

"玫瑰蜜露？"顾了了惊喜叫道。

楚千觞做了一个噤声的手势，"快点喝了吧。"

在琉璃宫，类似于玫瑰蜜露这一类的甜食是绝对不允许出现的，所以楚千觞所做的也算是违背宫规。顾了了才不管喝玫瑰蜜露违不违反宫规，她一口气喝干，心中满满的喜悦。

"师父真好。"

楚千觞含笑点点头，看见顾了了娇俏的笑容，白日里的疲倦似消隐无踪，"感觉好些了吗？"

"嗯！"

"那我们继续背《琉璃心法》吧。"

"……"

三日之后，顾了了终于将那本可恶的《琉璃心法》背得滚瓜烂熟。而这，也只是她初入琉璃宫的开始。之后的每一天，苏叶似乎都要来西北区晃一圈，顾了了不得不打起十二分的精神，进行防火防盗防苏叶的反围剿运动。

"顾师弟，这边还有落叶没有清扫干净。"

"来了来了。"

"顾师弟，这里怎么会有瓜皮？"

"啊，马上就来。"

"顾师弟，这是什么玩意？"

"啊，师兄您别动，我这就来。"

"顾师弟……"

如此种种，让顾了了一看到苏叶便产生条件反射——拿着扫帚冲在卫生打扫的第一线。

以至于在非西北区的时候，顾了了偶遇苏叶时，眼睛下意识地往旁边看，看看有没有扫帚簸箕。

有一回，停云阁门前有弟子打扫，顾了了正巧与苏叶擦肩而过，听到苏叶叫"顾师弟"三个字时，顾了了转身便跑。苏叶扬眉，这个小师弟胆子越发大了。

结果却见顾了了气喘吁吁地拿了个扫帚问道："师兄，什么事？"

她一脸严肃，仿佛手中拿着的不是扫帚而是一把神兵利器，准备降妖除魔。

苏叶嘴角一抽，"你拿扫帚做什么？"

顾了了瞥了他一眼，似在说：我看到你就忍不住想要拿扫帚。

凤曦头疼地揉了揉太阳穴，本着师兄的职责，劝阻道："顾师弟，苏叶他是想叫你去临墨阁。"

"去临墨阁做什么？"顾了了谨慎道，"《琉璃心法》不是已经背过一遍了吗？"

苏叶这个大变态竟然逼着她倒背，好在她事先有所准备，将《琉璃心法》最后一页倒背过几次，才勉强通过苏叶那一关。

"明日要在临墨阁举行一次男女弟子心法切磋，顾师弟是唯一能将《琉璃心法》倒背如流的，自然少不了你啦。"苏叶悠悠说道。

顾了了恨恨磨牙，迟早她要将这个妖孽绳之以法。

"师兄，我才入门这么点时间，还轮不到我吧。"顾了了嘿嘿笑道，哀求的眼神看着凤曦。

凤曦沉默。

按理说，是轮不上顾了了的，但苏叶执意要顾了了参加，说能倒着背《琉璃心法》的弟子，全琉璃宫也只顾了了而已，所以她非去不可。虽说倒背《琉璃心法》并没啥用处，不过男女弟子切磋时，也算是一门特殊的技艺，毕竟还真未有人倒背过。

"顾师弟，你便是去看看也是好的。"每个弟子都要经历这一关。

顾了了无奈，只得硬着头皮同意了。

晚上，楚千觞回来时顾了了拿着一本《琉璃心法》倒着翻，好奇道："了了，你不是已经熟背心法了吗？"

"是啊，只是还要倒着背。"顾了了哀叹道。

倒背？楚千觞疑惑，心法从来都是顺着背，何来倒背一说？

"明日在临墨阁有一场男女弟子切磋，苏师兄一定要我去。"顾了了解释道。

楚千觞了然，颔首，"这也好。"

好？顾了了瘪嘴，"哪有这样整人的，倒着背，怎么背得出啊。"

"别急。"楚千觞安慰道，"你既然能顺着背，倒背也不是难事。"

"可是……"倒背，是一点逻辑都没有的，完全是一个接一个的字组合在一起。

"你倒背时候，可以先想一想原文中是怎么说的。"楚千觞提示道，"再说，倒背，难免出错，也不会有人责怪的。"

"真的？"顾了了不信道。

楚千觞颔首，"因为此前从未有人将倒背放入男女切磋中，你若明日成功了，以后便不需要再参加这类切磋。"

说完，他眨眨眼，小声道："其实这个切磋真的很没意思，就是让男女弟子见见面，培养一下好感而已。"

啊？难道是传说中的联谊大会？顾了了眼睛一亮，"是不是有很多美女姐姐？"

楚千觞失笑，敲了敲她的头，"你就想着美女姐姐，小心在美女姐姐面前丢脸。"

顾了了捂着受伤的额头叫道："真的有美女姐姐？师父，今晚你先睡，我要秉烛夜背。"

楚千觞不禁摇摇头，暗自琢磨，倘若当初检测顾了了背诵《琉璃心法》的不是凤曦而是女弟子的话，情况会不会大不相同？

有了美女姐姐这个内在动机，顾了了背书效率提高了一倍，以惊人的速度倒背《琉璃心法》，看得楚千觞瞠目结舌。原来这个家伙不是不能背书，只是不愿意背而已。

第二日，顾了了一身清爽地站在临墨阁前。

她的衣服已经拿到，同样是男子的白色长衣，但在领口处绣着翠绿色竹纹，这和凤曦的米黄色云纹、苏叶绯色蝶纹含义一样，代表各自所拜的师父，其他人只要看一眼领口处的花纹，便知是出于谁家门下。等了不到片刻，便见凤曦和苏叶一道走来。顾了了眯起眼睛，回忆起这几次相遇，似乎凤曦和苏叶总在一块。而他们的师父又不是同一个人，难道……

脑海控制不住地乱想起来，顾了了脸上露出诡异的笑容，看得凤曦和苏叶一阵毛骨悚然。

"顾师弟，你在笑什么？"苏叶阴着脸问道。

顾了了立马敛笑，开什么国际玩笑，要说出来她的下场只会有一个。

"我是在欣赏师兄的英姿。"顾了了讨好道。

苏叶颇为受用地点点头，又缓缓道："顾师弟觉得师兄哪点英姿那么好笑？"

"……"

"师兄，您一定是看错了，不是好笑，是让人感到赏心悦目的笑容。"

苏叶幽幽看了顾了了一眼，看得顾了了恨不得钻到凤曦身后去。

凤曦叹息道："快进去吧，马上陶师妹她们就要来了。"

临墨阁内陈设布局已做了调整，中间的书桌本是拼在一块，现在被拉开，四面围住，中央空出一个很大的地方。

"这一次切磋，是由苏叶主持。"凤曦说道，"我在旁边协助。"

顾了了偷偷瞄了一眼苏叶，暗自忖度苏叶会不会有所偏心。

就算他喜欢和自己过不去，好歹同为男弟子，男人何苦为难"男"人。

略作调整后，便见外面走入一群女弟子。同样是白衣，长裙式样与男子有所不同，领口与袖口都有各自的花饰，看起来比男弟子的要好看些。

打头的女子看见顾了了，瞥到她领口上的竹纹，笑道："这位就是新来的小师弟吧。"

顾了了忙不迭上前道："顾了了见过各位师姐。"

她初来时只拜见过师兄，师姐却还没来得及见过。

"我叫陶桃，你叫我陶师姐就好。"陶桃咯咯笑道。

"陶师姐。"顾了了嘴甜道。

旁边的苏叶不屑道："叫师姐就叫得那么殷勤。"也没听你叫过几声师兄。

顾了了回头，笑吟吟，"苏——叶——师兄。"

她故意将"苏叶"二字咬重。

苏叶很自觉地闭上嘴。

陶桃见此笑得花枝乱颤，"小叶子，原来你也有今天。"

小叶子……小叶子……噗——顾了了脑海里满是《聪明的一休》中那个活泼可爱的小女孩。

这个世界太疯狂了，顾了了强忍着笑意。

"闭嘴！"苏叶狠狠瞪了陶桃一眼，"别以为是师姐我就会让你。"

陶桃扬眉，"小叶子，上次是你们输了，这次还准备再输一回吗？"

苏叶额头暴起青筋，怒道："顾了了，你若今日输了，以后西北区全由你一人负责。"

顾了了："……"不是吧，老大，你受了气，就拿我做出气筒？

顾了了正要争辩，凤曦拍了拍她的肩膀，轻声道："这里也只有陶师妹能够让苏叶生这么大的气。"

顾了了顿悟，原来如此啊……她刚刚还以为苏叶不仅三观变态，连性取向也变态，如此看来，他还没被掰弯。

陶桃笑道："苏叶，这是男女弟子之间的赌注，你何苦为难一个新来的小师弟？这让陶师姐很瞧不起你噢。"

苏叶冷哼一声，"说什么废话，准备开始吧。"

他瞪了一眼还站在门口围观的师弟们，吼道："看什么看，都给我滚进来。"

师弟们抱头窜入，又引起女弟子们一阵嘲笑。

男女弟子纷纷入座两侧，顾了了安排在最左边，她旁边，站着凤曦，对面正对着陶桃。

苏叶站在正中央，他理了理衣领，不紧不慢道："切磋大会，就此开始。"

只见对面一名女弟子站起，开始啪啦啪啦背诵心法。

从四周人的眼神中，顾了了看出，此女背的绝非简简单单秘诀心法之类，果然听凤曦低声道："《玄女心经》，上等心法之一，当年楚师叔花了三个月时间才背下来。"

由此可见，《玄女心经》若要完全背下多么艰难。许多弟子甚至从一入琉璃宫就开始反复默抄《玄女心经》，早早便做准备，以防将来背诵时花费太多精力和工夫。

"《玄女心经》上部，"苏叶缓缓道，"错处，十七，漏字，三十二，添字，二十九。"

不是吧，连错误都能算得清清楚楚，顾了了震惊了。

"苏叶花了半年时间将《玄女心经》倒背如流。"凤曦感叹道,"他天赋不在任何人之下,初入琉璃宫便想要拜师楚师叔。"

"啊?"楚师叔?

"但那时候楚师叔已收你为弟子,自然拒绝了苏师弟。"凤曦低头瞥了一眼顾了了,"所以顾师弟,你应当好好珍惜,你手中的机会是多少人想求都求不来的。"

女弟子坐下后,轮到男弟子。尽管那名女弟子背诵时有不少错处,但能流利背下《玄女心经》上部,造成的震撼效果让男弟子之中没有一人敢站出来。陶桃得意地笑出声来,苏叶面色黑了黑。

"怎么样,我说了吧。"陶桃直直看着苏叶,笑道,"这次赌什么好呢?"

苏叶抿了抿唇,"不要高兴得太早。"

"哦,是吗?"陶桃耸肩,不在意道,"上次你们输了,罚男弟子打扫琉璃宫中所有的茅房,这一次若再扫茅房便不好玩啦。要不……所有男弟子都穿女装,怎么样?"

这回,不仅是苏叶的脸色不好看,连凤曦也面色一沉,"陶师妹,你——"

"好!"苏叶却不等凤曦说完,自作主张道,"若男方输了,便罚穿女装,但若女方输了,从此之后西北区的清洁,将全部由你们负责。"

"一言为定。"陶桃拍桌说道。

"不得反悔。"苏叶毫不相让。

这一赌约,让双方弟子们都不由拉下脸来。穿女装,一直负责西北区的打扫,这让男女弟子们不得不全力以赴,因为谁都不想承担这个后果。很快,就有男弟子站了起来,顾了了定睛一看,此人正是沈书。他背诵的是《玄女心经》下部。

"《玄女心经》下部三分之二,"听完沈书的背诵,苏叶说道,"错处,九,漏字,二,添字,无。"

这一评判让男弟子们不由精神大振,虽然沈书没有将下部全部背出,但出的错明显要少于对方,第一回合结果不言而喻。

陶桃轻笑,"下一个谁来?"

又一名女弟子自告奋勇,这一次背诵的是稍微简单的心法,错误极少。而男弟子们也不甘示弱,几个回合之后,双方看上去势均力敌。陶桃脸上的笑容渐渐变淡,仿佛没有想到会变成这样。

最后一轮,陶桃还没开口苏叶便抢先道:"这一回,让我们先来吧。"

"顾师弟!"他回头,看着顾了了,露出一个温雅的笑容。

顾了了打了个冷战,她硬着头皮站起来。

陶桃瞥了一眼顾了了,道:"且慢,我记得顾师弟才入琉璃宫没几天吧。按理说，还轮不到他参加。"

陶师姐，你真是我的救命恩人啊，顾了了感动了。

"陶师姐，你这么说未免太小看顾师弟了吧。"苏叶冷笑，"怎么说顾师弟也是楚师叔钦点的弟子。"

被苏叶这么一说，陶桃无以应对，看向顾了了的眼神带上几分复杂，像是在担忧，万一这一局让顾了了赢去了，那她们女弟子岂不是真要一直负责西北区的打扫？

陶桃扫过底下一干女弟子，坐在另一侧的一名少女颤颤巍巍站起来，"师、师姐……"

陶桃抚额叹息，她怎么把这个小师妹给忘记了——凌霜霜，同辈中资质最差的一名弟子，无论什么事都做不好，只会给其他人带来无穷无尽的麻烦。这样一个人，怎么可能赢得了顾师弟？比赛似胜负已定，结果毫无悬念。

连凤曦也舒了口气，对顾了了道："顾师弟，不用紧张，你一定赢的。"

顾了了看了看对面的少女，一张小脸涨得通红，头始终低低垂着，不敢开口。难怪苏叶会笑得那么灿烂，原来如此！不过怎么感觉自己像是在欺负一个弱小的女子啊。感叹中，又见那少女抬起头，偷偷看向自己，眼中含着星星点点的光泽。顾了了顿时心软。对她而言，无所谓穿不穿女装，但让女弟子们负责往后的西北区打扫，似乎有失公平。

"可不可以弃权？"顾了了壮着胆子问道。

"弃权？你要弃权？"陶桃眼睛一亮，惊呼道。什么叫峰回路转，什么叫柳暗花明，这些词汇简直不足以道尽她们女弟子们的心声。

面对苏叶和其他师兄们愕然神色，顾了了有些心虚。

"好男……不跟女斗嘛。"咽了咽口水，顾了了不怕死地加了一句。

这下子，苏叶的面色黑到无以复加的地步。顾了了这一语，几乎打尽了琉璃宫中所有的男士。上至太师父下至各位师兄们，有哪一个没和女子斗过？就连她的师父，楚千觞，也曾和江湖女侠交手过。

"顾师弟，你可想好了，要弃权？"苏叶突然面色转柔，轻笑道。

顾了了仿佛被一盆凉水浇醒，意识到面前这位可是比顾美人还要阴狠险辣，抖了抖，改口道："没、没想好……"

"陶师姐、苏师兄，请让顾师弟参加吧。"一直静默的凌霜霜忽然鼓足勇气开口说道，"我、我想和顾师弟堂堂正正比一场。"既然凌霜霜这么请求了，陶桃无奈地做出让步。

苏叶哼了一声，看向顾了了的视线冰冷依旧，"那么，顾师弟先开始吧。"

顾了了挺佩服对面那位师姐，身子抖成那样了，还坚持站着，不肯放弃。

"寒暑布衣，奇功世稀，先祖师传，后学谨记……"

她选择的是最简单的《琉璃心法》，且没有哗众取宠，倒着背了一小段，一字一句认真背着。

背完后，苏叶评论道："错处，无，漏字，无，添字，无。"

顾了了这才缓缓坐下。凌霜霜选择的心法稍难于《琉璃心法》，有几处错误，所以二人算是平手。这一次的切磋，男女未分胜负。

"这可怎么办啊，小叶子，"陶桃嬉笑道，"没分出胜负，该如何是好？"

苏叶狠狠瞪了一眼顾了了，倘若她能倒着背完《琉璃心法》，赢家肯定是男弟子们。

"什么怎么办，这次赌约自然不能作数。"

"这可不行啊。"陶桃挑眉浅笑，"都说了，一定要分出胜负，要不再加试一场？"

"加试什么？"

"剑术。"陶桃答道，"我们各派出一名弟子比画招式，可好？"

"派谁？"

"我，还有凤师兄。"

凤曦听到自己的名字，身子一震，而后说道："陶师妹，我只是观战而已。"

"那又怎么样？凤师兄也可以代表男方参加比赛啊。"

男弟子们听到陶桃愿意与凤曦比剑术，都不由兴奋起来。想来凤师兄可是任师叔麾下第一大弟子，连太师父都称赞他大有当年楚师叔的模样。

"不行。"凤曦冷冷吐出两个字，断然拒绝道。

"你——你若不同意，就认输。"陶桃指着凤曦，愤然说道。

话音一落，激起一片哗然，都说陶师姐太蛮不讲理，凤师兄不肯与她比剑术，怎么就要师兄认输呢？

凤曦却双手抱拳，"我甘愿认输。"

"好！你们可听到了，凤师兄他认输，所以男方输了。你们都必须穿女装。"陶桃拍着桌子叫道，"也包括你，小叶子。"

只在顷刻之间，全部都变了样，陶桃挥袖带着众人离去，留下一群男弟子们面面相觑。刚才那番话，不是在开玩笑吧，穿女装……

"凤师兄，你为何要认输？"不少男弟子们埋怨道，又因苏叶阴沉着脸，不敢多说，最后都作鸟兽散去了。

顾了了自然不敢责备凤曦，打了声招呼迅速撤退，远离危险地带。好在最后不是因为她的缘故输了比赛，其他师兄也不会怪罪于她。回到青竹居时，看到先前那位羞涩的小师姐竟守在门口，双手搅在一起，时不时眼睛往门后瞄。

"师姐，你在等谁？"顾了了好心问道。

凌霜霜一听到顾了了的声音，顿时被吓住，磕磕巴巴道："顾、顾师弟……"

"我是。"顾了了颔首应道。

"今、今天谢谢你……"凌霜霜鼓起勇气说道。

谢？顾了了不甚明白，"师姐谢我什么？"

"凌霜霜，我的名字。"凌霜霜避开话题，说道。

凌霜霜？顾了了忽而想起什么，面色带着几分古怪。

"凌乱的'凌'，冰霜的'霜'。"见顾了了神色不解，凌霜霜又解释道。

"原来是凌师姐。"顾了了了然。

"还有这个……"凌霜霜从怀中掏出一件衣裳，递给顾了了，"这是我以前的衣裳，有些旧了，不过没有破，我穿着有些小，就……"

"师姐的衣裳，我怎么能穿？"顾了了莫名问道。

"你们不是要穿女装吗？"凌霜霜反问道。

顾了了哑然，穿女装，也用不着特意送一套给自己吧。

这样的做法，倘若是换做别的人，保不准恼羞成怒将这位师姐赶出去了。

"其、其实这是男装改成女装的，所以我又改回去了，看起来不太像女装。"凌霜霜几乎是用尽全力在解释，额头冒出细密的汗珠。

顾了了点头，原来是这般状况，她抬头，朝凌霜霜展颜一笑，"谢谢凌师姐。"

这笑容，带着几分魅惑，让凌霜霜一时看花了眼，心跳不由随之加速。

"不、不谢，顾师弟以后还有什么需要帮助的，可、可以来找我。"说完转身便跑走了，留得顾了了一人站在门口，哭笑不得，这位凌师姐好生奇怪。

顾了了拿着衣裳，回了青竹居。

楚千觞早早回来了，见顾了了进来，笑问道："怎么样，输了还是赢了？"

唔，这个问题解释起来有些复杂……"其实没输也没赢，双方打了个平手，"顾了了接过楚千觞递来的茶盏，顺手将衣裳丢在凳子上，"只不过还是算我们输了。"

"哦？"楚千觞饶有兴趣。

顾了了将事情经过简略说了一遍，到最后奇怪道："为何凤师兄不肯与陶师姐比剑术呢？"

"那是因为你凤师兄曾经不小心用剑伤过陶桃，若不是及时治疗，可能陶桃这一辈子都无法用剑。"楚千觞沉默了片刻，缓缓道出其中始末。

顾了了恍然，果然是凤曦的为人啊。只不过，他总不能永远躲着陶桃吧。

"这件衣裳是怎么回事？"楚千觞拿起来，摊开问道。

"是凌师姐特意送来的。"顾了了撇嘴。

"男装？……不对，也不像女装啊。"楚千觞奇异道。

"经过改良的女装，"顾了了伸向下摆，拉开说道，"不过看起来像男装，穿着也比女装要方便。"

"你们都要穿女装？"楚千觞想了想，笑问道。

"嗯。"顾了了点头。

"什么时候？"

"明天一天。"

楚千觞眯起眼："还有谁要穿女装？"

顾了了掰着手指说道："沈书师兄、田文师兄、于世南师兄……哦，对了，还有凤曦师兄和苏叶师兄。"

凤曦和苏叶？楚千觞不由笑出声来，"明天可有好戏看了。"

好戏？"真的吗？真的吗？"顾了了激动道。

楚千觞故作神秘地点点头，笑而不答。这一夜顾了了心情十分激动，几乎是辗转难眠，害得睡在她旁边的楚千觞也难以入睡，只得单手撑着脑袋，问道："了了，还在想什么？"

"在想凤曦师兄和苏叶师兄穿女装的样子。"顾了了笑道，"不知道苏叶师兄会是啥表情。"

"小心苏叶迁怒于你。"楚千觞悠悠答道。

顾了了："……"以苏叶那睚眦必报的性格，很有可能会迁怒到她的身上。

"师父……"顾了了泪汪汪。

"睡吧。"楚千觞拍了拍顾了了身上的薄被，说道，"了了，拿出你在玉凤山庄里的精神，还怕苏叶吗？"回忆起她在武林大会上的表现，不怕天不怕地，连千面手都被收拾得服服帖帖，怎么一入琉璃宫就缩起来了呢？

顾了了道出内心的忐忑，"可是我才来这里几天，万一……"

楚千觞摸了摸她的额头，笑道："了了，去做你想做的事情吧，做回真正的自己就好。"

他喜欢那个在阳光之下无忧无虑、肆无忌惮的孩子，眼中的华彩是其他人怎样都学不来的。

"师父？"顾了了对楚千觞一言不甚明白，甚至觉得他的话语、他的眼神，都让她困惑。

好像有什么情愫，呼之欲出，又好像有什么心事，没入尘埃。

第二日，顾了了顶着黑眼圈爬起床，楚千觞早已出去晨练，她顺手拿起床边的衣裳，是凌霜霜送给自己的。

上面，还放着一根银簪，朴素得几乎没有花饰，但一眼可以看出，那是女子的发簪。

大概是楚千觞特意为自己找来的吧。顾了了犹豫了一下，最终换上那套非男非女的衣裳，将头发挽成一个松散的发髻，铜镜中的人儿竟有几分少女的娇俏。

门外传来谈话声，顾了了探出头，见两名红衣少女正与自家师父在外头聊天。师父的表情，远远看去，似乎有些扭曲。顾了了擦了擦眼睛，蓦然觉得，红衣少女仿佛在哪见过。突然其中一名少女转过头，朝顾了了的方向看来。顾了了顿时倒抽一口气——那是苏叶，另一位红衣"少女"，自然就是凤曦。顾了了鼓足勇气走过去，见平日里原本两名风度翩翩的少年郎，一身红装，头上绑着发带，倘若不细看，简直可以以假乱真。尤其是苏叶，他本就生得眉目细腻五官精巧，更甚女子的娇柔。凤曦倒有些不伦不类的，红衣穿在他身上，也盖不住那股英气。

"顾师弟，你这衣裳倒好。"凤曦几分羡慕说道。

顾了了眨巴眨巴眼睛，无辜道："是凌师姐送来的。"

凤曦点头，"我们的是陶师妹派人送来的。"

难怪了！顾了了几乎是憋着笑，瞅着苏叶。

苏叶恼羞成怒道："看什么看，还不快走。"碍于楚千觞的面子，不敢有更多的斥责。

走出青竹居，顾了了惊奇地发现，昨天一干男弟子们都换上了女子的红衣，大家见顾了了一袭清爽白衣，不由生出几分羡慕，再听说是凌霜霜所赠，皆不怀好意笑了起来。

顾了了无所谓地耸耸肩，待会儿，看他们还能不能笑起来。街上人渐渐多起来，越来越多异样的眼光投向他们这边。顾了了走在最前面，坦坦荡荡接受其他人的审视。而她身后的男弟子们纷纷垂下头，恨不得找个地缝藏起来。

陶桃带着众多女弟子们前来嘲笑苏叶等人，连凤曦也黑着脸，打定主意不搭理任何人。

至于苏叶嘛，现在几乎没人敢看他。

"小叶子，原来你穿女装比男装还好看啊。"陶桃讥笑道，"以后就一直穿女装好了，或者来我们这边，陶师姐很欢迎哦。"

"你闭嘴！"苏叶额头突突直跳，愤怒道。

陶桃笑嘻嘻，目光转向顾了了，"顾师弟，你这件衣裳好生奇怪。"

顾了了微微一笑，"是凌师姐送给我的，却之不恭，所以接受了。"

陶桃身后的凌霜霜听了，顿时脸上飞过红霞，"顾、顾师弟喜欢就好。"

"非常喜欢。"顾了了温雅笑道，让一众女弟子们见了都不由脸红心跳起来。

天哪，这师弟生得委实妖孽了些。若说苏叶五官细致，那么这个顾了了便是眉目如画、身姿纤柔，再过几年，说不定连苏叶都被比下去了。

"唉哟，你们这是在做什么？"太师父不知从哪冒出来，一把抓住顾了了问道，"集体穿女装，是要选美吗？"

顾了了默了一下，"太师父，您也要参加吗？"

见他如此兴奋难耐的模样，顾了了坏心眼地问道。

那一句"您也要参加吗"让无数弟子身上冒起鸡皮疙瘩来，想一胡须飘飘的……女子，唔，这场面，简直难以想象。

太师父乐呵呵，"你太师父要是年轻五十岁，肯定当仁不让抱得第一回去。"

他拍了拍顾了了，又瞥见身后红衣翩飞的苏叶，脚尖一转，停在苏叶面前，语重心长道："加把劲，这第一肯定非你莫属。"

苏叶："……"

看到苏叶那一脸郁闷得要抓狂的表情，顾了了禁不住捂嘴偷笑。

看来除了陶师姐，还有这位太师父能让苏叶抓狂，却无力反击。

　　有这么好玩的事情，太师父自然不会错过，他左边苏叶右边顾了了，大摇大摆走在街上，吸引无数注意力。

　　"了了啊，你们要在哪儿选美？"走了半日，还不见目的地，太师父问道。

　　顾了了眼珠一转，"要不太师父您来定吧。"

　　太师父将了将胡须，"我定？"

　　"是啊。"顾了了完全无视另一侧脸色臭到不能再臭的某人，手舞足蹈道，"我们来评选琉璃宫第一小姐，简称'琉璃小姐'怎样？"

　　太师父鼓掌，"好啊！不过怎么评选？"

　　这个简单！在观摩过无数选秀节目，顾了了颇有心得体会。

　　"先必须成立一个评选小组，可以由各位师叔担任，然后还要有观众。评选的内容可以分为外貌评选、才艺评选等，然后根据各位选手的表现，评委进行点评，最后由观众投票选出'琉璃小姐'。"

　　太师父听得一愣一愣，到最后禁不住哈哈大笑起来，拍着顾了了的肩膀道："了了啊，你哪儿想来如此刁钻古怪的主意。"

　　顾了了嘿嘿笑，这还不是受到啥XX小姐、超级XX、快乐XX等等等等的影响嘛。

　　"就这么定了。"太师父一锤定音，"凤曦，去将琉璃宫所有人都聚集到云台。"

　　"太师父……"凤曦愕然，没想到真会这么做。

　　"快去吧。"太师父乐呵呵道，"琉璃宫好久没有这么热闹过了。就说所有的女弟子和愿意穿女装的男弟子们都必须参加。"

　　众男弟子们："……"太师父，咱们可不可以弃权？

　　凤曦无奈，只得顶着一身女装，慢吞吞往回走去。

　　太师父又道："了了，你得换一身女装，这一套衣服肯定赢不了琉璃小姐。"

　　顾了了笑得一脸奸诈，"太师父，有苏师兄在，了了打扮得再漂亮也没机会啊。"

太师父看了看苏叶，再看了看顾了了，嗯了一声，"也是。"

顾了了："……"她觉得自己深受打击了。

"走，我们去云台。"太师父率领众人向云台挺进。

苏叶一言不发，一路上沉默得可怕。顾了了尽量避免与他接触。俗话说，不在沉默中灭亡，就在沉默中爆发。那个妖孽灭亡的可能性微乎其微，说不定待会儿就爆发了呢。

到了云台，顾了了才发现，这原来是个练武场。设在东南方向，场地极为宽广，中有巨大的台子，想必是进行武艺切磋的地方。台子下又分成八个区域，各处用木栏隔开，每个区域四角摆满所需的道具或兵器。而根据兵器的不同，区域的地面或是沙石或是泥土或是草地，各类地形一应俱全。

顾了了甚至看到最西边有个偌大的水塘，询问其他师兄，说是练习水上功夫所用。

顾了了不禁感叹，这琉璃宫若说没钱吧，练武场却建得如此豪华，若说有钱吧，咋伙食那么抠门呢？看来得向太师父好好抗议一下。

还没站稳脚跟，就见黑压压的一群人朝他们这边走来。

"师父。"打头的是一名中年男子，面色沉毅，一看便觉得此人性格严谨，不好说话。

顾了了在他身后看到楚千觞，立马眨眨眼，嘴角不觉翘起。

楚千觞也对她微微一笑。

"任南行，你来了。"太师父说道。

"听凤曦说师父要进行一场切磋？"任南行开门见山问道。

"为师准备举办一场选美大赛，评选第一届琉璃小姐。"太师父笑呵呵。

听完太师父的话，不只是任南行了，他身后的一帮师叔表情都很抽搐，唯有楚千觞镇定自若，司空见惯。顾了了叹息，不愧是她师父呀，见过大场面的人就是不一样。

她哪晓得，楚千觞自三年前亲眼目睹了千面手那囧雷囧雷的造型后，如今已产生了强大的免疫力，尤其是有顾了了在的时候，任何事情发生他都不惊讶。

毋庸置疑，这"琉璃小姐"肯定是那小家伙的馊主意。

"师父是想让女弟子们参加吗？"任南行勉强保持风度，微笑问道。

"不——了了他们也要参加，当然，其他男弟子若愿意穿女装，可以参加，女弟子们则随意。"太师父一本正经道。

这一语丢出，四面骤然变冷，顾了了缩了缩脖子，很没骨气地躲在太师父身后。当然，她能准确地感觉到右手边有杀气，不用看也知道是谁发出的巨大杀气。

"师父，这不太好吧……"任南行满脸黑线，说道。

"有什么不好，到底你是师父，还是我是师父，快去布置会场。"太师父拿出长辈的架势训斥道。

"还有，你们几位师叔就不要参加了，当评委，待会儿点评点评就好了，让弟子们自由报名，剩下不参加比赛的弟子则做观众，最后进行投票选举琉璃小姐。"太师父将顾了了的话重复了一遍。

楚千觞有些好笑地看了眼顾了了，见她捂着嘴偷偷笑，不禁摇摇头。

"是，师父。"他首先应道。

太师父乐道："还是千觞能明了为师心意啊。"

连师父最得意的弟子楚千觞都没有反对，任南行不得不躬身说是。

约莫一个时辰的工夫，一切准备都已就绪，顾了了不得不再度感慨这速度、这效率，若放在现代，不知要磨磨蹭蹭到什么时候呢。

以下，是第一届琉璃小姐评选大赛名单——

大赛司仪：……太师父

大赛评委：任南行、楚千觞等二十一人

大赛选手：苏叶、凤曦、顾了了、沈书、陶桃等五十七位弟子（其中男弟子十一人，女弟子四十六人）

大赛观众：凌霜霜等七十二人

共计：一百五十一人

后台，太师父拉住顾了了，正在向她咨询，"了了啊，你说才艺大赛，要比什么？"

"琴棋书画？"顾了了建议，"诗词歌赋？"

太师父想了想，摇头，"诗词歌赋不是读书人玩的嘛，要比就要比出特色来。"

顾了了："……"那您还问我做什么？

"了了啊，你说颁什么奖品给琉璃小姐好呢？"太师父又琢磨着问道。

"悬赏一千两黄金？"顾了了双眼精光闪闪。

太师父："……"了了，你以为我们是在抓犯人吗？还悬赏呢！

见太师父露出不赞成的神色，顾了了又建议道："要么京城两日游？"

"……以后你们要出去历练，自然少不了去京城。"所以这两日游就免了吧。

"或者放一日假？"

"……"

太师父坚定了询问顾了了这个问题是不明智的信念，直起身子拍了拍她的肩膀，语重心长道："了了，你要加油！我去准备准备。"

顾了了还沉浸在赢得第一该奖励什么的美好幻想中，下意识地点点头。

"如果是我赢了，我会希望自己能选一人做我一日的奴隶。"耳畔响起一个声音。

"这个主意也不错。"顾了了点点头。

突然她像是想起什么，猛然转身，见苏叶正在自己身后，一脸似怒非怒的模样，笑得无比诡异。顾了了忍不住打了个冷战，原来刚刚是他在说话啊……

"苏师兄……"顾了了很狗腿地挥了挥手。

苏叶双手抱臂，扬眉道："那么我们就这么说定了。"

"说定什么呀？"

"如果我赢了，你做我一日奴隶。"苏叶冷笑道。

这个……也得您老赢了再说，更何况她顾了了也不是任人随意揉搓的。

"师兄，我们还是听太师父的吩咐吧。"顾了了答道。

"哦，你不敢？"苏叶故意嘲讽道。

顾了了耸肩，她是不敢，那又怎样？

她指了指不远处，说道："师父叫我过去呢，先走啦。"

苏叶阴阳怪气地哼了一声。

顾了了慌忙跑到楚千觞身旁，吁了口气，"吓死我了。"

楚千觞温润一笑，眉眼弯若新月，脸颊漾起一个淡淡的梨涡，"怎么了？"

顾了了见到楚千觞的笑容，内心随之一暖，仿佛所有的忐忑与担忧都消隐无踪，只要有他在身边，自己就是安全的。

"苏师兄说，谁赢了可以选一个人做自己一天的奴隶。"对着楚千觞，顾了了不由露出委屈的表情，撒娇道，"师父，如果苏师兄赢了，我岂不是惨了？"

楚千觞眨眨眼，坏笑道："放心，你不让他赢，不就好了？"

"可是……"顾了了还在犹豫。

"难不成你会输给他？"楚千觞刺激道。

"怎么可能！"顾了了双手叉腰，她是谁？她可是玉凤山庄的小公子，如假包换的萝莉一枚。

怎么能输给一个真正的男人。

顾了了燃起熊熊斗志，握拳道："我要让苏师兄成为我的奴隶。"

"下面我宣布，第一届琉璃小姐选美大赛，现在开始！"

在太师父无限激情的呐喊声中，在七十二位观众和二十一位评委稀稀拉拉的掌声中，五十七名选手依次登场。按照报名的先后顺序，越晚报名的越早出场，所以顾了了的顺序是倒数第三个。她不急着上场，而是躲在后台，对自己的衣裳进行再加工。

想要赢得"琉璃小姐"的称号，当然要出奇制胜，光是有漂亮的面孔或者是出众的才艺并不一定能获胜。这人啊，都喜欢新奇的事物，无论是古代还是现代，创新，永远是一个国家发展的最大动力，也是赢得琉璃小姐的关键所在。顾了了脱下身上的衣裳，旁边还堆叠着许多女子长裙，好像都是师姐们穿旧了不需要的，贡献出来。她将衣裳翻开，平铺在长桌上，一件件地细看，似乎每一件都大同小异，除了颜色花饰，款式上都没什么变化。那么，要吸引人眼球，就必须在款式做手脚。

顾了了的目光落在最边上一条黑色的长裙。朴素得不能再朴素的长裙，依稀能瞧得见补丁，裙摆上还有破洞和裂口。顾了了摸了摸下巴，灵机一动，抽出随身携带的风月剑。

她竖起裙摆，小心翼翼地沿着裂缝划开，将下半身的裙子裁剪成螺旋状，一直延伸到拖地的裙摆处。上身的袖子也按照裙子的式样裁剪一圈，而后放在身上比画了两下，虽然手工一般般，不过还是勉强可以的，恰到好处的剪裁，没有露出半分里衣，却有几分现代的晚礼服味道。

听到太师父报到自己的名字时，顾了了双手提着长裙，缓缓走上台子。前世的她，在男生甚多的理工科院校中算得上是美女一枚，自然许多社交场合都需要她出席，造就了顾了了在台面上优雅的气质。不得不说，当众人看到顾了了上台的那一刻，全场都震惊了。

似乎没有一个人会想到，眼前的黑衣女子，会是平日里的那个顾了了。她披着一头乌黑的长发，眼角高高挑起，唇微微向上翘，昂着头，一步步走向正中央。她仿佛完全变了一个人，脱去了稚嫩的年龄，眼中写满了高傲与自信。那一刻，她光彩照人，世上纵有千娇百媚也敌不过她浅浅一笑。任是江湖第一美男楚千觞，这时候也不得不甘拜下风。

第一局的选美结果不言而喻，顾了了轻松胜出，而苏叶与陶桃并列第二。

苏叶见了顾了了的打扮，震惊之余，很快恢复过来，哼了一声，道："还有第二局。"

听到他这么说，陶桃顿时意味深长地看了一眼顾了了，等到苏叶不在时，她拍着顾了了的肩膀问道："你和苏师弟打赌了？"

顾了了默然，陶师姐你真聪明。

"是啊……"顾了了有气无力道。

"赌什么？"

"谁赢了，可以让对方做自己一日的奴隶。"

陶桃拊掌叫道："这个赌约好。"

顾了了："……"陶师姐，你是站着说话不腰疼啊。

"放心，有我在，一定会帮你赢那个死人妖。"

啊？你也觉得苏师兄是妖孽？顾了了顿时生出知己之感，泪眼汪汪地握住陶桃的手说道："陶师姐，你一定要帮我啊。"

"放心，包在我身上。"陶桃拍胸脯打保证，"对了，你可有什么擅长的才艺吗？"

顾了了："……"泡妞下毒做广播体操算不算？

"不会……没有吧！？"见顾了了一脸黯然，陶桃声音放低。

顾了了深深，埋下头，"没有……"

陶桃抚额，"你会剑术拳法吗？"

"我会蹲马步。"

"……"

换一个，"你会弹琴吗？"

"我会听琴。"

再换一个，"你会作诗作画吗？"

可不可以盗版一下其他人的诗作？

事到如今，似乎没有选择的余地，顾了了只得迟疑地说道："我会背诗。"

陶桃："……"她深感无力。

"顾师弟，"最后陶桃情真意切地握住顾了了的肩膀，说道，"你自求多福吧。以后每年清明节，陶师姐会为你上两炷香的。"

顾了了："……"师姐，你也不用这么悲观吧！？

第二局——自由发挥。也就是你有什么特技耍出来就是，评委根据你的表演进行评分。

第一局淘汰了近一半的选手，所以第二局只有二十九人。依旧是从最后一名开始，顾了了在后台来回踱步，偶尔能听到外边传来的鼓掌叫好声，愈发感到心烦意乱。

"了了？"顾了了听到有人在叫自己，回头见凤曦招手，不由走过去。

"凤师兄，什么事？"

"你可想好了准备表演什么？"凤曦问道。

"凤师兄要表演什么？"顾了了反问。

凤曦露出腰中的长剑，顾了了默然。他一袭女子红衣，要舞剑，会不会很不习惯！？至少她换上女装后就觉得行动特别不方便，走路总要小心不被裙摆绊倒。所以舞剑弄拳之类的，就免了吧。

"你呢？"凤曦关心道。

顾了了抑郁地摇摇头，"还没想好。"

"想想你最擅长的。"凤曦提示道。

擅长啊，泡妞下毒做广播操呗。泡妞……唔，绝对会被轰下台的。做广播操……就她这身打扮，能平安走一圈不摔倒已经很了不起了。如今，唯有下毒而已。

可是能对谁下毒呢？难不成要她大众表演如何下毒？当众表演……顾了了碎碎念，脑海中突然划过一个人的面庞——面首！她怎么就忘了呢？此时，远在千里之外的某人打了个喷嚏，看了看头顶上的太阳，揉揉鼻子自言自语道："我怎么觉得有个小鬼在背地里叨念我呢？"

顾了了猛地回头，冲凤曦咧嘴笑道："多谢师兄，了了现在就去准备。"

凤曦见她恢复了往日的活力，才略略放心，顾师弟她还是这个模样最讨人喜欢。

苏叶的拳法、凤曦的剑法、陶桃的琴技，皆获得了热烈的掌声，很快，就轮到最后一位选手——顾了了。

顾了了几乎是在众人灼热的目光下，缓缓上了台。她换回了原来的那身衣裳，朝大家点了点头，微笑道："现在我要表演一项口技，希望大家能够仔细听。"

然后，她掏出一包药粉，吞下半包。再度开口时，完全变了一个声音，顾了了低咳一声，沉沉道："弟子拜见师父。"

"是任师叔！"底下有弟子叫道。

顾了了翘起嘴角，"安静安静！大家听为师说话！"

"这个是太师父。"

"还有谁不听师父的话？"

"这个是楚师叔。"

场上的气氛完全被带动起来，弟子们兴高采烈地猜下一个是哪位师叔的声音，到后面，顾了了扬唇又道："师弟们，声音轻些。"

"这个是凤师兄。"

"还有谁在叫？"

"苏师兄，是苏师兄。"

第二局，顾了了与凤曦苏叶不分上下。

凤曦的剑法、苏叶的拳法皆堪称一流，自然更受几位师叔的好评。还剩最后一局，顾了了告诉自己，只要再接再厉，一定能赢过苏叶那个家伙。

最后一局，自由合作。顾了了听到后暗骂了一声，不知是哪个家伙想出的鬼主意，要自由合作什么呀？对此不仅仅是她，其他的参赛者也纷纷愁眉苦脸。

"这么诡异的比法，只有那个老头能想得出。"陶桃愤愤道，"了了，我刚刚偷听到小叶子要和凤师兄双剑合璧，要不你我也来个什么合璧？"

顾了了："……"

"要不我弹琴，你变成各位师叔师兄弟的声音唱歌？"陶桃对顾了了上一局的表演印象颇为深刻。

顾了了："……"师姐，我还想在琉璃宫多混几年。

眼见时间一分一秒过去却始终没有想好表演什么时，顾了了大手一挥，道："算了，我们表演舞台剧吧。"

"什么舞台剧？"

"水兵服美少女战士。"顾了了很恶趣味地说道。

"水什么服？"陶桃杏眼圆睁，"那是什么玩意？"

顾了了决定长话短说，召集了其他几位同台竞技的选手，将故事梗概大致说了一遍。

"可是谁来扮演妖怪啊？还有夜礼服假面。"一个女弟子弱弱问道。

夜礼服假面倒是个问题，不过妖怪嘛……顾了了和陶桃对视一眼，都在对方眼神中看到自己想要的答案。

"夜礼服假面没有就算了，有我们五个上去就够了。"顾了了说道。

"走吧。"陶桃发话。

"可是苏师兄和凤师兄好像还没表演完呢。"

"没关系，就是要现在上去。"

于是乎，接下来的场景，让在座的每一位都难以忘怀。五位身穿不同颜色长裙的选手，依次上台，面对正挥舞长剑的苏叶和凤曦二人，顾了了摆出水冰月的造型，厚颜无耻道："我要代表月亮消灭你们。"消灭，当然是说笑的。

她们不过是借着凤曦苏叶正在表演而吸引其他人的目光而已。

哗啦一声，五柄剑齐刷刷地飞出剑鞘，顾了了、陶桃五人执剑，剑锋朝向台上另一边的二人。

苏叶冷然一笑，握着剑的右手一个旋转，对凤曦道："凤师兄，上不上？"

人家都拿着剑对准自己了，能说不上吗？凤曦余光瞄向评委席，始终都没有人有开口阻止的意思。大家好像都在期待着什么……

凤曦叹了口气，"苏师弟，剑下留情啊。"

苏叶眯起眼，不怀好意地朝顾了了笑了笑，"那是自然。"

对面的顾了了一个激灵，对陶桃小声道："陶师姐，你一定要掩护我。"

陶桃点头，"放心吧，顾师弟！"

放心……她要是能放得下心才有鬼。只听到"哈"的一声，陶师姐率先冲了过去，对着凤曦就是一阵乱砍。凤曦面色微冷，单手挥剑，镇定地挡住陶桃的进攻。

苏叶上前两步，对剩下四位笑道："你们谁要先来？"

三人迅速朝后退了一大步，顾了了一人站在最前面。

"原来是顾师弟啊！"苏叶幽幽一笑。

顾了了："……"

阴险太阴险，她硬着头皮举起剑，"苏师兄，了了才来琉璃宫没几天，根本不会剑术。"

此时才说不会，谁会相信。苏叶根本不给她开口解释的机会，剑锋一转，就向顾了了这边攻来。慌得顾了了忙举起剑，双手握住剑柄，勉强架住苏叶的攻击。

"顾师弟既然不会剑法，那让苏师兄教你吧。"

"这个怎敢劳烦师兄亲自教导。"顾了了回嘴道。

"那么，顾师弟，接招吧。"苏叶加快攻击速度，使出七分力道。

从没有和人交手过，顾了了险些被苏叶击中。楚千觞暗呼一声不好，正要出手相助时，被太师父拦下。

"千觞，你难道不想看看了了究竟资质如何吗？"太师父问道。

"可是了了她不会剑法。"楚千觞焦急道。

太师父呵呵笑道："她是不会，还是不愿，你可清楚？"

被太师父这么一问，楚千觞顿了顿。

的确，若说顾了了完全不会剑法，却也说不过去。她从七岁起开始打底柱基，最基本的拳脚功夫还是有的，且又能将《魁花宝典》记下，那日见她耍一套青石剑法就能看出，顾了了并非不会，而是不肯上心。如果是现在呢？面对苏叶的猛烈攻击，她还不肯拿出自己的真本事来吗？

楚千觞点头道："师父说得是。"

台上，顾了了愈发吃力，苏叶每一击的力道都比上一剑要加重几分，她双手握着剑，横在身前，只觉得胳膊酸麻。身后其他三名弟子见此，互看对方一眼，犹豫一下，纷纷上前化解苏叶的围攻。这一局，看的是相互间的合作，若将一切抛给陶师姐和顾师弟，难免会招人耻笑。

"苏师兄，得罪了！"一名女弟子架住苏叶的剑，用力弹开，说道。

其他两名弟子也挡在顾了了身前，说道："顾师弟，我们来帮你。"

顾了了一手将剑插在地上，气喘吁吁，"多谢。"只是这三名弟子加起来，也未必能赢得过苏叶。

再看陶桃和凤曦那边，陶桃一个劲挥剑，凤曦只作防守，却不肯进攻。

顾了了想起楚千觞对自己说的一席话，对这位凤师兄除了有几分崇敬，更多的是不屑。

一朝被蛇咬，十年怕井绳。凤师兄他因为一次无意伤了陶师姐，所以不敢和她真正交手。这样的比试，好没意思。亏得陶师姐一心想要逼凤曦出手。不如让她再添点乱，加点油吧。

回眸见苏叶被那三人紧紧缠着，顾了了双手成喇叭状贴在嘴边，大喊道："凤师兄，加油——你可是我们心目中的男神。"

男神……听到顾了了的吼声，凤曦脚下一个趔趄，差点没被红裙绊倒。陶桃见机挥剑刺来，凤曦下意识地挡住，再一个用力，将陶桃的剑推出。

陶桃扬眉，笑道："凤师兄，你终于肯认真了。"

凤曦无奈地瞥了一眼不远处的某人，那人似乐此不疲，继续呐喊："陶师姐，你也不能输哦。"

陶桃举剑，剑锋直指天空，说道："顾师弟，你放心，我陶桃绝不会轻易输给凤师兄的。"

说完，她直直看着凤曦，道："所以，也请凤师兄认真对待这场比试。"

凤曦一愣，想要拒绝，任南行却在下面沉声道："凤曦，陶桃现已今非昔比，你若仍旧不认真，就是不尊重对手。"

"是啊，凤师兄，难道你要一辈子如此吗？"顾了了大喊道，"上次你已经输给了陶师姐，这次还打算输给陶师姐吗？"

底下男弟子们一听到顾了了说"上次已经输给陶师姐"，立马振臂高呼，为凤曦摇旗呐喊。

陶桃微微一笑，道："怎么样，凤师兄，我们堂堂正正比一场吧。"

凤曦闭口不答。连一旁的苏叶等人都停了下来，朝这边看来。

苏叶见凤曦面露迟疑之色，收回了剑，悠悠开口道："凤师兄，你这样，输给的不是陶师姐，而是自己。"

"好！"凤曦抬起头，沉沉答道，"我答应你，认真比试。"

陶桃嫣然一笑，道："谢谢你啦，小叶子。"

苏叶额冒黑线，暴躁道："你再说一遍。"

陶桃却不理会他，右手翻转剑身，"凤师兄，承让。"

"且慢！"凤曦退了一步，"可否让我换一身衣服？"

他　袭女了红衣，坚持到现在已属不易，陶桃笑了笑，"请便。"

趁凤曦下台换衣之际，顾了了挥手招来太师父，耳语道："太师父，你看第三局比赛……"

太师父眼珠子咕噜一转，道："算你们双方平手怎样？"

顾了了略略一想，"好！"于是太师父咳了两声，简单宣布了一下第三局结果。众人因期待着下面陶桃与凤曦的赛事，自然没有将这第三局结果放在心上。

对此顾了了偷笑不已，一赢两平，怎么算她都不会输给那个妖孽。所以奴隶嘛……顾了了偷偷瞅了一眼苏叶，恰巧他也朝这里看来，见顾了了笑得一脸奸诈，随即眯起眼睛，嘴角微微扬起。顾了了收敛得色，装作一本正经的模样，心中却在暗暗盘算待会要苏叶怎么兑现承诺。

凤曦穿着惯常的白衣缓缓上台，顾了了等闲杂人员退到台下观众席上。

只见陶桃摆出一个帅气的造型，大有一夫当关万夫莫开气势。

而凤曦左手握着剑，剑垂向地面。

"开始吧，师兄。"陶桃肃然道。

凤曦默默点头，却是用左手握剑，没有换成右手。台下立马有弟子议论起来，奇怪凤师兄为何左手握剑。顾了了鄙夷地看了眼身旁的人，这么简单的道理还不知道。

一般人都习惯用右手做事，挥剑之类的自然也都是右手，然而一旦有人用左手时，挥剑的方向、动作都会大不一样，很容易就先给对手在心理上造成压力。

果不出其然，凤曦左手挥剑，一开始便让陶桃失了先机，疲于应付，看上去颇为吃力，已然没有先前嚣张的模样。男弟子们都在鼓掌叫好，顾了了则打了个哈欠，这样的比赛，不用看到最后也能知道结果。

"委实无趣得很。"她小声嘟嚷道，却不料被身边的某人听去。

"无趣？要不顾师弟我们上去比一场？"

顾了了一个激灵，看着右侧笑吟吟的苏叶，心中暗骂妖孽，真真是阴魂不散的妖孽。

嘴上却不敢多说，嘿嘿笑道："双方悬殊太明显了嘛。要是我和苏师兄去比，那就更无趣了。"

"哦？你那么有把握？"苏叶反问道。

顾了了僵笑，"是啊，我有必输的把握。"

苏叶："……"

说话间，凤曦已一个漂亮的回旋刺结束了比试，他的剑架在陶桃的脖子上，两人对视一笑。

"凤师兄，你赢了。"

凤曦含笑道："陶师妹，今日多谢你。"

面对凤曦的道谢，陶桃面色复杂，"你不该谢我，要谢该去谢顾师弟。"

凤曦扭头，正见台下的顾了了冲着自己竖起大拇指，而后她带头鼓起掌来。

弟子们似被顾了了感染，也纷纷鼓掌，为凤师兄，也为陶师姐。

"的确，该谢谢顾师弟。"凤曦点头道。

太师父跃入台上，双手做了几个噤声的动作，掌声渐止。

"根据三局的结果显示，现在顾了了排在第一，第二名是苏叶，第三名是凤曦。"

这个结果很让人抽搐，前三甲都为男弟子，第四名陶桃才是女弟子。

"下面，要进入最后一个环节——由观众评选你最心目中的琉璃小姐！现在，请各位选手上台。"

顾了了吐血，不是说第三局就是最后一局了吗？怎么还有最后一个环节？

顾了了直奔后台，拽住太师父的手问道："太师父，怎么还有一个环节呀？"

太师父笑得跟一朵花似的，"是苏叶建议的，我觉得提议不错，你说呢？"

顾了了："……"阴险太阴险，顾了了擦汗，看这样子，苏叶似乎对"琉璃小姐"志在必得。

三局比赛下来，台上只剩下十位选手，十人依次排开，太师父朗声道："现在，各位观众可以站到你们所支持的选手面前，我们会派人进行统计。"

太师父说完后，不见有弟子动，于是又说了一遍。站在最右边的顾了了忍不住翻了个白眼，这样的评选，有谁敢明目张胆地站出来支持。无论支持谁，都有可能得罪剩下的九个人。

傻子才会做的事情，为什么太师父就不能动脑子想想呢？

就在局面僵持之际，有一个人突然站了起来，在无数视线中走到顾了了面前。

"顾、顾师弟，我支持你，你的表现真的很棒。"说出的话虽有些结巴，但凌霜霜完整地表达了自己的意思。

顾了了感动地笑道："谢谢你，凌师姐。"

有第一个出来打破僵局，就会有第二个、第三个人……

沈书也走到顾了了身边，说道："顾师弟，你今日的表现真的很出色，所以我支持你。"

"顾师弟，我也支持你！"

"顾师弟，好样的！"

近乎一半的弟子都走到顾了了身旁，拍着她的肩膀，为她加油打气。顾了了眼眶微微一热，视线不禁模糊起来。这样的加油打气，她知道，是大家出自内心的赞赏。

无关她的身份地位，也无关她的师父是谁。只因她是她，是独一无二的顾了了。

捧着"琉璃小姐"的称号，太师父笑嘻嘻问道："了了啊，你想要什么奖赏？"

顾了了视线一转，落在了苏叶身上。苏叶面色僵硬，显然，他没忘记他们开始的那个赌约。

要不要说出来呢？

顾了了微笑，开口悠然道："我希望——琉璃宫能够改善一下伙食。"谁也没料到，顾了了提出的奖赏是这个。琉璃宫的伙食很差，众所周知。但因从创办时便定下了这条宫规，所以从没有人想到要改变过。

今日顾了了提出，掀起一片哗然。首先反对的便是任南行，他拍案而起道："祖上的规矩，岂能因你一句话而改变。"

顾了了最看不惯任南行这种老古板，她看了一眼自家师父，见楚千觞对自己微微点头，便说道："规矩是死的，人是活的，怎么不能变？再说，大家都是长身体的时候，吃得这么差怎么有力气习武？"这句话倒是让任南行哑口无言。

太师父摸了摸胡须，频频点头，"了了说得很有道理，为师也觉得伙食该改善改善。"

看吧看吧，连太师父都站在自己这一边。

顾了了无不得意地问道："各位师兄师姐觉得需不需要改善伙食？"

"需——要！"底下一片叫好声。

太师父笑道："如此便说定了，从明日起，琉璃宫将改善伙食。"

听到太师父发话，任南行急急道："师父，您——"

太师父挥手，道："南行，了了说得对，规矩是死的，人是活的，不合理的规矩难不成要我们死守下去？以前琉璃宫伙食差是因为经费不够，如今还能说经费不够吗？"

"……是，师父说得对。"

比赛结束，人们纷纷各自散去。顾了了跟着楚千觞要回青竹居时，瞥见还在不远处徘徊的凌霜霜。

顾了了拉了拉楚千觞的袖子，道："师父，我可不可以和凌师姐说几句话？"

楚千觞心中一片澄明，点头笑道："快去快回，别误了午饭。"

顾了了跑到凌霜霜面前，见这位胆小的师姐一脸怯弱的表情，不由感到好笑。

凌霜霜，在她眼中就像个可爱的小妹妹，让人怜惜。可想到方才她为自己所做的，当所有人停顿不前时，竟然是她，打破了僵持的局面，迈出了第一步。光是这点，便让顾了了佩服不已。

"凌师姐，今天真的非常谢谢你。"顾了了深深鞠了一个躬，发自内心地说道。

凌霜霜被她这一动作吓了大跳，慌忙摆手，"顾、顾师弟，你说什么……我是这么觉得，你该赢的。"

顾了了直起身子，微微一笑，"以后凌师姐若有什么需要帮助的，了了一定会竭尽全力。"

真诚的话语，让凌霜霜为之感动，似乎从她入琉璃宫以来，第一次有人如此诚心诚意地看着自己，对自己微笑。平时，尽管大家不说，凌霜霜还是能感觉到其他人对自己的轻蔑。因为她太胆小，太怯懦，所以……

"顾师弟，你……会不会看不起我？"凌霜霜咬了咬嘴唇，问道。

"怎么会？"顾了了歪着头，笑道，"在了了心中，凌师姐不比任何人差，只是缺乏自信而已。"

"是……是真的这样吗？"凌霜霜追问道，眼底流露出些许惊愕。

顾了了点头，"凌师姐应该多笑笑，你笑起来很好看。"

说罢，她转过身朝楚千觞方向跑去，留得凌霜霜一人傻愣愣地呆站在原地。

笑起来很好看……呵！很久很久以后，当凌霜霜成为江湖中一代侠女时，她那矫健的英姿、爽朗的笑容给世人留下挥之不去的印象，殊不知这一切始于顾了了一语无心的赞美。

楚千觞见顾了了回来，笑问道："说完了？"

顾了了仰起头，小小的脸盘挂满笑容，"是啊。"

她脆脆地答道，声音如游丝般盘旋在楚千觞心上，挠得他心头一片酥麻。那一刻，他不觉伸出手，握住顾了了软软的小手。顾了了微微惊讶，而后反手牵紧楚千觞的。一大一小两只手交握在一块，不但不会觉得唐突，反而有种说不出的温馨之感。不止是楚千觞，连顾了了都生出一种莫名的愿望——希望时间在这一刻停滞。

永远不要再继续，永远不要长大……顾了了在心中想着。

这世上，似乎只有师父一人会如此纵容自己，从不训斥，不会阻拦，更不会冷嘲热讽。他放手让她去感悟各种各样的事情，让她不计后果地去做自己想做的事，然后在她的身后，默默提点自己。就连顾冥磊和顾美人都做不到的宠溺纵容，他却能做到这般……

只是因为自己是他唯一的弟子吗？顾了了心头微微泛酸，突然甩开了楚千觞的手，一声不吭地跑走。

楚千觞望了眼空荡荡的手掌，不禁失笑地摇摇头，不明白顾了了突然发什么脾气。

"喂，顾了了！"顾了了倏地停下脚步，见苏叶斜靠在墙边。

"什么事？"顾了了没好气道。

苏叶面无表情地看着她，"为什么不提那个要求？"

"提什么要求？"

"你在装傻吗？赢了为什么不要我实现承诺？"苏叶怒气冲冲问道。

"哦……"顾了了想了想，慢慢说道，"难道你很想兑现那个承诺？"

苏叶道："当然不是！"他大脑不正常了才想要实现承诺。

"那不就得了。"顾了了耸耸肩，表示事情就此结束。

苏叶被她的回答气得说不出话来，冷冷笑道："没想到你还是这么大度的一个人。"

顾了了假装听不懂他的嘲讽，"那是，不像某人，小肚鸡肠。"

苏叶："……"

他忍了又忍，勉强平息怒火，才道："我是想要信守承诺，既然你不需要，那便没事了。"

望着苏叶甩袖离去的背影，顾了了吹了声口哨，难得见他吃瘪，刚才的坏情绪不由好了几分。

顾了了回眸，看了眼身后，始终不见师父的身影。师父……她握成拳的手紧了紧，在心中反反复复念着这两个字。她希望不要长大，是因为只有这样，师父才会陪在她的身边，不会离开。

经第一届琉璃小姐一事后，原本还颇受争议为许多弟子们暗中妒忌不屑的顾了了，如今成为琉璃宫的大名人。大家都知道，楚师叔的徒儿，与众不同，无论是相貌才情还是为人处世，都很与众不同。好像只能用这四个字来形容。

说她优秀出色吧，比起凤曦、苏叶似乎差得不是一点两点，说她是纯粹碰运气吧，那日光从她一颦一笑中便觉得此人绝非池中之物。这世上，总有一些人会出乎意料，会让人捉摸不透。

但越是这样出乎意料让人难以琢磨的人，便越能引起众人的兴趣。

顾了了似乎对此并未放在心上，没有注意到她所在之处总是无数视线的聚焦点，连同她身边的同伴也会不自在起来。

这一日，顾了了正在停云阁中抄写《玄女心经》，她决心再不要像背诵《琉璃心法》时那般窘迫，偶尔听听师兄们的建议，早点着手做准备也好。

据说《玄女心经》向来是由任师叔教授，顾了了一想到那个老古板就禁不住头疼。

也怪不得凤曦的性子那么无趣，他师父就那个模样，你能有多少期望？

正值抄写得酣畅淋漓之际，顾了了突然听到有人在喊她的名字。

她不耐烦地抬起头，见众人都望着自己，蹙眉道："什么事？"

"顾了了，西北区，你几日没去打扫？"苏叶怒气冲冲地走到她面前，质问道。

顾了了："……"这事，她真忘了。

其实这也怪不得她，自从她当上第一届琉璃小姐后，身边总会发生一些莫名其妙的事情，时常还会有些不认识的师姐师兄半路拦下她，握着她的手问长问短，更有甚者连她昨日吃了什么饭菜、每个几个时辰小解大号、一般喜欢在上午还是下午等都不放过。

想到这儿，顾了了不由擦汗。

"苏师兄，我这就去……"她懦弱地说道。

苏叶这恶霸模样被不少弟子看在眼中，纷纷为顾师弟鸣不平。

有几个胆大的、没有尝过得罪苏叶后果的、比顾了了新来没几天的弟子义愤填膺地站起来，说道："苏师兄，顾师弟她近来也是太忙，忘记了，您应当体谅她。"

白痴！顾了了在心中暗骂，这个时候站出来为自己说话，不是等着让苏叶修理吗？

果然，苏叶斜眼看了那几个弟子一眼，瞬间释放出的冷气让停云阁气温骤然下降几分，也让那几个弟子乖乖闭上了嘴。

"忘记？"苏叶悠悠一笑，"既然是顾师弟忘记了，你们替她记着可好？"

没有人敢吭声。

"顾师弟，你继续。"苏叶做了个手势，指着那几名弟子道，"你们几个跟我出来。"

顾了了听话地坐下，以怜悯的眼神最后看了那几位一眼，而后垂下眼，安安静静抄写《玄女心经》。

到傍晚她去饭堂吃饭时，听到有人议论，说今儿可了不得了，西北区好生热闹，有几名新来的弟子被罚从早到晚打扫那一块地，不允许休息，连吃饭喝水都不准，一旦开口抱怨被苏师兄听去了，便要绕着整个琉璃宫跑十圈，然后继续打扫。顾了了听后嘴角抽了抽，得罪苏叶的下场，想必那几位师兄永世都不会忘记。不过好歹他们也是好心来帮自己说话，吃过丰盛的晚饭后，顾了了偷偷去了厨房，见还有点残羹剩饭，想了想，走过去，准备抱着饭桶去西北区接济那几位可怜的师兄。

"顾师弟，用这个。"身后出现一个小篮子，顾了了转身，见沈书含笑看着自己，看来他和自己想到一块去了。篮子里还有些剩菜，沈书将白饭倒入碗中，小心放入篮子。

顾了了问道："你是要去看田师弟他们吗？"

沈书点头，"每次苏师兄罚人，我便去帮他们送饭。"

两人像做贼一般蹑手蹑脚出了厨房，绕开大路选一些偏僻的小道，弯弯绕绕许久才到了西北区。苏叶想是去吃饭还未回来，几位师兄歪歪斜斜瘫倒在地。

沈书快步走过去，道："田师弟、于师弟、徐师弟，你们的晚饭。"

三人一听"晚饭"二字立马跳了起来，围着沈书，一个个虎视眈眈地盯着他手中的篮子。

沈书笑道："不急，都有份。"他弯下身子，将碗筷拿出，搁在地上，又将饭菜分入三个大碗中。那三人看了看四周，确认苏叶不在后，才敢放下心来捧着碗大吃特吃。

顾了了感慨地摇摇头，"吃慢点，师兄。"

那位田师兄见是顾了了，不禁满腹辛酸发泄出来，"顾师弟啊，你要为我们做主。"

顾了了："……"她连为自己做主都不能，怎么为他们做主？

"是啊是啊，你一定要为我们出口气，狠狠扳倒那个苏师兄。"于师兄口中的饭还没咽下，口齿不清地说道。

顾了了艰难地摆摆手，笑道："师兄，你在说笑话吧。"

"才不是笑话。"那位徐师兄颇为激动道，"顾师弟，纵观琉璃宫上上下下男男女女老老少少，只有你，能肩负起如此大任。"

顾了了："……"师兄，可不可以不要用这么严肃的语气、这么沉重的眼神看我？

"不错不错，顾师弟，你一定可以的，加油！"

"顾师弟，我们相信你。"

好不容易摆脱那三位师兄，顾了了和沈书迅速收拾完碗筷，一路往回走。

见顾了了一脸抑郁，沈书含笑不语，直到快到厨房时，他才缓缓说道："其实我也相信你。"

"哈？"顾了了被他突如其来的一言惊住。

"顾师弟，我们这群年纪稍小的弟子，都把你当成凤师兄那样的人物崇拜。"

顾了了："……"不是吧，她能和琉璃宫第一大弟子凤曦相提并论？顾了了丢出个"我不相信"的眼神。

"但凡新弟子总会受到年纪较大的师兄师姐的欺负，"沈书淡淡说道，"不过上一次，你胜过了那么多师兄师姐，赢得第一，大家真的很崇拜你，尤其是看到你面对苏师兄的时候。"

被沈书这么一称赞，顾了了一时间不知说什么话才好。

她干笑两声，道："沈师兄，你过奖了。"

回到青竹居后，楚千觞不在，屋子里黑乎乎的，顾了了点燃蜡烛，坐在桌子边看书，看着看着便走了神，双手托腮，对着烛光发呆。直到楚千觞走进来，她都没有意识到，依旧是一副愣愣的样子。

"了了？"楚千觞低唤了一声，不见她有反应又提高了几分声音，"了了？"

"啊，师父！"顾了了猛然回神，见楚千觞正好奇地盯着自己，脸上露出几分窘色。

"在想什么呢？"楚千觞随口问道。

"想……苏师兄。"顾了了顿了顿，直言不讳道。

"哦？想他什么？"楚千觞挑眉，拉开凳子，坐在顾了了对面。

顾了了对着烛火轻轻吹了两下，看着火光摇摇曳曳，瞳孔中倒映着忽明忽暗的光点。

"师父，为何年纪大的师兄师姐会喜欢欺负新来的弟子？"顾了了闷闷问道。

楚千觞："……"

"了了，你一直在想这个问题？"他几分无力地反问。

顾了了点点头，"我一直都想不通。"

似乎以前也听说过，却从未遇到过，所以未曾放在心上。

如今，事情发生在自己身边时，才有了一探究竟的好奇心。

楚千觞笑了笑，假装严肃道："你觉得任师叔是怎样一个人？"

"刻板严厉。"

"那凤师兄呢？"

"严肃，从不说笑。"

"如果凤师兄有一天收了弟子，你觉得他会怎样培养自己的弟子？"

"应该也是很严格的吧。"顾了了说道。

"同样，老一辈的弟子欺负新弟子，当新弟子成为老弟子时，自然会顺着以前的路，欺负新来的弟子。"楚千觞眨了眨眼睛，开玩笑似的说道。

顾了了一阵无语。楚千觞这个比方打得并不贴切，却很形象。那些所谓的固有的事物，很多看起来似乎无理可讲，却是从一次又一次的循环往复中留存下来。

不管好的还是坏的，一旦成为人们默认的习惯，便很少有人想要去改变。就像是一种集体无意识的行为，或许这期间有人认识到不合理性，却只把目光投向别处，寄希望于他人身上。

而这无数个他人之中，却没有人想过，自己站出来，打破这不合理的一切。

"师父！"顾了了挥了挥拳头说道。

"嗯？"

"我要改变这里。"小脸写满了坚定，顾了了斗志昂扬起来。

楚千觞淡笑，道："了了，无论你做什么，师父都相信你。"

对顾了了而言，有楚千觞这一句话，足矣。

"师父，你真好！"顾了了傻兮兮地笑道，笑得没心没肺。

楚千觞伸手揉乱她的发梢，眼中的宠溺似能将人融化。

"了了，你很像师父年轻的时候。"他几经叹息地说道。

年轻？顾了了扑哧一笑，"师父现在也很年轻呀。"

楚千觞摇了摇头，"师父已经老了……"

"不老呀！"顾了了掰着手指算了算，"师父现在才二十五岁。"

二十五岁，放在现代，正值青年。更有人大言不惭说：男人四十一枝花。

楚千舸看着顾了了笑而不语，半晌，他似在叹息，"了了，你将来一定能超越师父。"

顾了了不置一词地耸耸肩，以她那广播体操式的剑法，还有她的真实性别，想要超越师父成为新一任江湖第一美男，距离不是一点点。好在她现在还只有十岁，身体尚未发育，不会被人识破，可再过两年呢？顾了了惆怅了，上辈子她最大的遗憾就是没有成为波霸，要知道那时的自己身材苗条，肤质细腻，绝对算得上是个美女，除了胸。

这辈子嘛，相貌也不差，才十岁就隐约能看出是个美人坯子，可难道还要重蹈上辈子的覆辙吗？顾了了此生最大的梦想就是——成为大胸女。

呃，想得太远了，顾了了将思绪拉回，决定先把眼下的事情做好。

第二日，她很自觉地去西北区打扫时，遇到陶桃，更确切说是陶桃在那儿等顾了了。

"顾师弟，我听说昨天小叶子又在欺负人？"陶桃拉住顾了了问道。

顾了了点头，苏叶那厮哪天没在欺负人？

陶桃蹙眉，"这可不行。"

顾了了两眼放光，陶师姐准备出马？

"顾师弟，你替我教训一下小叶子吧。"

顾了了："……"

她默默走远了点，告诫自己一定要远离这位陶师姐，否则下一个被苏叶整的人肯定是自己。

"顾师弟，你别怕啊。"陶桃似看出顾了了躲闪的意思，急忙解释道，"我看小叶子只会听你的话。"

顾了了流泪了，陶师姐，你是哪只眼睛看到的？苏叶会听自己的话，太阳就不是打西边升起了，是从四面八方升起。

"顾师弟，你相信师姐的眼光。"陶桃拍着胸脯保证道。

顾了了幽怨地瞥了一眼陶桃的胸脯，嗯，很大很销魂。

"师姐，我不是你……"顾了了有气无力地说道，一面不忘继续打扫落叶，"我要是敢当面教训苏师兄，肯定会被他大卸八块的。"

"不会的，你不是还和小叶子有个赌约嘛。"陶桃不肯放弃地劝说道，"难道你还想看着小叶子继续欺负其他师兄弟？"

顾了了打扫的速度渐慢，她叹了口气，的确不想看到苏叶继续横行霸道，可是这种事情硬碰硬是行不通的，只能智取。而她，还没想到有什么智取的好法子。

"陶师姐，要不你去说说苏师兄？"顾了了建议道。

"我？"陶桃摇头大笑，"小叶子不会听我的话。"

怎么不会？顾了了扬眉，她倒觉得所有人中可能陶桃的话对苏叶而言最有分量。连凤曦也制不住苏叶，其他人就更可想而知。

"陶师姐，"顾了了干脆顿起扫帚，下巴靠在顶端，笑得十分八卦，"我觉得苏师兄对你很不一般哦。你说的话，说不定苏师兄会听进去。"

"对我不一般？"陶桃惊讶道，"顾师弟，你说什么混话呢，我和小叶子纯粹的师姐和师弟关系。"

果真如此吗？不过好像没哪个师姐敢当那么多人面叫苏叶"小叶子"吧。也没哪个师弟能如此容忍自己的师姐拆自己的台，更何况这个"师弟"还是有仇必报的苏叶。顾了了闻到这其中不同寻常的味道，很奸情很奸情……

"陶师姐，你试试看，不行我再上。"顾了了怂恿道。

陶桃想了想，最后点点头，"好吧，我去对小叶子说说看。"

走了两步，她突然回头，问道："顾师弟，你说我叫他'小叶子'是不是不太合适？"

顾了了："……"师姐啊，你真是后知后觉。

顾了了摸了摸下巴，"那要看师姐对苏师兄是怎么想的。"

"我？我只把他当做弟弟看啊。"陶桃脸色非常自然，找不出一丝扭捏羞涩之类的表情。

莫非是她想错了？顾了了含糊道："陶师姐不妨问问苏师兄。"

陶桃点头，几分感慨道："说的也是，苏叶都这么大了。"那神情，颇有一点"吾家有女初长成"的味道。

每当夜幕降临时，也就意味着到了顾了了一天最喜欢的时间。这时候，她可以先去饭堂饱餐一顿，然后再回到青竹居，打水泡个澡，全身香喷喷后坐在桌边看看书，写写字，等到师父回来后，两人再聊几句，最后在师父好听的声音中安然入睡。

对顾了了而言，世间最幸福的事情莫过于此，有饭吃、有澡洗、有师父陪着。这已成为一种习惯，所以当有人出现打破这种习惯时，顾了了非常非常愤慨、非常非常郁闷，却又不得不忍耐不发。因为，打破她良好习惯的人不是别人，而是她的苏师兄。

本着"宁可得罪小人不可得罪苏叶"的精神，顾了了尽量保持平静的笑容，问道："苏师兄，您叫我来有什么事吗？"

苏叶一手拿着个壶子，仰头喝了一口，答道："没事。"

顾了了："……"没事您老慢慢喝，我先走了。

"了了啊……"他睁开眼，叫了一声。

顾了了打了个冷战，"苏、苏师兄……"您别这么叫我，咱俩不熟啊！

"了了，你说为什么她不喜欢我？"苏叶没有在意顾了了古怪的神情，径直问道。

喜欢……顾了了眼珠一转，想起白日里和陶桃的对话，恍然大悟。

原来苏叶他失恋了。这真是旷古至今的一大好事，顾了了差点没鼓掌叫好。

"为什么？"苏叶反反复复问道。

"苏师兄，这个问题你该问她。"而不是问我。

"我问了她……"苏叶看着夜空中的圆月，喃喃道。

"她怎么说？"顾了了来了精神，突然觉得偶尔打破一下习惯也不错，至少会有非常意想不到的事发生。

"她说……她有喜欢的人了。"

顾了了默然，好狗血的情节啊，A喜欢B，B却喜欢C，那C呢？

"她有没有说过她喜欢的人喜不喜欢她？"顾了了极有默契地问苏叶，那个"她"是谁。

或许苏叶不想让她知道，或许苏叶知道，她已经知道。

"她喜欢的人，是凤师兄。"苏叶淡淡答道。

顾了了再默，这个答案，其实早该猜到了，是不是？从陶桃一直缠着凤曦比武练剑就能看出，若不是出于喜欢，怎么一直紧抓不放？

"那凤师兄呢？"顾了了问道。

凤曦心里，又是怎么想的？这个三角关系还真是纠结啊……以顾了了对凤曦的观察，她这位凤师兄，估计对陶桃的情意一概不知。至少她没有在凤曦的言语动作中嗅出一丝不对的地方。

"凤曦他，心里只有剑术和武功。"

这不就得了。顾了了摊手道："苏师兄，你还有机会。"

"机会？"苏叶自嘲笑笑，又喝了一大口酒，浓烈的味道让顾了了不由皱起鼻子，"陶桃说了，她只当我是她弟弟……谁要做那该死的弟弟。"

见苏叶如此恼怒不甘，顾了了难得没有幸灾乐祸地嘲笑，而是歪起脑袋上上下下打量起这位苏师兄来，好似重新审视此人一般。

"苏师兄，有句话叫'凡事皆有可能'，"顾了了说道，"只要凤师兄没有喜欢上陶师姐，你就有无数机会。"哪怕凤师兄喜欢上了陶师姐，你也有无数机会。

人家是没有机会都要创造机会上，何况你现在还是机会无数呢。

苏叶动作一滞，他转过头，呆呆地望着顾了了，问道："我该怎么做？"

"这个嘛，包在我身上好了。"顾了了信誓旦旦说道。

第十六章
我是菠菜

谈起如何追女人，顾了了可谓是经验老到得令人咋舌。

古人有云：窈窕淑女，君子好逑。人家君子都能追求了，何况连小人都不如的苏叶？不过怎样追求，这是一个值得探讨的问题。古人探讨了几千年，似乎这个问题一直在延续。

从最原始的方法搭讪到最有效率的方法——霸王硬上弓，这其中讲求的不仅仅是技术，更是一门艺术。

当年顾了了指导面首同学追求三姑娘时，她具体问题具体分析，以面首个人的素质而言，太高雅太文艺的东西他肯定弄不来，不如哗众取宠、另辟蹊径，引人眼球，最后抱得美人儿归。

这一回轮到苏叶了，苏叶同学的素质，不要比面首好太多哟。

首先，光是看外表，苏叶那妖孽级的脸蛋很有可能在未来的某一日进化为超级妖孽，搞不好下一个江湖第一美男就花落他家。其次，据说这位苏师兄不仅文武兼备、美貌与智慧并存，而且颇具才情，琴棋书画样样精通。再次，苏叶追求的对象——陶桃，也与三姑娘有很大的差别。人家三姑娘是多年恋情未果，在面首猛烈的炮火下顿悟回头是岸的真谛，而陶桃情窦初开，即便凤曦拒绝了，恐怕一时间也不会放弃。

所以，综上所述，苏师兄他的前途是光明的！道路，是曲折的！

顾了了钻研了一夜，第二日早上顶着一双红红的眼睛、一头乱蓬蓬的长发坐在床头傻笑，以至于楚千觞回来后，几分惊恐地伸手摸了摸顾了了的额头，"了了，你发烧了？"

顾了了似没有听到楚千觞的话，继续傻笑。

楚千觞："……"了了她不会是脑子睡坏了吧。

"师父，我要去找苏师兄。"顾了了一把掀开被子，跳下床就想往外头跑。

楚千觞一把拽住她的后领，道："顾了了，你要是敢这样出去，以后别说是我徒儿。"

顾了了："……"

"快去洗漱。"

顾了了耐着性子洗脸漱口完毕，然后随意套上外衣就匆匆往外赶，楚千觞委实看不下去，又拽住她的手，将她拉至身前，道："急什么，难不成晚一点苏叶他会消失？"

"不是啦。"顾了了笑得像只小狐狸，"我赶着要去传授苏师兄把妹绝招。"

楚千觞："……"很好很强大，顾了了她越来越有出息了。

微微低头，楚千觞盯着顾了了脸庞许久，就在顾了了被看得浑身不自在准备尿遁时，他突然伸出手，缓缓伸向顾了了的胸前。

"师、师父……"顾了了瞠目结舌，脑筋扭成麻花，难道师父他心里藏着一个洛丽塔，想要对她未成形的小胸胸进行胸袭？不——要啊！顾了了，你究竟是要，还是不要？

顾了了正在纠结要不要闭上眼睛做害羞状顺便娇滴滴问一句，"师父，你在干什么呢？"

结果证明，不是楚千觞洛丽塔，是俺们顾了了思想太猥琐。

人家美人师父一本正经两袖清风目不斜视地为她——系衣带！

"了了啊，衣服要穿好了才能出门。"楚千觞苦口婆心地教导道。

顾了了失望地"啊"了一声，而后楚千觞无比自然地拍拍她肩膀，笑道："好了，快去吧。"

顾了了双手紧拽着衣襟，小跑出去，楚千觞不由眯起眼，如果刚才他没看错的话，了了她似乎……脸红了！？

楚千觞不明所以地摇摇头，这孩子，真是越大越让人琢磨不透。

苏叶早在外边等了许久，见顾了了出来时一脸通红，不由挑了挑眉。

顾了了瞪了他一眼，"看什么看，还不是为了你。"说完哼了一声转身便走。

某个无辜的人耸耸肩，不明白自己刚才哪里开罪于她。

不过现在，两人的身份地位完全倒转过来，苏叶聪明地选择了沉默。

苏叶沉默地尾随在顾了了身后，去了停云阁，看她抄写了一上午的《玄女心经》。

苏叶沉默地尾随在顾了了身后，去了饭堂，和她一起吃了一顿只有肉没有蔬菜的午饭。

苏叶沉默地……爆发了！

"顾了了，你不是答应了我——"

"答应了你什么？"顾了了斜斜看了他一眼。

"你——"苏叶恨恨竖起一根食指。

难得见苏叶气成这个模样还在忍耐，顾了了心底那个爽啊……

不过她也知道凡事都有个度，太过了，就不好玩了。

"你会不会弹琴？"顾了了慢条斯理问道。

苏叶迟疑一下，点点头，"你是要我弹琴给陶桃听？"

答对了一半。

"……还是算了吧，陶桃的琴，是和宫廷乐师学的。"言下之意，自己弹的怎么能入她的耳。

顾了了："……"苏师兄，你还真是悲催，追女情路的起点就比别人高出一大截。

还好有她顾了了在，遥想当初，面首这个百分百的琴盲不也是端着琵琶充吉他上阵的吗？

"苏师兄，你不是五音不全吧！？"顾了了试探地问道。

苏叶眼中的疑惑之色愈发重了，他点头，"还要唱歌？"

见他一副想要退缩的神情，顾了了大大咧咧拍着他的肩膀道："不就唱歌嘛，有什么好怕的。苏师兄，唱歌，是表达感情最好的一种方式，再配以琴音，最能打动女人的心。"

要不然这世上那么多情歌怎么诞生的。

顾了了一番声情并茂的演说让苏叶不由信服几分，看顾了了的眼神也带上几分诧异，"顾师弟，听你这么说……似乎很了解女人？"

废话！老娘我就是货真价实的女人！顾了了得瑟道："那是。"

也不想想她在玉凤山庄时那一呼百应呼风唤雨顺风顺水的美好日子，真是令人万分怀念哪。

苏叶被顾了了拉去琴阁练琴，面对偌大一张古琴，苏叶试了试弦音，而后抬头望向对面一脸呆滞的顾了了，"顾师弟，我要弹什么曲子？"

唔，这个嘛，自然是弹一些风花雪月春花秋月花好月圆的曲子啦。但这些都是其次，关键是要能配词唱出，说不定能博得陶桃师姐的回眸一笑。

"这样吧，我来唱一首曲子，你根据我的调子弹出来，"顾了了说道。

苏叶顿了顿，奇怪道："顾师弟，你不会弹琴？"

说起这个弹琴……顾了了笑得很淡定很淡定，不过知道真相的人，未必会淡定。

咱们想把时间往前拨一拨，约莫是在顾了了和顾美人四五岁时，顾冥磊为他们请来了一位夫子。

那位夫子不但教他们识字念书，偶尔也会在院子里弹弹小曲，陶冶一下情操。

然后，有一日夫子有事出去了，他的琴留在院子里忘记收起来，因而惹得两个小家伙的注意。

"美人，你看那个。"顾了了故作天真道，"夫子的琴诶。"

彼时顾美人还没有完全成长为腹黑小正太，还在顾了了的欺压中不断进行反抗与反压迫运动，他凭直觉感觉到顾了了的不怀好意，退了两步，谨慎说道："了了哥哥，那是夫子最珍贵的古琴，我们还是别过去了。"

顾了了一听"最珍贵的"几个字，立马来了劲，挥手道："美人，你还没听过了了哥哥弹琴唱歌吧！？"

顾美人被"弹琴唱歌"一语给勾住，好奇地点头，"了了哥哥会弹琴唱歌？"

"那是当然。"顾了了抛了个媚眼，坐在琴桌前，道，"你听话坐下，了了哥哥唱歌给你听。"

顾美人依言乖乖坐在地上，双手托着下巴。

然后听顾了了唱歌……

"来来我是一个菠菜，菜菜菜菜菜菜菜菜菜菜菜菜菜菜菜菜菜菜；来来我是一片芒果，果果果果果果果果果果果果果果果……"

"美人，了了哥哥唱得好不好听？"

从没有听过其他歌曲的顾美人傻兮兮地点头，"好听。"

"你想不想学？"

"为什么要学呀？"

"傻瓜，将来可以追喜欢的人用。"

"哦……"

"来，你过来，了了哥哥教你怎么弹琴。"

随后，就在顾美人兴致勃勃坐在琴桌前，准备放手拨动琴弦时，夫子出现了。随后发生的事情简直成为顾美人一生的阴影。他因为受惊一下子用力过猛将琴弦拨断了。

为此，夫子狠狠地责罚了顾美人一顿，也让顾美人发誓，此生此世再不碰古琴。

以上种种原因，也使得顾了了无缘习古琴。

好了，让我们再度回到苏叶和顾了了身上。

顾了了干干笑了两声，道："因为某些原因，一直没有机会学习古琴。"

没有机会？苏叶蹙眉，"顾师弟如若还想学习古琴，我可以教你。"

顾了了："……"

"好了好了，别再废话，先把你的陶桃师姐搞定再说。"

顾了了唱的是《水调歌头》。话说将词唱成曲，在古代是屡见不鲜，但放在二十一世纪白话文盛行文言文已成为过去式的年代中，似乎很少有人会填词，更少见到有人将词改成曲子传唱。其实她大可不必绞尽脑汁去想要教苏叶唱什么词，像教给面首唱的那几首歌那样，挑几首缠绵悱恻的流行歌曲教给苏叶便好。只不过经顾了了一夜的思索，她觉得，追求陶桃师姐这种标准的文艺女青年，不可如此直白，需要以退为进，以守为攻，讲究含蓄的策略。

所以，第一步，是要引起陶师姐的侧目。

抓住女人的眼球，才能抓住女人的心——摘自《顾氏物语》

当顾了了唱完"但愿人长久，千里共婵娟"时，苏叶愣了愣神，问道："这首词，是你做的？"

"当然……不是。"顾了了微微一笑，"苏师兄能否弹出曲调来？"

"我试试。"苏叶颔首道，他定定神，而后勾指，拨弦。琴声如淙淙流水，从指间奔涌而出，和着醇厚的男音，犹如一曲天籁。

顾了了未曾想到，苏叶不仅能将曲调弹出，还准确无误地记住了词，和着琴音，完整地唱出来。

顾了了悲愤了，这世上还有什么他不会的吗？

一曲毕，苏叶有些惴惴不安道："怎么样？"

顾了了道："Parfait！"

"什么意思？"

"就是说……马马虎虎。"顾了了思索苏师兄他是不是可以省掉练习步骤直接上战场时，琴阁门被推开，一男一女出现在苏叶和顾了了的视线范围内。

看到门外两人时，顾了了很惊奇，苏叶很失落——凤曦和陶桃。

"凤师兄，听说你最近习了一首曲子，能不能弹给我听听？"陶桃笑容满面地问道。

凤曦微微点了点头，似乎这只是个很普通的请求。

两人转头，见苏叶正坐在琴桌前，陶桃面色有一瞬间变得不那么自然，而后恢复了正常，笑道："苏师弟，你和顾师弟都在啊。"

苏叶苦涩地笑了笑。

顾了了眼珠一转，这不是好机会嘛，"陶师姐，刚才苏师兄也新学会了一首曲子，你听听看吧。"

"哦，是吗？"陶桃兴致缺缺地答道。

苏叶一脸黯然，起身，道："我累了，先回去了。"

顾了了连忙站起来追出去，"苏师兄，你等等我。"

留得身后凤曦和陶桃两个人面面相觑，不知所以。

"苏师弟他怎么了？"凤曦问道，几日没见，怎么感觉生分了许多，尤其是他看自己的眼神，似乎……充满杀气！？

陶桃犹豫地摇摇头，"苏师弟他向来是这个脾气……"

说得也是，凤曦点头，开玩笑道："怎么没听到你喊他'小叶子'了？"

陶桃脸色一变，几分尴尬地笑笑，"凤师兄，你不是说要弹琴的么？"

顾了了追了许久，才追上苏叶的脚步。

"苏师兄，你怎么突然跑掉了？"顾了了气喘吁吁地停下来，双手撑着膝盖。

苏叶凉凉地看了一眼顾了了，道："不走留在那做什么？看他们俩谈情吗？"

苏师兄，你何时领悟到这么高的境界了？连语言学中的一语双关这种用法都能恰到好处地运用。顾了了内心小小崇拜了一下。

"苏师兄，也不是啦，"她本着人道主义精神，安慰道，"那看架势，只是陶师姐一厢情愿而已。凤师兄可没有任何表示。"

光是那张没有多余表情的面孔，顾了了就难以想象凤曦将来会喜欢上什么样的女人。

万年不化的冰块，比南极冰盖还要结实。

苏叶却说什么都不愿回琴阁，顾了了急了，这不是明摆着要把机会拱手相让嘛。

正在僵持阶段，突然冒出的三个脑袋解了围。

"苏师兄，你又在欺负顾师弟。"一如上一次停云阁中那般，于师兄义愤填膺道。

他旁边的田师兄、徐师兄不失时机地点头，添油加醋，"苏师兄过分太过分。"

"去去去，你们知道什么。"顾了了甩手不耐烦道。

三人："……"顾师弟，不带你这样过河拆桥的。

"苏师兄正在思考人生大事。"顾了了补充一句。

"什么人生大事？"师兄三人组凑上前问道。

顾了了瞥了一眼苏叶，见他仍沉浸在抑郁中，想必这次打击太大了，一下子难以康复。

于是拽着那三人，窃窃私语。

"哦哦哦，原来是这样……"

"难怪苏师兄脾气这般暴躁，可以体会可以体会。"

"呜呜，苏师兄他真是太可怜啦……"

在听完顾了了不完全符合事实的描述后，师兄三人组决定亲自出马，帮苏师兄一回。

"这个好办，将苏师兄和陶师姐单独约出来不就得了。"于师兄献言献策。

顾了了合掌，"是不错，可是怎么约？"

陶师姐现在对苏师兄可是防得厉害啊！怕是不那么简单。

搞不好连她也一起防范了！

"这个包在我们三人身上！"徐师兄非常有义气地拍了拍胸脯，说道。

"是啊是啊，"田师兄频频点头，"苏师兄只要准备好他那边的就够了！"

"你们三人？"顾了了深深怀疑，"可以么？"

"顾师弟，你什么眼光，连自己的师兄都不信任！"于师兄抗议道。

顾了了对天翻了个白眼，她不是不信任，是相当不信任！

不过……此时似乎也只能相信一回他们三人了！

"要不就今晚吧！"顾了了定夺道，"你们把陶师姐骗到西北区来。"

"行！"师兄三人组信誓旦旦地承诺道。

目送师兄三人组离去，剩下的，就是苏叶了。

顾了了叹了口气，走过去，拍拍苏叶肩膀，道："苏师兄，你想要放弃？"

"放弃？"苏叶冷然一笑，"我苏叶字典里还没有这两个字。"

"那就好，"顾了了放心地点点头，"师兄，今晚，西北区，您大胆地上吧！"

"上什么？"苏叶显然刚才没有注意到顾了了他们几人的计谋。

"我已经为你安排好了，天时地利人和，就看您老今晚的发挥！"顾了了言简意赅地将晚上计划叙述了一遍，最后总结道。

苏叶："……"

"为什么要选择晚上？"

"月黑风高好办事……你没听过这句话么？"

"……"

"为什么要选择西北区？"

"那边树多，景色优美，可以营造美好的氛围。"最重要的是，我打扫了那么久，地形最熟悉，知道可以藏在哪棵树上免费观看啊观看！

"……"

"这样就可以了么？"苏叶深深觉得不靠谱，非常不靠谱！

无奈顾了了打包票道："苏师兄，就按照你刚才的发挥，绝对是手到擒来，天下无双！"

手到擒来……苏叶不知道是不是，但天下无双，百分百是形容他们了！

大晚上跑出来唱歌弹琴不可怕，可怕的是，如果这样的夜晚不是月明星稀也不是星光灿烂更不是月黑风高，而是——风雨交加呢？

顾了了没想到这天气说变就变，白天还艳阳高照，到了傍晚时分便起了大风，开始下起雨来。

无奈师兄三人组已发出邀请，顾了了看着外面的天气，迟疑地问道："苏师兄，要不改日？"

这样的天气，雨中弹琴唱歌，嗯……现实告诉我们，罗曼蒂克也是要付出代价的。

苏叶抿唇，摇头道："不，就今天！"

没有打伞，苏叶抱着琴，在雨中缓缓踱步。明明那么大的雨，却不觉得他有丝毫狼狈。

依旧那么高雅，那么镇定，那么……妖孽！顾了了打伞走在后面，小心避免走到水坑中，一面暗暗感叹，苏师兄能为陶师姐做到如此地步，想来陶桃看见了，不感动都不成。就连她，也有几分动容。

西北区，陶桃已撑着伞，站在一棵树下，见苏叶和顾了了二人一前一后走来，她似并不吃惊。

顾了了走到一半便停下来，之后的事情，属于陶桃和苏叶的，她无权参入其中。

若无其事地向陶桃打了声招呼，顾了了很自觉地退到远处去了。

依照顾了了的剧本，接下来应该发生如下事件——

步骤一、苏叶雨中弹琴，陶桃雨中听琴；

步骤二、苏叶一曲《水调歌头》打动陶桃芳心；

步骤三、陶桃手中的小花伞落下，她朝苏叶方向奔去；

步骤四、陶桃和苏叶二人雨中相拥，一吻定情。

——本剧OVER

导演：顾了了

编剧：顾了了

演员：苏叶、陶桃

助手：师兄三人组

……

只不过，我们的人生永远不可能如想象中那么完满，永远充满残缺的美。

本剧之美，在于它的女主角……残缺了！！！

陶桃看了一眼苏叶，不知扔了句什么话，转身便离开了。

而后，顾了了见苏叶抱琴席地而坐，在雨水中拨弄琴弦。

琴声，和着雨声，在这漫无边际的黑夜中，显得那么的寂寥，那么的寂寥。

顾了了甚至无力上前去劝说阻止，只能站在不远不近的地方，静静看着他。

琴声一直没有断开，苏叶反反复复地弹着不知名的曲调，既不哀怨，也不忧伤。

好像是一种……一种惘然，一种万念俱灰之后的迷离。

顾了了想，原来苏师兄也会有这般失落的时刻，原来失恋的心情，无论是谁，都是这般的伤痛。

只不过，即便知道会是如此，人终究克制不住自己的感情，想要喜欢一个人的感情。

苏师兄他，很可怜呢！

顾了了叹了口气，倚靠着身后的大树，索性在这儿陪着他，默默无言。

雨，渐渐停了下来。

顾了了收起伞，沿着树干滑下，坐在潮湿的地面上，眼皮控制不住地垂下，耳边的琴声却似乎没有停息的意思。

她困倦地打了个哈欠，实在熬不住了，头搁在膝盖上，昏昏然打瞌睡。

直到脚步声由远及近，似乎有谁走到她面前，耳畔传来的，是一声若有似无的叹息。

那一刻，她终沉沉入睡。

直至再次醒来，顾了了感到头痛不已，浑身不适。

她悲哀地发现，自己发烧了！

"了了！"有人在叫她，顾了了转头，朦胧的视线中出现一道白影。

"师父？"

楚千觞坐在床沿上，摸了摸她的额头，而后道："喝药了。"

他手中，端着一个偌大的蓝边碗，热气腾腾的白烟徐徐升起。

顾了了皱了皱鼻子，这味道，真苦！

楚千觞单手将她扶起，然后把药碗递到她唇边。

顾了了尝了一口，立马往后一仰，不肯再喝第二口。呸呸呸，什么鬼药，和马粪似的！

顾了了嫌恶地说道："我不喝！"

"不喝？"楚千觞蹙眉，"真的不喝？"

"真的不喝！"顾了了很有骨气地说道。

楚千觞点点头，扶着她的手在她背后拂过，顾了了猛然发觉自己动弹不得了。

"来，了了，乖，把药喝完。"楚千觞眯着眼睛，笑吟吟哄道。

顾了了愤愤然瞪着楚千觞，哪有这样给人喂药的！

竟然点了她的穴！顾了了紧紧抿嘴，不张嘴，就是不张嘴！你奈我何？

楚千觞笑容越发灿烂："了了，你不是希望我再点你的其他穴道吧！？"

他的手移到顾了了的下巴上。

顾了了泪了，他他他，想要强行撬开她的嘴将要灌入么？

怎么样都逃不过此劫，顾了了认命地打开嘴，在楚千觞的注视下小口小口将那马粪一般的药喝干。

末了，楚千觞将她塞回被子里，起身出去。

顾了了泪如泉涌，师父啊，你好歹给我一颗蜜饯吧啊啊啊啊！

他他他，竟然连蜜饯都不给自己！委实不厚道，忒不厚道！

就这样，顾了了被楚千觞以这种方式灌了三天马粪一般的汤药，若不是病渐转好，她深深怀疑，楚千觞给她喝的不是退烧药，而是毒药。哪会有这么变态味道的药啊！

药理之术，顾了了虽不及顾美人那般精通，但普通的小感冒小发烧她是知道的，根本不需将药剂调配到如此地步。

唯一的解释就是——师父大人故意如此，将药量加重，并特意掺入一些降温败火的苦药。

顾了了想不通师父为何要这么做，难道是在生自己的气？

好像是诶！他好几天都没主动和自己说话了，两人之间的几句交流也仅限于"吃饭了""喝药了""睡觉吧"诸如此类毫无实质性的话语。

趁着自己身体大好之际，顾了了决定打破僵局。

"喝药了！"某师父话语冰冷，不带一丝感情。

顾了了谄媚地笑道："师父师父，你瞧，我身子已经好了，所以……"

"……所以？"

"所以不需要喝药啦！"

"喝药！"楚千觞言简意赅地重复道。

"师父，"顾了了几分委屈地接过药碗，在楚千觞凉凉的目光中一饮而尽，抱着碗，不肯还给他，"你在生了了的气么？"

楚千觞哼了一声："我有什么好生气？"

还说没生气~~他这样子好像小孩子哟，好可爱哟！

顾了了顿时眉开眼笑，拽住他的袖子耍赖，"了了知错啦！"

"少来！"楚千觞瞪了她一眼，"哪里错了？"

"不该彻夜不归。"

"还有呢？"

"不该在雨中待一夜。"

楚千觞的脸色这才缓下来，看着眼前人儿嬉皮笑脸的模样，几分无奈几分宠溺。

谁叫她是他楚千觞的徒儿，此生唯一的徒儿！

"师父，苏师兄呢？"顾了了忽然想起某人似乎比自己还要惨，在雨中淋了一夜的雨。

楚千觞没好气道："我去找你们的时候，那家伙还在弹琴，不是我强行打晕带回去，恐怕这时候已经去掉半条命了！"

"苏师兄病得很厉害？"

"差点转成肺病，你说呢？"

顾了了默然，肺病，这在古代可是不治之症啊！

"不知道陶师姐有没有去看他。"顾了了喃喃自语。

她话音未落，楚千觞便狠狠地戳了一下顾了了的额头，顾了了捂着额头"唉哟唉哟"叫起来。

"师父，你干吗呢？"

"你说呢？"楚千觞冷冷咬着这两个字。

"额头要被你戳破……"顾了了的抱怨声越来越小，她可以感觉到，这一次，师父是真的生气了。虽然不明白，他为何会这么生气？

"我倒真想戳破来，让你记住教训。"楚千觞横眉冷对。

顾了了撅起嘴，"我只是好心……"

"却差点酿成大错。"楚千觞说道，"你知道我找到你们二人时候有多么害怕么？"

"一个浑身发热昏迷不醒，一个弹琴似中了魔障……"

楚千觞的训斥声中，顾了了头深深垂下。

最后她不得不弱弱说道："师父，了了知错了……"

知错？知错那下次还会不会再犯错？

"看来我平时太宠你了，以后应该严厉些，不能对你这么放任下去。"楚千觞冷然道。

顾了了愁眉苦脸，不是吧……她真的是出于好心耶！

"可是苏师兄他那样很可怜，我才帮他的……"顾了了小声嘟囔道。

"结果呢？"楚千觞反问。

见顾了了沉默不语，楚千觞最终软了下来，喟叹道："了了，你太小，不会明白，有些东西，不是你的，不该强求。"

"可是不去求，又怎知不是自己的？"顾了了不服气道。

就像有人说，真正爱一个人，不是得到她，而是放手成全她。

但这在顾了了看来，完全是放屁！若得不到她，若不能亲手给她幸福，何谈爱她？

唯有当想要得到她的念头霸占了全部身心时，那才是真正的爱。

所谓的爱，不是放手，不是成全，而是霸占，真真正正地占有！

"了了，"看着顾了了那双灿若星辰的眸子，楚千觞知她天性聪颖，定有自己的想法，自己多说也是无益，却又忍不住想要劝说，"倘若你处在陶桃的位置上，该当如何？"

一句话，让顾了了陷入沉思。如果她是陶桃，一心喜欢凤曦，又该如何对待苏叶那份感情？

顾了了回答不出。

好像人都是自私的，只能看到自己所爱的人，却看不见，爱自己的人。

"师父，该怎么办？"顾了了纠结地看着楚千觞，仿佛唯有此人能够解答她心底的疑惑。

楚千觞深深叹息，缓缓道："了了，感情一事，向来如人饮水，冷暖自知。佛教中有个词，叫做'随缘'，凡事只求尽心尽力就好，至于结果如何，当随顺因缘。"

"我并非反对苏叶去争取陶桃的感情，只是，你们不该用这种极端的方式。"

"师父不反对么？"顾了了奇怪道。

楚千觞缓缓坐在她身边，用手刮了刮她的鼻子，笑道："了了，你记住师父的话，有时候付出未必会有收获，但没有付出，一定不会有收获。"

这话我也知道啊……顾了了心中碎碎念，思及苏叶一事，不由明白师父的意思。

倘若陶桃确实不喜欢苏叶，那么无论苏叶怎样付出，可能始终一无所得。

所以师父才那么说，对么？

顾了了的身体完全康复时，已是一周后的事情了。

这期间她去探望过一次苏叶，苏叶的病比自己要重许多。

顾了了三日后便能下床自由活动，而苏叶还不停地咳嗽，嗓音嘶哑。

"苏师兄，我带了蜜饯给你！"顾了了将一个大大的篮子摆在苏叶面前，苏叶看过后嘴角一阵抽搐。

那个篮子里的蜜饯，是师兄三人组送来的。顾了了只尝了一块，便彻底将它搁在墙角。

想要丢掉，又觉得可惜了，所以借花献佛来了。

"顾师弟，你的好意我心领了，篮子还是带回去吧！"

从苏叶的表情中，顾了了猜到，苏师兄一定也收到那三人的蜜饯。

顾了了笑嘻嘻从中取出一个别致的小碟子，"这个是凌师姐做的，很好吃哒，你尝尝看！"

听到是其他人做的，苏叶这才点头接过，闻了闻，最后放在嘴里。

"很好吃。"他说道，顿了顿，突然看向顾了了，眼中划过一丝决绝的表情，"我放手了。"

"什么？"顾了了一时没听明白。

"我放手了，"苏叶躺在松软的高枕上，说道，"对陶桃，彻彻底底放手了！"

"这就对咯！"顾了了笑嘻嘻道，她原本做好了劝苏叶放手的打算，没想到这位苏师兄这么通透，"有首歌这么唱的——该放手时就放手哇，风风火火闯九州哇，嘿嘿嘿嘿呦嘿，嘿嘿嘿嘿呦嘿！"

"前面一句？"

"啥？"

苏叶抿唇，"前面一句怎么唱的？"

顾了了："……"

"路见不平一声吼哇……"

苏叶那双狐狸一般的眸子幽深幽深。

"很好。"他吐出两个字，"这是路见不平？"

顾了了立刻有种要被这位师兄恶整的预感，抖了抖小身板，嘿嘿笑道："当、当然不是，师兄这叫……"

"叫什么？"

顾了了："……"她一时还真想不出形容词来描述苏叶。

"叫……看破红尘！"

苏叶："……"看来他是太久没修理某人了，某人愈发无法无天了！

"谁看破红尘？"清淡的声音蓦然插入，顾了了回头，见凤曦和陶桃一起走进来。

"凤师兄，陶师姐，好巧啊！"顾了了言笑晏晏。

"是很巧。"凤曦颔首。

"不是啦，我是说每次你们俩都一起出现，好巧哦！"顾了了坏心眼说道。

凤曦奇异地看了一眼顾了了："我在外边与陶师妹遇上，就一道过来了。"

顾了了捂嘴嗤嗤笑，"凤师兄，你就别解释了，解释就是掩饰！"

凤曦蹙眉，"顾师弟，我想你是误会了什么，我和陶师妹——"

"顾师弟，"陶桃突然打断道，"你刚刚唱的是什么歌？"

"诶？"顾了了看向陶桃，见她眼中有哀求之色，只得转移话题道，"好汉歌。"

"我怎没听过这首歌，顾师弟唱来听听吧！"苏叶淡淡道。

顾了了瞥了一眼床上的苏叶，又看了看陶桃，无奈下开口唱道："大河向东流哇，天上的星星参北斗哇……"

唱完后，陶桃笑着评论："调子很奇特，不过怪好听的，是不是，凤师兄？"

凤曦点点头，苏叶则报着嘴，一言不发。

一时间气氛降到极为尴尬的地步。顾了了挠了挠脑袋，不知该如何重新挑起话题。

和这三个人在一起真是一件辛苦的事！她默默想道。

"说起风风火火闯九州，马上凤师兄要离宫历练去了吧！？"陶桃笑着问道。

凤曦嗯了一声。

"历练？"听到这个陌生的词汇，顾了了好奇心大起，紧抓不放问道，"历练什么？"

"宫中弟子但凡满十五岁，便可离宫出去历练三年，三年后回宫再选择离开或是留下。"陶桃解释道，"再过五年，顾师弟也要入江湖进行历练，若能有幸参加武林大会取得名次，则是再好不过的！"

"就像师父那样？"顾了了快言快语道。

陶桃微微一笑："楚师叔属于例外，我记得他参加武林大会时不过十三岁。"

十三岁就去参加武林大会？顾了了惊叹不已。

苏叶冷哼道："楚师叔是百年难得一遇的武林奇才，十二岁时已学遍琉璃宫中所有武功秘籍，自然提前进行历练。"

说完，他很是不屑地看了一眼顾了了，似嘲笑顾了了与楚千觞之间的巨大差距。

顾了了早已练就了一身刀枪不入的功夫，十分淡定道："你也知道师父是百年难得一遇的奇才！"意思就是说，咱们都是那百年之中就能遇上的凡人。

"其实苏师弟天赋奇高，并不下于楚师叔。"凤曦含笑说道，"若能有楚师叔指点，定能进步飞快。"

经凤曦这么一说，顾了了内心微微触动，难怪苏叶最初那么排斥自己，看自己百般不顺眼，莫非是因为自己抢了师父的缘故？

顾了了想要说什么，听到苏叶低咳一声，"当年楚师叔没有经任何人指点就能走到那般境界。"

这算是给自己解围么？顾了了未料到苏叶也会有这么好心的时候。

凤曦笑着答道："是啊，只要自己努力，即便没有楚师叔的点化，也未必不能有所进益。"

陶桃见他们在这唠叨许久，苏叶已露出几分疲惫之色，提醒道："我们该回去了，让苏师弟休息吧！"

凤曦和顾了了纷纷说好，准备离开时，苏叶说道："顾师弟，你先留下来，我还有几句话要说。"

待到凤曦和陶桃离去，顾了了问道："什么话？"

苏叶指着桌子上的大篮子道："把那个带回去。"

顾了了："……"

"还有，替我对那三位师弟说声谢谢。"苏叶头微微垂下，似有几分不好意思。

妖孽还会害羞？这真真是天下奇闻！顾了了凑过脑袋要去观察，被苏叶瞪了回来。

"看什么看，还不快走！"他呵斥道。

"哦……"顾了了起身，慢吞吞拿起那个烫手的篮子，朝外走去。

"还有……谢谢你。"就在顾了了要跨出门槛时，苏叶的道谢声终于响起。

顾了了不禁笑了出声，这个苏师兄呀，死要面子！

她却觉得他越发可爱起来，不再是初次相遇时水火不容，而是慢慢发现他层层面具之下的真面目。想必人相处久了，都能看到对方的可爱之处罢！？

差不多半个月后，苏叶的病也完全康复。

像是经历了一次脱胎换骨，这位苏师兄再度出现时，竟与过去有了许多不同。

不再整日阴沉着脸算计人了，脾气也比过去温和了几分。

在对待师弟师妹的态度上，更是温和许多，一时间竟乱了许多女弟子们的芳心。

顾了了窃窃笑，看来陶师姐一事给苏叶带来不少感触呐！

不过唯一的例外是，苏叶对顾了了的态度，依旧恶劣。

对此，受到苏师兄笑脸相待的师兄三人组拍着顾了了的肩膀，安慰道："顾师弟，苏师兄变得如此温和善良，你多和他相处几次就能体会得到！"

温和善良个毛啊！顾了了默默哭泣。俗话说江山易改本性难移，你们看到的都是那虚幻的外表啊外表，我这才是透过现象看到那妖孽本质！

第十七章 危机潜伏

顾了了发现，近来许多人都变得很奇怪。

首先是她的师父大人，竟然下达了闭门令，每日戌时前必须回青竹居，倘若有特殊原因，也必须先回来说明情况。

顾了了对此愁眉不解啊，戌时，相当于现代的晚上七点到九点。戌时前回青竹居，连新闻联播都没开始她就得乖乖回家！

这只是她的师父，要说还有比师父更奇怪的人，便是那位妖孽师兄了！他竟然开始频频上门找自己！顾了了纠结，这时候不该是凤师兄和他在一起么？怎么好像是自己取代了凤师兄在苏师兄身边的地位啊！？

对此，顾了了向苏叶明示暗示了几次，无奈向来聪明到令人抓狂的某人对此竟难得糊涂了。

顾了了很是无语，向凤曦抱怨过，凤曦好脾气地笑笑，说道："苏师弟就是那个样子，不过他愿意与你在一起，定是心中喜欢你才会如此。"

听到"喜欢"二字，顾了了颤了颤，磕磕巴巴道："不不不是吧，苏师兄他他他是……"

"是什么？"有人在身后问道。

"断袖？龙阳？分桃？兔儿爷？相姑？小唱？香火兄弟？契兄弟？契父子？旱路姻缘？寡独书生？……"顾了了将自己所了解的古代同性恋患者所有的称呼全数倒出。

"……"她似乎听到有磨牙的声音？

"你说够了没有？"

那磨牙声音还似乎非常巨大。顾了了掰手指算了算，光是形容GAY的就有十一种说法，看来古人的造词能力不下于现代人啊！

"暂时就想到这么多。"顾了了答道。

"暂时?"

顾了了:"……"她仿佛听到了苏师兄的声音?

幻觉,那一定是幻觉!

顾了了回头,啊啦啦,苏师兄的那张大黑脸竟然就在眼前飘过。

幻觉,绝对是幻觉!

顾了了猛然闭上眼,再睁开,苏师兄整个人都站在她面前了。

她顿时吓得往后一栽,摔倒在地。

凤曦笑吟吟道:"苏师兄,你来啦!"

苏叶不冷不热地应了一声,目光始终停在顾了了的脸上。顾了了觉得自己牙酸了。

"苏师兄,你能不能不要用那么热烈的眼神看着我,我会误会的!"

苏叶:"……"你误会个毛啊误会!苏叶黑着脸伸手,揪着顾了了的耳朵,把她从地上揪起来。

"哎哟哟,疼,好疼!"顾了了哀声叫道。

"苏师兄,你这样不太好吧!"凤曦见顾了了一副可怜相,虽说是她自找的,但忍不住开口道。

苏叶狞笑:"凤师兄,我是在行使身为师兄的义务——教导自己的师弟。"

凤曦:"……"

自己的师弟?了解苏叶的脾性,凤曦知道此事相劝只会火上浇油,况且刚才顾师弟的确说得有些过头了,不好选择袖手旁观,凤曦无奈道:"我还有事,先行告辞了!"

苏叶点点头,凤曦便趁机开溜。顾了了在心中暗骂,这个凤师兄一点义气都不讲,若不是他误导在先,她也不会得罪这只妖孽啊!

待到苏叶松开手时,顾了了耳朵通红通红。

她心痛地揉着耳朵,一边低声下气地道歉:"苏师兄,我错了,下次再也不敢了!"

苏叶冷哼一声:"你就这么讨厌我!"

顾了了:"……"她可不可以不说实话?

"不不不,了了对苏师兄的崇敬之情犹如那江河之水,滔滔不绝。"

苏叶眼角抽了抽。

有时候，他还真是拿这个师弟毫无办法，好像她天性如此，无拘无束，说话口无遮拦，天不怕地不怕，无论何时何地见到她，总是笑嘻嘻的，一副没心没肺的模样。就是这个性子，却深深吸引了他的目光，想要知道她还会说什么、做什么。

　　和顾了了在一起，仿佛每一分每一秒都变得轻松起来，愉快起来，忘却了那些烦恼的、忧愁的、琐碎的事情，满心满眼都是那些微不足道的喜悦。

　　"你怎么在这里，不去停云阁抄写《玄女心经》么？"苏叶换了个话题问道。

　　顾了了"哎呀"地叫了一声："我差点忘了，和王师姐约好了！"

　　"王师姐？"苏叶疑惑。

　　"是啊，王师姐说了，我随时可以去丹药房找她呢！"顾了了满心欢喜道，停云阁中武林秘籍居多，也不乏一些记载毒蛊的书籍，看得她手痒痒，想要制一种新毒。

　　苏叶这才想起，顾了了原是懂一些医药的。

　　"又有谁病了么？"苏叶问道。

　　顾了了投以一个你这句话很废的表情："不是生病难道就不能去丹药房么？"

　　"你是要去……"

　　"制毒。"顾了了邪邪一笑。

　　苏叶："……"

　　"你会制毒？"他完全没料到，眼前这个身高不及他下巴，眉目带有几分女子柔美的小师弟，竟然会制毒！

　　顾了了得瑟地扬起脑袋，怎么样，也有你想不到的事情吧！？

　　"我和你一起去。"苏叶说道。

　　顾了了耸耸肩，表示随便。

　　二人来到丹药房，敲了敲门，发现门是开着的，便推门而入。

　　炼丹炉边，几个人东倒西歪瘫睡在地上。顾了了与苏叶对视一眼，急急上前，触及鼻息，还有呼吸。

　　"只是晕了过去。"苏叶说道。

　　顾了了蹲下身子，细细观察王师姐，而后伸手为她把脉。

　　"你在做什么？"苏叶不解道。

　　顾了了没有理会他，皱着眉头，随即又翻开王师姐的眼皮看了看，缓缓吐出两个字："中毒。"

　　苏叶吓了一跳："不可能！"

琉璃宫向来戒备森严，"不可能会有人下毒。"

顾了了白了他一眼："我又没说一定是其他人下毒。"

"那怎会中毒？"在苏叶意识中，除非是他人下毒，总不至于自己故意服毒吧！？

顾了了起身，绕着那炼丹炉转了两圈，手在炉子里探了探，指尖似沾有什么黑色的东西，放在鼻端闻了闻，而后拍去。

苏叶被她这一本正经的模样唬住，难得露出几分敬重之色，"怎么样？"

顾了了摇摇头，"先把人叫来！"

很快，十几名弟子便来到丹药房，将几名昏睡过去的弟子抬了回去。

因琉璃宫是第一次出现这样的事故，连太师父都被惊动了。

几位懂得药理的师叔都被叫去诊断，得出的结论与顾了了的相似，都说是中毒，却不知是何毒。

这让顾了了想起上一次楚千觞所中的毒，也是如此，无色无味，却能渗入体内，游走于经脉之中，传遍五脏六腑。这次的毒，与上一次，有异曲同工之处。

戌时未到，顾了了便早早回到青竹居。

好不容易等到楚千觞回来，顾了了劈头便问："师父，我想知道你上次是怎么中毒的！"

楚千觞微微一愣，"可是因丹药房一事？"

顾了了点头。

楚千觞沉思片刻，缓缓道："我也不知，还是你告诉我中毒一事。"

顾了了这才想起，好像……的确如此！是她为楚千觞切脉时，才发现师父脉象有异，是以判断他中毒。可是为何上次能解开，这次却不能？

好像这次的毒药，比上一次的还要厉害，她虽能感觉到异象，却只是凭借外在的异样，身体里的异常分毫未察觉出。所以无法对症下药，进行解毒。

"师父，"顾了了思忖着说道，"我可不可以知道，上次为何那么多人追杀您？"

楚千觞挑眉，"这和中毒有关系么？"

"我想要推断他们是如何下毒，还有，下的是什么毒。"顾了了一字一顿道。

楚千觞想了想，最终摇头道："抱歉，了了，有些事你不该知道。"

每个人都有秘密，不为外人道的秘密，一旦被知晓了，很可能惹来的就是杀身之祸。

顾了了以前就觉得楚千觞此人绝不简单，如今的一切更加剧了她的这种想法。

犹豫了片刻，顾了了才道出真心话："我觉得，王师姐他们中毒绝非偶然，也许，那些想要害您的人，已经混入了琉璃宫。"

听到顾了了这么说，楚千觞没有反驳。或许连他，在潜意识里也在认同顾了了这一猜测。

如此高深的毒药，琉璃宫并不以制毒著称，不太可能会是本门弟子研制出来。

若说误打误撞，顾了了检测过炼丹炉以及散落在附近的毒药，并没有什么特别之处，都是些普通的药材。

是谁在幕后捣鬼呢？顾了了回忆平时遇上的师兄师姐师叔，似乎没有什么可疑之人。

难道是外人闯入？顾了了想不通，如果对方是直奔楚千觞来的，又为何去害丹药房中的弟子？

唯一的解释是，那人想要偷取草药，被人撞破，然后情急之下……下毒？

顾了了被自己这一推断所惊呆，她突然觉得寒气从脚下窜起，一切都变得不安全起来。

原来琉璃宫并没有表面上那么安全。

"了了，要不要师父把你送到其他师叔住处？"显然楚千觞也想到了这一点，询问道。

"不行！"顾了了断然拒绝，如果真如她所想，那么此时她一走，万一敌人又来下毒，谁来帮助师父？

"我不走！"顾了了认真地看着楚千觞，说道。

她不能走，小命固然重要，但不能在这种情况下甩袖离去！

面对那张倔强而执着的小脸蛋，楚千觞一时晃神，似乎思绪被带回遥远的过去，曾几何时，也有一个孩子，有着同样的执着与坚持。那是幼年时的自己，却因为自己的执着，而摔得遍体鳞伤，从此以后再不敢妄自前行一步。

有时候，他会非常非常羡慕顾了了。

"了了，"楚千觞喟叹一般说道，"留在我身边，会很危险。"

就是因为危险，所以才要留下。顾了了没有说，眸中流露出的神色却已完整地表达了一切。

楚千觞默然无语，最后做出了让步。

"你白日要和苏叶凤曦在一起，晚上我会尽早回来。"楚千觞叮嘱道，就算对方锁定的目标是自己，但难免不会波及自己的弟子。

顾了了重重点头。

就在青竹居中之人小心翼翼时，琉璃宫却似乎没有受到多大的影响。

白日里，弟子们还是该干什么干什么，偶尔提及王师姐几位弟子时，都道大概是他们误服什么药，一直昏睡不醒。

从那日苏叶说出"不可能"三字时，顾了了便觉得，大概琉璃宫里除了师父，不会有第二个人赞同自己的想法，索性她闭口不谈。

直到几日后，有弟子来找顾了了，说是太师父和几位师叔找她。

顾了了抱着"早知如此"的心情，随那位弟子去见太师父和师叔们。

云仁堂中，那几位弟子依旧在昏睡。

他们面目安然，嘴角似噙着淡笑，仿佛只是睡过去，随时都会醒来。

"了了啊，"太师父见顾了了走进来，招手道，"你快过来看看。"

顾了了顿了顿，说道："太师父，那日了了已经看过。"

已经看过？太师父扬眉，"你可有法子？"

顾了了摇了摇头，"比师父所中的毒还要棘手。"

太师父一听，顿时苦下脸来，"怎么连你也这么说！"

顾了了苦笑，她又不是大罗神仙，包治百病。

"你们都治不好他们么？"太师父问道。

底下无一人吭声。

"那该怎么办？"太师父摊手问道，总不能不治吧！？

"为今之计，只能去请倾城山元掌门来。"有一人开口道。

听到"元掌门"这熟悉的名字，顾了了不禁暗喜，要去请师父来么？

有元掌门在，说不定能破此毒，甚至，能摸到线索。

太师父叹了口气，"也只好如此了！"

"只是此去路途遥远，来去估计要半个月时间，万一元掌门不在倾城山，又该如何？"

又有人反对道。

"总不能因为路途遥远就不去吧！"顾了了嘀咕了一句。

太师父说道："就这么定了，南行，你去一趟倾城山。"

任南行双手抱拳，"是。"

任南行走的时候，带走了凤曦。

顾了了想起上次提到了历练，不知道凤师兄此次出门，是否三年后才回来。

她的疑惑很快就有人解答了——扭头时，见陶桃眼眶微红。

"陶师姐，你——"顾了了惊诧道。

陶桃也是出来送任南行和凤曦，见附近还有许多一同相送的弟子，拉着顾了了的手走到一边。

"顾师弟，凤师兄提前离宫历练去了。"陶桃黯然神伤，"他一直都没有告诉我……"

顾了了默然。她能说什么呢？

要她说，陶师姐，不要再浪费感情了，凤师兄根本不喜欢你么？

不，这样绝情绝义的话，莫说是她了，恐怕连凤曦都开不了口。

凤曦提前离去，其中几分又何尝不是因为陶桃的痴情呢？

余光触及不远处站着的少年，顾了了拉了拉嘴角。

"陶师姐，你就不能考虑一下苏师兄么？"顾了了劝慰道。

陶桃摇了摇头，回答一如当初："不行。"

"我和苏叶……是不可能的。"她最后说的。

不可能？顾了了听出这话中有话。

"难道是你们双方爹娘会反对？"

陶桃怔了怔，"顾师弟，你为何会这么想？"

"因为陶师姐拒绝时一点犹豫都没有啊！"顾了了很自然地答道，任人都会这么想吧！？说自己和另一个人是不可能，十有八九不是因为不喜欢，而是由于外界的阻力。

"我和他……"陶桃迟疑良久，才缓缓说道，"是名义上的姐弟。"

顾了了："……"这个答案还真是挺狗血的！至少她就被雷了一下。

陶桃黯然离去，顾了了见苏叶缓缓走来。

"苏师兄……"顾了了十分纠结地开口，"我……"

"你知道了？"苏叶不等她说完，便径直问道，"知道我和陶桃的关系？"

顾了了："……"苏师兄，你能不能不要这么聪明？

"……是。"

顾了了看着苏叶不声不响的样子，心里生出几分歉然，原来他们是因为这个缘故才不能在一起的。

陶桃她，也许心中并非不喜欢苏叶。

思及古今中外诸多伦理剧，顾了了突然拍掌道："苏师兄，你真的非陶师姐不可么？"

苏叶一顿，眼中含疑看着顾了了。

顾了了咧嘴一笑，似豁然开朗道："没关系，苏师兄，你若喜欢，便放手去追求吧！"

苏叶不置可否："你不是知道我和她是……"

"你们又没有血缘关系，再说，你没听过一句名言么，"顾了了故意顿了顿，而后郑重其事地说道，"伦，是用来乱的！"

苏叶："……没听过。"

"现在听过就行啦！"顾了了催促道，"快去吧，趁着陶师姐感情空虚的时候，你乘虚而入，保准抱得美人归！"

苏叶抽搐了良久，才吐出一口气，恶狠狠道："你这脑袋里究竟装的是什么东西！"

顾了了嘻嘻一笑，"自然是非比寻常的东西啦！"

苏叶哼了一声，隔了片刻才怔怔答道："顾师弟，别再说了，我已经决定放手，便不会再回头。"

"可是师兄不是也说了，你的字典里没有'放弃'二字么？"顾了了问道，她心里只觉得可惜。

"那是放弃，"苏叶抬头，仰望着天空，粲然一笑，"而我选择的，是放手。"

放弃和放手，不都差不多么？顾了了困惑了。

低下头，苏叶冲着那个一脸疑问的小师弟露出一个勉强算得上温和的笑容，顾了了花痴地发现，原来苏叶真诚地笑起来时，这般好看。

"下一次……我绝不会再放手。"

少年承诺时，风拂过，带起他额边的发丝，在空中飞扬，掩不去的神采，犹如这灿烂的阳光，在湛蓝的天幕中，灼灼燃烧。

顾了了只感到自己的心跳快了几分，似为他那充满自新的身姿而目眩神迷。

她终于可以理解，为何宫中那么多师姐们都偷偷喜欢着这位苏师兄，毒舌、脾气坏、小心眼、睚眦必报……或许他有着许多缺点，但那些都不足以与他身上散发出的华彩相提并论。

也许凤曦说得没错，苏叶是这么多年来，唯一能和楚千觞相提并论的弟子。

半年时光如流水一般飞逝。

事情仿佛并不如顾了了和楚千觞所想的那样继续恶化，而是就此没了声息。

若不是王师姐几人依旧没有醒过来，顾了了甚至会以为，半年前什么事都没发生过，琉璃宫的生活从最初的陌生、不习惯，渐渐步入适应，融入其中。

当然，生活永远不会如你想象的那般完满，尤其是在你遇上妖孽的时候，那样缺憾的美丽显得分外清晰。

当其他弟子都在一旁休息聊天时候，你却不得不洒汗挥剑，只为少受妖孽的嘲笑。

当其他弟子都在吃饭喝茶时候，你却不得不奋笔疾书，只为躲开妖孽的白眼。

当其他弟子……

……

顾了了不明白，她的师父明明是楚千觞，为何这大半年的时光，好似有一半都是跟在苏叶的身后团团转。

若真要究其原因，唔，多半是源于顾了了她学艺不精，让楚千觞来指导她完全是大材小用，所以太师父干脆将苏叶指派来。

顾了了听到这个消息的瞬间，内牛满面，太师父啊，你指派谁不好，为嘛派一个妖孽来？

无奈凤曦离去，宫中那些能够指导小弟子的大弟子们几乎都出去历练，如今纵观琉璃宫上下，听太师父的口气，似唯有苏叶能挑起此重任。

对于这个说法，顾了了欲哭无泪。

重任……太师父，您当指导一个小弟子是降妖除魔要历经九九八十一难么？

不过长久下来，其中的好处也渐渐显露出来。

在苏叶同学的"欺压"下，顾了了不得不打起精神，奋勇拼搏。

《玄女心经》背出大半，《魁花宝典》也能摆出几个唬人的动作，基本的拳脚功夫正开始上手。

这半年的学习，顾了了可谓是……有所进步。

连楚千觞也表扬顾了了，说她真的进益了。

顾了了满心欢喜，问道："师父，您什么时候能亲自教我武功？"

楚千觞斟酌了片刻，为了不打击顾了了的积极性，委婉道："可能还需一段时间。"

这一段时间，可长可短，顾了了正沉浸在自己进步的喜悦中，挥拳道："师父，到时候您一定要教我轻功！"

"轻功？"楚千觞疑惑了。

"是啊是啊！"顾了了点头如捣蒜，"有了轻功无论做什么事都好办！就拿和人打架来说，打得赢就打，打不赢直接施展轻功跑路！"

楚千觞："……"

顾了了，敢情你拜师求艺就是为了打架时逃命用的？

见楚千觞面色不太好，顾了了连忙讨好地笑道："当然啦，更重要的是，发扬您老人家的威名！"

楚千觞："……"老人家……

"我有那么老么？"某人被那个"老"字打击了，深感无力。

"不不不，师父您年轻得很呢！您是不知道哪，有多少师姐暗恋您，还悄悄向我打听您的各种嗜好。"比如爱吃什么菜爱看什么书爱睡什么床爱去什么地方之类的。

楚千觞："……"

和顾了了讨论这么没有营养的问题显然不是楚千觞的风格，他低咳一声，表示到此为止。

"了了，你今年十二岁了罢！？"转而，楚千觞又问道。

顾了了点头，"虚岁十二。"

楚千觞微叹道："没想到就快过去一年了，你现在也大了，要学会自己一人睡，总不能一直如此。"

被楚千觞这么一提，顾了了脸颊微红。

这半年多一直如此，两人同榻而卧，却又分被而眠，这一事也只有他们二人知晓。

见顾了了没有回答，楚千觞又道："了了，万一有一日，师父不在你身边，或者你出去独自历练，又当如何？"

顾了了没法回答。楚千觞说得很对，她不能一直如此，不肯长大。终有一日，她将远离今日种种庇护，到那时，没有人能够保护她一生一世。

"好……"顾了了低下头，轻声答道，"我今晚就去隔壁。"

不知怎的，看着顾了了那副乖顺的模样，楚千觞心中不由生出一丝异样滋味，酸甜苦辣，连他也说不清，究竟是怎样的味道。

"现在天气渐冷，等来年开春你再一个人睡吧！"楚千觞淡淡道。

听到楚千觞松口，顾了了心中竟泛出一阵酸涩，来年开春么？

她默默点头。

"去睡吧！"见时间不早，楚千觞说道。

顾了了脱下厚重的外衣，十一月，天气渐寒。虽不及腊月冰冷刺骨，但脱下外套后，顾了了忍不住打了一个哆嗦。

楚千觞将门关好，见顾了了七手八脚爬进被窝里，将被子蒙住头，不禁哑然。

"了了，别蒙着头睡。"楚千觞说道。

"我冷……"顾了了牙齿打颤，答道。

会有那么冷？楚千觞疑惑，他伸手摸了摸顾了了的小手，果然冷得和冰块一样。

暖意自楚千觞的手源源不断流入，顾了了舒服地叹口气，在师父的陪伴下，缓缓进入梦乡。

"师父……"昏昏入睡前，顾了了呓语道。

"嗯？"楚千觞似没注意到，他的声音格外温柔。

"你真好，了了好喜欢你……"顾了了小嘴一张一合，说到后面没了声音。

"喜欢"二字，犹如一道响雷劈过，让楚千觞一时动弹不得。

了了口中的喜欢，是什么意思，他何尝不知？

只是……幽幽叹口气，楚千觞按捺住埋藏于心底已久的异样，掀开被子，躺在顾了了身旁。

他侧着身，看着她安详的睡颜，仿佛是一个甜蜜的梦，牵起那一抹恬淡的笑意。

睡梦中的顾了了，不同于醒着时候的灵动，而是另一番宁静祥和。

只让人觉得，岁月静好如斯……

楚千觞翻了个身，安然躺下，忽而觉得身边的小人儿蹬开被子，小手深入他的被窝里来。

某人被这一小动作惊住了，艰难扭头，却见始作俑者依然睡得不亦乐乎，似乎一点都不为自己这一无意间的动作而感到愧疚。

那双小手先是安分地汲取着自己被窝中的温暖，随后竟渐渐爬到他的身上，似在寻求这源源不断的热源。

楚千觞愣了许久，才堪堪回过神，一时间哭笑不得。再这么下去，了了她会着凉的！

楚千觞握住她的小手，才发觉她的手依旧冰凉。不只是手，双脚也是凉凉的。

习武之人本不应如此的，楚千觞也不知为何顾了了会手脚冰凉，无奈之下只好将她纳入自己的被中。

这一动作似鼓励了顾了了再接再厉。她索性叉开手脚，像只八爪鱼一样趴在楚千觞身上，贪婪地吸收他的温暖。

楚千觞这么僵着身子许久，直到顾了了不再动弹时，他才长长地松了口气。这个模样，委实叫他痛苦不堪哪！

怀中的孩子，身上散着一股清幽的体香，柔软的身躯，细腻的肌肤，纤细的长发……这一切都让楚千觞感到呼吸骤然急促起来。仿佛是从未有面临过的挑战放在他面前，他所要面对的，不仅仅是耐心，更是一种前所未有过的诱惑，让他在不知不觉中沉沦。

这一夜顾了了一睡到天明，她像是很久都没有睡得这么酣畅淋漓过，以至于醒来时，抬起头，面对的是一张无限放大的俊颜，她还以为自己是在做梦。

直到几次擦拭眼睛，确定自己不是在做梦时，顾了了不禁捂住嘴，努力抑制住尖叫的冲动。

她她她，昨晚是怎么了？强抱了师父？

顾了了慌得从楚千觞身上跳起，连滚带爬卷起自己的衣裳下了床，慌乱梳洗后便匆匆离去，自始至终没敢往床上看去。

顾了了的脚步声消失时，床上的人才缓缓睁开眼睛，一双幽深的黑眸，似看不见底。

"顾了了，你怎么了？"门口等着的苏叶见顾了了一副慌里慌张的模样，叫住她，问道。

顾了了平复了内心的惶恐与不安，扯了扯嘴角笑道："没、没什么……"

苏叶嘲笑："你衣服都没穿好！"

顾了了这才发现，匆忙之中，自己的衣带也没系好，鞋子似乎也穿反了。

尴尬地整理好衣饰，苏叶似嘲讽道："昨晚做了什么，怎么像做贼似的。"

本是无心之语，哪知听着有心，顾了了跺脚狠狠瞪了他一眼："你才去做贼了呢！"

说话时杏眼圆睁，神态娇嗔，竟似小女儿家的几分羞涩，叫苏叶看得愣神。

顾师弟她……怎生得像个女子！？不只是五官外貌，连同声音神态，也似女子般娇柔。

"苏师兄，你在看什么？"顾了了见苏叶怔怔盯着自己，不由奇怪道。

苏叶尴尬地转过脸，咳了一声，道："已收到任师叔的传书，这两日他和元掌门就会到。"

顾了了听后大喜，元掌门就要来了！

"真的么？可是今日来？"顾了了追问道。

苏叶嗯了一声，"倘若路上未耽搁，当是今日到。"

顾了了点头表示知晓，二人一前一后朝临墨阁走去。

这些日子她将《玄女心经》背下，已不再是半年前那个受人百般怀疑的小弟子，连苏叶大师兄也承认了，如今琉璃宫无人敢轻视顾了了。

又或者说，从琉璃小姐一事以来，便没有人再质疑楚千觞为何收顾了了为徒。

走到临墨阁时，顾了了余光瞥见几个穿红衣的少女，禁不住放慢脚步。

那几名少女见是顾了了，纷纷窃窃私语，脸上带着娇俏的笑容。

"顾师弟？"苏叶叫道。

顾了了应了一声，跟上去，自言自语道："真是奇怪……"

"什么奇怪？"苏叶问道。

顾了了想了想，问："琉璃宫，是不是一律规定弟子需穿白衣？"

苏叶颔首。

"那为何刚才几位师姐都穿着红衣？"顾了了道出内心的疑惑。

早在几个月前，她就碰见过身穿红衣的师姐，她以为只是偶然，后来发现，连陶桃都有时穿着红衣，想起琉璃小姐时，那大堆的红衣，顾了了顿时满腹疑问。

苏叶听完顾了了的迷惑，脸上竟飞过一道红霞。

顾了了见苏叶没有吭声，以为他也不知道，"苏师兄也不知为何么？很奇怪吧……"

苏叶无奈，默然片刻才咬着牙说道："那自然是……需要穿红衣。"

需要？顾了了愈发不解。

苏叶咳了两声，视线左右转了一圈，确定无人时，才板着脸说道："女子每个月……"

后面的话他再没说下去，但顾了了已然明白。

瞬时，她只觉得比苏叶还要窘迫万分。

她只道自己做了太久的男孩子，已忘记身为女子，还有月事这一烦恼。

再想想，过不了多久，自己也该来了。到时候，可如何是好？

第十七章 危机潜伏

233

好在楚千觞说了，开春就要单独一人睡，顾了了禁不住松了口气。

但转念一想，自己如今是女扮男装，万一到那时还得穿白衣……

一时间，顾了了思绪紊乱，头疼不已。

暗怨自己若真是男子便好了，不知省去多少麻烦事！

正左思右想之际，外面突然传来喧闹声，苏叶走出去一问，方知是任师叔和元掌门来了。

"顾师弟，任师叔和元掌门回来了！"苏叶说道，"要不要过去看看？"

顾了了一听到元掌门来了，立马将烦恼搁置一边，心中只有重逢的喜悦，点头道："好！"

大半年未见，元掌门依然是一副笑眯眯的样子，与太师父、众师叔寒暄一阵，便被请入云仁堂。

弟子们都围在外边观看，见元掌门为那几位昏睡的弟子一一把脉，而后捋着胡须，面色沉沉。

"怎么样，可能治好？"太师父焦急问道。

元掌门点头，"能是能，不过……"

"不过什么？"

"还需费一些功夫，这里可有懂药理的弟子？"元掌门问道。

"琉璃宫不以医药著称，懂得药理的弟子皆已中毒昏睡。"一名师叔答道。

太师父眼珠一转，看见底下站着正准备开溜的顾了了，眯眼笑道："还有了了呐！"

了了？

听到这个熟悉的名字，元掌门也朝下边望去，见顾了了一脸傻笑，拍了拍前面挡着师兄，说了声"借让"，走入云仁堂。

"弟子顾了了见过师父。"顾了了拱手行礼道。

底下顿时一片纷纷议论声，似没想到，顾了了竟然是万毒之师的弟子。

元掌门含笑，露出算计的表情，道："了了，许久不见，可有所进益？"

"弟子羞愧，最近一直在习剑术、拳法。"

元掌门呵呵笑道："宫主，只要有我这个弟子帮助便可。"

太师父听后喜上眉梢，"只需了了一人？"

"是。"

两只老狐狸达成共同协议，却把当事人顾了了给遗忘在一边。

待到云仁堂内剩下元掌门和顾了了二人时，顾了了怯怯叫了句"师父"。

元掌门冷哼道："你眼里还有我这个师父么？"

顾了了讪讪一笑。

"刚才是不是想溜走？"

顾了了："……"师父，您真聪明！

"半年不见，你愈发长进了！"元掌门冷嘲热讽。

顾了了惴惴不安，"我是打算……"

"先去临时抱佛脚弄两包药粉来骗骗我？"元掌门替她说完。

顾了了："……"师父，有没有人夸你，您老人家愈发聪明了！

元掌门斜了顾了了一眼，"把手伸出来。"

顾了了老老实实伸出手。

元掌门扣住她的脉门，隔了片刻才沉沉道："入秋之后依旧是手脚冰凉？"

顾了了点头。

元掌门叹息一声，"我带了几味药草，你记得服用。"

顾了了应道："是。"

"还有，"元掌门不放心，又道，"这事，还是告诉你师父罢！"

"师父？"

"就是楚公子。"

顾了了摇摇头，"即便告诉他也毫无办法，又何必多让一个人操心？"

元掌门见顾了了神情固执，知道她外表看去好似天真无邪，其实是极有主见、意志坚强之人，也不好多加劝阻。

"当年你误服寒生草，这几年美人一直在想办法除去你体内的寒毒。"元掌门安慰道。

顾了了勉强一笑，并不辩驳。

几年前，顾美人在制作一味解药时，将寒生草不小心错放，当时一心沉浸在制药当中的顾美人，完全没有注意到寒生草放错了地方，以至于后来一次顾了了配药的时候，误将寒生草当成一味普通的药草试尝，结果落下寒毒，至今未能除去。

整株服用寒生草，结果不堪设想，回忆起当年的状况，元掌门至今能还能感觉到那时的恐惧。

顾了了整个人都冻得像一块冰，昏昏入睡，若不是顾冥磊、顾翼、齐掌门和自己四人轮流输送内力，打通她的经脉，恐怕这世上早已无顾了了其人。也是在那次事故之后，顾了了落下了这一病根，一年四季体温偏低，冬季尤甚。为此，顾美人愧疚不已，曾几天几夜守在顾了了床头，没有合眼。

而顾了了醒来后，虚弱地朝顾美人微笑，只说了一句话："美人，我没事……"

此事之后，顾美人一直在寻找彻底解开寒毒的草药，只是从未有人将整株寒生草服下，自然也没有相关记载。

"你不愿让楚公子知道便不说罢，只是了了，你终归会长大，难道你打算一直瞒着其他人么？"元掌门问道。

"师父……"顾了了抬头，望着眼前的老者，半年不见，他似又苍老了几分。

顾了了知道，元掌门这么说，都是为自己好，只是……

"我若现在说出去了，爹爹又当如何？只怕到时候不只是爹，连玉凤山庄都要受到连累。"

"所以你打算一直如此？"

顾了了嗯了一声："至少到美人能独挡一面时。"

也算是她报答顾冥磊多年的养育之恩吧！？

元掌门喟叹道："也罢，这是你的事，该由你来定夺。"

顾了了似想起什么，问道："师父，你可知有什么药能推迟女子经期？"

元掌门被顾了了这么一问，顿时大惊，"你已来月事？"

顾了了摇头，"我是担心……"

女子月事，向来是说不准的，倘若是在大白天时候来了，岂不是所有人都知道了？

元掌门想了想，道："药方，的确有，只不过……可能会对今后生育有害。"

"了了，你身中寒毒，再服用那药，只怕会加剧体内毒素。"元掌门不赞同道，"不成不成，无论怎样，还是身子重要！"

见元掌门怎样都不愿将那药方告诉自己，顾了了只得作罢。她随元掌门去丹药房研制解药，药房中徐徐升起的白烟，炼丹炉散发出的温度，都让顾了了昏昏欲睡。最后她实在受不住瞌睡虫的侵袭，趴在一张藤椅上睡去。元掌门正在分类各种药草，叫了几声顾了了都没人回应，抬头间她已然睡着，不禁摇头失笑。

正欲走过时，外边响起叩门声，元掌门顿了顿，转身，打开门。楚千觞负手立于门口。

他朝元掌门微微一笑，拱手道："元掌门远道而来，千觞有失远迎。"

眼前的这个男子，似乎无论何时何地，都是一派悠闲从容之姿，仿佛世间没有一件事能够让他惊慌失措。

元掌门笑道："楚公子太客气了。"

他微一侧身，做出里面请的手势。楚千觞跨过门槛，缓缓而入。

屋内白烟腾腾，地上铺满各类药草。

楚千觞很快便见到趴在藤椅上呼呼大睡的顾了了，不禁哑然，"了了她怎么睡着了？"

元掌门颔首："冬日容易嗜睡。"

楚千觞挑眉，一声不响地走过去，俯下身捏了捏她的小手，触感冰凉。即便在温暖如斯的室内，依旧无法暖和起来么？楚千觞心中疑惑，脱下厚重的外衣，搭在顾了了身上。

"元掌门，你可知了了她为何身子如此冰冷？"楚千觞转身，询问道。

元掌门心中一惊，不料楚千觞已发觉了，待要编借口糊弄过去，又觉得此人精明非凡，未必会信，不如据实以告，或许对了了的寒毒有所帮助。

"顾了了她在八岁那年误服寒生草，身中寒毒。"元掌门言简意赅道。

听到这个回答时，楚千觞心下骤然一冷，寒生草，怎么会……

"怎么可能？"他不经思考便脱口而出道，"除非是纯正的寒生草，否则不可能中寒毒！"

元掌门苦笑，"我们也不知，那株寒生草会如此厉害，倘若是一般培育出的寒生草，服用整株也不至于如此。"

"我……明白了。"顿了顿，楚千觞缓缓开口道，"我听说，若是普通的寒毒，用内力便可逼出，但寒生草造成的毒性，恐怕内力也无法尽数消除。"

无法尽数消除，言下之意便是，可除去部分么？

元掌门豁然开朗，双手作揖，对楚千觞深深鞠了一躬，"还请楚公子为了了除去寒毒。"

楚千觞慌忙摆手，道："元掌门大可不必如此，千觞也是了了的师父……"

"楚公子不知，"元掌门似感叹道，"了了她并非——"

话音未落，听到顾了了模糊的声音："师——师父，你怎么来了！？"

楚千觞低头，见顾了了昂着小脑袋，怔怔看着自己，不由弯起嘴角，半蹲下身，与顾了了平视，"了了，可感觉暖和些了么？"

顾了了摸了摸身上厚厚的大衣，又瞥见楚千觞身上浅蓝的中衣，顿时恍然，忙要将大衣脱去。

楚千觞单手按住顾了了的小手，温言道："我不冷，你先这么盖着。"

顾了了听罢没了动作，眼珠子一转，继而追问："师父，你怎么过来啦？"

楚千觞笑道："我不能来么？"

顾了了一听，乐道："当然啦！师父，你们刚才在聊什么？"

她恍惚听到元掌门说到自己的名字，然后便住了口。元掌门咳了咳，似有几分不悦。

"为师正在问楚公子你这半年的情况，是否有所进益。"

楚千觞颔首，看着顾了了那张小脸，淡淡笑道："的确……"见她一脸期待，顿了顿，又道："是有进益了。"

楚千觞很少表扬自己，更少在外人面前这么说，顾了了欢呼一声，得意地看着元掌门笑，仿佛在问他如何？

元掌门呵呵笑，瞅着顾了了道："美人正跟着顾庄主习武，你可别被他比下去！"

顾了了扬了扬眉，自己拜楚千觞为师，顾美人却拜顾冥磊为师……这组合，委实怪异了些！

她讪讪一笑，"怎么会？美人是美人，我是我……"至于会不会比下去，这真是个有待商榷的问题。

楚千觞对此不置一词，他笑道："若是困了便回去睡吧，在这小心着凉，我还有事，先走了。"

顾了了连忙将大衣递给楚千觞，楚千觞却不接过，摇头道："你用吧，我不冷。"

"这怎么行！"顾了了断然拒绝，硬是将大衣塞回给楚千觞，"外面那么冷，师父又不是铁打的，穿这么少也会着凉！"

听到顾了了这么说自己，楚千觞嘴角抿了抿，最终没说什么，接过衣裳穿上，温热的手摸摸她的脑袋。

"了了，你待在这里面，我送楚千觞出去。"元掌门叮嘱道。

顾了了点点头，恋恋不舍地看着楚千觞离去的背影。

二人一前一后走到外面，楚千觞停下脚步，转头看向元掌门，"元掌门方才是否想对我说，了了她并非男子？"

听到楚千觞说得如此直接，元掌门暗暗吃惊，"楚公子你——"

楚千觞默默点头，"我已知晓这件事。"

不是在现在，而是在更早以前……

曾几何时，当一个温温软软的小生命躺在自己怀抱中时，他便生出一种异样的感觉，仿佛那一眼，隔着千万年之久，终究被自己找到。从那个时候起，楚千觞便知道，众人口口相传的顾家小公子，其实是一个女孩儿。他自然也看出顾冥磊的敌意，越是如此，他却越发生出逗弄之心，一发不可收，直到不受控制般，说出收顾了了为徒一语。

这究竟是好事还是坏事，楚千觞也说不准，他向来随性而为惯了，唯独在收顾了了为徒一事上，几度生出悔意。哪怕现在，他依然有着几分难以言喻的志忑，好似这个孩子的出现，给他的人生会带来许多无法预料的事情。

元掌门默然，既然楚千觞都已知晓，省去了他不少工夫。

"楚公子，了了还需您多多照顾了。"过了良久，元掌门才说道。

"这是自然。"楚千觞点头道。

"还有一事还想要拜托楚公子。"犹豫了片刻，元掌门又道。

"何事？"

"若这毒我没记错的话，应当是南诏的一种秘术。"元掌门轻轻一叹，说道。

听到"南诏"二字，楚千觞脸上惊变，"你——"

"我什么都不会说出去的，"元掌门坦诚道，"在下不过江湖中人，无意插手这些纷争，只希望了了她，也永远不要陷入其中。"

"这是你想要拜托我的事？"楚千觞问道。

元掌门颔首。

"好，我答应你！"楚千觞答得干脆利落。

元掌门点头一笑，"不愧是楚公子，爽快！在下相信楚公子言出必行！"

"也请元掌门尽力医治好本门几名弟子。"楚千觞说道。

待到元掌门转身回屋时，楚千觞收起脸上的笑意，目光转向一处，定定道："苏叶，你可出来了。"

拐角处，出现一名白衣少年，红唇乌发，相貌俊美，竟有几分不输给眼前这江湖第一美男的气势。

"楚……师叔。"苏叶叫得有些勉强。

"你都听到了？"楚千觞没有回答，冷声问道。

苏叶默然，楚千觞面前，他似连撒谎的机会都没有。

"……是。"苏叶答道，"弟子全部听见。"

"包括了了是女子，以及南诏秘术？"楚千觞问道。

苏叶抬头，毫不避讳地看着楚千觞，一脸坦荡，"以楚师叔的能力，原本可以让弟子不知。"

听苏叶如此回答，楚千觞脸上才露出一丝笑意，赞赏道："不愧为琉璃宫第一大弟子了。"

"师叔可是要弟子做什么？"苏叶顺着他的口气问道。

楚千觞口气和缓下来，点头道："不错，我希望我不在时，你能替我保护顾了了。"

"弟子可否问一句，楚师叔如此重视顾师弟，是否有何缘由？"苏叶问道。

缘由呵……楚千觞眺望远方延绵起伏的山峦，似要透过皑皑白雾，看向更远之处。

那一方……是京城所在之处。

"苏叶,你要切记,做人还是不要太自作聪明的好。"

楚千觞淡淡说道,声音平淡,毫无起伏,甚至没有一丝情感。苏叶陡然打了个冷颤,骤然感到面前此人危险万分,而这个模样,才是真正的楚千觞!

在元掌门的帮助下,很快,解药便被调制出来。服用下解药后,几名弟子终于醒过来,却是虚弱不堪,连说话的气力都没用了。元掌门说,这几人至少要好好休养半年,才能恢复如初。

至于自己是为何会中毒的,更是无人能答出。但对于他们而言未必是坏事,不记得,便代表着敌人很可能不会再惦记这几个人。

医治好几位弟子后,元掌门便告辞说要离去。临走时,他与太师父单独聊了许久,之后太师父一脸严肃,吩咐要加重琉璃宫的守卫。顾了了暗自猜测,大概是元掌门告诉太师父,中毒一事另有隐情,只是她问元掌门时,总被那只老狐狸糊弄过去。

元掌门特意为顾了了留下的药方,顾了了按照嘱咐按时服用。楚千觞知道后,又不知从哪儿弄来一些上好的药材,说是给顾了了配药玩,但她仔细看过,其中不少都是极其难见的珍品。

如此珍贵的药草,究竟他是从哪儿弄来的,顾了了十分好奇。

只是她还没来得及问出口,楚千觞便主动对她道:"了了,从明日起,我开始教你武功。"

顾了了听后眉开眼笑,自然将药草一事忘得精光,满心满意都是明日楚千觞要亲自教自己习武。

苏叶听过之后一脸不屑,"师父教弟子武功,不是天经地义的事么?"

顾了了嘿嘿一笑,打马虎眼道:"是啊是啊……"

的确是天经地义的事,或许对常人而言,拜师后,得到师父的真传,都是再自然不过的事情,可是对她而言,却又是非比寻常的意义。毕竟,她的师父不同于一般人,是众口交赞的江湖第一美男,楚千觞呵!

是夜,顾了了躺在床上,难以入眠。楚千觞见此,以为她是因身体冰寒难以入眠,伸手为她输入内力。

顾了了感受着来自楚千觞手中源源不断的热流,反手握住他的手,说道:"师父,你明天要教我什么?"

楚千觞一愣,继而笑出声来,"我还以为你是冷得睡不着觉,原来是激动得睡不着啊!"

顾了了频频点头，"因为是师父第一次要正式教我武功！"

楚千觞莞尔，指尖轻点她的额头，笑道："以前我不是也教过你武功么？还没来琉璃宫前。"

顾了了想起他教自己如何用剑捉鱼，点点头又摇摇头，"那个不算。"

"哦？"楚千觞饶有兴趣，"怎么不算？"

顾了了嘟嘴，"我在练武场看过其他师叔指点师兄师姐，他们都好生厉害！"

楚千觞嘴角翘起，"了了想和他们一样？"

顾了了点头，心中燃起一片雄心壮志，"我要做大侠！"

对此，楚千觞不予评论。大侠……以顾了了现在的剑术，估计成为大侠那一日遥遥无期。

"了了，明日我们不去练武场。"楚千觞很不想打击她的积极性，不过有些话还是要提前告知。

"诶，不去练武场？"顾了了愕然，"那去哪里？"

"你明日随我来便知道了。"楚千觞答道。

对于顾了了这样不同寻常的弟子，自然不能用平常的方法教导。

楚千觞也看过苏叶指导顾了了练拳练剑，说实话，苏叶能忍受这么久顾了了的剑术拳法，着实难得，许多弟子皆因顾了了那动作过于拙劣难以入目而纷纷避让。好在那一套青石剑法被顾了了耍得炉火纯青，倒能唬唬人，勉强混过去。听到楚千觞这么说，顾了了只道自己的师父习武也是这般过来的，心情渐渐平复下来，很快便入睡。

听到耳边均匀的呼吸声，楚千觞动了动胳膊，将顾了了纳入自己的怀中，看着她又像一条八爪鱼紧紧依附在他的怀里，楚千觞觉得，自己心口的某一处空缺，似被填平了。

如果可以，他很想这般，拥着顾了了，哪怕怀中的孩子浑身冰寒，却是两人相拥而眠，伴随着心脏的跳动，血液的流淌，似从此往后，不再孤单。自许多年前，楚千觞便很少能安然入眠，如今，却是因了了躺在自己身边，竟能偶尔小憩几个时辰。合上深不见底的眸子，楚千觞嘴角溢出一声连自己都察觉不到的叹息。

第二日清晨，顾了了早早便醒过来，楚千觞已起床，见顾了了穿好鞋袜，笑道："今日起得好早。"

往常，顾了了总要拖到不能再拖，才心不甘情不愿起床，跟随苏叶出去。

顾了了点头，灿烂一笑，"那是自然的！"有师父相伴，她自然舍不得多睡。

二人出了琉璃宫，往一处山坡走去。

半个时辰过去，仍不见楚千觞有停下的势头，顾了了走在后面气喘吁吁道："师父，还没到么？"

楚千觞放慢脚步，"就快了。"

终于，二人在一处竹林边停下，顾了了累得上气不接下气，双手撑着膝盖，半蹲着休息。

楚千觞摇头道："了了，你该多加锻炼。"

顾了了嘟囔，平日一直有锻炼，却从未像今天这般，走这么多路，还没得休息。

见顾了了休息够了，楚千觞递给她一把佩剑，道："你今日上午便在这里砍竹子。"

砍竹子？顾了了接过佩剑，抽出一看，当即愣住，"这把剑不该磨磨么……"

剑锋早已钝了，甚至可以看到斑斑锈迹与划痕，这样的一把破刀，哪砍得下竹子？

楚千觞微微一笑，并不多言，从顾了了手中拿过剑，手腕翻转间，一排翠竹顺势倒下。顾了了上前，只见那竹子的截面光滑至极，泛着森森寒气。

这就是传说中的武林高手呀！顾了了心中惊呼，从楚千觞手中接过剑，翻来覆去的研究，明明是一把又旧又破的剑，在自己看来毫无用处，为何在楚千觞手中有如此大的杀伤力？

她试着学楚千觞方才的模样，砍下，竹子晃了两晃，上面连一道痕迹都不曾留下。

楚千觞笑道："不急，慢慢来。"

顾了了咬咬牙，继而又横七竖八地砍下去，胡乱地挥剑，没个章法，楚千觞只在一旁静静看，从头到尾都没有出声。直到顾了了两手酸麻，将剑一丢，垂头丧气道："师父，我砍不了！"

楚千觞笑道："为何师父能砍下？"

"我怎知！"顾了了发脾气道，"师父有内力，我没有内力！"

明知顾了了是耍赖，楚千觞却迁就她说道："那好，师父将内力封住，砍给你看，可好？"

不等顾了了回答，楚千觞手指拂过右臂几大穴道，顾了了习过医术，知道他是真的封住了内力，而后右手挥剑，剑下，竹应声而落。

顾了了默然无语，接过剑，摩挲着粗糙的剑身，良久才低声问道："师父是怎么做到的？"

楚千觞淡淡道："我曾对着这片竹林练过三年。"

三年……顾了了不可思议地望着竹林，低头见地面有不少残落的根茎，知楚千觞所言非假。

"不是内力，也不是其他什么武林秘籍。"楚千觞说道，"了了，全在于你的熟练，精准，以及速度的掌控。"

"这世上不是什么事都有捷径，都能轻而易举做成，即便是天生资质非凡，若没有后天的苦练，依旧与寻常人无异。"

听到楚千觞这么说，顾了了知道要想砍落这一片竹林，唯有靠勤练。

她点头，咬牙答道："师父教诲，弟子谨记。"

楚千觞点头满意道："开始吧！"

说是开始，顾了了觉得自己这一做法与瞎子摸象简直毫无区别，她不停地重复挥剑砍下的动作，一剑又一剑，没有停息。但不像之前那般毫无章法地乱砍，这一次，她瞄准一竿竹子，反反复复地挥剑，所有的力道作用于一点，直至将那竹子彻底折断。

楚千觞点头道："继续。"

一日下来，顾了了双手磨破一层皮，渗出血丝，双臂则酸痛得连筷子都拿不稳。

苏叶见此，诧异地问道："你今日和楚师叔学什么去了，怎这般？"

顾了了随意扒了几口饭，含糊道："砍竹子。"

砍竹子？不等苏叶再问，顾了了囫囵吞枣地吃过晚饭，匆匆离去。第二日、第三日……整整半个月，顾了了都是在重复同一件事——砍竹子。竹林中的竹子似丝毫没有减少，顾了了手上长出水泡又磨破，还未愈合了，又继续磨破……却始终不曾听闻顾了了有半句抱怨。

也许在她心中，早已认同楚千觞说的话——这世上许多事并没有捷径，要想有所成，就必须有所付出。

顾了了十四那年时，楚千觞已至而立之年。

几年的师徒相伴，她跟随楚千觞日夜习武，却从未亲眼看到过任何有关师父的花边新闻，尤其是绯闻女友之类。琉璃宫的其他师叔，莫说成亲，有的儿子女儿都与她一般大小了。

让顾了了百思不解的是，这么多年来，却不见师父与任何女子有过亲密来往。

不是江湖谣传，楚千觞女人众多，姬妾三千么？为何身边除了她这个徒儿，再不见半个人影？

对此，顾了了好奇心一日大过一日，不敢当面询问楚千觞，于是便拐弯抹角想要从其他人口中得知真相。

终于有一日，被她逮到了机会，拉着太师父，躲在房内两人窃窃私语。

一大一小两个人神秘兮兮地趴在桌子边，确认前前后后左左右右上上下下没人时，太师父眨眼道："了了啊，那其实是误会啊误会！"

"啥？"顾了了压低声音问道。

太师父咳了一声，"你可知千觞身边原有个丫头，叫姬三芊？"

顾了了点头。

"前几年连三丫头都嫁人了，唉，千觞身边彻底没了人。"太师父摇头晃脑感叹。

"太师父，你还没说啥误会呢！"顾了了将走远的话题拉回来。

"你就不好奇三丫头和千觞之间的故事么？"太师父八卦兮兮。

顾了了："……不好奇。"姬三芊的那根红线都是她拉的，有嘛好好奇？

太师父失望，"你性子怎么越来越像凤曦了，没意思没意思！"

"快说误会，误会！"顾了了揪着太师父的胡子催促道。

太师父唉哟唉哟叫，拍开顾了了的手，佯怒道："没大没小，看我怎么收拾你！"

顾了了坏笑，太师父，您要是能收拾我，也不至于混了个老顽童的称号。放眼整个琉璃宫，除了任师叔会乖乖听您的话，其他师叔师兄们早已将您的话语当做耳边风啦！

太师父见顾了了不上钩，无奈道："这事我只和你一个人说，你千万别告诉其他人！"

"嗯嗯，我发誓！"顾了了竖起三根手指。

太师父假正经曰："话说当年，你师父初入江湖，那是一片惊艳呐，不知多少江湖女儿芳心暗许，说此生非千觞不嫁。自然千觞走到哪，身后都跟着年轻貌美的女子，多的时候几十上百个，少的时候也有十几个。"

几十上百个，顾了了默默喝茶，想想就觉得那场景肯定很惊……悚。走到哪儿都拖着一大串尾巴，还全都是年轻貌美的女人，俗话说三个女人一台戏，这么多女人，可以搭个戏园子了！

"然后呢？"顾了了问道。

太师父喝了口茶，继续讲道："有几个女人最为执着，姬三芊便是其中之一，千觞无论怎么甩都甩不掉。"

"甩？"顾了了听出玄机，"师父没有喜欢上其中哪个么？"

"怎么可能？"太师父挑挑眉，"你师父那时候才十三四岁，毛都没长齐呢，成天想着武功剑术，根本视那些女人为无物。再说啦，那些女人都是倒贴上去的，男人嘛，越是容易得手的便越不放在心上。"

顾了了："……"原来如此，她真相了！

"既然师父不喜欢，又为何会传出姬妾三千的谣言？"

太师父附在她耳边道："我不是说了么，那个姬三芊啊，对你师父死缠烂打，有一次你师父在一家客栈住下，她便住在千觞对门，趁千觞出去时，偷偷溜进他的房间……"

江湖上，从来不缺喜欢捕风捉影之人。有人见姬三芊入楚千觞房间，以为他们之间关系不清不楚，偷偷跟随在后，却见姬三芊留下一封信，信封上写着一个"姬"字。

那人便以为，此女定是楚千觞的姬妾。顾了了听后咋舌，敢情这姓氏还真是姓得巧啊，要是她不姓"姬"姓"佶"呢，岂不是江湖上要掀起楚千觞是断袖的谣言？

"那为何又说姬妾三千呢？"顾了了顺口问道。

三千……三千……姬三芊……

"是不是又和她有关？"顾了了突然顿悟道。

太师父点点头，坏笑道："可不是，后来有人问她楚千觞有姬妾多少，结果她一时没听清，误以为对方问自己名字，回答说，姬——三芊。"

顾了了："……"很好很强大，她终于明白何为"空穴来风"，何为"捕风捉影"，何为"无中生有"。

"那师父为何不去澄清？"顾了了托着下巴问道。

"澄清什么？"太师父喝干茶水，愤愤道，"自从传出你师父姬妾三千的谣言后，跟随他的女子数量急剧下跌，最后寥寥无几，我想你师父十有八九还乐在其中！"

顾了了："……"

"唉，真是塞翁失马，焉知非福！"太师父最后感叹道。

顾了了：太师父，成语不是这么用的！塞翁要是听到了没准会想哭的！

"那为何师父直到现在还没有喜欢的人？"顾了了拉着太师父问道，"莫非师父他……不喜欢女子？"

被顾了了这么一提点，太师父恍然，"你是说千觞他是……"对视间，二人都从对方眼中看到硕大的"断袖"二字。

"难道真是如此？"太师父发愁道，"琉璃宫最初本不招女弟子，后来因为男弟子太多，难免产生暧昧之情，所以开始对外大量招收女弟子，按理说不该呀……"

顾了了："……"太师父的担忧顾了了多多少少能够理解一些，她以前就听说过，据说在军队里有很多GAY，因为没有女人又是处在生理需要期的缘故……

所以说，男人多的地方，从不缺腐料，想当初她还YY过凤曦和苏叶呢！

要不有机会去探探口风？当顾了了正在不亦乐乎地YY楚千觞的那位时，太师父则在纠结，自己教出的这么一个优秀的弟子，怎么会是断袖呢？

"了了啊，你说千觞他会不会真的喜欢男人？"太师父眉头拧成一个川字。

顾了了懒懒地打了个哈欠，这个问题她不感兴趣，"是啊，谁知道呢……"

那个"是啊"让太师父内心拔凉拔凉，不行，他身为师父，必须负起责任，教导弟子一切，包括弟子的性取向！

"了了，此事你得帮太师父！"太师父紧握顾了了的手，如同找到组织一般，激动道。

帮？

"帮什么？"顾了了惊诧。

"让你师父重新燃起对女人的兴趣！"

顾了了："……"

"我有个绝招，速战速决。"顾了了露出森森白牙，笑道。

"说！"

"找女人，下春药。"

太师父："……"的确够速战速决！

"先不说女人，春药你去哪儿弄。"

顾了了伸手在怀中掏了掏。

不是吧，真的有春药那玩意儿？就在太师父的下巴即将要落在地上之前，顾了了掏出一包粉红色纸包。

"就是这个了！"顾了了举着粉红色的纸包，不怀好意地狂笑。

"你确定？"

"不确定。"

"……"

"至今还没有人试过药，终于有机会了！"顾了了笑得花枝乱颤。

太师父："……"他突然很为自己徒弟的前途担心。

"还是算了吧！"太师父说道，他怕自家爱徒性取向没纠正过来，就精尽人亡了！

"怎么能算了呢！"顾了了义正言辞挥拳道，"为了师父下半生的幸福，我们应当尽力帮他！"

"说得好！"

顾了了得瑟，"太师父，你看，连路人都这么说！"

"谁是路人呐！"几名弟子笑嘻嘻地走进来，说道。

太师父大惊，莫非自己被楚千觞一事扰乱了心神，连其他人靠近都没注意到。

"你们何时来的？"

"就在刚刚，顾师弟说要试药的时候。"师兄三人组之一，于师兄说道。

跟在他后面的，除了田师兄和徐师兄，还有苏叶与沈书。

"顾师弟，好久不见，你竟然没去砍竹子呀！"田师兄瞅见顾了了，笑话她道。

话说顾了了砍竹子一事，在琉璃宫已经成为不是秘密的秘密。

唯有当事人还在掩耳盗铃，以为大家不知，此时被田师兄一语道破，顾了了微微一笑，回曰："是啊，偶尔也需要休息嘛，天屎兄。"

她故意将"师"字念得很重很暴力，天屎兄内牛满面……

"你们刚才在计划什么？"苏叶不理会师兄三人组的插科打诨，问道。

"诶——啊啊……"顾了了一时不知该怎么回答，总不能说，我们在密谋给师父下春药吧！？

太师父还沉浸在忧郁之中，呢喃道："怎样才能让千觞开窍啊……"

苏叶、沈书、师兄三人组、顾了了："……"

"太师父，您莫不是在想楚师叔的人生大事？"沈书小心翼翼提示道。

太师父拊掌叫道："对对对，你们有什么好主意吗？实在没办法，我们就上春药吧！"

众人齐吐血ing。

"这这这……不太好吧……"徐师兄结结巴巴道出其他人的心声。

太师父摊手，"这也是没有办法的办法呀，要不你们再想想，有什么其他法子，让千觞喜欢上女人？"

"楚师叔未必不喜欢女人啊……"天屎兄弱弱道。

"那你可有看到他和哪个女人亲近过？"太师父追问。

"……"这个问题无人能回答。

苏叶下意识地瞥了一眼顾了了，见她面无异色，不知怎的，心情几分舒畅，笑道："要让一个男人喜欢上女子，也并非难事。"

"是吗？"太师父两眼放光。

"让他了解到女子的美妙之处便可。"苏叶微笑道。

"可是……女子有什么美妙之处？"憨厚的徐师兄挠着脑袋，闷闷道。

"笨啦，女子……女子长得漂亮！"天屎兄敲徐师兄脑袋训斥道。

"苏师兄也很漂亮呀！还有顾师弟！"

顾了了满脸黑线：我本来就是女子！

苏叶面色很难看：不要把我和女人相提并论！

"好了，我们是在讨论楚师叔的事情！"

于师兄打断那两位活宝师兄的无厘头谈话，生怕此二人继续下去，会被顾师弟和苏师兄联手海扁一顿。

楚师叔呐……众人烦恼了。

"有了，让楚师叔明白男子在一起有诸多不便，就不好了！"天屎兄拍手道。

"好像蛮有道理的！"

"是啊是啊！"

连太师父也频频点头，开始盘算如何让楚千觞感悟到男子与男子在一起是不对滴！

"男子在一起有什么不便？"顾了了凉凉问道。

这……倒是一个问题哦！

"男子在一起，不能共赴巫山云雨，不能共享鱼水之欢！"于师兄煞有介事道。

噗——他真的懂什么叫"巫山云雨"，什么叫"鱼水之欢"么？顾了了十分怀疑。

"对对！"太师父附和道。

顾了了："……"太师父，您老不会还是……童子鸡吧！？

苏叶额头青筋抽了抽，良久深呼吸一口气，"鱼水之欢，你要如何让楚师叔体会？"

于师兄乖乖闭上了嘴。

"师父他好像不太喜欢孩子。"顾了了回忆起楚千觞提起姬三芊和面首的那五个孩子,语气似乎不是那么的轻快。

"好像是啊,千觞自小性子清冷,肯定会嫌小孩吵闹!"太师父点头道。

又是一阵沉默。太师父,其实不能怪你教导弟子无方,而是师父他生性薄凉吧!?

"难道真的只能用春药么?"太师父苦着一张脸问道,"我怕事后千觞会把我这把老骨头给拆了!"

"让楚师叔耳濡目染,说不定他会渐渐喜欢上女子……"一直默默无语的沈书最后摸了摸下巴,说道。

"好主意!"太师父拍掌道,"怎样耳濡目染?"

这个,自然是……"全宫热恋吧!"顾了了提议道。

"全宫……热恋?"太师父听到这四个字,脸上笑得和一朵花似的,"好好,就全宫热恋!了了,你说说,怎么全宫热恋?"

"号召大家一起谈恋爱呗!"

"嗯嗯,就这么定了,这次的计划,取名为——全宫热恋!"太师父笑吟吟道,"你们几个怎么看?"

苏叶:太师父,您都定下来了,我们怎么看还有意义?

"这……也许是个好主意。"沈书迟疑道。

至于那师兄三人组,其他人一致无视。

"了了,你是此次行动的军师,"太师父定夺,目光扫过苏叶和沈书,见他们一个英俊貌美,一个儒雅清秀,又道,"苏叶、沈书,太师父要你们二人担起此次行动的主要任务。"

"什么任务?"

"找宫中的女弟子来一场轰轰烈烈的恋爱,记住,一定要让千觞目睹全过程!"

"……"要不要连圈圈叉叉的过程也一并目睹?

"那我们呢?我们呢?"

顾了了瞥了一眼三位师兄,不冷不热道:"你们是吉祥物。"

吉祥物:"……"

"俗称,吉祥三宝!"

吉祥三宝:"……"

"我们也要谈恋爱!"三宝抗议中。

"对!恋爱无限好!"太师父也跟着凑起热闹。

顾了了泼冷水道:"可惜你太老!"

太师父:蹲墙角画圈圈去了……

"我反对。"苏叶突然说道。

"为何？"刚才还在热热闹闹打成一片的众人停下来，看着苏叶，不解道。

苏叶顿了顿，面无表情，"没有喜欢的女子，如何谈恋爱？"

沈书也点头说是。

太师父笑眯眯拍着他们二人肩膀道："所以才委以你们二人重任，在此次行动中找到自己喜欢的女子，不好么？"

顾了了听了，心中有些不赞成。万一师兄喜欢的女子并不在琉璃宫中呢？这也未免强人所难了一点吧！？

"要是实在找不到，享受寻找的过程，也不失为一件美好的事情呀！"太师父和蔼劝说道。

顾了了心下了然，恐怕太师父所为，不只是在为自家师父寻求机遇吧！也想让更多师兄师姐相互接触，了解异性。这就是所谓的古代版性教育启蒙课么？

"了了，你在这次行动中有不可替代的作用，所以你当以身作则！"太师父话锋一转，目光落在顾了了身上，"你已不是初来乍到的小弟子，又是千觞的嫡传徒儿，更应该发挥带头人的作用！"

顾了了："……"她后悔提出这个建议了！

"不是说顾师弟是军师么？"苏叶开口问道。

太师父摸着一把胡须，假装委屈道："如果你和沈书都不肯上，只好了了上啦，他的相貌在我们琉璃宫也是数一数二的，不怕找不到喜欢他的女弟子。"

苏叶听后良久没说出一句话，直到最后咬牙切齿道："……好。"

见苏师兄松口，沈书也不得不硬着头皮回答："弟子谨遵太师父的命令。"

太师父心满意足地点点头，想来他这个太师父也不是白当的，还是有一点点权威的！

一边三宝师兄正在兴致勃勃讨论琉璃宫中哪位女弟子最漂亮，哪位女弟子身材最好，顾了了听着听着，忽而想起太师父说的那句"享受寻找的过程"，岂不是说她又可以——泡妞了！？

"我也要参加！"

三宝师兄们正说到要联系几位女弟子大家一起喝喝茶聊聊天时，顾了了兴奋地凑过去说道。

"你能行吗？"天屎兄怀疑道。

顾了了眯起眼，怀疑什么都不能怀疑她把妹的能力！

"到时候你可别哭着说泡不上师姐哦，天——屎——兄。"顾了了坏坏牵起嘴角。

天屎兄：你就知道欺负我！

"苏师兄，看来你的牺牲白费了！"沈书在苏叶耳畔低低说道。

苏叶冷冷一笑，"是吗……"有没有白费，顾了了，咱们来日方长！

于是乎，轰轰烈烈的全宫热恋，就此拉开帷幕，正式上演。

顾了了深以为——泡妞，犹如高手过招，理当一鼓作气，再而就衰了，三而就竭了。

所以当苏叶、凤曦、三宝师兄还有她六人出动时，引发以下场面：

Action001：苏叶

"你有没有喜欢的人？没有的话就和我谈恋爱。"

——说此话者面无表情、音无起伏，对方原本是羞羞答答的小师妹，见苏叶一脸不耐的样子，最后吓得转身就跑。

顾了了点评：这哪是热恋哪，这明明是胁迫！

Action002：沈书

"这位师妹，能不能和我谈一场恋爱？"

——说此话者面含微笑、身姿优雅，双收作揖，深鞠一躬，结果那位小师妹深深看了他一眼，弱弱道："沈师兄，你没病吧！？"

沈书："……"

顾了了点评：上来就告白，活该被拒绝！

画外音：

三宝师兄看得心惊胆颤，一个个都将哀求的目光转向顾了了。

顾了了咳了两声，道："你们继续！"

"军师……"

"快去！"顾了了一脚将三宝踹出去。

咱们继续……

Action003：于师兄

"师、师姐……你、你能不能和我谈谈——"

"谈什么？"

"谈一下——怎么背《玄女心经》！"

"……你不是已经背下来了么？"

"嘿嘿……我见到师姐就会紧张，一紧张就会忘记。"

"……看来是我不该出现的！"

"师姐、师姐，别走哇！呜呜呜呜呜……"

——说此话者最终内牛满面，空手而归，比苏叶和沈书还要惨淡。

顾了了点评：白痴！

Action004：天屎兄

"请等等，这位小师妹。"

"田师兄，何事？"

"小师妹，可听过一句话——出其东门，有女如云，虽则如云，匪我思存。"

"田师兄，你是喜欢上哪位师姐了么？需要我帮你告白？这可不行哦，我告诉你，这事一定要你亲自对师姐说才行！而且说的时候切记声情并茂，千万不要笑得这么淫荡，我要是师姐，百分百拒绝你！"

"……"

——天屎兄一颗玻璃心破碎满地，躲在角落种蘑菇。

顾了了点评：猥琐，太猥琐！

Action005：徐师兄

"小、小师妹……"

"徐师兄有何吩咐？"

"小师妹可有喜欢的人？"

"哈？"

"我……很喜欢小师妹！"

"对不起，徐师兄，家里已经给我定亲了。"

——徐师兄泪奔去了……

顾了了点评：哇，好大一只杯具！

现在，所有的视线聚焦到顾了了身上。

"顾师弟，这回该你上了吧！"

"是啊是啊，你再不上就太不给面子了！"

"连苏师兄都失败了，我估计顾师弟也不行哪！"

苏叶："……"

顾了了扬眉，"你们几个都给我睁大眼睛看好了，什么是高手把妹！"

Action006——顾了了登场

不远处，一位白衣师姐袅袅走来。

顾了了四十五度仰天，明媚而忧伤。

她张开双臂，缓缓开口，深情款款地朗声诵道："蒹葭苍苍，白露为霜。所谓伊人，在水一方……"

白衣师姐驻足倾听，顾了了骤然停口。

白衣师姐奇怪道："顾师弟，你在这儿做什么？"

顾了了一脸忧郁，"师姐，我在这儿等你。"

白衣师姐脸上飞过一道可疑的红晕，"顾师弟，你……"

"师姐，"顾了了大步上前，离至白衣师姐两步左右的距离，又停了下来，想要上前，却不敢上前，忧伤道，"了了喜欢你很久了，却一直苦于毫无机会，不敢表白，今日终见你一人经过此处，了了控制不住内心的激动，如有冒犯，任凭师姐责罚。"说罢，她又往后退了几步，转身欲走。

"等等，顾师弟！"白衣师姐咬了咬嘴唇，叫住她。

顾了了背着白衣师姐向拐角伸出的几个脑袋做了一个"V"型手势。

"师姐，还有什么事么？如果您是担心我会再做纠缠，了了保证，今生今世再也不会出现在师姐面前第二次。"

"不……不是的。"白衣师姐踌躇了许久，才缓缓道，"我……其实也不讨厌顾师弟。"

顾了了欣喜道："那师姐，是否可以接受了了一片心意？"

见白衣师姐犹豫不答，顾了了又道："我顾了了对天发誓，今日对师姐所言如有半分虚假，就叫天打雷劈，不得好——"

"死"字还未说出口，白衣师姐慌忙上前，捂住顾了了的嘴，惊道："别，我相信你，相信你，顾师弟。"

顾了了顺势牵起白衣师姐的手，柔情似水道："师姐，我喜欢你……"

"顾师弟，我……"白衣师姐顿了顿，闭上眼道，"我也喜欢你。"

一个温柔的吻，落在白衣师姐面颊上，顾了了松开手，笑道："师姐，谢谢你接受了了一片心意。"

依依不舍告别白衣师姐，顾了了脸上的柔情蜜意一扫而空，冲着拐角得瑟道："怎样？"

二宝师兄一个嘴巴长得比一个大，良久才回过神来，崇敬的眼光看着顾了了，啧啧称赞道："高啊，实在是高啊！"

顾了了转向沈书。

"顾师弟真是非比常人。"沈书也不由心服说道。

目光再转向苏叶。

苏叶冷哼一声，"我看她是经验老到吧！"

顾了了嘿嘿笑，传授心得道："这泡妞，一定要泡到妞的心坎里去，像你们几

第十八章 全宫热恋

个那样，一上场不是开门见山就是丑态百出，人家小姑娘早被吓跑了！"

"原来如此，受益了！"

三宝师兄纷纷从怀中掏出纸笔，记录下来。

"顾师弟，还有什么需要注意的么？"天屏兄虚心请教。

顾了了感慨道："女人啊，就喜欢一些悲秋伤春的东西，什么诗呀画呀，你们记得要投其所好！"

"难怪啊，刚才顾师弟念什么'蒹葭苍苍'！"

"最后，也是最重要的一点——要向她表达你对她的热爱、迷恋！"顾了了强调道，"那些诗诗画画什么的都是前奏而已，不告诉她你喜欢她，她可能永远不会明白你的心思。就算她看出你心中有她，只要你一日不说，她便一日猜测犹豫，最后很可能会因为你的沉默而选择离去！"

"所谓的爱就要大声说出来，就是这个道理！"顾了了总结道。

"爱就要大声说出来？"沈书重复了一遍，笑道，"真是有趣。"

顾了了抿了抿嘴，这世上有太多的猜忌、误会都是因为没有及时说出来而生生错过彼此，所以说，爱一个人，不要藏着掖着，大大方方说出来，即便最后没有走在一起，也不会后悔当初的直白——至少，我努力过！

"顾师弟，你真的好有经验耶！是不是喜欢过什么人？"于师兄揶揄道。

喜欢过什么人哪……顾了了视线一阵模糊，好像的确喜欢过一个人……

只是时间过去太久太久，那种心情，已然不在了。

更何况，那已经是上辈子的事情了！

这辈子，她有疼爱她的小爹爹，有和她青梅竹马的顾美人，有一群感情甚好的师兄师姐，还有无论何时都总是宠着自己的师父，顾了了早已心满意足。

"废话那么多，还不快去继续练习！"顾了了说道。

三宝师兄一听到"练习"二字，愁眉苦脸道："这个怎么练习呀？难道见人就表白？"

这样真会被当成疯子哒！顾了了翻了个白眼，"你们不会相互练习表白么？"

三宝师兄三人对视一眼，顿起鸡皮疙瘩，颤抖道："能不能换一个练习对象？"

"可以，苏师兄和沈师兄，你们随便挑吧！"

"那我们要选沈师兄！"三宝师兄异口同声道。

"诶？选我？可……"沈书诧异道。

"沈师兄，你就随便听听，点评点评就好！"顾了了安慰道。

沈书看了一眼从刚才开始就陷入沉默中的苏叶，无奈之下点点头，道："那么，谁先开始？"

"我来我来！"天屏兄一马当先，"蒹——蒹葭苍苍，白露为霜，有位伊人，在——"

"错啦错啦，是'所谓伊人'！"

"还是我来吧我来！"

见三宝师兄互相争抢，顾了了抚额长叹。

"顾师弟。"身后传来苏叶的声音。

顾了了转身，问道："苏师兄，何事？"

"刚才你说的那番话……"苏叶几分迟疑，道，"是你所想的，还是听别人说的？"

"哪番话？"顾了了装傻道。

"就是……爱——要大声说出来。"

顾了了哦了一声，笑道："这种话我怎想得出来，自然是儿时听人家说的。"

苏叶这才点点头，难得正正经经对顾了了道："这话很有道理。"

随着三宝师兄乐此不疲地把妹运动扩展开来，琉璃宫似乎真掀起一股热恋的高潮。

全宫热恋，对于某些人来说，无异于一场灾难。但对于另一些人来说，则犹如一场饕餮盛宴，乐在其中。显然，顾了了属于后者。

当年目睹过琉璃小姐风姿的师姐们对她芳心暗许，而那些没有机会耳闻目睹却听说过无数次描述的小师妹们，则对她一见倾心。

加之顾了了又生得唇红齿白，不知迷倒了多少少女。

当然也有女弟子对她不屑一顾的，觉得此人甚是风流，用情不专。

除去这些琐碎之事不说，整个琉璃宫正如顾了了他们所想的，笼罩了一层粉红粉红的气息。

无论走到哪儿，都能瞥见一对对少男少女，眉目清秀的、风姿绰约的、妩媚动人的……无处不在。

对此，太师父十分激动，问顾了了："了了，你说千觞会不会被这气氛所感染，然后带一个女子回来？"

顾了了默。

"或许还会给你带回一个小弟弟哟！"

顾了了继续默。

"怎么啦，了了，你觉得太师父说的哪里不对么？"太师父注意到顾了了的沉默，问道。

顾了了："……"从头到尾都没说对。

不过说这么直白的话向来不是她的作风，顾了了吞吞吐吐道："太师父，您确定这对师父会有效果？"好像师父依旧没有多少变化，白日教她武功，晚上监督她熟记心法，关于宫中热恋一事，只字未提。

如果不是有一次楚千觞撞见顾了了正在和一个师姐调笑，估计他会一直漠视下去。当时楚千觞只字未提，只是到了晚上，他不动声色地将顾了了需要熟记的内容加了一倍，以至于第二日顾了了顶着两只黑眼圈出门，见着人都绕远路走。之后几乎每晚都是如此，不到半夜，楚千觞绝不会放顾了了睡觉。顾了了提出抗议，被楚千觞四个字给秒杀了——笨鸟先飞。

是啊，谁叫她是笨鸟呢？

砍竹子砍了两年多，好像才出一点点成效，而她心心念念惦记着的轻功，也只学了点皮毛。

所谓的轻功，根本不像以前在电视上看到的那样，能够飞来飞去，顾了了也只在学过之后才知道，那种能在天上到处乱飞的鸟人只有神仙。而真正的轻功，需要不断借助支点与缓冲，配以绝佳的弹跳力与精准的动作姿势，才能发挥到极致。所以有人将轻功称为"飞檐走壁"也不为过。顾了了见识过楚千觞施展轻功，能在一片密林中穿梭自如，便是那枝头的小鸟，也未必有他轻盈矫健。

如今，顾了了正在发奋练习轻功中最基础的姿势，可谓是习武泡妞两不误。

"一点点效果都没有么？"太师父伸出小指比画问道。

顾了了盯着那一截小指说道："有一点点效果。"

"啥效果？"太师父振奋道。

"师父皱眉的时候要比以前多许多……"而且只要能不在琉璃宫习武，楚千觞都会将她带出去。

太师父："……"

他叹息良久才道："算了算了，这事也不能强求，强扭的瓜不甜哪！"

顾了了："……"连瓜都没有，您去哪儿强扭？

"那了了，你有没有喜欢的人？"太师父转而问道。

顾了了："……还没。"

"是吗，我怎么每次见你身边的女孩都不一样！"

顾了了挠头，嘿嘿傻笑。

她是女子，怎会有喜欢的女孩？只不过贪图好玩，才周旋在不同的师姐师妹身边。不过苏叶似乎与自己相反，对谁都是一副漠然的样子，不冷不热，难怪那些想要向他表白的女弟子们都望而却步。顾了了叹息：这妖孽委实太爱装了！

告别太师父后，顾了了又溜到竹林里砍了一阵子竹子。曾经她一剑下去，砍不倒一竿，如今却能倒下三五竿，只是那截面远不如楚千觞一剑下去时那般光滑利落。这就是差距呀！

回了青竹居，难得楚千觞不在，顾了了乐得一人舒舒服服泡个澡。她将衣服搁在木桶外，身子浸在温温的水中。低头，胸脯一片平坦，微微能感到些许疼痛。这表明自己正在发育。

顾了了最担忧的一件事，终于要成为现实了。一旦发育，女子许多特征便会遮也遮不住，幸好她如今十四岁，再等上一年，便可以借口历练离开琉璃宫。届时，便不需担心这些。眼下，只能小心瞒过去了。

洗完澡，她换了一身干净的衣裳，见楚千觞正坐在桌前，不由上前轻声叫道："师父，你回来啦！"

楚千觞颔首，见她长发湿漉漉地披在肩上，不由蹙眉，道："你坐到床上去。"

顾了了依言坐在楚千觞的床上。闻着熟悉的气息，禁不住感叹，自从前年开春她执意要搬出不再和师父同床，能这样坐在师父床上的机会越来越少了。倒不是不愿意如此，只是顾了了害怕，万一被师父发现怎么办？况且师父说得没错，她必须学会一个人睡，没有人能够这样陪着她、宠着她一生一世。胡思乱想之际，突然飞来一块布，遮住她的视线，然后师父坐在她身边，缓缓为她擦拭湿漉漉的发丝。

"师父……"顾了了叫道。

楚千觞嗯了一声，眼神温柔，"这样容易着凉，以后记得擦干头发。"

顾了了点头。她瞅着楚千觞，俊逸的外表，高超的武艺……这样的男子，当是最能赢得美人心，却为何师父至今形单影只，孑然一人呢？

"师父……"顾了了忍不住开口叫道。

"什么事？"楚千觞见顾了了一副欲言欲止的模样，笑道，"有话直说吧！"

"师父……你有没有喜欢过什么人？"顾了了犹豫许久，终于将内心话说出，顿时感觉轻松不少。

楚千觞的手顿了顿，"喜欢的人？"

"是啊。"顾了了忙道，"你看，任师叔、庄师叔他们都娶妻了，任师叔的儿子都比我大一岁，而师父你为什么……"见楚千觞面色沉沉，顾了了突然觉得蹦到嘴边的话说不下去。

"为什么至今未娶妻么？"楚千觞轻声替她说完。

顾了了缓缓点头。

为什么呢……楚千觞默然，似乎这样的问题一直不在他考虑的范围之内。

他心中有太多牵挂与谋算，从来不将儿女情长惦记在心。唯有此时，被顾了了提及，他才真正想到这个问题。

"大概是……因为还没遇到那个人吧！"楚千觞自嘲笑笑。

那个人？

"很小的时候，母——娘亲曾让人给我算过一卦，说我命格太硬，容易克死身边的人，唯有异世女子方能破解。"

顾了了听得云里雾里，"异世女子？"

楚千觞微微一笑，带着几分回忆道："那时候爹曾开玩笑说，大概是要娶一位外族女子罢！"

第一次听得师父说起自己的家人，顾了了十分好奇，"师父这么多年都未成家，家中人都不着急？"

楚千觞眼神一黯，半晌才缓缓开口："他们……那些真正关心我的人，都已经不在了。"

顾了了心中微微一抽，慌忙道："对、对不起……"

"傻孩子！"见顾了了一副歉疚的表情，楚千觞莞尔，揉了揉她的长发，笑道，"生老病死，向来无人能改变。"

顾了了见楚千觞并没有多大异样，才放下心来，"那师父还有没有其他亲人？"

比如兄弟姐妹之类……"有啊，"楚千觞淡淡笑道，"上面有几个兄长、弟弟，还有一个妹妹——大概和你差不多大。"

啊啦啦？师父的妹妹？顾了了无比好奇，"是吗，她现在在哪？也在琉璃宫中吗？"

楚千觞摇静静头道，语气中透着一丝忧伤，"她出生时便被人带走了。"

"为什么？"顾了了追问。

见顾了了头发干得差不多了，楚千觞没有回答，起身道："了了，你若还不想睡觉，就再背两卷《破阵》罢！"

一听到要背书，顾了了立马闭上嘴，趁楚千觞转身之际吐了吐舌头，道："我困了，这就去睡觉！"

楚千觞淡淡嗯了一句。顾了了刚要起身，突然觉得身下一片湿湿的。不会是……师父他尿床吧！？唔，这个玩笑也忒不好笑了点！

顾了了扭头，控制不住好奇心，往下瞄了一眼，然后瞬间石化了！不是师父的问题，是……她的问题！她来那个了……顾了了顿时泪奔，她竟然把血迹弄到师父的床上，而且还是一大片。

"师父……"顾了了弱弱叫道。

"嗯？"楚千觞回头看着顾了了。

顾了了双手紧拽着楚千觞的被子，差不多整个人都要埋下去，"我……我今晚想睡在这里。"

楚千觞蹙眉，不解道："马上就要立夏，两人挤一起不觉得热么？"

顾了了拼命摇头，"我一个人睡就好！师父您睡我那边去！我们俩换张床睡睡吧，嘿嘿……"

见顾了了反应如此奇怪，楚千觞深深看了她一眼，看得她浑身发毛时，吐出一个"好"字。

顾了了长长松了口气，虽不知为何楚千觞会改变主意，不过总算混过去了。

楚千觞难得没有催顾了了再背书之类的，温言道："你今日早些休息，明天师父有事，就不要去练武了，待在青竹居看看书罢！"

顾了了求之不得，连连点头。

楚千觞吹熄了蜡烛，说了一句"睡吧"，便转身出去了，出门时体贴地为她关好房门。

顾了了不由瘫软在床上，伸出右手，似在细看自己的五指，视线却没了焦点。明天可以借口师父命令不去习武，却不得不出门，这琉璃宫的白衣，最容易弄脏了，该怎么办呢？

一夜辗转，难以入眠，直到第二天天明时才有了睡意，朦胧间似觉得有人推门而入，大概是师父吧！？

那人似为自己捏好被角，床头留下什么，然后悄无声息地离开。直到顾了了再度醒过来时，见床头搭着一件墨色的长袍。

"白衣尚未干，先穿这件。师父。"顾了了将字条翻来覆去看了不下十遍，才满心欢喜地起床，套上衣裳。系好衣带，顾了了原地转了两圈，大小刚好合适，这样出门，不用担心衣服上会弄到血迹。顾了了穿着墨色长袍大摇大摆去了饭堂，其他弟子都是一袭白衣，见顾了了身穿墨衣，都纷纷上前询问。

顾了了笑呵呵解释道，白衣尚未洗好，师父将他的旧衣借给自己穿。唯有苏叶，见顾了了这副装扮，神色莫测。

吃完饭，三宝师兄拉着顾了了说要比画比画，顾了了还未开口，苏叶便替她答道："顾师弟今日要去临墨阁，我代他和你们比画。"

三宝师兄神情大变，立马搬出各种借口开溜。

顾了了挠了挠头，问道："苏师兄，去临墨阁做什么？"

苏叶没好气地瞪了她一眼："你《破阵》背得如何？"

顾了了霎时拉下脸来，懦弱道："还……还没背好！"

"那还不回去背！这几天中午晚上都不许出来了，我会派人将饭菜送到青竹居去！"苏叶命令道。

"……是。"

顾了了转身欲走，又被苏叶叫住，"苏师兄，还有何事？"

苏叶顿了顿，犹豫不定道："你……若还需要什么帮助，只管开口就好。"

顾了了觉得今日苏叶好生奇怪，没有细想，点头哦了一声。当然，奇怪的不止是苏叶，她回去时，发现师父床上的被单全部被人换去，大惊失色冲出去，被迎面走来的楚千觞拦住。

"我不是叫你待在青竹居背《破阵》么？"楚千觞见她一副惊慌失措的模样，皱眉道，"你又要去哪儿？"

"被……被单呢？"顾了了上气不接下气地问道。

楚千觞想了想，慢慢道："那床被单用了太久，大概被人拿去扔了罢！？"

"被谁？"

"或许是打扫之人。"

不是……师父他么？顾了了怀疑地看着楚千觞，却始终看不到他脸上有何不对劲之处，内心的紧张才渐渐平息下来。也许是真的被人拿去扔了罢！？这样再好不过了，只是事情真有那么顺利么？顾了了感到些许不安。总觉得似乎有哪里不太对劲，为何会有这么多凑巧……

好在楚千觞将《破阵》拿出，说再不背诵便要抽查她背诵情况，顾了了慌得没精力继续思考。

隐瞒了月事初至的问题，但接下来还有一堆棘手的事情等着顾了了……最让人头痛的便是——古代没有苏菲没有护舒宝没有安尔乐，要怎么办？难不成要全部弄到衣服上去么？

还没来得及深入思考这个问题，顾了了便被楚千觞派去打扫西厢房了。

楚千觞的原话是：那个屋子比较脏，你去打扫一下吧！于是顾了了拿着抹布扫帚去西边厢房，进去时靠了一声。脏？在她看来比自己住的屋子还要干净！不过里边陈设倒是挺别致的，一看就像是小姐的闺房。难道这以前住过女子？顾了了好奇地走进去，东瞧西看，转身时，不小心碰落桌子上一叠东西。她附身拾起，惊喜地发现，这正是古代版"卫生巾"。

顾了了不由舒了口气，暗道：真真是天助我也。

就这样，顾了了有惊无险地度过了这段最窘迫的时期，也迎来了她人生中第二个生长高峰——身体各方面开始迅速成长。

比如说她的身高，一下子就窜上去，三宝师兄曾愁眉不展地跑去问她："顾师弟，长高有什么秘诀么？"

顾了了答曰："在鞋子里垫东西。"

比如说她的声音，开始变尖变细，脱去童声的稚嫩，连沈书都不得不承认：顾了了开口时，总会给人一种雄雌莫辨的柔美。再比如说她的胸脯，嗯……开始发育。这是一个让人非常纠结的问题，当人最大的梦想与自己最大的实际相冲突时，顾了了不得不做出选择。

是放任自由还是紧紧约束？

就在她犹豫不定，准备狠下心来借助小布条遮掩时，新送来的衣服解决了燃眉之急。

顾了了惊奇地发现，她的衣裳穿起来宽宽松松的，大了许多。她顿时热泪盈眶，有种多年波霸梦有朝一日要实现的错觉。

问及楚千觞时，他则答道："你现在正是长身体的时候，自然要做大一些。"

还有就是——所有的衣服不再是单一的白色，竟有几件墨色、深蓝色、黑色的长袍。对此，楚千觞又给出解释：琉璃宫方方面面都在着手改革，首先便是要变革白衣。据三宝师兄透露，貌似是有一次，一位白衣师姐正巧来了月事，没来得及换红衣，结果……当时太师父正和楚师叔出去办事，恰巧落在眼中，第二日太师父便当众宣布，不再要求每位弟子穿白衣，只需在重大场合换上白衣便可。这样，仿佛所有问题都在某个时间被人统统解决，不需要她再做任何担心，剩下的，只要好好习武、熟记心法便可。

少了各种条条框框，琉璃宫的生活似乎变得更加轻松舒适，让顾了了几乎忘记了现实之下隐藏的阴影，直到发生惊变的那日，她依旧恍惚不已，以为一切只是一场梦。

梦醒了，就能回到最初的静好……

261

那日，顾了了如往常一般正卖力地挥剑砍竹，身后突然袭来一阵寒风。顾了了几乎是下意识地做出反应，脚尖轻点，一个转身，错开了那柄长刀。长刀落下时，随之倒下一排竹子。

顾了了不由心疼，对身后那人道："怎么能乱扔菜刀呢？万一砸到小朋友怎么办？就算没有砸到小朋友，砸到那些花花草草也是不对的呀！"

来人一听"菜刀"二字，顿时一阵抽搐，再听她唠唠叨叨什么砸到小朋友、花花草草时，索性抽剑直指顾了了，厉声道："说，楚千觞在何处？"

顾了了猛然打了个冷战。不是吧兄弟，你是来搞刺杀的？她方才还以为是哪位师兄跑来恶作剧呢！

"这位英雄，有话慢慢说！"顾了了把玩着手中钝剑，故作天真地嬉笑道，"你找师——楚千觞，有何事？"

那黑衣人冷哼道："自然是杀他！"

顾了了："……"这句话好狗血啊！

"是谁派你来的么？为什么要杀他？你有什么好处啊？做杀手年薪多少？工资高不高？福利待遇好不好？买不买五险一金？……"

"……"杀手不耐烦地挥剑道，"废话少说，快说，楚千觞在哪儿？"

剑锋对着顾了了鼻尖，顾了了愁眉哭脸，"我若是知道还会在这儿与你废话么？"

杀手瞪眼，"什么意思？"

顾了了微微一笑，"意思就是……"她猛地退后一步，撒手抛出一大把粉末，撒向那杀手。却见杀手眼疾手快，险险避开。

"你刚刚撒的是什么？"尽管全身而退，但执剑的右手难免沾染上一点粉末，顿时觉得奇痒无比，杀手冷然道。

顾了了食指轻点红唇，笑道："你放心，我暂时还不想要你的命，这只是一点小小教训而已！"

话音一落，杀手脸色突变，右手一松，长剑哐当一声落在地上。

他抱着右臂，在地上痛得打滚，恨恨道："原来你就是那个顾了了？"

顾了了负手上前，踢了他一脚，冷笑道："不错嘛，连我都认识！是谁派你来杀我师父？"

杀手咬着牙，没有回答。

"你不说是吗？那我就只好再加重一点咯！"她心情十分愉快，能够有人上门试药，求之不得。

一丝血迹从那人嘴中流出，不等顾了了动手，杀手已没了气息。指尖拂过那人鼻息，确定他已死之后，顾了了撇撇嘴，嘟囔道："真没意思，好不容易来了个杀手让我玩玩，结果先自杀了！"还不如当年的千面手有趣呢！

她用足尖挑起地上的长剑，握在手中，随意一挥，身后竹林顺势倒下一片。

顾了了吹了一声口哨，笑道："好剑！"

看来这杀手也不是一无是处，至少做了一件好事，留下一把剑——剑身上雕刻着古体的花纹，泛着凛凛寒气，剑柄则染着斑斑血迹，无论怎样擦拭都拭不干净。看来这柄剑饮过不少血！顾了了还没来得及得意，身后便传来熟悉的脚步声。

"了了，这里发生了什么事？"楚千觞大步走来。

顾了了回头，见是师父，长剑指向地上的尸体道："师父，你可认识这个人？"

楚千觞皱眉，蹲下身仔细查看这具尸体。

"此人刚才说要来杀你，不过中了我的毒，咬舌自尽了。"

顾了了露出几分惋惜的神色，"为何要想不开自尽呢？留着一条命，我们又不会杀他，你说对不？"

"你给他用了什么毒？"

"改良版'想笑不能想哭不成哭笑不得下手无处半步倒地粉'。"

楚千觞："……"

"大概是毒性太重的缘故罢！"

"是这样的么？"顾了了掏出粉末，研究了片刻，"我只稍稍加重了一点药效而已呀！"

那表情，简直无辜得不能再无辜，犹如一个涉世未深的少女，用纯洁的眼神瞅着一包白色的粉末。相处这么久，楚千觞早已将顾了了的脾性摸得一清二楚，她说稍稍加重，那便代表着加重许多，也不怪刚才那人咬舌自尽，大概那药效比咬舌还要难以忍受。

"对了，师父，"顾了了突然想起什么，变得兴奋起来，"终于有人要来杀你了！"

楚千觞："……"什么叫终于？难道你就盼着天天有刺客来刺杀你家师父么？

顾了了丝毫没在意自己说话的口气，兴致勃勃道："自从上次于师姐他们莫名其妙中毒之后，便再没有声音，我还以为他们就此罢手了，没想到只是在静候时机而已！"

"静候时机"四个字落下，正在搜杀手身体的楚千觞不知摸到了什么东西，神色猛然惊变，丢下一句"你留在这里"，转身便消失得无影无踪。

"师父，你要去哪儿——"顾了了高声叫道。

她看了看地上的黑衣，再看看手中长剑，挠挠头，正准备继续砍竹子时，想起师父刚才突兀的神色，难道是琉璃宫发生了什么事情么？应该不会吧！今日好像没什么大事，顾了了回忆起早上出门时，除了几位师叔随太师父出宫办事，宫内一片祥和，师兄师弟嘻嘻哈哈勾肩搭背，还有师姐向自己抛媚眼，师妹朝自己脸红问好，一如往常。

手中的剑无端颤了颤，几位师叔和太师父都不在，师父又在这边陪着自己，整个琉璃宫不就只剩下弟子了么？

眼前一阵晕眩，顾了了慌忙丢下剑，施展轻功往回跑，过了片刻又回到原处，将黑衣人身上的剑鞘取出，还剑入鞘后，拎着长剑离去。千万不要有事啊！一路上默默祈祷，脚下的步子却越来越快，顾了了抑制不住地颤抖起来，内心充满恐惧焦虑。

当她赶回琉璃宫时，整个世界仿佛颠倒了一个模样。曾经，充满着各种朗朗读书声的地方，被一片冷硬刀剑相撞声所取代。曾经，那么多师兄师姐们打打闹闹习武练功的地方，浸染着无数鲜血。

倒在地上的师兄师姐或是怒目圆睁，或是死死握着剑，不肯松手，似要与敌人同归于尽。

明明已经意料到最坏的结果，亲眼见到时，依然克制不住寒意上涌，全身战栗。

不远处的一位师姐，正是自己曾表白过的白衣师姐。师姐姣好的面容沾染着干涸的血迹，杏眼圆睁，胸口被长剑贯穿，倒在血泊中，死去多时。

顾了了一步步走过去，仿佛周围的一切都化作了虚无，此时此刻，她眼中只容得下那位师姐。

她走到师姐身前，蹲下身子，伸出手，轻轻为师姐合上眼。白衣师姐的脸上，不知何时掉落下一颗水珠。

"师姐，我会为你报仇的！"顾了了说道，不悲不喜，没有一丝表情。

噌的一声，耳边传来一阵兵器尖锐的撞击声。

"顾了了，你还愣着干什么！"传来苏叶的吼声，带着焦急与一丝淡得无法感受到的惊惧与欣喜。

"快走，顾师弟！"其他师兄也在动手拼命，叫道。

顾了了直起身子。走？她斜斜看了一眼那群不知从哪冒出来的黑衣人，是他们毁了她的家，毁了她最为幸福的一段时光，她怎能这般逃走？又是噌的一声，顾了了利落地拔出剑，剑锋直对高悬着的太阳。烈日下，剑身闪烁着耀眼的光芒。

"吞日"二字，一如她眼中的愤怒与坚定，让人不由心生畏惧。黑衣人见那柄长剑，皆骚动不安起来，似在惊疑什么。

"这柄剑的主人已死，谁还要来继续送死？"顾了了冷冷说道。

以至于多年后江湖依然有这样的谣传——那日，吞日剑出，气贯长虹，光辉耀眼，无人敢直视。死于顾了了手下的那人，吞日剑的主人，正是江湖排行榜上赫赫有名的杀手。只因他太过轻敌，见顾了了年纪轻轻，拿剑砍竹却始终砍不倒，以为她必资质愚钝，不曾料到这其实是楚千觞为磨砺顾了了的心性，故意如此。让她只用钝剑，只为有朝一日，利剑在手时，能千百倍发挥其作用。

而这一日，终于来临。

那群黑衣人先是见吞日剑，不敢轻举妄动，但又觉得对方不过一个十三四岁的孩子，怎么看都不是自己的对手。于是便有胆大的上前，顾了了手持长剑，落下时，发出重重的交击声，那人堪堪后退一步，似没想到这个身材纤弱的少年有如此大的力气。

几年磨炼，锋芒尽敛，全在这一刻，顾了了再不是当初那个无知小儿。楚千觞给予她最合适的教导，旨在循序渐进，于不知不觉中让她迅速成长起来。或许这一刻，连顾了了都为自己的进步感到惊诧。黑衣人互相递了一个眼神，纷纷向顾了了这边攻来。

一时间，顾了了难以招架。好在有苏叶等人上前帮忙，双方勉强维持平手。

几乎每个人身上都或多或少挂了彩，苏叶不但要对付眼前那十几个黑衣人，还要顾及其他弟子，身上受的伤最重，手臂、胸前几乎都沾染着斑斑血迹。他手上的动作渐渐放慢，似已无力继续了。忽而面前剑光一闪，来不及抵抗，对方的剑锋直指他的心脏，这一剑，杀得他措手不及。他愣在原处，眼睁睁看着那剑锋逼来，有些绝望地自嘲——这一回，真的是凶多吉少。却又是在千钧一发之际，顾了了一个转身，足尖轻点，飞身而来，吞日挥下时，将那长剑从半中央斩断。所有人都因这一剑姿愕然。这般厉害的轻功，这样挥剑的姿态，当是世间独一无二的——流云剑法。

相传，流云剑法极难习成，所修者到最后大多走火入魔，只有一人，练至顶级，成千人不败。这人便是顾了了的师父，楚千觞。江湖之人有多害怕楚千觞，便有多畏惧他的流云剑法。

这流云剑法，无剑谱、无定招、无心诀。一举一动，皆随心而出，有如天上流云，千姿百态，变化莫测，无所寻觅。正是因为招式变化繁多，才叫人吃不透下一招要如何应对。加之云随风动，变幻奇快，更加显出其独到之处。

对方见顾了了使出流云剑法，皆是大骇，不敢再轻易出手，一个个往后退了几分，将顾了了等人围在中间。

"苏师兄，你还好吧！？"顾了了身上也落下几道伤，血迹已然干涸。

苏叶站在她身后，一手握剑，用以支撑身子不倒下，冷然道："无事，暂时死不了。"

他目光转向另一侧，隐隐有刀剑之声，再扫过附近地面，如今黑衣人在数量上已不占优势。

"顾师弟，你且去别处帮忙，这边有我们！"苏叶道。

顾了了忧虑地看了他一眼。

"不错，顾师弟，你快走吧！"其他师兄也点头说道。

这里，只有顾了了身上伤是最轻的，体力也是保存最多的。

"……好！"顾了了点头道，一边将吞日插入剑鞘。

可敌人怎会轻易放顾了了离去？他们见顾了了手中无剑，又再度进攻。

顾了了冷然一笑，道："各位师兄，退后一些！"说罢，双手一挥，将最后一包毒粉撒出。琉璃宫弟子们皆知顾了了师从倾城山元掌门，乃万毒之师的弟子，这粉末自然不是什么好东西，便快速躲闪至一边。唯有那群黑衣人中几个不识好歹的还一个劲往前冲，染上粉末后丢了剑，在地上打滚呼痛。

苏叶看准时机，高声道："各位师兄师弟，我们上！"

顿时黑衣人溃不成形，不复方才的拼命。一时间琉璃宫又占了上风，顾了了便趁这个空隙去了另一边。陶桃正以一敌多，与一帮黑衣人纠缠。她一面护着凌霜霜，身上多处中剑。顾了了杀过去时，正是她防守最薄弱的一刻。

"顾师弟！"陶桃见顾了了挡在前面，欣喜叫道。

顾了了瞥了一眼她身上的剑伤，都不是在重要之处，甚至连血迹都不曾见到，比起苏叶他们来说，简直是轻得不能再轻的伤。凌霜霜似乎也没受什么重伤，见到顾了了，眼中顿时燃起光亮，"顾、顾师弟……"

顾了了颔首，沉沉道："陶师姐，你快带凌师姐离开，这边有我！"

她余光扫去，这里除了她们二人，已没有其他师姐了。多半已遭遇不测……

想到这儿，顾了了眼中一痛，下手愈发狠辣，黑衣人不禁露出吃惊的神色，不料琉璃宫有如此厉害的弟子。陶桃见顾了了出手不凡，料她这几年定是武功进益颇大，只因常年单独跟随楚师叔在外习武，没有和其他弟子一般去练武场，所以都不曾料想她会厉害至如此地步。

"陶师姐，我们去帮顾师弟罢……"凌霜霜犹豫道。

陶桃摇头，"此时去帮她，反而会叫她分心，凌师妹，我们去通知太师父和各位师叔！"

听陶桃这么说，凌霜霜点头道："好！"

她们二人刚欲离去，就见一黑衣人杀至身前，剑锋指向陶桃时，突然一转，向凌霜霜刺去。

来不及抵挡，顾了了竟用手生生接住那剑，大口喘气道："快走！"

凌霜霜被陶桃强行拉走留下顾了了一人。

太师父与几位师叔接到陶桃的飞鸽传信，匆匆赶回时，琉璃宫一片砖瓦狼藉，浮尸满地，血流成河。几名浑身是血的弟子收拣地上的尸体、清点伤亡人数，苏叶坐在台阶上，一手握剑，勉强支撑着身体。他身下，躺着十几具黑衣人的尸身。

"怎会这样！"太师父目眦欲裂，怒吼道，"其他弟子呢？"

苏叶微微睁开眼，见是太师父，目光看向不远处，道："还有顾师弟，在那边……"

太师父急急过去，最先入眼的依旧是成堆的尸山。他心痛不已，竟亲自去将黑衣杀手、白衣弟子分开。

"太师父……"不知是谁起头，低低呜咽声回荡在琉璃宫的上空，犹如一曲哀歌，震人心魂。

回眸时，正见夕阳西下，残阳如血。霞光晕染在顾了了脸颊上、眼眸上，她的眼睛，也染上深不见底的猩红。

"了了……"分开尸堆，终于见到后面坐着的小人儿，太师父觉得自己喉咙哽咽，说不出话来。

顾了了疲惫地站起，行了个礼，道："太师父。"

"你……师父呢？"再问不出其他问题，太师父转而看向四方。

是啊，师父呢？在这最需要他的时候，他去哪里了呢？平生第一次，顾了了生出一丝恨意。

她摇摇头，漠然说"不知"。

"了了，不必自责。"太师父听到顾了了说不知楚千觞在哪儿后，想了想，道："你随我去琉璃塔！"

琉璃塔，正是坐落于琉璃宫正中央的那座高塔。顾了了入琉璃宫不久时，便听得其他弟子说，这座高塔从开国以来便建立于此，似镇压着什么东西，琉璃宫也因此而存在。顾了了跟随太师父身后，几位师叔欲上来时，被太师父拦下。

"你们去帮其他弟子疗伤！"太师父说道。

"是。"

顾了了与太师父二人，前后朝琉璃塔走去。越是往里走，便不复见打斗的痕迹，却更让人觉得阴风阵阵，寒意上涌，仿佛风声鹤唳，草木皆兵。每走一步，顾了了便觉得心跳加速一分。直至快要走到琉璃塔时，惊见一片血海。

"师……师父……"顾了了禁不住捂住嘴，叫了出来。

数不清的尸体之上，坐着一名男子。红衣黑发，长剑森冷。听到脚步声，他缓缓抬头，眼中倒映着血一般的猩红。这便是她的师父，楚千觞。

传说，楚千觞以一敌百，原来……是真的。他身上的白衣，早已被鲜血染成殷红，分不出哪是他的血迹，哪是敌人的血迹。他蓦然见到有人走来时，握剑的手，下意识地紧了紧，面容阴寒，似要再度大开杀戒。

直到听到那句微弱的呼声——师父。这一句呼唤，犹如漫漫黑夜中一束亮光，犹如他心魔中最后的救赎，将他从无间地狱带回到这个世间。

楚千觞竟微微笑起，不顾身上的血腥煞气，向顾了了缓缓伸出手来，嘴唇一张一合，沙哑地叫出她的名字："了了……"

顾了了不禁流下泪来，她丢下剑，朝楚千觞飞奔而去，扑入他的怀中，紧紧抱住他，哇的一声号啕大哭。好似受了天大的委屈，只有在师父的怀抱中，才能寻觅安慰。

"师父，你去了哪儿了？了了好害怕……"

"师父，我杀了人，手上全是血，洗也洗不干净……"

"师父，师姐死了，还有好多好多师兄，也不在了……"

"师父，为什么会这样？"

怀中的孩子一声声抽泣，让楚千觞的心疼痛起来。她是他的弟子，但也是十四岁的孩子，生活在温暖的阳光下，被无数人保护着，从未经历过杀戮，如今已然满手是血。如果可以，他多么希望能将她好好护在身后，让她此生再无忧虑。但却不行！未来她所要面对的血雨腥风，只怕将要远远超过今日所有。

"了了，不哭了，"楚千觞抱着怀中的孩子，轻抚她的背，为她顺气，"我们回家，好不好？跟师父一起回家。"

回家……这真是个温暖的词，顾了了渐渐停住泪水，泪眼蒙胧地望着楚千觞，见他眼底涌动着她所陌生的悲悯与内疚，缓缓点点头，嗯了一声。

"师父……"楚千觞站起身，望向太师父。

太师父一脸沉静，点头道："你和了了今日都累了，早些回去休息罢！"

"是。"

两人牵着手，回到青竹居。

顾了了泡过澡后，换了一身新衣，坐在师父的床上，艰难地为自己上药。

楚千觞很快便清洗干净，走出来，见顾了了皱着眉头，小心翼翼在涂抹背上的伤，却又够不着，说道："我来吧！"

顾了了没想到他会这么快出来，神色一惊，手抖了抖，差点打翻药盒。

"不、不用了……"顾了了慌忙道。

楚千觞见此，并不坚持，道："小心些，实在不行便叫我。"

顾了了忙点头说好。她见楚千觞转身时，身后白衣隐隐透着血迹。想必是方才洗澡时又弄破了伤口，流了不少血。顾了了受的伤并不重，都是些小伤，未及筋骨，很快便好了药。她扬声道："师父，了了帮你上药吧！"

楚千觞微微一怔，似没想到她会这么说，摇头笑道："你去休息吧，我自己来便好。"

听到"休息"二字，顾了了眼底划过一丝惶恐，她一手拽着被褥，犹豫道："师父，你能不能陪陪了了……"是的，她一直在害怕，从开始到现在，这样的心情，持续着，未曾停下……

楚千觞像是一眼看出她心底最深的惧意，黑眸幽幽，良久才叹息道："睡吧，师父陪你……"

顾了了方才拉过被子，安然躺下。楚千觞坐在床头，低头，望着身边的女孩儿。她眨着一双灵动的大眼睛，盯着自己，尖尖的小脸蛋透着洗浴过后的红晕，还有一股淡淡的清香。

"快睡吧！"楚千觞摸了摸她已经干了的发梢，轻声催促道。

"师父，你不走吧？"顾了了似在怀疑什么，双目炯炯地盯着楚千觞。

楚千觞点头，"师父哪里都不去。"

顾了了甜甜一笑，安下心来，闭上眼，片刻后又突然睁开。正撞上楚千觞那双无悲无喜的眸子，藏着她永远都无法企及的深沉。也正是那一双眼眸，如同一个巨大的黑色旋涡，让她不禁沉沦其中。

"快睡！"见顾了了不肯听话，又睁开眼来看着自己，楚千觞不由板起脸教训道。

顾了了吐了吐舌头，乖乖闭上眼，再没睁开。见她如此不安，楚千觞哑然失笑，握住她放在外边的小手，触感是一阵凉意。这样的凉意，只属于她，属于他唯一的弟子——顾了了。

琉璃宫遇袭一事之后，整个宫中一片愁云笼罩。弟子损失近一半，还有许多受了伤，继续医治。好在顾了了懂得不少医术，被派去帮助王师姐为师兄弟疗伤。

"哎哟哟，顾师弟，你轻点轻点！"三宝师兄中，于师兄受伤最重，整个右手经脉几乎被挑断，今后能不能握剑还是个未知数。

顾了了眼神暖了暖，下手果真轻柔许多，问道："于师兄，还疼么？"

难得见顾了了如此体贴，丁师兄一怔，脸上蓦然红起来。这个顾师弟呀，越看越像女子，尤其是刚才，靠得那么近，看得她长长的睫毛一颤一颤，皮肤白皙晶莹，好似一个琉璃美人儿。

"不、不疼了……"于师兄结结巴巴道。

顾了了微微一笑，转身为其他师兄弟疗伤去了。

"喂喂，你刚才脸红什么？"旁边坐着的天屎兄捅了捅于师兄的胳膊。

于师兄摸了摸突突直跳的胸口，喃喃道："顾师弟他……好漂亮！"

天屎兄噗嗤笑出声来，"师兄，你不会是……那个吧！？"

见他眼神暧昧，于师兄恼羞成怒，给了他一巴掌，道："别瞎说！我会脸红是因为……"

"因为什么？"连徐师兄也凑过头来。

"因为……"于师兄纠结了片刻，突然顿悟道，"顾师弟他是治愈系的！"

一旁的沈书正在包扎，听到他们三人对话，回过头去看顾了了，见她正在细心为一位小师弟上药，语言神情都很是温和，含笑点头道："不错，顾师弟果然是治愈系。"

于是乎，关于顾了了是治愈系美少年这个称号，就此在琉璃宫中传遍。不只是男弟子们，许多女弟子受了伤有个啥毛病的，都喜欢亲自上门找顾了了。仿佛，和她在一起时，心情就不知不觉愉悦起来。

顾了了对于这个称号倒不在意，她现在在意的是另一件事。师父因此次突袭而受伤，第二日又因伤口感染而开始发烧。向来连毒都不放在眼中的顾了了，自然不会担忧这小小的高烧，她原本能很快治好的，只是……

青竹居突然来了一位不速之客。那日太师父与诸位师叔之所以会出门，是为了接一位客人来琉璃宫。据说此人身份极其重要，怠慢不得。见到时，顾了了才知道，原是一名美貌女子，而那女子一见楚千觞，便激动得晕了过去。如今，那女子正借住在青竹居内。

太师父说琉璃宫尚未恢复，几处都破损得厉害，又堆过尸体，不敢随意入住。唯有几处尚能住人，青竹居便属其中之一。同来入住的，还有苏叶和陶桃。这个安排很让顾了了忧愁。

那个女子也就罢了，苏叶和陶桃……顾了了长叹一声，暗道个人有个人的缘法，强求不得！

当她看开苏叶和陶桃一事时，便有另一件事情，更让她忧愁，那便是——这位姓东方的女子。

她似乎对自家师父的事情极为关注，看到顾了了为楚千觞煎药疗伤时，总欲上前帮忙，顾了了不好意思开口拒绝，却觉得那女子手脚笨拙，简直是越帮越忙。

就譬如说这煎药吧，只需要看着炉子便好，她偏偏有本事将那药炉打翻，生生浪费了一炉子的药草。再譬如说这上药吧，只不过是涂一下胳膊上的伤，她却激动得不能自抑，结果用力过猛，让伤口再度开裂……种种状况，顾了了很是怀疑，再这么下去，她师父没病都能活活被折腾出病来。

"对……对不起……我不是故意的……"看着床上因伤口再度开裂而体力不支晕过去的某人，女子惊慌失措道。

顾了了一手捂着额头，唧叹良久，她觉得这几天自己活活老了几岁。

"东方姑娘，您先去休息吧，这边我来就好！"顾了了认命道。

"可……可是……"那位东方姑娘犹豫道，"你看起来很需要帮手。"

顾了了："……"如果需要帮手也是因为有你在的缘故。

"东方姑娘，你休息去吧，我来帮顾师弟！"苏叶不知什么时候来了，斜靠在门边，冷漠道。

东方姑娘似乎十分害怕苏叶，一见到他便深深埋下头，不敢再多说什么。

见那位东方姑娘乖乖离开，顾了了夸张地拍拍胸脯道："师兄，你真是救人于水火之中啊！"

"哦，"苏叶挑眉，"你刚才是在水深火热之中？"

顾了了嘿嘿笑，目光落在床上，撇撇嘴道："其实用不着你帮忙，只要东方姑娘不添乱就够了。"

"楚师叔的病如何？"

"多亏了她，又要过几天伤口才能愈合。"顾了了无奈道。

苏叶顿了顿，缓缓道："你没看出来么？"

"看出什么？"

"也许那个东方姑娘是故意的，不想让楚师叔恢复。"苏叶说道。

顾了了微愣，"不会吧……"

"有什么不会？"苏叶跨过门槛走进来，看着躺在床上的楚千觞，顾了了正帮他重新上药，动作小心至极，"若是明知自己不行，为何还要一而再再而三？"

这……倒也是！顾了了嘟囔道："我还以为她是因为看到师父激动之情无法遏制才做出傻事来！"

苏叶："……"你说的那个人不会是指自己吧！？

"不过，的确很有可能！"顾了了摸了摸下巴，道，"她在为师父煎药的时候似乎往里面加了什么东西，是看到我要开炉检查里面草药时才慌忙将它打翻。"

"所以你……"

顾了了眯眼贼笑，"你猜猜，我后来从那一堆打翻的药炉中发现了什么？"

"什么？"

"金蚕蛊。"

看着苏叶那一脸迷惑不解的表情，顾了了恨铁不成钢道："那可是被称为'蛊中之蛊'的金蚕蛊啊。据说要将上百种毒虫放入瓮缸中密封起来，让其自相残杀，一年之后再揭开瓮缸，最后剩下的那一只就是金蚕蛊！"

苏叶一听，心中微寒，"那东方姑娘究竟是何人，我要去查一查！"

"别去了！"顾了了叫住他，"太师父偷偷告诉我，她从南诏来的。"

苏叶怔住，素有毒蛊之乡称号的南诏，会有金蚕蛊自然不足为奇。

"她为何要害楚师叔？"

顾了了摇摇头，道："也不算害，金蚕蛊若掌握得当，可以入药，且服后百毒不侵。"

"你的意思是……"

"那位东方姑娘究竟是好是坏，一时不得而知，总之你和陶师姐都小心一些。"

苏叶默默点头，最后问道："那只金蚕蛊，你如何处理？"

顾了了歪着头，笑道："既然东方姑娘要给师父，我自然是将它炖了熬药，喂给师父吃啦！"

想到顾了了说那金蚕蛊是由上百种毒蛊化来，不禁觉得恶心，真不知楚千觞是如何吃下去的！

顾了了食指点唇，嘘声道："当然，这个师父他一点都不知道，他还以为是普通的药呢！"

"……"

不管那位东方姑娘来头如何，总之后每当她想要帮忙时，苏叶都会从旁冒出，帮顾了了阻挡。因此东方姑娘难以插手，自然楚千觞身上的伤很快便愈合了。对此，顾了了异常欣慰，她扶着楚千觞的手，两人一道走到院子里。曾经，琉璃宫的繁华与喧闹已不再，寂静地方，斑驳的竹影映在墙壁上，让人不由产生萧瑟之感。

顾了了扶楚千觞坐下，几分感叹道："不知琉璃宫何时才能恢复元气。"

楚千觞默然，恢复又如何？发生过的事情，终究无法改变，将会永远成为一块心伤。而这，或许也只是刚刚开始而已。

"了了，你想不想提前出去历练？"楚千觞问道。

顾了了怔住，提前历练？她的确想过，但那是一年之后的事情，如今她只想陪在师父身边，看着琉璃宫再度回到往日的喧嚣与吵闹。

顾了了摇头，"师父，我还不够年龄。"

楚千觞微笑道："当初我离开时才十三岁，如今你武功已非比寻常，又会毒蛊之术，该是出去历练的时候了。"

"可是……"顾了了犹豫着要如何拒绝。这么离开，一去便是五年，再见时不知要到什么时候。

一想到自己可能五年都见不到师父，顾了了感到胸口堵着什么，闷闷的，透不过气。

"了了想留在师父身边！"她赌气似的说道，双手揪着楚千觞的袖子不肯放开。

楚千觞好笑地摇头，宠溺的眼神望着她："了了，你终究是要离开师父的！"

话是这么说没错，但一想到真的要离开了，她竟不知所措起来。这四年朝夕相处，点点滴滴，平淡如水，却融入她骨血之中，仿佛比在玉凤山庄所待的十年岁月还要多得多……

你能明白么，那种感情？她是真正被一个人全心全意捧在手心呵护着、宠溺着，无微不至的关怀，好似只要一个眼神、一个微笑，便能明白她所有的动作，便能给予她所有的需求。这些，是顾冥磊、顾美人都给不了自己的。无论前世还是今生，她的命运似乎都逃不开被至亲之人抛弃的命运。但在这里，她有了师父，有了比前世要多出许多的温暖回忆。

这一刻，顾了了迷茫了，她感觉到，有种陌生的感情，正逐渐占据自己的内心。自己似乎、似乎真的喜欢上了师父？！不是普通弟子那种崇拜的喜欢，也不是晚辈对长辈那种敬意的喜欢，而是一个女人对一个男人的那种喜欢。或者说是，爱……顾了了被自己突如其来的想法惊呆，愣愣站在原地。

楚千觞见她默然无语，以为她还是不愿出去历练，正想着如何劝慰，忽而见那位东方姑娘款款走来。"楚、楚公子，顾公子……"东方姑娘怯弱地叫了一句。

楚千觞拍了拍顾了了的肩膀，表示此事到此，暂且不提，笑着点头应道："东方姑娘，你远道而来，本该好好招待，只是琉璃宫突发变故，委屈了你。"

东方姑娘顿时受宠若惊，连连摆手道："不、不是的，我很高兴能和楚公子住在一起。"

这话说得委实暧昧了些，顾了了听得一阵刺耳。

她蹙眉，要开口时，却被楚千觞一推，道："快去倒茶！"

顾了了满心不悦，碍于师父面前，不好拂了他的面子，慢吞吞朝里走去。

"不、不用了。"东方姑娘小声道，"不要这么麻烦。"

顾了了冷笑，"更麻烦的事情都做了，也不在乎这一点麻烦了！"

东方姑娘听后惊讶地抬起头，似没想到如此尖酸刻薄的话会从她嘴中飘出。

莫说是东方姑娘了，连楚千觞都皱起眉头，声音有些严厉，"顾了了，怎么能这么对客人说话！"

顾了了满腹委屈无处发泄，跺脚道："师父，你也不想想你的伤是谁治好的！"说罢转身便跑了。

楚千觞抱歉地对东方姑娘笑笑，"小徒年龄尚小，不懂事，东方姑娘不要见怪。"

东方姑娘点点头，笑道："不会的，顾公子她很聪明、又能干，不像我笨手笨脚，什么都做不好。"

楚千觞温然一笑道："东方姑娘乃南诏圣女，怎能和了了相提并论。"

第
二
十
章

别时容易

很早以前就听人说过，喜欢和爱是不同的。喜欢，是浅浅的爱；爱，是深深的喜欢。

顾了了现在没心情纠结自己到底是深深喜欢还是浅浅爱，她在纠结另一件事……

为什么师父会对那个东方姑娘笑得那么灿烂啊啊啊！

为什么那个东方姑娘要坐得离师父那么近啊啊啊啊！

为什么他们俩有那么多话要说啊啊啊啊啊啊啊啊啊啊！

……

在无限个"啊"的回应中，顾了了顶着花盆，决定做一回盆花公子！何谓盆花公子，这据说是大有来头滴！在全宫热恋时，三宝师兄中徐师兄因自己喜欢的师妹喜欢上其他男人，屡屡生出不甘之心，决定要将那位未曾谋面的情敌弄个清楚。于是乎整日悄悄尾随于小师妹身后。他尾随便尾随罢，还抱着一个盆花不放，美其名曰：当小师妹回眸时，他头顶盆花，躲在墙角，可作装饰物被忽略掉。当是时，听到这一宣言的顾了了等一干人通通石化，注视着那位为爱情而现身的盆花公子，顶着盆花蹦蹦跳跳离去。

良久天屎兄发出振聋发聩的呼声，代表众人喊出了时代最强音——爱情，让人变得盲目！

"顾师弟，你拿着盆花做什么？"

身后传来一个清脆的女声，顾了了吓了一跳，忙将头上的盆花取下，讪笑道："陶师姐，苏师兄。"苏叶似笑非笑地看着顾了了……手中的盆花。

顾了了尴尬地晃了晃盆花，道："我为历练做修行！"

"历练？修行？"陶桃不可思议道，"你还小，至少要再过一年才能去历练。"

顾了了撇撇嘴，示意楚千觞所在的方向道："刚才师父说了，要我提前出去历练。"

"啊？"陶桃愈发不能理解，"为什么？"

顾了了耸肩，心情低落，"我也不知道，大概是师父嫌我烦了吧……"

很少见顾了了如此沮丧，陶桃不由好心安慰道："顾师弟，你武功如此厉害，出去历练肯定没问题！楚师叔一定也是这么认为的，才会让你提前出去历练！"说着还鼓励地拍拍她的肩膀。

苏叶却毫不意外道："楚师叔当年历练时才十三岁，你提前一年历练也没什么。"

听苏叶这么说，顾了了的心更凉了几分。

"话说顾师弟……你用盆花如何修行？"陶桃不理解顾了了内心的复杂，看着她手中的盆花，好奇道。

顾了了一时无语，见苏叶看热闹一般站在旁边，不禁瞪了他一眼。总不能说自己要去偷窥师父和东方姑娘吧！？再说，以师父那么厉害的功夫，哪需要偷窥啊，她走近两步便会被发觉。

顾了了拿着盆花，犹如捧着烫手的山芋，思忖片刻，严肃道："我在练平衡感。"

此言一出，陶桃和苏叶均愣住，"平衡感？怎么练？"

顾了了将盆花再度顶在头顶，而后缓缓迈出步伐。一步、两步、三步……

她走得似模似样，连苏叶都快被她这架势唬住。陶桃看得蠢蠢欲动，禁不住想试一试。顾了了窃笑，将盆花递给她。结果没走两步，那盆花便破碎满地了。

顾了了：……果然，做盆花也是要有天赋的！

陶桃傻愣了片刻，转头问道："顾师弟，还有没有，我要继续修行！"

苏叶、顾了了："……"

这样一来，顾了了没做成盆花公子，陶桃摔碎了青竹居为数不多的盆花。好在楚千觞对青竹居内花花草草不甚在意，摔碎了便碎了，只是其中有几个盆中栽种着药草，顾了了看得一阵肉痛。无奈她最后只好将那些亲手栽种的药草植入院子后面的药田中。

陶桃好似对平衡感的修行上了瘾，没事便会去别处捞一盆盆花回来，顶在头上四处走动。顾了了对那咣当声已经麻木了，不过每每看到她头上那摇摇欲坠的盆子，还是会心惊。

"苏师兄，你不能劝劝陶师姐么？"人执着起来果然比什么都可怕。

苏叶摊手："这个好像是你引起的。"

顾了了："……"好吧，暂且丢开盆花的事情不说，最让她揪心的问题始终没得以解决，甚至大有越演越烈的趋向。

连每日专心于盆花的陶桃也似有所察觉，一次顶着盆花与顾了了、苏叶偷看院中正在交谈的楚千觞、东方姑娘二人，悄声问道："楚师叔不会是喜欢上东方姑娘吧！？"

顾了了心似被人狠狠一撞，生疼生疼。她捂着胸口，不动声色回答："何出此言？"

陶桃一手扶着盆花，以免它摔下来暴露他们三人的行踪，小声说道："这么多年我从没看过楚师叔和别的女人接近过，更别说这样聊天了！宫中许多师叔暗恋楚师叔，却都被楚师叔回绝了。"

顾了了想起曾经遇到的一位师叔，含泪离开青竹居时的模样，知道陶桃说的有几分道理。

这个东方姑娘究竟有何来头，让师父另眼相待，顾了了决心一探究竟。

当然，这个"探"，不能无头无脑地去探。对方可是来自南诏，一不小心中了什么蛊就糟了！

对此，她进行了精密的设计，并与苏叶、陶桃详细地研讨和反复地切磋，最后拟定一份方案。

由陶桃定名，取名为——盆花计划。

盆花计划具体步骤如下：

一、暗中搜查东方姑娘的卧房，搜集线索。

二、窃听东方姑娘与师父（楚师叔）的聊天，寻找可能相关的信息。

三、整合各项线索，进行推理分析。

四、得出结论，撰写报告。

五、进行反思性评价。

参与人员：顾了了，苏叶，陶桃

其中，顾了了负责搜查东方姑娘房间，苏叶负责窃听，陶桃负责把风。

搜集完各类材料后，顾了了和陶桃负责整合资料，苏叶负责分析推理、撰写报告。

——完毕

列出这个计划后，顾了了和陶桃十分激动，唯独苏叶嗤之以鼻。

不过所谓人在江湖，身不由己，他最后不得不少数服从多数，参与行动中。

首先，是搜查房间。借口打扫卫生，顾了了和陶桃将东方姑娘的闺房仔仔细细看了个遍，最终一无所获，只好将目光投向苏叶。

"事先申明，被楚师叔发现了可不怪我！"苏叶见她们二人面露期盼之色，说道。

顾了了抢了抢肩膀，干劲十足地笑道："不会被发现的，我今日特意在师父的药中下了一点化功散，他功力不比从前，你小心一点就不会被发现！"

苏叶对顾了了这一出卖师父的行径很是无语，无奈之下只得硬着头皮上了。

躲在不远处的竹林中，苏叶庆幸自己穿了一身绿衣，乍看之下不容易被发觉。

说实话，他对楚千觞与东方姑娘之间的对话也同样充满好奇。陶桃说楚千觞喜欢东方姑娘这话，他是绝不会相信的。一个男人喜欢不喜欢一个女人，他还是能看出来的。楚千觞看东方姑娘的眼神，写满了戒备疏离。好像他看所有人的眼神都如此……噢，不对，有一个人是例外——顾了了。

苏叶曾偷偷观察过，楚千觞看顾了了的眼神，有宠溺、有喜爱、有关心……还有许多奇怪的神色。或许是自己看错了，他时常觉得，楚千觞对顾了了，还有一丝愧疚、怜惜之情。

嗡嗡的声音传来，苏叶收敛心神，屏息倾听。

"楚公子是问我，有没有摄魂蛊么？"

"不错。"

"摄魂蛊"三字落入耳中，苏叶不由一震，感到他们在谈论十分重要的事情，不禁打起十二分的精神继续偷听。

"摄魂蛊，确实有之，只不过……"顿了顿，东方姑娘缓缓说道，"据说这天下也不过一对。"

"一对？"楚千觞奇怪道。

"是，传说摄魂蛊分雄雌二蛊，雌蛊为毒，雄蛊为解，将雌蛊移入人体，可摄其魂魄，以雄蛊操控，若想取出雌蛊，则只需用雄蛊便可取出。"话音落下，两人皆未再开口。

楚千觞沉默良久，一手扣住大衣衣襟，不住摩挲上面凹凸的花纹，咳了两声才道："那么，东方姑娘可知雄蛊现在何处？"

苏叶暗暗吃惊，雄蛊现在何处，是不是意味着，雌蛊已入人体？难道有人在通过雄蛊操控什么吗？

东方姑娘摇头道："摄魂蛊虽是南诏之物，但数百年前已流入外人之手，现在除了前任圣女体内还藏有雄蛊，其他人便不知了。"末了，她问出和苏叶所想同样的问题。

"楚公子是说，有谁用摄魂蛊操纵他人么？"

楚千觞点点头，又摇摇头，道："这几年发生过几件事，都很是奇怪，又让人抓不住蛛丝马迹，像是有人刻意为之，我想师父请你过来，也是想问问有什么蛊能操纵人心魂。"

东方姑娘听后，露齿一笑道："其实不需摄魂蛊，有一种蛊便能操纵人愿为之做一切事。"

"什么蛊？"

"情蛊。"

楚千觞不在意地笑笑，"东方姑娘说笑了，这世上真会有这种蛊？"

东方姑娘注视着楚千觞，"莫非……楚公子不相信情。"

楚千觞颔首，直言不讳道："情之一字，不过是人一时心动罢了，终不得长久，最终落得反目成仇也不足为奇。"

东方姑娘似对他的回答震惊至极，喃喃道："难怪楚公子至今只身一人。"

楚千觞笑笑，"有时候，情也会成为一个人最大的弱点。"

"可它也能成为一个人变强的动力！"东方姑娘反驳道，小脸涨红起来。

大概是很少这样和人辩驳，说完后便立马垂下头，道了声"对不起"。

楚千觞莞尔一笑，"东方姑娘说的没错。"的确，情既可能成为一个人的最大弱点，也可能化作一个人变强的动力。无论结果如何，只在于你如何去看待它。

"今日多谢你，东方姑娘。"楚千觞起身，淡淡道。

东方姑娘抬头，仰望着楚千觞的背影，眼角泛红，轻声道："楚公子，我……我……"她支吾了几声，似鼓起所有勇气，闭着眼大声叫道："我喜欢你！你喜不喜欢我？"

声音不大，却也不小，连躲在远处观察的顾了了和陶桃都听见了。顾了了双手紧紧拽着一片枯叶，连手中枯叶被自己捏烂了都不知晓。

她脸色泛白，牙齿紧咬嘴皮，陶桃扭头时吓了一跳，见她嘴角淌着血丝。

"了了，你没事吧！"陶桃关切地询问。

顾了了顾不上回答，她正依旧死死盯着楚千觞，似想要知道他该如何回答。她只见楚千觞微微侧头，嘴一张一合说了句什么，而后飘然离去。留下东方姑娘一人静静坐在原处，许久许久……

"看那样子，楚师叔一定是拒绝了东方姑娘！"陶桃在顾了了耳畔低声道。

顾了了也感觉出来，但没有亲耳听到楚千觞的回绝，始终放不下心来，见苏叶从竹林中走出，一把拽住他的袖子，急急问道："师父是怎么回答的？"

苏叶瞥了顾了了一眼，眼色一黯，道："'你是个好姑娘……'"

顾了了长长呼出一口气，没想到师父他老人家竟然也会发好人卡。

陶桃挠头道："这算什么意思？拒绝，还是接受？"

顾了了和苏叶皆投以一个鄙夷的眼神。

"当然是拒绝！"心中一块大石头落下地来，顾了了口气轻松几分。

"拒绝为什么还要称赞东方姑娘？"陶桃不明白道。

"不称赞，难道要骂她吗？"顾了了笑嘻嘻道，"这表示，你很好，但是我不喜欢之类的意思！委婉的回答，给双方都留了面子，这才是艺术的真谛啊！"

看着顾了了一副花痴模样，苏叶冷哼一声，"楚师叔他估计不会喜欢上任何女人！"

这话原本是想警示顾了了的，但在她耳中却变了个味，不会喜欢上任何女人啊，那她是不是不用再担心其他女人不怀好意地接近自家师父了？

看着顾了了蹦蹦跳跳回去说要给师父煎药，苏叶不禁深深叹了口气，她似乎并没有把自己的话放在心上！

"苏师弟，你在担心什么？"陶桃问道。

苏叶转头，自从上次被拒绝之后，两个人几乎没有单独相处过，如今这里再没有别人，反觉得有几分尴尬。

"陶师姐，我……"担心什么，他也说不出，只隐隐感到不好，感到顾了了不该这么下去。

"莫非你觉得顾师弟喜欢楚师叔？"陶桃吃惊道。

苏叶："……"还真被她说中了！

"这不可能啦！"陶桃摆手笑道。

"为何不可能？"

见苏叶难得执着，陶桃一面怀疑，一面回答："你想想，他们首先是师徒，辈分上就相差如此之大，顾师弟又是男子，所以更加不可能。再加上楚师叔不喜欢……"

话音突然顿住，陶桃似想到什么，惊呼道："楚师叔不喜欢女子，难不成他喜欢的是男子！？"

苏叶："……"

"哎呀，这可糟糕了！"陶桃拉住苏叶说道，"我们要去帮帮他们。"

苏叶有气无力道："帮什么？"

"当然是探探楚师叔的口风啦！"陶桃眨着大眼睛说道，"如果楚师叔不喜欢顾师弟，那么要早早告诉顾师弟，回头是岸！"

"那如果楚师叔也喜欢顾师弟呢？"苏叶插嘴道。

也喜欢……这三个字让陶桃踌躇了。是呀，如果楚师叔和顾师弟互相喜欢着对方，这该如何是好？脑海中浮现出一幅禁忌的画面，陶桃的脸，骤然红了。

"那该是多么唯美的一幅画面啊……"她捧着脸叹息道，"顾师弟和楚师叔都那么美，小叶子，你说他们俩谁在上面谁在下面？"

苏叶："……"吐血ing。

"我觉得楚师叔该在上面，不过顾师弟的性子，搞不好他会要在上面呢！你说呢，小叶……小叶子人呢？"陶桃扭头，身边已空无一人，不由叫道。

苏叶早在她说"谁在上面谁在下面"时，便打定主意开溜，这种无稽之谈，他根本懒得参与。

但想到刚才的谈话，如果楚师叔也喜欢顾了了呢？不会的，楚师叔不会喜欢上任何女子，连他都这么亲口承认，所以一定不会喜欢上顾了了的！

苏叶这么告诉自己，可是心底又冒出另一个声音，师叔对顾了了那么好，也许在他心中，顾了了已不同于其他女子……常言道，日久生情，他们二人生活在同一屋檐下四年多，难免会滋生出其他感情！要不然，楚师叔为何急着赶顾了了离宫历练？思及此，苏叶停住脚步，转了个身，朝外边走去。如果真是这样的话，他必须尽早将这一局面打破。

离开，才是最好的选择，无论是对顾了了还是对楚师叔而言，都是如此！既然楚师叔不能让顾了了离开，那么这件事便由他来做罢！

且不提苏叶是如何打算让顾了了离开楚千觞，咱们先把目光转回女主角身上。顾了了哼着小曲儿，蹲在药炉前，为心爱的师父细心煎药。沈书来药房拿药的时候，看到的便是这么一幕——少年坐在药炉前，小心翼翼地看着火，不让药汁扑出来。

"顾师弟，辛苦你了。"沈书笑道，"这本是该我来做的。"

沈书此前跟着王师姐在丹药房里学习过一段时间，师兄师姐中毒的时候他也出了不少力，现在琉璃宫正是缺人手的时候，很多事都需要他来处理。

顾了了摇头，"这有什么辛苦！"煎药看上去似乎很简单，将药草倒入，加水，然后放在炉子上慢慢熬便可，其实不然，漫长的过程中，最需要的是人的耐心与细心。从选用煎药的器具到加多少水，什么时候入药，都需恰到好处，才能真正将那几味草药儿的药性融入水中。

这就好像是爱情，反反复复的闷煮，从最初的磕磕绊绊走到最终的骨血相融，过程充满了各种滋味，但终归都会变为一副苦口的良药。顾了了喜欢煎药这个过程，漫长却有尽头的等待，捧着药碗时，能换得师父温柔的眼神和话语。那一刻，是她最幸福的时候。

所以她私心，并不希望楚千觞的伤好得太快，才会那么放任东方姑娘去做。她希望师父能够长长久久地陪伴在身边，不离不弃。

沈书点点头，伸手去取药架子上的一个小盒子。那盒子藏在最里边，若不仔细看，绝对难以发现。

顾了了瞥了一眼，好奇道："师兄，你手里的盒子装了什么？"

沈书捧着盒子的双手微微一抖，他面色有些不自然道："是太师父要的一味药，具体是什么我也不清楚。"

顾了了了解地点点头。那盒子很是奇异，印有金色和红色的双花，让她不由多看了两眼。

"师父，药好了！"捧着药碗，顾了了乐呵呵走近屋子，说道。

楚千觞不觉皱眉，不是说身子已经好了么，怎么还需要喝药？

"了了，这是什么药？"楚千觞接过药碗，迟疑道。

顾了了笑眯眯道："当然是补身子的，师父快喝吧快喝！"

无奈之下，楚千觞端起碗，一饮而尽。苦！他脑海中只有这么几个字——好苦！

"了了，这个药还要喝多久？"他问道。

顾了了摸了摸下巴，师父的病其实早已康复，只不过这药对身子很有好处，加上他才服用下金蚕蛊，需要几味药草缓和一下。

"唔，半个月总是需要的！"她答道。

半个月，楚千觞不由拉下脸来，那么久啊……"了了，你有没有想好师父之前说的话？"将药碗搁在一边，楚千觞问道。

顾了了心下一凉，师父他还是想要自己离开么？

"为什么？师父不喜欢了了么？"顾了了禁不住破口问道。

楚千觞一怔，缓缓答道："了了，喜欢是一回事，但你终有一日要离开师父。"

不可能永远这样，永远不长大……

顾了了转过身，直面楚千觞，内心的话再也憋不住，一股脑倒出来。

"这样不好吗？师父和了了一直在一起！了了永远都不离开师父！"

听到顾了了这般质问，楚千觞彻底无言以对。顾了了的眼神，透着一股陌生而熟悉的炙热，让他不禁想要逃避。这样不好吗？他的理智告诉自己，不能再继续下去。可是心底又冒出一个微弱的声音，对他说，楚千觞，其实你也有过这种念头，对不对？一直一直如此，永远都不分开……

"不行，了了，你过两日就离宫历练！"楚千觞狠下心，沉着脸命令道。

"我不要！"顾了了一字一顿地回答，神情倔强而执拗。

这似乎是两个人第一次争执，因为离开和留下。

直到很久很久之后，楚千觞才恍然明白，他并不是真的希望她走，就如同她也不是真的想要一次又一次地离开。只是那个时候，他还分不清自己的感情，还在自欺欺人地告诉自己，一切都是为了她好。真的是为了她好么？还是为了自己……为了逃避内心的惶恐与不安？

两个人都是瞪着对方，互不相让的神色，不肯退让半分。

"你们在吵什么呢！"一个苍老的声音插入，楚千觞和顾了了不约而同扭头，见太师父负手走进来。

只几天不见，他似乎在一夜之间老了许多。不是外表的老去，而是眼眸中流露出浓浓的倦色以前的太师父，鹤发童颜，总爱哈哈大笑，眼底一片清澈。而现在，已然不复当初的天真顽皮。顾了了不由一阵心酸，这一次的惊变，似乎将整个琉璃宫都改变了。从太师父到师父，再没有过去的平和慈爱。

"太师父，"顾了了几近委屈道，"师父要赶我走！"

太师父颔首，"我知道了。"

"诶？"他怎么知道。

"苏叶已经告诉我了。"太师父捋着花白的胡须，道，"这是好事，了了，你早日去历练，也好更多地了解这个江湖。"

顾了了争辩："可是我还没满十五岁……"

"年限的限制，只是为那些修行不足的弟子而立下，以你的武功不必管那个十五岁！"太师父说道，"当年千觞也不满十五岁就去历练。"

顾了了愣愣地看着太师父，眼中的光芒逐渐转为暗淡。连太师父也要赶自己走么？还有苏叶，他也希望自己离开琉璃宫么？

抬眸间，顾了了眼底一片氤氲，绝望之中她神思恍惚，点头道："好吧，我走……"说罢，转身便出去。

太师父急忙招手道："不是要你现在就走！"

顾了了走到门口，差点被门槛绊住，她回过头，涩然一笑道："我知道，我是去准备准备而已。"

她回眸的笑容看得楚千觞一阵揪心，仿佛是在无声地控诉着什么。为什么，为什么自己的心情会如此复杂，会如此纠缠不清？

顾了了离去，太师父拍了拍楚千觞的肩膀，问道："你的伤势如何？"

楚千觞默默点头，"已经恢复了。"

太师父叹了口气道："那就好，千觞，你不会怪师父赶走了了吧！？"

"怎么会！"楚千觞苦笑道，"即便师父不说，我也一定会让了了走的。"

如今的琉璃宫，无论是防备还是安全，都远远不如从前。敌人来过第一次，就会有第二次、第三次，所以必须走！

"千觞，我希望你记住一点，不管发生什么事，你永远都是了了的师父！"临走时，太师父露出少有的严肃之色，说道。

楚千觞颔首道："弟子谨记在心。"

顾了了呆坐在房内。说是要收拾东西，准备走，可静下来却一点头绪都没有。走，要去哪儿呢？回玉凤山庄？不，她是出去历练的，而不是回家。但除了玉凤山庄，她还能去哪儿？更重要的是，什么时候才能再见到师父？

只怕是别时容易……见时难呵！

青竹居的日子一下子变得难受起来，顾了了不吱声，楚千觞不是多话的人，东方姑娘素来胆小，只剩下苏叶和陶桃夹在其中。

好在三日很快过去，这三日中，顾了了与楚千觞几乎没有什么对话。仅有的几句对话也限于"吃过了么""吃过了""我要睡了""晚安"之类。顾了了心中憋着一口气，无处发泄，又不肯低头。

直到告别那日，顾了了一大早便提着包袱，站在楚千觞屋前，没有敲门，就这么静静站了良久。当屋门打开的瞬间，楚千觞看到门外的小人儿时，愣在原处。了了眼底映着淡淡的青灰，眼眶微红，双手紧紧拽着小小的包裹。

"我要走了，师父……"她声音沙哑。

楚千觞点头嗯了一声，顾了了心底一片绝望。

"再见。"她说，蓦然转身。

"等等。"楚千觞在后面叫住她。

顾了了心头颤了颤。

"这把剑，你带走。"他手中拿着吞日，递给顾了了。

顾了了迟疑了片刻，最终接过。

"唯有强者才能成为名剑真正的主人，了了，你是师父的骄傲。"楚千觞一字一字说道，俊美的面庞在晨光垂照中显得那般的坚毅硬朗。

顾了了接过吞日，挂在腰间，一步步朝门外走去。她刻意早起，是不想惊动任何人，就这么悄然离开。她讨厌离别，讨厌那种依依惜别的场面。但见到苏叶、陶桃二人背着包裹站在外边时，不由震惊地立在原处。

"苏师兄、陶师姐，你们……"

陶桃呵呵笑，一手拍着苏叶的肩膀说道："顾师弟，我和苏师弟已十五岁了，该是历练的时候！"

顾了了见此，心底的阴霾不禁扫落几分。她回望一眼青竹居，似要将它牢牢记在心底，永不忘记。

而后微微一笑道："出发吧！"

美人骨 3 下

雪舞菱絮 著

青岛出版社
QINGDAO PUBLISHING HOUSE

图书在版编目（ＣＩＰ）数据

美人了了 / 雪舞菱絮著. -- 青岛 ： 青岛出版社,
2018.6
ISBN 978-7-5552-6633-4

Ⅰ.①美… Ⅱ.①雪… Ⅲ.①长篇小说－中国－当代
Ⅳ.①I247.5

中国版本图书馆CIP数据核字(2018)第012585号

书　　名	美人了了	
著　　者	雪舞菱絮	
出版发行	青岛出版社	
社　　址	青岛市海尔路182号（266061）	
本社网址	http://www.qdpub.com	
邮购电话	010-85787680-8015　13335059110	
	0532-85814750（传真）　0532-68068026	
责任编辑	郭林祥	
责任校对	耿道川	
特约编辑	伊艳蝶	
装帧设计	苏　涛	
印　　刷	三河市南阳印刷有限公司	
出版日期	2018年6月第1版　　2018年6月第1次印刷	
开　　本	16开（700mm×980mm）	
印　　张	34	
字　　数	410千字	
书　　号	ISBN 978-7-5552-6633-4	
定　　价	99.80元（全二册）	

编校印装质量、盗版监督服务电话　4006532017　　0532-68068638
建议陈列类别：畅销·青春文学

第三卷
窈窕君子

顾了了生平有几大梦想。

其中最为普通的，是睡觉睡到自然醒，数钱数到手抽筋。最不可能实现的，是和布拉德·皮特来一场异国恋，拿到奥黛丽·赫本的亲笔签名，柯南将步美和灰原收入后宫，鸣人脸上去掉三根胡子，鼬GG和佐助小朋友卿卿我我。

……

可惜，所谓的梦想，就是在梦里想想，自然难以成为现实。

不过眼下，终于有个小小的梦想能够爬出梦中，让她得瑟了好久。那便是——吃遍天下，玩遍天下。

当然，最初听到这个提议时，不仅是苏叶，连陶桃都摇头反对道："顾师弟，我们是出来历练的，不是来玩的！"

顾了了发挥其强大的嘴皮优势，以"人是铁、饭是钢"为开场白，以"吃万道菜，玩万里路"为结束，以人类起源为论点论据，进行了一场有理有据、有进有退、声情并茂、声泪并下、别开生面的演讲，最后连苏叶都不禁被说得心动起来。

于是，顾了了三人的行程便直指那些繁华热闹的城镇，或者是那些风景优美的地方。

清河村，向来以美味的鲈鱼和秀丽的风景著称。

这里依山傍水，精致独特，却因为所处之地较为偏远，路途崎岖难走，所以来清河村游玩的人少之又少。只有寥寥数人无意中闯入清河村，从那儿回来时连连称赞，说是自己落入人间仙境、世外桃源。

顾了了小时候在玉凤山庄的书库搜索游记时，看到关于清河村的记载，便已蠢蠢欲动。所以这一回，她食指一点，落在地图上的一个角落里。

"你们想不想吃天下最美味的鲈鱼？"她鼓动道。

鲈鱼耶，和顾了了在一起久了，自然而然会被她同化，陶桃舔了舔嘴唇，毫不犹豫道："想！"

顾了了抬头望着苏叶，"你呢？"

两位女士都发话了，他这位绅士还有拒绝的余地吗？

苏叶不在乎地耸耸肩，"随便。"

反正出来历练，多走走也不是坏事。

顾了了眉开眼笑，将地图收好，正了正衣冠，豪气万丈道："那我们出发吧。"

"走过去吗？"陶桃问道。

"当然不是！"顾了了挑眉。开玩笑，清河村在最南边，接近南诏的地方，而他们现在所处之地位于中部，路途可不是一点两点的远啊。

"走，我们去买辆马车！"顾了了指挥道。

"可是……"陶桃迟疑了一下，看了眼苏叶。

苏叶立马明白，"顾师弟，你身上的钱够买马车吗？"

顾了了："……"她摸了摸荷包，的确不够。

顾了了谄媚地笑笑，伸手道："陶师姐、苏师兄，你们……"

陶桃和苏叶对视一眼，不约而同地摇头。

"顾师弟，我们最近开销比较大，嘿嘿……"

可不是，但凡有好吃好玩的地方都不错过，加之他们几个都是年轻人，此前并未有过历练的经验，大手大脚惯了，对金钱也没有概念。

至于顾了了嘛，她从来都是被保护得好好的，虽然偶尔会想到要节约用钱，不过诱惑当前，谁能抗拒得了呢？

无奈之下，顾了了抚额长叹："我们得先去赚钱！"

一言落下，苏叶和陶桃皆茫然起来。赚钱？怎么赚？

不是说那些武林豪侠都是一箫一剑走江湖，千古情仇酒一壶吗？为何他们三人就要落到如此凄惨的境地？

陶桃表达出内心的不满，顾了了头疼道："师姐，你没听过一句话吗？一文钱难倒英雄汉！恩怨情仇是很帅气不错，可是没了钱，就是那虎，也会被犬欺负啊！"

陶桃动动嘴，还要辩驳，苏叶突然拉住他们二人，指着墙壁上一张告示。那是一张招工告示，简而言之，就是某某府上缺了几个护卫、几个干粗活的丫鬟，然后有家世清白者、善于此事者可前来报名，通过考核就能立刻上工，工钱多少多少，包三金五金。

"你是说我们去给人家做护卫？"陶桃脸色很不好看。

顾了了也有点犹豫。好歹他们可是琉璃宫人啊，好歹她也是名义上玉凤山庄未来的庄主啊，这要传出去，多丢人哪。

苏叶无声吐出"清河村"三个字。

顾了了一阵哆嗦，立马提起精神，拍拍胸脯道："行，咱就干这行吧。"

陶桃一愣，指着告示上的一行字道："可是护卫不要女子啊。"

"你就去做丫鬟呗。"顾了了不在意道。

陶桃脸色黑了黑，显然不接受这个提议。

苏叶叹口气道："算了，就我和顾师弟去好了，你随意逛逛。"

"不行！"陶桃反对，"怎么能你们二人去赚钱，我一人游手好闲呢？"

顾了了："……"陶师姐，你真是贴心啊。

"做丫鬟就做丫鬟，反正干几个月就辞了。"陶桃牙一咬，决定道。

顾了了默然。

苏叶怀疑道："陶师姐，你会服侍人吗？"

陶桃："……"

见她一脸犹豫，顾了了立即明白，敢情陶师姐从没伺候过人。

"不会我可以学呀。"陶桃不服气道，"我连顶盆花练平衡都能成，为何不能做一个合格的丫鬟？"

顾了了赞赏地拍拍陶桃肩膀，道："陶师姐，我支持你，为成为一个合格的丫鬟而努力奋斗。"说完，又对苏叶眨眨眼。

苏叶半晌才点了点头，似十分艰难的模样。之后顾了了曾悄悄问起，为何不愿意陶师姐去做丫鬟，苏叶的回答是——陶桃能成为合格的丫鬟，母猪都能上树！

顾了了被狠狠噎着。

三人商议好后，便前往那个府上——该城最大的一户人家，桑家。

桑家老爷子据说是茶商，祖上曾做过皇家茶商。如今虽不比从前，但依然是这里的望族。

桑老爷和夫人生有三子一女。其中老大继承老爷子的衣钵，常年在外奔波。老二考取了功名，在朝中做了一个小小的官吏。唯有这老三，传说成天不学无术，混吃混喝，城里所有的青楼楚馆都被他翻了个遍，桑家老爷子若是有什么三长两短，多半是被老三气出来的。

至于这个闺女嘛，传说，当然也只是传说，长得那是一个惊天地泣鬼神的——丑！不仅相貌丑陋，脾气也很坏，几乎没有人能忍受得了她，除了她自家爹娘。所以说她身边的丫鬟做不了三日，便赶出去的赶出去、逃走的逃走，换了一拨又一拨。

这不，又贴出了招工告示，想必招护卫是假，真正是想招几个丫鬟来照顾桑小姐。顾了了他们是外地人，自然不知这其中缘由，不过即便知道了，多半他们也不会在意。

不是有句名言吗——世上没有丑女人，只有懒女人。

三人说定后直奔桑家府上。到了门口才发现，来应聘护卫的人数不胜数。至于丫鬟嘛，只有陶桃一人。

顾了了顿时心生警觉，暗示陶桃先不要行动，这其中可能有什么是非曲直。只可惜没等到她开口，门口站着的老婆子见到陶桃，两眼放光，像是多年不见闺女的亲娘，乐颠颠走过来，拉住她嘘寒问暖。

陶桃受宠若惊，回答了几个问题后，老婆子拍掌道："就这姑娘了。"四周一片同情的目光。

陶桃尚未察觉，拉住老婆子道："我还有两个表兄弟，不知可否做桑府侍卫？"老婆子顺着陶桃手指方向看过去，见顾了了和苏叶相貌皆生得极好，立马乐了，点头道："好好，我这就去禀报夫人和小姐！"

四周同情的目光立刻转为赤裸裸的嫉妒。早知道就带自己的小妹来了。众人在心中呐喊。

不过一想到带来小妹十有八九是要去服侍那桑家小姐，大家顿时又平静下来。的确，有哪个人愿意将自家小妹往火坑里送？服侍桑小姐事小，若被那桑家三少欺负了，可真是满腹委屈无处倾诉。桑家老大老二，一个是商人，一个是官员，这三少再不济也定不会纳普通女子为妻。至于妾嘛，在大户人家中最没有地位的便是妾室，有时候连正房的丫鬟都不如。

柳州城民风淳朴，平民百姓但凡能养得活自家的都不愿将自家女儿送去做妾，宁愿择一户好人家嫁了，实实在在过日子。老婆子将三人带入厅堂，顾了了四处打量，装潢不算豪华，有些显摆的意思，看来这户人家不过如此，附庸风雅罢了。

桑夫人被两个小丫头扶出来，打量了一眼陶桃，似很满意，又询问了她的年纪和家世。陶桃按照事先编好的，胡诌一气，说是投奔京城亲戚，路上没了盘缠，想要在桑府做一段时间活计，又对桑夫人道自家两个表兄弟身手不凡，希望能留在桑府做护卫。

桑夫人这才注意到顾了了和苏叶，见他们俩一个眉清目秀一个俊逸潇洒，都不像是做护卫的料，倒和自己那不肖子像得很，搞不好也是花花肠子一身风流。

顾了了素来机灵，极会看别人的脸色，一下子就将桑夫人的不安摸得八九不离十，笑嘻嘻道："桑夫人，我和表哥表姐只想筹措几个月的盘缠，顺便见识一下大户人家是怎样的，也好去了京城不至于丢人现眼。"

这话说得好听，桑夫人顿时眉开眼笑，见顾了了不过十三四岁的模样，却如此聪明，又会说话，倒是丢开先前的念头，招手道："你过来，给我瞧瞧！"

"嗯。"顾了了应道，殷勤地走过去。

桑夫人拉住顾了了的手，一年之中难得几个月能见到自家两个儿子，三儿子又天天在外花天酒地，唯有一个女儿待在身边，可惜名声却不好。这时候见顾了了如此讨人喜欢，一时间笑得合不拢嘴，"好好，就收留你们姐弟三人在桑府。"

"谢谢桑夫人。"顾了了甜甜叫道。

陶桃和苏叶对此惊诧不已，他们原以为还需花一些工夫，没想到顾了了一句话就搞定了。

"杨婶，先带慕桃、慕叶和慕双去他们的屋子，回来再做安排！"桑夫人吩咐道。杨婶忙回答是。

顾了了递了个眼色，陶桃、苏叶和她三人一道躬身道谢。桑夫人笑容灿烂，摆手说不必如此。

出来正堂，陶桃摸了摸胸口，道："吓得我心突突直跳呢。"

苏叶默然，他亦是第一次经历，竟有一刻不知所措。

顾了了却不以为然，哼着小曲跟在杨婶身后，问长问短，又打探了桑家好些事宜，譬如有什么话不该说、有什么事不该做、有什么地方不该去之类。

杨婶与桑夫人向来是一条心的，她见桑夫人喜欢顾了了，心里跟着喜欢起这个孩子，笑道："慕双啊，我看你这样子，也不像是在别人家做工的，倒像是少爷出身。"

顾了了嘿嘿一笑。可不是嘛，倘若在江湖上放出"顾了了"三个字，不知会造成怎样的震撼呢。

"回头我和夫人商量商量，给你谋一份好差事。"杨婶慈爱道。

上台阶时，顾了了自然而然地伸手扶住杨婶，笑道："谢谢杨婶，还请多多关照一下我的阿姐和大哥。"

"那是自然的。"杨婶打包票道。

下人的屋子与主人素来是隔开的，单立了一个院子，左边住的是护卫，右边住的是丫头。当然，贴身丫鬟和随身护卫是随主人住的，只是他们三人尚未分配，所以暂时先在此处落脚。

"晚上三少爷回来后，自会叫你们过去。"杨婶细细叮嘱道，"如今三小姐缺一个丫鬟，三少爷缺两个随身护卫，你们可仔细着。"

"是是！"顾了了连声道，又从怀中摸出几文钱，微微一笑，"杨婶，一点小钱，还请笑纳。"

的确是一点小钱，杨婶本是看不上的，但见顾了了诚心诚意的模样，便打心眼里喜欢上这个孩子，点头接了钱，"你们且放心，好好做，桑家不会亏待你们的。"

说罢，杨婶指了指护卫住的屋子，让顾了了和苏叶先进去，然后再带着陶桃去另一侧。

苏叶有几分不明白，"你为何还要给杨婶钱？"在他看来，杨婶不过一介下人而已，犯不着如此费力气地讨好。

顾了了不由翻了白眼，真真是少爷出身哪，不懂得人情冷暖。出门在外，有求于人，都少不得打点打点，这些钱或许杨婶根本不放在眼中，但一份心意，有总比没有要好。

想来自己解释了，苏叶也未必会理解，她笑了笑道："让杨婶在桑夫人面前美言几句也是好的。"

苏叶点头，不再吭声。

这时候正是白日，屋子里只有三四名轮休的护卫，见顾了了和苏叶走进来，先是一怔，而后了然，上前笑问："两位小哥可是新来的？"

顾了了抱拳道："正是，还请几位兄弟多多照顾！"

说完回头看了一眼苏叶。虽是不情不愿，苏叶仍照顾了了的话说了一遍。

那几名护卫都是老实人，摆手道："什么照顾不照顾，既然来了桑府做工，大家都是自己人，自然要相互关照。"顾了了见此，连声说是，又说了几句奉承的好话，一下子便与那些护卫打成一片。

看着顾了了那副如鱼得水的模样，苏叶一时恍惚。这个顾了了，好似无论在什么地方都是如此，自由自在，不受拘束啊。心中不由生出几分羡慕来，不知是什么样的人能将她教得这般聪慧。

看过了住处，他们出来时见陶桃在外头张望。陶桃看到苏叶和顾了了，连忙招手。

"怎么样？"顾了了问道。

陶桃撇撇嘴，不屑道："净是些做粗活的老妈子。"

顾了了知她在琉璃宫也是受人宠爱的大师姐，一下子有了落差，难以适应，便笑道："怕什么，今晚不是说要给我们指定工作嘛，你便和桑夫人提一提，想早日过去服侍小姐便可。"

陶桃想了想，拍掌称是，又好奇地打量顾了了，道："顾师弟，你怎这般厉害啊，没几下桑夫人、杨婶都被你收服了。"

顾了了笑而不答，说出来大概她也不会理解吧。人情世故，她活了两世，若连这两个十几岁的孩子都比不过，岂不是羞人？

晚饭过后，桑夫人果然遣杨婶来叫他们三人。这一回，正堂里不只有桑夫人，还坐着一位中年男子、一位年轻男子，还有一名少女。

"这三人就是你说的刚招进来的？"中年男子，也就是桑老爷眯着眼问道。桑夫人微微一笑，回道："正是。"

顾了了微微抬眸，见那中年男子生得相貌平平，但他旁边坐着的年轻男子，咳，也就是桑家三少，却是一副风流多情貌，花花公子所具备的丹凤眼、薄唇、邪魅狂狷的表情都具备了。

不负那远播在外的艳名哪。

桑夫人身边的那名少女，顾了了偷瞄了几眼。

唔，除了眼睛不算太大，皮肤不算太白，鼻子不算太挺，嘴唇不算太薄，身材不算太好之外，其他都马马虎虎。

"那个丫头给依依就好。这两个小子嘛……"桑老爷摸了摸下巴，"桑既，这两个你就带在身边吧。"

果真如杨婶所言，顾了了放下心来，正要答，却听到那桑既开口，"且慢，我不需要什么侍卫。"

当着众人的面回绝，桑老爷顿时拉不下脸来，怒骂道："你这个不肖子，给你便是给了你，哪有你在这里说不要的余地。"

桑既凉凉看了自家老爷子一眼，起身道："不要便是不要，不劳您费心。"

见桑既往外走，杨婶慌忙使了个眼色，示意顾了了和苏叶跟过去。

顾了了心领神会，鞠了一躬道："老爷、夫人、小姐，小的现在就过去。"抬头时，桑家小姐正朝这边看来。见顾了了对自己微笑，桑小姐脸颊不由飞过一片绯红。

顾了了暗道：其实这位桑小姐生得不算太丑，打扮打扮勉强还能被夸上一句

"美女"。当然，顾了了从小到大见过的美男美女不计其数，所以对于桑小姐那羞涩的眼神自动屏蔽了。

她见桑老爷挥手说"去吧去吧"，便立马拉着苏叶往外走去。

桑既走在前面，顾了了和苏叶紧跟在后。出了正房的院子，桑既突然停下来，脚跟一转，便朝顾了了这边踢来。他速度奇快，几乎不给人反应的余地。这一脚若是被踢着了，估计要去掉半条命。可惜桑既面前站着的不是别人，而是琉璃宫两位鼎鼎大名的弟子，皆师出名门，身手不凡。顾了了轻轻一个回身，伸出左手轻而易举卸去桑既大半力道，而后顺着他来时的方向微微发力，桑既往后连退几步，狠狠撞到树干上。

"你——"他横眉怒目。

顾了了拍了拍手，笑道："三少爷，您想要小的陪您过招？"

桑既似看出她不是好惹的，再看了一眼苏叶，苏叶面容沉寂，眼神深邃，看上去比顾了了还要难对付。他心中暗叫一声不好，却又拉不下脸，哼了一声，甩袖便走。这一回顾了了和苏叶毫不犹豫跟上去，死死盯着桑既。

"你们两个，本少爷我要去逛窑子，你们也去吗？"桑既走了几步，回头冷笑道。

窑子……

苏叶小声问道："窑子是什么地方？"

顾了了：……

不是吧，苏师兄，你这么纯情？连窑子也不知道？

"唔，就是青楼。"顾了了回答。哪知苏叶继续问道："这青楼是做什么的？"

顾了了："……"她怀疑地看着苏叶，怎么也想不到一个十五岁的少年，身体如此强壮，头脑如此健全，四肢如此发达……竟然不知青楼是做什么的？连她家美人都知青楼是女子不该去的地方。

"苏师兄，你不要搞笑啦！"顾了了拍着他的肩膀道，"这个笑话真的不好笑。"说完紧跟上桑既的步伐，道："老爷吩咐了，从今日起我和大哥便是三少爷的随身侍卫，三少爷去哪儿，我们自然跟着去哪儿。"

桑既狠狠瞪了顾了了一眼。顾了了一脸无畏。她可是有令箭在手，这家还是桑老爷在当，而不是他三少爷。身后苏叶挠挠头，跟上，神情有些沉闷。

顾了了以为他被自己戳破而郁闷，坏坏笑道："青楼那可是好地方。"苏叶茫然点头。

瞧瞧，这家伙还在装纯洁！有啥好装啊！

顾了了却不知，苏叶这个表情并不是装出来的，他的确不知，何谓青楼。

三人出了桑府，左转几条街，便到了柳州城最繁华的地段。桑既驾轻就熟地走向玉娇楼，楼前几名娇艳女子见桑家三少来了，两眼一亮，纷纷迎了上去。

"桑爷，您来了呀。"

"桑爷，今儿让月儿服侍您吧。"

"桑爷……"

……

顾了了正要走过去，被苏叶一把拉住。"那是什么地方？"他蹙眉问道。

"青楼呀。"顾了了很自然地回答。

"不要去。"苏叶正色道，"我觉得不是什么好地方。"

顾了了："……"

您说不去就不去呀，想当初顾美人也不许她去，她不照样去了。

"放心啦，青楼又不是什么去不得的地方，你看看，桑公子都进去了。"顾了了试图将拽在苏叶手中的袖子拉出来，"偶尔去逛逛也没什么。"

话音落下，苏叶眉头拧得更紧了。他见一名男子搂住玉娇楼的女子，当街拥吻，怒道："成何体统！"

顾了了无语望天，敢情苏师兄思想竟是如此古板！亏她以前一直将他归为妖孽一类呢。

"苏师兄，您别大惊小怪，哪个男人来青楼不是这样？"顾了了说道。

苏叶嘴唇微抿，不屑道："莫非你也把我当成他们一类？"

顾了了傻眼，"难道你不是男人吗？"

苏叶："……"

"或者，你的功能不健全？"

苏叶："……"

"还是说，你比较喜欢男人？"

苏叶："……"他最后额角青筋暴起，恨恨道："你给我闭嘴！"

顾了了哦了一声，闭上嘴，但眼中依然充满浓浓的怀疑。

苏叶总算弄明白青楼是怎么一回事，他扶额喟叹一声：自己真是败给这个小师"弟"了。

"你到底进不进去？"顾了了见他不言不语，说道，"你不进去我可进去咯！"说完就转身要往里走。

苏叶忙拦住她，道："等等，你要进去？"

顾了了努嘴，"桑公子已经进去了。"

苏叶沉默片刻，才缓缓道："也罢，我进去，你在外面等。"

顾了了愕然，苏师兄他……竟然想一个人去风流快活！自私，太自私鸟。顾了了悲愤ing。"我也要进去。"她抗议道。

苏叶板起脸来教训道："究竟你是师兄，还是我是师兄。"

"这和师兄师弟有什么关系？"

"你是师弟，出门在外就要听我的！"苏叶不给她反驳的余地，将她往外推了几步，威胁道："你就在这儿等着，若让我看见你进去，回去我打断你的腿。"

顾了了："%&#……"

苏叶说不许进去，难道就真的不进去？顾了了自然不是那种老实听话之人，左顾右盼之际，见一名妖娆少女袅袅走来。原来那女子是看到了这对师兄弟争执，知道大的不准小的进去，便讨好地走过来，笑道："小兄弟，你若是愿意，在里面等等也是好的。"

那女子见顾了了生得相貌不俗，暗道定是有钱人家的孩子，想着法子巴结她。顾了了眼珠子一转，故作害怕道："可是万一我大哥看到了……"

女子摆手道："不妨事，外头这么多人呢，你躲着一点，他哪里看得到。"此话正合顾了了心意，她笑吟吟摸出几枚铜板道："钱还在大哥身上，我这儿只有这么多，姐姐千万莫嫌弃。"

女子接过铜板，掂了掂，视线在顾了了身上来回打量，心中越发肯定，这人定是有钱人家的少爷，极少出门才会如此，倘若多来几次，没准就是一户大客。

于是女子拉着顾了了的手，亲昵道："姐姐怎么会嫌弃呢，好弟弟，随姐姐这边来。"

顾了了便这般堂而皇之入了玉娇楼。

不是第一次来青楼，顾了了早已少了几分兴致，她这时候最好奇的是，那位苏师兄要如何逛青楼？看苏叶的模样，似乎真没来过青楼。顾了了摸摸下巴，莫非此人也是习武成痴，练功练傻了？哪有男子连青楼楚馆都不知道的。

女子将顾了了带入坐席，对面台子上正有女子弹琴吟唱，下面坐着不少男子。她以前听人说过，也有女子在青楼卖艺不卖身，不晓得是不是指台上那样的女子。

看了半日，顾了了因一心惦记着苏叶的去向，找了个借口，离席而去。原先女子见顾了了拿不出钱来，早出去招揽客人了。顾了了仗着自己的轻功，翻入二楼，面对一长排的房间，有些犯愁。偌大的青楼，苏叶和桑既会去哪儿呢？

还没等顾了了做太多思考，不远处的喧闹声便引起了她的注意。

房间里男女的争执声一阵大过一阵，很快便连一楼的琴声歌声都盖过了。顾了了细细听了听，愕然发现，那个男声是……苏叶！

至于他们的对话嘛……

苏叶冷声：你在做什么？

女子温柔似水：奴家在伺候官人哪。

苏叶严肃：谁是你的官人。

女子轻声呢喃：官人来此，不就是为了和奴家共赴巫山吗？

苏叶暴怒：你给我闭嘴！

女子震惊：官人原来好这一口。

墙外的顾了了：哪一口哪一口？

女子继续：官人若喜欢用强，奴家也不是不愿意，只是银子……

顾了了脑补：啊啊啊啊，难道是传说中的S——M？！

苏叶：你离我远些。

女子：奴家这就去拿皮鞭和绳子来。

苏叶：要皮鞭和绳子做什么？

女子开始啪啦啪啦解释，一面又道：官人真是有趣，这是调节气氛吗？

顾了了悄悄走过去，用手捅破窗纸，偷偷窥视。房内红衣女子正坐在苏叶对面，笑吟吟的，时不时丢两个媚眼。

但见苏叶一本正经，不为所动，简直就是、就是……一个超大节能全自动中央空调！还是五匹的。

对着那个巨无霸空调红衣女子竟然还笑得出来，要换成三宝师兄的话，估计早拍拍屁股溜了。换作顾了了也不至于如此不识好歹。

女子一番解释后，苏叶面色越来越黑，他强忍着怒气道："我不需要！"

女子笑嘻嘻，"官人莫不是着急了，要不就用衣带做绳子也好。"说完，竟真的伸手除去衣带，脱下薄薄的外衣，一时间衣衫落下，酥胸半露。

顾了了激动ing！喷鼻血ing！心中怒吼ing！上啊，苏师兄，扑倒她！吃掉她！

哪知苏叶并不赏脸，冷然道："姑娘请自重。"

自重一言，乃是对良家女子说的，落在青楼，红衣女子非但不领情，反而被激怒了，冷笑道："官人来青楼却什么都不做，何意？"

苏叶答道："我是来找人。"

"找人？"红衣女子步步上前，挨着苏叶坐下，身上只穿着薄纱般透明的内衣，里内的风光一片旖旎，看得顾了了紧捂鼻子，生怕血溅三尺。

隔壁房间的娇喘声、呻吟声渐渐传来，顾了了脸红心慌，左右看看，怕有人走过来被瞧见了，便跃上了房梁。

她依旧有几分遗憾，习武之人身材不消说，肯定要比一般人要好看很多，以前在青竹居时，她时常想法子偷窥师父洗澡，可惜师父向来警觉，自己半步都靠不得。为了安全着想，还是再等等吧。

顾了了躺在横梁上，跷着脚，心中盘算，或者等他们做完好事再进去？就借口说师兄久不出来，自己等急了，便进来寻他。嗯，这是个好主意！顾了了心中有了计较，越发悠闲自乐。

下头房内声音依旧没有停歇，好似苏叶还在和那女子争执不休，惹得老鸨带着几个丫头上来。

顾了了暗暗庆幸，还好自己溜得快，否则被逮到就不好玩了。

她正寻思既然老鸨来了，估计苏师兄好事也成不了，要不要先行离开时，突然右臂被一块小石子击中。顾了了捂住手臂，四下看去，却无人。

难不成是房梁上掉下来的？顾了了不信，击中她的小石子带着几分力度，明显是有武功的人。

她正要继续探索，忽听得底下传来一声十分微小的轻笑。她探头望去，正见隔着几个屋子的一间房间，门开着，桑既斜靠在门边，望着自己。他眉宇轻挑，眼神带着几分蔑视，似在说你们也不过如此。

顾了了哼了一声，左手往横梁上一撑，借助缓冲跳下来，稳稳落在桑既跟前。她拍了拍手，弹去衣衫上的灰尘，笑道："三少爷可逛好了？"

桑既皮笑肉不笑，"只怕你家大哥还未逛好。"

话音刚落，苏叶那间屋子的门突然被震开，女子飞了出来，狠狠撞在栏杆上，而后那件红衣落在她身上。

老鸨慌忙迎上去，赔笑道："这位大人，可是媚娘没让您尽兴？"

苏叶从里边走出来，浑身上下冒着冷气。顾了了想她先前那比喻用错了，他根本不是中央空调，是巨型冰柜。

苏叶不屑于和老鸨对话，若不是为了寻回桑既，他绝不会踏入这里半步。

桑既见此，不禁哈哈大笑起来。外面因这一闹，大家都往这边看来，见桑家三少笑得如此开怀，再看到那栏杆边衣冠不整的女子，皆不明所以。

老鸨见又是三少，一时不知该如何是好，垂手站在那儿，只等有人发话。倒是那媚娘，从未受过这般委屈，呜呜哭起来。

顾了了最见不得女子哭，想来媚娘倚门卖笑，不过是讨生活而已，若不是碰上苏叶，其他男子早已快活似神仙去了。

无奈下，她缓缓走过去，不管苏叶的面色更冷了几分，为媚娘披好红衣，笑道："媚娘姐姐莫哭，我大哥从来就是这样，讨厌别人近他的身。"

有人软语相劝，媚娘的哭声自然小了几分，顾了了回头给桑既一个眼色，桑既心中了然，抛出两块银子，老鸨立马换上笑脸，叫丫头扶着媚娘下去。

媚娘回眸看了一眼顾了了，双眼含泪道："今日多谢小公子出手相助。"

把苏叶当做什么豺狼虎豹了吗？她仔细看苏叶的表情，的确有点像。顾了了笑道："不必如此不必如此。"

送走了媚娘，老鸨讨好地看着顾了了三人，问道："几位公子可还需什么？"顾了了苦笑，苏叶在此，谁敢争锋？

果然连桑既都不得不有所收敛，道："今日就到此为止，我们先回去吧。"

"三少就要走了吗？"他身后出现一名女子，穿着鹅黄色的长裙，一副柔若无骨的模样。桑既眼神一柔，走过去抱住她，在她耳边低语几句。女子痴笑，看着桑既的眼神藏不住的爱慕与温柔。连见惯虚情假爱的顾了了都看得有几分动容。

"沫儿，下次我再来看你。"临别时，桑既反复保证道。

得了桑既这句话，沫儿才放下心，与他再三惜别。

三人离了玉娇楼，便向桑府的方向走去。

桑既想到方才苏叶将媚娘打出去时的模样，禁不住笑了一路。顾了了自知桑既笑什么，也忍笑忍得很是辛苦。唯有苏叶，从见到顾了了那时起便一声不吭，沉着脸。

顾了了想起苏叶的威胁，心中有几分忌惮，待回到了桑府，桑既道："你们既然是我的随身护卫，便随我去东院住着，不用去那下人的院子。"

顾了了和苏叶点头称是，又道东西还在那边，先去取了再回东院。

"快去吧。"桑既挥手不在意道，态度却比先前要好了许多，想来是青楼一事，让他对他们的态度大为改观，真不知是好是坏。

走了一会儿，苏叶突然停下，顾了了心生警惕。"顾了了，"苏叶冷声道，"先头我对你说过什么？"

顾了了顿了顿，觉得此刻还是不要忤逆他比较好。"不许进玉娇楼。"她老实道。

"你是怎么做的？"苏叶用眼神杀她。

顾了了暗中叫苦，表面上还得维持着恭敬，道："苏师兄，了了是担心你，才进去寻的。"

"果真如此？"苏叶不信道。

顾了了撇嘴，担心，有之，不过更多是看热闹的心思。她不会傻到实话实说，嘟囔道："苏师兄好像连青楼是什么地方都不晓得，我若不去，万一你被里头不三不四的女人缠住了怎么办？"

苏叶听她如此一说，不知怎的，脸上竟多云转晴，心情好了许多，道："顾师弟说得有理。"

顾了了见此才稍稍松了口气，暗呼这师兄委实刁钻了些，男人逛个青楼，这在古代如家常便饭，怎的他就如此抵触。

苏叶也似看出顾了了的疑惑，不由低声解释，"我家自小管得紧……十岁之前，爹爹不允许我私自出府，十岁时便送到琉璃宫习武，至今未曾在外游历过。"

顾了了一听，方恍然大悟，怪不得了，这还真不能怨苏叶。便是顾美人，若不是七岁那年他们想着法子要元掌门和齐掌门带自己去武林大会，恐怕也跟苏叶一般，连青楼是怎样的地方都不知道。

"苏师兄，你还真是……"顾了了摇头叹息，不知要如何评论。

"顾师弟可曾在外游历过？"苏叶忽而转口问道。

顾了了微微一笑，"七岁时曾去看过一回武林大会。"

这一言挑起苏叶的兴趣，"真的？那武林大会怎样？"

顾了了摸摸脑袋，挑了个印象深刻的讲，"饭菜还不错。"

苏叶："……"苏叶满脸黑线，这师弟难不成只记得饭菜？

"闹鬼也挺好玩的。"顾了了嘻嘻笑道，"我们半夜还去捉鬼了呢。"

"你们？"苏叶问道。

"是呀，我、师父、美人、面首还有三姑娘，可有意思啦。"一回想起当年捉鬼盛况，顾了了就忍不住要捧腹大笑。

"美人、面首是什么人？"苏叶问道，"你怎会和楚师叔、三姑娘在一块？"

顾了了拍拍头，想起苏叶对这段事情大概并不了解，见两人气氛缓和了，也乐得继续下去，手舞足蹈道："师父也是去参加武林大会呀，半路上便遇着了。你可知我们碰面时多么搞笑，竟然有人泼了一盆狗血……"

扒拉扒拉啪啦啪啦讲了一大堆，苏叶抓住几个关键字——顾美人、千面手、孟忆晚、君沉暮和君沉风。

当然，顾了了提得最多的，便是她那位顾家小妹——顾美人。

这个名字忒俗气了，苏叶乍听之下不怎喜欢，也不曾留心，只听到她讲述与君家两兄弟相处时，从字里行间中推断出，这两位君家小兄弟，似对顾了了不一般哪。

君家，苏叶略有耳闻。江南一户武林世家，到上一辈时显出颓败之气，现在却出了君沉暮、君沉风两兄弟，这两人倒是不同于祖辈的平庸，倘若不出意外，将来很有可能会与其交手。

"对了，美人的资质可是很好的哦。"苏叶思忖之时，顾了了颇为得意地说道。

苏叶听罢，不在乎地笑笑，一介女流，资质再好也不过如此。但目光触及身旁的顾了了时，见她明眸皓齿、眉目如画，月色下更显出女子几分秀色，心跳不由快了几分，连呼吸也急促起来。这样的感觉……是连面对陶桃时都不曾有过的。

想到陶桃，苏叶便思绪翩飞，胡思乱想若是顾了了穿一袭女装，不知要美成什么模样。他心中竟生出几分期许，若是凤冠霞帔呢？

"师兄，到了！"顾了了的声音将苏叶的心神叫回，他一把拉住顾了了，道："你在外头等着，我进去拿包裹就出来。"

顾了了不知苏叶为何这么说，却不敢再忤逆他，点头称好。

苏叶进去，见里头男子一个个都是衣冠不整，随意将衣衫丢在地上就躺在席子上呼呼大睡，暗道还好没让顾了了进来。他手脚轻便，一下子便拿了包袱，东西尚未取出，看了看没有遗漏便走出来。

"我们走吧。"苏叶提着两个包袱对顾了了说道。

顾了了点头，伸手道："苏师兄，我来拿吧。"

苏叶瞪了她一眼，径直从她身边走过。

顾了了不明所以地挠头，心想，这苏师兄实在是……心思莫测。

桑既的东院隔着不算太远，二人走了一炷香的工夫，便回来了。他们见桑既还未睡去，一个人坐在院子中，自斟自饮。

桑既瞥见苏叶和顾了了，不禁莞尔笑道："你们二人来了正好，陪我喝酒。"

苏叶蹙眉，这一晚又是逛青楼又是喝酒，着实不像话，他欲开口呵斥，突然想到这里并非琉璃宫，他也不再是众人马首是瞻的大师兄，只得忍了下来。

顾了了倒是随遇而安的性子，三步两步走过去，拿起酒壶闻了闻，"花雕？"

"正是。"桑既赞赏道。

顾了了皱了皱鼻子，这个时代的白酒，有浊酒清酒之分，酿酒之时，经压滤后所得的新酒便是清酒，而在静止一周后，抽出上清部分，留下的白浊部分即为浊酒。

因习武的缘故，顾了了凭着夜视断定桑既喝的是浊酒。浊酒口感粗粝，她是最不喜欢的，便努嘴道："我不喝浊酒。"

桑既听罢大笑道："一听就知道你肯定是在家娇生惯养的，怎会来我家做护卫？"

顾了了奇道："难不成你不是娇生惯养？"

经她这么一反驳，桑既面色突然沉寂下来。他摇着酒杯，抬头看着月色，喃喃道："浊酒一舸余欢馨，贪得一生欢。"

顾了了素不喜自怨自艾的人，忍不住嘲讽道："抽刀断水水更流，举杯消愁愁更愁。"

桑既微醉，迷蒙着双眼笑道："好诗，好诗！"

苏叶走到顾了了身边，不耐道："桑公子醉了，我扶你进去吧。"

桑既推开苏叶的手道："我没醉，我还要喝。"

顾了了抿嘴笑，只有醉了的人才会反复强调自己没醉，看石桌上几个空壶，想必他们来之前桑既已喝了不少。顾了了把玩着小巧的酒杯，随口问道："桑少可有什么烦心的事？"

"烦心事？"桑既一怔，随即笑道，"自然是有的……"

"哦，何不说出来听听？"顾了了鼓动他道。

苏叶斜了顾了了一眼。

顾了了坏笑，都说酒后吐真言，她还真有几分期待这位桑家三少有何真言！

反正他们不图桑家钱财，听听也无妨，却不知这一听，听出了一件大事来。

桑既眯着眼，缓缓道："这天，怕是要变了。"

顾了了和苏叶面面相觑，不懂他在说什么。

"你们看着吧，若再继续这样下去，世道就要变了。"

第二十二章 遇见故人

顾了了和苏叶皆不是朝廷中人，过去几年又都是待在琉璃宫中，对桑既话中深意一知半解。况且争夺江山这事，历朝历代层出不穷，顾了了前世看小说看电视剧见多了，也懒得问，含糊答道："变就变呗。"

桑既不赞同道："都道'宁做太平犬，不做乱离人'，倘若世道离乱，你我日子会好过？"

顾了了默然，的确如此。

"我们不过一介平民而已，有啥办法？"她摊手说道。

"怎么没办法？参军打仗就是办法。"桑既愁闷道。

顾了了脑子一转，立马明白，"三少爷可是想去参军？"

桑既拿起空空的酒杯，对着明月晃了两晃，"大丈夫志在四方，守着几分家业算什么。"

说得好！顾了了暗暗赞赏，想必这才是桑既内心真正的想法吧。

盛世也好，乱世也罢，建立一番功勋事业，是每个男儿的梦想。

"三少爷既是这么想的，为何不对老爷夫人明说，说不定他们会很高兴。"顾了了又问道。

桑既白了一眼顾了了，道："你还没发现吗，他们宁愿我去逛窑子，也不愿我去战场。"

顾了了点头。那倒也是，战场上刀剑无眼，搞不好一回头就是白发人送黑发人了。

顾了了能想到的，桑既自然也想得到。若不是惦记着家中有父母，有小妹，他大概早一走了之了，而今却只能夜夜笙箫借以排遣心中抑郁。

顾了了不由生出几分同情，看向苏叶，苏叶也是一副无可奈何的表情。各家都有各家的难处，他们外人又有何权利指三道四？

顾了了勉强安慰道："三少爷想想，或许有其他法子也说不定。"

"其他法子啊……"桑既喃喃自语。

"是啊，"顾了了趁机说道，"就算不能投军，若能救济难民、造福百姓也是一件功勋哪。"

"你……"桑既愣了良久，忽而抛开酒杯，说道："说得是！"

这一语将顾了了和苏叶都惊住，见桑既起身来回踱步，"我怎没想到呢？即便不能投军，也可通过其他法子支援朝廷啊。"

顾了了抿嘴笑。这桑家三少还真是爱国，口口声声都离不开朝廷国事，困守于柳州城委实可惜了。她去瞧苏叶，见苏叶似也有此意。二人几分怜悯几分好笑，劝慰道："三公子，时间不早，该去休息了。"

桑既突然心生一计，挥手道："莫急，你们可知这天下最有权的人是谁？"

"自然是皇上啦。"顾了了答道。

"那最有钱的人呢？"桑既微笑问道。

顾了了顿了顿，"也是皇上吧？！"

桑既听完连连摇头，连同苏叶也露出几分异色。

"呃……"难道自己猜错了？顾了了想了想，拍手笑道："不是皇上难不成是那管理国库的人？"

桑既："……"

苏叶："……"

二人对视一眼，明白顾了了是真不知晓，异口同声答道："是楚王。"

说起这楚王，天下百姓莫不津津乐道。传说他是已故皇后的嫡子，也是最有资格继承皇位的人之一，然而世人都知道皇上对皇后感情淡漠，楚王又是皇上第九子，上面有八个侧妃所出的哥哥，怎么说也难轮到他。待到皇后因难产逝世后，自然太子之位没能落到楚王身上，最后只封得个王。

好在皇后所出的楚家逐年败落，到后头连个继承财产的儿子都没有，因而最后为楚王所有。约莫是十年前，楚王还是翩翩少年郎时，便已富甲天下，坐拥一方。这十多年来，凭借楚王过人的智慧谋略，楚家财势早已今非昔比，称其为"天下最有钱的人"一点都不为过，甚至连新登基的皇上都要让楚王三分。

顾了了听后，心中大呼此人真是牛叉啊，把皇上都给比下去了。老头子不让他做最有权的人，他便去做最有钱的人，怎么想怎么觉得楚王这人有意思。

"楚王这么有钱，皇上不会妒忌吗？"顾了了笑嘻嘻问道。

桑既拍掌道："问得好，关键便是在此，如今的形势，皇上讨好楚王都来不及，哪会去刻意得罪他！"

也是哦，得罪了楚王，没准他就和那啥安王联手对付皇帝去了。

顾了了点头，"三公子想要如何做？去找楚王谈谈吗？"会见楚王，然后说：兄弟，我捐点钱给你？唔，这个主意好……雷人啊，人家已经是天下首富了，你再多的钱都未必入得了他的眼。

桑既摇头，"自然不是，楚王是什么人，怎会和我们这样的平民百姓打交道？"

这又不成，那又不成，这桑家三少究竟想要如何？

"我希望你们二人能陪我去一趟楚王封地，就算见不到楚王，能向他略表心意也是好的。"桑既压低嗓子道。倘若能成为楚王帐下一员，则再好不过。

顾了了看了看苏叶，苏叶也朝自己这边看来。二人一下子都说不出拒绝的话，他们对于桑既这个点子说不上赞成，也没啥异议，只是牵涉到自己，便犯难了。

"这……不太好吧。"顾了了迟疑道。她还打算做完几个月结了工钱便去清河村好吃好玩一顿呢，这要是随桑既去楚王封地，不知猴年马月能回来。

要是又发生什么事……想想便觉得不妥，顾了了连忙摇头。

苏叶心中所想与顾了了相差不远，也是一口回绝道："三公子，我们只是打短工的，并不打算长期如此。"

他言谈举止皆高雅不俗，桑既便是冲着这一点才想要顾了了和苏叶帮着自己。其他人，怕是没有他们二人这般气质。况且去楚王封地，一路艰险，他暗中试探，发现这二人武功都是深不可测，有他们相助，自己更多几分胜算。

桑既越想越觉得事不宜迟，当快快定下来，于是百般劝说。

无奈顾了了是坚决不愿蹚这一潭浑水的，苏叶惦记自己不在，顾了了和陶桃两名女子怕是不安全，也不肯松口，但他眉目间有几分松动，顾了了很快便察觉出来。

听得顾了了和苏叶皆不同意，桑既一阵失落，挥挥手便进屋去睡了。

顾了了立马扯住苏叶袖子，问道："苏师兄，你是否想随三少去寻那楚王？"苏叶被说中了心事，面上有几分尴尬，犹豫了一会儿才道："依你看，如何？"

依顾了了的性子，当然是不去的，人家是高高在上的王爷，你桑既和苏叶算是什么？桑府在柳州城算是望族，但在楚王面前，根本不值一提。亏得她以为桑既有头脑，竟是想些没用的事。

顾了了将心中所想一一道出，苏叶听后，蹙眉道："你是觉得，楚王会看不上我们？"

顾了了撇嘴，"人家可是王爷啊。"

"王爷又如何？"苏叶一副不放在眼中的表情，"不过是个有钱没权的王爷！"

这话说得真是嚣张，顾了了笑道："苏师兄，这样的话要是传出去，人家会以为你家里比楚王还要有权有势呢。"

说话间，苏叶眼中闪过一丝异样，稍纵即逝，瞬息便恢复平静，含笑道："你说得是，我该注意的。"

顾了了满意地点点头。

"那你可有主意？"苏叶又问道。

顾了了打量了这位师兄，暗道都说男子心存大志，苏叶大概也是如此，想要和桑既一般，创一番功业。只是这其中有多少曲折艰难，不亲身经历，估计是不会知晓。

她扬唇笑道："我也没什么好主意，要不苏师兄陪三少去试试也是成的。"

苏叶听罢摇头道："不妥不妥，我走了，你和陶师姐该如何？"

顾了了满不在乎地撇嘴，"苏师兄还不放心我们二人吗？"她故意亮了亮腰中的吞日剑。

苏叶恍然记起，这位师弟也不是什么省油的灯，怕她被人欺负去根本是多余的，她不要欺负别人才好呢。于是苏叶笑了笑，"容我再考虑考虑。"

顾了了嗯了一声，"此事还需知会陶师姐。"

第二日早饭时，在下人用餐的饭堂中遇到陶桃，顾了了便将昨晚的事略有隐瞒地告诉陶桃，并提及桑既的想法。

陶桃听后有些不可思议，"不是说桑家三少日日流连青楼吗？"

顾了了：……

她见顾了了面有异色，想了想，很快便明白过来，微笑道："莫非是想要隐瞒世人自己的志向？"

这么说也……不算错，顾了了胡乱点头。

"你们要上哪儿去寻楚王？"陶桃问道。

顾了了犹豫了一小下，答道："江南吧。"她听说，楚王的封地在江南。

陶桃拍掌笑道："好啊，正好我们一起去。"哎哎哎一起去？什么意思？顾了了满头雾水，"可是我们不是要去清河村吗？"

陶桃瞪了她一眼，道："你想想，清河村在什么地方？"

顾了了想了想，恍然大悟，"你的意思是我们去过江南后直取清河村？"

陶桃点头道："都是在南面，将来要去清河村还是要打江南过，不如应承下来，办完事后便不回来了。"

这主意真是不错。

顾了了拊掌笑道："我怎没想到呢。"

苏叶用过早饭，走来听了陶桃和顾了了的话，也微笑道："的确是好主意，无论事情能否成，桑公子都没有理由再留住我们，届时便可离去。"

高兴之余，顾了了又想到另一个问题，"我和苏师兄跟桑既去可以，陶师姐怎么办？"她是桑小姐的丫鬟，总不能跟桑公子走吧？这样不合规矩。

被顾了了这么一问，陶桃也被难住了。

"要么，你去怂恿桑小姐，让她跟桑既一块去江南？"顾了了建议道。

好像只能如此了。陶桃点头，叹了口气道："我去说说看。"

见她一脸郁色，顾了了将陶桃拉至无人处，问道："怎么了，桑小姐可有待你不好？"

陶桃摇头，犹豫道："也不能说不好，只是……"

"只是什么？"

"桑小姐为人比较古怪。"

古怪二字激起顾了了的兴趣，要陶桃细细道来。

无奈之下，陶桃只得说道："桑小姐那儿规矩极多，条条种种，不许随意碰她的东西，不许弄乱了她的房间，哪怕扶她一下，也嫌脏了她的衣裳。"

顾了了："……"此人有重度洁癖。

陶桃说完叹了口气道："其实桑小姐并不丑，只是她始终不肯相信自己罢了。"

顾了了点了点头，说道："没事没事，只要她不随意责骂惩罚下人就没关系。"至于那个洁癖嘛，反正陶师姐又做不了多久，忍过这段日子就好。

早饭后，下人们各自散去做活。顾了了和苏叶回到东院，见桑既换好衣裳，似要出门。因昨晚二人回绝他请求的缘故，他看都不看顾了了、苏叶一眼，冷哼一声，直直从他们身边经过。

顾了了和苏叶对视一眼，都从对方面上看到了苦笑。二人随即跟了出来，紧随桑既身后。

桑既去了正堂，桑家二老正和桑小姐聊天，陶桃垂手站在　边，端茶送水，一副其乐融融的景象。桑既一进去，里头立马安静下来，几十双眼睛都盯着他。

被这么直愣愣地看着，难免会生出几分尴尬，桑既咳了两声，终归是想到父母养育之恩，不得不恭敬问候："爹娘可好？"

桑老爷一看到桑既那张脸，想起自家老大和老二，心中便是不满，"你还回来做什么，干脆搬到青楼去住得了。"

在小妹面前被如此训斥，桑既拉不下脸来，又不敢争执，只得垂头忍着。

桑老爷见桑既一言不发，以为说中了他的心事，越发愤怒，正打算破口大骂，桑夫人见状慌忙拦下来，低声道："那么多人看着呢，你们不要脸面，我和依依还要。"

桑老爷顿时没了声音，一声不吭瞪着自己那不成器的儿子。

桑既勉强笑了笑，道："爹、娘，孩儿想去一趟江南。"

去江南？桑老爷和桑夫人都露出不赞成的表情，桑老爷问道："你去江南做什么？"

"孩儿想要接管家中盐业生意。"桑既正色道。他面容严肃，分毫不像是在开玩笑。

桑老爷乍听他要接手家中生意，先是一喜，而后又担忧道："你从未经过商，能接管好吗？"

他说的话不无道理，桑既却自信满满，"爹，你若不让我去尝试，我便永远不会经商。"

桑老爷听后，方露出欣慰的笑容，赞道："我的既儿长大了。"此言一出，表示桑老爷甚是欣慰，当即就同意了。

老爷同意，夫人自然也不会反对，便道："既然如此，便派下人去准备准备。"

"娘，我还想带慕双和慕叶二人去。"桑既突然又道。

桑夫人顿了顿，犹豫道："慕叶和慕双都是做短工的，你要带他们去，还需他们同意。"

桑既回头，见苏叶和顾了了二人满脸笑容。

苏叶上前一步道："老爷、夫人，我们愿意随桑少爷去江南。"

桑既心头一喜，原以为他们会继续拒绝，没想到一转眼却同意了。

出了正堂，桑既问道："你们二人怎么想通了？"

顾了了笑嘻嘻道："因为我们也想去江南。"也想？桑既面露疑色。

顾了了直言："其实我们本打算下江南，只可惜随身财物不够，才不得不来桑府做短工。"

"那去了江南……"

"自然是先帮桑公子办好事再离去。"苏叶说道。

这样的回答合情合理，桑既满意地点点头。他才走两步又突然停下来，问道："那位慕姑娘怎么办？"

他突然想起自家妹子身边那个丫鬟，长得水灵灵的，很是好看，后来问了其他下人才知道是随这两兄弟一道来做短工的。

问得正好！顾了了正愁没法向桑既开口，见他这么一问，忙道："桑少爷，不如您带桑小姐一道去江南逛逛？"

桑既听后立刻摇头，他那妹子什么性子，他还不清楚，规矩多得要命，一出门便浑身不自在，好似天下人都是腌臜的，就她最干净似的。

"依依不会愿意的。"桑既答道。

顾了了笑道："公子没问怎知小姐不愿意？"

桑既道："依依那种性格，不适合出去，再说她也没出过远门。"

顾了了道："就是因为没出去过，所以去江南走走，散散心，说不定对小姐也很有好处。"

听顾了了这么说，桑既思忖，去江南散心，若是能让她快活一些也是不错的，只是怕爹娘不同意，再则她不愿意。

"这样吧，我去问问她，她若愿意，便带她一道去江南。"桑既松口道。

"且慢，桑公子，"顾了了拦住他，"你这样去问，桑小姐定不会同意。"

"那我该如何问？"

顾了了想了想，道："不如将这件事交给小的，不出三日，小的定能让桑小姐同意去江南。"

桑既怀疑地看了一眼顾了了，似在质疑：你能做到吗？

顾了了拍了拍胸脯，"桑小姐若不同意，我和大哥也定会随你去江南。大不了事后再回来一趟接大姐。"

听顾了了这般保证，桑既点头道："随你们去吧。"

有了桑既这句话，顾了了知道自己无论做什么事都不会受限制，心情颇好，拱手道："那小的和大哥这就去了。"

"去吧去吧。"

顾了了拉着苏叶离开，走到桑小姐所住的西院门口。

苏叶扯住顾了了问道："你要如何让桑小姐同意？"

桑既都做不到的事，她一个外人怎做得到？

顾了了抛了个媚眼道："你看我的。"

顾了了向来鬼主意多，苏叶见她这么说便不多言，随她入了西院。

陶桃正陪着桑小姐桑依坐在院子中，桑依细细绣花，陶桃双手托着脑袋，一脸写满无趣二字。顾了了暗笑，琉璃宫女弟子皆以文韬武略为主要修习对象，女红之类当然是一窍不通。陶桃眼尖，见苏叶和顾了了走进来，忙起身招手，又对桑依低语两句。

桑依本是一脸淡漠，听闻之后，慌忙抬头，目光触及顾了了时，脸颊酡红，连手中针线掉落也不自知。

顾了了与苏叶齐声向桑依请安。

桑依摆手道："慕桃，你还不去端茶？"

陶桃翻了个白眼，转身便去端茶。

顾了了忙道："不必如此，小的是来和小姐说一件事的。"

"什么事？"听到顾了了开口，桑依眼眸亮晶晶的，似心情愉快，笑问道。

顾了了嘿嘿一笑，"桑小姐，可想离府出去走走？"

离府？桑依愣住，"慕公子是说……"

"哎，别、别叫我慕公子，直呼名字就好。"顾了了摆手道。

"慕——双公子，"桑依低低垂下头，"您的好意，依依怕不能领情。"

"暮春三月，江南草长，杂花生树，群莺乱飞。"顾了了诵道，"这样美的景致，桑小姐不想去看看？"

"杂花生树，群莺乱飞……"桑依重复着顾了了的话，带着几分向往道："的确想。"

顾了了三人眼中皆是流露出喜悦之色。

"可是……"桑依面露难色，"我不能出府。"

"为何不能？"顾了了追问。

桑依瞅了一眼左右，为难道："习性使然，离开桑府定会感到不适。"

顾了了想到早上陶桃所言，立马明白。

"桑小姐可是嫌外边脏乱？"

被顾了了言中，桑依面带娇羞，声音越发小下去，"正是。"

顾了了想了想，这的确不好办，重度洁癖，不是能轻易治好的。

前世她学的是化学专业，却有一位心理学的学长，提到过"洁癖症"，当时他说，这其实是一种强迫症，与早年家庭教养有关。尤其是家教严厉、古板的，孩子多谨小慎微、优柔寡断，在生活作息上务求井井有条，稍一改变就焦虑不安。如此看来，这桑小姐当是如此。

寻到病因，却不知该如何治疗，顾了了懊恼地抓头，中药可治身上伤病，却难愈心理上的疾病，要想让桑小姐摆脱洁癖症，还需她自己意识到。

怎么让她意识到自己患的是洁癖症呢？顾了了抓头，总不能让她在这里给几个人普及细菌起源、分子结构等科学知识吧？！

至于中药治疗，只能用于身体上伤痛，心理上的疾病怕是难以药物调治。

思来想去，顾了了忽想起一句话，千里之行，始于足下，桑小姐若能迈出离开桑府走去外边的第一步，就不愁第二步、第三步了。

于是她拍手道："不如我们先去外面玩几天？"

外面玩？对于顾了了这个没头没脑的提议，桑依、陶桃和苏叶皆是不解。

"现在正是阳春三月，郊游的好时节，明日便叫三少爷带我们几个出去玩吧！"

顾了了说完，向陶桃、苏叶连使眼色。

他们二人虽不明白顾了了心中打算，但约莫知道是为了桑依去江南一事做准备，便不约而同帮着顾了了劝说。

桑依偷偷看了一眼顾了了，见她始终笑眯眯看着自己，顿时心如鹿撞，羞涩不已，后边的话根本没听明白，便糊里糊涂应道："你们去找哥哥说了便是。"

这事好办，顾了了将计划告诉桑既后，桑既诧异地看了她一眼，问道："小妹真的同意了吗？"

顾了了点头如捣蒜，一手勾住苏叶的脖子，笑道："不信你问他！"

苏叶不喜顾了了这般没大没小，但鼻尖飘过那清幽的体香时，身子不由自主绷紧，竟无力反抗，任顾了了这么肆意妄为。

比起顾了了，桑既更相信苏叶，见苏叶也点头说是，便道："好吧，我且去安排一下。"

第二日清晨，顾了了看了看天空，万里无云，正适合出去游玩。

桑依听说大哥要带自己出府时，大吃一惊，陶桃在她耳边嘀咕了两句，方想起昨日的确答应了，说是要出去的。桑老爷和桑夫人对此也是十分吃惊，并很是担忧，生怕自己的女儿一时不慎，摔倒了或是受了委屈。

桑既笑呵呵道："小妹已过十五岁了，又不是小孩子，一天到晚待在府中也不好。"

桑夫人听得此话有理，拉着桑依又叮嘱了几声，又道："我瞧那慕双很好，既儿，你便让慕双跟着依依。"

桑既点头说好。

桑依本是满心满意不愿出去的，但听到桑夫人说，让慕双随自己左右，立马脸颊绯红，嗫嚅道要去准备准备。约莫半个时辰，桑家少爷小姐终于弄妥当了，弄了一辆马车，载着几人出了桑府。

顾了了最不爱待在车内闷坐着，便与苏叶一道在外头驾车。

　　说是驾车，其实还是苏叶握着缰绳，顾了了早将那皮鞭不知丢到哪儿去，一路上倚着长椅，舒舒服服地晒太阳、吹口哨。苏叶也不责怪，眼中满是宠溺，任她这般举动，唯有动作太过了时，才出言喝止。

　　里头桑既透过车帘看到了，不由对陶桃笑说："你这大哥很疼爱弟弟啊。"

　　陶桃心中几分奇怪，以前在琉璃宫不见他们这般要好，尤其是顾了了刚来时，苏叶以折磨她为乐趣，不知是从何时起，竟转了性。

　　她抿唇一笑，道："是啊，他们俩一直如此。"

　　桑既见陶桃眼中有几分不自在，又故意逗弄道："你是女子，怎不见他们照顾你？"

　　陶桃答道："虽是女子，却为他们姐姐，自然也要照顾两位弟弟。"

　　此番回答让桑既十分满意，没想到这女子如此识大体，出门在外也不忘照顾晚辈，比起城中其他闺阁小姐不知要好多少。将来娶回家，定是贤内助。思及此，桑既心头微动，喉咙一片干涸。如今他也到了成家的年纪，有些事该开始着手考虑了……若不闻不问，万一父母不经他同意强行为他挑一位娘子便难办了。

　　"不知慕姑娘年方几何？"桑既问道。

　　他声音不大，但苏叶顾了了二人常年习武，耳力过人，立刻便明白了其中意思。连顾了了的口哨声都低了几分，捅了捅苏叶的胳膊笑道："苏师兄，有好戏看了。"

　　苏叶哑然，对于顾了了这般心态见怪不怪。

　　"苏师兄，你真的不在意吗？"见苏叶神色无异，顾了了好奇问道。

　　"在意什么？"苏叶反问。

　　"陶师姐啊。"顾了了在他耳边低语，"你不是喜欢她吗？"

　　乍听之下，苏叶一愣，而后莞尔，摇头道："我不喜欢陶师姐。"

　　怎么可能不喜欢呢？顾了了还记得当初苏叶为陶桃在雨中弹了一夜的琴，最后大病一场，光是这样的举动，就不是常人所能做到的。顾了了不信道："苏师兄，你将陶师姐藏在心中，却不去争取，以后会遗憾的。"

　　苏叶正色道："我的的确确不喜欢她了。"

　　顾了了撇嘴，还是不信。

　　苏叶叹了口气，道："那时候太小，不过是孩子的心性，根本不懂什么是喜欢……"直至今日才隐约明白了些……他看向顾了了的眼神带着几分复杂，几分说不清道不明的情愫。

　　顾了了对此并未注意，她瞥了一眼两旁的街道，还要开口时，突然身子一抖，一个侧身，躲在苏叶背后。

"怎么了？"苏叶被这一举动惊住。

顾了了做了个嘘的手势，道："看到熟人了。"

苏叶顺着她的眼神望去，街上一家小铺子边站着三人，两男一女。

女子一袭浅绿长裙，拉着一名男子正跺脚说什么，二人似在争执，另一名男子则垂手旁观，好生奇怪。

"快走快走！"顾了了不停催促道。

苏叶无奈，握着皮鞭的手加重力道，马车朝前奔去。才行几步，突然听见桑既说"停下"二字。苏叶拽住缰绳，停住马车，"何事？"

桑既指着一旁的小摊，道："好不容易出来了，买点什么吧。"他所指的摊子正是那二男一女站着的附近一个，上面摆着好些有趣的小玩意儿，桑侬和陶桃都带着几分好奇之色。

顾了了暗自呻吟，神啊，这不是哪壶不开提哪壶吗？百般不愿之下，顾了了跳下车，而后桑既、桑侬、陶桃三人依次下车，桑侬羞答答地走到顾了了面前，道："慕双，我们去那边看看吧。"

顾了了保持着微笑，内心在呐喊——可不可以不去啊。那边站着的，可不是君家两兄弟和孟家小公主吗？虽然七年不见，但孟忆晚那嚣张的架势，她是绝对绝对不会认错的。君沉暮，比以前更加深沉了。君沉风，比以前更加……二了。

那头，君沉风和孟忆晚吵得不亦乐乎，君沉暮双手抱臂，冷眼旁观中。这样三人，吸引了不少打探的目光。想必桑既也是带着几分好奇才要过去的。

"不了，我还是留在这里看着马车吧。"顾了了谦和笑道。

"马车有慕叶看着，顾——慕双，你和我们一块来吧。"陶桃极力说道。

顾了了：……

都这个模样了，自己还有拒绝的余地吗？她叹了口气，点头道："好。"心中暗暗祈祷，那三人千万千万不要认出自己来啊。

摊子上卖的都是些镜子、饰品之类，不是很精巧，却也别有风味，桑侬和陶桃二人看得津津有味，时不时回头找顾了了、桑既讨论。若不是因为旁边有那三人在，顾了了此刻恐怕早已不亦乐乎地参与其中，和她们二人讨论起来。可惜这时候她一面要迎合两位女子，一面还要侧身尽量不让其他人看到自己的正脸。

她身边的桑侬弯腰挑了一枚铜镜在手中细细把玩，镜子背面雕着镂空花纹，很是别致。她翻来覆去，爱不释手，对顾了了道："慕双，你觉得这个如何？"

顾了了心不在焉地点头，"很好。"

桑依还要说什么时，身后经过的几个人不小心撞了她一下，桑依猝不及防，身子朝一边倒去。

此时离得最近的只有顾了了。顾了了左右一看，似乎其他人都来不及出手，只得微微转身，硬着头皮，单手搂住桑依的腰，将她扶住。俯仰对视间，桑依脸颊通红，已羞得说不出话来。顾了了也有几分不知所措，看着怀中的少女，口中愣是蹦不出半个字来。

英雄救美，这一幕在外人看来无比美好，一时竟都忘了提醒。若不是那一声——"美人"，估计他们二人还会多维持一下这个唯美的动作。

乍听到"美人"二字，顾了了手一抖，险些要松开，好在桑既眼疾手快立刻扶住桑依，二人摆脱这尴尬的造型。

"大哥，你在说什么呀。"顾了了听到君沉风的抱怨声。

"沉暮哥哥，你说什么美人？哪里有美人？"这是孟忆晚的质疑声。

顾了了僵僵地转过身体，打算乘机开溜。只是下一刻，君沉暮断去了她最后一丝希望，"顾美人，是你吗？"

顾了了泪奔……她没有回答，更没有转头。

"啊？顾美人？你是说顾美人？"君沉风不可置信道，"在哪儿在哪儿？"

君沉暮指向顾了了，道："就站在那位小姐旁边。"

顾了了欲哭无泪，完蛋了，被戳穿了。她真想找个地洞钻进去。

面对陶桃的愕然、桑依的茫然、桑既的似笑非笑，顾了了勉强弯了弯嘴角，道："误会，全是误会……"可惜不是所有人都能理解她那点苦衷。

君沉风听到是顾美人时，激动得难以自持，三步并作两步走上前，转到顾了了跟前，对着她上上下下打量许久，"你真的是美人妹妹？"

——美人妹妹？

顾了了简直想要抱头痛哭。好在顾了了反应奇快，脑子一转便道，事到如今她只有一个方法，那便是——抵死不认！

于是面对君沉风，顾了了平复了呼吸，露出一个笑容，"这位公子，您认错人了吧，小的姓'慕'名'双'，是桑府三少爷的随身侍卫。"

君沉风来来回回打量着顾了了，相貌与记忆中的的确有几分相似，只是七年未见，他也不能肯定。

"你真的不是美人妹妹？"君沉风试探地问道。

顾了了毫不迟疑地摇头，"的确不是。"废话，她怎么可能是顾美人。

说话间君沉暮和孟忆晚也走过来，听到顾了了的回答，君沉暮皱起眉头，怀疑地看着顾了了。

陶桃上前笑道："这位公子，您认错人啦，我家小弟，怎可能是您口中的'顾美人'。"

君沉风见有人这么说，心里相信了几分，拱手向顾了了道歉，"抱歉，在下一时冲动了，望公子见谅。"

顾了了皮笑肉不笑，"我是男子，怎可能是你那位美人妹妹，公子下次千万别再认错了。"

君沉风听她这么嘲讽，脸上一阵尴尬，暗道都是大哥惹出来的祸，他方才定是不愿听到自己和孟忆晚争吵所以才故意这么叫的。

"不会了不会了，"君沉风连连解释道，"美人妹妹喜欢女扮男装，所以我才会认错。"

"公子是认为在下长得很像女子？"顾了了冷笑道。

感到越说越糟，君沉风额头冒汗，慌忙摆手道："在下不是这个意思……"

"那是什么意思？"顾了了瞪眼问道。

"是、是……"君沉风半天说不上一个字来。见他憨厚老实的模样，莫说桑既、陶桃，连向来内向的桑依也跟着扑哧笑出声来。

桑既这才上前打招呼道："在下桑既，敢问阁下尊姓大名？"君沉暮三人纷纷报出姓名来。

桑既虽不是江湖中人，君家大名却也是听过的，大喜之下，邀请三人同游。君沉暮也不拒绝，问孟忆晚意下如何。孟忆晚见有马车可坐，立刻便点头答应了。于是乎，事情朝着无法预料的态势发展下去。

顾了了随着几人上车，头痛无比。苏叶见又多出三人来，倒很是镇定，又认出那三人便是方才顾了了欲躲避的三人，不由瞅了一眼某人。

依旧是苏叶和顾了了在外驾车。多了三人，一下子变得热闹许多。里头的谈话声不绝于耳，孟忆晚向桑依、陶桃讲述自己的游历，而桑既则和君家二兄弟讨论江湖之事。

车外，苏叶看着顾了了，问道："没关系吗？"

顾了了抱头道："有关系又能怎样？"人，是桑家三少邀请上来的，她能赶他们下去吗？

"你认识他们？"苏叶问道。

"君家两兄弟，君沉暮和君沉风，还有孟忆晚。"顾了了简单地解释道。苏叶点头，原来那二人便是君家兄弟啊！只是不知谁是哥哥谁是弟弟。

"他们有没有认出你来？"苏叶又道。

顾了了摇头，压低嗓子道："我抵死不认。"

苏叶："……好办法！"

顾了了闷闷道："君沉风和孟忆晚倒是好骗，只是那君沉暮不好对付。"

苏叶听罢莞尔道："实在不行你便交给我吧。"

交给他？他行吗？顾了了转念一想，他们二人一个是老谋深算一个是妖孽狡猾，搞不好势均力敌呢。

她忙点头笑道："那就拜托苏师兄你啦。"

又行到一半时，他们见人群都向一个方向涌去。顾了了随手拦住一人，问道："那边在做什么？"

那人笑道："在演傩戏哩，你们都去看看吧。"傩戏是什么玩意儿，顾了了前世略有耳闻过，知道是一种民间戏曲。苏叶却很是好奇，"要不要和桑公子说一声，过去看看？"

里头桑既早注意到外面的吵闹，一听说是傩戏，并没有表现出多少兴趣，倒是君家兄弟、孟忆晚很是好奇，怂恿着过去瞧瞧。桑依虽见过傩戏，但像这般在街头看戏却是没经历过的，因此也有几分心动。

大家都没反对，苏叶迅速掉转马头，将马车留在一家客栈里，几人下车走过去。转过几条街，便见一处空地上，搭建着戏台子，上面有人正在表演，底下站满了观众。苏叶、陶桃等人很是好奇，听到桑既淡淡开口，一点点向他们介绍傩戏。

顾了了对戏曲之类向来不感兴趣，以前在玉凤山庄时，顾冥磊曾请过不少戏班子，每次其他下人都偷着看时，她却拉着顾美人去研究那些戏子脸上的白粉有多厚了。

这一回没有顾美人陪她，好生无聊哪。顾了了打了个哈欠，眼珠子四处乱转。

"慕双，你不喜欢看傩戏吗？"桑依站在她身边，小声问道。

顾了了扭头，见她低垂着面庞，发丝柔柔搭在肩上，给人一种说不出的柔弱。虽有桑既护着，却仿佛一阵风便能将她带走。她极力避免和其他人碰触，然而在人多的地方终归是要磕磕碰碰的。顾了了轻笑一声，伸手将她护在自己身前。

桑依顿时满脸涨红。

顾了了笑道："我每日都换衣洗澡的，该是很干净的。"

的确，桑依能闻到她身上淡淡的皂角香味，清幽的体香，不似其他男子那般汗臭。

桑依讷讷道："你身上味道很香……"

顾了了笑，"你也是啊。"

听听，这话说得多暧昧！

君沉风无意间听到了，凑到顾了了身上闻了闻，皱起鼻子道："什么味道，我怎么闻不出？"

顾了了白了他一眼。

苏叶面色一沉，不动声色地将君沉风和顾了了隔开，笑道："敢问这位便是君家二公子？"

君沉风点头，诧异道："你怎么知道我是老二？"

苏叶："……"因为你比我想象的还要傻还要二！"二公子果然非同一般。"苏叶客气道。

君沉风笑了笑，道："你和我大哥真像啊。"

苏叶笑，"是吗？"

君沉风点头，"大哥也经常说我非同一般。"

苏叶："……"

顾了了暗叹：你大哥真是英明！

"其实还有一个人和你们很像。"君沉风补充了一句。

"是谁？"苏叶兴致缺缺地问道。

"顾了了。"

听到这个名字，苏叶瞥了一眼顾了了。顾了了尴尬地笑笑，觉得自己脸都要抽筋了。她好想抽那个家伙一顿啊，没事提自己的名字做什么？

"顾了了？不是楚千觞的那个弟子吗？"桑既听到这个名字，插嘴道。

君沉风得意地道："是啊，七年前武林大会时，我和大哥、忆晚在赶去大会的路途中遇到了顾了了和她的妹妹，顾美人。"

"然后呢？"桑既颇有兴趣地问道，"顾了了是怎样一个人？"

"阴险毒辣。"君沉风评论道。

顾了了："……"她哪儿阴险了？

"老谋深算。"君沉暮突然开口道。

顾了了："……"她哪儿老了？

"冷酷潇洒。"孟忆晚带着甜蜜的笑容回忆道。

顾了了："……"这个评论说得不错。

陶桃疑惑地看了看他们三个人，又看了看顾了了，"你们没认错人吧？！"

顾了了："……"师姐，你太不给面子了。

苏叶淡然道："你们确定自己说的是同一个人吗？"

顾了了吐血ing。

"反正我不太喜欢顾了了那小子。"君沉风如是说道。

"那还不是因为你嫉妒了哥哥能陪在顾美人身边。"孟忆晚尖锐地反驳。

君沉风被她说得不好意思，垂眸道："那又如何，反正顾了了十岁后要拜楚千觞为师，肯定不能和美人妹妹继续在一起了。"

孟忆晚哼了一声，冷笑道："你别做梦了，凭你这个样子根本赢不了了了哥哥。"

君沉风恼羞成怒道："凭你这副德行，也休想胜过美人妹妹。"

"你！"孟忆晚指着君沉风的鼻子怒吼。

"我什么我啊。"君沉风不服道。

"我跟你没完。"孟忆晚跺脚道。

"没完就没完，我怕你不成。"

一边的君沉暮见他们又吵起来，头疼地拉开二人，道："你们还看不看傩戏？"

孟忆晚眼眶发红，"这是我最后一次了，你还不让着我……"

桑既见此忙打圆场道："不如我们去那边看，站得近一点。"

"好啊好啊。"陶桃忙帮口道。桑既感激地看了一眼陶桃。

几个人绕到另一边去，这一回君沉风和孟忆晚之间站着几个人，大家有意无意要将他们隔开。

陶桃避开其他人，私下问道："你认识他们？"

顾了了无奈地点头，何止是认识啊，她简直就是遇人不淑。

"为何他们认不出你来？"陶桃奇怪道。

顾了了想了想，慢吞吞道："大概是因为那时候，我男扮女装。"

男扮女装……陶桃听罢，先是一愣，而后扑哧笑起来，"女装……"

"嘘——声音小点！"顾了了见有人看向这边，忙扯着她道。

陶桃勉强憋住笑，眼底却是满满的笑意，"那他们口中的顾了了，指的是谁？"

顾了了有些尴尬，闷闷不乐道："是顾美人。"

"顾美人？"

"我妹妹。"顾了了解释道，"那时候她正巧穿男装……"

陶桃哑然，一时不知该怎么评论，"你们还真是……天生一对。"

顾了了笑笑，"当时也是无意的嘛，没想到造成这么大的误会。"

陶桃点头，拍拍她的肩膀道："那你小心些，千万别被识破了。"

顾了了苦笑，"我尽力。"

说话间，顾了了余光瞥见君沉暮朝这边走来，没走几步却被苏叶挡住，二人聊了起来。君沉暮稳重谨慎，苏叶深藏不露，虽听不大清两人在说什么，不过那一来一去的对话，那说话时的表情神态，还有周身散发出的气场，都让人不由自主想要回避。

　　"苏师弟和君公子在说什么呀，两个人都那么严肃。"陶桃奇道。

　　顾了了想起苏叶先前对自己说，君沉暮他帮忙搞定，不禁苦笑道："是呢，谁知道……"

　　"我们去听听吧。"陶桃拉着顾了了的手，欲走过去。

　　顾了了死命拽住陶桃道："陶师姐，还是别去了吧。"

　　"你不想知道他们说什么吗？"陶桃问道。

　　顾了了：……

　　她还真一点都不想知道。

　　"去嘛去嘛。"陶桃撒娇道。

　　面对女子的撒娇，顾了了手足无措，正不知如何是好，桑依忽而道："慕桃，慕双不想去，你何必强人所难？"

　　陶桃动作一顿，看了看自家小姐，又看了看顾了了，似有几分不可思议。

　　她见桑依盯着自己拉着顾了了的双手，面色不悦，连忙松开，摊手道："小姐，我我……"

　　"小姐，慕姐姐比较喜欢凑热闹，好奇心重，没什么恶意。"顾了了替陶桃解释道。

　　见他们二人言语中如此亲密，桑依越发不高兴了。陶桃慌忙跳到桑既身边，对顾了了说道："慕双，好不容易出来了，你带小姐四处走走吧。"

　　听到陶桃这么说，桑依才又高兴起来，轻声道："慕双，我们要不要去那边走走？"这一瞬间的变化，起先让顾了了有些愕然，随即便明了，似笑非笑地看了眼陶桃，见陶桃心虚地将头转向别处。

　　顾了了山门在外素以君子自称，自个会拒绝，温言道："好啊，小姐说去哪儿就去哪儿。"

　　两人刚要走，孟忆晚怒气冲冲走过来道："你们要去别的地方吗？我也去！我才不要和那个家伙待在一块儿。"她手指的那个家伙，正是君沉风。

　　君沉风撇嘴道："要走赶快走，有你在，我看戏的精力都没了。"

　　桑依表面看去云淡风轻，心中却很是不喜。至于顾了了，她对此早已麻木了……

能有两位女子，而且还是年轻女子作陪，在外人看来是一件无比美好的事情。尤其是当第三位女子凑上前说道"我也要去"时，顾了了能感受到四面袭来的飕飕冷气。

陶桃对顾了了眨眨眼，坏笑。顾了了回以一个苦笑，陶师姐，你哪里是来帮忙，明明就是来捣乱的。

"不如大家去茶馆坐坐？"桑既恰到好处地提议，解救顾了了于水火之中。

顾了了投以感激的眼神，桑既却立马别过头，不理她。顾了了莫名其妙。

她却不知，桑既之所以这么做，无非是害怕陶桃也喜欢上这个少年。外表看起来并不强势，甚至有几分柔弱，但深藏在内的功夫，却是他人难以企及。

这样的少年，犹如青涩的果子，尚未成熟，一旦历经风雨，定能孕育出最闪耀的果实。虽说慕桃与慕双是亲戚，但同样作为男人，桑既难免会有妒忌之心。

其他几人见识过傩戏，也不特别有兴趣，便纷纷点头说好。

一行人找了最近的一家茶馆，随意叫了两壶茶，围坐下。桑既这才问起君沉暮等人为何来柳州城，之后准备去哪儿。

君沉暮抿了口茶水，缓缓道，如今天下局势不稳定，虽说江湖与朝廷素来两不相干，但真的闹起内乱打起来，谁又能袖手旁观。所谓良禽择木而栖，他们兄弟二人不过是想出一份力罢了。

一席话，让桑既心头大喜，拍桌道："在下亦是如此。"

顾虑到茶馆鱼龙混杂，怕被有心人听去，桑既十分隐晦地表达出自己的心意，顿时几人露出相逢恨晚的表情，热烈地讨论起来，连苏叶也难得摆出一副惺惺相惜的模样。

孟忆晚、桑依和陶桃没有多少兴趣，懒懒地听着，偶尔说说女孩家体己的话。

唯有顾了了，最是无聊。男子的家国天下她不感兴趣，女儿家的窃窃私语她又不好意思偷听，眼珠子四处乱转，想要找些好玩的。她借口解决个人问题，溜了出去，打算从茶馆后门绕到外头逛逛再回来。

男人们讨论大事，没一个时辰是说不完的，她可见识过桑既那一腔热血，所以坚决不打算耗在那里。

顾了了自认为不是那种胸怀大志的女子，更不想做那种万能穿越女，玩转后宫之类的。她想着的不过是好吃好玩，能过舒坦的日子罢了。至于眼下，还是先解决个人问题吧。

是去男厕所还是去女厕所，这真是个值得令人思考的问题。

于是乎茅房前，有人见到一白衣少年转悠转悠，走到男子的茅房，顿了顿，又朝女子的方向走去……不知白衣少年究竟想要上男子的还是上女子的？

两男正要去茅房，见状，都不由停住脚步。其中一男对他前面的男子道："主子，那家伙不会是采花贼吧？！"那被称作"主子"的男人盯着白衣少年看了许久，才露出一个笑容。

"你有在白天看到过采花贼采花的吗？"男人用手中扇子打了一下身后的男子。

男子恍然，又有几分糊涂，"可是他不是采花，难不成是幽会？"在茅房前幽会，这场所选得……太有品位了。

男人扑哧笑出来，点头道："是很好的地方，易复，你以后也可试试。"

易复挠头道："这样的幽会，是不是主子经常说的'进可攻，退可守'？"

男人："……"

"我说的那是行军用兵之道，不需用在这里。"

"可是主子也说过，情场如战场。"

男人："……"

"易复，限你三日内将《兵法》背出。"

易复惨叫，"不是吧！"要他三日内背出那厚厚的《兵法》，不如一刀结果了他。

"不背出来不许你去看小梅。"男人威胁道。

一来一去的对话让顾了了侧目，她发现不远处站着两名男子。其中一人紫衣锦袍，腰间束着盘龙玉带，头上斜插着碧绿玉簪，长相生得不错，身姿非凡。看上去三十不到，却带着一股杀伐决断的凌厉之气。相比之下，他身后的男子简直成了陪衬。

顾了了见他们二人朝这边来，突然意识到自己这个样子肯定让人误会，慌忙抬起脚朝外头走去。

"主子，那人走了。"易复叫道。

男人看了他一眼，"走了便走了，难不成他要一直守在那儿？"

"可、可是他要等的小姐怎么办？"易复纠结道。

男人："……"

"你这个样子很让我怀疑你的神经有没有毛病。"

"绝对没有！"易复对天发誓，"我随主子这么多年，若连主子都不了解我，这世上就没有人了解我了。"

说此话时，顾了了正巧打他们身边经过，忍不住望了他们二人一眼，面露怀疑之色。那个表情很让这位主子窝火，他若没猜错，白衣少年一定在怀疑他们二人的关系……

"闭嘴，易复！"男人咬牙道。

"唉唉唉，主子，您不能这样啊，想我易复为您抛头颅洒热血，为您两肋插刀，为您上刀山下火海……您怎能恩将仇报！"易复愤愤道。

男人嘴角抽搐，"你的意思是希望我以身相许？"他余光扫过不远处的白色背影，见他说出"以身相许"时，少年脚下一个趔趄。

这样的距离都能听见他们的对话吗？真不简单……

易复犹自沉浸在自我陶醉中，"自我相许就不必了，主子赏给易复几个美人相许就好……"

男人阴笑道："行，我会把你的愿望告诉小梅的。"

听到"小梅"这个名字，易复抖了抖，"主、主子，我们还是去如厕吧……"

男人挑眉一笑，道："你在外头守着，不准进去。"

"可我也想……"

"憋着，要么就地解决！"

易复："……"

"啊，主子，我觉得刚刚那个人肯定是有痔疮。"

"……"

顾了了在外晃了一大圈，终于解决了个人问题，才又回到茶馆，见桑既等人依然在乐此不疲地探讨，桑依、陶桃、孟忆晚都快要打瞌睡了，她不禁失笑，大大咧咧走上前道："都快中午了，不如先去吃饭吧。"

她这一提议受到在座女子的赞成，于是桑既道："今日就我做东，大家去银杏阁。"银杏阁是柳州城最好的酒楼，顾了了三人初来时便在那里吃过一次，至今对里面的涮羊肉、粉蒸蟹等菜念念不忘。

几近午时，银杏阁内生意兴隆，几乎没有空位，上面的雅间也被预订一空。无奈之下众人只得等了许久，才腾出空桌子，八个人围坐桌边，慢慢等着上菜。

"早知如此，该提前预订的。"桑既抱歉笑笑。

君沉暮摇头道："不妨事，吃顿饭而已，无须如此费周折。"

"妹妹可饿了？"桑既回头，又对桑侬笑道。

桑侬坐在顾了了左侧，偷偷瞥了一眼顾了了，见她心不在焉，目光游离，心中有几分失落，勉强摇头道："还不很饿。"

好不容易等菜上来，顾了了几乎饿得前胸贴后背，拿起筷子便飞速下手。苏叶蹙眉，为她夹了青菜，道："多吃点蔬菜。"

顾了了碗中堆满了大鱼大肉，嘴中叼着一块猪蹄，含糊不清道："我正在长身体呢，要多吃肉。"

苏叶：……

你身体长得够久了，从四年前入宫至今都是这个借口。

桑侬听到他们二人对话，不由轻笑，又夹了一块猪蹄放入顾了了碗中道："慕双，喜欢便多吃一些。"

顾了了回过头，感激道："谢谢，你也多吃！"说完还好心地为她夹了一块木耳放入她碗中，道："这个很好吃，你尝尝。"

桑侬手顿了顿，在顾了了殷切的目光下夹起木耳，放入嘴中细细咀嚼。她这一动作，引得身边的陶桃、对面的桑既大吃一惊。桑侬她……竟然愿意吃别人夹来的菜？！

桑既忙起身夹了一块羊肉放入妹妹碗中，试探地说道："侬侬，你尝尝这个，也很不错。"

桑侬犹豫了一下，撇过头去看顾了了。顾了了笑嘻嘻道："是很好吃哦。"桑侬点头，夹起羊肉慢慢吃起来。桑既不可思议，继续为桑侬夹菜，桑侬也不拒绝，蹙眉吃下。

"妹妹……你今天没事吧？！"桑既小心翼翼问道。桑侬她不是很讨厌别人的碰触，更不喜吃其他人夹来的菜吗？

桑侬微笑道："这里的饭菜很好吃，哥哥。"从未见过这样的妹妹，眼中露着笑意，还愿意其他人在一起说话聊天，桑既不由一阵感动。

顾了了见此，不禁松了口气，看来去江南，指日可待了。

他们还在吃饭间，突然听到楼上有吵吵嚷嚷的声音，众人抬头看去，见几名彪形大汉围着两名男子，似要动手。顾了了定睛一看，那两名男子正是今日她在茅房前遇到的。一时间所有人都在观望，不敢轻举妄动。

只听到那几个彪形大汉嘿嘿笑道："这位公子，我家公子正在寻欢楼中等着您过去呢。"

"寻欢楼"一出，顿时一片倒抽气声。

"寻欢楼是何处？"君沉暮问出了顾了了等人的心声。

桑既微微一愣，而后回神，苦笑道："我忘了你们是外地人……"

他踌躇了片刻，目光落在几位女子身上，良久才不情不愿道："是倌馆。"

"倌馆？"几位女子果然都不知晓。

唯有顾了了兴奋道："我知道了，是不是指男妓？"

她说"男妓"二字时，声音没控制好，一下子楼上楼下都听去了，霎时，抽气声比方才大了一倍。在那一瞬间，楼上的那名男子听到顾了了吐出的两个字，脸色一沉，手中折扇晃了两晃，众人还未看清他的出手，那几名大汉便飞了出去，从二楼摔下，砸坏了好几张桌子。

男子面色不善，一步步朝顾了了等人走来。顾了了不好意思地笑笑，"误会……都是误会啦……"

众人以鄙视的眼光看着她。

顾了了："……"她只是实话实说而已。

男子走到顾了了面前，当顾了了以为他要出言不逊或者出手揍自己一顿以教训方才的失言时，却见他拱起双手，微笑道："在下段祈枫。"

顾了了愣了愣，立刻回以一个微笑，抱拳道："在下顾——慕双，这位原来是段公子啊，久仰大名。"

段祈枫莞尔，"哦，慕公子认识在下？"

顾了了继续拉扯嘴角，"不认识。"

段祈枫嘴角一抽，保持良好的风度，"那为何说久仰大名？"

顾了了想了想，窃笑道："其实先前在茅房那边时我就想向公子讨教大名。"

段祈枫：……

"那为何不问？"

"当时听到段公子身后这位公子正在做深情告白，故不好上前打扰。"

段祈枫满脸黑线。

易复：……

"若不嫌弃，不如大家坐下来聊？"桑既见饭菜快凉了，建议道。

段祈枫微微一笑，"那便打扰诸位了。"君沉暮等人见段祈枫器宇轩昂，衣着气质都非比寻常，纷纷摇头说无事。

桑既怕菜不够，特意吩咐小二再加两道菜，上几壶美酒来。打断的话语一时难以继续，于是便做起各自介绍，段祈枫在听到桑既、君沉风、君沉暮的名字时，眼睛亮了亮，而后看向苏叶，似对他也抱有浓厚的兴趣。

苏叶声音平平道："在下慕叶。"

"慕叶？"段祈枫怔了怔，想了许久才道："可否容我多问一句？慕公子哪里人？家中是做什么的？"

苏叶看了一眼顾了了，意思是说，这个问题交给你了。顾了了挠了挠头，嬉笑道："家住常州，是做小本生意的。"听到顾了了这番回答，段祈枫像是并不满意，甚至眼中充满怀疑。

好在桑既又将话题拉开，讲一些关于柳州城的特色，没有再纠结下去。顾了了舒了口气。她说的都是实话，是打了折扣的实话。

常州，是玉凤山庄所在之地。至于玉凤山庄，是祖上曾经营兵器军火之处，在顾冥磊这一辈没有继续下去，而是改做一些玉石生意。儿时常听顾冥磊叹息，说这兵器、军火生意，做久做大了，难免会惹来杀身之祸，所以不如金盆洗手，改行做些别的什么。

不过顾了了依然怀疑，百年基业，岂是一朝一夕就能改变？莫说顾家歇手不做，曾经那些图纸材料手艺，肯定还是暗中留存了的。所以，没有百年时光，顾家那些祖业怕是难以磨灭。

一行人聊着聊着，又重新回到原来的话题上。段祈枫听说桑既、君家二兄弟皆有心入世，不由问道："若是朝廷内乱，几位皇子作乱，你们愿支持哪一方？"

桑既想都未想，道："自然是当今圣上。"君家二兄弟却没有那么豪爽，回答得也有些迟疑，"看形势再做定夺。"言下之意是，可能是朝廷，也可能投奔其他皇子。听到君家两兄弟的回答，段祈枫眼底划过一丝笑意。

桑既不以为然道："皇上继承皇位，君临天下，名正言顺，如何改弦更张？"

"倘若有皇子比皇上更有势力呢？"段祈枫手握酒杯，笑道。

桑既冷哼一声，"那也要他有这个本事。"一下子，场面冷下去。

君沉暮不由打圆场道："人各有志，何必勉强？"

段祈枫抿了口酒，点头道："的确如此。"

表面上看二人和解，但气氛已不如方才那般融洽，连顾了了吃了几口肉之后，都抛下筷子，摸了摸鼓鼓的肚皮，想要去消化消化。当然，她还没张嘴，让人健胃消食的东西便自动找上门来。那位在寻欢楼等着的公子好像并没有就此放弃或是气馁，竟派出双倍的人手来。

顾了了见此一手拍在桌面上，叫道："来得正好。"

苏叶瞥了顾了了一眼，立刻明白她那心思。

段祈枫面色铁青，正准备起身解决那帮家伙时，易复道："主子，小的替您去吧。"

"不必！"说此话的有两人，一位是段祈枫，另一位自然是顾了了。

顾了了对段祈枫笑笑道："方才多有得罪，不如此时让我将功补过一下？"

段祈枫见她身子瘦弱，门口围着的十几个都是彪形大汉，皮笑肉不笑道："这位公子还是莫逞强的好。"

桑侬也有些紧张，拉着陶桃的手说道："你快劝劝你弟弟。"

陶桃微笑，"小姐，您放心让她去吧。碰上她，不知谁跟谁倒霉呢。"

"是啊。"苏叶悠悠道，"吃饱了不让慕双她闹一场，伸展一下筋骨，她肯定会不自在的。"

顾了了瞪了他们二人一眼，有你们这么说人的吗？是称赞她呢，还是诋毁她？

桑既也点头道："慕双，你若赢了，我加你工钱。"一听到"工钱"二字，顾了了两眼亮晶晶。她义正词严地对段祈枫道："坏人财路是要遭天谴的。"

段祈枫：……

于是乎，段祈枫只得强忍着内伤，让顾了了上了。

对付那群大汉，顾了了连吞日剑都没动，她勾了勾手指，露出一个魅惑的笑容。

"老大，这小子比那位段公子还好看。"

"是啊是啊，老大，把这小子带给公子去，公子肯定会奖赏我们的。"

打头的那位老大手一挥，豪气万丈道："兄弟们，我们上！"十几名大汉同时冲向顾了了，那气势，简直比抢钱还凶猛。也许在他们眼中，顾了了与段祈枫就如同那白花花的银子。

顾了了轻轻一笑，在离得他们只有半步的距离时，身子腾空跃起，而后脚重重踩在几人的头上，瞬间便跳到另一侧去。她落地的那一刻，那几名大汉随之倒地，一时叫观望之人看得热血沸腾起来。如此优雅的动作，潇洒的姿态，真真是叫人惊讶至极。

连段祈枫也忍不住开口问道："如此轻功，慕公子究竟师从何人？"

苏叶和陶桃对视一笑，师从何人……自然是江湖第一美男，楚千觞。

胃中食物还没有完全消化完，那一群大汉已哭爹喊娘狂奔而去。顾了了只好失望地拍拍手，嘟囔道："真是扫兴。"这话被其他人听到了，都不由苦笑连连，敢情她将打架当成游戏了。

"桑公子可知，究竟是谁派那些人来？"段祈枫突然问道。

"你不知道？"桑既反问。

段祈枫答道："在下刚来柳州城不久。"

桑既面色有几分难堪，"多半是柳州城太守之子，王御。"

"王御"二字一出，桑依立马变了脸色，"哥哥怎知道是王御？"

桑既无奈道："我曾在玉娇楼与他有过接触。"他说此话时，在座男子面色皆不怎么好，尤其是苏叶，似记起在玉娇楼中那不堪回首的一幕。

"哥哥你……"桑依似在发怒，指着桑既的鼻子叫道。

"依依，抱歉，我知你不喜王御……"桑既低头道。

桑依跺脚道："这世上再没见过比那人更下流的。"桑既无言以对。

"不然我们去寻欢楼会会那个王公子？"见桑家兄妹如此有趣，段祈枫眯起眼，笑吟吟道。

顾了了是无所谓了，多打打架还能活动筋骨，有益身心健康。不过在场的其他几位男士都极力反对。也是，当着女子的面，怎会同意去倌馆呢？不如……

"哪，苏师兄，我们待会儿偷偷去吧。"顾了了用手肘捅了捅苏叶，说道。

苏叶眼神一沉，吐出两个字："不准。"

顾了了噘嘴，"假正经，你不觉得很可疑吗？"

"可疑什么？"

"这个段祈枫啊，看他的样子，绝对是非富即贵，那个太守之子又这般'盛情'邀请他，两个人说不定有奸情哦。"

苏叶："……"你确定那是邀请，不是绑架？

"我不同意你去。"苏叶坚定道。

顾了了切了一声，我不过去就山，还不会让山过来吗？

离开酒楼时，顾了了偷偷拽了一个小二，问出寻欢楼所在之处。原来离这边并不远，隔着两条街，柳州城最大的布庄旁边就是。顾了了心生一计，道："我们要去江南，是不是需准备一些衣物？"

"去江南？"段祈枫眼珠一转，笑道："原来桑公子真有此打算。"桑既冷哼一声，没有理会，点头道："好，我们就去布庄看看。"孟忆晚听说要去布庄，很是兴奋，因此也说要跟过去。至于段祈枫嘛……

"既然来了，不如一起同去。"他微微笑，眼睛朝顾了了这边瞟来。顾了了无意间与他对视一眼，不由打了个激灵，这个人好似将什么都看透了，嘴角挂着的笑意带着三分嘲讽。此人绝非简单！本着麻烦越少越好的精神，顾了了很自觉地跟在苏叶身后，离段祈枫远了一点点。

"易复，你说那个慕双，是不是故意躲着我？"段祈枫回头低语道。易复瞥了一眼顾了了，答道："主子，那慕家兄妹很不简单，看他们走路姿态，像是都会武功的。尤其是慕双和慕叶二人，我赌一百两银子，不是一般人。"

"哦？那你说说他们武功较你如何？"段祈枫问道。易复想了想，忖度着说道："不相上下，或许略高一筹。"

"连你也打不过？"听到易复这个回答，段祈枫更加感兴趣了，"不知那几人师出何门？"易复道："或许隐瞒了姓名，方才那慕双自报名字时不是停顿了一下吗？小的明明听到他说'顾'字。"

"顾？"段祈枫挑眉，道，"江湖中可有顾这一姓氏？""常州玉凤山庄。"易复一字一字道。"你是说，他可能是玉凤山庄之人？"段祈枫问道。易复点头，"不错，待小的再去打探打探。"

段祈枫颔首，"一定要弄清楚那几人的底细。""是。"

说话间，已来到布庄。众人走上台阶，顾了了一副心不在焉的模样，目光向四面乱飘。"慕双，你在看什么？"苏叶问道。

"哦……啊，没看什么、没看什么。"顾了了小心避开苏叶的监视，回头望了一眼，却见对面一座精致的楼阁，三层台子上正坐着一位蓝衣公子，倚窗斜卧，手中握着酒杯，好不惬意。

那蓝衣男子目光扫向这边，突然开口说了句什么，片刻之后便见对面出来一名少年，走到顾了了等人面前，双手作揖道："各位公子小姐，我家公子有请。"

桑既看了看小妹和其他人，面露犹豫道："这样不好吧，不如下一次……""桑公子，我家公子今日已将寻欢楼包下，请放心。"少年不依不饶道。

桑既只得回头与其他人商量，试探道："要不依依、孟小姐和陶桃留下，其余人去寻欢楼？"这个主意不错！顾了了正暗自欢喜，却听苏叶道："三名女子留在这边不安全，不如慕双也留下？"

桑依听了笑道："正好，慕公子武功高强。"顾了了瞬间便苦下脸来，不是吧，她想去倌馆见识见识古代绝美小受哪。

段祈枫看着顾了了闷闷不乐的表情，笑道："不如让易复留下来，我看慕公子一定很想去见识一下。"顾了了眼睛一亮，连连点头。又见众人都盯着自己，意识到这个样子太不含蓄、太不矜持了，于是露出整齐的八颗牙齿，笑道："我是怕那王公子又出什么花招。"

苏叶面色微寒。顾了了默默离得远了点。"不知这位易公子武功如何？"苏叶问道。易复微笑，"在下有几分自信。"

苏叶冷笑，"哦，是吗？"他看段祈枫不顺眼，脚步只往前迈出一小步，伸手动作快得让人简直看不清晰。易复也不甘示弱，手臂扬起，挡住苏叶的进攻。

十招之间，二人不分胜负。

顾了了看直了眼，惊叹道："好厉害！"竟然连苏师兄都能抵挡住，这可是他们琉璃宫鼎鼎大名的苏师兄啊。

"易复自小习武，天资颇高，远在他人之上。"段祈枫悠然笑道，"便是江湖高手，怕也一时难以胜过他。""和楚千觞相比呢？"桑既随口问道。段祈枫顿了顿，答道："不曾比过。"

顾了了又定神看了一会儿，才收回眼光。段祈枫说得不错，易复武功的确很厉害，和苏叶过招之间，招招犀利，好似苏叶只要一出手，他便知要如何应接下来。

不过光是这样还是赢不了苏叶的。苏叶故意隐瞒了武功套数，将许多家武艺打乱来运用，怕是防着易复看出他们的来历吧。

再有十招后，段祈枫出面打断道："好了，就到这里吧！"他转过头对苏叶笑道："不知慕公子满意不满意？"苏叶无奈地看了一眼顾了了，叹了口气，没有作声。

"那么易复，你在这里陪着几位小姐，我们去去便来。"段祈枫吩咐道。

倌馆，和青楼其实差不多，只是里面的妩媚女子都换作了妖娆少年。那些少年平日里接的客良莠不齐，如今却看到这一行人个个生得五官清隽，气度不凡，皆不由自主地脸红起来。却鲜有主动贴上来的，一个个安安静静地等待吩咐。

顾了了禁不住好奇地打量，东瞧瞧西看看，见一少年不过十一二岁的模样，眉目清秀，犹带着几分稚气，迎着她的目光，倒不害怕，反而脸红。

顾了了不由笑起来，挑逗道："你在害羞吗？"老鸨忙解释道："这是清秋。清秋，还不见过公子？"清秋福了个身，道："清秋见过各位公子。""这孩子刚来没几天。"老鸨贼笑兮兮。

众人立刻了然，怕还是雏儿吧。

"清秋，去服侍几位公子。"老鸨推了推清秋，说道。清秋上前几步，目光掠过众人，最后选择跟在顾了了身后。顾了了咦了一声，对苏叶暗笑，"没想到我还有这么大的魅力。"

苏叶凉凉看着她，一针见血，"你看起来比较好欺负。"顾了了："……"

她回头，眼泪汪汪看着清秋，"清秋，你为什么要跟着我？"清秋看着顾了了，微微一笑，"公子看上去年纪和我相仿。"顾了了："……"果然，仗着她年轻好欺负吗？

"其实，我最喜欢公子这个长相，"清秋补充一句，"口味应该不会很重吧？！"口味很重？顾了了默然。她像是那种有施虐倾向的人吗？她顶多也是众多被虐受害者之一啊。

三楼的雅间内，王御躺在一张床上，脚边有少年为他捶腿，另一侧有少年为他剥葡萄，他微微张嘴，葡萄便落入口中，叫顾了了看得瞠目结舌。其他人面不改色，似已见怪不怪了。

"坐吧。"王御指了指藤椅，说道。

顾了了向来不讲什么客气，既然对方说了，她便率先坐下，而后打量了几眼这位王御。嗯，五官端正……只能这么说，要说长相，不如苏叶；说气质，比不过段祈枫。

其实段祈枫长相也很好，只是他气场太强了，反而让五官显得不那么出众。

王御见顾了了看着自己，笑道："这位小公子生得好看得紧哪。桑既，你是从哪里找来的？"桑既笑道："你可小心，好看是好看，不过也扎手。"王御立刻明白过来，笑，"原来是他打伤了我的手下。"

顾了了吐吐舌头，这里可是他做东，不能得罪去了，便拱手道："小的一时手痒，还望大人见谅。"王御挥手笑道："无妨，能让公子高兴便好。"说话间，其他人也纷纷坐下，清秋则站在顾了了椅子后面。

"王公子几次三番寻在下来，不知何事？"段祈枫开门见山问道，"不会只为在这儿寻乐子吧？！"

王御淡笑，拍拍手，示意两位少年停下，又对顾了了身后的清秋挥手道："你们都下去吧，我们这里有事要谈。"那两名少年乖乖离开，清秋却没有走。

王御蹙眉。"清秋是服侍公子的。"他拽着顾了了的椅背，大胆道。顾了了哑然，服侍？身边苏叶散发出的阵阵寒气让顾了了缩了缩脖子，她道："清秋，你到外边守着，不要让人进来就好。""是。"清秋这才出去。

王御见此，笑道："这位公子可喜欢那个孩子？不如我买来送给公子？"说此话时，清秋还未出门，一听，脚步顿住，似想要知道答案。

顾了了一听要送给自己，先是暗喜，转念一想，又连连摆手道："不必不必，我不需要。"她答得毫无回旋余地，王御扬眉，笑道："是吗，那孩子要失望了。"

顾了了回头，见清秋黯然离去的背影，心中竟有几分不是滋味。她虽不是什么大善人，不过那孩子才十一岁，便落入这样的火坑，委实可惜。不如将他带走，再送去其他地方，也好过留在这里。思及此，顾了了觍着脸笑道："既然如此，那我恭敬不如从命了。"

众人：……

王御抚掌大笑，"好！"看起来十分满意。段祈枫喝了口茶，淡淡道："王公子，现在可以回到这正题了吧。"王御收起笑容，道："柳公子远来，在下不曾迎接，在此先以茶代酒自罚一杯。"说罢，将手中茶一饮而尽。

"柳公子"三字一出，众人皆是呆愣住的表情，唯有段祈枫似笑非笑，"王公子好眼力。"王御笑笑，不作回答。

"段公子究竟是何人？"君沉暮道出众人心声。"还是我来说吧。"见段祈枫一脸不悦，王御笑道："这位是当朝宰相柳相之子，柳祈枫。"

柳祈枫？顾了了暗自吃惊，面上却保持云淡风轻。柳祈枫无奈一笑，道："家母姓段。"众人释然。

"柳公子远道而来，在下自然不能不尽地主之谊，可惜公子几番拒绝，想见一面难得很哪。"王御笑道。桑既的面色有些沉重，而君家二兄弟则喜不自胜。苏叶的面色也有几分不好。

顾了了低语道："师兄，你是不是不喜欢那位柳公子？"苏叶勉强笑笑，"何来此言？"顾了了看了看他，道："你看那个柳祈枫的眼神很不好。"苏叶默然。片刻后，顾了了再看他，他已与平常无异。

看来这世上，不只是柳祈枫会隐瞒自己，连她的苏师兄，也不是简单的人。其实很久之前，她就隐约察觉出，何止是苏叶，整个琉璃宫都不简单。

"我来此，不过为寻一个人。"柳祈枫莞尔一笑，直言道。"哦？谁？"不仅是王御，其他人也跟着好奇起来。柳祈枫视线扫过众人脸面，淡然一笑，道："这事也没什么好隐瞒，说出来怕是你们都知道，就是皇上流落在民间的十三公主。"

十三公主，这个顾了了小时候曾听夫子讲过。据说是皇后生前最后一个孩子。皇后原本身体很好，却不知何故，在生小公主时突然难产而死，之后听闻这个十三公主也随之殁了。但也有传言说，十三公主还活在世上，当年被人偷运出宫。

当年她和美人都只是当做茶余饭后的谈资，唏嘘这公主命运委实不好，没想到真会有此事。

"为何突然要寻十三公主？"王御脸上带着一丝好奇之色。如果真想要寻找，当年早该动手，何至于到现在才暗中寻访？柳祈枫笑了笑，"能在皇上眼皮底下救走十三公主，想必定是得了皇上的授意。"

经他一提点，众人皆点头称是。"所以当年被带走的，可不止是十三公主。"柳祈枫言尽于此。柳祈枫率先告辞，留下众人心思各异。

说实话，顾了了对这位柳公子心情很是复杂。一方面，想到他爹是柳相柳阡梦，当年在武林大会时所作所为不由让她厌恶，但另一方面，柳祈枫毕竟不是他爹，有些事没有父债子偿的道理。再说此人究竟目的如何，还值得深思。

"桑公子可是想去江南？"王御问道。桑既神色复杂，半晌点头道："不错。"王御将杯中酒一饮而尽，浅笑，"看来你我注定道不同，不相为谋。"

"你的意思是……"

"柳祈枫毕竟是柳相之子，世人皆知楚王与柳相势力敌对。"王御自嘲一笑，"只怕此番你我别过，无缘再见了。"桑既心下黯然，一时心软，安慰道："也并非全然如此，依依她……"

王御伸手打断桑既的话，"桑公子，这杯酒算是给你送别。"

出了寻欢楼，见几个女孩在街边铺子上流连，挑选喜欢的饰物，一派天真可爱。桑既的神情不由染上几分沧桑。

"哥哥，你看这个好看吗？"桑依挑选一支簪子，在发间比画，眉目间笑意清浅。顾了了下意识回过头，却见寻欢楼上，王御靠着窗，痴痴看着桑依。

"很好看。"桑既笑答。

顾了了生平最看不惯有情人终隔天涯，忍不住想要做点什么帮助王御和桑依，至少在她看来，桑依并非不喜欢王御，只是那家伙花名在外，大凡普通女子都难以接受。可他也是有苦衷的不是？毕竟桑家和王家道不同，难以为谋。

就在顾了了开动脑筋时，她差点忘了自己还有一只小尾巴没有处理。面前十一岁的少年低着头，像是做错了事的孩子，一声不吭。顾了了软言相劝，"我放你自由，可好？"

清秋两眼含泪，"公子可是嫌弃小的不干净？"顾了了扶额，她完全没有这个意思啊，有木有！

她只是一时好心，想拯救一下这个未成年少年，十一岁的年龄，正是天真烂漫好玩好动的时候，无论是上辈子还是这辈子，顾了了对于自己的童年生活还是比较满意的。

"我不是这个意思，我是说——"

"小的愿一辈子紧随公子。"清秋坚定说道，压根不理解顾了了的用心良苦。

一辈子？顾了了两眼发直，你愿意我还不愿呢。她就算现在的装束是男子的，但也只是暂时，总有一日她要恢复女子的身份，不可能一直带着这个少年。

苏叶凉凉道："你不是亲口同意的吗，怎么又反悔？"顾了了抱头道："我只想他还是个孩子，不该待在那里。"没想到却是搬起石头砸自己的脚。

清秋原是眼中有些微光，听到顾了了后面的口气，知道她后悔了，连那些微光都散去了，变得麻木起来，"公子若嫌弃小的，小的回寻欢楼便是。"说完，清秋转身，往回走去。

"你给我站住！"顾了了叫道。清秋没有停下。顾了了脚尖一踢，空中划过一块石子，准确地击在清秋腿上，他立即不能动弹。

"谁要你回去的？"顾了了怒气冲冲地走到他面前，大骂道，"好不容易从那里出来了，你犯什么贱！"

晶莹的泪珠自清秋眼角滑落，顾了了顿时愣在原处。"连公子也不要清秋，这世上还有清秋容身之所吗？"他如是说道。良久，顾了了长长叹息一声。

也是，毕竟他是从倌馆中出来，身无所长，放他自由的结果也许真的最后还是得回去。况且顾了了不是看不到其他人的眼神，他们看清秋时，都带鄙夷，不加掩饰。然而这并不是他的错啊。

"十八岁，"顾了了说道，"十八岁之前，你可以跟着我，但过了十八岁，你便成年，有责任养活自己。"她缓缓说道，眼中写满了肃然与怜悯。

清秋抹抹脸上的泪水，胡乱点头。

苏叶对此却不赞成，"你要一直带着他？"顾了了无奈笑笑，"横竖不过几年而已，他还只是个孩子。"苏叶不以为然地看着清秋，"也未必……"说这三个字时，清秋身子微微一僵。

"若让我发现什么，你可知道后果……"苏叶继而又道，眼睛直盯着清秋。清秋红着眼眶，乖乖点头。

顾了了知苏叶是怕清秋来路不明，毕竟是王御所赠。她伸出手，抓住清秋瘦弱的手腕，指尖搭在他的脉上，片刻后缓缓松手，道："他不会武功。"苏叶方点点头，不再多说什么。

顾了了认真地看着清秋，一字一顿道："我不管你过去是什么样子，听命于谁，只要现在跟着我，我便罩着你，不让任何人伤害你。但是，一旦你背叛了我，或者欺骗了我……"说到"背叛"二字，她顿了顿，道："我不会杀你，但我今生今世都不会原谅你。"

她的话本是说给清秋听的，却让苏叶呼吸一滞。今生今世都不会原谅吗？

清秋缓缓点头，道："是。"

"好了。"顾了了说完后，觉得心事一落，笑道，"不用那么沉重，我又不是什么重要之人，哪会有什么背叛。"说着还向苏叶眨眨眼，调皮笑笑。

苏叶莞尔，"欺骗也不会原谅？"顾了了一本正经，"那是。""善意的谎言也不行？"顾了了："……偶尔说说我不会介意的。"

清秋被二人一来一去的对话激得破涕而笑。

顾了了眼中划过惊艳，道："清秋，你还是笑起来好看。"

细腻精致的容颜，犹若豆蔻少女，有着桃花一般的美丽娇艳。

解决了清秋的问题，顾了了开始动歪脑筋。

她一手撑着下巴仰望天空，眼珠滴溜溜地转时，苏叶条件反射地意识到又要发生什么事了。

"顾了了，你就不能消停一下吗？"苏叶很想叹气，他觉得有顾了了在身边，无端老了几岁。

顾了了挑眉，"你不懂，我在思考人生大事。"

苏叶："……什么大事，说来听听。"

清秋很乖巧地搬了个凳子给苏叶，又去端茶倒水，寻些点心小吃什么的。有东西填充肚子，顾了了非常满意地摸了摸清秋的脑袋，夸了句"好乖"。苏叶："……"合着你是在养宠物啊。

"你不觉得，王御和桑依很般配吗？"半天，顾了了终于道出自己的心思。苏叶想都未想地答道："不觉得。"出入青楼倌馆的人在他看来都不是什么好货色。

顾了了翻了个白眼。

"其实……"清秋在一边犹豫了一下，小声道了一句。"有什么话想说就说。"顾了了不理会苏叶。

"王公子并非常人以为的那般花心。"清秋轻声道，表情有些紧张，不自然地扭着双手，"小的虽然接触时间不长，但是王公子每次只是来喝酒听曲而已。"

"就只是这些？"苏叶不信。清秋很肯定地点点头。

"这不就得了。"顾了了摊手，一副事情了解的模样，"我想王御提亲被拒，多少是因为花名在外。既然他并非如此不堪，那就是和桑依还有可能。"

苏叶被顾了了绕来绕去，有些不耐烦，"那你说要如何做？""这个嘛……"顾了了摸了摸下巴，"暂时还没想到。"

苏叶是明显不想掺和其中的模样。桑既也不会是好的合作对象，顾了了想来想去，只剩下陶师姐可以帮忙。

"你是说要我帮你打探桑小姐的意中人？"陶桃知道顾了了的打算后，诧异道。

顾了了点头，"师姐，你不想早点去江南吗？"

桑依若能成功出嫁，陶桃不是卖身丫鬟，自然不用跟过去，桑既正好借此讨过来，一举多得。陶桃听说如此，立马答应下来。

不出半日，她便完成了使命，回来复命。"怎么这么快？"顾了了惊讶不已，她还以为女孩子的那些小心思要费不少工夫才能掏出。

陶桃喝了口水，眼角含着浓浓的笑意，看着顾了了神情莫测。顾了了被她盯着看久了，有点发毛。

"师姐，你怎么了？"她拿起杯子，假装喝水。

"恭喜你啦，顾师弟。"

噗！一口茶含在嘴里，险些喷出来。

陶桃挤眉弄眼，"小姐的意中人是你哦。"

咳咳咳，可怜那口茶咽不下去，喷出来又觉得丢脸，顾了了拍着胸脯半天缓不过气来。"这怎么可能？"好不容易她恢复正常，清秋站在身后帮她顺气。

陶桃笑吟吟道："桑小姐对你芳心暗许，我鼓励她爱一个人就要大声说出来，你等着被表白吧。"

顾了了："……"这句话听着怎么那么耳熟呢？

"这不是你一直挂在嘴边的吗？"

顾了了还没来得及回答，桑既便匆匆走来。"慕双，跟我来一下。"他的神情明显不大好。顾了了夹紧尾巴，余光瞥了一眼陶桃，此女正一副我什么都不知道我什么都没做的表情。她乖乖跟着桑既走到桑家正厅，里面站了不少人，连平日里难以见到的桑老爷、老夫人都出来了。

顾了了暗暗叫苦，那位桑小姐不会是真听了陶桃的怂恿，把事情闹大了吧？！事实上，还真如顾了了所猜测，正是待嫁之年的桑小姐在桑老夫人的再三逼问下，说出了"慕双"这个名字。

桑家虽不是什么名门望族，但好歹也是诗书礼仪之家，大小姐喜欢上护卫，这在话本里常见，可博人一笑，但真正发生时，没有人能笑得出来。

一上来，顾了了便被命令跪下。开什么玩笑！自拜师楚千觞之后，顾了了多少年没给人下跪，现在要她向桑家跪下，顾了了仰起头，直视桑家座上几位。

桑夫人原对顾了了是有几分喜欢的，干活勤快手脚麻利嘴又甜，故而这时候也拉不下脸来，只别过头，不吭声。"放肆！"作为一家之主的桑老爷，对顾了了诸多不满，见她不肯跪下，越发生气，"来人啊，把他给我拖下去。"

"且慢！"顾了了见左右有人上来，正准备舒展舒展筋骨，桑既却出言阻止。

"慕双并非我桑府中人，不过是签了短工，若是出人命可不是闹着玩的。"桑既意有所指，明白的人却知道这"人命"二字绝非是在说顾了了。算你小子懂事。顾了了忍不住看了他一眼。

桑老爷胡子一翘一翘，似忍了又忍，到最后说："把他给我赶走！小姐决不能嫁给这样的人！"顾了了见有人来拖自己，一个轻巧的转身，避开那些人，却在不知不觉中落到了桑老爷面前。

桑家众人这时才知顾了了身手了得，一干下人根本不是对手。"你、你要做什么？"桑老爷眼中闪过惊惧之色，"桑既，还不把他给我赶走？"

顾了了冷笑，"我还不至于对老弱病残动手。"见她没有再上前，桑老爷缓了一口气，"只要你不娶我家女儿，什么都好说。"

顾了了怒了，倘若她是男子，还非娶桑大小姐不可！你丫真以为桑小姐是朵花啊，人人都是蜜蜂想去采。

"爹，别再说了。"一直沉默的桑依突然开口，眼眶微红，说话带着哭腔，"依依谁也不嫁了，你们放过慕公子吧。"

"放肆！"桑老爷大骂起来，"我没有你这样不懂规矩的女儿！"哐当一声，剑锋竖在桑老爷脖子上。

"你要做什么？"

"慕双！"

"慕公子，不要！"

顾了了挑眉，以前读《红楼梦》《儒林外史》之类的古籍，以为那种食古不化迂腐不堪的男人只会在书上出现，直到亲眼所见，顾了了觉得就算桑依能憋下这口气，她也不能就此了事。

"慕双，别动老爷，你要什么我们都答应你。"桑夫人吓得连连哀求。"你不就想让桑小姐嫁个好人家吗？"对着桑老爷，顾了了嘴角翘起，笑容越发灿烂，"那我来帮你做主好了，抛绣球如何？"

桑老爷感到脖子一凉，吓得涕泪横飞，直喊"大侠饶命"、"大侠您说怎样就怎样"之类的话。顾了了听罢，满意地收起剑，说道："桑老爷，这可是您亲口答应的，让桑小姐抛绣球。"

桑老爷心有余悸，连连点头保证让桑依抛绣球选亲。

出了正厅，桑既追着顾了了问道："慕双，你这是何意？"

"没什么，只是看不惯你爹。"顾了了答道。

"可你也不能让依依抛绣球选亲，婚姻大事毕竟不是儿戏。"桑既反对。

顾了了白了他一眼，"放心，我既然提出，自然不会让桑小姐随便嫁给张三李四。"

"难不成你要去接绣球？"

顾了了："……"

"我若要娶桑小姐还需这么麻烦？"刚才直接拿着剑威逼桑老爷不就好了。

桑既点头，"也是，那你希望依依嫁给谁？"顾了了诡异一笑，"秘密。"

当夜，一道黑影从桑府屋顶划过。

"顾了了！"

那黑衣人脚下一个趔趄，回头，见苏叶双手抱肩，站在屋顶上等着自己。

"你怎知道我要行动？"顾了了拉下面罩，露出大半边脸来。苏叶轻笑，和她相处这么多年，她眼珠子一转，自己便知道不会这么风平浪静。

"你是想帮王御？"

顾了了默然望天，"你不是不感兴趣不想插手吗？"

苏叶摇头笑笑，"我不插手，你知道王御家在何处？"

唔，顾了了摸了摸下巴，她隐约知道个大致方向，具体还不清楚。

"走吧！"有苏叶带路，二人一路直奔王御卧房。

灯还亮着，他显然还未入睡。"这么晚都不睡觉。"顾了了趴在墙头，嘟囔道。"你以为谁都和你一样，除了吃就是睡，没有别的志向。"苏叶抢白。顾了了撇嘴，睡觉睡到自然醒，这种现代人可望而不可即的奢求，他一个古人是不会明白的。

"现在进去？"顾了了问道。"等下。"苏叶按住她的手，突然把她往后一拉，两人隐没在阴暗之中。"有人。"苏叶在顾了了耳边轻声道。

许是两人靠得太近，他的唇有意无意擦过顾了了的耳郭。顾了了不由自主颤了颤，想要离苏叶远些，然而她的手却被他紧紧握住，始终没有放开。

顾了了挣了挣，没有挣脱。她抿了抿嘴，想说话，却怕被人听去。

"主子，王公子果然在等您。"说话的声音好生熟悉，顾了了仔细辨认，发现来人正是柳祈枫和易复。

"他们两人怎么来了？"顾了了皱眉。苏叶捂住她的嘴，不让她说话。那个易复武艺高强，不容小觑。

"易复，你在外边等着。"柳祈枫吩咐道。

"是。"

见柳祈枫推门而入，顾了了与苏叶大眼瞪小眼，怎么办？还要不要去找王御？还是就此打道回府？顾了了用眼神询问苏叶。

现在要离开是不太现实，以易复的武功，他们俩稍有行动便会被发觉，但要一直躲在墙角，吹着冷风什么的，苏叶是绝不愿意。

"我去把易复引开，你回桑府去。"苏叶耳语道。"不帮王御了？"顾了了显然对这个回答不满意。

"有外人在，你要怎么帮？"

好吧，这倒是真的，顾了了冥思苦想，一时间找不出更好的办法，只得点头妥协。苏叶见顾了了不再反对，便放心跳出墙角。

果然，这边一有动静，易复立马扭头，"谁在那儿？"

苏叶飞身往外跑。易复追了上去。

二人走远，顾了了才跳出墙角。她转身要走，却又忍不住回头，恋恋不舍地望了一眼王御的卧房。三更半夜秉烛闲谈，他们二人该不会是分桃断袖吧？！

顾了了想起桑依那张可怜的小脸，顿时燃起不把她拉出水深火热誓不罢休的斗志。她双手握拳，小宇宙燃烧起来，为了桑小姐下半辈子的幸福，她豁出去了。

顾了了把苏叶的叮嘱完全抛到脑后，跃上房梁，躲在窗外偷听。房内传出的都是柳祈枫的声音，不大不小，带着一丝威严。

"王公子，莫非你变卦了？难不成你还惦记着那位桑小姐？"王御没有回答，柳祈枫便继续说道："我听说三日后桑小姐要当众抛绣球选婿，王公子可是要去试一试？"依旧是一片沉寂。

顾了了都为王御捏一把冷汗，只听柳祈枫轻笑一声，"看来王公子还是不肯死心啊。也罢，窈窕淑女，君子好逑。柳某就不再上门叨念了。"

"且慢。"王御终于开口，"柳公子，王某只想问一句话。"

"何事？"

"柳公子此次前来，真的只是为了找寻十三公主吗？"

顾了了离开时，脚步沉沉。她甚至忘了收敛气息，免得惊扰他人。好在武艺高强的易复被苏叶引走，其余之人都功夫平平，没有察觉出异样。她满腹心思全是柳祈枫的那句回答——十三公主？或许是十三皇子也未可知。

下意识地，顾了了觉得自己知道了一些不得了的事情。她虽生性调皮，却不喜惹麻烦，像这种皇室隐秘，能躲多远则躲多远。以至于还未等柳祈枫离去，她便悄然离开。

她回到桑府时，苏叶还未归，直至第二日清晨，才见到苏叶疲惫的身影。"那个易复，还真是难缠。"苏叶说道。

顾了了含糊地点头，继续神游天外。清秋在一边安静地学习蹲马步。

"顾了了，你怎么了？"苏叶觉察出不对劲，问道。

顾了了四十五度角仰望天空，满脸忧郁状，"师兄，要是桑小姐实在嫁不出去，你就委屈一下娶了她吧。"

"别开玩笑了，你不是说王御和桑依是一对吗？"

"可王御也许并非良人。"顾了了托着下巴，愁容满面地答道。

苏叶不解，"为什么？"

"王家与桑家敌对，我怕上演一出罗密欧与朱丽叶。"

"……罗什么叶？"苏叶满头问号。

难得见苏叶有不耻下问的时候，顾了了来了兴致，将莎翁的戏剧改头换面，生生换了一个背景，讲了一段旷世奇恋。

"呜呜呜，那个罗公子好生可怜……"

"嘤嘤嘤嘤，朱小姐也是不幸的人儿呢。"

"呜哇哇哇，不要啊，我不要罗公子和朱小姐死，给他们一个团圆的结局吧。"

"就是就是，这样的结局太悲惨了。"

……

苏叶额头一抽一抽，明明是顾了了对他和清秋二人讲故事，何时听众围满了整个院子？而且院子里挤满了人，清秋又是怎么保持蹲马步这种高难度的动作？

"在天愿作比翼鸟，在地愿为连理枝。"顾了了最后为故事画上一个句号，"希望天下所有的有情人都能终成眷属。你们一定也是这么认为的吧？！"

听故事的众人纷纷点头。

"那你们希不希望桑小姐也能和她的有情人终成眷属？"顾了了循循善诱。

"慕双你是在说自己吗？"有人提出质疑。

"问得好！"顾了了拍案而起，说道，"小的只是一名普通的护卫，还是有自知之明，知道配不上桑小姐。"

"那谁能配得上桑小姐？"又有人提出问题。

"你们可知王御王公子？"顾了了话锋一转。说到王御，众人连连摇头，说那人品行不端，配不上冰清玉洁的小姐。

"如果说王公子是情场失意而去买醉呢？"顾了了一把抓过清秋，朗声道，"我这位弟弟曾跟随王公子一段时间，能做个人证。"

清秋眨巴眨巴眼睛，在众多质疑的目光中，缓缓点头，说道："公子他真的只是去喝酒听曲而已。"

或许一人之言不足以相信，但是顾了了与清秋皆生得眉清目秀，相貌端正，气质又好，说话有条不紊，让人不由得产生三分信服，再加上顾了了反复宣扬"浪子回头金不换"的理念，终于有人说王公子或许真的很适合小姐。

又有人说曾经看到王公子送小姐礼物等，还有人说多少年前，王公子与小姐青梅竹马两小无猜，二人情感极好之类的，总之舆论的方向被顾了了硬是转了个头。

苏叶看着顾了了与清秋二人相视一笑，击掌庆贺，不由瞠目，"你还真是……无所不用其极。"

顾了了一脸得瑟，"谎言说一百遍都能变成事实，王公子即使不愿娶桑小姐，我也能让他心甘情愿下聘。"

不待三日，王御苦恋桑依多年的传言便已经被传得漫天乱飞，甚至书局还有话本《王密欧与桑丽叶》一书出售，销量居然不错，贩售当日一抢而空。连茶馆里的说书人也开始传唱这段虐恋情深的爱情。以至于到抛绣球那日，桑府门口挤得水泄不通——都是想来亲眼见证王密欧与桑丽叶修成正果的。

"万一王御接不住绣球怎么办？他不会武功。"苏叶见顾了了志在必得，心中依然满是疑惑。

顾了了打了个响指，立马有几名护卫抬了几个大筐子出来。

"这是什么？"苏叶不解。

"梅子。"顾了了心情颇好地解释道，"不怕绣球扔不到王御身上，他要是实在表现太怂，大不了我们就把梅子倾筐往他身上倒，不怕砸不中他。"

苏叶："……"其实你是想砸死他吧还是想砸死他吧还是想砸死他吧！

《诗经·召南·摽有梅》有云：摽有梅，顷筐塈之！求我庶士，迨其谓之！当年顾了了初读的时候，就被古人的豪放所震惊，顷筐塈之！原来古代女子也会思嫁至如此地步。

于是乎，顾了了让人把市面上的梅子都买回来了，打定主意一定要砸到那个王御。等到王御真的来时，桑府内外轰动了。

"看，那就是王密欧。"

"老天保佑，绣球一定要砸到王公子。"

"我又相信爱情了。"

······

万众瞩目的桑小姐此刻正坐在绣楼上，双手捧着绣球，身子微微发抖。方才顾了了拍胸脯保证，无论自己的绣球砸向什么方向，她都能让自己嫁个好人家。

好人家······可这是她希望的吗？外面口口相传的《王密欧与桑丽叶》她也听说过，不是没有喜欢，但更多的是担忧。王御那人，是否会是她的良人？

尽管他们两小无猜，一起长大，但是王御近些年的作为，每每让她心寒，最后干脆死了心，不再奢求能与王御白头到老。突然峰回路转，委实让她一下难以接受。

"慕双，要不然，你替我抛吧。"桑依突然说道。顾了了愣了愣。桑依眼中含着一丝悲伤，"其实嫁给谁，都无所谓。"无论是好是坏，都不过是生活而已。过得好也罢，过得差也罢，其实全看缘法。

顾了了伸手握住桑依的肩，与她双目对视，说："桑小姐，你不相信我吗？我慕双看起来是会做坏人姻缘事情的人吗？"

"可是······"桑依迟疑。

顾了了微微一笑，一把拉过苏叶，"放心，王御实在不行，还有我哥在，大不了你将就一下，嫁给慕叶好了。"

桑依："······"

苏叶："······"

喂喂，你怎么突然从抛绣球变成拉郎配了？苏叶瞪了顾了了一眼，"不要乱说。"

抛绣球开始了，在管家的宣布之下，众人轰的一下四处散开，都等着看好戏。底下也来了不少想要接绣球的年轻男子。桑家毕竟是大户人家，娶了桑依无异于娶进一大笔钱财。抱着各种目的的都有，桑依咬着唇，站在绣楼上迟疑不定。

王御也在下面，他心情复杂地望着楼上的少女，尽管隔着很远，但他依然能感觉到桑依心中的忐忑。

"怎样，想不想接美人的绣球？"

身后突然有人拍了拍他的肩膀，王御回眸，正见顾了了一脸笑意盎然。他皱了皱眉，"你要帮我？"此人武功如何，他大概也估摸到了。

顾了了也不隐瞒，点头道："全看你怎么决定。如果你真的喜欢她，就不要退缩，否则美人落入他家，后面有你哭的时候。"话音刺耳，王御不悦道："我与她的事，与你何干？"

顾了了双手抱肩，"无关系那我就走咯。"她作势真的转身走了两步，便立马被王御叫住。顾了了偷笑，一本正经地问道："王公子，还有何事？"王御神情尴尬，踌躇了片刻，道："你要怎么帮我？"

顾了了挤眉，"你挤到最前面就可以了，无论发生什么事情都不要动。"说完，她挤入人群，一下子便看不到身影。

王御听得一头雾水，不知她打什么主意，但真的一步步走到最前端，仰起头，专注地望着绣楼上的少女。桑依恰巧也低下头来，一时间四目相对，竟就这么呆呆站着，毫无动作。

许多人等得不耐烦了，都开始催促。桑依终于闭上眼，双手一松，绣球直直坠落。

顾了了捂着下巴深思，如果按照这个趋势来说，绣球必然砸中王御不可。不过前景虽然光明，道路却依然曲折。因为，这世上总会有那么一些捣乱分子，不让你称心如意。

顾了了早就预料到会有人来争抢绣球，将王御推攘至一边。虽然王御也很努力地保卫着自己的地势，但毕竟一人难敌二手，他又没有功夫傍身，若不去帮忙只有被欺负的分。她使了个眼色，苏叶挺身而出，空中截住绣球，脚尖轻点，踢向王御的所在之处。王御张开双臂，以最大限度最优美的姿势迎接绣球。

就要接住了！顾了了兴奋地挥拳，吼道："王御，加油，azaazafighting！GoGo！"

就在绣球离王御还有不到0.001千米的时候，球出乎意料地改变了方向，砸在另一个人身上。那人，正是柳祈枫。顾了了瞬间暴走。

全场寂静，似乎众人都还没反应过来刚才发生了什么事，连王御也是呆愣在原地，双臂依然张开着，很傻很天真地等待绣球击中。

柳祈枫手中把玩着那精致的绣球，嘴角微微扬起，"桑小姐的绣球好生精致，既然被在下接住了，是否……"只听一声响指，哗啦一下，无数梅子从天而降。经梅雨一番洗礼后，柳祈枫一身白衣被染成斑斑点点的花衣，对比起王御一身藏青色长衣，顿显狼狈。

这就是穿深色衣服的好处啊，经脏！顾了了内心赞叹，她正躲在十米开外，逃过一劫。

"这是何意？"柳祈枫面上隐约带着怒意。

"绣球啊。"顾了了见梅雨过去了，又跑出来，笑嘻嘻说道，"看见桑小姐手中的竹筐没？这也是她亲手抛下的绣球，砸中者可进入第二环节。"

柳祈枫："……"

"那我手上的算什么？"他不满地问道。

"彩头！公子别生气嘛，婚姻乃人生大事，桑小姐想要精挑细选一下也不过分，是不是？"

第二环节，这个突然出现的意外让原本只是来看抛绣球的人们越发兴奋，在嗡嗡的议论声中，清秋端出了三个盒子。一个是用纯金打造，一个是用银子锻造，还有一个普通的木盒子。

顾了了示意清秋将盒子摆在众人面前，说道："这三个盒子里，只有一个放着桑小姐的画像，选中者即为桑小姐的夫婿。"在盒子前面，各有一张纸片，写着一行字。

纯金盒子前写着：谁选择了我将会得到大多数人梦想得到的东西。银色盒子前写着：谁选择了我将会得到他应得的东西。木盒子前写着：谁选择了我将会牺牲他的一切。

顾了了微微一笑，说道："二位公子，可以开始选了。"

选择哪个好呢？有人说金色的，也有人说银色的，却极少人会去看那个普通至极的木盒子。

柳祈枫有些踌躇，以顾了了这种狡诈的性格，金盒子恐怕多半是不可能的。木盒子和银盒子，哪个的概率比较大呢？

就在他斟酌时，王御已经做好了选择。他毫不犹豫地拿起木头盒子，说道："我选这个。"

顾了了颔首，目光转向柳祈枫，"你呢？柳公子，你是不是也想选木盒子？"

柳祈枫见王御如此笃定，心中一惊，正想说自己也选木盒子，但见顾了了面含讽刺之意，话又刺耳得很，难免一时意气，乱了阵脚，"本公子觉得那银盒子甚好，易复，去帮我拿来。"

易复端起盒子，颠了颠，耷拉着脸说道："公子，不是这个。"

王御打开木头盒子，里面正躺着桑小姐精致的小像。

顾了了拍掌笑道："恭喜王公子，抱得美人归！"

后来也有人问顾了了，万一王御选错了该如何是好？

顾了了笑了笑，选错？那就证明王御不是真心喜欢桑依。倘若真的爱一个人，怎不愿为她牺牲一切？就如柳祈枫，他根本对桑依无心，才会犹豫半天，做不出抉择。

人若思前想后，便不是真正诚心，反观王御，他迅速做出决定，没有丝毫犹豫退缩。这样的人，怎不是桑小姐的良人？

桑府和王府举办盛大的婚礼时，顾了了、苏叶、陶桃和清秋四人正躲在后院数工钱，计算着何时下江南。

"签的契也差不多到了，可以走了吧。"陶桃兴奋地说道。

苏叶皱了皱眉，有些迟疑，"是否和桑公子一同走？"

"我没意见，了了，你呢？"

几人目光转向顾了了，正在神游的顾了了猛然回过神来，见大家都看着自己，支支吾吾两声，最后说道："我打算跟着柳祈枫。"

苏叶和陶桃不由吃惊，她怎的会和柳祈枫扯上关系？

其实在那日绣球选婿之后，柳祈枫特意带着易复找上门来。原因无他，只是王桑两家联姻，在柳祈枫看来，他损失了一员干将，要顾了了折补，否则他不会轻易放王御与桑依成婚。

顾了了思及柳祈枫与柳阡梦的关系，觉得此事充满未知与挑战，好奇心作祟之下，竟鬼使神差地答应了。"我跟你一起。"苏叶说道。陶桃也点头。

顾了了忙摆手，道："不行不行，你们还是跟着桑既比较好。清秋，你也跟着桑既去江南！"三人一致反对。

顾了了苦口婆心，"我看那柳祈枫不是什么好人，打算去盯梢，你们一起跟过去，岂不要拖我后腿？"

"那就陶桃和清秋跟着桑既去江南，我和你一块儿盯着柳祈枫。"苏叶说道。

顾了了摇头，"清秋和桑既不会武功，万一有什么事，只有陶师姐怎么应付得过来？"这都是面上的说辞，私心里，顾了了不想将其他人卷入其中。当年小芳姑娘魂飞魄散之前的凄厉哀求，无人不为之动容，自己这么做也不过是想要尝试完成她最后的心愿而已。

见苏叶面色松动，顾了了继续晓之以理，"我武功虽不算顶好，但也有毒术可以自保，你们无须担心，跟着桑既去施展抱负便好。"好说歹说，终于将苏叶、陶桃二人拿下，清秋却始终不肯松口，一直跪在地上，说公子若不答应带着他，他便如此长跪不起。

顾了了无奈，见清秋面容凄凉，眼中满是哀求之色，她实在狠不下心来拒绝。所以与桑既等人拜别时，她只得带着一条小尾巴，寻上柳祈枫，却没料到君沉暮与君沉风二兄弟也随侍在侧，只是不见总喜欢跟着他们二人的孟小姐孟忆晚。

"慕双，你怎的也来了？慕叶兄呢？"君沉风一如既往地沉不住气，笑呵呵问道。

顾了了挑眉，"你们不也来了吗？"

"良禽择木而栖。"君沉暮答道。

顾了了蹙眉，鼻观眼眼观鼻，不做任何评价。她本就不喜柳阡梦，连带柳祈枫也没有任何好感，更见他以此威逼利诱自己，可见不是什么好人。

柳祈枫浑然不觉，搜罗到人才，心情颇好，"我听说桑公子这几日起程去江南，不如我们也一道跟过去。"

顾了了把自己归为护卫打手一类，对柳祈枫的话不置一词。君沉风玩心重，听说要去江南连连叫好。唯独君沉暮不赞同，"公子不是要在此寻十三公主吗？怎么又去江南？"

柳祈枫挑眉一笑，"我已经找到线索了。"

"什么线索？"

"当日十三公主殒殁，已有人印证，此事与楚王脱不了干系。"

第二十五章 如若初见

柳祈枫定下江南之行后，不出几日，易复便租到了一艘船，直达江南。

顾了了站在船上，抬头仰望天空，感叹快要入秋。顺着运河往南，一路各地风光迥异，顾了了从最初的好奇兴奋，到后面变得毫无兴趣。原来这世上再好看的东西，看久了，也会觉得疲惫。

在船上一待便是两个月，真正抵达江南时，已是十一月份。不同于千里冰封万里雪飘的北国风光，江南的冬天，没有皑皑白雪，没有厚厚冰封。江南的冬天，是一望无际的灰色，就像古镇砖瓦那样的色泽，像树叶飘落后枝干那样的沉寂。

顾了了心头不禁涌上不好的记忆。前世的喜怒哀乐，纷至沓来，她站在岸边，神色变幻不定，身上却只穿着薄薄的大衣。

"公子，多穿一些吧。"清秋拿着毛大衣，欲为她披上。

顾了了手一挡，看着比她穿得还少的少年，轻笑道："你自己穿上吧。我有武功，不会觉得冷。"其实不然，顾了了身中寒毒，本是最怕冷的，只是如今触景伤情，心中的寒意远胜过体内的寒气。

清秋似感到她手脚冰凉，硬是将大衣披在她的身上，道："公子，我们要走了。"

顾了了点点头，嗯了一声。转头，她跟上柳祈枫等人的步伐，却在那一瞬间，遗落了一道绯红的背影。

清秋看见了，不由多望了几眼，那红衣人儿站得不远不近，看上去和他家公子年纪差不多，长相却比任何人都要妖娆惊艳几分。一身红衣装扮，说是女子吧，却没有女子那般妩媚动人，却也不若男子那般刚毅，仿佛是超越性别的美丽，在这天寒地冻的江南里，薄凉而残忍。

清秋不由打了个冷战。那个人，他很不喜欢，非常不喜欢。可那人的眼神，似一直追随着他家公子，分不出喜怒，只是紧紧地追随。

"清秋！"

清秋听到有人叫他的名字，慌忙提起步子跟过去，他只愿永远不要和那个人有交集。他走得有些急了，孱弱的身子不住颤抖，低咳了几声，被易复听到。

易复不冷不热问道："你还好吗？"

清秋受宠若惊。这里的人，除了他家公子会和颜悦色地对待自己，其他多数人都不愿和自己有太多接触。他点头，道："无事。"

易复转过头不与他说话。

柳祈枫落脚之处，正是江南赫赫有名的孟家。

看到孟忆晚娉婷的身姿，君沉风对顾了了咬耳朵道："忆晚马上就要及笄，被姑父姑母急召回来。"

女子一过及笄之年，便是成人，不可再像儿时那般随意。哪怕孟家是武林世家，在许多事情上不拘小节，但儿女之事，终归比不得其他。

是以孟忆晚完全一副大家闺秀的模样出现，顾了了一时还难以接受。

在她心目中，这个小姑娘还是当年那个霸道蛮横的小丫头，嚣张却也活泼天真，充满了生机，而不是此刻死气沉沉、全身被束缚着条条框框的世家小姐。

或许这么感觉的不只是她，连君沉风也默不作声，表情带着几分回忆。"看样子姑母想把忆晚尽早嫁出去。"君沉风端起水杯，感叹一声。昔日里那个刁蛮的丫头转瞬间就要嫁作人妇、为人母，真是时间如水哗啦啦。

"不知道是嫁给谁。"顾了了有几分羡慕又有几分释怀，如果当年她也做女子抚养，是不是此时也必须和孟忆晚一样，规规矩矩呢？

能执手一人，白首不离固然是每个少女都会有的梦想，然而现实太残酷，爱情太缥缈，真实往往是不尽人意，倒不比现在的自己，如徜徉于水中的一尾鱼，来去自由，毫无束缚。

"十有八九是大哥吧。"君沉风猜测道，"大哥几年前就向君家长辈提出要娶忆晚之事，只是忆晚身子一直不好，被君家拖下不提。这次大哥有柳公子做媒，或许能成。"

顾了了了然，又隐约觉得不太对劲。君沉暮看向孟忆晚的眼神的确满是情意，但孟忆晚未必如此。

作为一名资深媒人，顾了了自恃自己造福过不少男男女女，对于情爱一事也算通透。俗话说强扭的瓜不甜，当年的苏叶与陶桃便是一个极好的例子。若是孟忆对君沉暮无心，她也绝不会擅自出手相助。

果然，等到寒暄之后，柳祈枫问及孟忆晚是否许了人家时，孟老爷笑着答道："尚未。"

"孟小姐可否有意中人？"柳祈枫又问道。

孟忆晚含羞低头，大家正等着她羞答答地说"无"时，孟大小姐出其不意道："小女子确实有喜欢的人。"

孟老爷的脸瞬间拉长。君沉暮的面色也不大好看。

柳祈枫却一脸兴味，"哦，不知是哪位公子如此幸运？"

"玉凤山庄，顾了了。"

君沉暮愣住，君沉风一脸痴傻，而顾了了，彻底风中凌乱了……

"爹、娘，忆晚非顾公子不嫁。"孟忆晚似乎觉得还不够，干脆跪下来，表明心志。

"顾了了，可是江湖第一美男楚千觞的关门弟子？"柳祈枫却也不吃惊，从容问道。

"正是。"易复答道。

"好！"柳祈枫鼓掌笑道，"孟小姐眼光不俗，自古英雄出少年，也只有顾家公子配得上孟小姐。"

"你也这么觉得吗？"孟忆晚欣喜万分。咳，顾了了苦着脸看着那位大小姐，矜持啊，美女！

柳祈枫似乎完全忘了自己来此的目的，不停煽风点火，"这件事就包在柳某身上，柳某恰巧想去玉凤山庄一趟。"

顾了了扶额，尼玛这是不娶都不行了。一定要打消孟大小姐的念头。怎样打消念头，这真是个技术活！顾了了十岁之前被玉凤山庄保护得滴水不漏，十岁后又随楚千觞在琉璃宫中习武练功，几乎与江湖隔绝。起初，她以为自己在江湖只有楚千觞弟子之名，再无其他，但出门晃了一圈之后，她所有的猜测想象都被推翻。

就在这几个月，居然不知从哪儿冒出来个家伙，以她的名义行走江湖，外号"红衣罗刹"。

顾了了乍听之下，顿时怒了。红衣罗刹，谁这么没品！看她从来一袭白衣胜雪，至少也该是"踏雪公子"之类的风流名号。被人叫成"罗刹"，怎么听都是一个缺乏艺术美和戏剧美的名字。

顾了了决心要是自己碰上那个"红衣罗刹"，定然要给他一点教训才能解自己心头之恨。然而眼下却是不行，柳祈枫来江南一行，还有一个额外的目的——会见传说中的楚王，容觞。

对于拜见国内排行榜上的首富，顾了了还是兴趣满满的。想来也只有在古代，士农工商，世人会对商人如此轻贱，哪怕是皇子从商，也被外人不齿。

作为一个新时代的女性，顾了了以她超前的眼光和判断力，怎么着都觉得楚王要比柳阡梦这边靠谱。能够将一个日暮西山的家族重新推入鼎盛，从某种程度来说，楚王容觞绝非简单之辈。

顾了了自诩前世见过不少宫阙楼台，今生又是生长于富裕之家，师从江湖第一美男楚千觞，加之这一年多的历练也开阔了眼界，世间美景尽收眼底，但真正站在楚王府中时，顾了了方才明白什么叫天外有天，人外有人。

王府格局颇大，光是进入正门便是一个偌大的庭院，连着小桥流水，栽种着奇花异草。再往内走，亭台楼阁鳞次栉比，整齐排布，飞檐画栋，无一不精美到了极致。

一名小厮在前面带路，柳祈枫看上去从容自若，但他身后几人免不了惊叹连连。

"这里是青竹苑，各位请。"小厮在苑门前停下，道。

青竹苑，顾了了莫名地想起琉璃宫中的青竹居，心头的一根弦被无形中拨动，微微一颤。走入苑内，便见茂林修竹，连成一片，却又被几处平屋隔断，分散开来，似断似续，又有清流急湍、假山奇石做点缀，形成独特而别致的风光，宛若世外桃源。

不是刻意宣扬，却有着浑然天成的美感。这才是真正的贵族哪。顾了了叹息，她终于能明白刘姥姥进大观园时候的感觉。

显然，想要拜见楚王的远不止他们一行，顾了了眼尖，一下便认出了桑既与苏叶、陶桃三人。有道是"有朋自远方来，不亦乐乎"，几个月不见，顾了了恨不得立马贴上去，却被柳祈枫拦住，"慕双，你要去干什么？"

顾了了斜眼看他，"知道人生四大喜事之一是什么吗？"

"什么？"

"他乡遇故知！"顾了了冷哼，"久别重逢去招呼一声，公子这种基本的礼节应该是懂的吧。"

柳祈枫被呛得无话可答。

顾了了大摇大摆走过去，一手勾住苏叶，一手拉着陶桃，笑眯眯道："好久不见。"

真的是好久不见，陶桃十分开心地伸手要抱顾了了，却被一边的桑既挡下来。

"不过三个月不见而已，不用如此夸张。"桑既不悦道。

顾了了莫名承受来自某个人的怒意，她摸了摸头，看向苏叶。苏叶轻笑，将顾了了拉至身侧，说道："没什么。你们怎么也过来了？"顾了了撇嘴，"那位爷们说要拜见楚王，于是就来了。"

然而楚王岂是说见就能轻易见到的？空等了一日，也不见楚王人影，只不停有管家出来，为众人倒水端茶，摆桌上菜，又有美人丝竹相伴，倒也十分雅致有趣。

用过晚膳后，顾了了神色不耐道："怎么楚王还不来？"

桑既淡定答道："你们才来而已，我们在此等了半个月，都未见到楚王殿下的身影。"

"据说还有人空等了大半年，"陶桃补充道，"楚王常年在外，不经常回府中，然而他行踪不定，要想找到他，也只能在这儿等了。"

一边说着，桑既将点心夹给陶桃，满脸关心之色，"我们再等片刻便回去。桃儿，你再吃点东西，不要晚上又饿了。"陶桃面色一红，瞪了一眼桑既，不情不愿接过点心，慢慢品尝。看得顾了了瞠目结舌，好半天才用胳膊肘捅了捅一侧的苏叶，"这是神马状况？"

苏叶耸肩，"如你所见。"顾了了眼珠一转，"这才冬天没到，我怎么感觉到春暖花开了。"苏叶不以为然，"三个月也就这么一点进步，离你想象的春天还远着呢。"

顾了了忍不住时时偷看桑既与陶桃互动，半晌发出感叹，"凤师兄再不出场就要沦为炮灰了。"

"炮灰是什么？"苏叶虚心求问。

顾了了想了想，找了个比较贴切的解释，"推动陶师姐和桑公子感情发展的动力。"

苏叶蹙眉，不解，"为何会是凤师兄？"

因为你已经被炮灰掉了嘛。顾了了暗自腹诽，面上却笑说："你想，凤师兄出现，谁最有危机感？"

"自然是桑公子。"苏叶心中了然，答道。

"所以啊，桑公子肯定不会如现在这样温暾，三个月还拿不下陶师姐，搞不好直接就上了。"顾了了兴致勃勃总结。

苏叶："……"他深深感觉，自己有时候跟不上顾了了的思维。

"唉，对了，你真的不在意吗？"顾了了还是憋不出满腹疑惑，问出来。曾经喜欢的女子，在自己面前与另一男子谈情说爱，是人都不会好受吧？！

苏叶表情却极其淡然，仿佛云淡淡风轻轻，一切无关他事。

顾了了撇嘴，有种自讨无趣的挫败感。苏叶心思太深，像极了她曾经熟悉的那个人——叫人总猜也猜不透。

无论是喜欢上这样的人，还是被这样的人所喜欢，都会很累吧。她抬起头，望着浓浓夜色之中，一轮明月，散着淡淡光泽。看不见繁星满天，仿佛只有那轮月亮，是人最后的寄托。

许久没有想起的面庞突然浮现在脑海中，自从别离，她刻意躲避不去回忆，然而在这一刻，记忆如洪流，无力阻拦，就这么生生冲入心底。

淡然的身子，绝色的面庞，温文尔雅的性子——师父他在世人面前恍若神明，挑不出半点错处。然而，作为他唯一的弟子，顾了了却深知，师父他其实也和凡人一样，需要吃喝拉撒，也会生老病死，讨厌喝药，还有一切苦味的东西。偶尔喜欢耍小性子整人，更多时候，其实是个很寂寞的人，需要人陪伴安慰，需要人鼓舞关怀。

情到浓时情转薄，在最喜欢一个人的时候，被那人狠心推开，即便再爱，也不敢轻易妄自踏出一步。顾了了鼻子一酸，竟觉得眼眶微润。

"回去吧。"

见到有人起身回去，顾了了突然站起来，对柳祈枫说："公子，我想四处转转，先不回去了。"她太害怕回到客栈，一个人面对那寂寥漫长的黑夜，没有一丝温暖的寒冷。

"我陪你吧。"苏叶好心说道。

顾了了摇头，"不必，我想一个人去逛逛。"

大概是都看出她心情不好，其他人也未阻拦，只有清秋依然紧跟她身后，不离不弃。"清秋，你也先回去吧。"顾了了说道。

"公子，让清秋跟着您吧，不会添麻烦的。"清秋恳求道。顾了了耸耸肩，不再说什么。

深秋寒凉，顾了了坐在街边的面店里，要了两碗面，清秋立在她的身边，不声不响。

顾了了蹙眉，清秋跟着自己少说也有三四个月，性子半点没变过——从来不爱说话，问他什么都是一个"好"字，经常沉默得像是刻意装作不存在一样。不是说不喜欢清秋，只是顾了了更偏爱那种活泼的孩子。

清秋，实在太清冷了，眼中永远是看不透的薄雾，隐隐可见其中透出的微光，顾了了不希望连这最后一丝光都消散不见，所以才会经常妥协。她指了指对面的椅子，道："你也坐下来吃吧。"清秋摇头，"不用。"

顾了了道："叫你坐下来吃，你就按我吩咐去做，啰啰唆唆什么。两碗面我一个人哪吃得下。"听到顾了了这么说后，清秋才缓缓走过去，捧着碗，小口小口吃起来。

这家面馆大概是小有名气，在此处吃面的人很多。清秋原是动作极慢，渐渐地，大口大口吸吮面条，眼眸中的光芒变亮许多。

清秋吃完时，顾了了将自己的那一份推过去，道："我吃不下了，你帮我吃掉。"清秋怔怔看着顾了了，眸光细碎。

顾了了别过头，她不喜欢这样的眼神，让自己有负罪感。其实她待他，并不如他想象的那么好，只不过出于人之常情，不得不如此罢了。

吃面时，顾了了听到旁边几桌都在议论同一个名字——红衣罗刹。她隐约还听到自己的名字，正想要再继续听下去时，清秋突然打了个饱嗝。顾了了目光一转，见那孩子讪讪低下头，似犯了什么大错，双手绞在一块。

顾了了失笑，"你紧张什么？"

"公子？"

"走吧，我们回去。"顾了了说道。她起身付账，又听到有人说了这么一句话：那红衣罗刹好像来了此地吧。

收钱的小二满脸堆笑，接过顾了了手中的银两。顾了了假装不经意问道："刚刚他们说的罗刹是……"

小二一听，顿时眉飞色舞道："这位公子，您问的是红衣罗刹吧？！"顾了了没有吭声，听他继续讲下去。

"公子可能是不常在江湖行走，现在谁不知道红衣罗刹顾了了的威名？替天行道、行侠仗义，许多劫匪恶棍都怕了这个名字！"小二兴致勃勃说道，"红衣罗刹能来咱们这儿简直是天降福音，现在哪个百姓不盼着他能现身哪。"

顾了了忧郁望天，明明她才是正主儿，为何听别人夸奖自己，却不觉得高兴？

"公子，可有什么不适？"清秋关心道。顾了了唔了一声，"只有点不太爽而已。"

她顾了了向来不是什么好鸟，被人塑造成高大全的形象实在不太舒心。这样任其发展下去，只怕不只是孟忆晚了，她要成为整个江湖女儿的梦中情人。被人喜欢追捧是一件好事，但不包括眼下的情况。

"清秋，你有没有觉得那个红衣罗刹很讨人厌？"走在大街上，顾了了问道。

夜色沉沉，街上却出乎意料的热闹，好像有红衣罗刹在，不害怕有坏人当街行凶。

"为何？"清秋不解道，"他不是英雄吗？"

英雄？顾了了冷笑，"走，陪我去布庄买身衣裳。"

望着眼前大红色长袍，清秋还没明白过来，顾了了已经十分满意地掏出银子，对掌柜说道："爷就要这一件了。"

掌柜讨好地笑道："公子真是识货。自从红衣罗刹出现以来，年轻公子都偏爱这种颜色款式，公子相貌英俊，穿上红衣想必不会输给任何人。"

顾了了得意，"那是自然。"

"公子，这是为何？"

面对清秋的问题，顾了了神秘一笑。原因嘛，她怎会轻易告诉别人？既然红衣罗刹来了此地，楚王又不肯接待他们，她只好借用一下那位仁兄的名义，以彼之道还彼之身，顺便夜探一下楚王府咯。

好不容易等到清秋睡下，顾了了换上烈烈红衣，施展轻功，绕城一圈终于找到楚王府。

顾了了趴在墙头，伸手抹了抹脑袋上的汗珠，对一个方向感不太好的人来说，做探子神马的真是不容易啊。只是还不等她潜入，便有黑影从楚王府跃出。顾了了躲在暗中，看得一清二楚——那人也和自己一样，是身着红衣。

红衣罗刹！顾了了大惊，飞身追赶。臭小子，总算被姐给逮住了。那人轻功颇好，一路借力在房顶上飞跃，顾了了尾随其后，隔着不远不近的距离。她倒要看看那红衣罗刹是如何行侠仗义。

然而当那人落在柳祈枫暂居的客栈之处时，顾了了诧异了，只见红衣罗刹抽出长剑，往柳祈枫客房窗子闯去。

这是什么状况？顾了了眨巴着大眼睛，从怀中掏出一包瓜子，坐在树上观望。柳祈枫难道是什么大奸大恶之人，要红衣罗刹刺杀？嗯，没道理啊，至少她暗中盯梢这么久，没见柳祈枫有什么举动。

房间里很快传出响声，不一会儿那红衣罗刹被易复拿着剑追出来。顾了了拍拍腿，活动了下手腕，该她上了。

使出吞日剑有点大材小用，瓜子壳混着毒粉往那人身上一撒，瞬间便解决了问题。

易复还满脸凶恶地问道："小贼，哪里逃！"

顾了了拍拍他的肩膀，嬉笑，"放轻松，这个家伙已经晕过去了。"她踢了踢地上晕死过去的某个人。真是没用啊，比千面手差远了，她用的毒药还不如当年呢。

易复诧异地盯着顾了了半天，突然问道："你就是那个顾了了？"

"嗯，你怎么知——"顾了了完全是条件反射，话在说出口的刹那已经止不住了。

易复收起剑，来回踱步，打量顾了了，啧啧说道："我本不相信的，却没想到是真的……"

顾了了被他看得一阵心虚时，柳祈枫披着一件大衣出来，嘴角含着笑意，"易复，不得无礼，还不向顾公子道歉？"

顾了了挠挠头，知道事已至此，再否认也是多余的。见易复真的低头道歉，她忙摆手，"要道歉也该是我先道歉，瞒了你们这么久。"

易复眼泪汪汪地握着顾了了的手，说道："顾大侠，能给签个名不？"

顾了了："……"

柳祈枫朗声大笑，"易复自小如此，崇拜英雄侠客。"

亮出真实身份，也不完全是一件坏事嘛。顾了了喜滋滋地想，不过见到君沉暮和君沉风之后，便又不觉得了。

尤其是易复献宝一样介绍自己是"顾了了"的时候，顾了了觉得君沉暮的目光可以把她活活戳一个洞出来，君沉风则目瞪口呆，指着顾了了的手抖啊抖。

"了了兄，你怎么越长越丑了。"

顾了了："……"

"你们原来认识。"柳祈枫若有所思道。

君沉风搭着顾了了的肩膀笑道："何止是认识，还是好兄弟。"既然是好兄弟，那么夺妻之恨要不要报？

君沉暮笑得开怀，起身拍着顾了了说道："顾兄，多年未见，你我何不切磋一下？"

切磋？敢情她不要小命了？看他那一脸的杀气，俗话说愣的怕横的，横的怕不要命的。对君沉暮这种深藏不露外加不要命类型的，顾了了潜意识里避而远之，"君兄，你误会了。"

"哦？我误会什么？"

顾了了流汗，"君兄与孟小姐才是天作之合，小弟实在配不上。"

"是啊是啊，这都七八年过去，忆晚肯定早就不记得了了长啥样了，要不然上次相见怎么没有认出来？"君沉风忍不住为顾了了说情。

君沉暮转念一想，确实如此，再见顾了了一副坦荡的模样，似的确不对孟忆晚有任何心思。再说当年也都是忆晚的单恋，从不见顾了了有什么主动的行为。

"你真的不喜欢忆晚？"君沉暮问道。

顾了了狠狠点头，差点没赌咒发誓此生绝不娶孟小姐为妻。有了这样的保证，君沉暮才满意地收起杀气。顾了了擦擦汗水，真的是好险。

"你不是红衣罗刹吗？怎么会这么怕我哥？"君沉风偷偷问道。

顾了了刚要回话，易复兴冲冲说道："主子，那个家伙醒来了。"

究竟是何人派刺客来刺杀柳祈枫，顾了了凭直觉判断，绝不会是楚王。首先，这里是楚王的地盘，若是柳祈枫遇刺，肯定与他脱不了干系。其次，楚王与柳相本就是敌对势力，这个时候发生冲突，有百害而无一利。然而，最重要的一点是，双方都没撕破面子时，谁先轻举妄动，很可能会落下把柄。

这么一想，顾了了觉得，这名刺客的来历真是不简单哪。她用余光打量柳祈枫，不见丝毫破绽。

柳祈枫冷然道："去问问，是谁派他来的。"

易复领命而去，很快又回复道："主子，那个人说是楚王。"

果然如此，顾了了撇撇嘴。"喂，你不信吗？"君沉风见她满脸不屑，小声问道。"骗鬼呢。"顾了了翻了个白眼。

"沉暮，你认为呢？"柳祈枫问道。

"属下也不认为是楚王。"君沉暮说道。这个圈套实在太明显了。

柳祈枫点头，"易复，你放出风声，说有人暗杀本公子，好在有红衣罗刹相救，逃过一劫。"说完，又转过头，对顾了了吩咐道："顾公子，以后你便不要再穿白衣了，红衣也很好看。"

顾了了："……"这是要她坐实"红衣罗刹"这个名号吗？

能恢复本名固然很好，甚至出门在外，一袭红衣，大摇大摆走在街上，被来往行人施以崇拜羡慕的注目礼，经常还有女子秋波暗送，借口将荷包、手绢之类遗落在她身旁。

比如这一日……

"清秋，今日收获多少？"傍晚时分，顾了了走在大街上，问道。

清秋点了点怀中的物品，道："十一块方帕，十五个荷包，十七个锦囊，还有一串佛珠、一对玉环。"

顾了了嘻嘻一笑，"送到当铺去。"

"公子不留着吗？"清秋问道，"这些都是小姐们送给您的。"顾了了翻了个白眼，她是女子，留着有什么意思，"你要是喜欢就自己留着吧！"反正她也不缺这几个钱。

清秋看了看顾了了，又看了看手中的东西，最后转身去了当铺，换来不少银子。

顾了了大笑拍着清秋的肩膀道："这才对嘛，若是将来喜欢的姑娘赠予你这些东西，一定要留着，其余的全当了。"

清秋抿了抿唇，道："小的只愿跟随公子一生一世。"

顾了了笑，"别说傻话了。"

"是真的。"清秋道。

顾了了揉了揉他的额发，眼中全是落寞，道："不要说这种没影的话，这世上谁能陪伴谁一生一世？"所谓的承诺，皆是过眼云烟，待到时过境迁时，有谁还会记得最初的美好？

见顾了了转变这么快，清秋不敢多说什么，点点头，默默跟在她身后。

"既然今日收获这么大，我们去喝酒吧。"顾了了笑道。

一醉解千愁，顾了了一手握着酒杯，饮了一大口，心里不由快活许多，对清秋道："你要不要喝一点？"

清秋摇摇头，"若是公子醉了，谁扶公子回去？"

顾了了眯起眼，笑，"清秋，你真是个好孩子。"清秋没有接话。

顾了了又笑，举杯道："人生得意须尽欢，莫使金樽空对月。"

"公子得意了吗？"清秋轻声问道。

顾了了摇摇头，道："得意……清秋，我什么都抓不住，所以什么都没有……"不管是前世，还是今生。说完，她又大口大口喝酒，醉得一塌糊涂。

清秋有些无奈，脸上露出温和的表情，见顾了了趴在桌上，时不时咂咂嘴，呢喃几句。他忍不住伸出手，拂去遮住她面容的额发，很清秀的一张脸蛋，漂亮得像个女子，五官细腻秀美。他的指尖，顺着顾了了的鼻尖缓缓而上，终停留在眉宇之间，那一块，紧紧拧在一起，似承载着太多秘密。

见天色已晚，清秋叹了口气，结了账，欲雇一辆马车回去。才走几步，却听到身后一片谩骂声。

一名大腹便便的公子哥带着几名手下走来，见到顾了了趴在桌子上，要她让座。顾了了早醉死过去，于是那群人便指着她骂骂咧咧，还有几人欲上前动粗。

清秋顿时暗叫不好，慌忙走过去，挡在顾了了身前，讨好地笑道："几位公子，可是要来喝酒？"

那胖公子见清秋生得好看，垂涎地打量着他，贼笑道："正是，小公子可愿陪本公子喝几杯？"

这样的眼神，清秋熟悉得很，曾经在倌馆里，他也这么被人看过，很不舒服，却无可奈何。他自跟随顾了了之后，再没有人轻慢于自己。清秋瞥了一眼身后熟睡的那人，露出惯有的笑容，道："公子想喝什么酒？"

胖公子眼睛一亮，伸手要去抓清秋。

"小美人——啊——"他话还没说完，突然惨叫起来，只见一根筷子狠狠插入他粗壮的手臂中。

"把你的咸猪手——给我拿开！"顾了了不知何时醒过来，指着胖公子，醉醺醺道。

"公子，你醒了？！"清秋惊喜，慌忙转身扶住顾了了。

顾了了挥了挥袖，道："这么点酒，我才不会醉倒。"话虽这么说，但她说话时的语调神态，无不告诉其他人，她已醉得十分厉害。

清秋担忧道："公子，你还是别逞强。"

顾了了傻笑，"本公子才、才没逞强呢。"

"去，给我把那小子往死里打。"胖公子抱着胳膊，哭丧地指着顾了了号叫道。

他带来的那些人有不少见过顾了了的身手，知道她功夫了得，不敢轻易上前。又见她醉成这般样子，思忖当赢不了自己，于是几个人互相使了个眼色，小心翼翼将顾了了和清秋包围在中间。

"那旁边的小美人儿可别给我伤着了。"胖公子色心不改地叫道。

顾了了腾身站起，将清秋一推，道："你可别小瞧本公子。"说着她跟跟跄跄上前两步，那群人立马退后几步。

"快上呀。"胖公子那犹如猪叫的声音响起，底下的人也不敢违抗，纷纷撸起袖子便挥拳上了。

顾了了盯着一处傻笑，拳头来了也不知躲闪，看得清秋心惊胆战。好在她反应奇快，又有轻功，堪堪避开几拳，但这么打下去，难免会吃亏。清秋想着要找人去报信，却被一人反手扣住，不能挣扎，被带到胖公子面前。

胖公子流着口水，眼睛在清秋身上来来回回转悠，道："难怪那小子带着你，如此尤物啊，床上功夫肯定也很棒。"这样的话让清秋厌恶不已，却挣扎不出，余光瞥见顾了了似吃了对方几个拳头，心中愈发焦急。

胖公子似乎看出清秋的焦虑，大笑道："小子们，操家伙上，打死那家伙有爷做主。"听胖公子这么一说，当真有人操起木棍长刀，直直砍下去。

顾了了眯起眼，见那明晃晃的刀锋迎面而来，忽而迷茫起来。

"公子，快逃呀——"耳畔，是呼呼的风声，伴随清秋凄厉的尖叫。顾了了头疼到无以复加的地步，竟连一步都迈不开。

就在那一瞬间，她闻到淡淡的熏香，一个温暖的怀抱将她全身罩住。或许是她醉得太厉害了，觉得那个怀抱十分温暖，温暖得如同记忆深处藏着的美好，叫人无端安下心来。

"师父……"昏睡前，她喃喃叫道。

鼻息飘来淡淡的檀木香，顾了了睁开眼，发现自己躺在一个雅致的房间内。陌生的地方让她不禁皱起眉头，脑袋隐隐作痛，是宿醉留下的后遗症。她扶着脑袋叹了口气，门吱呀一声推开，清秋端着脸盆进来。

顾了了怔怔看着他走到自己面前，低声道："公子，洗洗脸吧。"

"哦，好。"顾了了接过帕子，擦了擦脸，感觉清爽一些。

"公子，这是蜂蜜茶，喝了可以缓一缓宿醉。"清秋又端起桌子上一杯茶，递到顾了了面前。

顾了了机械地接过，想都没想便一饮而尽。

喝完蜂蜜茶，顾了了呆呆看着清秋，似在问他，还有什么事吗？

清秋笑笑，指着床头的衣裳道："公子若是要起床，衣服在这边。"说完他便端起脸盆，转身要走。

"等等，清秋！"顾了了叫住他，"这里是哪儿？"

清秋看了一眼顾了了，道："楚王府。"

楚王府……顾了了脸色泛白，头依然疼痛，好似许多事情遗漏了，一下子记不起来。

"为何我们会在这儿？"顾了了问道。

清秋道："自然是王爷带公子回来的。"

"我要去见那个楚王。"顾了了道。

"公子先更衣吧。"

顾了了点点头，拿起床头的那件衣裳，然后彻底怔住了。

那是一件浅紫色的女装，裙摆处还绣着五色的碎花。她目光无意识地往下挪动，便见身上穿着的是白色中衣，薄薄的衣料将女子柔美的曲线尽数透出。

顾了了结结巴巴问道："怎、怎么是女装？我的衣裳呢？"

清秋面色淡淡，却掩不住一丝不自在，"公子受了伤，衣裳也破了，自然不能穿。"言下之意，他已全部知晓。

顾了了面色一红，摆摆手道："你出去吧，我要换衣裳。"

清秋却没有走，放下盆子说道："公子可会绾发梳妆？"

这个自是不会。顾了了多年穿着男装，发髻也是最简单的男子发髻，一下子要恢复女装模样，似有点难度，便点头让清秋留下来了。约莫半个时辰，顾了了看到铜镜中的少女。

古人所谓肤若凝脂，眼似秋波，眉如春黛，口若朱丹，用来形容那镜中少女再恰当不过。一时间，顾了了都看得痴了。她只道自己前世是一个美女，相貌中上之姿，算不得最美，然而这一世的面貌……

顾了了摸了摸脸颊，呢喃道："这是我吗？"

身后的清秋正在为她绾发，听到她这么说，不由扑哧笑出声来，"公子是清秋见过最美的姑娘。"这样的赞美，怎么听怎么别扭。不过顾了了还是满心欢喜，对着镜子照了又照。

女子天生爱美，顾了了也不例外，只是这一世男装，压抑了太多。

"清秋，楚王究竟是何人？"她昏睡之时，必定错过了许多。

清秋默然，半晌才道："公子，王爷在竹园等你。"

这楚王似乎偏好翠竹，步入竹园，顾了了见林边有潺潺溪水，便顺着这条小溪走下去。

忽见亭台回廊，顾了了顿了顿，也不知那楚王身在何处，又无人引路，偌大的园子似只有自己一人，索性放开胆子随心而行。

走到一半时，见远远走来一人，顾了了心下一紧，想必那人便是楚王吧？！

待到走近时，她满脸怔忡，似不信地擦了擦眼睛，盯着来人。那人一袭白衣，宛如山林中走出的谪仙，云淡风轻，不染尘埃。俊秀的五官并没有随着年岁的流逝而改变，十五年的时光，好似变的总是他身边的一切，而他，永远停留在那个笛声悠扬的清晨。

"师父……"顾了了嘴唇微微颤动，"你怎么在这里？难道——你就是楚王？"

楚王容觞……楚千觞……他们竟然是同一个人？！顾了了捂着怦怦直跳的心口，再说不出半句话来。这仿佛是一场梦，一场她盼望已久的梦境。

楚千觞浅浅一笑，不置一词。他看向顾了了的眼神，温柔一如当初，招招手，道："了了，你随我来。"顾了了木然跟在他身后。

"了了，无论我是谁，永远都是你的师父。"楚千觞轻声道。顾了了点点头，又摇摇头。不、不一样的。师父是师父，楚王是楚王。这中间，已经完全变味了。

就像是……当你一门心思以为，你的师父仅仅是师父时，却被告知，他还有一个更加高贵的身份，而你，也许终其一生，都无法追赶上他的步伐。这之间划下的鸿沟，无法跨越。

顾了了说不清自己此刻的感受，好像是被人欺骗了这么多年，满心满腹的委屈无处倾诉。

"师父，您知道了了是女子？"想了许久，顾了了最终只能找到这么一个话题。

楚千觞嗯了一声，道："知道。"

"什么时候知道的？"

楚千觞想了想，叹了口气道："很早以前。"

"在琉璃宫的时候吗？"顾了了追问道。

楚千觞默然。顾了了以为他这是默认了，心中不知是悲是喜，一时五味杂陈。她低头看着脚下的步子，痴痴笑道："我真傻……"真傻……以为你一直不知，所以一直拒绝我、远离我，原来这其中种种，你早已看清看透。只是我一直看不清，一直固执地以为，如果你知晓我是女子，或许会待我有所不同。

楚千觞无力地叹口气，"了了，你是我唯一的徒儿，永远都是。"

可我不想只做你的徒儿！顾了了苦涩地望着楚千觞的背影，想要追上去，与他并肩而行，却生生止住，望而却步。她害怕说出这样的话，楚千觞会离得自己更远。

他是深深刻在她心间的伤痕，而她，或许只是遗落在他身边的尘埃。她对他，有许许多多情愫，喜爱的、敬畏的、崇拜的、眷恋的……无数种情感掺杂在一块，最终成就了今日的自己。

你能明白吗？那是一种比爱恋更要刻骨铭心的感情。

"师父，为何要把了了带到南楚王府，为何要了了换回女装？"反反复复思虑，顾了了闷闷问道。

楚千觞笑，"师父刚赶回来，就见到你在街头闹事，还喝得大醉，自然把你接回来了。至于换回女装，是我的私心。"说罢，他停下脚步，回头看着顾了了，满眼温然，带着几分欣赏几分怜悯道："了了，你这样很好看。"

心中的阴霾，因这一语而彻底消失。顾了了欢快地走过去，走到楚千觞身边，笑道："比其他女子还要好看吗？"

楚千觞颔首，笑道："是，比其他女子都要好看。"

顾了了对这个回答很是满意，难免得寸进尺，问道："那……师父喜欢了了男子模样还是女子模样？"

楚千觞揉了揉她的额发，像是对待自己的孩子那般亲昵，道："只要是了了的，师父都喜欢。"

喜欢……师父说他喜欢自己呢。顾了了心中一阵酸楚，她明白楚千觞的意思，那样的喜欢，纯粹是师父对弟子的宠溺。而她，想要的远远不止这些……

第二十六章 此去经年

楚千觞带着顾了了走了许久，一直走到湖边才停下。已是寒冬腊月，湖面不见半点生机。

"了了，你可还记得《玄女心经》？"楚千觞问道。

顾了了点点头，这可是花了她大半年苦功才背下来的，原本是要等任师叔来教导，结果还没等到那一日便被赶出来历练。说来过去四年中，她习的心法很多，但真正练成的却寥寥无几。这也是自己为何每每与敌对阵时，总不能更上一层的缘故。

楚千觞心里明白得很，天性使然，顾了了喜欢偷懒，除非是受了极大的刺激，才有可能爆发出非同寻常的力量。但这刺激岂是说来就来的？在这世上，没有足够的力量保护自己，便难以生存下去。胜者为王败者为寇，自古以来便是如此。

或许还有一条捷径可以走，只是她未必愿意选择。

"了了，柳祈枫打算向顾家求亲。"楚千觞突然转口说道。

顾了了大吃一惊，向顾家求亲？她瞪大眼睛不敢置信地望着楚千觞。楚千觞避开顾了了的目光，看向别处，"其实你未必是习武的好料子，这样也好，回去嫁个好人家，安安稳稳地生活一辈子，我和玉凤山庄都会好好护着你的。"

这就是师父的答案吗？如果是的话……正是初冬时节，顾了了只觉得内心比冬季更加寒冷，她紧紧拽着衣服，瑟瑟发抖。

"了了，很冷吗？"楚千觞伸手，想要扶住她。

"别碰我！"顾了了尖声叫道，她连退几步，避开楚千觞，"婚姻是父母之言媒妁之约，你有什么资格替我做决定？"

楚千觞神色黯然，"了了，我是为了你……"

"你不是！"顾了了一针见血，"你根本不是为了我，是为了你自己。清秋是你的人吧？！让他盯着我，以免妨碍你做大事。还有那个红衣罗刹，其实是你派人借用我的名号对不对？见我没有利用的价值，碍手碍脚了，就想把我嫁给自己的死对头，是不是？"刻薄的话语，让楚千舸频频蹙眉。

顾了了恨恨跺脚，不管不顾地发泄道："师父师父，一日为师终身为父，但你别以为你真的能做我的父亲，别忘了我可是个孤儿，这世上根本没有亲生父母。"说完，她转身便走，生平第一次，没有顾及师徒之情。

清秋还等在房中，见顾了了回来，忙道："公子。"

公子？顾了了将没有发泄完的怒气迁于清秋身上，"我不是你公子，你家公子还在竹园里！"清秋浑身一颤，慌得跪在地上，道："清秋此生只认公子一人。"

顾了了冷笑，将手边够得着的花瓶茶杯砸向清秋，却没有一件落在他身上，只在他四周化为碎片。清秋一动不动，任顾了了横眉冷对。

房间里可以砸的东西都砸光了，顾了了还不解气，拳头狠狠砸向墙壁，墙面便裂开条条缝隙。

"给我滚出去！"顾了了一脚踹去，将清秋踢出屋子，随即砰的一声关上门。

屋外，清秋依旧垂头跪倒在地上，楚楚可怜。

"起来吧。"楚千舸缓缓走到他身边，说道。

"王爷……"清秋没有抬头，怯怯道。

楚千舸望了一眼紧闭的屋门，了了为何会如此大的怒气，他隐约猜到什么，却又极力不想知道这背后的真相。

"王爷……"清秋哀求。

楚千舸甚至没有低头看他，双目停在那扇门上，"清秋，最后一件事，之后你便自由了。"跪倒在地的身子颤了颤，清秋紧紧抱着双臂，似抵挡不住这严冬的酷寒。

那个人说，不要欺骗我，否则我今生今世都不会原谅你……好像，真的再得不到她的原谅呢。

再抬起头时，眼中氤氲着淡淡的雾气，清秋轻咬红唇，道："是。"

入夜时分，紧闭着的屋门终于打开一条缝隙。顾了了往外偷看，屋外空无一人。心中失落有之，但更多，是决然。

为了能出行方便，下身的裙子被她撕开绑在腿上，顾了了摸摸怀中的荷包，还好当初在桑家做工时，桑既付了自己一大笔银票，柳祈枫也不是小气的人，所以这时候跑路至少不用为银子担忧。

此刻，她满心满意只有一个念头——回家。家永远是人最后的避风港，无论在外受过多大的委屈和挫折，只要能回到家，仿佛所有的困境与苦难都能度过。

十五年前，刚出生的顾了了被带回玉凤山庄，顾冥磊为她取名"了了"。当时顾了了很是不满，这名字也忒简单、忒没水准了，加起来才四笔，还没她前世的"双双"笔画多。

满月时，顾冥磊让顾了了抓周，她抓到了一只夜壶。那只夜壶一直都被顾冥磊珍藏着，说将来给孙子抓周时用。

一岁时，顾冥磊又从外头带回了顾美人，和顾了了做伴。从此顾了了人生最大的乐趣就是欺负顾美人，将一个天真可爱的小孩活活逼成了腹黑正太，顾冥磊对此睁一只眼闭一只眼。

五岁时，顾冥磊为顾了了和顾美人请来夫子，教他们念书识字。顾了了觉得好生无趣，于是便想尽法子偷懒，拖顾美人下水，事后又向顾小爹撒娇，惹得顾冥磊哭笑不得。

七岁时，顾冥磊问顾了了想学什么，旨在让她精通琴棋书画，却不料顾了了一语惊人，说要学毒蛊之术。顾冥磊又是好笑又是叹息，最后还是为他们请来最好的毒蛊和医术之师。

……

试想，这世上会有谁，十年如一日对自己的疼爱始终如一？一直到错失的那一刻，顾了了才发现，原来不知不觉中，她的生命已然融入这个世界。

前世，无论是亲情、友情还是爱情，都带给她太多的伤痛，以至于这十几年中她从没有一分一秒思念过那个世界。而这一世，上天似乎想要弥补对她的亏欠，让她有了最好的亲人、最好的朋友……

"了了，你的笑容是这世上最最——最可爱的，所以以后要一直笑哦。"曾几何时，顾冥磊抱着她，视若掌上明珠。她便依照顾小爹的意愿，一直一直微笑，就连伤心难过时，也只是笑……因为她是顾了了，是顾小爹独一无二的了了。

眼角划过一颗泪光，顾了了擦了擦眼角，坚定信念，一定要回去，哪怕中间有刀山火海，她也不会退缩半步。

十几天风雨兼程，顾了了回到玉凤山庄那日，正是天气晴好的日子。山庄一如她走的那日，平和而又安宁。顾了了叩门，看门的小厮揉着惺忪睡眼问是谁。

"是我，顾了了！"

哐当一声，小厮把门一摔，转眼就不见了。

顾了了："……"她不就是捣蛋了一点，不至于这么可怕吧？！

很快，她就意识到自己错了，玉凤山庄上上下下都跑到门口，将顾了了围在其中。

"大少爷，您终于回来了。"

"大少爷，您越长越俊了。"

"大少爷，您还记得我吗？"

……

淳朴的问候，关怀的话语，让顾了了措手不及，完全不知要从何回答，直到顾冥磊出现在她的眼前。

十几年一晃而过，当初捡到自己的男子已年过不惑，顾了了却觉得岁月始终对他优待，除了眼角添了些皱纹，再没有更多的变化。

"爹……"顾了了哽咽着说道。

顾冥磊点头，什么都没有问，只对她笑，"了了，回来就好。"

顾了了再也无法忍受，她扑到顾冥磊怀中，放肆地号啕大哭起来。直到顾冥磊抱着她哄道"好了好了，都要水漫金山"时，顾了了方抬起头，擦着红肿的眼睛，一抽一抽地吸气。周围下人们早已善意地散开，给这一对父女留下单独空间。

"爹爹，了了好想你。"顾了了撒娇道。顾冥磊摸着她的发梢，微笑，"爹爹也是，天天想着咱家了了在外面过得好不好，有没有受委屈，有没有被人欺负去。"

顾了了噘嘴，"我是这么容易被人欺负的吗？"顾冥磊失笑，"那怎么哭得跟个泪包似的。"被戳到心事，顾了了嘴一撇，眼泪汪汪，作势又要哭起来。

"不哭不哭，咱们家了了最厉害了。"顾冥磊忙道，像哄小孩一样哄她。顾了了止了泪，没有哭，安心地闭上眼睛，在顾冥磊怀里享受难得的静谧。

"爹爹，了了以后再不离开，一直在玉凤山庄陪着您好不好？"

顾冥磊笑着刮她的鼻子，"傻瓜，这怎么行，我们家了了将来还要嫁人呢。"

顾了了赌气道："我才不嫁。"一脸泪水，加上满身的尘土汗臭，顾了了自觉不好受，在顾冥磊怀里腻歪了一会儿，便去洗澡，换了一身衣服出来。仍是白衣胜雪，一手挥舞着一把扇子，完全是翩翩佳公子的样子。

"爹爹，美人呢？"顾了了东顾西盼，始终不见顾美人出来。

顾冥磊笑道："美人他早出去历练了，一时还回不来。"

顾了了郁闷，好不容易回来一趟，顾美人却不见，委实叫人不爽。不过能回到家里，躺在自己最爱的小床上打几个滚，和丫鬟小青八卦八卦爹爹这几年的感情生活，顾了了也觉得值了。只是每到夜晚，一个人入睡时，脑海中总会反反复复出现楚千觞的面庞，清冷的表情，还有将她越推越远的那些伤害。

喜欢一个人，真的是很痛苦的一件事，尤其是求而不得。

顾了了翻了个身，难以入眠，索性去看床头挂着的短剑。那柄风月剑，这么多年她都随身携带着，从不离开，也不舍得使用，仿佛只是师父送给自己的定情信物，除此之外，再无别意。

顾了了伸出手，将剑抱在怀中，冰冷的剑身让原本就不温暖的身子打了个冷战，顾了了却固执地闭上双眼，不肯放手半分。

"你这么睡觉明日肯定会着凉的。"

耳边传来清冷的话语，顾了了一个鲤鱼打挺坐起身来，欣喜地叫道："顾美人！"房内没有点灯，伸手不见五指，她只朦胧辨出一道黑乎乎的身影，"你怎么回来了？"

顾美人轻笑一声，"爹飞书召我回来，说你回家了。"

顾了了猛地伸出手，抱住顾美人，下巴搁在他的肩膀，说道："美人啊，想死你了了哥哥了，你有没有想我？"顾美人莞尔，答道："当然——没有。"

顾了了翘起的嘴角耷拉下来，"没良心的家伙，来，叫一声了了哥哥。"

"……"

顾美人浑身散发着冷冽的气息，顾了了居然以不怕死的精神靠上去，以调戏良家妇女的猥琐口气说道："美人，给爷笑一个。"

……

乌鸦从上空飞过。顾美人从牙缝中吐出几个字，"顾了了，你不要不知好歹。"

顾了了伸出食指敲他的额头，横眉佯怒道："死小孩，这么多年到哪里去了？你再不出现了了哥哥就要忘掉你了。"听到顾了了这么说，顾美人先是一愣，而后缓缓垂下头。

黑夜遮掩住他眼中的神色，良久他低声道："对不起……"

嗯，这个道歉很真诚，顾了了勉强可以接受。

"不过你也从没和家里联系过。"顾美人话锋一转，堵得顾了了说不出话来。好像是哦，她去了琉璃宫，成日和师父师兄师姐们混在一起，早不知把玉凤山庄抛到哪里去了。

顾了了嘿嘿笑，挠挠头，不吭声了。顾美人知道，这是她心虚的表现。他一时间心中酸酸涩涩，竟什么都说不出来。他能说什么呢？顾了了从来都是这个样子，世间没有什么事能入她的眼，能在她的心中停留下来。

就连他这个从小一起长大的"妹妹"也是，哪怕他费尽心机，一旦面对离别时，顾了了也会潇洒离去吧？！顾了了，你是个没有心的人。沉默片刻，顾美人开口道："伸出手。"

"做什么？"顾了了警惕地问道。

"给你把脉，身上这么凉，还抱着剑睡觉。"顾美人声厉内荏。

顾了了将手藏在身后，道："要你管我，快去睡觉。"

顾美人见她不肯老老实实，便要去抢那柄剑，顾了了一时慌神，不料被他点了穴道，双手被擒住。"你耍赖。"顾了了抗议。顾美人置之不理，弹出手指为她把脉。

指尖的温热让顾了了一阵哆嗦，片刻后，顾美人缓缓开口道："我说的话你都当耳边风吗？"

"什么？"

"不准喝酒不准熬夜不能大悲大喜，你怎么一条都未遵守？"顾美人声音犹自带着几分怒气。

顾了了像犯错的孩子低下头，说道："对不起嘛，我下次会注意的。"

顾美人真心对她无话可说。这个人仿佛永远是如此，永远犯错却不知悔改。顾美人的双手置于她后背，顾了了觉得一阵暖意袭来，顾美人正用内力为她取暖。

"美人，谢谢……"顾了了舒服得只想叹气。

黑暗之中，顾美人露出一个极为浅淡的笑容，"了了，好好睡一觉吧……"

顾了了合上眼，再醒来时，已是天明。起身时，顾冥磊与顾美人都已在饭厅等她，顾了了打了个哈欠，揉着眼睛走过去。入眼的，却是一名绝色红衣少女。

顾了了再揉了揉眼睛，看了眼顾冥磊，问道："爹，这是你给我和美人找的后娘吗？"

顾冥磊："……"

红衣少女："……"

顾了了来回打量那少女，轻佻地笑道："长得挺漂亮的。老实说，你从哪家骗来的闺女？"一边服侍的顾翼默默望着天花板，他什么都不知道，什么都没听见。

"顾、了、了！"从少女嘴中发出咬牙切齿的男声，顾了了吓得连连退后好几步。

"你是顾美人？"她不可置信地问道。顾翼扭过头，肩膀不停颤啊颤。连顾冥磊也忍不住了，埋着头，猛烈咳嗽。

可怜顾美人一张小脸涨得通红，欲发火也不行——谁都道顾家美人倾国倾城，美若天仙，是无数少年的梦中情人。

顾了了拍了拍胸脯，给自己压惊，没想到真的是美人，五年不见，他完全向着难以预料的方向发展。顾了了摸着下巴哀叹："美人啊，你怎么越长越残了？"

顾美人："……"

看着两个孩子嬉笑打闹，顾冥磊脸上挂着淡淡的笑容，却始终没有到眼底。这样祥和而又安好的清晨，他实在不愿用什么话来打破这一刻的美梦。

几年不见，顾了了和顾美人不见生疏，反而更加亲密，顾了了时常勾肩搭背，把顾美人呼来唤去，顾美人也不反抗，任劳任怨。连顾冥磊都不由忘记了背后隐藏的重重危机，陪着他们玩笑。

直到某一日，玉凤山庄突然来了几个不速之客。顾翼来叫顾了了与顾美人的时候，表情很是沉重，"庄主吩咐公子和小姐去前厅。"

正在研究毒药的顾了了扭头问道："来了什么客人吗？"

"柳相之子。"顾翼答道。

顾了了匆匆换好衣裳，与顾美人走入前厅，正见柳祈枫带着易复和君家两兄弟。柳祈枫含笑道："多日不见顾公子，没想到是先回玉凤山庄来了。"

顾了了不好意思地点点头，那日她走得太匆忙，许多事都顾不上，"实在对不住……"

"无妨。"柳祈枫摆手笑道，他的视线落在顾了了身后的顾美人身上，眼中闪过一丝惊艳，"这位便是顾小姐吧？！"

君沉风屁颠屁颠跑上前，双手握住顾美人的手，"美人妹妹，好久不见，没想到你竟出落得如此、如此……"

他一时不知用什么词来形容，磕磕巴巴半日，最后憋出一个"妩媚"。

顾美人嘴角抽了抽，强行将自己的手挣脱出来，退后两步，捏着嗓子答道："君公子，请自重。"君沉风被顾美人冰冷的眼神吓得老实了，乖乖回到座位，双脚并拢，双手交叉，一动不敢动。

顾冥磊发话，"几位公子远道而来，不知是为何事？"

柳祈枫微微一笑，答道："无他，两件事而已。"

"请讲。"

"其一，是希望孟家能与顾家结为姻亲；其二，是在下想要迎娶顾家小姐。"

顾了了&顾美人&君沉暮&君沉风："不行！"

四人难得心有灵犀，一致反对，顾冥磊微微蹙眉，头疼地揉着太阳穴，"此事还需从长计议。"说罢，便不欲继续谈。

柳祈枫倒也不急，脾气颇好地答道："还请庄主认真考虑在下的提议。"

顾冥磊原准备让顾了了与顾美人带着柳祈枫一行人在玉凤山庄内四处逛逛，不料顾了了扭头便走，顾美人也懒得与这群人相处，跟着离去，于是这个光荣而艰巨的任务自然落在了可怜的管家顾翼身上。

后院中，顾了了负气地乱踢地上的石子，"娶你妹啊，娶！干吗是我娶不是你娶，你想娶妻就去娶那个孟忆晚啊。"

听到顾了了赌咒之声，顾美人安慰她道："此事爹爹定然不会答应。"

"可是爹爹也没拒绝。"

"那不过是稳住柳祈枫的借口而已，"顾美人信誓旦旦，"你放心，爹爹绝不会让你去娶孟家小姐。"

的确，如顾美人所料，顾冥磊以顾了了尚还年轻的借口推托，柳祈枫也不相逼，只是关于顾家与柳家联姻，顾冥磊却找不到理由回绝。

这下子变成顾了了幸灾乐祸地看顾美人的好戏，她一边拍着顾美人，乐不可支道："美人啊，恭喜你，我看那柳公子没习过武，身子肯定不比你，床上你可别被他压下去哦。"

顾美人没好气地瞪她一眼，"顾了了，你少在这边得意。"

当然，不止顾美人一人对柳祈枫不满，君沉风也越看柳祈枫越不爽，几次找碴，想要教训柳祈枫一顿，却屡屡被君沉暮拦下警告，"沉风，别忘了你的身份！"

君沉风跺脚道："大哥，如果柳公子现在向忆晚提亲，你还会这么镇定吗？"

君沉暮顿了顿，很久才道："你真的那么喜欢顾小姐，非她不可吗？"

君沉风眼神黯然，垂着头说道："她是第一个让我心动的人，虽然也有很多很好的姑娘，可是我一直忘不了她……"

君沉暮拍了拍他的肩膀，正要出言相劝时，又听得君沉风自言自语道："不过为什么我这次见到美人妹妹，没有心跳加速的感觉？"

君沉暮："……"

君沉风还沉浸在自己的思绪之中，"一定是太久没和美人妹妹在一起了，都快忘掉心动的感觉。哥，你一定要帮我制造机会。"

面对弟弟的请求，君沉暮如何都狠不下心来打击他，只得无奈地点头，"也罢，倘若你能与顾家小姐两情相悦，想必柳公子也不会棒打鸳鸯。"

得到自家大哥的鼓舞，君沉风顿时信心倍增。于是乎，君沉风展开了漫漫的追女之路……

某日，顾了了正在湖边钓鱼，突然听到一阵脚步声。

"美人妹妹，你要去哪儿？"

"美人妹妹，你怎么对我这么冷淡？"

"美人妹妹，你真的不喜欢我吗？"

……

顾了了打了个哈欠，将鱼竿固定在地面上，走向那个失落的身影。

"喂，你这样是把不到妹的。"顾了了笑眯眯说道，"想不想让我教你如何泡到顾美人？"

君沉风眼泪汪汪，"了了兄，真的可以吗？"

顾了了拍着胸脯保证，"了了在手，追女无忧。"

几里之外，顾美人感到身后阴风阵阵，不由打了个哆嗦。他仰头望了望天空，冬天就要过去了吧，春天还会远吗？

顾了了所谓的把妹计划，用四个字概括，就是——死缠烂打。

"对于顾美人这样傲娇冷漠的女生，你玩欲擒故纵是绝对没用的，只能用死缠烂打打动他的心，最好有一个英雄救美什么的。"顾了了洋洋洒洒说道。

她见君沉风听到"英雄救美"四个字眼睛一亮，立马补充道："不过以你的武功，多半是美人救你，还是别想了。"

君沉风耷下脑袋，吭吭哧哧道："这一招对美人妹妹有用吗？"

"烈女怕郎缠，"顾了了拍着胸脯道，"别管有用没用，都没试过怎么知道结果如何。"

在顾了了的怂恿之下，顾美人发现自己无论走到何地都能与某个人"偶遇"。吃饭时能"偶遇"，做药时能"偶遇"，散步时能"偶遇"，你妹的连去趟茅厕都能在茅坑前"偶遇"！顾美人彻底怒了，他把君沉风狠狠揍了一顿，扬长而去。

当君沉风鼻青脸肿哭着跑回来时，顾了了傻了眼，"你不过是泡个妞，怎么把自己泡成这样？"君沉风一抽一噎地哭诉，"美人妹妹下手真狠啊。"

顾了了取来药瓶，小心翼翼为君沉风擦药，随口忽悠道："打是亲，骂是爱，他动手打你证明想和你亲近。"君沉风一听，哭得更加惨烈，难不成将来和美人妹妹成婚后，他要天天被家暴？不要啊！

"别乱动，你想不想伤口好。"顾了了呵斥道。

君沉风安静下来，不敢乱动，任顾了了为自己上药。他偷偷抬眼，看着近在眼前的人。五官明明不及美人妹妹的美艳，却柔和生动。红润的嘴角微微翘起，弧度不大不小，很好看。眼睫毛也很长很密，眉毛很漂亮……

不知怎的，君沉风的心跳漏了几拍。长久没有出现过的怦然心动，居然再度降临了……莫非他真正喜欢的人其实是顾了了？！君沉风被自己脑海中涌现的念头惊呆，猛地站起身，扭头就往外跑。

顾了了还愣愣地拿着药品棉花，望着君沉风消失的背影，摸不清头脑地自问道："这又是什么情况？"

君沉暮看见自家弟弟带伤回来，脸色阴沉，"是谁打的？顾了了还是顾美人？"君沉风捂着脸，不肯回答。见弟弟不理自己，君沉暮拔腿往外走，被君沉风拦下。

"哥……"君沉风抬着头，眼泪哗啦啦，"怎么办？"

"什么怎么办？"君沉暮莫名其妙。

"我好像喜欢的不是美人妹妹……"

君沉暮松了口气。

"……我好像喜欢上了了兄。"

君沉暮："……"

君沉风眼泪汪汪地望着自家哥哥，"哥，要是我喜欢的是男人怎么办？我不要喜欢男人啊，嘤嘤嘤嘤……"

君沉暮无语望天。其实他们根本不是兄弟吧，怎么相差这么大？

"我打算这几日就回去，向孟家提亲，沉风，你随我一道走吧。"君沉暮说道，自顾了了亲口拒绝了与孟家联姻，他便计划好了。

君沉风一听要离开顾了了，头像拨浪鼓一样乱摇，"不要，我不要离开了了兄。"

"顾公子是男子，你和他注定没有结果，与其如此纠结挣扎，不如远离，或许时间久了，你会发现自己喜欢的并不是他，就像你现在不喜欢顾小姐一样。"君沉暮劝慰道。

真的会这样吗？君沉风无助地望着君沉暮，见大哥一脸肯定，不得不做出让步。

两日后，柳祈枫再度拜见顾冥磊，顾冥磊一脸歉然，"女儿的婚事，还是要她做主才好，我虽为父，但毕竟不是她的亲生父亲。"

柳祈枫颔首，脸上却无失落之色，"也罢，倘若有朝一日，顾小姐想通了，还请告知柳某一声。"

"那是自然。"顾冥磊道，脸上带着深深的倦意，"顾翼，替我送客。"

送走柳祈枫一行，顾了了和顾美人都不约而同地松了口气。顾了了对顾美人挤眉弄眼，"感谢我吧，是我帮你打发掉君沉风的哦。"提到此，顾美人气不打一处来，君沉风会突然对自己纠缠不清，十有八九是眼前这个家伙出的馊主意。

顾美人恶狠狠地瞪她一眼，"你给我收敛点，别成天惹是生非。"说完便气呼呼离开。

顾了了一手支着下巴，感叹顾美人真没有情趣，一点玩笑都开不起。

就在她以为一切都过去了，美好的日子即将来临时，阴云也悄然覆盖在整座玉凤山庄之上。

顾冥磊突然变得忙碌起来，经常见不到他人，连顾翼也时常消失不见。至于顾美人，每天要到很晚才会回来，清晨一大早又出门去。好像玉凤山庄除了为数不多的下人，便只剩下自己和丫鬟小青。

"小青啊，你说爹爹和美人都在忙什么呢？"顾了了无聊地问道。

小青端上茶水点心，柔声说道："庄主他们自然有自己要忙的事，公子不是要研究新的毒药吗？"

顾了了嗯了一声，拈了一块桂花糕，细细品尝，"小青，你手艺越来越好了。"

顾了了正在悠闲地享受下午茶点，突然听到外头有喊叫声，似乎是走水了之类。顾了了微微一愣，玉凤山庄向来戒备森严，规矩众多，又有专人定时定点巡视，且是青天白日的，怎可能这么容易走水？

她忙放下茶碗，往前院走去，一路大声唤着丫鬟小厮的名字，喊了半日竟无人回应，只听得外头打斗吆喝声越来越大，顾了了顾不得其他，拔腿就朝外冲去。

果真是走水了，越往前走浓烟阵阵，只见前面几处屋舍已经烧起来，熊熊烈火，黑烟直冲云霄。这样的场面让顾了了浑身一阵发冷，她不由想起几年前琉璃宫的惊变，那些死去的师兄师姐，还有被打破的美好时光。

刺客身着夜行衣，看到有人过来，立马朝顾了了这边杀来，玉凤山庄的护卫所剩无几，眼见拦不住，顾了了拔出吞日剑便迎上去。

她仗着轻功眨眼便欺到刺客跟前，避开迎面相向的大刀，长剑一挥，没入刺客胸口。其他几人都没反应过来，就被顾了了这么一一解决。

余光瞥见火势越来越大，顾了了忍不住着急，手上的剑渐渐紊乱，余下的刺客见有机可乘，都纷纷围着逼近，其中一人趁她一时分神，朝顾了了背上狠狠砍去。

身后一阵剧痛，顾了了险些栽倒在地。看不见后背的伤痕，但凭她半桶水的医术，也知这次伤得不轻。又有刺客攻来，顾了了勉强挥剑抵挡，却再无力反击。

眼前火光冲天，大火似连成一片，要将玉凤山庄整个吞灭。这一次，是真的要结束了吧？！顾了了感到头晕目眩，失血过多让她再无力站起。身上又多出几道伤，她还隐隐听到有人焦急的喊声，那人好似在叫自己的名字。

脑海中浮现出许多面庞，凤曦的、沈书的、苏叶的、陶桃的、凌霜霜的、桑既的、桑依的、王御的、顾美人的、顾冥磊的……还有就是那张想忘也忘不掉的面孔。

"师父……"顾了了终于闭上眼，失去知觉，往后重重摔去。

睁开眼时，顾了了两眼茫然，这是在哪里？是天堂吗？听到吱呀推门声，她缓缓转过头，见到的竟是楚千觞。"师父，原来你也来天堂了呀。"顾了了吃吃笑道。

楚千觞俯下身，看着床上的小人儿，半张脸露在外面，还隐隐残留着泪痕。

胸口微微作痛，他克制不住地伸出手，指尖轻触那张小脸蛋儿。他还记得，这张脸微笑时的模样。明媚如三月春光，拂去所有的尘埃。笑容好似没心没肺一般，顽劣的性格，叫人又是好气，又是好笑。如果可以，他多么希望顾了了能一直那样笑下去，永远不要知道这背后的真相……

楚千觞在心底叹息，面上强颜欢笑，"了了，说什么呢，你还好好地活着。"

"是吗？"她自嘲地笑笑，看到楚千觞在此，早该猜到自己命大没有死。

顾了了顿了顿，别过头不去看师父那温和的笑容。只要不看、不想，心就不会痛，对不对？"师父，你是不是早就知道玉凤山庄会有今天？"她静静问道。楚千觞默然。

见他的神色带着愧疚，顾了了越发肯定自己的猜测，"玉凤山庄会遭受此劫，也和师父你有关吧？！"

十五年前，顾冥磊为何要收养自己又让她女扮男装，顾美人却男扮女装？难道真的只是单纯地为了击败江湖第一美男楚千觞这个名号？可又为何楚千觞会突然出现在玉凤山庄，赠给自己风月剑？并要收自己为徒？

顾了了觉得自己好像置身于一个谜团之中，所有的疑点都似乎和自己有关，而她却一概不知。

这样太没意思了。顾了了不知从哪儿涌出恶作剧的心理，凭什么你们一个个神秘莫测，而却只有我蒙在鼓里？既然大家都是什么也不肯说，那么就让自己去一探究竟好了。

"师父，"顾了了下定决心，仰着头，目光灼灼直视楚千觞，"我要嫁给柳祈枫。"

第二十六章 此去经年

她的话让楚千觞呼吸一滞，不敢置信地追问道："了了，你说什么？"

顾了了笑容不变，"我要嫁给柳相之子。"说罢，眼中带着一丝狡黠，"不可以吗？"

楚千觞呼吸一滞。他无法回答。嫁给柳祈枫，虽然之前自己也这样亲口对顾了了提过，但那也只是他的一种设想，下意识地，他知道顾了了会拒绝，所以才轻描淡写地说出来。然而这一次，从顾了了口中听到，他才知道自己远不如想象的那样镇定。甚至光是听到顾了了说要嫁给柳祈枫几个字，便胸口痛苦得无法呼吸。

"了了，你知道你在说什么吗？"楚千觞问道，眼中竟流露出自己也无法察觉到的哀求。

顾了了双眼放空，呆滞地望着墙壁，不想再去看楚千觞，"师父，这不正是你所希望的吗？"

楚千觞没有回答，反问道："你要以什么身份嫁给柳祈枫？顾美人的？"

"难道不是？"这么多年来的互换性别，不就是为了有朝一日顾美人能继承顾了了这个名号？

楚千觞顿了顿，轻声道："不行，了了，现在还不是时候。"顾了了想哭，又有点想笑，原来还没到时候，原来她还有利用的价值啊。

楚千觞不想再继续下去，他唤了一声"清秋"，一个瘦小的身子走进来，"你好好照顾了了，有丝毫差错，唯你是问！"

"是。"

顾了了背上的刀伤伤可见骨，清秋每次为她上药时，顾了了都是咬着牙熬过去，事后大汗淋漓，犹如与人大干一场。

清秋知道顾了了并没打算原谅自己，但也没再拒绝自己。

"公子，可要告诉王爷？"清秋问道。

顾了了筋疲力尽地趴在床上，双眼都睁不开，"不要告诉他，也别让他来看我。"

清秋默然。他没告诉顾了了，其实每晚在她入睡之后，楚千觞都会来。那时候的楚千觞，不再是高高在上的王爷，平凡得像个普通男子，眼眸深处透着喜怒哀乐各种感情。

"没有爹爹和美人的消息吗？"顾了了又问道。

清秋答了一句"无"，等着顾了了入睡，才将脸盆毛巾端出去。

门外正守着一人，清秋对他点点头，那人才推门而入。楚千觞屏住呼吸，缓缓走到床边，他靠在床头，望着昏昏入睡的顾了了。睡梦中的女孩似乎依然感到背上的伤痛，皱着眉，小脸挤在一块。

楚千觞伸出手，很想帮她打碎那些痛苦与烦恼，却不知不觉，指尖停在顾了了的唇边。触感是从未体验过的柔软，红红的脸蛋，被汗水晕湿的发丝，还有眼角的湿润。一切都是那么的楚楚可怜。

楚千觞知道，醒着时候的顾了了，永远是笑逐颜开，仿佛天大的事情也不能成为她的烦恼。唯有在睡梦中，她才会放下所有戒备，流露出最真实的一面。

顾了了说她不想见他，可他，又何尝能够坦荡地面对她呢？唯独在她沉睡之时，才敢偷偷看她一眼。

楚千觞沉沉叹了口气，又怔怔坐了一会儿，为她掖了掖被角，才起身出门。他转身的瞬间，不知床上的少女睁开双眸，茫然地望着这无尽的黑夜。

休养了近两个月，直到次年的开春，天气渐暖的时候，顾了了身上的伤口终于愈合。可落在心上的伤，却难以结痂。

楚千觞深深感到，这一次，他与顾了了之间，划下一条难以逾越的鸿沟。不知何时起，他们互相避开彼此，哪怕同在一处，也尽量不接触对方。以至于顾美人的出现，让两人不约而同都松了口气。

顾了了眼眶泛红，对着顾美人张口便问："这么久你到哪儿去了？我都差点死掉你知不知道？"

顾美人伸手便将顾了了搂在胸口，顾了了没有挣扎，就这么倚靠着他许久，直到顾美人感觉到胸前的湿意。大哭一场后，见顾了了恢复了精神，顾美人长长松了口气，道："真不知你过去几年是怎么过的。"

无意间的一语，让顾了了心头狠狠一撞，过去几年……

一时间只觉得满心涩然，闭上眼，全是楚千觞浅白的身影、清幽的体香。四年间，唯有冬日，他们相拥而眠，未曾断过。那也是顾了了珍藏于心底最美好的一段记忆。哪怕以后再不能和过去那般，至少曾经，她曾有过四个冬天，和师父在一起，同床共枕。

顾美人此次前来，是带顾了了去京城。原因为何，却不愿多解释。

在顾了了几次三番的追问下，顾美人终于不情不愿地开口，"爹爹喜欢的女子也在那儿……"

顾了了："……"敢情他俩根本没去办正事，是去泡妞的。

"本来想带着你一起去，只是你身上有寒毒，北方冬季寒冷，不便多待，才将你留在江南。"顾美人解释道。

开春时节，江水解冻，顺着运河一路往北，不出半个月便能抵达京城。此行楚千觞也一同前往，说要去觐见皇上。究其深意，更多是为了照护顾了了。

顾了了心下明白，表面却装着糊涂。就这样，一行人浩浩荡荡入了京城楚王府。

暮春三月，江南草长。寒冬已去，大地一片欣欣向荣。皇宫萧墙内，一派庄严肃穆，再精致华美的装潢，入了皇家，都会染上皇室的气息。

含章殿从前朝便已建造，曾一度用作寝宫。玄昭帝期间，却将这含章殿作为议政之地，沿袭至今。那位开国圣帝——玄昭皇帝，与白皇后合葬于皇陵。传言玄昭帝在位期间，不近女色，先后只立过林氏、白氏两位皇后，与白皇后伉俪情深，生死相随。

如今，再入含章殿时，楚千觞忽然生出一个奇怪的念头。那位被玄昭帝深爱着的白皇后，一定是位世间少有的奇女子吧？！否则怎会得帝王的独爱，长久不衰？

"皇弟，在想什么？"座上男子神色威严，嘴角噙着淡淡的笑意，开口问道。

楚千觞行礼之后，缓缓答道："臣在想那位玄昭帝。"

"哦？"皇上眯起眼，兴致勃勃问道："想玄昭帝何事？"

"玄昭帝用一生爱着的那位女子，究竟是怎样一个人。"楚千觞实话实说。

"这么说来，朕也觉得好奇……"皇上不动声色地打量着楚千觞，"难得皇弟有如此疑问，不知皇弟是否动了心，也想如玄昭帝那般，娶一位奇女子？"

奇女子？不知为何，顾了了那张顽劣的面庞一闪而过。若是说"奇"，她也勉强称得上一位吧？！满脑子都是别人想不到的鬼主意，也不知究竟是从哪学来的，时常令人啼笑皆非。

见楚千觞神情恍惚，更确定了皇上的想法。难得啊，榆木脑袋终于开窍了。皇上内心那个激动啊。

为了这个皇弟的终身大事，这些年来皇上不知费了多少心思，为他网罗天下绝色，只求他能相中其中一二，也好圆了父皇的遗愿。可惜他这个皇弟，太清高自傲，普通的女子根本入不了他的眼，即便是天上仙女站在他面前，怕也要自惭形秽，所以皇上那做月老牵红线的梦一年比一年暗淡。

终于，他要守得云开见月明了吗？！

思及此，皇上心神荡漾，话脱口而出，"皇弟，你看上哪家女子，告诉皇兄，朕这就去为你赐婚！"哪怕对方不愿意，他也会命人五花大绑塞入楚王府。

楚千觞满脸黑线，看着皇上那一副贼笑兮兮的表情，很自然地和自家那只满身是刺的小刺猬联系到一起。甚至那一声"顾了了"就停留在他喉咙里，只要他动动嘴……不、不行……了了是他徒儿，他怎能有这般疯狂龌龊的念头？

冷静下来，楚千觞又恢复往日的镇定，道："臣找皇兄有一事禀报。"

"何事？"皇上龙心大悦，大手一挥，道，"说吧。"

楚千觞："……"只怕我说过之后，你便不会这般开怀了。他将柳祈枫欲娶玉凤山庄顾小姐一事娓娓道来，只是中间省略了那位顾小姐的大名。皇上一听，眼眸果然沉下来，神情不复方才的畅快。

"玉凤山庄一事，究竟是何人所为？"不急着谈论柳祈枫与顾小姐的婚事，皇上问道。

楚千觞皱眉道："经臣调查，怕是中间还牵涉到江湖纷争。"

"哦？柳相还与江湖勾结？"皇上追问道。

"此事还需进一步调查。"楚千觞答道。

皇上点点头，又道："那柳祈枫与顾家小姐婚事，你又如何看？"

被问及自己的看法，楚千觞微怔，"臣自然是不赞同。"

皇上眯眼笑得像只狐狸，"为何不赞同？可是因为那位顾小姐？"

楚千觞："……"

又来了，但凡牵扯到女子，他这位皇兄便会想歪。

楚千觞额角抽搐，觉得还是不要隐瞒的好，反正皇兄的眼线早已无孔不入，早晚他都会知道那位顾小姐是何人，不如干脆承认了好，"她是我的弟子，顾了了。"

初听"顾了了"三个字，皇上一愣，竟傻傻问了一句："哪个顾了了？"楚千觞抿唇，笑，"天下还有几个顾了了？自然是玉凤山庄的那一位。"

皇上拍拍脑袋，叹道："你看我，都越来越糊涂了。没想到啊，她居然是女子！小千千，干得好，近水楼台先得月，难怪你对她如此上心。"

"……"楚千觞默然，仅仅是因为弟子的缘故吗？他心中隐约有一个答案，似呼之欲出。

"这门婚事朕自有办法，你不必过于担心。"皇上说道。

楚千觞拱手拜谢。

皇上摆摆手，道："你好不容易回京一趟，不如随朕出去走走？"整日待在这皇宫高墙内，换作任何人都会厌倦，更何况是皇上？楚千觞应道："是。"

换上便服，皇上也不要太多人跟随，只带着楚千觞和几个贴身侍卫，便这么大摇大摆在街上乱晃。

皇上如今年近四十，却保养得极好，五官英气逼人，走在街上不知吸引了多少少女的目光。而他身边的楚千觞嘛，只能用一句"人间绝色"来概括。好似一切都成了他的陪衬，这天地万物间，唯有他独具精华。

见有香包帕子丢来，皇上心存一念，低声对楚千觞道："小千千啊，不如我们今天比赛，看看谁收到这些玩意儿最多！"

楚千觞被那一口一个的"小千千"激得浑身冒鸡皮疙瘩，退后一小步道："这个臣自然比不过皇上……"

话还没说完，几个苹果迎面飞来。若不是楚千觞手脚灵活，身手了得，此刻那几个苹果便不是砸在地上了，很可能会和他那张清隽的面庞来一个亲密的接触。

面对皇上似笑非笑的表情，楚千觞懊恼不已。因为接下来，香蕉、菠萝、鸭梨、桃子等等等等不合时令的水果轮番上阵，有人甚至夸张地看到一个硕大的榴莲朝那英俊的白衣男子飞去。

以至于后来江湖上流传着一个不成文的规定——但凡相貌出众的男子，无论出自武林世家还是书香门第，皆要习武。

否则走在大街上，很可能被水果砸死的。

"公子，那边好生热闹，我们要不要去看看？"

另一头两名少年正在漫无目的地游荡。其中一名年纪偏小的少年指着人群拥挤之处问另一少年，抬头间还能见各色水果飞来飞去，"那边好像在表演街头杂耍。"

那两名少年正是出来闲逛的顾了了和清秋。

对于清秋的猜测，顾了了不感兴趣地摇摇头，"不必去了，一看就知道是在砸场子。""砸场子？"清秋不解地看着顾了了。

"就是在街头卖艺之类表演得奇烂无比，然后观众丢西红柿鸡蛋之类以示不满。"

"可是没有西红柿鸡蛋啊。"清秋说道，他只看到苹果、鸭梨、香蕉、芒果……还有巨大无比的榴莲菠萝蜜。

"那你去买几个鸡蛋西红柿不就得了。"顾了了丢出一锭银子，道。

"要去买吗？"清秋迟疑。

顾了了难得有捉弄人的念头，仔细朝那个方向看了看，见到那抹熟悉的身影后坏坏一笑，"买，怎么不买？走！"砸场子的好戏，缺了她顾小恶魔还了得。

见顾了了恢复往日的神采，清秋纵是觉得这么做不大好，也心甘情愿跟着顾了了去买鸡蛋和西红柿。能博公子一笑，怎么做都值得。

朱雀大街上，两侧摆的地摊都是卖一些新鲜的瓜果蔬菜之类，鸡蛋和西红柿很容易便能买到。顾了了却不急着付钱，而是东张西望了一阵子，最后对卖鸡蛋的大娘道："大娘，我想包下您这个摊子。"

她手里几块银子晃花了大娘的眼，很快，顾了了便站在摊子后，代替了刚才大娘所站的位置。

"公子，您这是什么意思？"清秋好奇问道。

顾了了笑得活像一只小狐狸，眼睛眯成弯弯的月牙状，清了清嗓子，叫道："各位美女姐姐们，走过路过千万不要错过。"说话时她微微借助内力，将话语传播得更远一些，当即就有几名少女停住脚步。

原本出来卖菜的都是些年纪较大或者灰头土脸的乡下人，头一回见到这般俊秀的少年卖鸡蛋，旁边还放着一筐西红柿，颇为惹眼。

"这位公子，你是在卖鸡蛋吗？"其中一名较为胆大的女子上前问道。

"卖鸡蛋？"顾了了眼珠子一转，喝道："错！"

众人被她这一个"错"字惊住。

"我卖的是姻缘蛋。"顾了了故弄玄虚道。

清秋："……"公子，为嘛别人手中的鸡蛋到你口中就成了姻缘蛋？

"这明明是普普通通的鸡蛋嘛。"女子横眉道。

顾了了微微一笑，犹若皎皎明月，一时间叫旁边的少女们看痴了去。"这位小姐，你说那边在做什么？"顾了了指着水果纷飞的一侧，问道。

那位女子微微侧目，便答道："自然是向倾慕的男子献花。"

清秋柔弱的身子微颤。献花……

清秋瞥了一眼顾了了，见她面色从容，怕是早就知道那边在做什么了。害得自己还兴致勃勃，真以为是什么杂耍呢。

"那为何要扔水果？"清秋问道。

女子见这少年不过十一二岁，身子骨透着几分柔弱，不由笑了起来，"你们是外地人吧？！这是我们京都的风俗，但凡遇到心仪的男子，可献上香包罗帕，当然水果什么的也可以。你现在还小，不用担心……"

顾了了摸了摸下巴，女子的意思是，再过几年他们也会受到如此礼遇咯？！

"公子还没解释，这为何是'姻缘蛋'？"

凑热闹的人越来越多，许多少女听到旁人说这里卖的是"姻缘蛋"都涌了过来。

顾了了弯下腰拿起一个鸡蛋，笑嘻嘻道："各位小姐，你们别看这蛋普普通通，一蛋砸过去，会发生什么事，有谁知道吗？"

"不就是蛋清蛋黄全部洒出来。"另一名少女嗤笑道。

顾了了颔首，笑，"你们再想想，为何要将手中心爱之物砸向心仪男子，不就是想要表达自己的一颗爱慕之心？这世上没有什么比鸡蛋更好的了。"

"哦，为何？"众人皆不解。

顾了了手微微用力，鸡蛋壳随之裂开。伸手沾了一点蛋清，黏黏腻腻的蛋清缠绕在指尖，手指分开时还能见细细的丝线，再怎么分开也难以两清。

"蛋黄代表各位小姐一片赤诚之心，而这蛋白，就如同小姐本人，缠缠绕绕，愿意追随一生，永不离弃。大家说，这不是姻缘蛋，是什么蛋？"

一席话，鼓动了所有少女的芳心。于是乎先头那名女子掏出一大块银子丢下道："我要一筐姻缘蛋。"

顾了了乐呵呵收好银子，对清秋使了个眼神，"还不去给小姐搬姻缘蛋。"

"我也要！"

"还有我，还有我！"

"我要两筐姻缘蛋！"

……

清点一地的银子，顾了了笑得下巴都合不拢了。她一面数钱一面还不忘好心地教各位小姐，砸鸡蛋不能从一个方向砸，要从四面八方砸，最好上面也砸，总之要无孔不入地砸，要见缝插针地砸，要争分夺秒地砸！

据史册记载，那一日，史上最为庞大的砸蛋娘子军诞生。从此往后，京城又添加了一条新的风俗，少女遇上心仪的男子，一定要以鸡蛋砸之，甚至婚庆时也有砸鸡蛋这一讲究。以至于很久以后，当顾了了结婚时，被鸡蛋砸得全身都是。

不过此时，最惨的莫过于那两位还在比拼谁收到的香包水果多的男子。起先皇上还有些沾沾自喜，后来榴莲菠萝蜜多了，他也有些吃不消，将侍卫推上前去。

楚千觞有武功在身，勉强能支撑久一点，正当他们以为这附近的水果终于要消耗殆尽时，突然，一枚鸡蛋袭来。楚千觞堪堪避过。而后，鸡蛋从四面八方袭来。连头顶上都降下鸡蛋。

皇上不禁心中骂娘，什么东西不好砸，竟然砸鸡蛋。

这玩意儿最讨厌了，黏糊糊的，就算没砸到自己身上，落在附近地面上，也容易溅起蛋清，弄到自己衣服上，更别提鞋子了。再则鸡蛋的腥味也很是让人难以忍受。

"你们这群废物还在做什么？快点来帮我挡鸡蛋啊。"皇上不禁冲着侍卫怒吼道。

那些侍卫一个个惨兮兮地回过头，满脸都是鸡蛋清和鸡蛋黄，差一点就成鸡蛋超人了。连楚千觞衣摆上也被蛋清蛋黄弄脏，好好的白衣成了花衣。

"公子，那位不是楚王殿下吗？"坐在房顶的清秋问道。

顾了了从箩筐中取出一个西红柿，咬了一口，含糊不清道："好像是啊。"

听到顾了了这么回答，清秋一惊，有几分胆怯道："公子，要不要去帮帮楚王他们……"

顾了了将一个西红柿塞到清秋嘴中，道："你管那么多，这是京都的风俗，他们肯定知道的。"

"可是……"清秋还是觉得不太好。

"别可是了，这西红柿真不错。"酸酸甜甜的，最适合看戏时食用。

清秋尝了一小口，的确很好吃，便小口小口吃起来。

"哎呀呀，可惜了可惜了。"顾了了突然拍着大腿惋惜叫道。

"什么可惜？"

"差一点就砸到那张脸上了。"顾了了喟叹。

清秋："……"公子，那可是楚王殿下呀，江湖第一美男耶。

"你不觉得那张脸很讨厌吗？"顾了了吃完一个西红柿，又从箩筐中掏出一个，继续啃起来。

"我听许多人说，王爷是江湖第一美男……"清秋喃喃说道。

"江湖第一美男又怎样？"顾了了翻了个白眼，鄙弃道，"绝情绝义……"话语中染上一层淡淡的哀伤。顾了了咬了两口西红柿，便停下来，呆呆看着远处，那已被蛋黄蛋清染成其他颜色的身影。

那人似抬头在看什么，也不知道有没有看到自己，顾了了忽然觉得很没意思。

半个西红柿在空中划过一道弧线，准确无误地飞向楚千觞身上，犹带几分力道，狠狠砸在他的胸口。楚千觞没有避开，或者说，他根本没有打算躲避。

顾了了咬了咬唇，她知道，他看到了她。抑或是说，他也猜到了，一切都是她的诡计。他们一个在下一个在上，隔得很远很远，但顾了了仿佛能看到楚十觞近在眼前时的模样。浑身狼狈，却偏偏镇定自若。

那样一身傲骨，仿佛永远不会改变。

第二十七章 爹要嫁人

在楚王府小住几日，顾了了熬不住与楚千觞那张脸每日一见，央求顾美人带自己去顾冥磊那儿，结果却遭到顾美人的强烈反对。

"为什么不行？"顾了了双手叉腰，怒气冲冲地斥责道，"你们两个，在玉凤山庄最需要你们的时候却不见踪影，一个个跑到京都来避难，究竟有没有点人性。"

顾美人皱眉，头一回无力面对顾了了的质问。是啊，在玉凤山庄最危险的时刻，他们两个都远在他乡，原本以为对方不会这么快动手，却不料狗急了也会跳墙。还好有楚千觞暗中守护，才堪堪逃过一劫。

"爹爹他……似乎失去记忆。"顾美人犯难地说道，"我见到他时，他完全不认识我了。"

顾了了："……"失忆？不会这么狗血吧？！"他老人家现在在何处？"

"罗家茶园。"

罗家茶园，位于京城城郊处，茶园并不大，放眼望去却是一片苍翠的绿色，鲜艳欲滴，叫人看得赏心悦目。顾了了拎着顾美人和清秋风风火火闯入茶园，映入眼帘的便是这样的一幕——女子似在教训男子，一副怒气冲冲的模样。而那男子低眉顺眼，活像一个老实巴交的小娘子。

顾了了难以置信地惊呼："小爹爹！"那样的身姿、那样的面孔，的的确确是……顾冥磊无疑！可这么多年，她从未见过顾冥磊对谁低声下气、低眉顺眼外加讨好卖乖。

顾了了刚走两步，便被顾美人拦下来，"不要轻举妄动。"面对顾了了疑惑的目光，顾美人找来一位采茶女，询问了一些关于茶叶的问题，而后慢慢引到这茶园主人身上。

采茶女早被顾美人那张面庞晃花了眼，无论问她什么话都老老实实回答。问到茶园主人时，她满脸崇敬地说道，原来罗家的当家是位小姐，从十多年前便开始执掌罗家生意，兢兢业业，将罗家的生意推向了顶峰。如今这片茶园的茶叶都是进贡给皇室的，所以罗小姐每日都会来巡查一遍。方才他们远远看到的女子，便是这位当家。

"旁边那位公子是谁？"顾了了问道，"我见他们关系十分亲密。"

采茶女神情顿时变得有些奇怪，吞吞吐吐道："那位公子究竟是谁，我们也不知。不过据说公子失忆了。"

果真是失忆了？"小爹爹怎么会失忆？"顾了了忍不住叫出声来。

"小爹爹是谁？"

"顾——""冥磊"二字还未说出口，顾了了蓦然反应过来问话的声音不太对劲。她转过头，见先前看到的女子赫然站在左侧。

采茶女忙不迭行礼，"罗当家。"

视线透过那位罗当家，落在她身后男子身上。浅蓝色汗衫，简单的男式发髻，熟悉到不能再熟悉的五官，此人的的确确就是顾冥磊无疑。顾了了指着顾冥磊叫道："小爹爹，你还记得我吗？"

那男子看了顾了了一眼，闷闷道："小姐，'爹爹'这两个字不能乱用。"

"可是你和我小爹爹长得一模一样啊。"顾了了心直口快。

"你小爹爹叫什么名字？"罗当家问道。

"顾冥磊。"这三个字脱口而出，便见那位罗当家脸色猛地一沉，甩手便走。

"凤儿，你怎么了？"男子急急追上去。

"别碰我！"女子拍开他的手，吼道，"你都和别的女人有孩子了。"

"凤儿，这一定是误会。"

"我不管你是谁，从今往后你不要出现在我面前。"女子指着男子的鼻子愤然叫道。

顾了了挠挠头，和顾美人对视一眼。

"也许他们不是我的孩子……"男子无奈道。

"怎么不是？"女子冷笑，"你不是失忆了吗？是不是由不得你说。"

"那个，可不可以打断你们一下……"顾了了弱弱插嘴，"我的确不是小爹爹亲生的……"

"你看吧。"男子喜上眉梢。

"不过这一位我就不知道了。"顾了了将顾美人拉过来，不怀好意地嘻嘻笑道。

顾美人："……"你这不是拆顾老爹的台子吗？

"你有一个孩子不够，还来两个？"女子声调陡然提高，又指着清秋质问道："这个呢？这个是不是也是你的？"

男子欲哭无泪，"凤儿，我真的只喜欢你一个人……"

女子怒道："我不管，你失忆了，说什么都没用。"

男子双手紧紧按住女子的肩膀，转过头，对顾了了和顾美人一脸认真地说道："我不是你们口中的小爹爹，我叫……罗金龙。"

罗金龙！还有比这更俗气的名字吗？金龙、玉凤，男子的心思不言而喻。

顾美人道："您误会了，我们都只是自小被爹爹收养而已。"

"真的？"女子挑眉，不信道。

顾美人点点头。

清秋小声道："我只跟随公子。"

视线在顾美人和顾了了面庞上晃了一圈，女子最后得出结论，"我想凭他的本事也生不出你们这样的孩子。"

"凤儿，你这是什么意思？我会很差吗？"顾老爹，哦，不对，应该是罗金龙委屈地抗议道。

罗小姐睨了他一眼，不理会他的抗议。

鉴于罗金龙死活不肯承认自己是顾冥磊，对于这种状况，莫说是顾美人了，连顾了了也束手无策。不过看到自家老爹围着凤姐忙前忙后，还笑得一脸花痴样，顾了了感叹一声——爹老不由儿呀。顾老爹辛辛苦苦抚育了他们这么多年，该是他寻觅自己终身幸福的时候了，他们做子女的自然不会从中作梗。只是，顾家山庄被毁一事，不能这么简单就算了。

顾了了暗叹一声，见顾老爹对罗小姐痴缠不放，而罗小姐虽然满脸不乐意，却没有板着脸教训他，眼底也渗着丝丝温柔。看得出，他们俩始终对彼此是有感情的。

顾冥磊用"玉凤"为山庄命名，何尝不是一种寄托呢？只是既然喜欢，为何不在一起？她是这么想的，眼见小爹爹数十年的痴恋，或许借失忆可以落下帷幕。有情人终成眷属，这是多么好的结束啊，像童话一样，王子与公主从此幸福地生活在一起。

这世上，又有几人能相知相爱相守相伴一生呢？只是……

"爹爹他真的失忆了吗？"当罗小姐背对着顾老爹时，顾美人没有遗漏老爹眼中闪过的精光，对顾了了耳语道。他心中始终存有一丝疑虑，顾冥磊好歹武艺高强，几度被选为武林盟主，怎么说失忆就失忆了呢？

顾了了眯起眼，似有所想，冷哼道："他要是没失忆，就把他揍成失忆。"顾美人："……好主意。"

顾老爹突然打了个冷战，身后寒气逼人哪。他默默回过头，见顾了了和顾美人看着自己的眼神都像是饿了许久的野兽遇见猎物一般，不禁冷汗淋漓。那两个没良心的家伙，不帮自家老爹就算了，还摆着一副过河拆桥的模样，顾老爹心中暗骂。

"美人啊，要不我们帮帮小爹爹治疗一下他那失忆症，你看如何？"顾了了心生一计，问道。

顾美人弯了弯嘴角，露出一个模糊的笑容，"我正有此意。"

于是乎，咱可怜的顾老爹就这么被算计了。

顾了了笑了笑，大声道："我和妹妹都略懂医术，在讨论为爹——这位罗公子治疗他的失忆症。"

罗小姐一听，讶然道："你们懂医术？"

顾美人重重点头，道："爹让我们自小习医术。"

顾老爹听罢，咧了咧嘴，哆嗦道："不用吧……请了那么多大夫都无法治好……"

"所以要继续请呀。"罗小姐打断他的话，对顾了了和顾美人点头道："他就拜托你们二人啦。""没问题，"顾了了挺胸抬头，笑容灿烂，"包在我们身上。"顾老爹笑得比哭还难看。

"清秋，你守在门外，别让人靠近。"三人进了屋子，顾了了吩咐道。清秋点头，将屋门小心合上。

"哎哟哟，轻点，轻点！"顾了了一把扯住顾老爹的耳朵，惹得老爹蹙眉叫痛。

"你怎能这样对待你小爹爹。"

顾了了横眉冷笑，"小、爹、爹，你不是失忆了吗？"说罢，手一转，顾老爹杀猪一般惨叫起来。"了了……"顾美人犹豫地叫住她，毕竟顾老爹是他们的爹爹，这么做不太好吧。

顾了了等顾老爹叫完了，才松开手，叉腰道："你知道这几个月我为你和美人操了多少心思？我那时候以为自己死定了……"说到后面，顾了了眼眶微红。当初她是真的害怕了、恐惧了。玉凤山庄，那是自己生活了十年的家啊，就这样在自己面前被烧毁、破坏，她却无力阻止，险些赔去性命。

顾冥磊揉了揉耳朵，苦笑道："抱歉。"顾美人也垂着头，低声道："对不起，了了，我们……"顾了了大手一挥，"我不想听你们解释。"

说要揭开谜底什么的，只不过是一时负气的话，就如同对楚千觞说自己要嫁给柳祈枫一样，仅仅是为了气他而已。本质上，顾了了是一个胆小的人，她宁愿糊涂地活着，也不想清醒地痛苦。越是接近真相，有时候，越是残忍。

"你们怎看出我没失忆？"顾冥磊好奇，连凤儿都没看出，这俩孩子咋这么聪明呢？

顾了了犹不解气，嘲讽道："失忆了的人还会霸着老情人不放，爹爹您还真是痴情啊。"罗小姐那明摆着是当局者迷嘛。

顾冥磊尴尬地摸摸鼻子，"我这叫一箭双雕，你懂不懂？"

见他老母的一箭双雕！顾了了恶狠狠道："没死都不知道派人通报我一声。"顾冥磊可怜巴巴控诉道："你们出门在外那么多年，也从来没有想到通报我一声。"

好像真的是这样……当初自己随楚千觞走的时候并没说要去哪儿，出去几年也没想过和玉凤山庄联系。

"嘿嘿嘿嘿。"顾了了干笑，"爹爹，不是有句老话嘛，有其父必有其子。"

顾美人："……"

顾冥磊："……"

顾了了双手搂住顾冥磊，头靠在他胸前，似乎想要找到一个可以给自己的支撑点。兜兜转转，芸芸众生，她发现，似乎只有顾冥磊，始终没有改变过。

孩子气，随心随性，想做什么便做什么，还有，对感情执着不变，一往情深。

"爹，玉凤山庄没了，我们没有家了……"顾了了说道。

顾冥磊叹了口气，一手扶着顾了了，安慰道："没了便没了，你和美人都还在，这就够了。"

"可是……"顾了了还欲争辩，顾冥磊却阻止她说道："玉凤山庄遭受这一劫，是福不是祸，顾家毕竟越做越大，难免会成为许多人的眼中钉。爹早已把产业转移到别处去了，原是想将你和美人也安顿好，没料到会遭人偷袭，受了点小伤。"

"好在玉凤被我所救……"顾老爹满脸春色藏不住。

一点小伤？顾了了不信，顾冥磊既然能装失忆，当初肯定伤得不轻。见顾美人伸手把顾冥磊的脉，双眉紧蹙，顾了了不由担忧问道："怎样？"

顾美人那张万年不变的冰山脸上竟流露出一丝悲伤，"爹，您的武功……"

"哎呀，没了就没了，"顾冥磊满不在乎地笑道，"我这还因祸得福了呢。"

一听顾美人的语气，顾了了心下咯噔一声，出手便朝顾冥磊袭去。顾冥磊眨眨眼，看着顾了了的手掐着自己的脖颈，笑嘻嘻道："了了，你这是要杀人灭口吗？"

顾了了的手微微颤抖，"爹爹，您……"顾冥磊握住她松开的手，语气诚恳，"不吃点苦，哪能抱得老婆归？你们千万别给我捅娄子！"说着又嘻嘻哈哈对两人提了许多在罗家茶园里发生的趣事。

只是见顾老爹是真的乐在其中，不像假装，顾了了不愿打破这难得的气氛，于是嘲笑他道："这么说小爹爹，你现在是在吃软饭？"

原本还在扬扬得意的顾冥磊被这犀利的问题刺激得只剩一口气。"了了，有你这么形容自家爹爹的吗？"顾冥磊垂死挣扎。

顾了了耸肩，"我实话实说啦。可怜做你的女儿，说不定将来连嫁妆都没有。"

"要什么嫁妆！"顾冥磊不屑道，"我老早就想好了，收养你和美人，将来你们二人成婚，管他谁是美人谁是了了，一切问题不都解决了？"

顾了了："……"吐血ing。原来顾老爹当初是抱着这样的心思捡回美人的！

顾冥磊嘿嘿一笑，"了了啊，你女扮男装一事早晚会被戳穿，所以不如和美人换个身份，反正将来你们二人在一起，仗剑天涯也好，继承顾家也好，不分彼此嘛。你看，我的计划是不是天衣无缝？"

天衣无缝？顾了了两眼冒火，她此刻简直想要把顾冥磊的那件天衣戳出满身洞洞来。偏偏顾美人还火上浇油，"难得你费心了。"顾冥磊得瑟，"那是，我可是你们的小爹爹。"顾了了气得无话可说。

"噢噢，对了，我还带了一样东西来。"顾冥磊在怀中又掏又摸，"了了啊，这可是我身上剩下的唯一一件东西，给你做嫁妆再好不过。"一听居然还有嫁妆，顾了了感觉老爹神奇了，问道："什么东西呀？"

假如是宝贝，那她勉强还能原谅一下，可那玩意儿偏偏却是……

"夜壶？！"顾了了和顾美人异口同声叫道。

顾冥磊笑嘻嘻，"了了啊，还记得这个东西吗？这可是你满月时抓周抓到的哦。"

顾了了："……"她其实真的不介意做一回俄狄浦斯式的英雄人物。顾美人扑哧一声，肩膀颤抖，似憋得很辛苦。一晃十五年不见，夜壶一如当初那般朴实无华、结构独特、造型……新颖。

顾了了含着一口血泪，将夜壶接过，磨牙霍霍道："谢谢你啊。"

顾冥磊亮出八颗整齐洁白的牙齿，"不谢不谢。将来拜高堂时记得拜我就可以了。"

十几年单相思，一朝得偿所愿，顾老爹誓死不肯离开罗小姐，所以关于失忆症的治疗情况，顾了了是这么回答的，"小爹爹他是间歇性失忆症，需要受到亲人，尤其是爱人无微不至的关怀。"

"亲人？爱人？"罗小姐有些发懵。

顾了了煞有介事地点点头，"你看小爹爹现在这样子，多没安全感啊，连名字都改了，只为了证明自己存在是重要的。还有他的眼神……"

罗小姐回头，看向身后的顾老爹，顾老爹眨眨眼。"像小狗一样可怜。"顾了了随便找了个比喻句。顾老爹："……"吐血，露出小狗可怜的眼神。

"你再看他的表情……"罗小姐打量顾老爹的脸色，"像刚出生的孩子那般懵懂。"顾了了继续发挥小学语文的水平，做比喻句。顾老爹："……"飙血，做出小孩懵懂状。

"你继续看他的——"

"凤儿，我头好痛。"再不能忍受下去了，顾老爹抱头呻吟道。罗小姐立马慌了，伸手扶住顾老爹，"你怎么了？有没有事？我再去请大夫来。"

见罗小姐如此惊慌，顾了了嘿嘿笑，"没事没事，这是小爹爹恢复记忆的前兆，很快就会好的。"

"难道恢复记忆要如此痛苦？"罗小姐担忧问道，"如果是这样，不恢复也没关系。"什么叫关心则乱，连她和美人都能看穿的拙劣演技，罗小姐竟始终无知无觉，对顾老爹眼底那抹狡诈视而不见。

"可是……不恢复记忆，我便是一个一无所有的人，"顾老爹幽怨道，"这样的我，你愿意和我在一起吗？"

罗小姐痛心疾首地抱住顾冥磊，说道："无论你什么样子，我都不会离开你。"顾老爹在罗小姐背后对顾了了和顾美人偷偷比画了一个"V"字。

顾了了好气又好笑，小爹爹真是……为了抱得美人儿归，无所不用其极啊。晚了十多年的姻缘终归是来了，作为晚辈的她，也只能送上一份薄薄的祝福。

第二十八章 逆袭男配

顾老爹那边是没法投奔了，作为一名无车无房无存款的三无好青年，顾了了只能继续待在楚王府混吃混喝。

顾美人安慰她说，楚王好歹还是她的师父，有师徒名义在，谁都要给她三分面子。可真是如此吗？顾了了宁愿不做楚千觞的弟子。如果可以，她宁愿从未与楚千觞相识过。

某日，一向平静的楚王府突然来了一群客人，几个华丽的轿子落在大门前，后边整齐地排放着十几个箱子。

"这又是在做什么？"顾了了听到外面人声鼎沸，拉着清秋去看热闹。

"那是太傅家的轿子。"

"太傅来咱们楚王府做什么？他不是与咱们王爷一直不对盘的吗？"

"听说太傅有个女儿，到了出阁之龄，莫非是来向咱们王爷提亲？"

"不是男方向女方提亲吗？"

"可那些东西看上去像是聘礼。"

……

底下议论纷纷之声落入顾了了的耳中，顾了了顿时兴奋了，谁这么有才，敢向楚王提亲！"走，我们过去看看。"

才走几步，见轿子上走下一名中年男子，一身玄衣，器宇不凡。随后下来的是……苏叶？！顾了了瞪大眼睛，觉得这个世界充满了奇迹。当初他与陶桃一道跟随桑既想要入楚王府，自己却从未遇上过他们几人，甚至从没见过楚王的宾客。顾了了只当是碰了钉子，不再纠缠，却没料到苏叶竟会在这里出现。

这个世界可真小啊。顾了了忧郁地望天。

"了了！"苏叶一眼在众人之中认出顾了了，面上露出一个笑容。

快半年不见了，这位苏师兄换下了白衣，穿上湖蓝色长衫，更显得气质非凡。犹记得五年前初见时，他还一副妖孽模样，现在却越发有阳刚之气，五官也变得俊朗起来。早年属于孩童的秀气全然不见。不过也不觉得可惜，还是这样的苏叶更有男人味。

"苏师兄，你怎么和太傅大人一起来了？"顾了了笑嘻嘻上前拱手问好。

苏叶颔首，笑道："这是家父。"说完又扭头，对苏太傅道："父亲，这便是我向您说的顾了了。"顾了了："……"家父？她居然不知，苏叶是太傅之子。那与他没有血缘关系的陶师姐，岂不是太傅之女？

苏太傅点头，微微一笑，"我听说玉凤山庄遭劫，是楚王救了你们一家，你便是顾了了？"

"正是。"顾了了福了个身，乖巧答道。

"可有一位妹妹，叫顾美人？"苏太傅继续追问。

顾了了眼珠子一转，猜测究竟何意，面上神色不变，不卑不亢道："的确有一位妹妹。"

说话间，顾美人已经和楚千觞二人走出来。

说实话，顾了了挺好奇的，顾美人何时与楚千觞走得这么近？犹记得许多年前，顾美人还是个萝莉型正太的时候，与楚千觞十分不对盘。也不知什么时候起，他俩竟有种哥俩好惺惺相惜臭味相投的气场。

"这位就是顾小姐？"苏太傅上上下下打量着一袭女装的顾美人，面上露出几分满意，"的确配得上我儿子。"

顾了了："……"

顾美人："……"

苏叶："……"

苏叶虚弱地说道："爹，您不是说向顾家小姐提亲的吗？"

苏太傅指着顾美人，"这位不就是顾家小姐吗？"

苏叶扶额，怎么事情与想象会有如此大的偏差呢？

"我说的不是这位，是——"目光遇上顾了了，苏叶却说不下去了。

与顾了了相识这么多年，她一直是以白衣翩翩的公子哥形象出现，从未变化过半分。自从自己知晓她是女子，也不知何时起，一门心思慢慢地都记挂在她的身上，以至于在陶桃定亲之后，父亲听说柳相有和玉凤山庄联姻的行动，也立马跳出说要自己去娶那顾家小姐。

因此第一次听到父亲要自己娶顾小姐时，苏叶脑海里只有一个人影——顾了了，来不及细想，兴奋之下，头脑一时糊涂答应下来。

然而在玉凤山庄遭到劫难后，苏叶也害怕父亲会食言，不提此事。不料苏太傅却是个极为刚正血性的人，一听玉凤山庄落难，咒骂贼人之余，对自家儿子拍胸脯保证说：只要那顾小姐还活着，爹一定为你提亲。

只是，事情好像有点朝着难以预料的方向发展，半路竟杀出个顾美人。以前偶尔听人提起过，却从没放在心上，事到临头，才发现不对劲……

"只是现下找不着顾庄主，不知王爷是否能做一回见证，为小儿与顾家小姐的婚事添一道彩头？"苏太傅双目炯炯，望着楚千觞。

楚千觞似笑非笑，"抱歉，本王虽是顾家公子的师父，但顾家婚事，却无权利决定。"

"老朽记得顾小姐已过及笄之年，却还未定下人家吧。"苏太傅不肯轻易放弃，"王爷若不愿意，老朽便只能去请皇上赐婚。"

"这么说来，只要本公子去请皇上赐婚，也有机会与顾小姐结为夫妻？"又见一人走来，将本就混乱的一池春水搅得更乱了。

顾了了扶额。她都不知，顾美人何时成了众人口中争夺的那块香饽饽。

苏叶闻声猛地抬头，望向那人，对方仿佛早已知晓他的真实身份，毫不在意地朝他微微点头。

"柳祈枫怎会在此？"顾了了悄悄拉住他身后的易复，问道。

易复左右看看，确定没人偷听，小声回答："小心点，公子现在心情不太好。"

"为什么？"

"连续参加君家的两场婚礼，新郎却不是自己，换作你会是什么心情？"易复三八兮兮地说道。

顾了了摸摸鼻子，没想到君沉暮和君沉风两兄弟动作这么快，转眼就娶妻了。不过，这么听来是有点悲催了。

"下面一场婚礼的新郎可能又不是自己，你说公子心情能好吗？"易复火卜浇油。

顾了了怜悯之心油然而生，"公子他不会是万年男配命吧？！"

易复煞有介事地点头，"如此看来，真有可能。"

不远处的柳祈枫回过身，冷冷看着二人，"我全听到了。"

"……"

顾了了推卸责任，"公子，这些与我无关，都是易复他在八你。"

易复垂死挣扎，"公子，小的也只是想帮您……"

柳祈枫瞪眼，"帮我就是诅咒我万年男配命？"

易复一个哆嗦，吓得躲到顾了了身后不敢出来。

顾了了鄙视他一眼，很狗腿地表衷心道："怎么会，公子您那是标准的逆袭男配命。"

易复拉了拉顾了了的袖子，"逆袭男配是什么意思？"

顾了了睁着眼睛说瞎话，"就是要在逆境之中反击，在强权之前抗争，不畏艰难、不怕险阻，历尽千辛万苦终能抱得美人归。"

易复感动得热泪盈眶，"公子，您一定要成功逆袭啊。"

柳祈枫："……"

很明显，双方都对顾家小姐志在必得，互不相让。争执不下之际，终于惊动了皇上。"朕怎么说今日早朝之后，几位卿家急急退朝，原来都是来提亲哪。"皇帝陛下的衣裳满是蛋清蛋黄，好不狼狈，脸上神情却是一派悠然从容。

苏太傅蹙眉，随即扑通一声跪了下来，叩首道："微臣参见陛下。"众人当即跪下叩首。

皇上挥袖笑道："免礼，这在外面不必如此。"

"皇上，您怎……"苏太傅上前，一脸关心道。

皇上咳了两声，"路上发生了一点小事。"

"一点小事？"苏太傅怔了怔，这样狼狈的模样，只是一点小事？

皇上又咳了一声。楚千觞心领神会，"有什么事先进去再说吧。"

诸人进了王府，楚千觞带着皇上先行换衣，留下其他人在正厅等候。皇上再度现身时，苏太傅还欲行礼，被皇上阻止了，道："不必多礼了，我今日出来原是想随意看看，没想到我京城百姓实在是太热情啊……"

顾了了憋着笑，是啊是啊，热情得都有点吃不消了。

"这姻缘蛋都奔着朕去了。"

见众人当中有露出不解之色，皇上很好心地解释道："据说是一位白衣少年当街卖鸡蛋，将那鸡蛋吹得天花乱坠，竟说此蛋砸向心仪之人，能缠缠绕绕，相随一生，很有意思吧？！"

顾了了低头看看，还好今日穿的不是白衣，不会被认出来吧？！生命是如此的美好，她还想多活几年。

苏太傅愤然道："真是太过分了。"顾了了眨眨眼。"现在的女子也太不含蓄了。皇上如此英明神武，难怪会被姻缘蛋砸得一身姻缘。"

顾了了："……"

众人："……"

这个马屁拍得实在是高明，皇上非常满意地点点头，"苏太傅之言真是深得吾心哪。"感叹一声后，又转向院子里的大箱子，笑问道："太傅带这些东西来，是想向哪家小姐提亲吗？"

苏太傅嘿嘿笑道："是替小儿向顾家小姐提亲。"

柳祈枫毫不示弱地上前道："皇上，臣也想娶顾家小姐为妻。"

皇上惊讶地挑挑眉，"楚王，他们说的顾家小姐是哪位？与你徒儿顾了了有何关系？"

顾美人上前，面不改色心不跳地答道："民女顾美人，顾了了是民女哥哥。"

顾了了赶忙上前抱大腿，"草民顾了了叩见皇上。"什么男儿膝下有黄金，那都是浮云啊浮云，尊严诚可贵，生命价更高。

皇上兴味盎然地打量着顾了了，"你就是楚王唯一的弟子？"

楚王容觞与江湖第一美男楚千觞同为一人，想必是朝廷内公开的秘密，在座之人无不跟朝堂有千丝万缕的关系，也自是一清二楚。

顾了了面无表情地点头道："正是。"她没有抬头，自然不知楚千觞落在自己身上百转千回的目光。

"顾庄主不在，你作为兄长，替自己妹妹选妹夫也是可以的，"皇上玩心大起，唯恐天下不乱地添乱道，"苏家公子与柳家公子都是不可多得的青年才俊。"

顾了了顿时愁了。她虽然喜欢看热闹，喜欢捣蛋爱整人，可是婚姻之事，却不比其他。顾美人虽为顾家大小姐，但实则是个男子，要她去乱点鸳鸯谱，万一毁了人家后半辈子的幸福，岂不是要在被追杀中度过余生？

在用余光扫了一眼顾美人，见他浑身散发着一股生人莫近的寒气，顾了了抖了抖，很自觉地朝反方向挪了一小步。

"启禀皇上，婚姻之事还讲究个你情我愿，只要草民妹妹亲自点头，草民绝不反对。"顾了了和稀泥道。

"那怎么行呢？"皇上不满意，"婚姻乃是父母之命媒妁之言，既然你们父母不在，由你做兄长的决定也是一样的。"

顾了了愁眉苦脸，她不是那见鬼的兄长啊有木有。

在皇上的步步紧逼之下，顾了了万般无奈道："草民虽不见父母，但还有师父在上，俗话说一日为师终身为父，师父既然为草民之父，那也是草民妹妹的父亲。"言下之意，还是请师父他老人家决断吧。

　　顾了了对比了一下自己和顾美人的战斗力，又参考借鉴了一下楚千觞与顾美人的PK力，英明地决定推卸责任。嫁祸于人神马的，她最擅长了。

　　皇上眉角抽了抽，看向自家弟弟。——这真是你培养出来的好徒弟。楚千觞挑眉，眼神似在说哪里哪里。

　　"咳，楚王，既然你的徒儿这么说了，就由你来决定吧。"皇上从善如流。

　　一边是朝廷重臣柳相之子，一边是太子太傅的爱子，两边都不好得罪，面对这烫手的山芋，楚千觞想了想，说道："不如让柳公子与苏公子比试一场，胜者娶顾小姐为妻。"

　　皇上点头，"你就挑个时间，让他们俩比试比试。"一锤定音，柳祈枫与苏太傅纷纷拜谢。

　　顾了了拍了拍顾美人的肩，"天将降大任于你，节哀顺变。"顾美人狠狠甩开顾了了的手。

　　望着顾美人离开的身影，顾了了有一种"儿大不由娘"的感觉。真是时光如水岁月如梭，当年那个喜欢跟在自己屁股后面的腹黑小伪娘如今完全颠倒过来，成为伪娘大腹黑了。

　　"了了，"苏叶走到她身边，神色温和，"好久不见了，你还好吗？"

　　顾了了唔了一声，总体而言并不坏，虽然被甩被拒绝被炮灰了无数次，但生活还在继续，终归得向前看，不能因为一次失恋而死去活来不是？

　　顾了了便是以这样一种旺盛的生命力和打不死的小强精神非常有力地点头道："师兄，祝愿你能抱得美人归。"

　　苏叶神色一黯，双眸黑沉沉的，似有千言万语，"我并不是……"

　　顾了了装作很懂的模样说道："我明白我明白，你也是被逼无奈是不是？"

　　师兄和顾美人才第一次见面，说什么她都不会认为苏叶是因为对顾美人一见钟情才上门求亲。苏叶涩然一笑，"也是。"两人相顾无言。

　　半晌，苏叶道："陶桃与桑既订婚了。"什么？顾了了睁大眼睛，"真的啊？"

　　苏叶点头，嘴角露出一丝笑意，"你有空去看看她吧，再过一阵子她便要嫁入桑家。"顾了了发自内心地笑道："恭喜陶师姐啊。"苏叶也跟着笑起来，却没有她那般开怀。

　　等到周围人都一一散去时，顾了了双手抱着膝盖，坐在屋前的台阶上。

　　"公子，回房间吧。"清秋说道。顾了了回头看了他一眼，脸上笑容散尽，带着浓浓的倦意说道："你下去吧，我想一个人待一会儿。"

清秋深深望了一眼顾了了，依言安静地离开了。

身边的人似乎一个个都寻到了自己幸福，千面手与姬三芊、王御与桑依、君沉暮与孟忆晚、陶桃与桑既……连那个口口声声说喜欢美人妹妹的君沉风也别抱琵琶。这世上之事，仿佛变化莫测，叫人难以预料，不久前还与自己一块打打闹闹的伙伴们，转眼间便已纷纷成家立业。只有她，好像被时光抛弃在最后，没心没肺地大笑，自欺欺人地玩闹。

坐了许久，感觉有些凉意，顾了了起身，在王府里四处游荡。她随心而行，也不管自己身在何处，目的地在何处，走着走着，却无意间瞥见草地上躺着一人，她好奇地走近，却发现那人正是楚千觞。他合着双眼，静静躺在那儿，似沉沉睡去。

美目流转，顾了了观察到四周无人，便悄悄上前。均匀的呼吸声，仿佛在告诉顾了了，他确实是睡着了。顾了了放下心来，走到楚千觞身边，蹲下身子。很久没有这般靠近看他了。俊朗的五官，长长的睫毛，白皙的面庞，薄薄的嘴唇……

一切都熟悉到不能再熟悉，像是刻入她的灵魂，一生一世都无法忘怀。顾了了颤抖着伸出手，指尖落在他眉间。连睡梦中，都在担忧吗？想为他抚平眉宇间的皱纹，却最终不得。指尖顺着鼻梁缓缓而下，停在那张薄唇上。好想……偷偷吻一下。

之前的那一记吻，算是误打误撞所为，没有丝毫感觉。

顾了了慢慢垂下头，一点一点靠近那张唇。鼻息溢满了他的清香，她像是沉溺在美梦中一般，无法自拔。没有注意到楚千觞颤抖的睫毛，嘴唇在碰触到他的那一瞬间，便立马离开。顾了了站起身，捂着脸大步离去。眼角的晶莹，稍纵即逝。

过了许久，楚千觞才睁开眼睛。他摸了摸嘴唇，似在感受上面残留的温度。那个吻，根本算不得吻。只是轻轻碰了碰，却让他回味许久。像是同样沉沦其中无法自拔，楚千觞心头一时酸甜一时苦辣，五味杂陈，思绪纷乱。

他似乎在开心，又似乎在痛苦，皱着的眉头始终没有解开。偷偷喜欢着对方……也许这样，就是他们今生最近的距离。他们是师徒，又有着一层不为人知的关系，无论怎样靠近，都如飞蛾扑火，耗尽一生，却一生寂寞。

考虑到苏叶那万恶的包办婚姻要不得，顾了了坚定地站在柳祈枫那一边。当然，至于顾美人的意思嘛……他们俩一个是腹黑妖孽一个是老奸巨猾，相互厮杀一定非常惨烈，私心来说，顾了了还是有点期待的。

但是，顾美人毕竟是男人，让他一个大男人嫁给另一个男人，楚千觞他究竟打着什么主意呢？

顾了了想不明白，也无意去想明白，既然顾美人都没有反抗默认了，她便推波助澜一下，何乐而不为呢？于是，就在那场震惊全国的争夺顾家小姐比试前夕，顾了了亲自去了一趟柳相府邸。

她本是去找柳祈枫的，却不想遇上了柳阡梦。一晃八年不见，柳阡梦那个老色鬼越发丑陋不堪了，顾了了难以想象，那位小芳姑娘会对这样一个渣男痴心不悔。

不过她更难想象，就柳阡梦这副大腹便便、纵欲过度的样子，居然能官至臣相之位，一人之下万人之上，还会有柳祈枫那样一个气度不凡的儿子。

"你就是那个顾了了？"柳阡梦盯着她，神色不善。

顾了了面不改色，冷冷答道："正是。"

柳阡梦还欲说什么，易复的到来打断两人的交谈，顾了了不由松了口气，她觉得自己再多待一会儿，没准会阉了这个老家伙。显然现在不是阉他最好的时机，顾了了跟着易复进了柳祈枫的院子。离得前边很远，在一个偏僻的角落。

这倒叫顾了了有些想不到，她记得柳阡梦似乎只有这一个儿子，怎会住在如此寒碜的地方？"这是家母生前住过的小院。"柳祈枫解释说。

顾了了点头，表示深刻理解。爹不亲娘不爱的生活，她上辈子也经历过。

"公子为何想娶顾美人？"顾了了唯一的疑惑便是柳祈枫的突然提亲，说他对顾美人一见倾心吧，却也不见得。柳祈枫此人不似那种会儿女情长之人，尤其是生于这样的大家族，婚姻往往不过是一场交易。

之前玉凤山庄还在时，柳祈枫提出这样的要求顾了了不奇怪，但现在顾家已家道中落，他怎么还要坚持呢？

"我想扳倒一个人。"柳祈枫笑得云淡风轻。

顾了了没想到他这么爽快地承认了。"谁？"脑子灵光一现，她问道，"楚王吗？"

柳祈枫失笑。

易复瘪嘴，插话道："亏你还是他的弟子，这么笨！公子若是想扳倒楚王，何必要与顾家联姻？"

既然不是楚王又会是谁？顾了了自作聪明地说道："不是楚王，那就是苏太傅咯？"俗话说敌人的敌人就是自己的朋友嘛，楚王与苏太傅不对盘，那要扳倒苏太傅，只能与楚王合作。

柳祈枫笑而不答，"柳祁书，你可认识此人？"顾了了在大脑内搜索了一番，摇头，"他就是你要扳倒的人吗？和你什么关系？你弟弟？"

柳祈枫表情神秘莫测，突然转口问道："你打算如何帮我逆袭？"

这真是一个具有深度的问题，顾了了一时注意力被转移。她自诩有些小聪明，但要在短时间内超过苏叶，却也不是那么容易的。苏叶何许人也？阴险狡诈不在任何人之下，武功高强，卖相又好，除了缺少柳祈枫的野心，其余的都不在他之下。

"比试嘛，你不会武功，大概会避开这一项。"顾了了一项一项分析道，"除此之外，就是琴棋书画诗词歌赋了，这些虽不是苏师兄的特长，但也不输给一般人，不知公子如何？"

易复白她一眼，"废话，我家公子肯定无一不精通。"柳祈枫咳了一声，面色微红，"尚可。"顾了了哦了一声，"那就没问题了，以实力说话吧。"

"万一比武呢？"柳祈枫不放心。

顾了了想了想，很诚恳地说道："你现在想习武也不大可能，超越苏师兄更不可能。"柳祈枫脸色泛黑。

"这样吧，我教你几招防狼术。"顾了了打了个响指，脸上的笑容有些诡异，"万一真的比武，你一定要先发制人。"

"防狼术是什么武功？我怎没听过？"易复不信，苏叶与自己的实力不相上下，一招防狼术怎么可能就解决得了他？

顾了了丢了一个卫生球，废话，你没听过的事情多了去呢。女子防狼术这种出其不意攻其无备前无古人后无来者的新时代伟大发明，怎是一个古人能明白得了的？

"这个武功需要有人配合一下。"顾了了对易复勾了勾手指。易复对于没听说过的武功都报以极大的热情，于是毫不犹豫地上了。

片刻之后……院子里传来鬼哭狼嚎声。只见易复双手捂着菊花就地打滚。柳祈枫目瞪口呆地看着顾了了得意地拍拍双手，一身轻松地说道："公子，你可看懂了？"

夹在双腿之间的某物颤了颤，柳祈枫生平第一次感到武功原来也如此可怕，这简直比刺杀什么的还要狠毒。

"顾公子，你和你师兄没什么深仇大恨吧？！"

顾了了："……"

防狼术不止这一招，不过其他招式也相当毒辣，可怜的易复在一次次的打击中躺下，又站起，又躺下……

十多招过去后，易复彻底泪奔了，"公子，再打下去……"小的就要残了。

柳祈枫难得生出恻隐之心，"今日就到此吧。"

"公子可都记得了？"顾了了活动筋骨后，觉得全身清爽。柳祈枫默默点头，想要忘记都难啊。

　　"那祝公子一招制胜，"顾了了嘿嘿笑，"下脚时稍微轻点便可。"

　　柳祈枫："……"顾了了走后，柳祈枫对着空气比画姿势，"易复，你觉得靠这个我真能打过苏叶？"

　　易复还没从打击中恢复过来，小心肝一颤一颤，心有余悸，"公子，您一定要逆袭成功啊。"要不然咱家就白白牺牲这么多下了。

第二十九章
尘埃·之花

顾了了醒过来时，发现自己被关在一间小黑屋里。她试图移动身体，才后知后觉地发现自己被麻绳牢牢捆住，连动都不能动一下。

这是什么情况？她努力回忆发生过的事情，去了一趟柳府，出来后又去苏府探望了一下待嫁的陶师姐，之后呢？从苏府出来时，记忆就中断了。好像她突然被人从身后猛击一下，措手不及便陷入黑暗之中，再醒过来就是现在的情况。

顾了了满脸黑线，难不成这就是传说中的绑票？照这样的情况来看，对方的武功应该不在自己之下，不过也是她大意了，长期处于被保护之中，忘记躲在暗处的敌人。

究竟是谁这么想不开，绑架自己啊？顾了了认真反省，平日里她除了喜欢出馊主意、恶整人，偶尔捣捣乱，搅搅浑水，整体而言还是个正直有为的三好青年。也没和人结过什么仇，做了坏事记得擦干净，照理说没理由被绑架啊。

顾了了暗自思忖，该不会是哪个家伙的恶作剧？还好清秋今日没跟着自己，顾了了有些庆幸。这几日楚千觞忙着为招亲比试做准备，连带着清秋也被他一道叫走。

没有练过缩骨功什么的，顾了了只能凭借最原始的方式，反复挣扎，试图让身上的绳索松一点，再松一点。但似乎起不到多大效果，半天工夫，也不见任何进展，反而胳膊被粗粝的绳子磨出血迹。

"没有用的。"终于有人进来，顾了了不知是吓了一跳还是松了口气，这个声音听上去十分耳熟。

幽暗的屋内被火光照亮，顾了了惊讶地发现，多年不见的沈书师兄站在自己的面前。"沈师兄！"顾了了欣喜叫道。

沈书微微一笑，"顾师弟还记得我啊。"

那是自然！顾了了还记得自己初入琉璃宫时，被各种心法折磨，沈书给自己提出不少建议，还时常帮她一把，站在自己这边一起对抗苏叶。那些回忆太美好，以至于顾了了忘记眼下的危机，笑嘻嘻说道："好久不见沈师兄，你怎会在此？"

沈书缓缓走到顾了了面前，单膝跪下，伸手捏起她的下巴，视线盯着她看。顾了了被这样的目光看得有些发毛，咽了咽口水，不自在地说："师兄，帮我松开绳子吧，这样捆着好不舒服。"

沈书松了手，目光在她身上游移，半晌才道："松开？顾师弟不会又要什么花招吧？！"这话怎听得不太对劲？顾了了终于收敛笑容，严肃起来，"师兄，你这是为何？"

沈书负手，笑而不答。他站起身，顾了了才注意到他穿着一身玄色长衣，幽幽烛光下，神色阴冷，完全不似记忆中那个带着温暖笑意的少年。

"你……"脑海里有千百个念头飞过，最后凝聚成一句话，"当年的那些事情，都是你做的？"

沈书置若罔闻，挑了挑烛台上的灯芯，缓缓道："顾师弟，我还有一个名字，你可能不知。柳祁书。"听到这个名字时，顾了了浑身发冷，她觉得有什么东西，破土而出，正在缓缓吞噬着自己。

"很好笑是不是？"沈书自顾自地冷笑，"同样是一个父亲，却是完全相反的两种待遇，顾师弟，你觉得是不是很可笑？"

顾了了一点一点仰起头，艰难地说道："我……不明白你在说什么。"

沈书又走到顾了了面前，弯腰，伸出手，一点一点抚摸着她的面颊，像是情人间最亲昵的动作，"为什么那个贱人死了，她的儿子却依然能得到父亲的重视？为什么我的娘亲贵为公主，却在嫁入柳府之后被爹冷漠对待抑郁而亡？为什么七年前爹去过枫丹城后就郁寡欢缠绵病床……"

一连串的为什么让顾了了不得不做垂死挣扎，"这些我怎么会知道。"

"闭嘴！"柳祁书瞪着她凶狠地说道，"明明你我同是被命运抛弃的可怜虫，可你却能得到楚千觞无微不至的照顾，甚至所有的师兄师姐都围着你团团转。"

顾了了："……"如果她现在不是被紧紧绑着的话，一定会这么回答——因为我扼住命运的咽喉，它妄想使我屈服。

"顾了了，你知道我有多么嫉恨你吗？甚至超过对柳祈枫的妒忌！他四处奔走，不过是想要扳倒我，想要为他那个贱命的娘亲正名。我不会让他如愿以偿的，我要向爹证明我才是他唯一的继承人。"

"你、你究竟想说什么？"

"事到临头还想装傻吗？"沈书的指尖落到顾了了的脖子上、肩膀上，又缓缓滑下，不轻不重，好似在挠痒，却又像一把锋利的刀，要剖开这一切，"没关系，你就跟着我一起看这场好戏吧，这不是你最喜欢做的事吗？"

顾了了没有回答，她根本不知道该如何回答。曾经最要好的师兄，一转眼就成为了敌人，世上还有比这更荒谬的事情吗？被绑得太久，这中间又未进食饮水，顾了了有些虚脱，她躺在地上，嘴唇发干，"师兄，能不能给我一点水喝？"

后脑勺还隐隐作痛，顾了了觉得在玉凤山庄受伤时都未必有如今这般惨烈。

沈书端起一杯水，直接往顾了了脸上泼去。冰冷的茶水混着茶叶，沾满了一脸，顾了了终于清醒过来，明白自己眼前的这个人，已经不再是当年的沈师兄。

"顾师弟，或者我该叫顾师妹，"沈书脸上的笑容虚伪得想让人撕裂，"可别再昏过去了，接下来还有很多事情等着你。"

被强制喂下软骨散后，身上的绳索终于松开。顾了了舒了口气，揉了揉伤痕累累的胳膊。这软骨散的药效异常强烈，她除了小幅度地做一些抬手扭头的动作，连站起身来也要耗尽十二分的力气。

从小黑屋换入一间稍大点的屋子，依旧被锁在里面，顾了了躺在冷硬的床板上，想着接下来该怎么办。不见沈书有进一步的行动，她便无法应对。

真是出来混迟早都要还的。过去她无数次用毒，如今尝到了这种滋味，方才同情起千面手。任人鱼肉，换作谁都不会愿意。可本质上，她还是和沈书有区别的吧？！

顾了了自我安慰，千面手遇到自己虽然凄惨，至少也有个好结果不是？凡事不能往最糟糕的地方想，至少对方是沈书，他们有四年同窗之谊，就算他再冷酷无情，也还会有一点点怜悯之心吧？！

不过事实证明，这一次，顾了了过于乐观了。怜悯同情心什么的，是对正常人而言，对于一个常年处于压抑之中内心已经非正常的人来说，只有更变态，没有最变态。

当他托着一个精致的盒子走入时，顾了了有种不太好的预感，她警觉地盯着他。

沈书坐在圆凳上，闲闲笑道："师弟，今日的比试，你可知谁赢了？"顾了了按捺不住好奇心，问："谁？"

"苏师兄竟然自己放弃了。"沈书轻笑，"最后大哥不战而胜，实在是有些出乎预料，我以为至少能两败俱伤。"

顾了了内心唾弃，面上平静如水。

沈书双目晶亮写满算计，"师弟，你说失踪多日，怎不见有人来寻你？看来你在楚王心目中也不过如此嘛。还是说……"沈书起身，慢慢走到床边，坐在床头，一手摸着顾了了的发梢，"我这儿也布了楚王的眼线，他以为我不敢对你怎样？"

顾了了打了个冷战，身子往后缩了缩，"你、你究竟想怎样？"

沈书将那盒子放在顾了了脸边，冰冷的触感让顾了了寒意更甚，她抬头，见他轻笑道："师弟，你可知这是什么？"

顾了了咬着唇，没有开口。金色和红色的双花，她觉得眼熟，似乎在哪儿见过。

沈书并不在意，心情很好地揭晓答案，"这可是南诏的摄魂蛊，珍贵得很。我养了这么多年，也不过几只而已。"盒子里，一只奇丑无比的虫子正爬来爬去，恶心得叫人不愿再看第二眼。

顾了了扭过头，却被沈书握住脸颊，强行扳回来。"和它好好打个招呼，"沈书笑得温柔，"它马上就会成为你体内的一部分。"

顾了了死死闭着嘴，一声不吭。沈书似乎等得不耐烦了，竟将指尖伸向那只虫子，虫子顺势就爬到他手中。

见顾了了瞪大眼睛，沈书很好心地解释说："我体内的雄蛊与雌蛊相生相克，雌蛊进入你的体内后，催动雄蛊，便可以控制你的行动。"

不等顾了了回应，他点住她的穴道，强行掰开她的嘴，将雌蛊灌入。浑身一阵撕裂般的痛楚，犹如无数利刃要将自己的骨与肉剥开，一点一点地凌迟至死。

"好……疼……"被洒下软骨散，顾了了根本动弹不得，她甚至不能蜷曲成一团，缓解一丝痛感。就这样，疼痛一阵一阵席卷而来，涌进她四肢百骸，彻底让顾了了溃不成军，最终哇地张口喷出一口鲜血，失去了知觉。

沈书愉快地看着顾了了晕死过去，轻轻拍了拍她的脸蛋，没有反应，便低下头，伸出舌，舔着她唇边的血迹。"师弟，好戏要开场了，可别睡太久。"

顾了了觉得最近大家都很奇怪，看着她的眼神似乎带着什么东西，让人想要一探究竟。偶尔交谈几句，对方总是敷衍了事，急急离开，自己就像是一个带着病菌的传染体，走到哪儿都被人嫌弃。就连一直亲密无间的顾美人，也渐渐疏远自己。

顾了了非常沮丧，难不成坏事做多了，终于来了报应？陪伴着她的清秋倒是开解道："公子，您想太多了，马上柳家要来提亲，顾小姐自然很忙，没空陪您。"

顾了了一想到柳祈枫最终赢得比赛，非常开心，"话说小柳子还真不赖，能打、打赢苏叶……"

她顿了顿，皱着眉，努力回忆，"清秋，柳祈枫是怎么赢的？我怎么一点记忆都没有？"

清秋神色紧张，忙道："公子那日午睡睡过头，不小心错过了，其实柳公子与苏公子并未比试，是苏公子弃权的。"

顾了了点点头，再要仔细回忆，头疼得厉害，不得不放弃。

"公子，我去倒杯茶。"

清秋走后，顾了了抱着脑袋，趴在桌上打盹。日暮西山，渐渐起了风，她觉得有些冷，正打算回屋时，一件外衣落在她身上，带着一股熟悉的清香。

顾了了的心，微微一动。那人似乎以为她睡着，还未醒过来，在她身边坐下，伸手摸了摸她的额头，触感一如记忆那般温暖舒适。好想好想他的手，能多停留一刻，哪怕几秒钟也好。然而那个人却克制守礼，将手收回去，就这么安安静静地坐在她的身边，在冷风中陪着她。

尽管顾了了一直闭着眼睛装睡，她却感觉得到，那人的目光，始终在她身上流连。这样的时光，是她许多年求而不得的，她怎舍得打破？

顾了了便真的这么一直趴在桌上不起来，不知不觉，竟然睡了过去。等醒来时，她发现自己躺在屋子里，身上盖着被子。她坐起身，发现一件白色的大衣，被一只手牢牢地拽住。

顾了了拿起大衣，细细看了许久，突然吃吃笑起来，搂着大衣，嗅着上边好闻的味道。她闭着眼，将脸彻底埋进衣服里，像是在感受这件衣服的主人特有的气息。

许久之后，她抬起头时，面颊水光一片。张爱玲说，遇到他，她变得很低很低，低到尘埃里，但她心里是喜欢的，从尘埃里开出花来。

她其实一点都不喜欢张爱玲，不喜欢那个盲目爱着一个男人的女子，直到这个时候，她才大彻大悟，爱上一个人，原来如此痛苦。会低到尘埃里，却依然无怨无悔。

不是不知道这样的爱情有多么的饮鸩止渴飞蛾扑火，然而，如果理智能轻易战胜情感，那么这个世上，也不会有那么多的爱情悲剧了。

我们常常明知不可为而为之的事情，不是真的愿意如此，而是控制不住自己的感情。

顾了了以为岁月会一直这样平淡如水，悠悠而过，但是柳家与顾家的订婚，势必打破这一单薄的平静。顾美人是男子，怎可能嫁入柳家？顾了了的疑惑，直到楚千觞来找自己的那一刻，被打破。

"了了，你暂替顾美人嫁过去吧。"楚千觞一字一顿说道，"柳家这几日将派嬷嬷来教导新娘子，顾美人毕竟是男儿身，极容易被戳穿。而你，也是顾家真正的大小姐。"

什么是言语伤人，顾了了今日方知，原来一句话，甚至一个字，就能置人于死。

"好、好，"顾了了冷笑，泪珠在眼眶中打转，"你真是我的好师父。你又要怎么对柳祈枫说，新娘换了一个人，不是他当初选中的顾美人？"

楚千觞双手负于身后，叹了口气道："柳祈枫只需要娶一位顾家小姐，至于是谁，并不重要。"话毕，顾了了转身便走，留下一个淡漠的背影。

被她远远抛在身后的那个人，笑得苦涩而无奈。

纳采、问名、纳吉、纳征、请期……每一项步骤都有条不紊地进行着，婚期最终定在一个月后。

年轻时候，每一个女孩都会有相同的梦想，会希望有一天，有一个英俊的男孩，为我们披荆斩棘，为我们倾尽所有，为我们许下一生一世不离不弃的誓言。哪怕我们明知这世上一切的海誓山盟都不过是一场镜花水月，但当他做出这样的承诺时，终究会被感动。

然而，顾了了的婚礼，却如此荒诞。这是她的婚礼，又不是她的婚礼，顾了了感受不到丝毫喜悦，甚至连一丝喜气都没有感到。

也许是楚王府气氛太庄严了，将喜气压住？也不是，王府老管家最近老爱哼着歌忙里忙外，将王府打扫一新，还在窗子上贴双喜，王府下人的衣裳也都换成了喜气的红色。

但这一切，在顾了了看来，都刺眼得如刀光剑影下的淋漓鲜血，每一次回眸顾盼间，落下的只是无法忍受的伤痛。

自那日之后，顾了了就再没有看到过楚千觞。或许是他刻意避开自己。也是，做出这样的决定，他还有什么脸再见她？

直到婚礼的前夕，顾了了终于见到楚千觞一面，看到他醉醺醺的模样，被几个下人扶着进门时，顾了了才觉得，原来他也有异乎寻常的时候。

是因为自己吗？顾了了自嘲笑笑，什么时候了，她还抱有这种不切实际的痴念？然而，念头起了，便怎么都压不下去。

也许爱到深处，便会成为一道心魔，缠绕在心间，剪不断、理还乱。当她推开楚千觞的房门时，一阵浓烈的酒气，铺天盖地。

房中那人，正大口大口喝酒，连停顿都没有，清冽的酒水洒得到处都是。他一脸颓废，似好久都没有打理过，原本整洁的一个人完全变了样子，下巴上冒出青灰的胡楂。

这个人是她的师父吗？是江湖第一美男楚千觞吗？仿佛那些称号与他绝缘，这一刻，他不再是九天之上的谪仙人，而是沦落凡尘，沦为凡夫俗子，沦为失意之人。

楚千觞醉眼蒙眬地望着顾了了，神情有些呆滞。"了了……"他呢喃道，声音那样的轻柔而低沉，目光深邃而悠长，好似面前的女子是他深藏于心底的恋人。——事实上，也相去不远。

只是楚千觞将自己的心思藏得太深太隐秘，以至于连自己都被骗过了。

他以为，他对顾了了的感情，可能是同情、怜悯、疼惜，甚至是愧疚，但不会有爱恋……

他以为，顾了了对他而言，只是他此生唯一的徒儿，再不可能有其他意义……

他以为……

太多的自以为是，造就了今日的困局。

当婚期步步逼近，直至真的近在眼前之时，楚千觞才感到心中似有什么破碎了，再不能恢复。是他自私、怯弱、无能，一心想要逃避。所以现在，也是他活该这样，借酒消愁。

顾了了缓缓走近，夺过楚千觞手中的酒壶，"师父，别喝了。"记忆中的师父，总是强大的、无所不能的，无论面对什么样的状况都是淡定自若、飘逸绝尘，此刻看到他的落寞、他的颓丧，顾了了心中骤然一痛。就算再怎么怨他、恨他，最终还是舍不得看到他不好啊。

楚千觞身边摆满了酒坛子，也不知他喝了多少。顾了了夺走一壶，他便又随手拿起一坛酒，笑呵呵道："来，了了，陪师父喝酒。"说完，头一仰，酒水哗哗流入喉中。

顾了了看得一阵心惊，这样凶猛地喝酒，又是最烈的白酒，师父的身子怎经受得住？

"别喝了，求求你，别喝了。"顾了了挥手，猛地打落楚千觞手中的酒壶，双手制住他的，不让他再有机会从地上拿酒。

"师父……"顾了了轻声叫道，她瞪着眼，与楚千觞对视，眼底蒙着一层薄薄的水雾。

楚千觞木木地抬头，直视顾了了，在那双黑白分明的眸子中，看到自己的身影。落魄、颓废、失意、潦倒……昔日的风光都不曾见到，倘若有人来了，定然认不出此人会是鼎鼎大名的江湖第一美男，楚千觞。那又如何？楚千觞笑了起来，几分癫狂，几分不羁。

他从不在意别人怎么看自己，这世上值得他放在心上的，太少太少……如今，连眼前这小人儿也终是要失掉了。蓦然而来的痛楚迷糊了他的神志，分不清身处何方，只觉得那双清亮的眼眸、那张红艳的嘴唇，是他渴望已久的，是他梦寐以求的。

那些最隐秘的心事、最深沉的梦想，在顷刻之间，喷薄而出。双手不受控制地一紧，顾了了轻呼一声，落入楚千觞的怀抱中。浓烈的酒气让顾了了禁不住皱起眉头，师父的衣襟都被酒水打湿了。

"师父，你喝醉了。"顾了了抬起头，说道，"快放开我吧。你去换一身衣裳。"楚千觞低下头，恍然一笑，"我——没醉！"

顾了了撇嘴，只有喝醉了的人才会强调自己没醉。她这不自觉的小动作，在楚千觞看来无比可爱。一手扶住她的肩膀，另一只手搂住她的腰，楚千觞缓缓低下头。

顾了了大脑一片空白。她甚至完全没有意识到楚千觞要做什么，便感到嘴唇一阵湿热。那个吻，带着清冽的酒香，在她的唇上辗转许久，仿佛那是无上的美味，舍不得太快享用，而要一点一点品尝、咀嚼，直至吞噬殆尽，仿佛要与她一直如此，直到地老天荒。顾了了眼睛越来越大，写满了震惊、不可思议。

楚千觞微微松开口，嗓门低哑而暧昧。"把眼睛闭上。"他命令道。

顾了了乖乖闭上眼。而后感受腰间的手搂得更紧了，两人贴在一起，没有一丝缝隙，也没有一丝不适，好似天生就该如此，契合的不仅仅是身体，连灵魂也分不清彼此。

了了……我的了了……楚千觞轻声呢喃。

嘴唇一痛，顾了了下意识地张了张嘴，下一刻，温热而柔软的舌，顺势闯入，与她的纠缠在一起。那是怎样的感觉，顾了了说不出来，她只觉得满心满意的喜悦，似要将她那小小的心脏撑破来。

双眼紧闭，不敢睁开，生怕一旦睁开眼，梦境就会被打碎。师父的吻，是她盼了多久，才盼来的。只求这一刻，能延续到永恒。

吻，不知持续了多久。两人都没有停下的意思，在你追我赶中，深深沉溺，无法自拔。

身上的衣衫松散，顾了了感受到肩头的凉意。楚千觞的手，顺着她的脸缓缓向下。直到她胸前的柔软被握住时，顾了了才骤然一惊，出于本能的抗拒，推开他。

两个人都在这一瞬间清醒过来。看着衣衫凌乱的顾了了，楚千觞眼眸沉沉。他刚刚……都做了些什么？差点、差点就做出不可原谅的事情来。可即便如此，楚千觞依然感到内心深深的渴望。仿佛有一个声音在对他说继续，只要继续下去，他便能彻彻底底拥有她。然后带着她离开，远走高飞。

而他的理智则在告诉他，他不能因为一时情动而乱了阵脚，更不能因为眼前的女子，而选择放弃。因为，他不单单是楚千觞，更是楚王！眼中的情欲一点一点消退，楚千觞闭了闭眼，再睁开时，恢复了几分明净。

面对顾了了茫然的神情，楚千觞双手握成拳，感受指尖刺入手心的疼痛。"对不起，了了……"

有什么好对不起的呢？爱情本来就是如此，没有对与错，永远只有爱，与不爱。

楚千觞俯身，为顾了了拉好衣裳，系上衣带，双手绕过，为她梳理头发，重新绾好青丝。他身上的酒气依然那么的浓烈，却让她忍不住想要靠近。哪怕明知结果会是烈火焚身。

人这一生，终会冲动一次，会想要为自己，努力一次。否则，便枉来这世上走一遭。

"楚千觞，"顾了了轻轻念这个令自己魂牵梦绕的名字，第一次敢当着师父的面，直呼其名，"我爱你。"爱，不是喜欢。

楚千觞猛地一愣，手中动作生生停住，连身子也变得僵硬。无法相信的眼神看向顾了了，楚千觞一句话都说不出来。

嘴边溢出一个苦笑，顾了了又说道："师父请放心，这样的话，了了再不会说了。"也不会有机会再说……今日所作所为，不过是圆自己当初一个心愿罢了。

这时候表白，又会如何呢？明日，后日，她便会成为另一个人的妻子，或许这一生，她都注定与楚千觞无缘。那么说出来，又有什么关系呢？她只是希望，有朝一日回望过去时，能够不留遗憾而已。

顾了了站起身，最后看了一眼楚千觞，他还愣在原处，似没有回过神来。嘴角漾起一个苦涩的笑容，顾了了正了正衣襟，缓缓而出。

徒留下一室的凄清与落寞。

迎亲之日，终是来到了。

那一日，很早便被叫醒，然后一群侍女将顾了了从床上拉起来，为她换上婚服，画上妆容。那是新嫁娘才会有的装束，铜镜中的少女，凤冠霞帔，妩媚而动人，犹如一朵未曾绽放的花蕾，在这一刻，终于傲然挺立于枝头。

走上花轿，起轿时，顾了了感到一阵晃荡，好似内心的感觉，恍惚、不踏实。花轿慢悠悠地前行，好似走不到尽头，而她，也希望这一路没有尽头。

离开前，没有看到师父。师父他，也没有来送自己。他知道吗？知道自己走了，踏出了楚王府，知道自己要嫁人了吗？

顾了了不知，有个男人，在她房外守了一夜，未曾离开一步。甚至她在屋里绾发画眉，被侍女们交口夸赞之声，他都未曾漏听半分。

直到看着顾了了被簇拥着一步步走向花轿，即将走向另一个男人时，楚千觞才伸出手，想要擦去嘴角的血丝，却发现凝固得太久，犹如一抹朱砂，刻印在心尖。

喜娘将苹果递给顾了了，顾了了呆呆看着红彤彤的小苹果，指尖轻轻摩挲。花轿落地时，顾了了被清秋搀扶着下了轿子。红色的盖头挡住了她的视线，她的步子轻缓，好似娇弱无力的闺阁小姐。

每个女人，都会期盼自己的一生能有一次盛大的婚礼。只要一场，就足矣。顾了了亦是如此。

希望自己所爱的男子，是盖世英雄，踩着五彩的祥云，带她远走高飞，带她踏遍万水千山，爱她生生世世不离不弃。如今，这样一个愿望，却成了一个永远不可能达成的奢望。

新郎向她走来，伸出手，牵住她的。顾了了无力抗拒，顺从着随他走入柳府。

附近许多观礼的人，隔着盖头，顾了了看不清是谁。她听到嗡嗡的对话声，称赞新郎官潇洒不凡，还有那些嫉妒新娘的话语，嘲讽说一些新娘与新郎不般配的话。

顾了了麻木地跟随柳祈枫，亦步亦趋走入婚堂。红色的盖头遮住了她的视线，她所能看到的只是铺天盖地的红影。深深吸了口气，顾了了面对上座。司仪说了一大堆祝福的话语，而后便是拜天地高堂。

"一拜天地，二拜高堂，夫妻对拜，送入洞房。"像是在看一场电视剧，顾了了麻木地被牵着行礼。

"洞房"二字落下时，忽听得外边有人嚷嚷道——楚王殿下到。顾了了身子微微一颤，险些栽倒在地。脚步声由远及近，她听到楚千觞平淡的声音，"继续吧。"

双手紧握成拳，指甲掐入肉中，她努力让自己清醒。眼睛蕴满雾气，连同大脑也变得不清晰了，好像有个声音在耳边反反复复说话。她听不清那人在说什么，意识却随之淡去。

再清醒过来时，手中竟多出了一柄短剑，刺入身边之人的胸口。顾了了懵住，她完全不知自己做了什么，猛然掀开盖头，见清秋正一手握在剑上，剑锋深深没入他的心脏。

"清秋……"顾了了一阵哆嗦，猛地松开手，惶恐地后退两步，而后跪倒在地，抱着头凄厉地尖叫起来。突然而至的惊变，让婚礼陷入一片混乱之中，不知什么时候一群黑衣刺客从天而降，楚千觞、柳祈枫这边也不甘示弱，双方似乎早已准备好，只等这一触即发的契机。

顾了了满脸泪痕，她无暇避开那些刀光剑影，一点点爬到清秋身边，将浑身是血的他抱在怀里。

"清秋……"声音颤抖着，明知道这一剑致命，明知道已经无力回天，她还奢望能够救回他。

清秋低低咳了两声，微微睁开双眼，费力地看着顾了了，"公子，这一辈子能一直陪在您身边，真好……"

顾了了狠狠摇头，一点都不好，她待他其实一点都不好。怨他、怒他、骂他，甚至打他，她从没有对他温柔半分。

"公子，别伤心，清秋喜欢这样的结局，很喜欢……"

眼泪一滴一滴地滑落。

"公子，这样……清秋就能自由了吧……别伤心，清秋很开心……很……"

第三十章 十里红妆

开……心……""心"字落时，他终于合上双眸，再没有睁开。

顾了了伏在清秋身上放肆地痛哭。他说了，要一辈子陪在自己的身边，果真没有食言。只是她没有料到，原来一辈子竟这么短、这么短。一个鲜活的生命，就葬送在自己的手上。为什么？为什么会这样？

兵荒马乱中，突然有掌声响起，顾了了抬头，却见一人从门外优哉游哉地走入。"只差一点啊。"那人哈哈大笑道，"真是可惜，顾师弟，差一点，你就成功了。"

"沈书！"

"柳祁书！"

不同的名字，却是在叫同一个人。

顾了了顿时觉得脑袋嗡嗡作响，仿佛有成千上万个人，对着自己嘶吼。她抱着头，痛得在地上打滚。

"沈师弟，为什么是你？"

"沈师弟，你这是为何？"

"柳祁书，你终于露出了马脚。"

楚千觞、柳祈枫、苏叶、陶桃、凤曦、凌霜霜、顾冥磊……还有其他数不清的声音，既熟悉又陌生，明明近在耳边，顾了了却分辨不清究竟谁在说话。

冥冥之中，她仿佛听到沈书如毒蛇一般的嘶嘶声纠缠着自己，"我为何如此？楚千觞，你说如果一个是自己失散多年的爱徒和亲妹妹，一个是好不容易寻来的合作伙伴，两相厮杀，该是多么有趣！"

爱徒……亲妹妹……一声声仿若诅咒，让顾了了瞬间堕入十八层地狱。原来是这样的……原来真的是这样的……

真相永远是这样的残忍，这样让人无法接受。顾了了大笑起来，笑得喘不过气，她随意擦了一把眼泪，从怀中掏出一包粉末。那是她很久以前调制好的一梦白头。

如果这些都是真的，她宁愿做一个漫长的梦，梦醒后，独自白头。

第四卷
师父好逑

第三十一章 陌生的你

慕双正在津津有味地啃猪蹄时，有人推门而入。她下意识抬起头，嘴里还叼着一块骨头舍不得吐掉，油光满脸。那人嘴角抽了抽，似乎在强忍着什么，半晌才道："顾了了，你是饿死鬼投胎吗？"

慕双刚想回答，憋不住打了个嗝，嚼着骨头含糊道："唔，做得真好吃，顾美人，能不能再来一盘！"

顾美人："……"

给她把过脉后，顾美人目光温和地看着慕双，说："了了，你大病初愈，不适合吃太多这种油腻的东西。"慕双不屑地撇撇嘴，大病初愈？她明明是被饿病的。

自她醒来之后，发现自己莫名其妙地落入另一个时空，身边手边都是新奇的事物，还有一票美男轮流探望，慕双得出一个结论——这个顾了了真是好命哪。

尽管有一种鸠占鹊巢的心虚感觉，但总体来说慕双还是过得很嗨皮。在这里有美男可以欣赏，有无数美食等着自己去品尝。

唯一不好的一点，便是每日三餐的药。虽说良药苦口，但是那种像牛粪马粪一样的味道和猪蹄鸡爪混在一起，口味重得三观不想被毁灭都不行！

尤其是每次端来药的都是同一个人——那个白衣美男美则美矣，但是，兄弟啊，麻烦您端着碗的手不要一颤一颤，看得慕双的心也跟着一颤一颤，生怕他将药汁洒在自己身上。

药喝多了，以至于慕双形成条件反射，只要那个白衣美男出现，她便蒙着被子装睡，自我催眠此人没有出现。可再怎么装睡，吃喝拉撒总是要醒过来的，逃不过喝药的悲惨命运。再后来慕双每每见到白衣美男，便一副苦大仇深的模样，哪怕他手中没有汤药，她对他也没有半分好感。

这日，慕双终于被顾美人允许，可以再加一盘猪蹄，她正摩拳擦掌，准备大开杀戒时——白衣美男又出现了。慕双哀怨地望着他手中的碗，抗议道："我身体很好，我不喝药。"

白衣美男的笑容很是温暖，"了了，吃完饭再喝药。"

慕双瞥了一眼黑乎乎的药汁，顿时胃口全无，她负气说道："吃完饭我就喝不下药了。"

"那就少吃一点，这么油腻的东西，对身子也不好。"白衣美男依然不放弃。慕双将筷子狠狠丢在桌上，瞪着他道："你不知道你这样很倒我胃口吗？这么苦的药是我喝不是你喝。"

她被自己的作为吓了一跳，不知哪里来的脾气，竟全冲着那白衣美男发泄出来。见他神色一黯，慕双瞬间矮了一截，赔礼道歉，"对不起，是我不好，我现在就喝药……"

说着她便去拿药碗，却被白衣男子阻止，"你先吃饭，多吃点蔬菜。"说罢他起身就走，留给慕双逃难一般的背影。

慕双疑惑了片刻，注意力又被那盘散发着浓郁香气的猪蹄吸引过去。于是，等她酒足饭饱捧着肚子打嗝时，白衣美男再度出现。慕双觉得此人心理素质甚是强悍，无论自己是明讽还是暗骂，都能做到面不改色。由此看来，真相只有一个——他定是深爱顾了了。

抱着这种猜测，慕双再来观察白衣男子，发现他望着自己的目光充斥着各种情感，复杂得就像那弯弯曲曲的函数图像。

慕双实在不喜欢做别人的替身，也不喜欢偷窃那些不属于自己的感情，她不知道这白衣男子与过去这具身体的主人发生过如何虐恋情深要死要活的情感纠葛，但只要她的灵魂一日占据着顾了了的身子，她便只是慕双，不是其他人。

慕双努力无视白衣男子的喜怒，她端起碗，正要一鼓作气时，又被他拦住。"又怎么啦？"慕双不耐烦，他究竟有完没完？

白衣男子大概也看出她的怒气，小心翼翼说道："药可能冷了，我先端下去热热。""你不会等我吃完饭再端药来吗？"慕双不高兴道。

白衣男子讨好地说道："你吃完饭休息一会儿再喝药，待会儿我再拿些蜜饯来可好？"这还差不多。慕双白了他一眼，打发道："去吧去吧。"

趁着白衣男子去热药，慕双望着窗外阳光正好。那个顾美人好像没说不准出去逛，适度的锻炼也对身体健康有好处，慕双披着一件大衣，离开她待了近一个月的屋子。

出了门，才发现外面的世界多么美好，起初她醒来时还抱怨过古代无电脑无手机无电视机的生活，但随处可见的奇花异草、精致典雅的雕梁画栋、恬淡幽静的亭台水榭……完全笼罩在江南古典园林的诗意之中，这么大一块地方却只有几间屋子，比起现代的寸土寸金一平方米卖到天价的房屋，慕双顿时有种暴发户的心态。

"了了，你怎么出来了，快点进屋去。"那白衣男子阴魂不散。

慕双蹙了蹙眉，见他手中的瓷碗散着腾腾热气，突然感到胃隐隐作痛。"这位公子，就连犯人都有放风的时候，为何我不能出去走走？"慕双冷冷说道。

白衣男子愣了愣神，似在想什么，看向慕双的眼神依然有着太多难以理解的情绪。"了了，你不记得我了？"他站在那儿，一手端着药碗，一手托着满是蜜饯的盘子，换作其他人或许会显得很傻，但由他来做，却偏偏带着几分风流潇洒的味道。

慕双咽了咽口水，她也想过，假装成那个顾了了，混吃混喝过一辈子。可那样的前提是不以感情为基础。白衣男子看她的目光太深沉太晦暗，她慕双从来不是一个聪明的人，她不喜欢和这样一个复杂的男人纠缠不清。

醒来的时候，所有人都只问她感觉怎么样，身体好不好，有没有哪里不舒服的地方，却没有人想到过，她已经不是原来的那个顾了了。

"你叫什么名字？"慕双想了想，问道。病中，她听过很多人叫他殿下，或是王爷、楚王之类的，却不知他真正的名字。

白衣男子听后露出一个苦笑，回答说："楚千觞。"

楚千伤？这个名字听着不怎么好。"你父母不喜欢你吗？"慕双又问。

楚千觞一愣，问："何出此言？"

"千伤千伤，感觉像是在咒你要历经伤痛。"慕双实话实说。

楚千觞微微蹙眉，良久才轻声道："也许……吧。"

什么叫"也许吧"？慕双有点替他愤愤不平，"怎么会有这种父母？"

给孩子取名，应该是寄托这天地间最美好的愿望，就是取"无伤"也比"千伤"要好！

"不是受伤的伤，是酒觞的觞。"楚千觞慢慢说道。

酒觞？慕双一愣，而后大窘。"你怎不早说？"害得她出糗。

楚千觞微微一笑，道："其实你说得并没有错，我父母的确不喜欢找。"他的笑容中带着一丝苦涩、一丝伤痛，不知怎的，慕双的心似乎也有点不舒服。

"你不舒服吗？"楚千觞见慕双一手按着胸口，立马关切地问道，想过来扶住她，却苦于双手都拿着东西。

"你的伤还没好，要多休息，把药喝了吧。"宠溺的眼神，温柔的嘱咐，这一切让慕双很不舒服、很不舒服。

这些，都是属于那个叫了了的女孩的，不是吗？"我不是你口中的那个了了，我叫慕双。"慕双抬起头，直面楚千觞的目光，一字一字说道。

端着药碗的手不由颤了颤，洒出几点药汁，楚千觞深深望了一眼慕双，坚持道："你是慕双，也是顾了了。"

慕双不明白他的意思。

楚千觞不在意地走上前，将碗递到她面前，"快点喝了吧，我尝过了不冷不热，刚好。"他又补充说："我少放了几味药，不会那么苦了。"

慕双无奈，接过碗，抿了一小口，果真冷热正好，苦味也淡去不少，她有些疑惑，将药一饮而尽，又尝了几颗蜜饯，压下舌尖的苦涩。

"回屋子去吧。"楚千觞说道。声音温和至极，眼眸中也流露出一丝极淡的笑意。

不知为何，慕双总觉得他的笑容好生熟悉，像是隐藏在记忆深处的琴弦，无意间的触动，响起深深浅浅的回音。大概，是这个身体主人原先残留的记忆吧？！慕双不喜欢这样的感觉，非常不喜欢，甚至出于本能地抗拒，"楚公子，就连犯人都有放风的时候，为何我不能出去走走？"

嘴角的弧度被生生打断，慕双有些恶意地猜想，或许顾了了也对这个楚千觞没有多少好感，要不然怎的总不受控制想要奚落嘲讽他，看到他挣扎痛苦就会有一阵变态的快感？

楚千觞听到慕双这么说，微微一愣，似乎还想说什么，但终究闭上了嘴。

慕双有些惴惴不安，其实她是有些怕他的，每次与他目光对视间，她都会有种胆战心惊的错觉，仿佛下一刻自己便会被他所做的举动伤害似的。

然而，楚千觞并没有做任何伤害她的事情。又或许，楚千觞带给这具身子的主人许多伤心的回忆，所以让慕双也无端跟着一惊一乍起来。这样的人，还是少惹为妙。

正自顾自胡思乱想，慕双听到他的回答，"明日安王会过来，他若同意你出门走走，我便没意见。"

楚千觞口中的安王，便是那个总喜欢穿红衣的顾美人。慕双还清楚地记得，自己醒来第一眼看到的便是那张比女子还要美丽的面庞。可惜那顾美人空有一张漂亮的面孔，却是标准的面瘫冰山脸，很少有笑容，每次见了自己除了把脉还是把脉，然后开出一堆苦兮兮的草药，让楚千觞煎给自己喝。

慕双潜意识觉得，那个安王绝对不怀好意，不放过任何机会地报复自己。怪只怪自己当初太傻太天真了，下人说安王要来探望自己，她左等右等也不见传说中的安王来，倒是见到那个经常给自己把脉的顾美人出现，于是便向他抱怨了两句。

彼时，顾美人表情还算温和，问她为何想见安王。

慕双做出一派沉思表情，回忆古装剧中那种锦衣玉带、头上或许还会加一个紫金冠，脖子上再挂一个像狗牌一样的玉佩啥的，从头到脚都闪闪发光的生物，很干脆地答道："好奇嘛，想看一看传说中的王爷是啥模样。"会不会真如电视剧所演的浑身带着一股暴发户气质。

慕双见顾美人目光灼灼地盯着自己，那安王左等右等也不见人影，脑子灵光一闪，试探着问了一句："你该不会是那个安王吧？！"

顾美人不置一词，反问她："你觉得我像吗？"

慕双上下仔细打量顾美人一番，长相是不错，很符合做王爷的气质。但他衣着委实普通了一点，气质虽属于冰山美人一型，却缺少一种浑然天成的大气。不像那个楚千觞，只一眼便觉得他气势太强盛，哪怕面容再怎么温和，也遮掩不住眼底的凌厉。

慕双很诚实地摇摇头，说道："不太像。"

"为何不像？"顾美人十分感兴趣地问道。

慕双眼珠子一转，这样的感觉只能意会不能言传，要她如何解释？她非常努力寻找措辞以委婉地表达自己的想法。

"王爷有正房夫人偏房老婆下房小妾侍房丫头无数，你有吗？"

"……"

"王爷无论走到哪儿都有人前呼后拥恭恭敬敬一呼百应，你有吗？"

"……"

"王爷锦衣玉袍金银无数挥霍无度，你有吗？"

"……"

"是吧，本姑娘一双火眼金睛，一看就知道你一没有三妻四妾二没有佣人伺候三没有金银财宝，怎么可能是王爷。"慕双摊摊手，最后得出结论道。

顾美人："……"

见顾美人眼皮一阵抽搐，慕双语重心长地拍了拍他的肩膀道："看看，你还是个大夫，却连自己的眼睛有问题都不知道医治。哪有王爷像你这样的？"完全就是个稚嫩的少年嘛。

"顾了了！"顾美人扭曲着面庞叫道。

"哎？"慕双对这个名字很不习惯。

"你——"

顾美人话还没说完，门吱呀一声推开，楚千觞从外面缓缓走进来。

"安王。"楚千觞颔首说道。

慕双面前的红衣美男点了点头，一本正经地回答："楚王殿下。"

听到他们俩互相称对方为王爷，慕双风中凌乱了。有谁能告诉她，王爷可以不穿金不戴银没有女人陪伴没有若干仆从前呼后拥。简直是……太没有职业道德了！

就这样，慕双算是把顾美人得罪了彻底，以至于后来每次见到顾美人，对方都没给她好脸色看。

尽管在慕双看来安王殿下，也就是顾美人同志有点小心眼爱记仇，不过总的来说，他还是一名好同志，为她把脉之后就同意让她出去走走，还嘱咐楚千觞不用再一日三餐灌药，饭菜也不必太清淡。

慕双眼泪汪汪地握住顾美人的双手，就像看着自己失散多年的亲人。当然，她选择性忽视顾美人额角的抽搐。

当顾美人起身告辞时，楚千觞对他说"我送你"。望着两人相携而去的背影，慕双摸了摸下巴，这俩人一个白衣飘逸一个红衣妖娆，一个温柔攻一个傲娇受，怎么看都让人赏心悦目哪。

慕双捧着红扑扑的脸蛋，大脑不受控制地开始脑补YY。

她在第一时间迅速执行顾美人的嘱咐，套上一件大衣，大摇大摆地走出房门，狠狠呼吸了一下来自古代的新鲜空气。

外面并没有人，一直以来都是楚千觞在照料自己，凡事都亲力亲为，慕双很少能看到丫鬟小厮什么的。偶尔有从院子里路过的，都恭恭敬敬地道了一声"顾小姐"，便又各自忙各自的活。

慕双倒很喜欢这些安分守己的下人，她一个人慢慢地走着，不知道身在何处，完全凭着感觉到处乱逛。

她知道这里是楚王府，是楚千觞的地盘。依她对楚千觞连日的观察，觉得即便自己闯了什么乱子，他也不会多说一句，所以一路放心得很。

只是偷听到楚千觞与顾美人的对话，完全是出乎她的意料。她本想找个安静的地方晒晒太阳，却不承想与他们撞到一处。好在她先来一步，靠在假山之后，眯着眼睛一动不动坐在那儿。那俩人起先声音还很小，渐渐地越来越大，甚至她不想听都不行。

刚开始是楚千觞的声音，她听得很清楚，他在问："了了真的失去记忆了吗？没有办法让她恢复记忆？"顾美人的回答有些低沉，"了了能醒来已经是奇迹，她原本就有寒毒，又被喂了雌蛊，即便有一梦白头的解药，我也没把握她能醒过来。如果可以，最好能带她去南诏一趟。"

楚千觞很久都没有回答，久到慕双快要睡着，才听到他的声音，有些沙哑，不如她往日听到的那般珠落玉盘的悦耳，"我会带她去南诏……"

"我以为你不会希望她恢复记忆。"顾美人是这么回答。

"过去的几年中，我带给她的总是悲伤多于欢快，痛苦大过喜悦。所以最初知道了了失忆时，我以为这会是一次新的开始。但当了了用陌生的眼神看着我、叫我楚公子时，我才明白，没有那些回忆做支撑，我对她而言什么都不是。"

"大哥，你知道吗？其实我一直很嫉妒你。当你能作为了了的师父在她身边照顾她陪着她的时候，我却连见她一眼的资格都没有。"

"我——"

"我知道，"顾美人打断说，语气有些激动，"我知道你是为了我——你为了保护我，才让我男扮女装、让了了女扮男装，混淆世人耳目。你为了能扳倒柳相、揪出柳祁书，才与柳祈枫暗中合作，让了了代替我嫁给他，以此让柳祁书放松警惕，自以为抓住她便能控制住局面。可是——你有没有为了了着想过？你有没有考虑过她的感受？有没有想过知道真相后，了了会多么痛苦？"

慕双觉得浑身发冷，她似乎明白楚千觞与顾美人在说什么，又似乎什么都听不懂。那俩人又说了些什么，她完全没有听进去，只记得楚千觞最后一句话——在我是了了的师父楚千觞之前，首先是楚王容觞。

耳边终于安静下来的时候，慕双望着天空发呆。她有些同情那位顾了了，怪不得她醒来后隐约听人说，顾了了原不至于如此，只因为自己吞了毒药才差点小命不保。一直被人利用，那人也许还是自己喜欢的。知道真相后，肯定不好受吧？！所以才会失去活下去的勇气，这个女孩真是太傻了……

慕双抬手擦了擦脸，才发现不知何时，她早已泪水满面。

得到出门许可后，这一日天气晴好，楚千觞问慕双想不想出门去逛逛。慕双欣然点头。要与楚千觞两人并肩走在大街上，后面还跟着一个护卫，说是专门保护自己，慕双顿时有种亚历山大的感觉。

楚千觞突然说要带自己出去玩，起初慕双只以为他是说笑或者敷衍自己，毕竟贵为一国的王爷，皇亲国戚，平日光是照料自己已经很辛苦，怎么还会有时间陪她出去玩。但没想到他说到做到，很快叫来侍女，为她更衣。

慕双几乎是迫不及待地换好衣裳。铜镜里的少女明丽的容颜有几分陌生，十五岁的年龄，正是一生中最美妙的时候。身后的丫鬟为她绾好长发，站起身，婀娜的身姿、清丽的面容，慕双禁不住叹息，这个顾了了长得还真是好看。

走出院子时，见楚千觞正站在外头，见到慕双，神色恍惚。慕双奇怪，"这样不好看吗？"

"也……不是。"楚千觞挪开目光，颇有几分不自在，"你以前很少穿女装，都是男装示人，偶尔恢复女装时，也不怎么打扮。"

慕双了然，其实她也不太爱涂抹那些玩意儿，只是初来乍到，对这里还不熟悉，所以丫鬟要怎么弄都随她们去了。气氛忽然间变得有些尴尬，慕双低着头，看着脚尖，良久没听到他吭声，忍不住道："不是说要出去玩吗？走吧。"

一路上，她不时偷偷用余光去瞥身边的男子，明明外表看起来只有二十五六岁的模样，但深沉的黑眸却又如同经历过沧桑后沉淀下来的大气稳重，那样的气质，是常人所难见到的。按照前人将青少年比作早上八九点钟的朝阳，那么他便是上午最灿烂的一抹阳光。

当然，这样比喻也许不太恰当，总之他给人的便是这样的感觉，是历经岁月洗礼后留下的成熟稳重。

"楚公子，能不能冒昧地问你一个问题？"慕双开口道。

"问吧。"

"您今年贵庚？"关于年龄这个问题，她抓心挠肺猜测了许久，但都被自己一一否定。见他没有回答，慕双顿时尴尬了，古人难道也避讳年龄问题？

慕双挠头，好奇归好奇，但打探别人隐私也是自己不齿的。

"不愿说也没关系，我只是觉得你看起来很年轻。"慕双讨好地说道。楚千觞笑了笑，眼中不知是黯然还是别的什么情绪划过，"我已过而立之年。"

而立之年，不就是三十岁吗？慕双大吃一惊，天哪，他居然已经是三十岁的老男人了吗？！她还以为他至多二十六七岁呢。

"是不是老了？"楚千觞自嘲地笑问道，有一丝淡淡的悲伤流露出来。

慕双抓耳挠腮，一时不知该如何解释。"不是，当然不是，"慕双结结巴巴说道，"你保养得这么好，看起来简直就像二十出头的小伙子。"

楚千觞："……"

见他不说话，慕双继续发挥嘴皮子功夫道："不不不，比二十出头的小伙子还要英俊潇洒风流倜傥玉树临风人见人爱……"啪啦啪啦说了一堆好话，用尽了她所能想到的形容美男的四个字的词。

最后只听楚千觞扑哧一声，笑了出来。这是慕双第一次见到楚千觞开怀大笑，眼睛弯成月牙状，似有点点星光闪烁。慕双惊奇地发现，他半边脸颊竟漾起淡淡的梨涡，犹如一个可爱的大男孩，笑得毫无顾忌。

听到心扑通扑通的跳动声，慕双突然觉得，那个顾了了真的喜欢楚千觞也不奇怪。这样的男子，怎能叫人不心动？可她终归不是顾了了，别人的爱情，她还不屑于偷来。

握拳的手紧了紧，感觉指甲掐入肉中带来的丝丝痛意，慕双暗暗想，该是时候结束这段暧昧不清的日子了。僵持越久，便越容易塌陷其中，难以自拔。

"楚千觞，"慕双深深呼吸一口气，叫他的名字，语气严肃至极，"我要告诉你一件事。"

　　楚千觞收敛了笑容，静静看着慕双，含笑道："好。"

　　心中有一丝悲伤，等他听完自己所说的一切，是不是还能够像现在这般笑出来？叹了口气，慕双咬咬牙，不顾一切道："也许你会觉得匪夷所思，会觉得我是在胡言乱语，但请相信，我所说的每一句话都是真的！"

　　"我不是你们的顾了了，我是慕双，来自另一个世界！"说完之后，感到心中轻松许多，见楚千觞一脸震惊，慕双笑了笑，继续道："我也不知道自己为何会穿越时空，总之醒来之后，就在这个身子里。所以……我并不是失忆，现在才告诉你，是希望你不要再错将我当成她。"

　　楚千觞嘴角的笑意一点一点消失。

　　慕双心中默默叹息，这样就可以结束了吧？！只是对不起，不知道自己的出现，会给他带来怎样的伤痛。

　　"我不知道你和顾了了之间究竟有怎样的过往，但我不是她，不想做她的替代品。"慕双又补充道，尽量让自己的声音听起来毫无感情。然而，眼眶不由自主地泛起酸涩，让慕双有些无措。

　　良久，楚千觞才缓缓开口，轻声说道："你说你不是了了，可有证据？"

　　证据？慕双愣了愣，想了一会儿，说道："这样吧，我告诉你我的喜好，你便知我不是她了。"

　　每个人都有不同的嗜好，告诉他，他应该就会明白吧？！慕双是这么想的，所以不等楚千觞回答便说："嗯，我喜欢吃肉，基本上是无肉不欢。"

　　"还有我比较懒，做什么事基本上都属于三天打鱼两天晒网的一类……"

　　"我还喜欢做点恶作剧什么的，但绝不干坏事……"

　　……

　　啰啰唆唆罗列了一大堆，总之把自己所能想到的都一网打尽。

　　熟悉顾了了的人，肯定不难发觉慕双和她之间的差别。虽然是同一身休，但灵魂不同，肯定眼神表情、说话表达方式、生活上的喜好等等都截然不同。

　　说了许久，慕双又累又渴，最后对楚千觞说了一句："说了这么多，你现在总该相信了吧？！"她并非顾了了……

　　楚千觞一副回不过神的样子，许久之后，幽深的双眸紧盯着慕双，看得她越发不安起来。

　　莫非他还不信？要不要给他来点更惊世骇俗的？

"我明白了，"楚千觞顿了顿，说道，"了了，你真的失忆了吗？"

慕双："……"

"你明明记得自己的一切，为何偏偏要说不认识我？"楚千觞表情颇为幽怨道。

慕双忍不住吐血三升，难不成那顾了了真与自己如此相像？眼神表情说话口吻就连平日的嗜好也一模一样？慕双不相信。莱布尼茨说，这世上没有完全相同的两片树叶。但看楚千觞的眼神，似乎无论她再说什么、做什么，他都笃定她和顾了了必然是一人。

这样的感觉，唔，算不上糟糕，但也绝对不好。

毕竟是自己占用了顾了了的身子，会被人这么误会也无可厚非。可是楚千觞就真的看不出两个人的差别吗？

有点替那个女子心寒，慕双索性不争辩，垂着头道："楚公子愿怎么想便怎么想吧。"

楚千觞挑眉，脸上明显写着"不悦"二字，却再没多说一句指责她的话，而是很温和地说道："走吧，我带你去那边看看。"

慕双点头，迟疑片刻冲着他的背影问道："你一直都是这样的吗？"

"怎样？"楚千觞没有回头。

"明明不开心，却勉强自己欢笑。"慕双顿了顿，说道，"不想做一件事，却逼着自己去做。"说话间，忽而觉得楚千觞的背影好生落寞。"……你这样，活着不累吗？"最后弱弱地问了一句，慕双终于住了口。

这些话，好似一直藏在心底，直到这一刻奔涌而出。

楚千觞身子震了震，很久之后似在叹息一般道："我很累……"这算是……在回答她的问题？

心中蓦然被刺痛，慕双眯起眼，猜想是不是阳光太刺眼的缘故，才会感到不适。目光再转向楚千觞的方向时，却觉得他一步步离去的身影，好熟悉好熟悉……就像是融入骨血中一般，令人窒息的刻骨铭心。这样的记忆，是她的吗？慕双怔然。不、不是吧？！

"走吧。"楚千觞叹了口气，向她伸出手来。

慕双犹豫了一下，没有握住他的手，这么亲密的动作，只能在夫妻之间进行。楚千觞是王爷，顾了了难不成会是王妃？！但从没听人这么叫过自己，况且据她掌握的不多信息推测，顾了了与楚千觞曾经还是师徒。

搁在二十一世纪，慕双肯定会举双手说，师徒恋神马的，最有爱了。可真正身临其中，于古代，这种事情多半会被人不齿吧？！

楚千觞一直站在原地，等着她，神情不悲不喜，仿佛在等她做一个决定，无论结果怎样，他都无怨无悔。

慕双突然心软，她毕竟是女人，有着所有女人都会有的弱点。比如，面对这样深情相望的男子，狠不下心拒绝。或许是她多心，总觉得在楚千觞握住自己手的那一刻，他眼中划过什么东西，抓不住，稍纵即逝。

慕双抬起头，望着楚千觞。见他微微一笑，道："这里有许多小吃，你大概还没去尝过吧？！"

提到小吃，慕双的胃口立马被勾起。作为一名标准的吃货，慕双舔了舔舌头，问道："有没有辣味的？"

楚千觞颔首，笑容温和，"放心，包你满意。"

见他神情笃定，慕双迷惑了。他知道她喜欢吃什么？虽然告诉过他自己嗜辣，但也不是什么辣味都喜欢，就譬如泡椒味、芥末味之类的，闻着就不想吃。但能出来走一遭，慕双已经心满意足了。

被一个男人在大街上牵着手走，慕双有些害臊。她左顾右盼，突然指着前方道："楚公子，你看那条街好热闹啊。"

"能不能不要叫我楚公子？"楚千觞说道。

慕双一时没回过神，"那该叫什么？"

楚千觞抿唇，慢慢答道："叫我……千觞。"

慕双怔忡，楚千觞见她不吭声，又重复了一遍，"了了，叫我千觞。"

千觞，慕双心中默念这个名字，并不觉得困难，甚至觉得自己曾经几千次、几万次这么默默呼唤过。只是要说出口，两个字堵在嘴边，慕双发不出声来。仿佛一旦说出来，便触犯了什么禁忌，做了天下之大不韪的事情。可他的眼神、他的表情，那么的坦荡而执着。

到底自己在害怕什么呢？

"你……不愿意吗？"长长睫毛垂下，覆盖住他眼底的伤痛。

慕双的心亦跟着颤抖起来。舔了舔干燥的嘴唇，她终于艰难开口道："千、千觞。"

这一语，如同一声魔咒，让眼前的这个男子绽放出一个笑容，美得简直无法形容。原谅她用这么一个俗不可耐的比喻，因为此刻自己的心神仿佛被这一抹笑给勾走，再找不回原来的方向。

美色误人哪。许久之后回过神来，见楚千觞似笑非笑看着自己时，慕双不禁捶胸顿足，在心底无声呐喊。

第三十一章 陌生的你

423

木然跟随他挤进喧闹的人群中，忽而听到四方的抽气声和窃窃私语声。许多人都朝他们这边张望，更确切点说，是朝楚千觞那厮张望。

尤其是女人们，经慕双多方面观察，发现就连街头卖菜的老大娘都盯着楚千觞流口水。祸害啊祸害。慕双愤愤想到。

楚千觞猛然一个闪身，从慕双左边蹿到了右边，一手搂住慕双的肩膀。慕双正要询问他为何如此时，一个黑影直扑而来，若不是慕双眼疾手快堪堪避过，那玩意儿非砸在她身上不可。

慕双一低头，赫然见地上躺着一个四分五裂的鸡蛋。不是吧？！砸鸡蛋？

"了了，快走！"楚千觞一把将慕双护在怀中，足尖轻点地面，而后跃到最近的一座平房屋顶。下一刻，慕双看到刚刚他们所站的地方，铺天盖地的鸡蛋源源不断砸来。

摸了摸胸口，慕双呼了口气，"好险！"见他同样的表情，慕双不解道："怎么大家都在砸鸡蛋？"这难道是鸡蛋节？

楚千觞嘴角牵出一丝淡笑，指尖点了点慕双的额头，宠溺道："不知是哪个调皮的丫头，硬是把鸡蛋说成姻缘蛋。"

慕双："……"正要反驳不是自己时，脑海中却掠过一个场景。白衣少年一手拿着一个鸡蛋，得意扬扬说道："蛋黄代表各位小姐一片赤诚之心，而这蛋白，就如同小姐本人，缠缠绕绕，愿意追随一生。大家说，这不是姻缘蛋，是什么蛋？"

"她们向你砸鸡蛋，表示愿意缠缠绕绕，追随你一生。"慕双抬眸，揶揄地笑道。

楚千觞扬了扬眉，脸上流露出一丝惊讶。他笑了笑，问道："那你呢？"

"我？"

"嗯，"楚千觞点头，"你的姻缘蛋，又想砸向谁？"慕双顿时无语，瞪着他好半天都没说出一个字来。

楚千觞忽而闷笑，紧搂在慕双腰间的手不肯松开半分，将她拥在怀中，下巴搁在她的肩膀上。暖暖的气息喷在慕双的耳畔，弄得她痒痒的。

"了了，我知道你在吃醋。"

慕双对天翻了个白眼，这是吃哪门子的醋呀。

"当初你之所以说鸡蛋是姻缘蛋，也是因为我的缘故对不对？"

慕双："……"无语了许久，慕双推开他，一脸严肃道："楚——千觞，我想你真的误会了。"见他神情一黯，狠心的话堵在嗓子眼中，再无法说出来。慕双长长叹息，这厮真是她的克星哪。

"走吧，你不是说要带我去吃小吃吗？"慕双换了个话题，说道。

第三十二章 告别过去

读大学时慕双有个无良室友，专喜欢在某网站上挖坑。说她"无良"，是因为此人最大嗜好是挖坑不填。欠着一屁股债不说，还时常一个人躲在阴暗的角落里，欣赏文下的留言，笑得一脸猥琐，然后对她说：看到那些读者焦急的心情，特有成就感！

当然，她偶尔还会叼着一根不二家的棒棒糖，向慕双宣扬一些心得体会。

其中有几句，慕双记得忒清楚：

——小言中女主角可以不漂亮、不聪明、不可爱，但男主角一定不可以不英俊、不帅气、不多金，否则一个傻X男主，谁会去看哪。

——所谓的小言，无非是二女一男或者二男一女的故事。

——无配角不成小言。

……

如今想起那位室友的话，再联系到眼前楚千觞那张英俊、帅气、多金的面庞，慕双深深感到自己其实是置身于一个恶俗狗血的小言之中。

于是乎，她又恶俗狗血地想，怎么这么久还不见一个女配登场？至于她为何会这样胡思乱想，当然和其深刻的原因以及某人深远独到的眼光有关。

事情的开头其实是这样的……

慕双和楚千觞坐在街边的一家小摊上，伙计端来了两碗凉皮。酸酸辣辣的凉皮，正合她的胃口，吃了两口，便辣得出汗。楚千觞见此，笑道："了了，不急，慢慢吃。"

慕双抬头看了他一眼，他的那份似乎还没怎么动过。也没啥奇怪的，在王府里时他们俩曾一起吃过饭，这厮吃饭慢条斯理，动作优雅得像一只波斯猫，往往慕双吃饱喝足了，他还只吃了几口。

所以现在见他如此，慕双丝毫不惊讶，正要继续开动时，忽而觉得附近好几道目光都投向他们这一桌。这些目光中，以女子居多，慕双不是自恋的人，自然知道那些人看的是谁。

前人说：走自己的路，让别人说去吧。慕双说：吃自己的凉皮，让女人看去吧。所以，面对那些爱慕的目光，慕双面不改色心不跳，就当做一回明星，如老僧入定一般镇定从容。至于楚千觞，他目光从始至终都没有离开过自己，根本无暇顾及他人。

慕双特有成就感地吃完凉皮，舔了舔嘴唇，对楚千觞嫣然一笑，"走吧。"楚千觞颔首，放下筷子，道："前边还有一家卖酒酿圆子的，想不想去？"

慕双眼睛一亮，酒酿圆子，她最喜欢的饭后甜点。"走！"大手一挥，她豪气万丈地说道。楚千觞笑，神情似在说，就知道你会喜欢。

两人刚起身没走两步，忽然身边一名女子脚一拐，朝楚千觞身上摔去。

鉴于顾了了这具身体的视力倍儿棒，女子扭到脚的全过程慕双看得一清二楚。

此时楚千觞若闪身不理，这位姑娘无疑要撞到另一侧的桌子上去，那张桌子并没有客人，但客人刚刚吃完的凉皮还没来得及收拾。但若是楚千觞出手相助……慕双眯起眼，等着看好戏。

楚千觞身子微微一晃，就在大家都以为他会伸手扶住那名女子时，一道黑影闪现，动作迅速得简直不给人反应的机会，下一刻那位姑娘被一直跟着我们的护卫扶住。

女子双手搭在护卫身上，却眼泪汪汪转过头，对楚千觞说道："多谢公子出手相助。"护卫对天翻了个白眼。

楚千觞头转向别处，一声不吭。慕双："……"这位姑娘看来不但脚扭到了，脑袋也扭伤了。明明是人家护卫救你的，你怎么会谢到楚千觞身上去？

护卫咳了两声，很尽心尽责地问道："姑娘，你脚还好吗？"那位姑娘慌忙推开护卫，道："我很好。"护卫退到楚千觞和慕双身后，继续做他的隐身人。

"敢问公子尊姓大名？"那位姑娘对于楚千觞的冷淡似毫不气馁，再接再厉道。慕双很是无语，这搭讪未免太……没新意了一点吧？！

当然，慕双也曾就如何搭讪和那位无良室友兼作者讨论过一番，那厮无比剽悍地拍桌子，眉飞色舞道："这位帅哥，你长得好像我的初恋男友。"

慕双：童鞋，乃的意图太明显了。她：就是要意图明显，才能直奔主题。慕双："……"

扯得太远了，慕双回过头来等楚千觞的回答。他扬了扬眉，许久才开口说：

"了了，你不想吃酒酿圆子吗？"将那名女子华丽丽地无视掉了。

慕双巨爽无比，虽然不知哪里爽到自己了，不过还是毫不犹豫地点头道："想！"末了，她拉起楚千觞的手，往前走。那位姑娘再度被他们忽略掉。

身后传来哀哀怨怨的哽咽声，伴随一声比一声幽怨的"公子"，叫得慕双有些发毛。不是因怒气发毛，是因那声音太销魂了，是人估计都受不了。

最后，慕双不得不叹了口气，这时候，女人VS女人，往往比女人VS男人更有杀伤力。所以，她缓缓扭头，冲姑娘回眸一笑。她怔忡。

慕双用平生最甜腻最抽搐最猥琐最气死人不偿命的语气对楚千觞大声叫道："相公。"路边惊起一片呕吐声。楚千觞却连眉毛也没颤一下，面色一如往常那般平静无波。

哦，不对，不是无波，而是渐渐地，波澜乍起。他脸上漾起一个灿烂至极的笑容，解救了两边无数看热闹观众。然后，他冲着慕双微微一笑。

《洛神赋》中"翩若惊鸿，婉若游龙，荣曜秋菊，华茂春松"简直是在描写他这倾城一笑。慕双陡然紧张起来。直觉告诉自己，笑中有诈。果然，下一刻便听到楚千觞开口回答："娘子。"

慕双满脸黑线，怎么听起来有种在K歌的感觉？虽然很高兴看到其他女子脸上的黯然之色，不过心底又有几分说不出口的别扭。这个"娘子"，几分真几分假，唯有当事人才知晓。

要了两碗酒酿圆子，慕双和楚千觞对坐两侧。慕双低下头，闷闷吃碗中的圆子，护卫则静静守在一侧。才吃下几个，又听到一声熟悉的"公子"，慕双抬头，见先前那位姑娘竟跟了过来。

她不由叹息一声，真是阴魂不散哪。

"主子，要不要我赶她走？"护卫问道。楚千觞抬眸看着慕双。

慕双咧嘴一笑，"干吗要赶走？有这么好玩的人在，看看她玩什么把戏。"他像是看出她的心思，便道："夜影，随她吧。"护卫点头，安静地退到一侧去。

姑娘袅袅走近，冲着楚千觞勾唇一笑，道："公子，您怎么就走了？"话语中带着几分埋怨。慕双肩膀抖了抖，忍住抽搐的冲动，朝楚千觞撇撇嘴。他会意，淡淡道："在下与姑娘不过萍水相逢而已。"

那位姑娘忙道："怎么会是萍水相逢呢？公子出手相救小女子，便是缘分。"慕双顿时被那圆子噎住。幸而楚千觞及时发现慕双面色不对，幸而护卫同学立即阻止那姑娘继续说下去，幸而慕双手边有一杯茶水……

第三十二章 告别过去

一言以蔽之——慕双很幸运地没有被那圆子给噎死。好不容易恢复过来，慕双满脸涨红，咳了许久，才转过脸郑重打量那位天才，天生的蠢材。

天才姑娘见楚千觞没有反应，更上前一步，那双小手直往楚千觞身上奔去。

丫的她还要得寸进尺了。筷子在手中咔嚓一声，碎成粉末。慕双："……"面对其他人的目光，慕双讪讪笑，心中默默流泪，她其实也不知道自己啥时练成大力金刚指了。

如此剽悍的架势，唯一的好处是那位天才姑娘手一抖，没搭上楚千觞搁在桌子上的手，错搭在那碗酒酿圆子里去了。

慕双："……"

楚千觞："……"

护卫："……"

天才姑娘满脸涨红，慌忙收回手，狼狈不堪。说她天生蠢材简直是在侮辱"蠢材"二字。

"这位姑娘，您还是回去看看脑子吧。"身后传来一声轻笑，慕双差点就拍案而起，应声喝彩。说得太好了。"这人有病，得治！"那人又火上浇油道。

还没来得及回头去看那位大仙，楚千觞抬眸，流露出一丝诧异之色，而后欣然叫道："三儿。"慕双扭头，见一明艳女子娉娉婷婷走来，比那位天才姑娘身材不知好多少。前凸后翘，尤其是那胸，怎一个让人垂涎了得。

"公子。"那位名叫三儿的姑娘行了个礼，恭恭敬敬叫道。她目光转向慕双，又嫣然一笑，道："顾小姐，好久不见。"慕双怔住，她认识自己？最后，她的目光又回到天才姑娘身上，冷嘲热讽道："这位姑娘还是快回去吧，在这里也是丢人现眼。"

天才姑娘横眉冷哼道："你可知我爹爹是何人？"哎呀呀，看来遇上了个背景牛的。慕双竖起耳朵听她后面的话，顺便为她爹爹默哀一个。你爹再大，也大不过眼前的这位楚王吧？！

显然，三姑娘和慕双想到一块去了，嘲讽道："哦，何人？"

"我爹可是本郡的知府大人。"天才姑娘双手叉腰，哼哼笑道，"怕了吧？！"

"我好怕哟！"三姑娘唾了她一声，冷笑道，"快滚回家和你爹说，我姬三芊不日将登门拜访！"

"姬三芊？"天才姑娘一愣，"哪个姬三芊？"

"这天下会有几个姬三芊？"吹了吹指甲，那位姬三芊姑娘悠悠笑道。天才姑娘浑身颤抖，指着她，声音瞬间小了许多，"可是江南道监察御史姬大人家的三姑娘？"

姬三芊缓缓抬眸，给出一个"算你识相"的表情。下一秒钟，天才姑娘点头哈腰，再见也没说便慌慌张张消失得无影无踪。

"三儿，这事就交给你了。"楚千觞这才开口道。

姬三芊扬眉一笑，方才的骄傲之色一扫而空，拉住慕双的手，上下打量道："顾小姐，几年不见，出落得愈发好看了。"慕双嘿嘿笑，不动声色地抽出手。

见慕双不答话，姬三芊奇怪道："顾小姐，怎么了？你不记得我了吗？"慕双："……"还真不记得嘞。

"记不得我没关系，阿寻马上就过来，他见到你一定会很开心。"姬三芊笑吟吟道。

慕双看了看她，又看了看楚千觞，见那家伙丝毫没有解释的意思，只好弱弱道："是这样的……我失忆了……"

"失忆？！"姬三芊惊呼道，"怎么可能？怎么失忆的？"

这叫她如何解释？对面那家伙终于有点自觉性，开口说道："是我不好。"

姬三芊明显不相信道："公子武功高强，怎么会让顾小姐受伤？"

楚千觞神色有几分暗淡。姬三芊见此，不再言语。

尴尬之际，忽然见一名男子牵着几个孩童，手上还抱着一个婴孩，背上还背着一个婴孩，气喘吁吁朝这边走来。他一边走，一边叫："三三，三三！"姬三芊挥手应道："阿寻，这里！"

"三三，你怀了孕，别到处乱跑。"男子瞥见姬三芊，忙带着一串孩子小跑过来。姬三芊伸手为他拭额头的汗水，笑道："阿寻，你看我遇见谁了。"

那位阿寻这才注意到一旁的慕双和楚千觞。"顾丫头，楚公子！"他无比激动道。楚千觞颔首，"好久不见。"慕双鹦鹉学舌道："好久不见。"

男子先是对楚千觞说了几句好话，然后头转向慕双，重重拍了拍她的肩膀，笑道："小丫头，七八年不见，竟长得这么大了。"

慕双歪着头打量他，相貌平平，双眸却很精神，平添几分神韵。

"你不会又在想什么主意阴我吧？！"见慕双不回话，他突然说道。慕双："……"

"你那个想笑不能想哭不成哭笑不得下手无处半步倒地粉，除了用在我身上，还害过谁？"他喋喋不休道。

慕双一头雾水地看着他，"什么半步倒地粉？"

"就是痒痒粉啊。"他说道。

慕双抓抓脑袋，痒痒粉就痒痒粉，没事取那么长一个名字做什么？楚千觞上前一步道："了了她……失忆了。"

"失忆？"男子的表情和先前姬三芊的简直如出一辙，不可思议道："怎么可能？"

楚千觞苦笑一声，道："此处人多，我们还是寻个地方再说吧。"

茶馆雅间里，一排孩子乖乖坐在一旁，姬三芊细声细气向慕双介绍他们的名字、年龄。"这些都是你们的孩子？"慕双问道。她羞涩地点点头。

男子视线一直盯着慕双，见她转头看自己，便试探道："了了，你真的不记得我是谁了？"慕双不耐烦道："你谁呀？"

"千面手！"他按着慕双肩膀，说，"千面手，我是千面手啊。你不记得了？"

千面手……好熟悉的名字！去掉那个"千"字，不就成了古代某种特殊职业吗？慕双顿悟道："面首，你这名字真有个性。"

他惊喜，"了了，你记得我了？"慕双："……你真的做过面首？"

他："……"

"我以为做面首，至少要先挑一下长相。"

他："……"

"即使不挑长相，身材也该挑一挑吧。"

他："……"

"顾了了！"他终于忍无可忍，咬牙切齿道，"千面手是我行走江湖的称号。我本名叫杨寻。"

慕双："……"

房内一阵死寂啊死寂，那群孩子坐得不耐烦了，一个二个拉着姬三芊的手，说要去吃糖人。姬三芊无奈地看向这边，楚千觞开口道："夜影，你带孩子们出去玩吧。"

那夜影听后，表情无比纠结，语气无比哀怨，"主子，我没带过孩子……"

"没关系，就当提前练习一下，反正以后早晚都要带孩子的。"

慕双&夜影&姬三芊&千面手："……"

姬三芊低咳一声，道："还是我带孩子们出去吧。"

"不行，你身子要紧。"千面手跳出来反对道。

姬三芊看了他一眼，最后看向楚千觞，"公子，要不你陪我出去走走？"楚千觞望向慕双。

慕双耸肩，姬三芊将所有人都支开，只留下千面手和她两个人，想必是有什么话要说吧？！

见千面手还在以复杂的目光纠结地注视着自己，慕双咧嘴笑笑，道："有话直说，现在这里没有其他人了。"

"了了，关于过去，你还记得多少？"千面手关切地问道。

慕双摇摇头，"一点都不记得了。"

"连你小时候的记忆也没有了？！"他惊呼道。

慕双撇撇嘴，没有是正常的，她并非真正的顾了了。

沉默了一阵子，他又同情地看着慕双，问道："你和楚公子在一起了吗？"慕双没有回答，这个问题她根本没有考虑过。

见慕双默不作声，他以为是默认，失望道："我还以为，你会选择顾美人。"

顾美人？！听到这个熟悉的名字，慕双脑海里闪现出那个美男王爷。"你是说那个长相绝美的老喜欢穿着红衣的公子？"慕双诧异道。

千面手点头，"你们二人青梅竹马，我看当年顾冥磊就有意要撮合你们俩。"

等等……"顾冥磊是谁？"慕双问道。

千面手瞪大眼睛看着慕双，道："你爹爹！"说罢，他惋惜地叹道："原来你真的什么都不记得了。"慕双翻了个白眼。

"要不然回去看看？或许就记起来了。"千面手突然建议道。

慕双笑了笑，"记起来又怎样？现在这样不是挺好？"如果注定回不去，要留在这个世上的话，那便顺其自然吧。对于爱情什么的，她从没有过太多奢望，曾经那样喜欢过一个人，以至于之后的时光如同一个漫长的等待，等待自己将那个人遗忘。

所以现在，她既然成为那个顾了了，便不要白白浪费了这一生，做最好的自己便好了。

千面手突然拽住她的胳膊，说道："了了，这样真的好吗？我都听说了，你虽然被楚千觞嫁给柳祈枫，但其实完全是为了引出敌人的圈套。如今一切都结束了，柳相被扳倒，柳祁书也被关起来了，你现在已经不是谁的妻子，也不用再被强行牵着走了。"

一连串的话，让慕双愣住，良久，她抿唇笑了笑，"那又如何？"他说的那些，自己已或多或少猜到。但她不是顾了了，不可能代替顾了了走下去。

"既来之，则安之吧。"慕双叹息道。

千面手失望地松开手，怔怔道："了了，你真的变了，以前你不是这个样子……"慕双笑了笑，无力回答他的话，"以前是以前，现在是现在。"

姬三芊带着孩子们回来时，慕双和千面手都没有说话，一个默默喝茶，一个呆呆盯着窗外。

天色渐晚，楚千觞道："了了，回去吧。"慕双点头。姬三芊笑道："我们家就住在临水街上，有事可以来杨府。"

回到楚王府，因在外吃了不少小吃，慕双晚饭喝了小半碗白粥便饱了。楚千觞见此，蹙眉道："再吃一点，晚上会饿的。"慕双拿起筷子，懒懒地扒了两口饭，最后实在吃不进，将筷子丢在一边。

楚千觞挥退下人，道："了了，怎么了？"

"没什么。"她答道。

"是不是千面手对你说了什么？"楚千觞语气中带着几分试探。

慕双挑眉，"为何这么想？"

"从出茶馆时，你的表情就不太对劲。"他直言不讳道。这个男人，简直什么都瞒不过他的眼睛。慕双感叹："我就表现得这么明显吗？"

楚千觞笑了笑，"因为我太了解你。"不知怎的，慕双心中忽然觉得悲哀。楚千觞，你既然口口声声说自己了解顾了了，为何分辨不出自己并非真正的顾了了？

还是说，你根本从来就没有真正了解过她？

再见到顾美人的时候，慕双觉得有些别扭。从千面手那里得知，他和顾了了是青梅竹马，又是顾了了父亲支持的结婚对象，虽然听上去有些混乱，但大体上如此。

"了了，你怎么了？"顾美人见她一副欲言又止的模样，问道。

慕双迟疑一下，问："听说你和我青梅竹马？"

顾美人挑眉，"你记起来了？"

慕双摇头，"我今日碰到一个叫千面手的人，他告诉我的。"

顾美人了然，道："你我都是被爹爹抚养，一块长大，的确算是青梅竹马。"

被爹爹抚养？"你是说我们是亲兄妹？"慕双抓住重点。顾美人有些不悦，似乎对她开怀的表情看不上眼，"非也，我们同是被玉凤山庄的庄主顾冥磊收养而已。"

慕双忧郁了。原来这个顾了了不仅有桃花师父一朵，还有竹马正太一枚。这两个都不是好相与的，一个是深藏不露，一个是锱铢必较，她究竟有多强大多变态才能吸引到这样的男人啊。

慕双失落地哦了一声，道："那爹爹他老人家现在在哪儿？要不要去看看他？"顾美人想都不想，回绝道："暂时不必，爹他现在乐不思蜀，躲在京城的茶园里哪儿都不肯去。"

慕双："……"

"不过爹他也十分惦记你，等到我们从南诏回来后，便去探望他。"

"南诏？"慕双一时跟不上顾美人的思路。

顾美人颔首，"放心，我们一定会治好你的失忆。"

慕双无语，她真的不是失忆啊……装在这具身体里的灵魂都换了一个，你要怎么去找回记忆？

顾美人完全不知慕双脑海里的九曲十八弯，他挣扎了一会儿，终于说道："了了，其实楚王他……很爱你。"他原不喜欢此人，但时过境迁，真相大白之后，也渐渐明白了楚千觞的痛苦与无奈。若换作自己，不可能做得比他更好。更何况，他与楚千觞，还有着亲兄弟这一层关系。

慕双低着头，沉默不语，许久之后问道："美人，你觉得什么是爱？"顾美人想了想，道："彼此喜欢，互相有好感？"慕双笑了笑，转而问道："顾美人，你爱顾了了吗？"

顾美人没料到她会这样直白地问自己，面色一红，良久才回了一句"是"。慕双摇头轻笑道："错了，其实你并不爱顾了了，只是出于习惯而已。你接触的女子太少，所以分不清什么是真心相爱。"

"是这样吗？"顾美人不相信。慕双肯定地点点头，"真正的爱，是刻骨铭心的依恋，是生生世世不离不弃的信念。你有过这样的觉悟吗？"顾美人默然，他无法回答。

见他有犹豫之色，慕双知道自己猜对了，不由暗叹一声女人的第六感真是强大，顾美人的细心照顾不假，但其中更多的不过是出自于一种习惯。

有时候，习惯是一种很可怕的东西，它会让你觉得一切都理所当然。所以，顾美人才在没有遇见真爱前，以为自己喜欢的人是顾了了。

楚千觞他一次次伤害顾了了，怎可能是爱？也许，他是喜欢顾了了的，只是喜欢还远够不上爱。

"了了，你想说什么？"顾美人终于听出其中的异样。

慕双淡淡地看着他，不悲不喜，"我想让你帮我离开。"一定要离开这里，离开楚千觞，她才能开始自己的人生。这样对谁都好，无论是慕双，还是顾了了。

"不行，"顾美人断然拒绝，见慕双露出愤怒的神色，他板着脸道："你想要离开也不是不可以，但必须是在去过南诏之后。"

慕双恨恨地望着顾美人离去，决心再不理睬这个忘恩负义的家伙。

随着天气一日日转暖，慕双的身体也越来越好，每日她在王府里做做广播体操，逗弄花花草草什么的，安静地过着日子。这期间，千面手和姬三芊也有来探望过她，每次言语之间都极力想要帮她恢复记忆，奈何慕双总是装傻充愣，不配合他们。

顾美人依然是隔日来为她看病把脉，逐日减轻药方的分量。每一次，楚千觞都会在一边认真倾听，事后亲自为慕双煎药。当慕双无意中逛到王府的厨房，见楚千觞灰头土脸地蹲在灶台前，完全没有白衣飘飘的俊美形象时，她想笑，却又笑不出来。

必须得离开。慕双坚定这个信念。

一点一点地暗中做好准备，她还需要一个契机，一个让自己能偷偷离开的契机。至于那个契机，不得不感谢那位天才姑娘。她爹爹知府大人不知从哪儿得知，那日她撞到的人是楚王，约莫半个月后亲自带着自家女儿上门道歉。

当然，知府大人误信了天才姑娘的话，以为慕双和楚千觞是夫妻，所以见到慕双时毕恭毕敬，三句话离不开"王妃"二字。听得慕双直想翻白眼。末了，知府谄媚地对楚千觞笑道："王爷觉得小女如何？"

慕双顿时了然，敢情他不是来道歉的，是来推销女儿的。

楚千觞冷冷淡淡应了一声"尚可"。那知府听了顿时眉开眼笑，冲着天才姑娘使了个眼色。

天才姑娘随即又天了一下，"王爷，小女子为报王爷当日救命之恩，甘愿留在王府里服侍王爷。"救命之恩明明是人家护卫夜影出手，何时变成了楚千觞？这命委实廉价了一些。

楚千觞看向慕双，仿佛在等她的回答。慕双冷哼一声。

"此事还需王妃点头。"他也不拒绝，直接把问题推到慕双头上来。

见目光全部汇集到自己身上，这时候不开口也不行，慕双硬着头皮问道："王爷，夜影可曾婚配？"

"尚无。"

"那日救姑娘的，其实是王爷的手下夜影。"慕双笑呵呵对天才姑娘道，"俗话说，救命之恩应以身相许，姑娘与夜影如此有缘，不如我为你们二人牵一根红线？"

话音落下，天才姑娘面色惨白，直勾勾看着楚千觞，似在等他发落。楚千觞抿了口茶，道："此事甚好，便按王妃的意见去办。"

一语落下，天才姑娘两眼一翻，晕了过去。知府大人带着女儿灰头土脸地告辞。

"这婚，结还是不结？"慕双慢悠悠问道。"不结！"空气中传出急吼吼的声音，无疑是护卫夜影的。慕双窃笑，"你可想好，人家姑娘长得挺不错的，过了这个村就没这家店。"

"绝对不结，我宁愿一辈子单身也不结。"慕双笑了笑，不置可否。

既然夜影不肯娶天才姑娘，知府大人显然也不太愿将自己宝贝女儿嫁给楚王底下一个护卫，这件事便暂时搁置了。

之后不久，那位知府又换着法子想要讨好楚千觞，趁乞巧节时，设下酒宴，备上最好的烟花，准备宴请本城豪门望族。

楚王殿下自然是首当其冲，安王顾美人也在其中，这一日对慕双而言，是离开的最好时机。

乞巧节，又被称作少女节、女儿节，这一日若说要出门，无人会起疑心。

于是在楚千觞询问是否去参加知府家宴时，慕双摇头，笑盈盈道："我想出去逛逛，可以吗？"

大概是很久没和他这样和颜悦色地说过话，楚千觞表现出几分受宠若惊，道："了了，要不要我多派些人跟过去？"慕双想了想，"就派夜影好了，其他人会妨碍我，我想找姬夫人一块儿逛逛。"

楚千觞点头，没有反对。

乞巧节当日，慕双一大早便带上夜影，准备去杨府找姬三芊。临别前，楚千觞突然出现，手里拿着一个精巧的盒子。他将盒子递给慕双，慕双好奇地问道："这是什么？"

"打开看看。"楚千觞鼓励地说道。

盒子里正躺着紫色晶石雕成的蝴蝶状耳环，做工极其精美，连向来对耳环项链这类首饰不感兴趣的慕双都不由自主地看了又看，爱不释手。

"很漂亮。"慕双赞叹道。楚千觞浅笑，似乎很满足的样子，说："它很适合你。"慕双愣了一下，随即将盒子盖上，还给他，答道："我没有耳洞。"

楚千觞没有料到会是这样的答复，他没有伸手去接那盒子，只静静看着眼前的女子很久，才涩然一笑，"其实这是你当年亲自挑选的，我以为你会喜欢。"

慕双笑了笑，不置可否。于她而言，已无"当年"二字。

姬三芊见到慕双，很是高兴，将孩子留给千面手，一道出门。

逛了许久，最后在一家点心铺子里，遇见那位天才姑娘。天才姑娘正在欢乐地大口品尝点心，见到慕双、姬三芊和夜影几人时，面色不由一变。

姬三芊对慕双使了个眼色，慕双心领神会，"你先过去，我去选一些糕点。"见姬三芊大摇大摆坐在天才姑娘对面时，慕双回头对夜影道："夜影，你若真不想娶那位知府姑娘为妻，便现在去和她说清楚，免得人家误会，到时候上门来就不好了。"

气温骤降几度，夜影苦着脸对慕双说道："提亲，不是男方做的吗？"慕双微微一笑，这家伙似乎真上当了，便更做出一副信誓旦旦的样子，"王爷那日都发话要你娶知府姑娘，你难道想要他食言？"

"不是没成吗？"夜影纠结，"那该怎么办？"

"现在过去和她说清楚，她若也不愿的话，这件事便就此作罢。"慕双怂恿。"如此简单？"夜影怀疑道。慕双一脸笃定，"若你们二人都无此心，自然没人会逼你们结婚。"

"好吧……"夜影叹了口气，转身，缓缓朝那位姑娘走过去。

慕双轻声一笑，看了看天色，夕阳西下，知府家宴差不多要开始了。楚千觞，一定在赶去知府府邸的路上。与姬三芊相视一笑，慕双远远地做了一个拱手拜谢的动作。姬三芊用口型说道："一路走好。"

慕双转身，进入一条巷子中，那里一辆马车等待已久。告别过去，其实并不是一件很难的事，只是我们常常会缺少勇气，和曾经熟悉的生活、优越的环境挥手作别。

"王爷。"

"了了她找到了吗？"

"没有。"

"下去吧。"

"是……王爷，顾小姐她也许只是想出去走走，您还是要以身体为重啊。"

"我知道了。"

……

窗外，是漫无边际的黑暗，看不到一丝星光。楚千觞只觉得压抑，胸口似被什么堵住，喘不过气来。她走的那一日，正是民间乞巧节，知府家宴，一时难以推托，他只想早早回来，陪她过这个节日。

路上，他买了许多精致小玩意儿，香囊荷包宫扇什么的。他以前便发现，了了虽不说，不过她对这些东西向来是没什么抵抗力的。没有刻意讨好的意思，他只希望，她能够开心一点。哪怕只是一抹淡笑也是好的。

其实他早就知道，她做了离开的打算。但他总侥幸地以为，她毕竟失去了记忆，记不得那些他给她的伤害，不会说走就走。

然而直到那一日真正降临时，楚千觞的心，似被什么东西狠狠撞了一下，尖锐得刻入灵魂，疼痛得无法呼吸。

他对自己说，也许了了只是一时之气，也许她……根本舍不得离开自己。她那么爱他，怎么可能离开他？是了，因为明知她舍不得，哪怕他做的事情再过分，曾经的她都没有选择过离开。

如今，仗着她失去记忆，记不得他们过往种种，他心存一丝侥幸——那么沉痛的经历都斩不断他们之间的羁绊，也许，今生今世再没什么事能将他们分开。

以前，都是了了追在他身后，这一次，就换他去追逐了了的步伐，换他去打动她的心。

马车在经过一家铺子时，楚千觞突然吩咐停下来，这里面卖的都是上好的首饰发饰。他淡淡扫过，视线最后停在一支紫玉蝴蝶簪上。流畅的线条，简洁的雕饰，配上上等的玉石水晶，戴在了了发上一定很漂亮。与那对耳环也很般配。

失忆之后的了了，喜欢穿女装，淡淡的妆容，时常让他移不开眼。

买好发簪，楚千觞握在手中，脑海里反反复复想着，顾了了插上它时的容颜。她会喜欢吗？会愿意戴上吗？会对自己露出笑容吗？……

楚千觞觉得自己有些迫不及待，想要立即回王府。不管她喜不喜欢，愿不愿意戴上，他会哄着她，哪怕一次，也行。他们之间，总是她在主动，她在付出，总该有一次，他主动些，赢回了了的心。

马车终于在王府门前停下，等待他的，却是意想不到的绝望。夜影跪在大门前，一同的还有姬三芊、千面手，以及王府众人。楚千觞的心，慢慢沉下。

了了呢？她去哪里了？怎么到处都不见她的身影？叮当一声，手中的发簪摔落在地上，那朵翩翩飞舞的蝴蝶脱落下来。嵌在蝴蝶翅膀上的水晶，滚落到他的脚边。黑夜中，水晶熠熠发光，似在嘲笑他的落魄。

再也寻不到顾了了半点踪迹，她就像人间蒸发了一样，了无踪迹。无迹可寻。

许多日过去，派出搜寻的人都一无所获。了了她，究竟怎样离开的已经不再重要，他如今只想知道她在哪儿。买回的香囊荷包来不及送给心爱的女子，便被这样冷落在书房的角落中。

偶尔，他会失神地拿起那根碎裂的发簪，看着断了翅的蝴蝶，在掌心飞舞。他的心，好似这根簪子，碎成一块一块。任相思湮灭。

华灯初上，京城一派繁华热闹，好似什么都没发生过一般，百姓们过着平常的日子。楚王府内，楚千觞坐在院子中。皓月当空，他这么静静坐着，下人退得干干净净。

良久，才听到脚步声。"千千啊，你明日就要走了吗？"来者正是当今的皇上。楚千觞转过头，夜色浓浓，看不清对方的表情。他淡淡一笑，端起茶杯，抿了一口，道："是。"

"你果然喜欢你那徒儿。"皇上道。

楚千觞默然无语，自顾了了离开后，他只要一闭上眼，脑海中便是她的娇嗔，她的笑靥。

以前，他一直以为，他对她的感情，只是师父对徒儿那般，直到那一刻，亲眼目睹她穿着红嫁衣，目睹她决绝离去的背影，他才明白，他的感情，已浓烈到无法抑制的地步。

原来，他并不如自己想象的那般不在乎。他甚至不能忍受她嫁给他人，更不能忍受她离开自己。"皇上，为了这天下，我负她太多，"楚千觞似叹息道，"如今，该是我还她了。"

难得听到自家弟弟如此真挚的话语，皇上又是欢喜又是担忧。他这个皇弟啊，什么都好，就是对于感情，委实不行。

大手拍在楚千觞肩膀上，皇上哈哈大笑，"你消沉什么，去追喜欢的女子当是这世上最痛快的事情，放手去干吧。争取回来时给朕抱个大胖小子！"

楚千觞："……"

"对了，你知道她在哪儿吗？"

楚千觞微微点头，"朝南边去了，十有八九是去南蛮之地。"顿了顿，他忽然低声道："皇兄，对不起……"声音有几分沙哑，似带着浓浓的愧疚之情。

皇上满不在乎地挥挥手，"千千啊，你放心去吧。这边一切有朕，况且苏太傅和柳祈枫也站在你这边。"楚千觞静默片刻，莞尔道："多谢皇兄。"

皇上难得心情舒畅。最近烦人的事情太多，自上次婚事后，场面一团混乱，好在楚千觞派人调回离京城最近的军队，控制住了局面，将柳祁书等人制住。只是他们谁都没料到，顾了了会如此决绝地吞服毒药。

临行前，楚千觞还有一事不放心，皇上仿佛看出他想说什么，先一步道："朕正打算正式下诏书向全天下宣布，顾美人便是十五年前失踪的十三皇子。"

楚千觞沉思一会儿，道："如此也好。只是还有一事，玉凤山庄庄主顾冥磊为搜集柳相多年罪证，被柳祁书暗中加害，武功尽失，玉凤山庄在大火中烧毁。皇兄不如将安王封地设在常州，派人重建玉凤山庄。"

经楚千觞提点，皇上点头，眼中带着几分不舍，"千千啊，你若是千里追妻成功，定要早点回来。皇兄这里离不开你呀。"

楚千觞："……"千里追妻，他什么时候变成追妻了？不过对于这两个字，他好像并不排斥，甚至有些喜欢。"皇兄，还有一事。"楚千觞又道。

"何事？"

"了了和柳祈枫的婚事……"一提起那婚事，想起顾了了一袭火红的嫁衣，楚千觞心口微微作痛。

皇上笑嘻嘻道："什么婚事？连婚书都没有，根本不算！"

楚千觞："……"哪里是没有婚书，是您老偷偷派人毁尸灭迹了吧？！嘴角抽搐了许久，楚千觞违心夸赞道："皇兄真是……好计谋！"

皇上挺了挺胸脯，得瑟道："那当然，要真把所有事都交给你，估计你这一辈子都得打光棍娶不到娘子。"娘子吗？这个字眼，若在过去定是为他所不屑，然而现在他隐隐有些期盼，期盼了了能为他穿上嫁衣。

"至于柳祈枫嘛，朕会补给他一门好婚事，你不必担心。还有那个苏叶，朕也为他指了一位公主。怎样？朕是不是帮你一口气解决了两位情敌？"

楚千觞，"……真是多谢皇兄。"

皇上挤眉，"千千你大胆地追吧，一切有你皇兄在。"

第三十三章 新的旅途

清河村，慈溪边。

几日前，村子里来了一名自称慕双的白衣少年，在此借住下来。少年身上有不少银子，租了一间小屋，还买了些米面锅碗之类，像是要在此地停留许久。

起先，村人对这白衣少年很是防备，却见他总是笑嘻嘻的，面色和蔼，对村里的孩子也极好，曾有淘气的小孩爬上树，下不来时，白衣少年二话不说，便手脚并用爬上树顶，将孩子救下。

后来村里人才知道，少年是从中原来的，跋山涉水，来到这南蛮之地。

为何要来清河村呢？有大胆的人直接问那少年，少年嬉笑道："听说清河村的鲈鱼甚是美味，所以想来尝一尝。"只是为了吃鲈鱼而来，村民几乎都不信，不过见他每日扛着一根鱼竿、一个空篓子去慈溪边一坐便是一整天，知道他又是去钓鱼了。

慈溪边时常有村里的少女在那儿浣衣，打打闹闹好不惬意。少女们的心思都是纯真美好的，见那白衣少年生得眉目如画，清秀非凡，不由生出爱慕之心，常常借着浣衣偷看那钓鱼的少年。

可惜少年技术不怎么好，往往一日下来钓不上几条鱼，好在清河村人热情好客，时不时会送几条鲈鱼给他。少年来者不拒，乐呵呵地收下村人的好意。

这一日，少年又在慈溪边钓鱼，几名少女一边浣衣，一边偷偷盯着少年看。不知是谁无意间发现溪中绽放的小荷，叫嚷着要去摘采。

其中一名少女试了试水深浅，而后挽起裙角，缓缓朝那一处走去。

溪水不深，水流也不湍急，然而底下的石子在长年浸泡之下，变得滑溜溜的，少女一不小心，没有站稳，摔入溪水中，溅起一大片水花。这水本不深，只到人肩膀处，哪晓得水底太滑，根本站不住脚。

少女死命挣扎几下，呛了几口水，渐渐支撑不下去，身子开始下沉。溪边的少女们大惊失色，一个个吓得浑身发抖，不知该如何是好。就在这时，又听到扑通声响，白衣少年跳下水，朝少女游去。

片刻之后，两人回到岸边。少年大口大口喘气，好不容易将少女抱上岸。村里其他人都被惊动，纷纷跑到河岸，见到少女无事，纷纷感激白衣少年。一时间，整个清河村都将少年当做英雄看待。而那被他救了的少女，更是对少年芳心暗许，决计此生非慕公子不嫁。

少年却是浑然不觉，见每日都有鲈鱼送来，乐得合不拢嘴。与此同时，慕双的大名也传遍全村，这才真正被村子里的人接纳。

于是乎，每天的两餐有人定时送上、屋子有人打扫干净、穿过的衣裳有人拿去洗。这让白衣少年，也就是慕双恍惚以为家里出现了一位勤劳美好的田螺姑娘。

当然天上不会掉下馅饼，慕双也清楚那位少女的心思。如此，他便不能再在此地继续待下去了。鲈鱼固然好吃，清河村的风景也很美，但他不想就此搭上一辈子。天下之大，好吃好玩的东西太多，他自然也没玩够。打定主意要离开，慕双开始悄悄地收拾行李。

若是大摇大摆地走，肯定会遭到阻拦，他打算找个月黑风高的夜晚开溜。可惜还没等到机会降临，清河村突然发生了一件大事。村子里的年轻男子开始一个接一个地失踪。

事情起先并不严重，只是两三个男子结伴上山打猎，彻夜未归。这种事以前也有发生，几个年轻男子外出打猎几日后才回来，所以村人也没放在心上，可到后来，这些上山打猎的男子非但没有回来，更多上山的男子也消失不见。

最让人迷惑不解的是，消失的男子都是年轻力壮的，一些中年男子反而相安无事地回来了。村里许多家都靠打猎为生，男子不可能不上山，因而事发之后，整个村子都笼罩在一层阴影之下。

派出寻找年轻男子的人，都纷纷空手而归，面对村中留守的妇女儿童，简直抬不起头来。

慕双站在树上，看着村子里最后几个年轻男子与心爱的少女告别，背着弓箭上山去的背影，不禁轻叹一声。那些男子肯定不是无缘无故失踪，也不可能是因为猛兽出没的缘故，总不至于猛兽也会挑肥拣瘦，只吃年轻的男子。所以推断下来，他可以肯定，背后一定是有人操控。

其实这是清河村的事，与他一外人无关，但看到村口阿婆、孩子们期盼的眼神，他又忍不住同情。那些男子，无论离开多久，总有人在等着他们，等他们回家。

而他呢？云横秦岭家何在，他的家，又在哪里呢？漂泊太久，似乎连一个值得等待的人都没有了，他像断了线的风筝，没入天幕，找不到初始的方向。

慕双朝自己的屋子走去，途中碰到那几个送男子离去的少女，眼眶微红。少女们向慕双点头问好，慕双回以一个淡淡的笑容。他生得红唇皓齿，眉目清秀，少女们一个个都红了脸蛋。有胆大的女孩儿跑上前，问慕双，喜不喜欢阿燕姐姐。阿燕姐姐，也就是那一日他救下的女子。

慕双淡笑，这里的人都很淳朴，不会拐弯抹角，更不会藏着什么不良的心思，单纯得一眼就可以看透。阿燕的女儿心思，他何尝不知呢？只是……嘴角扬起一个抱歉的笑容，慕双温和道："我是外人，总有一日要离开的。"

这句话，不止对少女们说，他还很明确地拒绝阿燕，希望她不要在自己身上浪费感情。阿燕却固执地回答，喜不喜欢是她的事，只要他一日留在清河村，她便一日不会喜欢上别的男子。对此，慕双苦笑不已，感情一事，怎可强求呢？

"那慕哥哥有没有其他喜欢的人？"那个大胆的女孩儿不放弃地追问。其他喜欢的人？慕双微愣，视线透过广袤的天空，似眺望天空的另一头。

他没有回答，女孩儿以为是默认了，眼神一黯，见慕双恍惚的神情，继而又生出一丝期望，问道："慕哥哥现在还喜欢那个人吗？那个人也喜欢慕哥哥吗？"慕双扯了扯嘴角，笑而不答。

女孩儿自以为慕双情场失意，安慰道："慕哥哥，我知道南诏有一种蛊，能让人喜欢自己。"

"是吗？"慕双兴致缺缺地道。女孩儿重重点头，"慕哥哥希望和那个人在一起，可以去南诏寻情蛊。"

慕双不置可否地笑笑。情蛊，不过只是操控一时的感情而已，得到一份虚假的感情，与没有又有何异？见其他少女一个个神思恍惚，似还沉浸在别离之中，慕双不由问道："村里失踪的人还没找到吗？"

女孩儿摇摇头，情绪低落道："没。翻过这座山，就是南诏，阿爸说，很可能被南诏人抓去了。"

南诏人？慕双惊讶道："怎么会？不是说南诏一直和周边和平相处吗？"来之前他便听说，自玄昭帝以来，数百年间南诏臣服于中原，一直是相安无事，朝廷也没有费太多的精力，只若干年会选派一名官员进行管理。

女孩儿担忧地皱起眉头，"不知为何，最近几年好像听说闹出不少事情。村子和南诏只有一山之隔，要是发生了点什么事，最先受害的肯定是我们。"

慕双面无表情地看向远方云雾深处的大山，最近几年吗？是因为朝中政局不稳的缘故，有人伺机闹事？不是说一切都解决了？

"慕哥哥，阿山哥今天也上山去了，你说他会不会也不见了？"女孩儿见慕双沉默不语，突然问道。

慕双转头，见她一脸焦虑，笑道："你喜欢你的阿山哥？"女孩儿不好意思地低下头。

"要不要慕哥哥替你去看看？"

"哎？"

慕双摸了摸女孩儿的发梢，眼中含着浅浅的笑，村里人待他极好，他不说报恩，至少不能袖手旁观吧？！

"我替你上山去看看！"说完，慕双施展轻功，白色的身影一瞬间消失在远处，看得几个少女一愣一愣。女孩儿惊叹道："慕哥哥好厉害。"

楚千觞一路南下，站在南诏的土地上，深深呼吸一口气，这里，就是顾了了一直生活的地方。他有些激动，又有些忐忑，好不容易得知了了的消息，害怕见到她时，会被拒之门外。但无论怎样，都好过寻觅不到她的身影，不知她身在何方。

清河村，是手下人飞书来的最后一个地点，此后他一心赶路，再没有收到其他消息。了了她，还在那个村子里吗？楚千觞有些迫不及待地步入这个村子。入眼的，却是一片荒芜。

须臾间，他眼底的兴奋、欣喜一扫而空，取而代之的是前所未有的惶恐。一路走来，村中竟没有半个年轻男子，都是妇孺老人，一脸漠然。见到楚千觞，村人窃窃私语，看向他的目光大多不善。

顾不得这些异样，楚千觞四下打听，拿着一幅画卷询问有没有见到一名白衣少年。最后终于在一个女孩处得知，几个月前，村子里的确来了一位名叫慕双的少年。

得知顾了了的确来过此地，楚千觞内心激动得难以遏制，"她现在人在哪儿？"

这一次，却没有得到想要的答案，女孩儿沉默了良久才无力道："失踪了……和阿山哥一样，上了山，再也没有回来。"说到后面，她垂下头低声啜泣。

楚千觞微愣，抿唇道："你是说，了了去了那座山上？翻过这座山，便是南诏？"

女孩儿答道："是。"

楚千觞点头道："多谢。"

山上自然不会有什么问题，问题从来出自于人身上。清河村与南诏一山之隔，倘若有什么事情，定是源于山的对面。既然要去南诏，便大大方方地去，好过偷偷摸摸行事。倘若被发现了，反而会落人口实。

在停留的不多时间里，楚千觞去了顾了了暂住过的小屋，没有什么家具陈设，简陋至极，一张小桌，一张矮凳，还有便是几床褥子，几件衣裳。褥子很薄，就这样垫在地板上，而衣裳皆是半旧不新的，领口的竹纹，是她在琉璃宫时便穿过的，不知她从哪里翻出来，竟带在身边没有丢掉。

指尖拂过顾了了用过的衣物，上面仿佛残留着她的气息，让他留恋。这样简陋的住处，难以想象，她曾在这里生活过几个月。

一直以来，她都是被人好好护着的，衣食住行均有人打点，吃穿用度不说是最好的，但也绝不会亏待她半分。然而离开他的几个月，没有人照料，不知道她过得好不好，是不是瘦了，有没有受什么委屈。

太久没有见到了了，一颗心总放不下来。哪怕听这边人说她过得还好，楚千觞依然觉得了了一定受了不少苦。

离开时，楚千觞将顾了了的衣裳带走，那里有她的温度她的气息，他是绝不会将它们留给其他人。绕过高山，马车进入南诏。

东方姑娘亲自出来相迎，楚千觞的到来在南诏掀起小小的波澜。不少南诏少女见他身姿飘逸，英俊非凡，皆投以爱慕的眼神。东方姑娘笑着对楚千觞道，千万不要随便接这里姑娘的东西，更不要随意吃什么，很可能他所碰触到的物品、所吃的食物中下了蛊毒。

楚千觞听罢，莞尔道："就算中蛊，不是还有你吗？"东方姑娘浅浅一笑，面颊带着几分羞涩，低声呢喃道："就连我，也想给你下情蛊呢。"

有了东方姑娘的提示在先，楚千觞自然不会随便尝试什么。偶尔有热情的南诏女子前来搭讪，送给他香包锦囊，都被他巧妙回绝。

实在有耗不过的，楚千觞便递个眼神给护卫夜影，可怜的夜影便在自家主子淡漠的目光和南诏女子不甘的视线中，颤巍巍地接过那些玩意儿。

等到少女们纷纷告辞时，夜影脸上表情立刻晴转多云，无比哀怨地瞅着楚千觞。

"放心，如果中了情蛊，你喜欢上谁，本王便为你做主娶回去。"楚千觞悠悠道。

夜影："……"主子，为嘛您老人家不娶回去？大不敬的话夜影不敢说，只得默默去找东方姑娘，眼泪汪汪地捧着香包锦囊，问东方姑娘自己可中了情蛊。

东方姑娘掩面失笑，道："放心吧，蛊也不是那么容易中的。再者制蛊本身耗时耗力，施蛊也需要很长的时间，一般人是不会轻易下蛊的。"

听到东方姑娘这么说，夜影才放下心来，将那些香包锦囊分送给孩子们玩。

东方姑娘将楚千觞带到自己家中。心中惦记着顾了了，楚千觞未休息多久便询问东方姑娘，可知清河村一事。

东方姑娘点头，道："略听人提起过，好像从一个月之前起，那里的年轻男子便陆陆续续失踪。"楚千觞忙又问道："东方姑娘可知那些人身在何处？"

东方姑娘摇头说不知，眼神却有些避闪。

待到她走后，夜影轻声道："主子，小的觉得东方姑娘没有说实话。"楚千觞额首，默不作声，心里另作思量。

随行的护卫有十二人，其中两人近处跟随，四人稍远，剩余六人则在更远处，以便随时随地与外接触。如今现身的是夜影，还有一个星影，藏于暗处。

"星影去跟着东方姑娘，有什么事随时回来禀报。"楚千觞吩咐道。只听得暗处传来一声回应，房间又安静下来。星影以跟踪密探之术见长，此事交给他再适合不过。

"夜影，你再随我出去走走吧。"楚千觞说道。

得知东方姑娘出去了，二人从正门走出，四处闲逛。

数百年的改造，南诏在许多方面接受中原汉化，衣食住行也能看得到中原文化的影子，穿着南诏传统服饰的女子热情而大胆，楚千觞和夜影时常会被拦下来搭讪。对此，楚千觞似笑非笑，一脸漠然地看着夜影。夜影无奈，知道主子不愿搭理，只得硬着头皮上。

好在他生得不差，虽和楚千觞相比还有差距，不过南诏女子还是会买他几分面子，偶尔抛几个媚眼，更有甚者会在他身上吃点小豆腐。

夜影泪奔，他格外思念起三姑娘跟在主子身边时的日子，那时候主子的桃花都被那位剽悍的三姑娘挡去。如今佳人不在，只好他夜影做一次"坏人"，棒打桃花。

比起眼前南诏女子的奔放，他忽然觉得太守府那位小姐其实还是很含蓄很低调的小姑娘。

"夜影，我看你玩得很开心啊。"楚千觞见他收获满满，斜着眼笑道。

夜影擦汗，主子，您没瞧见全都是冲着您来的吗？"哪里哪里，只要主子愿意，可以玩得比夜影还要开心。"夜影实话实说。

楚千觞挑眉。夜影再接再厉，"主子，我们可以回去了吗？"再待下去，他就是有三头六臂也接不下这么多玩意儿。

楚千觞嘴角扬起一抹坏笑，"不——我还想再逛逛。"

夜影："……"主子发话了，他小小的影卫只得老老实实跟随在后。

此时快到正午，楚千觞瞧见一家酒楼，便道："走，先去用膳。"

夜影屁颠屁颠跟上。

酒楼生意很不错，人来人往全都是来此吃饭的客人，楼上的雅间全被占满，他们便在一楼拣了一处角落坐下。都说茶馆酒楼是散布谣言打探消息最好之处，这条规律放在哪儿都万古不变地适用。

楚千觞和夜影刚刚坐下，便听到隔壁一桌在谈论一个名为"日月神教"的教派。夜影听了一会儿，道："日月神教，怎没听说过这个教派？"

楚千觞蹙眉，的确没怎么听过，或许是这个教派太小，才刚刚建立不久。"这个教主取名的品位有待提升。"楚千觞点评道。

那一桌人似对日月神教了解不多，并没有谈论多少，楚千觞和夜影也没有得到自己想要的消息，不过对他们而言，有"日月神教"四个字足矣。"回去后派人查一查这个日月神教。"楚千觞说道。

夜影点头，"小的待会儿便给月影飞书。"

菜很快被端上来，出门在外，没有多少讲究，楚千觞淡淡说了句"吃吧"，夜影并不推辞，细细品尝南诏的菜肴。

才吃几口，酒楼门口突然变得热闹起来，只见外头吵嚷声不绝于耳，渐渐胜过里面的喧嚣声。楚千觞生性淡漠，没有太多的表情，继续吃饭。夜影却有几分好奇，观察左右之人，一个个都表现得十分淡定，好似习惯了这般。

"好奇便去外面看看吧。"楚千觞仿佛看出夜影的心思，说道。

楚千觞发话了，夜影立即起身出去打探消息。

正所谓不看不知道，一看吓一跳，夜影走到门口朝外瞥了一眼，立马奔回，冲着楚千觞气喘吁吁道："主、主子……"

"嗯？"

"顾、顾小姐在外面……"夜影磕磕巴巴说道。

楚千觞一愣，随即丢下碗筷，大步走了出去。

门口正围着许多人看热闹，楚千觞拨开人群，看到正中央站着的少女，一袭白衣，长发松松挽成发髻，眉清目秀，亭亭立于其中，一颦一笑间透出无尽风华，除了顾了了还会有谁？

少女横眉，手中拿着软鞭，朝着对面的一名蓝衣公子挥去。那蓝衣公子生得很是俊朗，剑眉星目，五官清隽，身材修长，属于走在大街上回头率极高的一类。

第三十四章 压寨夫君

"这位姑娘，不知有何贵干？"蓝衣公子双手作揖，神色恭敬。

顾了了，更确切地说是慕双，正双手叉腰，一脸霸气道："我要抢你做压寨夫君去。"

众人："……"

蓝衣公子怔了怔，勉强笑道："姑娘莫开玩笑。"慕双满脸认真，"我没有开玩笑。"说着，软鞭甩在地上，发出啪啪的巨响。

蓝衣公子只得道："在下还有事，先告辞了。"

"等等，别走！"慕双跺脚叫道，"本姑娘说话算话，这次一定要抢你回去。"这次？意思是之前还有许多次？

"姑娘这又是何苦？"蓝衣公子苦笑道。

慕双噘嘴，道："谁叫这里美男太少，看来看去就你能入眼。"

蓝衣公子："……"敢情他还得多谢姑娘自己能入她的法眼？

楚千觞听罢，心中不由生出一丝怒气，扭头对夜影问道："爷好看还是那位蓝衣公子好看？"夜影瞅了一眼蓝衣公子，再看了看楚千觞，道："各有长处，主子是江湖第一美男，自然俊美非凡，而那位蓝衣公子胜在年轻。"

"我很老吗？"半晌，他万分纠结地问道。

见主子一脸不悦，夜影心中咯噔一响，不好，拍马屁拍到马腿上了。

"不不不，主子英明神武、年轻得很哪。"夜影企图亡羊补牢，安慰主子那颗被揉碎了的玻璃心。

二人的对话吸引身边人侧目，有人指着楚千觞大声叫道："姑娘，这里有位公子生得比夏侯公子还俊哪。"话音一落，所有人的视线都转到楚千觞身上。

江湖第一美男的封号可不是白来的，尽管年过而立，楚千觞依旧面色淡淡，白衣翩飞，身姿挺拔矫健，又不失优雅大气。这样的气度，不是天生便能拥有，是历经岁月的洗礼沉淀，才能有今日的沉稳从容。

慕双也盯着楚千觞看。她的目光却不再是从前那般，好似太久不见，全然忘了此人，带着几分陌生，眼中划过惊艳之色，轻佻笑道："果然这位公子更适合做本姑娘的压寨夫君。"

这位公子？楚千觞挑眉，不明白她在玩什么把戏。他索性不动声色，看慕双要如何继续下去。慕双将注意力完全转移到楚千觞身上，一步步走来，围着他转了一圈，目光从上到下、从左到右，不放过他身上一丝半点。

"美人儿，跟我回去怎样？"慕双猥琐地笑道，"本姑娘不会亏待你的。"除去夜影，所有人都在等楚千觞义正词严的拒绝。哪知道他悠悠开口，极为干脆道："好。"

众人："……"

出乎意料的答案，慕双被噎得半天吐不出几个字，"你、你……"

楚千觞扬眉，"我怎么了？""你不是该拒绝的吗？"良久，她才缓过神来。

"我拒绝你就会不抓我去做压寨夫君？"

慕双继续维持地痞流氓式的模样，抚了抚鞭子，"当然不！"

楚千觞摊手，"那不就得了。"

慕双："……"

"既然反抗无用，我为何要反抗呢？不如享受这个过程。"某人摆出一副很有道理的模样，堂而皇之道。

虽说这话没错，不过……这不符合剧本呀。不都是大街上强抢民男遭到激烈反抗，而后霸王硬上弓抱得美男归吗？怎么有美人儿自动送上门？不对不对，肯定哪里出错了。

慕双摸了摸下巴，"美人儿，你没啥问题吧？！"楚千觞，"嗯？"

慕双指了指脑子。楚千觞目光微冷，看得人小心肝一颤。

如果脑子没问题的话……"你肯定功能有问题。"慕双以不怕死的精神爆出一声质疑。这个质疑先是遭到众人的鄙夷，但随之一想，一般正常人会答应做啥子压寨夫君吗？

答案百分之百是NO。所以说……某人的X功能立即被在场之人深深怀疑了。

小夜心声：怪不得这么多年主子从不近女色，他怎没想到这一层去呢？难道说这就是徒弟和影卫的区别吗？嘤嘤嘤嘤，作为一名贴身护卫，他真的很有压力呀。

楚千觞嘴角抽了抽，怒极反笑道："有没有问题回去试试不就知道了吗？"慕双被他强大的气场给压住，显出一丝怯弱，"算了，本姑娘今天放你一马。"

众人吐血，这是什么情况？上一秒钟还叫嚣着要拉去做压寨夫君，这一刻肿么看起来似要被白衣公子压寨了呢？

慕双强撑着面子冷哼道："本姑娘今日还没日行一善，明天再找你做压寨夫君。"丢下一句话便风风火火拉着一旁看热闹嗑瓜子的小丫头拍屁股跑路了。

主角不在，众人很快便各自散去。蓝衣公子上前对楚千觞道："今日多谢公子，在下夏侯无伤。"楚千觞淡淡点头，"夏侯公子不必多礼，举手之劳而已。"

夏侯无伤见楚千觞谈吐举止不同常人，一言一行尽显高贵，暗道此人定是来历不凡，心生结交之意。却不知此时楚千觞一心扑在慕双身上，打了个手势要夜影先行跟上，他随后就来。

"敢问公子尊姓大名？"夏侯无伤问道。楚千觞眼中露出一丝不耐，"在下姓楚，名觞。"楚千觞这一大名，在南诏这里还是越少人知道越好。

"原来是楚公子。"夏侯无伤笑道。楚千觞颔首，"在下还有事，先行告辞了。"

望着楚千觞的背影，夏侯无伤喃喃道："楚觞是吗？"他嘴角扬起一抹极淡的笑意，熟知他的人便知道，这人准又开始算计什么了。

慕双一口气跑了十三条街才停下来，身边跟着的小丫头早已喘不上气来，一脸煞白。"小姐，您为何要跑呀。"小丫头不解道。

慕双瞪了她一眼，道："你笨啊，不跑还留在那里？"

"小姐不是一直说要抓绝色公子做压寨夫君吗？今日那位白衣公子比绝色公子还要美。"见小丫头发花痴，慕双恨铁不成钢地戳了她一下，道："这世上越是漂亮的东西就越危险，放在男人身上同样适用。"

"小姐是说那位白衣公子很危险？"小丫头嘟嘴问道。

何止是危险呀。慕双感叹一声，那身傲然之气，便不是一般人能拥有的。尤其是那双黑曜石般的眸子，一眼望不到底，好似藏着许多东西，让人琢磨不透。这样一个深不可测的男人，想想就觉得不可随意靠近。

"小白啊，走，跟姐姐喝酒吃肉去。"慕双拍了拍丫鬟的肩膀，不欲与她多谈那白衣公子。

小丫头退了两步，警惕地盯着慕双，道："小姐，教主说了，不能让您饮酒。"慕双郁结。"不能饮酒，不等于活着了无生趣了？"她抗议道。

"小姐还有绝色公子、白衣公子，"小丫头"好意"提醒道，"小姐绝对绝对不会感到了无生趣的。"慕双对手指，悲愤道："绝色又怎样，又不能拿来当饭吃，更不能拿来当酒喝当肉吃！"

小丫头："……"

"小白啊，不喝酒不吃肉，人生等于少了一半乐趣。"慕双语重心长道。

"那另一半乐趣呢？"

"欣赏美男！"慕双毫不犹豫道。

小丫头捂着脸，很想装作不认识此人。

慕双开始啪啦啪啦细数人生两大乐趣——品美酒美食、观美男美景，小丫头听得一脸懵懂，最后禁不住她轮番轰炸，终于松了口，同意和慕双去品美酒。

躲在一旁的夜影和楚千觞将慕双和小丫头的对话一字不漏听去。

夜影扭头，对楚千觞道："主子，顾小姐好像还是不记得您。"

楚千觞："……"这个自己当然知道，不需要他来提醒。"走，夜影，跟上去。"楚千觞说道。两人轻功都绝顶的好，一路跟在慕双后边没有被发现。

慕双带着丫鬟去了一家酒铺，买了两坛花雕两坛竹叶青。二人一人抱着两坛酒，找了个清静的地方坐下。慕双极其豪爽地拿起一坛酒，拆开后香味阵阵扑鼻。

咽了咽口水，慕双对小丫头点头道："小白，别客气，喝吧。"

禁不住美酒的诱惑，小白几乎是抢过慕双手中的酒坛，咕噜咕噜喝起来，倒是慕双双手撑着下巴，笑眯眯地看着她喝酒，自己却没喝几口。三坛酒下肚，小白两腮酡红，不知不觉中醉了，对着慕双傻笑。

慕双摸摸下巴，对此十分满意，道："小白，还要喝吗？"她手中拿着最后一坛酒，小白傻傻点头。慕双将酒递给她。喝完最后一口，小白彻底醉倒了，趴在慕双身上起不来。

慕双毫不在意，一手扶着小白，将她送到一家客栈，而后抛下一锭银子，要掌柜好好照看她，便转身出去了。楚千觞和夜影对视一眼，不明白慕双有何打算，连忙紧跟上去。

更让他们疑惑不解的是，慕双去了一家布庄，买了一套男装，换上后迅速地打散头上的发髻，随手梳成男士的发髻，而后以翩翩浊世佳公子的形象大摇大摆出现在街头。

见她一路七拐八拐，好似在避开什么，走了许久，竟到了一处偏僻的庄子，慕双掏出一枚令牌，守卫放行让她进去。

楚千觞和夜影不能从正门进入，便绕开守卫，想要翻墙而入。墙不算高，但想到可能设有机关，楚千觞和夜影选择附近的大树，站在树顶向下眺望。

整个庄子一览无余。里面竟关了好些人，夜影眼尖地发现，都是些年轻的男子，被关在其中。慕双似乎对那些男子说了什么，原本一个个无精打采的，见到慕双后，情绪高涨了不少。

停留片刻，慕双便出来了。她回到先前的客栈，换回女装，将小丫头叫醒，对她道："小白，我们回去吧。"小白还未完全清醒过来，懵懵懂懂地点头，跟着慕双走。

"主子，还要继续吗？"夜影见天色渐晚，问道。楚千觞想了想，道："我记得清河村失踪的都是年轻男子。"夜影点头，突然记起今日在庄子外向里眺望时所见的一幕，迟疑开口道："主子的意思是……"

"夜影，去叫雾影来。"楚千觞吩咐道。护卫中，跟踪技术最好的，非雾影莫属。

如果说慕双与失踪男子有关系，那么便不能贸然行事，很可能慕双接下来要去的地方会非常危险。在没有十分把握之前，需要好好谋划。这一切来得有些突然，让楚千觞禁不住怀疑，是不是有人在其中故意布局，令消失已久的慕双突然出现在他面前。虽说遇见了，他便不会再放手，这一次一定会好好把握，但却不能因此失了方寸，再乱阵脚。

"主子，您呢？"夜影问道。

楚千觞看了看不远处，道："我先跟着她们去看看，待会儿在今日吃饭的酒楼外会合。"夜影有些担忧道："可这样您身边就没有护卫。"

楚千觞微微一笑，道："我不会轻易冒险。"夜影点头，这一点他是相信的，主子不是有勇无谋的人。

"我这便去找雾影，主子一定要当心。"

转瞬间，夜影便消失得无影无踪，楚千觞放轻脚步，跟了上去。

慕双和那个小丫头看起来异常谨慎，路上看似东走西逛、十分随意，但细心观察就会发觉她们似乎在躲避别人的跟踪。不过这些小伎俩在楚千觞面前都不值得一提，来来回回绕了三四圈，又走了许多弯路，终于见她们二人放缓脚步，在　家普通的院子门前停下。

小丫头敲了三下门，吱呀一声，门被打开。出来一位白发苍苍的老婆婆，面无表情问道："何人？"

"小白。""慕双。"老婆婆点点头，放她们二人进去。

楚千觞不敢轻举妄动，便跃到树梢上，想要和白日里庄子外那般，向里眺望。令他吃惊的是，这户人家院落布局十分古怪，看上去像是太极八卦图，而慕双和那个小丫鬟像是从生门而入，老婆婆关上大门的瞬间，其中几处布局微微改变，随后两人便入了杜门，消失不见。等了许久，也不见人出来，怕是不会再出来了。

对于这一类奇门遁甲，楚千觞并不陌生，他默默记下其中暗藏的机关，随即便往回走。知道了大致位置，楚千觞又在附近留了记号，才回酒楼与夜影碰头。

这次，不仅是夜影和雾影，月影也回来了。

"怎样，可知日月神教的来历？"楚千觞问道。月影沉沉点头，道："日月神教是近几年才在南诏出现的一个教派，外人看来十分神秘，教中全是女子，不收男子。"楚千觞挑眉。

"日月神教教主，是南诏上一任圣女。"月影又道。

"上一任？"

"就是如今的南诏圣女，东方姑娘的姐姐。"

没有表示出太多的讶异，楚千觞又问道："为何南诏圣女会另立教派？"

"据说是因为不满于大祭司统治与朝廷联手，所以才如此的。"

楚千觞了然，"还有什么重要的消息吗？"

"有。"月影顿了顿，犹豫了片刻才道："属下还听说，日月神教原本不是这个名字，是下一任教主所改。"

"下一任教主？"

"听闻名叫慕双。"

"这个教的名字改得不错。"

夜影："……"

楚千觞挥手道："我知道了。"

护卫们便各自退下。他带着夜影在附近找了一家客栈，暂时住下。

"夜影，你去告知东方姑娘一声，就说我有事在身，叫她不必费心。"楚千觞又对夜影吩咐道。夜影迅速消失不见。

第二日，楚千觞照例带着夜影去了那家酒楼。他选了一个靠近大门的位置坐下，点了一桌菜，不急着吃。夜影知道主子是在等顾小姐，便不多言，安安静静守着。

没有等来慕双，却等到昨日那位蓝衣公子——夏侯无伤。夏侯无伤一进酒楼，便瞥见楚千觞一桌，顿时嘴角挂着笑意，缓缓走来。

"楚公子。"他率先打招呼道。楚千觞颔首，不冷不热地回应。

"楚公子可是在等什么人？"夏侯无伤也不等楚千觞邀请，便自行坐下。比起夜影脸上的愠怒，楚千觞神色淡漠，"在等昨日那位姑娘。"

夏侯无伤流露出一丝奇异之色，"不知楚兄是慕小姐什么人？"

"压寨夫君。"楚千觞大言不惭。

噗——夜影正在喝茶，被这个回答狠狠呛住。主子真是太有才了，夜影内心默默崇拜，这么具有地痞流氓气息的词语，居然能如此云淡风轻说出来，好似再正常不过的一件事。

夏侯无伤脑子转得飞快，笑道："原来慕小姐是楚兄的未婚妻呀。"

对于这个说法，楚千觞弯了弯嘴角，不置一词。

说话间，忽见两人大步走入酒楼。所谓说曹操曹操到，他们谈论的那位慕小姐正式登场了。慕双并未注意到楚千觞一桌，进门就冲着小二叫道："小二，还有没有空的雅间？"

小二赔笑上前道："慕小姐，不巧，雅间都没了。"

慕双目光随意一扫，"一楼也没有座位？"

"是……"

慕双横眉，冷哼一声，手中的软鞭一甩一甩。小二看得额冒冷汗。

"这里还有空位，慕小姐若不嫌弃的话，可以坐到这边。"正僵持不下间，突然听到一个声音，慕双身边的小丫头转过头，瞥了一眼那桌人，眉开眼笑，"好啊好啊，小姐，我们去那一桌吧。"

慕双抽了抽嘴角，绝色公子、白衣公子，敢情这是新老情人欢聚一堂啊？还有她的那个小丫头，典型的"重色轻友"，一看到白衣公子那俊逸非凡的身姿，便找不到北了。无奈地撇撇嘴，慕双朝那一边走去。

"打扰了。"她大大咧咧说道。

这一桌恰好剩下两个位置，楚千觞身边一个，夏侯无伤身边一个。小白直奔楚千觞旁边的座位，就在要落座时，脚尖一转，跳到夏侯无伤的身边。

慕双额角抽了抽，这丫头，什么时候练就了这般武艺。她不是一直支持夏侯无伤的吗？怎么转眼间就成了楚千觞最忠实的粉丝？

楚千觞似对小白的举动很满意，笑道："慕小姐怎么不坐下来？"

慕双硬着头皮坐在楚千觞身边，抬头间对上夏侯无伤的目光，嘿嘿笑起来，"夏侯公子，有没有想好……"

夏侯无伤一脸正义凛然不受强权压迫的表情，说道："慕小姐，您有未婚夫，就请不要拿自己的闺誉开玩笑。"

慕双诧异了，"我怎么不知道？"咳咳，楚千觞夹了一块肉片，放在慕双身前的碟子里，柔声道："双双，别淘气！"

慕双浑身顿起鸡皮疙瘩。"你你你——"慕双瞪着楚千觞，又惊又怒，一时间竟不知怎么开口，半晌才问道："你离我远点。男女授受不亲你懂不懂？"楚千觞含笑道："昨日是谁说要抢我回去做压寨夫君的？"

慕双哑然，良久找回自己的声音。"我不是说日行一善放过你了吗？"她愤愤然道。楚千觞轻笑，"但你还说今日来抢我回去做压寨夫君。"

小夜心声：主子，原来您还有做流氓浑蛋的气质啊。

小白心声：多行不义必自毙，小姐，您终于被成功调戏回去了。

慕双："……"那只是随口说说而已啊，大哥！对她而言，他不过是路人甲乙丙丁一样的存在。昨日若换作其他美男，她也是照这么调戏不误啊。

"慕小姐既然有未婚夫了，希望能好好珍惜。"夏侯无伤添了一句。慕双默默吐血。谁说她有未婚夫了？！她还是黄花大闺女好不好。

"我不承认你是我未婚夫。"慕双气壮山河地吼了一句。

不承认？楚千觞眯起眼轻轻笑出声来。那笑声让夜影打了个冷战。跟了楚千觞这么多年，他心中十分明白，主子这么笑时，表示他心情不好，非常不好，也代表着有人马上就要倒霉。

他家主子向来是个随和的人，性子也许有些清冷，不过待人总是温文有礼，除非是触及他的底线。让主子放下身段，远赴南诏，已是非常不易，这顾小姐真有些不知好歹，在这里惹怒了主子，到时候连死都不知道自己是怎么死的。

慕双似乎也感到一丝不安，身子微微往后挪了挪，离楚千觞远了点。"本来就是嘛……"她弱弱地补充一句，气势大不如前。

看到她一副受气小媳妇的模样，不知怎的，楚千觞忽而扑哧一声笑起来。这一笑，犹如雨雪初霁、天空放晴、豁然开朗、乌鹊南飞………总而言之，慕双擦了擦冷汗，长长松了口气。

"没关系，"楚千觞施施然道，"我会让你承认的。"

慕双："……"

"吃吧！"见慕双想要说什么，楚千觞打断道，目光温柔似水，注视着慕双。慕双觉得自己简直要被他的目光融化了。她强迫自己低下头，注意力放在饭菜上，但总忍不住想要抬起头，看他是否还在看自己。

这简直就像是一种甜蜜的折磨，嘴上说讨厌、不喜欢，心底却隐隐有些甘之如饴。

一顿饭吃得有些食不知味，饭后，夏侯无伤不知打了什么主意，竟邀请楚千觞和慕双二人一道去游船。慕双听罢立马拍手笑叫好，完全不理会小白快要抽筋的眼神，"既是夏侯公子邀请，小女子怎敢拒绝？"

楚千觞皱了皱眉，听到慕双左一句"夏侯公子"右一句"夏侯公子"，叫得甜腻腻的，很是刺耳。夜影也一身汗腻腻的——主子嘴角紧紧抿着，一看就是要发飙的模样，顾小姐，您自求多福吧。

好在游船的地点离得并不远，很快便到了江边。岸上靠着一艘画舫。红桥飞跨水当中，一字栏杆九曲红。日午画船桥下过，衣香人影太匆匆。

好似头一回游船，慕双神情兴奋，登船时未曾注意周身，画舫忽而摇晃，险些摔下去。幸而楚千觞紧随她身后，一把拉住她的胳膊，紧搂住她的腰，带她上了船。

上船后，楚千觞的手依然没放开，慕双似乎也忘记提醒，二人走到栏杆边，慕双朝江面望去，欢呼道："好漂亮！"

江水粼粼，漾着两岸垂柳倒影，天上的白云、江上的船只，都在水面上投下细碎的影子。午后的阳光格外温暖舒适，照得人的面色也温柔几分。见她一副小孩子似的模样，沉浸在欢喜中，楚千觞的心情跟着好起来。

几年前，他们在一起时，都是习武念书，虽然很是温馨，但甚少有这般轻松自在的时候，自然更少见到慕双这般小女孩的模样。他很喜欢她这副样子，真的很喜欢。如果早些知道，或许自己会多陪陪她，带她出来玩耍。

然而彼时的自己却满心记挂着其他事情，硬是将自己对了了的感情看作师徒之情。轻叹一声，望着慕双美好的侧脸，楚千觞情不自禁开口问道："了了，若是那时候……"

话还没说完，慕双身子陡然一僵。她飞速甩开楚千觞的手，软鞭随之挥出。楚千觞面色一沉，却在下一刻迅速反应过来。

有人来袭！十几名女子身着白衣，脸上戴着面纱，手中挥舞长剑，将他们围住。但交手几招后，楚千觞便发觉，这些女子是冲着夏侯无伤去的。

对付他的只有两名女子，慕双、夜影那边同样是两人，而夏侯无伤附近则站着五六名女子，轮番向他发起进攻。他倒不知夏侯无伤一身好功夫，对付那些女子游刃有余，还一边朗声问道："各位姑娘，不知在下是否得罪过姑娘？"

打头的白衣女子与他交手后，冷然道："公子并未得罪我们。"

"既未得罪，为何拔剑相向？"夏侯无伤问道。

"教主说要见公子，命我特来请公子移步本教。"

夏侯无伤苦笑，"敢问姑娘所说的教主是？"

"日月神教教主。"话音落下，船上之人皆面色变幻莫测。楚千觞下意识瞥了一眼慕双，见她神色如常，好似与己毫无关系。

听得夏侯无伤轻笑道："在下听说，日月神教教主喜年轻貌美的男子？不知教主请在下去，有何事？"

那名白衣女子冷声道："教主吩咐，哪有那么多废话，公子到底去还是不去？"

那些白衣女子仿佛打定主意要带走夏侯无伤，接连奋起攻击。

夏侯无伤似不愿伤人，被缠得无奈，微微叹息一声，道："罢了，我随你们去便是，别再打了。"说罢，白衣女子纷纷住手，果真不再进攻。

"夏侯公子，请。"白衣少女做出一个手势，指向不远处的一艘画舫，"教主便在那艘船上。"夏侯无伤颔首。

两船相距不到几米之处时，白衣女子道："夏侯公子，里面请。"

夏侯无伤不等她说完，便飞身跃上另一艘船。夏侯无伤一走，白衣女子便纷纷退离，慕双收起软鞭，转头，正对上楚千觞的凝视。一瞬间，心跳不由漏了几拍。那双眼眸，似含着无法言说的感情，浓烈得让人窒息，让她无端想要逃离这铺天盖地的情网。

约莫半个时辰后，夏侯无伤从里面走出，他面色沉沉，眼中似写满心事。作为外人，楚千觞和慕双都很明智地没有开口，见那艘画舫渐渐远去，便提出告辞。

夏侯无伤没有阻拦，挥手让船靠岸。慕双倚着栏杆，独自站在船头。她似乎在欣赏风景，但从侧面望去，却能隐隐见到皱起的眉头。

很想为她抚平眉间的烦恼，楚千觞走过去，试探地问道："你要抢夏侯公子，可是因为那位教主的缘故？"

慕双不知想到什么，没有否认，随即低低嗯了一声。她双手握住栏杆，脚尖踮起，眺望很远很远的地方。

"教主和夏侯公子曾是真心相爱，但因为圣女终身不得嫁人，所以故意犯下过错，被驱逐出南诏。他们二人原本约定一起去中原，却不知因何缘故，夏侯公子没有守约。教主久等不见他来，只得黯然离去。"短短几句话，将前尘往昔道尽。

"现在回来，又是为何？"楚千觞追问道。慕双叹了口气，"连我也不知教主究竟有何打算。"

"那你呢？你又有什么打算？"

被他这么一问，慕双猛然抬头，四目相对间，暗流涌动。慕双眼眸清澈坦然，像是没有任何遮掩，任楚千觞这么打量。

"了了，你真的一点都记不起来了吗？"楚千觞声音微微沙哑，眼中是如何也掩不住的暗淡。慕双不忍看到他眼中的失落，低着头说了句抱歉。

楚千觞苦笑，他再舍不得逼迫她半分，只能从只言片语中探查蛛丝马迹，"你为何要入日月神教？”

慕双怔了怔，“你知道我是日月神教之人？”

楚千觞微微一笑，“这世上很少有事情我查不出。”

慕双对于他这种胸有成竹的态度很是不悦，好似自己就像是那只石猴子，无论怎么跑都逃不出如来佛的手掌心。

气氛正好时，突然有掌声响起，夏侯无伤像是什么都没发生过，笑道：“先前还不觉得，现在看来二位果真有夫妻之间的默契。”

这话听起来很顺耳，楚千觞眼中隐隐有一丝笑意。慕双却不知怎的，见身边男子开心便百般不顺眼，她冷哼道：“夏侯公子，你若现在改变主意，愿意做本姑娘的压寨夫君还不迟。”

夏侯无伤余光瞥见楚千觞，见他脸色看似平静，却有一种暴风雨将至的味道，忽而有了捉弄人的心思，不怀好意道：“慕小姐真的这么喜欢在下？非在下不可？”

慕双点头如捣蒜，不知自己正一步一步踏入对方的陷阱，“废话，不喜欢你，会要你做压寨夫君吗？”身后某人气场骤然下降至绝对零度。

夏侯无伤继续道：“那楚公子该怎么办？”

慕双不怕死道：“我和他没关系。”某人的眼光简直可以将人刺穿。

夏侯无伤摸了摸下巴，点头道：“那好吧，我做你的压寨夫君。”

啊啦啦？众人下巴掉落一地。这这这……又是什么情况？

“夏、夏侯公子……”慕双眨了眨眼睛，不明白为何大家都不喜欢按剧本走，磕磕巴巴道：“你要不要再考虑一下？”

“不用考虑了，慕小姐一而再、再而三要在下做压寨夫君，想必是对在下情根已深，既然如此，在下何不成全慕小姐这一份相思之苦？”

慕双：“……”

夏侯无伤步步逼近，道：“慕小姐若是不介意，我们今日便定下，明日便可拜堂成亲。”

慕双：“……”

明知慕双所作所为极有可能是为了那个教主，楚千觞却感到自己无法忍受，尤其是那一句“喜欢”，听得他非常不舒服。也是，任何男人听到自己所爱的女子对其他男人说“喜欢”，哪怕只是一句无心的玩笑，都不会高兴。

“不行！”楚千觞薄怒道。

夏侯无伤扬眉，要认真起来了吗？他好怕怕哦。见两个大男人为自己起争执，慕双难得有了一回身为女主角的自觉，大手一挥，道：“你们别吵了。”

目光转到她身上。

"大不了我全收了。"

夏侯无伤："……"

楚千觞："……"

"有意见吗？"慕双语调扬起。

夏侯无伤睨了楚千觞一眼，见他面色黑得不能再黑，很开心地挑眉，"我没意见。"

楚千觞也轻轻一笑，终于慢条斯理道："双双是要坐享齐人之福？"

慕双下意识地打了个冷战，这样的笑容、这样的语调，让她隐隐嗅到危险的气息。夜影做出祈祷状，为慕双默哀中。

慕双嘿嘿笑，见好就收，"当然不——我只是和夏侯公子开个小玩笑、小玩笑而已嘛。"

小玩笑？夏侯无伤笑得云淡风轻，"是吗？那为何慕小姐屡次要我做压寨夫君？"屡次？这个词让某个人不满，非常不满啊。

慕双赔笑道："那是有原因的、有原因的。"

"什么原因？"夏侯无伤紧追不放。

慕双在心里把他祖宗十八代一一问候了一遍，表面上露出几分受宠若惊的模样，一把拉来身边的小白道："是因为她。"

"我？"看好戏正看到精彩的地方，小白被突然拉入戏中，非常不适应。

"是啊是啊！"慕双拼命点头，"这丫头自小崇拜夏侯公子，说此生要是能接近公子便再无遗憾，我为了能让她近距离瞻仰公子的美貌，特意制造无数次机会。"

夏侯无伤："……"

慕双见他不信，一手握拳，对天发誓道："所以我此前说的话夏侯公子不必放在心上，公子若真想娶妻，这个丫头绝对是不二人选。"

"啊？！"小白惊呼道，"小姐，你怎么能这样？"

慕双瞪了她一眼，做口型道：江湖救急，你别管那么多。这样拙劣的谎言，也只有慕双能大言不惭地说出口来。

夏侯无伤开怀一笑，道："你这丫头真是……"后面的话没说完，但那意思大家都能明白。这样古灵精怪的小姑娘，还是头一回遇上。

慕双见夏侯无伤不再提压寨夫君一事，背后的气压也渐渐上升，不由长长舒了口气。擦了擦额头莫须有的汗水，见画舫终于靠岸，笑道："今日多谢夏侯公子，告辞！"

第三十五章 人生如梦

慕双带着小白先行，走了一段路，发现楚千觞紧随在后，无论自己走得多快，都只隔着三五步。"小姐，那位楚公子一直跟着我们。"小白提醒道。

慕双冷哼道："让他跟吧，我们走我们的。"日月神教外设有奇门遁甲，届时不怕拦不住他。按照昨日的路途走到院门口，小白敲了三下，门打开。老婆婆问完话后，便让出路，放她们二人进去。

楚千觞毫不迟疑地跨过门槛。"等等，你是何人？"老婆婆叫住他道。没有时间浪费，楚千觞一心盯着慕双，对夜影道："夜影，你去对付她。"

夜影应了一声。能在这里看守，即便是老者，定然不会是简单之人。夜影停住脚步，对老婆婆恭敬道："公子来此寻一人，望老人家能放我们过去。"

老婆婆面无表情道："这里不是你们该来的地方，快点离开，否则别怪我不客气！"夜影一手放在腰间，没有挪动脚步。老婆婆见此，大手一挥，推动门边的一块石壁。顿时院内的布局挪动位置。

夜影暗叫不好，主子还在里头，而见这个架势，估计生门已闭，凶门开启。正在犹豫要不要去帮主子，老婆婆猛然将门关上，双手握着短刀，向夜影袭来。夜影慌忙抽出长剑相迎。

这边两人真枪实弹过招，楚千觞则陷入凶门之中。所谓凶门，每一步都万分惊险，稍有不慎则可能身死十此，楚千觞虽早年习过易经八卦，通晓其中原理，但置身于此地时，也不禁出了一身冷汗。不管怎样，他都不能死在这里。

抱着这样的信念，楚千觞迈出步子。但日月神教岂是如此好闯的？

再怎么小心，也难免碰触机关，凭借高超的武艺，楚千觞几次化解危机，但身上不可避免地受了伤。

和小白回到教中，慕双下意识回过头，身后已没有人跟随，心中一时间不知是喜是悲。好似松了口气，却又有些难过。

教中石凳上，坐着一锦衣女子，身段婀娜妖娆，发上斜插玉簪步摇，悠悠抿着茶水。此人正是传说中的教主，东方姑娘之姐，东方婉。

"教主。"慕双说道。

东方婉颔首，道："回来得好晚，外面很好玩吗？"

慕双见她心情不好，讪笑道："也没什么好玩的。"

"哦，是吗？"东方婉低低一笑，合上书，"既然不好玩，怎么有人跟回来了？"

跟回来？慕双愕然。"凶门已开，不知外头那两人能撑多久。"东方婉不冷不热道。

慕双心跳猛然加快，控制不住失声叫道："凶门？！"

东方婉嗤笑，"你又不是不知，擅闯本教者，死。"

慕双面无血色，当即道："求教主饶他们二人一命！"

"饶？"东方婉笑容灿烂，缓缓起身，围着慕双走了两圈。

慕双有求于人，低着头，不敢抬起。良久不见东方婉说话，她忐忑道："教主。"

东方婉挑眉道："男人没一个是好东西，你今日为他求情，他日若被他无情抛弃，你又该如何自处？"慕双咬了咬唇，没有回答。

东方婉伸手，抬起她的脸，细细欣赏，"慕双，若不是我，当日你寒毒、蛊毒一并发作时早该死了，我不但救了你一命，还帮你解了蛊毒。论理，你已是我日月神教之人，不可再生外心。"

慕双身子狠狠一颤，听出东方婉话语中的狠厉，不由自主地争辩道："可他是我师父……"东方婉慵懒一笑，眸子一片清冷，"哦？外面那个男人就是你的师父楚千觞？那个害你自服一梦白头的男人？"

慕双怔忡，她心急之下，将什么都说出来。

"那人是不是楚千觞？"东方婉反复逼问。

慕双沉默。不回答就表示默认了，东方婉点点头，伸手对一边的白衣女子道："把我的剑取来。""教主，你要做什么？"慕双万分紧张。

"去取你师父的首级。"回答这话时没有一丝犹豫。慕双被东方婉的冷艳高贵给震慑住，不过想了想还是老老实实说道："教主，论武功，你赢不了他。"

被封为江湖第一美男，楚千觞，不是空有其表。琉璃宫大劫，他以一敌百，而在更久以前，十三岁的少年便能驰骋江湖。这样的人，不是说能打败便能够打败的。

东方婉冷笑，"你对他还有情？"

慕双很难否认。自她被东方婉所救后，解开蛊毒，记忆如同汹涌的洪水，冲入脑海，那些欢乐的、悲伤的、痛苦的、无奈的……纷至沓来，一时让自己难以接受。她终于明白，自己既是慕双，又是顾了了。前尘往昔，犹如梦一场。梦醒了，才发现现实是如此的荒诞。

"慕双，你当日三种毒蛊加于一身，换作他人，即便醒过来也非痴即傻，你好不容易死里逃生，却为何如此执迷不悟？"东方婉始终不解。

"教主，我不是您，他也不是夏侯无伤。"良久，慕双，亦是顾了了，如是说道。女人永远比男人要心软，再怎么恨一个人，也不会希望他丧命于此。

听到夏侯无伤的名字，东方婉面色变了几变，种种表情最终归复平静。"他是怎么对你的，你统统忘了吗？只因他来南诏，你就心甘情愿当做过去那些事没发生过？"东方婉句句质疑，不容喘息。

顾了了无言以对，如果说是，她会信吗？说出来或许连她自己都不信。不知道从什么时候开始，对楚千觞过去种种所作所为，她竟然不那么恨了。

也许楚千觞是真的喜欢自己，但一个男人，怎么可能心中除了女人再无其他呢？尤其是楚千觞这样胸怀天下的男人。她其实知道，他在伤害自己的时候，也在竭尽全力保全自己，保护她不受到更多的伤害。有些事情，只要想通了，就够了。追究得太多，反而会陷入到一个死循环中，永远无法解脱。

东方婉接过长剑，转身欲出去，顾了了在她身后道："教主，过去的事情就让它们彻底过去吧。"时间一分一秒过去，不知道外面究竟如何，依照楚千觞的武功，应该能支撑一会儿。

东方婉抬眸，见顾了了眼底始终不曾有半分软弱。她突然大笑起来，笑声让人毛骨悚然，"楚千觞，你可都看清楚了？你的好徒儿早已恢复记忆，却不愿认你。"

顾了了没有料到楚千觞竟会在这时出现，甚至没料到他会浑身浴血，一手握着长剑，一步步走进自己的视线。眼底的雾气模糊了她的视线，顾了了努力睁大眼睛看着那个男人。明明不久前还在一块，却像是有生之年第一次遇见他。

人生若只如初见，倘若记忆能一直一直停留在初遇的那一瞬间，该多么美好。

楚千觞笑容淡然，好似完全不被东方婉的一席话所伤害，他温和地看着顾了了，说道："了了，我来了。我来带你回家。"

"回家"二字让顾了了心底一阵抽痛。她看见东方婉冷笑，剑锋直指楚千觞，"慕双，看来你这师父本事不小嘛。不过她现在不是你的徒儿，而是我日月神教弟子，慕双。"东方婉水袖一挥，霍然抽出长剑，直指楚千觞道："你想带她走，还要先通过我这一关！"

长剑袭来，剑法利落、不拖泥带水，每一个动作都直逼要害，换作他人，怕熬不过三招。楚千觞双手未动半分，仅凭双腿移动间，便轻易化解了东方婉的进攻。

"东方姑娘好剑法！"

这一声称赞在东方婉听来，无异于莫大的讽刺。此人竟未动手拔剑，就能赢过自己。东方婉越发怒火中烧，对一旁站着的白衣女子道："还愣着做什么？全都给我上！"

白衣女子随即纷纷拔剑，将楚千觞团团围住。

"够了！"顾了了怒了，你们都当我是死人吗？她冲入其中，挡在楚千觞和东方婉之间。

东方婉直直盯着顾了了，似要将她看穿。这一次顾了了没有逃避，没有低头，而是选择直面东方婉。

"这就是你的决定？"东方婉问道。

顾了了微微点头。"是。"她轻声回答，显得底气很不足。然而就在她回答的同时，手被楚千觞紧紧握住。十指相扣，力量仿佛从彼端传入，顺着指尖流入她的心田。

东方婉冷笑，"好、很好，都给我滚！"她从怀中取出一枚金银双花的小盒子，丢给顾了了，"这是你的选择，后悔了，可不要怪我，"东方婉笑得十分诡异，"这是情蛊，世人都道情蛊控制他人，让不爱自己的人爱上自己，其实不然。情蛊，是对负心之人最好的惩罚。你留着它，指不定哪一天还会用上。"

发生得太快，顾了了没有反应过来，下意识将盒子按在胸口。

楚千觞毅然道："永远不会有那一天！"

东方婉目光流转，看着楚千觞的眼神晦暗不明，"希望你能记得这句话。"说完，她甩袖道："我累了，你们自便。"

"了了，"楚千觞握着顾了了的手，轻轻摇了摇，"跟我走吧。"他的目光不再犹疑不定，如今里面满是坚毅与执着。顾了了心思微动，一时不知该如何回答。

"了了，相信我。"楚千觞又道。顾了了神色晦暗，犹豫了许久才点了点头，低低嗯了一声。

她走了两步，突然回过头，对着东方教主的背影说了一句话："教主，您真的爱夏侯公子吗？如果爱他，为何始终不肯原谅他？如果不爱他，您又为何不肯放过他？难道一时的自尊心要比爱情还重要吗？"说完，不等东方婉回应便随楚千觞大步离去。

东方婉猛然回过头，眼中闪过一丝伤痛。注视着他们二人的背影，有弟子问道：“教主，真的放他们这么走吗？”

东方婉轻声答道：“走？怎么可能那么简单！”

“可是他们……”

“放他们自在两天，”东方婉若有所思道，“你以为我那个妹妹是省油的灯吗？”

两人走出日月神教，回到院子里。凶门被破解，生门已现，外面夜影垂手相待。老婆婆则站在另一侧，为他们缓缓打开院门。

“师父，你是怎么破解这个奇门遁甲的？”没再隐瞒自己恢复记忆一事，顾了了好奇地问道。楚千觞微微一笑，拉着她的手，不肯松开。

“凡事都会有一线生机，只要把握得当，自然可以逢凶化吉。”

顾了了噘嘴，回答得真敷衍。不过她真的很开心，曾经做梦都想着的事情，竟然真的发生了。“师父，我很高兴，真的很高兴！”顾了了半偎依在楚千觞身边，轻轻道。握住她的手紧了紧，楚千觞道：“我也是。”

跟在他们身后的夜影见主子和顾小姐这般情形，知道他们已和好如初，不需要自己这个大灯笼，非常自觉地消失了。

第三十六章 三生姻缘

正是春夏之交，南诏处于南方，气候冷热适宜，夜幕降临后尤为舒适。顾了了和楚千觞二人走在大街上，抬起头，见天空群星闪烁，美丽非凡。

顾了了深深叹了口气，指着银河道："师父，你看天上星星。"楚千觞颔首，任顾了了倚在自己身上，眺望夜空。顾了了默默观察星座，突然仰头问道："师父，您是哪一天生的？"楚千觞顿了顿，努力回忆，"约莫是……二月十二。"

二月十二？是水瓶座吗？顾了了有些糊涂，阴历和阳历不太一样，就姑且算作水瓶座吧？！模糊记得星座书上好像这么解读水瓶座的人：孤僻、无法捉摸。

以前她不大相信星座，不过如今看来，似乎……真有点像呢。顾了了自顾自地笑起来。"怎么了，想到什么好笑的事情？"楚千觞好奇道。

顾了了摇了摇头，道："没……"

"为何突然想到要问我生辰？"楚千觞追问。在顾了了还没回答时，他猛然记起，"了了，我记得你的生辰是三月十七吧？！"

顾了了微愣，而后道："不……小爹爹是那一天捡到我的。"她没有生辰，她只是被顾冥磊在荒郊野外拾到的婴孩。

楚千觞默然，若不是他……不是自己十几年前算计，或许了了现在还是个无忧无虑的少女，等待着一门好姻缘。

"不管怎么说，你已过了十五岁。"楚千觞说道。女子十五，为及笄之年，过了十五岁，便可出嫁。顾了了羞涩低头，等待楚千觞接下来的话。"我竟把这么重要的事忘了。"楚千觞懊悔道。

"师父，没关系的……"顾了了体贴道。那段时间，正是许多事情接踵而至，扰得人心神紊乱，记不得也是正常的。况且她也没把及笄放在心上。

对古人而言，十五岁是一道分水岭，过十五岁，便标志着成年。但对顾了了来说，这些并不重要。但十五岁神马的结婚嫁人委实太恐怖了，她还是想达到法定结婚年龄后再考虑这个问题。

"了了，师父也没准备什么礼物。"楚千觞忽而伸手摸出一样东西，递到顾了了面前，"这个，算是送给你的成年之礼吧。"

什么东西？顾了了好奇地伸长脖子，见楚千觞掌心摊着一道护身符，好似被人执在手中许多次，已有些磨损，颜色也暗淡无光。

顾了了接过护身符，拿在手中细细观察，"师父，这个护身符是……"

"是娘亲为我求的。"楚千觞淡淡道。

师父的娘亲？顾了了愕然，再看底下一排小字，"贞元三年"。距今已有二十多年了吧？！顾了了默默估算，心中涌起百般滋味。

"师父，这个您留着。"她说道，这是师父娘亲的遗物，怎能给自己？

楚千觞微笑，将护身符推给顾了了，"让你留着，若有一日我不在你身边，它便代我守护着你。"这话本是情话，但顾了了却听得不舒服，她皱着眉头道："我不要！"

见楚千觞看向自己，顾了了跺脚道："我才不要这玩意儿守护我，要守护也是师父守护我。"楚千觞哑然失笑，不知了了为何突然耍起小性子来。

顾了了抱住楚千觞的胳膊，一摇一晃，撒娇道："师父，你答应了我的。""我答应了你什么？"楚千觞故意逗弄她道。

顾了了横眉，双手叉腰，理直气壮道："做我的压寨夫君。你若反悔，我现在就去找夏侯公子。""我不许！"楚千觞大手一挥，将顾了了搂在怀中，霸气十足道。

顾了了撇撇嘴，这样醋意十足的模样，真的是她那个油盐不进的师父吗？"师父呀，你是不是其他人假扮的？"顾了了眨巴着大眼睛，假装天真地问道。楚千觞愣了愣。

顾了了再接再厉，"因为我那个师父，从不会做这样的事、说这样的话，所以我怀疑你是坏人假扮的。"听到"坏人"二字，楚千觞扬眉，"哦？要不要检查一下？"

"怎么检查？"

楚千觞也跟着坏坏笑起来，"回客栈让你一点一点检查，从上到下，从里到外，一点都不放过好不好？"

顾了了脸颊绯红。他他他……竟能将这么猥琐的话说得这么理直气壮。顾了了伸手摸了摸他的额头，"师父，你没发烧呀。"

楚千觞失笑，"怎么，你不是说我是别人假冒的吗？"顾了了语塞，忽然眼珠子一转，反手握住楚千觞的手，道："走，我们回客栈去。"

两人进了客栈，楚千觞要了两间上房。回到屋中，凳子还没焐热，顾了了就冲了进来。楚千觞正在喝茶，抬了抬眼，笑问道："何事？"

"来检查你是不是我的师父。"顾了了双手叉腰道。

噗，一口茶顺势喷出，百年难得一见楚千觞如此狼狈。"咳咳……了了……"楚千觞觉得自己要内伤了。

顾了了挑了挑眉，气势凶猛地答道："师父，这话可是你说的。要让我从、上、到、下、从、里、到、外，一点一点检查！"她故意将几个字咬得极重。

楚千觞摸了摸脆弱的小心肝，和顾了了大眼瞪小眼许久，最后败下阵来。他这个徒儿简直一日比一日顽劣。幸而他是她的师父，若换作了别人，不知会如何？

半晌，楚千觞磨牙霍霍道："好！"顾了了笑得花枝乱颤。她将门窗关上，特意看了看有没有缝隙。师父的玉体，怎能被别人看去呢？要看，也只能给她一个人看。

既然是早晚的事，古人有云，先下手为强、后下手遭殃，古人还云，花开堪折直须折，莫待无花空折枝。她也是怕夜长梦多，好不容易骗到手的鸭子飞了，所以临时决定——将计就计，在今夜，把师父变成她的人儿。

这是多么令人脸红心跳的决定啊。

方才顾了了回到自己的屋子里时，来来回回踱步，最后不知鼓起了多少勇气，加厚了多少脸皮，才冲入师父房内，说出这么惊世骇俗的话来。

烛火幽幽，忽明忽暗。楚千觞镇定下来，双手搭在胸前的衣襟上。

——真的要解吗？楚千觞以视线询问之。

——快脱快脱。这是顾了了的回答。

她两眼放光，让楚千觞恍惚生出面对饿狼的错觉。

——我真的脱了？楚千觞再度确认。

——脱吧脱吧。顾了了就差扑上去亲力亲为。

楚千觞认命地吐出一口气，指尖挑开衣扣，上衣松开半分。白色的里衣，微微露出精致的锁骨。尽管只能看到一点点，不过某人口水快要流出来了。

唔，虽说了了从不觉得自己是色女，只是有那么一丁点好色而已，而且好色的对象从来只有她师父。外衣脱下，里面是一件雪白的里衣，没有丝毫花纹装饰，但在了了眼里，却比任何外衣都要来得诱惑。

要知道，脱下这一件，就能瞻仰到师父的美色了。从顾了了随楚千觞习武开始，她便一直想方设法，想要偷看。只是师父为人谨慎，哪怕是在洗澡如厕时，都能耳听六路眼观八方。

"嗯，了了，"终究是没有顾了了那般厚脸皮，楚千觞尴尬道，"夜色已晚，你该回去休息了。"

"就不脱了吗？"顾了了话未经大脑，脱口而出。

"……"楚千觞越发郁闷，不知不觉间耳郭一圈酡红。

见师父一副为难模样，顾了了扑哧笑出声来。其实她也不是真想要师父脱给自己看，当然啦，他要是愿意脱，她肯定不会拒绝。

她来此的真正目的是——一个回身，顾了了趴在上房内那张大床上，道："师父，了了今晚要和你睡在一块儿。"这才是她真正的意图。

楚千觞默默咽了一口血。看着顾了了那张灿烂至极的笑容，快要到嘴边的拒绝怎么也说不出口。这样……很好，真的很好。楚千觞对自己说，就这样吧。他喜欢了了，了了也喜欢他。

哪怕师徒之恋为常人所不容，试想他堂堂楚王，又有何人敢横加指责？退一万步来说，就算千夫所指，大不了他带了了云游天下。收起种种顾虑，楚千觞淡淡一笑，吐出一个"好"字。

顾了了微微愣神，师父他……答应了？！她不是在做梦吧？！顾了了擦了擦眼睛，道："你确定你是我师父？"

楚千觞："……"他缓缓走到床边，坐下，笑道："我以为你已经检查过了。"

顾了了伸手抱住楚千觞的胳膊，头埋在他的胸口，深深呼吸一口气，是师父身上独有的清香，她不会记错的。脑袋蹭啊蹭，顾了了不老实地挨住他，呵呵笑道："师父竟然能开窍！"

楚千觞："……"这话是夸他还是贬他？

"我还以为你真要孤老终生呢。"顾了了又道。

将她拥在怀中，从未有过的喜悦溢满心怀。楚千觞默默道，的确，他也曾以为，今生今世，他都只会形单影只，孑然一人。

殊不知从何时起，一个小人儿走进了他的生命，住进了他的心房，以至于没有她，他便不能呼吸，无法生存。

"了了，等我们回了中原，举办一场盛大的婚礼，好不好？"楚千觞问道。

顾了了猛然抬头，四目相对间，楚千觞惊讶地发现她眼底淡淡的水汽。

"好。师父，你要说到做到。"她的声音染上一层沙哑。

楚千觞莞尔，刮了刮她的鼻子，道："师父何时没有说到做到？"

顾了了再度埋入他怀中，笑嘻嘻道："师父说了要陪我一生一世，也不能反悔。"

楚千觞笑笑，没有回答，只更细心地将她抱在怀中，指尖掬起她垂落下的长发，乌发如丝，从指缝中滑下。一生一世？为何他会突然觉得不够，远远不够！如若可以，他想要更多更多，想要生生世世，不离不弃。

"了了，听说南诏这边有一座月老庙，明日一起去吧。"楚千觞提议道。沉浸在幸福之中，顾了了仰起头，注视着楚千觞，"好啊，师父说去哪儿就去哪儿。"

"傻孩子！"楚千觞宠溺地揉了揉她的发梢，道，"快睡吧，如果要去月老庙，明天要早起。"

二人相拥而卧，这个夜晚仿佛撒上一层薄薄的糖霜。顾了了嘴角微微上扬的弧度，似在告诉他人一夜好眠。

楚千觞轻笑，窗子边传来均匀的敲打声，他小心翼翼坐起身，理了理衣襟，又为顾了了盖上薄被。有字条自窗口递入。楚千觞展开，是皇上亲笔题写。

"不知千觞何日携妻儿归京？"

楚千觞："……"

"师父，你怎么起来了？"身后传来细碎的响声，顾了了揉了揉眼睛，睡眼蒙眬。她似乎还没有完全清醒过来，方才转身时觉得身边空荡荡，一时惊醒。

楚千觞将字条收好，回过头，对她浅浅一笑，抚平她额角的发丝，"天亮了，该起床了。"

顾了了听完，立马躺下去翻了个身，支支吾吾应了一声，还想继续赖床。"不想去月老庙求姻缘？"楚千觞问道。

顾了了嘟囔："求什么姻缘，人都在了，还有什么好求的。"

楚千觞幽幽道："了了觉得一世姻缘就够了？"唔？"听说这座月老庙还可求来生姻缘。"

顾了了扑腾一下直直坐起，随即拿起枕边的衣裳套上。她扭头见楚千觞正看着自己，不由生出一丝羞赧一丝恼怒。

"还愣着做什么，准备走啦。"顾了了嗔道。

楚千觞失笑，点头道："不急，时间来得及。"

待到两人收拾好，雇了一辆马车，朝月老庙驶去。

车夫听说二人要去月老庙求姻缘，便大肆向他们介绍南诏风俗，又道："光去月老庙求姻缘还不够，最好有祭司和圣女的祝福！"

顾了了听了，来了兴趣，问道："原来还要祭司和圣女的祝福啊。"车夫笑道："那是自然，这里不比中原，祭祀和圣女统领咱们南诏。"

顾了了点点头，"那祭司和圣女，谁更厉害啊？""这个……"车夫一时回答不上来，在他的认知中，好似没有人会将这两人比较。

"那如果祭司和圣女要你们做截然相反的两件事，你们会听谁的？"顾了了打了个形象的比喻。车夫想了想，道："应该会遵循祭司大人的意思。"

顾了了哦了一声，祭司手中权力更大吗？

"可是因为这一任圣女并非真正神明所选？"楚千觞忽而插嘴问道。车夫回答："这位公子是中原来的吧，对我们南诏好生了解啊。不错，现在的圣女并非神明所选，远远比不上原来的那一位，所以大家都不是真正打心底听从她。"

"既然不是神明所选，为何要让她做圣女呢？"顾了了不解道。

"只有当上一任圣女去世，神明才会选择新的圣女。"车夫说道。

顾了了沉默。这岂不是意味着要付出一辈子的自由？难怪教主要选择放弃圣女。哪怕获得再多的尊重，没有自由与爱，便如同失去灵魂的躯壳，连触摸幸福的资格都没有。

伴随车轮发出有节奏的声响，顾了了不知不觉间睡着，脑袋靠在楚千觞肩膀上。楚千觞轻轻一笑，将她纳入怀中，让她睡得更舒服些。

车帘被风卷起，外边的景色映入眼中，蓝天白云，青山绿水，无论走到哪儿都让人心旷神怡。

许久之后，顾了了朦朦胧胧听到楚千觞在她耳畔说道："了了，月老庙到了。"顾了了抬起迷蒙的双眼，似醒非醒。直到楚千觞宠溺地为她擦了擦嘴角，顾了了被他这一动作惊呆，随即意识到，她流口水了！

抱头低呼一声完蛋了，顾了了沉痛不已，她良好的形象啊，就这么毁于一旦。

楚千觞见顾了了一副纠结的表情，心底一片清明，笑道："你睡在我身边那么久，什么样子没见过。"顾了了欲哭无泪。小时候自然不会在意那么多，可现在不同。

见她那副小女儿的娇态，楚千觞心底很是喜欢，不过此刻还有其他更重要的事要做。楚千觞拍了拍顾了了肩膀，道："月老庙到了，快下车吧。"

顾了了脸颊羞红，头也不回便跳下车，楚千觞紧跟其后。

月老庙中，往来上香之人络绎不绝。顾了了和楚千觞虽起了个大早，但抵达时则已快到午时。见庙中朝拜之人甚多，顾了了笑道："看来这座月老庙的确很灵，这么多人都来求姻缘。"

楚千觞微微一笑，牵着顾了了的手，朝里缓缓走去。

月老像前，二人跪下，双手相合，许下心愿。顾了了左眼微微眯起，偷看一旁的楚千觞。师父他似乎是真心许愿呢。

从未见他如此这般，好似认定什么，不再悔改。顾了了仰头，又看了看那月老像，老者慈眉善目，身后跟着一婀娜少女，莫非就是传说中的红娘？

见楚千觞起身，顾了了也跟着站起。

"了了，许愿了吗？"楚千觞问道。顾了了笑着点头，愿望嘛，无非是希望能执子之手，与子偕老。至于来生来世，她不是贪心之人，亦不会去求。这一生都未过去，那虚无缥缈的来生，她又怎会去奢望？

第三十七章 高攀低就

与东方姑娘相见并非意外，顾了了知道她会来找自己，但没料到她的动作会这么快。

那日她本是在屋子里打瞌睡，昨夜和楚千觞在外头玩得太晚了，睡眠严重不足，因此白天补觉。不料屋外传来不大不小的声音，加上她自从恢复记忆恢复武功以来，功力在东方教主的调教下，日进千里，已非昔日的顾了了。门外的对话声，虽不算大，她却听得一清二楚。

"我不明白那个女孩有什么好的？你是朝廷里高高在上的楚王，是江湖中呼风唤雨的楚千觞，她根本配不上你！"那个声音有几分耳熟，她回忆了许久，才记起来是很久以前出现在青竹居的东方姑娘。

东方姑娘说得声色俱厉，顾了了甚至可以脑补出她那副大义凛然的模样。

切，配不上楚千觞？你就配得上？顾了了闭着眼，继续养神。比起配得上配不上这个问题，她更好奇的是楚千觞会怎么回答。楚千觞沉默了半晌，才缓缓说道："你错了，其实是我高攀了她。"

此言一出，东方姑娘似被镇住，一句话都说不出来。

"你——天底下怎会有你这样的人。"东方姑娘跺脚道。

"东方姑娘，"楚千觞面色淡淡道，"算是楚某对不起你，今生今世，楚某除了了了，不会再对第二个女子动心。"

顾了了睁开眼，愣愣地看着窗外。窗上糊着一层薄薄的窗纱，明明什么都看不清，她却仿佛能望见那抹清淡的身姿。

东方姑娘无奈一笑，道："以前听人说楚千觞薄情，我却不信，如今才知，你不是薄情，而是对不爱的人，无情。"

楚千觞静静道："东方姑娘会遇上比楚某更好的男子。"

东方姑娘笑道："遇上？罢了罢了，你明知我是圣女，此生已不能嫁人。"

"东方姑娘深明大义，楚某自愧不如。"楚千觞从善如流。

东方姑娘道："其实今日，我来找你只为一件事，不知王爷是否答应？"回答她的是长久的沉默，直到顾了了差点睡着，才听到楚千觞的答复，"抱歉，东方姑娘。"

之后两个人又说了些什么，声音小下去，顾了了听不大清，但大体意思却是东方姑娘请求楚千觞助自己一臂之力，却遭到无情的回绝。

顾了了打了个哈欠，此事与自己无关，她可以放心睡了。睡之前，她依然惦记着师父的那句话——今生今世，楚某除了了了，不会再对第二个女子动心。真的是这样吗？顾了了想要再探究竟，奈何抵挡不过沉沉睡意。

睡得太久了，以至于最后顾了了是被饿醒的。天色渐晚，她揉着惺忪的睡眼，一眼望见楚千觞——身后桌上的猪蹄！

顾了了口水飞流直下，猛地扑向猪蹄，狼吞虎咽的模样让楚公子为之倾倒。"了了，别急，"楚千觞宠溺地看着顾了了，"慢慢吃，小心噎着。"

唔——顾了了捶着胸口，"水。"楚千觞忙递过一杯茶水。

顾了了咕噜咕噜往肚子里灌，"骨头太大了，差点噎死我。"

楚千觞："……"他又贴心地为顾了了夹了许多菜，整个碗堆得小山一样高，顾了了感动得眼泪汪汪，"师父，您这是在喂猪吧？！"

楚千觞："……"

晚饭后，楚千觞将外衣随手丢在床上，便去沐浴。

顾了了一边拍着圆滚滚的肚皮打饱嗝，一边抱着浸染着师父体香的外衣在床上打滚，滚着滚着，一张字条掉落出来。

顾了了在看与不看之间挣扎了0.01秒，随即便大摇大摆地打开。连师父都是她的了，所以师父的一切也都是她的。字条上写着一句话——千觞，速去南诏，平息叛乱。顾了了愣了愣，拽着字条的手有些颤抖。

楚千觞沐浴出来时，见顾了了坐在床上，双手抱膝，两眼发空，不知在想什么。他笑了笑，走到床边，挨着床沿坐下，"了了，该去洗澡了。"

顾了了没有回答，只轻声说道："师父，我肚子饿了。"

楚千觞，"刚刚不是吃过饭了吗？"

顾了了抬眸，"我还想吃糖糕。师父，你去买好不好？"

她眼底闪过什么东西，楚千觞极力想要看清，却一闪而逝。他皱了皱眉，说道："了了，我让夜影去买。"

顾了了固执地摇头，"我就想吃师父买的。"楚千觞为难，最近南诏不大安全，他怕自己离开后会发生什么变故。

"师父，很近的。"顾了了摇着他的手，说道，"了了会很乖，就待在客栈里，等您回来。"

内心的不安越发浓烈，楚千觞觉得此刻的了了与平日里很不一样，但问题究竟出在哪里，他却一时无法弄清。他摸了摸顾了了的发梢，浅笑道："那好，我去买糖糕，很快就回来。"

顾了了点头，"嗯，快去快回。"

就在楚千觞转身离开的那一个瞬间，错过了顾了了眼角滑下的一颗晶莹。

等了片刻，确定他已经不在这附近时，顾了了穿好衣裳，摸出两包药粉，偷偷从窗口跳出去。她双脚刚刚落地，只觉得身后一阵寒风袭来，脖子一麻，便晕了过去。

顾了了醒过来的时候，发现自己躺在一张冰冷的床上，在一间陌生的房间，阴冷幽暗，像是在洞穴之中，不是自己和师父下榻多日的客栈。

"你终于醒了。"

见自己旁边坐着一人，顾了了定睛细看，不由脱口而出，"东方姑娘？"东方姑娘微微一笑，"真没想到你还记得我。"

顾了了摸了摸脖颈，那一下真疼，没必要这么狠吧？！

东方姑娘微笑，"抱歉，好不容易等到的机会，因为楚公子可能随时会回来，不得不出此下策。"

顾了了神色淡淡，"说吧，你找我到底有什么事情？"

东方姑娘看到她一副置身事外的表情，不由怔了怔，不服气地问道："你这个样子——我真不明白，他究竟看上了你哪一点。"

顾了了微微一笑，"感情嘛，向来如人饮水——冷暖自知，至于师父为何喜欢我而不喜欢你，你不是已经问过他了吗？"

东方姑娘神色微变，不知想到了什么，突然有些激动，质问顾了了道："为什么会这样？不是说情蛊能够控制一个人的感情吗？为什么每次我施蛊，却都没有成功？"

顾了了诧异，她对师父施过情蛊？"你施的情蛊是什么样子的？"她问道。

情绪失控的东方姑娘啪啦啪啦形容了一番，说自己曾弄到两种情蛊，但用过之后都没有任何效果。

顾了了摸了摸下巴，掏出东方教主送给自己的那个金银双花盒子，打开给东方姑娘看，"这才是真正的情蛊，亲。你说的那两种，一个是摄魂蛊，一个是金蚕蛊。"

东方姑娘瞪大眼睛，盯着那个盒子许久，才结结巴巴道："你是说，我、我对夏侯无伤用的是摄魂蛊，对楚公子用的是金蚕蛊？"

顾了了点点头，表示这位东方姑娘孺子可教也。

"可、可是……大祭司明明对我说它们都是情蛊……"东方姑娘纠结地说道，"我以为是使用方法不对，还特意去抓了很多男人来想要做实验……"

顾了了顿悟，原来最大的BOSS是那个大祭司。她只道夏侯无伤无缘无故背弃承诺，甩了东方教主，原来事情的真相竟是如此！想来东方教主也猜中了三分，否则她怎能解开自己身上的摄魂蛊？

顾了了习过毒蛊之术，对于蛊术，虽不算特别精通，但也明白，若想取出体内的雌蛊，只需用雄蛊逼出便可。但每以雄蛊逼出一枚雌蛊，需要整整三年时间才能修复如初。

东方教主或许本意是要去救夏侯无伤的，但因为无意中遇见毒发的自己，才又与夏侯无伤生生错过。

想起东方婉对自己的好，不但倾其所有为自己解毒，还将日月神教传给自己。承她之情，无以为报，只能尽己所能去帮助她，哪怕是一星半点的小事。

"你说该怎么办？"东方姑娘将希望寄托在顾了了身上。

顾了了摸着下巴沉思，感谢东方姑娘超脱常人的智商，那些被抓的清河村男子，她很早便发现了蛛丝马迹，借着日月神教未来教主的威望，派人暗中救出不少，照目前状况来说，全部救下已经指日可待。

其他的都不算是大问题，关键在于那个大祭司。

"你希望我劝师父与你联手对抗大祭司？"顾了了问道。东方姑娘还沉浸在沮丧之中，看了她一眼，"你怎知道？"

顾了了撇了撇嘴，姑娘，你都被大祭司坑成这样了，若还不想扳倒他也未免说不过去。"

"我原以为大祭司是个好人，"东方姑娘愤愤道，"其实我是想请楚公子帮我铲除日月神教！"

顾了了："……"难怪楚千觞先头会不答应。

"不过我现在改变想法了，我要推翻大祭司。"东方姑娘握拳。

顾了了："……"

"哦？你要怎样推翻我？"

黑暗之中走出一个人，顾了了和东方姑娘同时转过头。

"祭司大人……"

从东方姑娘嘴里听到这几个字的时候，顾了了翻了个白眼，很想假装晕死过去。

"沐儿，我刚回圣坛，就听说你请了一位小客人来呢。"那祭司大人笑得很是妖娆，看得顾了了心头一颤一颤。

沐儿，也就是东方沐姑娘，害怕得后退几步，"祭司大人，您、您……是不是……"

"是不是故意把情蛊换作其他的蛊虫给你？"祭司非常好心地提醒道。东方沐点了点头。

笨蛋！顾了了绝望了，这个时候应该抵死不承认啊，亲。你现在不是火上浇油吗？

"这位就是顾了了吗？"大祭司眼珠一转，视线落在顾了了身上。

顾了了见他笑容诡异，身子不由往后靠了靠。

"我曾经听祁书提起过你，没想到你居然是个女子，好生有趣。"那祭司笑容越发灿烂。

顾了了暗道不好，这时候会扯到柳祁书那个变态，他们二人十有八九是一丘之貉。

"听说祁书被你的师父亲手抓住后判处极刑，你说现在落在我手中，我该如何判你？"

第三十八章 回到起点

当自己和东方沐两个人被大祭司手下的人绑在悬崖边的圣坛上时，顾了了一边感叹自己料事如神，一边享受着这种飘然欲仙的刺激感。身后是万丈悬崖，高不见底，听说掉下去尸骨无存。顾了了默默祈祷，好歹自己是穿越而来的，大不了再穿越一次也好。

东方沐吓得打哆嗦，"呜呜呜呜呜，我年轻，还没有谈过恋爱没有嫁过人，我不想死……呜呜呜呜。"

顾了了呕血，你丫都做了圣女了，不能恋爱不能结婚，该哭的是我好不好。

听到师父的表白，还说要给自己一场盛大的婚礼，她终于以为这一次会苦尽甘来，却不料师父追来南诏，并不是为了自己，而是为了南诏的叛乱哪。

尽管早已想明白，师父心中总将天下放在第一位，可她毕竟是个平凡的女人，她也会害怕，也会不安——如果有一日，师父要在江山和自己二者之间做抉择，他会选择放弃哪一个？

看到字条的那一瞬间，她感到那些久违的疼痛突然席卷而来，直达灵魂最深的一处。太疼了，以至于她甚至不敢质问，无力面对。

顾了了抬起头，感受着山上凛冽寒风的侵袭，头脑渐渐清醒许多，害怕也减少了几分，"别吵了，一定会有人来救我们的。"

"真的吗？"东方沐眼泪汪汪。

祭司既然不急着弄死她们俩，肯定还有后着。顾了了抬头望了望天空，轻轻说了一句："不用担心，一定不会有任何事的。"其实她真正在思考的是，万一被楚千觞救了，自己该如何面对他。

"真的吗？"东方沐还是不信，反复确认。

"嗯。"顾了了确定肯定以及一定地说道。

"可是万一我们掉下去了怎么办？"东方沐回头看了眼身后，身子不停地发抖。

"放心吧，曾经有一位大侠掉下悬崖，和一只大雕在一起生活了十几年，终于练成了绝世神功……"顾了了开始啪啦啪啦啪啦地胡天乱扯。

东方沐听得津津有味，渐渐忘记身处险境之中，不停地问"后来呢"，当听说这位大侠为了一女子而隐退江湖，二人携手共度余生时，突然哇哇大哭起来。

顾了了吓了一跳，"喂，你别哭啊。"她讲故事是用来放松心情陶冶情操的。

东方沐涕泪横飞，"可是真的好感动啊，我也想有这么一个人，这样爱自己……"

顾了了默然，每一个女孩心目中都有个盖世英雄，他不一定要英俊潇洒，也不一定要家财万贯，但求一颗真心，白首不离。她所求的，亦不过如此。最简单，却也最艰难。

"其实我也知道用情蛊不对，可是……"东方沐哭着哭着，干脆扑到顾了了怀中，把鼻涕眼泪蹭得她满胸口都是。

顾了了："……"姑娘，您这是什么时候解开的绳子？一袭蓝衣飘至她面前，夏侯无伤说道："抱歉，来晚了。"再远一点，顾了了看到东方婉一手持剑，将周围看守——制伏。

这都是什么时候发生的事情？顾了了眨眨眼，貌似她讲故事太投入了，都没注意到周围的情况。

"故事很精彩。"夏侯无伤为她解开身上的绳索，"谢谢你。"

顾了了笑了笑，明白他的意思，答道："该感谢的人是我才对。"

东方沐擦拭着眼泪，对夏侯无伤道："夏侯哥哥，对不起，都是我的错，我——"

夏侯无伤阻止她说话，笑道："沐儿，以前的事都已经过去了，别再提它。楚公子正率人围攻祭司，你们快点走。"

东方婉走过来，顾了了抬头，见她曾经埋藏于眉眼间的忧郁淡去了许多，知道固执了这么多年，东方婉终于想开了，不由微微一笑，"教主，恭喜你。"

东方婉笑了笑，"顾了了——我还是喜欢叫你慕双。"

顾了了颔首，"名字不过一个符号，无所谓，叫什么都可以。"

"你们快走吧"东方婉说道，"山下有两辆马车，往东边的是通往中原的，往西边的是通往西域的。沐儿，你抓来的清河村那些男子，我已经派人放回去了。
"不要再做圣女了，你先去西域避一避风头，等事情过了再回南诏来。"

东方沐点了点头，却还是有点忐忑不安，"可是我一个人……"

"楚公子已经派了琉璃宫的人在西域等你。"

能够脱险固然很好，只是两人走到山脚分岔时，顾了了突然想到一个非常重要的问题，"你知道哪边是西面哪边是东面吗？"

东方沐怔了怔，"你不知道？"

顾了了高深莫测地答道："我怎么可能会不知道，就想考考你。"

东方沐自幼在南诏长大，虽然这一片不大熟悉，但东西南北还是很快地分辨出来，"左边是东面，右边是西面。"

顾了了眼珠一转，说道："你往左走，我往右走。"

东方沐奇怪，"往东的马车是通向中原。"

顾了了嘴角一翘，带着些许不怀好意的笑，"东方姑娘，难道你不想与师父共乘一车，一起去中原吗？这可是千载难逢的好机会。"

东方沐更加糊涂，"你不是和你师父——"

顾了了猛地推了她一把，将她推至左边的小道上。顾了了一边加快步子飞奔，一边回头笑道："这世上不是只有夏侯公子和师父，东方姑娘，祝你在中原寻觅到一个共度白头的良人！"

山脚的尽头，顾了了果然见到一辆马车。

车夫见顾了了一人前来，问道："可是东方姑娘？"

顾了了点头，跳上了马车。

两个月后，马车终于抵达目的地，望着漫天黄沙，一望无际的大漠，车夫露出一个憨厚的笑容，"东方姑娘，请在此等候，会有人来接应您。"

顾了了点了点头，当她看到来接自己的人时，脸上不由扬起了一抹笑容，"凤师兄，好久不见。"来人正是凤曦。

凤曦微微惊讶，道："顾师弟，楚师叔要我接应的是一位名叫东方沐的姑娘，没想到却是你。"顾了了望着苍茫的天穹，对于凤曦的疑虑一时无法解答。

"这个嘛，过程比较意外，结局比较失败，师兄你就不要计较啦。"

好在凤曦从来不是一个喜欢刨根究底的人，他拍了拍顾了了的肩膀说道："顾师弟，身为男子，你穿女装固然好看，但还是换回男装的好。"

顾了了："……"

换了一身白衣男装后，凤曦又问她今后有什么打算，要不要直接回中原。

顾了了坚定地摇头，和凤曦勾肩搭背道："凤师兄，咱历练还未结束呢，不如一起游西域吧。"

凤曦只道顾师弟一心求上进，赞赏道："也好，等游遍西域后，再回中原吧。有空回一趟琉璃宫，太师父一直记挂着你。"

提到中原时，顾了了转头看向东方，她目光微闪，轻声道："好，我还有一位故人，一直没来得及去见一见他。"

两年后，武林大会在常州城召开。常州百姓对此议论纷纷，猜测这一次会是谁夺得各类榜单榜首。是忆锦楼楼主李云陌，倾城山弟子柳轻寒，又或者是落凤宫新任朱雀护法顾清玄？

就在人们兴致勃勃猜测时，江湖中传出一条消息。江湖第一美男楚千觞，将不再参加武林大会。听闻此事后，许多人都失望不已。

五年一届的武林大会之所以如此受人瞩目，其中有一大半人是冲着楚千觞去的。楚千觞，如同江湖中一个不灭的神话，留存在人们心中。

尽管武林大会失掉了一半的看头，但随后又爆出消息，说安王将代表玉凤山庄参加武林大会，而江湖中最为神秘的门派——琉璃宫，这次也会派出弟子参加。因而，常州城一下子热闹起来。尤其是各大地下钱庄，开始下注坐庄，赌谁输谁赢。

约莫距武林大会召开还差半个月时，一名白衣少年骑着马，越过城门，踏入这座常州城。他直奔其中一家客栈，安顿好了之后才出门游荡。快正午时，少年进了一家酒楼，点了几个菜，慢慢品尝。

隔壁一桌人则围着武林大会这个话题讨论不休。

"大哥，我看这次落凤宫的那个护法能夺得兵器榜第一。"

"也未必，楚千觞不在，鹿死谁手还很难说。"

"琉璃宫的凤曦据说十分厉害。"

"你们别光说其他人了，咱们常州城安王武功也了得，可是顾庄主的嫡传弟子。"

"是啊是啊……"

……

白衣少年听到一片附和声，嘴角扬起一抹淡淡的笑容。菜没有吃完，少年留下一锭银子，走了出去。他在大街上悠悠晃晃，漫无目的，直到看到街头两个人。

"我不要这个。"黄衣女子跺脚叫道。

"孟忆晚，你不要任性好不好。"她身边的男子蹙眉道。

孟忆晚瘪嘴，一脸不悦道："要是沉暮哥哥在就好了……"

男子立刻拉下脸来，狠狠瞪着她说道："你再说一遍。"

孟忆晚不依不饶道："君沉风，你凶什么凶，你还不是一样喜欢过顾美人。"君沉风被她说得有些心虚了，别开眼，道："那不一样，我没有像你这样日日夜夜念着某人。"

"什么日日夜夜。"孟忆晚横眉道。

君沉风哼道："你是我娘子，当着我的面说别的男子本就不对。"

孟忆晚冷笑，"你以为我想要嫁给你吗？如果不是因为孟家，我才不会……"说到后面，声音变得哽咽起来。

君沉风慌了神，拉住她道："是我不对，别哭好不好……"

孟忆晚不停挥拳打在君沉风身上，双目通红道："为什么？为什么明明说好沉暮哥哥娶我的，他为什么要突然变卦？为什么不要我了？"一连串的为什么，委实听得人心疼。

君沉风伸手抱住她，将她搂在怀中，一下下安抚着她，柔声道："对不起对不起，忆晚，都是大哥的错，是他不好，他一定会后悔的。"

"那你呢？"孟忆晚突然抬起头，看向君沉风。

君沉风愣住，"我？"

"你会不会珍惜我？"孟忆晚问道，"或者是后悔娶了我？"

君沉风下意识点点头又摇摇头，郑重地承诺道："我会一辈子对你好的。"

看着街边相拥在一起的两个人，白衣少年微微笑。他早已听说，君家长公子为了家族利益，与江湖一望族千金联姻，而那位千金并不姓"孟"。想必君家为了补偿孟家，让君沉风迎娶孟忆晚吧？！

小时候，君沉风和孟忆晚二人便很不对盘，时常吵吵闹闹、争执不休，却不料正是这样两个人，最终走到一起。这样未尝不是一种幸福呢。

少年转身，悄然离开。没有想过要上前打招呼，幸福有千万种姿态，就如同现在相爱的两人静静相拥，谁都会希望这一刻能地久天长。

才走几步路，忽然听到身后一个声音，不确定地叫道："顾了了？"

白衣少年顿了顿，装作没有听到，依然前行。只是没几步，他的手腕被人狠狠拽住。

"了了，是你，对不对？"那人执着地问道。白衣少年回眸，身后锦衣男子一脸焦躁与期待。没想到会在这里相遇，白衣少年抿了抿唇，道："这位公子认错人了吧。"

锦衣男子一愣，良久苦笑道："他们都说你失忆了，我原不信，如今看来是真的。"白衣少年神色淡然，"公子，能否放开手？"男子闻言松开手，视线却紧随着他不放。

"了了，你真的不记得我了吗？我是苏叶啊。"

白衣少年侧了侧头，漫不经心地看了他两眼才道："我只知苏叶是一味中药。"

听到这个回答，苏叶一时失神，等到回过神来时，白衣少年已不见踪迹。只一瞬间的工夫，他便跑得无影无踪，是故意躲着自己吗？苏叶心中一片涩然。良久，他收回目光，转身消失在人群中。却不知另一侧的拐角处，少年一直看着他的背影，直到他消失不见时，才理了理衣襟，继续东游西逛。

凤师兄说得对，尘世中人，每个人都有自己的苦衷。就像苏叶，身在那样的大家族，也有自己的无奈。他还记得两年之前的苏家上门求娶顾家小姐，苏叶却在比试的时候无故放弃，想来苏叶早就知晓自己的身份。

第一次如果不相见，从此便可不相恋。最后，他在城郊一座山庄门口驻足。

玉凤山庄，几年前被火烧毁后，安王又命人在原址上重建，传言里面的一草一木，都力求恢复最初的模样。

少年没有从正门走入，而是绕了许多路，从一处矮墙，飞身入内。

如今，玉凤山庄里几位主人都不在了，只留下一些下人，每日按时打扫。所以他一路走来，没有见到半个人影。也不知是自己运气好，还是有人故意这么吩咐。

不过顾美人那么聪明，寻着蛛丝马迹，一定知道自己现在入了常州城吧？！那个人呢？那个人，是不是也知道，自己回来了？

第三十九章　愿她幸福

　　此去经年，兜兜转转这么久，好像绕了一个很大的圈子，他又回到了原点，回到了自己最初的地方。白衣少年熟门熟路地走入一个院子，这里，曾是他居住了十年的家。

　　里面每一处都和离开前一模一样，甚至书卷摊开，来不及收起来，毛笔搁在砚台上，宣纸上留着他练了一半的字。很丑，歪歪扭扭，一点都称不上美观。

　　他却记得，有一个人的字，龙飞凤舞，遒劲有力。那个人，曾皱着眉头，对他说："了了，你还要多练练字。"那个人，曾在夜晚时，手把手，教自己写字。再没有一个人，会如那个人一样，和自己靠得那么近、那么近，仿佛一抬手、一低头，都是他的气味、他的温度。

　　少年指尖颤抖得厉害，眼底一片氤氲，连身后的脚步声也未曾察觉到。

　　"了了，欢迎回来。"

　　少年吓了一大跳，猛然转身，见身后站着一名红衣少年，不由露出一个浅浅的笑容，"美人，好久不见。"

　　顾美人颔首，"是，两年不见。"他什么也没说，却让顾了了愧疚地垂下了头，不敢抬起。当初，是她一意孤行，远走高飞，不留一点消息。所以现在回来时，内心忐忑不安，害怕会被责怪，会被怨怼。

　　"他……现在如何？"无措之际，顾了了偏生挑了一个最不好的问题，问道。

　　顾美人神色微变，那个"他"指的是谁，他当然知晓。只是，两年过去，她的心意，依然没有改变吗？

　　"我只是好奇，他为何不参加武林大会了。"顾了了显然也意识到了不对之处，慌忙替自己找理由开脱。

　　顾美人轻笑，所谓解释便是掩饰，此刻顾了了慌乱的眼神，已是最好的说明。

心底的涩然淡去，不复过去那般沉闷，而像彻底走出。此时残留于心间的，不过是不甘罢了。

不甘心，未曾开始过，便白白便宜了那一个人。更何况，自己陪伴她的时间，有十年之久。

"我以为你都知道，楚王殿下自动请缨，镇守边境。"

顾了了怔了怔。的确，她游历之时，时常听人提起过。

"他——"不知道要说什么才好。镇守边关，这几年，边疆多是非，也不知他有没有受伤，过得好不好。

见顾了了露出难过的表情，顾美人心下恻然，"既然这么担心他，当初为何不早些回来？"

顾了了双手捂住脸，颤抖的双手透出她此刻的心情，"我也不知道……那个时候我只是一心想离开，总觉得继续留在他身边，会更难受……可是离开之后才发现，原来最难过的是想他，却再也见不到他……美人，我真的好喜欢他……好喜欢好喜欢……"多年积在心中的话，一瞬间，倾泻而出。

顾美人动容，他伸出手，似要抱住顾了了，却在一半时，生生停下来。真正有资格的，从来不是他，而是那个人呀。

他目光游移片刻，最终在一扇窗户上停下来。外面，似乎有一道影子晃过。

半个月之后，武林大会正式召开，由安王容顾，也就是玉凤山庄庄主顾美人主办。

顾了了作为神秘嘉宾，一道出席大会。许多年前，她也曾幻想过，自己站在那个擂台上，取得榜首之位，而今虽错失机会，但看到顾美人、凤曦、苏叶等人在比武台上一展风采，顾了了不禁由衷为他们感到高兴。甚至，她看到凌霜霜连胜几场，拿到秘笈榜第五的位置。这于她而言，非常不易。

大会上，她还见到许多熟悉的面孔，三宝师兄、王师姐……只是她担心自己突然出现会引起他人的好奇，所以故意易了容，躲在观望的人群中。

没有楚千觞参加的武林大会，最后顾美人一举夺得兵器榜榜首，也算是为顾冥磊出了一口多年积的怨气，并顺利接下"江湖第一美男"的封号。顾了了很久以后听说，顾冥磊在得知的当日放了三封爆竹，以示庆贺。

其实关于顾美人被封为"江湖第一美男"时，当时还流传出不少小道消息。据悉，官方原打算将他封为"江湖第一美人"，结果被红衣罗刹连夜挑了老巢，主办方老大吓得屁滚尿流，形象全无。后来官方继续维持原来的封号，但随之又衍生出新的江湖八卦号外——《男扮女装、情系一生——顾美人与顾了了不得不说的禁忌之恋》。对此，两位当事人一笑置之，不予理会。

三天时间一晃而过，大会结束时，顾了了来向顾美人道别。

"不去见见你的师叔师兄们吗？"顾美人问道。

顾了了摇了摇头，脸上却扬起淡淡的笑意，"我都已经见到了，他们很好。"这已经够了。

她若是再度出现，该以什么立场呢？琉璃宫，甚至更多人眼中，她是那人的徒弟。师徒之间的恋情，本身不为常人所容。

"大家都以为顾了了失去记忆，所以还是别记起的好。"她低下头，喃喃道。失去记忆的顾了了，自然不记得自己曾是楚千觞徒儿一事。若有一日，若真有那么一日的话……

"只要你高兴便好，"顾美人颔首，"不过有一个人，如果可以，你还是去见一见他吧。"

顾美人指的那个人，顾了了很快便见到了。一眨眼三年多的时光过去，太师父一如当年，精神矍铄，牙好胃口也很好。

"太师父，原来您也是猪蹄爱好者啊。"顾了了两眼放光，立马扑向桌子。

太师父双手一挥，盘子被他藏到一边，"臭丫头，现在才知道来见太师父。"顾了了噘嘴。"才不给你吃。"太师父小心眼地说道。

顾了了上前拉着他的袖子摇啊摇，哀怨无比，"太师父。"太师父被她叫得胡子一颤一颤，最后无可奈何地分出那盘猪蹄。"了了啊，什么时候回来的？"太师父问道。顾了了抓着油腻腻的猪蹄，想了想，道："这两个月吧。"

"有没有去看看千觞？"

顾了了默然。太师父心如明镜，叹了口气，"你们年轻人的事情，我这个老头子也管不了。说实话，当初我是反对你们二人在一起的，不过看到千觞这几年过得越来越辛苦，忽而觉得师徒名分其实也就那么回事，你若真想和千觞在一起，太师父第一个支持你们。"

顾了了感动地望着太师父，"太师父，您真好。"

太师父嘿嘿笑，"知道我的好了吧？！猪蹄少啃两块，都给我！"

顾了了："……"有太师父的一席话，顾了了觉得自己的前途更加光明。尽管她不在意世人的眼光，但不希望遭到身边的人反对。

临行前，顾美人陪着顾了了走到城门，见她上了马，突然开口道："了了，还记得很久以前，你欠我的一个愿望吗？"顾了了愣了愣，想了许久才道："是那一次，你帮我躲过夫子的责罚，我答应你的一个愿望？"

顾美人颔首，"我希望你回一趟京城。"顾了了望着他，没有吭声。顾美人神色不变，余光却时不时向后方扫去。"爹爹他也很想你，你该去看看他。"顾美人微笑着解释道。

顾了了点头，目光悠长，"京城那边有一位故人，我正好要去拜见。"然而凭她的直觉，顾美人故意让自己回京，似乎不止于去看小爹爹，而是另有深意。

不远处一道人影飞奔而来，顾美人嘴角扬起一抹坏笑，拉住缰绳的手猛地松开，大声道："走吧，了了，就此别过。"顾了了嗯了一声，扬起马鞭，重重甩下。马腾起前踢，嘶鸣一声，奔向远方。

顾美人负手站在城门口，笑容一点一点淡去。直到那人走近时，他眉眼淡淡道："你来迟了一步。"那人没有回答，怔怔注视远方消失不见的身影。

"来了，为何不与她相见？"依旧没有答复。"莫非你在害怕？""……""原来鼎鼎大名的楚千觞，也有害怕的时候啊。"顾美人哈哈大笑道。

楚千觞横了他一眼，道："等你真正爱上一个人的时候，便会如我这般。""既然如此爱她，为何又要伤她至此？"顾美人一针见血地问道。

"这世上，总是先有国，才有家。"楚千觞轻声道，"我亦如此，先是容觞，再是楚千觞。"

顾美人叹了口气。这样，受伤的便不止是一个人……但让她一个女子背负这么多，承担这么多，公平吗？

"我从不后悔过去所作所为，"楚千觞目光一直追随着顾了了消失的方向，"若再给我一次重新选择的机会，我还是会这么做。"

"那你现在又是为何而来？"顾美人冷冷问道，"丢着边疆不管，不符合你一贯的作风呀。"

面对顾美人的嘲讽，楚千觞好脾气地笑笑，"两年的布防，如今边疆战事已稳定，不再需要我了。"

"所以你才来找了了？对你而言，她永远是次要的，对不对？"顾美人质问道，"你如今才去找她，不怕她埋怨你过去两年都未曾去寻觅她半分？"

楚千觞神色一窒，艰难开口道："也许于你而言喜欢一个人要将她永远置于第一位，而我却希望她能生活在太平盛世之中，哪怕是分离，只要知道她能平平安安，也是好的。"

顾美人长叹，这便是楚千觞最真实的想法吗？给顾了了一个太平盛世？不，不止于此。自小长于皇室，他所看到的、想到的，当比平常人更加深远更加宽广。

顾美人见他神色黯淡，笑了笑，"你若想要再续前缘，便一路向北去京城吧。"

"京城？"楚千觞不知顾了了为何要选择去京城。

"皇族姻亲，不是需要皇室备案，载入族谱吗？我记得，先前柳祈枫和了了的婚礼，并未记入族谱。"顾美人笑吟吟道。

楚千觞怔忡，良久方抱拳对顾美人施了一礼，道："多谢。"

顾美人拂袖，"我如此做并非是为了你。"抬眸时，绯红的身影走远，留下一句淡淡的余音，"我只是和你一样，希望她能一直幸福而已。"

第四十章 追妻·之路

在见顾冥磊之前，顾了了就一直在担心，几年前不告而别，小爹爹他会不会生自己的气？事实证明，永远不要用对待正常人的态度对待那厮。

顾冥磊见到顾了了的瞬间，虎躯一震，然后，眼睛红了。然后他张开双臂，向顾了了奔去。一把抱住顾了了——身后的小白马。

"小新啊，好久不见，我还以为你早死了。"顾冥磊哀号道。

顾了了："……"小爹爹，不带你这样重马轻女的。这匹马，是她几年前在回玉凤山庄小住几天后，离开时顺手牵走的。至于究竟叫什么名字，她还没有细想过。

顾冥磊摸了摸小新的脑袋，喋喋不休道："从没见过你这样的家伙，整天就知道往外面跑，也不回家看看，是生是死都不让我知道，害得我天天担心你。"

顾了了苦笑连连，这哪是在说小新，明明是暗着教训自己。吐了吐舌头，顾了了弱弱叫了一句："爹……"终归是多年父女，顾冥磊手微微一抖，而后扭头，看向顾了了。

顾了了垂下眼眸，轻轻叫道："小爹爹。"一如过去那般，声音恬淡，让人不禁怀念。

"了了，"顾冥磊终于将她抱住，一手拍着她的脑袋，声音沙哑道，"你这孩子……"只四个字，不知包含了多少无奈多少叹息。"怎么一点都不让人省心呢？"顾冥磊抱怨道。

顾了了弯了弯嘴角。天下之大，终是有一个家，为她打开大门，终是有人，为她守着这个家。尽管，这个家已经变了许多味道。

两个人分开时，顾了了暗暗观察顾冥磊神色，所谓心宽体胖……

顾了了戳了戳他的肚子，嘿嘿笑，"小爹爹，你发福了。"

顾冥磊："……"泪奔ing，不要一回来就说这么打击人的话好不好。

顾了了见某人被深深打击到，继续加把劲，"真的哦，难道你没发觉吗？脸圆了，腰也粗了。"中年发福了。顾冥磊有气无力道："……真的那么明显吗？"

顾了了眨眨眼，看向顾冥磊身后某人，"罗姑娘说呢？"某人心领神会，"的确胖了许多。"小新：咳——（翻译：正解！）顾冥磊内牛成河。

不管怎么说，了了回来了，这对顾冥磊而言是天大的喜事。他亲自带着顾了了游京城，将各处风景名胜都逛了一遍。

一次，两人在湖边散步时，顾了了拽着一片叶子，无聊地问道："小爹爹准备什么时候娶凤姨回家啊？我和美人还想抱一个弟弟妹妹呢。"自从和罗姑娘打成一片，顾了了很自觉地改口称她"凤姨"。

顾冥磊微微叹了口气，"这个……还要看你凤姨的意思。"

"小爹爹没求婚？"

"……"半晌，顾冥磊有气无力道："我怕又被拒绝。"

顾了了怒其不争道："你不求婚怎么知道会被拒绝。"

"我求了。"顾冥磊委屈道。

"求了几次嘛？"

"加上上一次，已经是第九十九次了。"

顾了了："……"小爹爹，你真行，人家樱木花道被拒绝也只有五十次，你差一次就凑够一百了。"了了啊，我该怎么办？"顾冥磊两眼泪汪汪。

怎么办？凉拌呗。顾了了翻了个白眼道："继续求婚啊。"顾冥磊对手指，"万一又被拒绝呢？""或者你想看别人向凤姨求婚？"顾了了悠悠道。

"不准！"顾冥磊握拳，小宇宙燃烧中。顾了了摊手，"这不就结了，革命尚未成功，同志仍须努力。"

顾冥磊双眼眨巴眨巴，"了了啊。"顾了了被他叫得头疼。"你给我出出主意吧。"得，敢情自己真成了红娘。

红娘就红娘吧，自己牵的红线还少吗？顾了了叹了口气，"好吧，我帮你想想……"想想的结果是——当晚，凤姨回院子时，赫然发现自己院子门口摆满蜡烛，烛光忽明忽暗，星星点点，与夜空中的明星交相辉映。

顾冥磊穿着一袭黑衣劲装，小腹被顾了了缠了好几圈纱布才收下去。他双手捧着一大束红艳艳的玫瑰，神情紧张而又亢奋。

"冥磊，这是怎么回事？"凤姨揉了揉太阳穴，不耐烦道。顾冥磊表现得有些结巴，"九十九朵玫瑰，代表爱你久久。一千三百一十四根蜡烛，代表我会陪你一生一世，玉凤，嫁给我吧。"

话音落下，四周掌声涌起。罗家的下人们皆聚在附近，替顾冥磊摇旗呐喊。"当家的，嫁给他！""嫁给他，嫁给他！"

顾了了挥动着双手，有条不紊地指挥着这一阵又一阵的呐喊声。万众瞩目之下，不怕你不答应。若是这时候还拒绝顾冥磊的话，怕是以后再难有这样的机会。

顾了了算准聪明如凤姨之人，定不会在诸人面前落下难堪。果然，她先是狠狠瞪了顾冥磊一眼，而后咬牙切齿了很久，才心不甘情不愿地说道："好。"

顾了了见机行事，高呼道："大家听见了吗？"

"听见了。"

"声音不够大——听见了什么？"

"当家的要嫁给顾庄主。"整个罗家下人们都在奋力嘶吼，相信这事明天会在京城传遍。顾了了圆满了。

顾冥磊热泪盈眶了。他将凤姨搂在怀中，吻着她的面颊，呢喃道："凤儿，我会一辈子对你好的。"这般亲密无间，让凤姨羞得抬不起头来，她双手撑在顾冥磊的胸口，想要挣脱，却又舍不得。

第二日，江湖号外《数十载生离死别，有情人终成眷属——昨夜，顾冥磊激情求婚，罗小姐感动应嫁》。

顾冥磊笑逐颜开，将这份号外小心翼翼收好，看得顾了了十分不解，"这可是重要证据，这样你凤姨一辈子都没法反悔。"

顾了了："……"爹爹，这个独家新闻是您老人家花钱买的吧。

顾冥磊与凤姨终成眷属，顾了了放下心，独自去了一个地方。京城郊外的一处静谧之地，有一座坟墓，安安静静躺在那里。顾了了带了些吃食和一壶酒，站在墓碑前，弯下腰，轻轻抚过墓碑上刻着的几个字。

"清秋，我来看你了。"她说道，神情温和，带着浓浓的怀念之色，"以前对不起，一直对你不好。这是我带给你的酒菜，是我这几年在外学来的，亲手做的，不知是否合你口味。如果有来生，但愿不要再相逢。"

祭拜过清秋后，顾了了又有了新的打算，她想要去漠北看看。顾冥磊听后，立马翻脸道："不行！"此去漠北，路途艰险不说，天寒地冻，尤其是入冬后，冰雪封山，若想回来，不知要到何年何月。

不只是顾冥磊，几乎所有人都极力劝阻顾了了不要去漠北，要去至少等过了冬再去。无奈之下，顾了了只好暂缓计划，在京城附近转悠。却在无意间遇到来京采办的桑既，相见时，两人皆是大吃一惊。

"一直没有你的消息，陶桃很为你担心。"桑既说道。顾了了脸色有些羞愧，自她去探望陶桃被柳祁书绑架之后，发生了太多的事情，她几乎是自身难保，自然无暇顾及他人。

桑既笑了笑，不在意道："你没事便好，有空来桑府玩。"顾了了点头，笑道："当然，陶师姐可好？她怎没陪你来京城？"顾了了犹记得陶桃也和自己一样，最爱热闹，生来就是坐不住的性子。

"她怀了孩子。"桑既有些自豪。"是吗？恭喜恭喜。"顾了了不由开怀大笑，发自内心地祝福道，"恭喜你马上当爹了。"

在罗家商铺外遇到楚千觞时，顾冥磊先是诧异，而后又恢复平静。

了了和他之间的分分合合、是是非非，他知道得不算多，却也不少。所以楚千觞此次前来，是意料之外，又是意料之中。

"了了随桑公子去城外采货了。"顾冥磊淡漠道，"楚公子来得真是不巧。"楚千觞顿了顿，脸上浮现出一丝尴尬，"我并不是来找了了的。"

"哦？"顾冥磊挑眉，微微露出一丝惊讶。"我是希望——顾庄主能同意我和了了的婚事。"楚千觞咬了咬牙，开门见山道。这般直白，倒是顾冥磊未曾想到的，他还以为楚千觞会拐弯抹角，或是借助皇上施压。但正是如此光明磊落，不由让他重新审视楚千觞。

曾经的江湖第一美男，朝中呼风唤雨的楚王，剥去层层华丽的外衣，也不过是个普通人罢了。在他顾冥磊眼中，楚千觞与其他人，并没有多少区别。偏偏却是这么一个人，与了了纠缠这么多年，占据了了心中最重要的位置。

思及此，顾冥磊不由妒忌。想他做了这么多年的爹爹，也从未得到过了了那般关注，却被这个男人乘虚而入，一举夺得。大概，天下所有的父亲，都会有他这般滋味吧？！

顾冥磊心中早有答案，只在此刻故意为难道："我同意有何用？还需了了点头才是。若她不愿嫁给你，即便皇上下诏书也无用。"这是实话，了了不愿做的事，这世上没有人能逼她。他顾冥磊不会，顾美人亦不会如此。

楚千觞面色微微泛白，呼吸急促，良久点头道："我——知道，只希望你们不会反对。"

"反对？"顾冥磊冷哼一声，"怎么敢？阁下可是高高在上的楚王大人。""我绝不会逼了了。"听出顾冥磊言语中的讥讽，楚千觞承诺道。顾冥磊颔首，这一点他是相信楚千觞的。只是……

"你打算如何让了了同意？"就这么一直耗下去，只不过是浪费两个人的时间。

楚千觞愣了愣，涩然道："我会一直陪伴在她身边，她一日不愿看到我，我便一日不出现，直到她愿意见我为止。"干涩的话语，连顾冥磊听后都感到心酸，好奇道："你这样跟着她，多久了？"

"半年多吧？！"楚千觞叹道。

"她知道吗？"

楚千觞沉默。应该是知道的，只是她从不说，亦不回头，便代表着她不愿见到他。那么好吧，他便一直这般，跟随她身后，不远不近，直到她愿意为止。

顾冥磊见此，发愁，这也不是办法啊。了了今年十七岁，明年十八岁，再这么下去就要成老姑娘了。而楚千觞嘛，更不用说，已经三十好几了。

尽管他顾冥磊从来都不看好他们两个的姻缘，不过情之一字，只有自己明白，从来强求不得，所以他也无法干涉。只能从旁出手。

"罢了罢了，我便帮帮你吧。"也算是帮自己的女婿。楚千觞听到顾冥磊语气缓和下来，心中激动，拱手道："多谢！"

顾冥磊从鼻子里哼气道："不要谢我，我也帮不了你多少。"阻挡他和凤儿十几年的姻缘，这笔账他还没算呢。此时说要帮楚千觞，更多的是希望了了能多多折磨这家伙一下，为他出口气。

"你若要追回了了，就必须先放下身段来，不要一天到晚以楚王自居。"顾冥磊毫不掩饰地教训道，"什么江湖第一美男、举止优雅之类的，更要统统抛掉。"顾冥磊的一番谬论，让楚千觞听得发愣。

"一定要学会四个字——死、皮、赖、脸！"顾冥磊颇有气势地强调道。

楚千觞发怵地问道："如何死皮——赖脸？"顾冥磊摸了摸下巴，"缠上她，然后片刻不离。紧要关头可以做必要牺牲，甚至假装失去记忆，让她回心转意。"——此乃顾老爹追女心得体会。楚千觞频频点头，原来如此呀。

"想当年，我便是这么追回凤儿的。"难得见到楚千觞会以敬佩的目光望着自己，顾老爹不由得瑟起来，一下便把老底翻出来。楚千觞的敬佩，慢慢转为同情。

"干吗这样看我？"顾冥磊不由奇怪，拍了拍他的肩膀道，"虽然凤儿发起火来比母老虎还要母老虎，不过大部分时候还是比较温柔的。"楚千觞眼中的同情转为怜悯。

顾冥磊似也察觉到不对，尤其是身后，寒气逼人哪。错觉，一定是错觉。顾冥磊咽了咽口水，凤儿这时候出门收租去了，怎么可能就回来呢？他可是算好了时辰的。

没有勇气回头，顾冥磊看着楚千觞，慢吞吞问道："你、你在看什么呀。"楚千觞没有回答，因为身后已有人替他说出了答案，"他在看我这个比母老虎还要母老虎的人。"

顾了了随着桑既在大街上东游西逛，目光却时不时扫向角落，也不知是在看谁。桑既开玩笑道："你在找人吗？"

找人？顾了了隔了片刻才回过神，支支吾吾糊弄过去。

见她一副心神不定的模样，桑既以为她思念家中父母，"这边的事情已经办好，可以回京城去了。"

"哦……啊，就回去？"顾了了一下子反应不过来。桑既笑，"你不想回去吗？看你这副失魂落魄的模样，让人误以为惦记着什么放不下心来。"

惦记？顾了了撇撇嘴，"有什么东西值得惦记的？"她不过随口说说，却无意中触动了桑既。桑既幽幽叹道："这世上值得惦记的人、事太多太多，不要等到失去时再追悔。"

回到京城罗家时，顾了了意外地看到楚千觞，正站在门口。她闭了闭眼，再睁开时，眼中一片明净。而后跳下马车，从容地朝家中走去。

与楚千觞擦肩而过时，被他叫住，"了了。"顾了了顿了顿脚，狠心没有停下来。楚千觞眼底闪过一丝受伤。真的要如顾冥磊所言？要那样追求女子？……很丢脸耶。

况且还是在京城，在天子脚下，他所做的一切，没准明日就会传到皇兄耳中，再过两日，便能传遍整个皇室，届时……楚千觞简直不敢想象他这么做之后的后果。

可是，与了了相比，声名荣誉，又算得上什么呢？顾了了为了他，付出良多。而今，他若不能为了了做出牺牲，便配不上了了的爱。所以……死就死吧。

楚千觞冲着顾了了的背影，高声吼道："了了，楚千觞只爱你一人。"所有的人都被这一句惊住。顾了了也不例外。"了了，嫁给我，好不好？"楚千觞上前一步。

顾冥磊对他说，有时候，最直接的表达，反而能取得最好的效果。永远不说，那么她永远不会知道你的爱。哪怕你的眼神、你的行为、你的一切都透露出你爱她，但女人的贪心，直到听到你亲口说出时，才会愿意相信。

顾了了终于停下脚步，回眸一笑，轻轻道："不——"说完，扭头便走了。

这一次，楚千觞并没失落。因为他看到顾了了冲着自己笑了。只要她愿意对自己笑，愿意搭理自己，这便暗示着有机可乘。躲在一旁的顾冥磊也看到这一幕，不禁对楚千觞竖起拇指，示意他再接再厉。

曾听人说过，这世间，男人都是有着两张面皮。一张，在外人面前装模作样、一本正经。而另一张，则是面对心爱之人时，死皮赖脸、死缠烂打，无所不用其极。

许多时候，只要我们愿意，放下种种束缚，便能看到面具之下的真性情。

从某种意义上来说，比起顾冥磊此前漫漫追妻路，楚千觞有过之而无不及。整整半年，楚千觞都处于死缠烂打的追妻状态中，只是顾了了似乎这一口气远远没有发泄够，对他总爱理不理。

终于有一日，皇上他老人家看不过去，开始在皇宫内频频举办盛大的"相亲会"，并且颁布圣旨，命令朝中五品以上单身未婚男青年必须到场。这个消息一出，顾冥磊担忧不已，"了了啊，爹爹看你折腾了那楚千觞这么久，也够了吧。"别再这么折腾下去，到手的夫君飞了。

顾了了磨牙霍霍，"圣旨明明说的是男青年，师父已近中年去凑什么热闹。"

之后的情况不言而喻，隔三差五从皇宫中传出各类谣言，听到关于楚王容觞的各种绯闻，今日不是和李家小姐共赏春花，明日便是和赵家千金吟诗对月。

彼时很久没见到楚王其人的顾了了正在罗家的厨房里帮忙，她一边听下人们议论一边剁着一大块猪腿。半盏茶的工夫后，终于有厨娘注意到砧板上那块惨烈的猪腿——被顾了了成功地碎尸了。

当江湖号外满天飞时，始作俑者终于微服私访来了。不仅自个儿过来了，还带着一帮老臣。行过大礼之后，顾了了眼睛眨巴眨巴往人堆里瞥。

皇上笑呵呵，"楚王没来哟。"

顾了了："……"

"皇上英俊潇洒、威武不凡，了了是在看陛下。"她极力否认道。

"咳咳……"皇上被她的马屁拍得呛住，咳了半天说道："朕没想到你暗恋的居然是朕，怪不得听闻你拒绝楚王。"

顾了了："……"

某位皇上笑得比狐狸还要阴险。"其实这次朕来，是为了楚王。"皇上感慨道，"他蹉跎了三十年，终于愿意松口了。"

顾了了怔了怔，脸颊绯红，立马下意识回绝道："谁说我要嫁给他。"

"楚王也没说要娶你呀。"皇上乐呵呵反驳道。

顾了了愣住，不娶她？那是娶谁？难不成真的是那李家小姐赵家千金？不行，她要选把菜刀去剁了她们。

"总之，楚王妃朕已经定下来了。他肯松口成婚，不管对方是谁，哪怕是男人、是刚出生的婴孩也行。"皇上兴致勃勃加了一句。

顾了了："……"皇上，这也太重口味了一点吧？！

"那皇上此次前来是……"凤姨不忍看顾了了失神的模样，拨开话头问道。

"哦，楚王的婚礼将于月底举办，所以提前招呼一声，预订罗家所有的茶叶。"话语一气呵成，不带丝毫犹豫，皇上一边喝茶，一边默不作声打量顾了了的神色。顾了了表面平静至极，没有一丝异样，甚至能笑着说一声"恭喜"。

"届时楚王的婚礼，你们一定要来参加哟。"皇上唯恐天下不乱地添了一句。

待人走之后，凤姨一把拽住顾冥磊的耳朵，手一翻，顾冥磊杀猪一般嗷嗷直叫。"我要你乱出主意。现在好了，到手的女婿要飞了。"凤姨咬牙切齿道。

顾冥磊惨叫半天道："凤儿，冷静一点，凤儿！"凤姨松了手，冷哼一声。顾冥磊摸了摸通红的耳垂，直抽冷气。

另一侧，顾了了双手捧着茶杯，自皇上离开时起，便没了言语，眼神也变得空洞起来。

"现在该怎么办？"凤姨小声问道。顾冥磊道："皇上不是说嘛，不知对方是谁？搞不好是楚千觞欲擒故纵呢。"

"欲擒故纵，我还声东击西哩。"凤姨冷笑道。

"娘子英明。"顾冥磊佩服道，"说不定那家伙要明修栈道、暗度陈仓。"

凤姨一脚将双手缠住自己的某人踹开，"滚，这种烂把戏也只有你这种人能想出来。""我这种人是哪种人呀，娘子！"某人又开始死皮赖脸。

凤姨打了个冷战，"我不是你娘子。"顾冥磊委屈地耷拉下脑袋，"娘子，你可是答应了为夫的求婚，娘子说话不算话，娘子想要耍赖。娘子，我可是有你答应的证据的。"一面说着还把那张小报从怀里掏出来。

凤姨头痛无比，捂住他的嘴，道："别吵了，还是先把楚千觞找来，问问清楚。"

然而，一直都是楚千觞跟随顾了了，如今掉过头来去找他，谈何容易？楚千觞像是人间蒸发了一般，再没见到踪迹，但又仿佛随处可寻。

京城一下子变得热闹起来。因为楚王要在此举办盛大的婚礼。两年前柳相之子柳祈枫的那场婚礼还历历在目，如今楚王婚礼，更盛于当年。

百姓们对楚王其人并不了解，却因榜文告示而兴奋不已。经过十几年的混战迎来休养生息，皇室子女骤减，能有一场声势浩大的庆典委实不容易。

不同于民间习俗的繁琐，皇室更注重的是外表的华丽。大街小巷挂起红绸，所有的布庄作坊都在制作嫁衣。奇花异草从各地运来，随之而来的还有源源不断的贺礼、贡品。而这些，都属于楚王和他那位神秘的王妃。

究竟会是谁呢？顾了了心神不宁。她没料到楚千觞会这样广而告之地宣布自己的婚事，并且诏告天下，却不说娶的女子是谁。然而，除了自己，还会有别的女人吗？顾了了志忑。

她从没想过，楚千觞会娶他人为妻。就算再怎么怨他恨他，她也一直觉得，他们之间会一直纠缠下去，再容不下第二个人。但如今，他却要娶妻。

日子一天一天过去，想要得知的消息始终没有来。眼看婚期逼近，顾了了终于坐不住了。她要去找他，要当面问个清楚。凭什么他可以想来就来，想走就走，一句话都不留，一声都不吭！

可是，要去哪儿找他呢？正在此时，罗家茶铺来了两位不速之客。

柳祈枫还是一如当年那般目中无人的高傲，不过两年时间也改变了他许多。"听说你今年迁吏部侍郎，恭喜。"顾了了说道。柳祈枫不在意地笑了笑，"板上钉钉之事而已。"

两人东拉西扯几句，把一边的易复看得抓耳挠腮，"公子，您今日来不是有重要的事情吗？"顾了了含疑看着这二人。

柳祈枫嘴角拉扯出一抹苦笑，"你可是要去找楚王？"顾了了颔首，"你怎知道？"

"你若再不去，皇宫可就要闹翻了，"柳祈枫答道，"我也不想在大晚上和一群大男人花前月下对酒吟诗。"顾了了："……不是听说有什么李家小姐赵家千金吗？"

"李家只有一个儿子，赵家的千金几年前就已出嫁。"柳祈枫恨其不争地说道，"你就不会出去打听打听吗？"顾了了顿悟了。

"这是皇宫的简图，你记住了可别再迷路。这几日楚王经常夜游御花园。"

当晚，顾了了对顾冥磊说道："小爹爹，我今晚要去皇宫一趟。"

顾冥磊与凤姨对视一眼，知顾了了心意已决，无论他们怎么劝都劝不住。凤姨点头，"我去帮你准备一套夜行衣。"

有了柳祈枫提供的简图，趁着夜色浓浓，顾了了换上一身漆黑的夜行衣，飞身翻入皇宫之内。凭着过人的轻功，她小心隐藏踪迹，四处寻觅。

走到御花园时，顾了了脚步顿了顿。她听到一阵笑声，熟悉的声音，伴着风传入耳畔。"千千啊，你可想好了，要娶谁？"顾了了心跳猝然加快。楚千觞果然在此。"你若还未想好，朕可以替你出出主意哦。这儿有不少名门千金，你喜欢哪个，随便挑，不用给朕面子。"

顾了了差一点咬断牙根。该死的皇上，竟敢怂恿师父，硬塞给他一堆美人。迟迟听不到楚千觞回答，顾了了禁不住缓缓靠近，探出头来。

亭子里，两人相对而坐，桌子上似摆满了画卷，其中一人不断地将画卷摊在另一人面前。顾了了眯了眯眼睛，断定那两人是楚千觞和皇上时，顿时恨不得冲过去，将那些画卷撕烂，然后将这两个家伙痛扁一顿。

她日日夜夜难以入眠，皆是为了一个人。而这个人，竟然在皇宫御花园中欣赏百美图。不可原谅，绝对不能原谅！顾了了磨牙霍霍，死死盯着亭子中那两个人，简直想要用眼神杀人。

"千千，你有没有觉得哪里传来一股凉气啊。"皇上突然说道，头却往顾了了这个方向转来。顾了了猛然一缩，躲在草丛后，不敢乱动。

"嗯……"回应的是一个温润的声音。好怀念啊……顾了了闭上眼，脑海中满是楚千觞的笑颜。直到此刻，她方才发觉，眷恋犹如野草疯长，盘踞了她的身心。只因知道楚千觞一路追随，她才会肆无忌惮，将他的宠爱任意挥霍。

"千千，朕回去加件衣裳，你在这里等朕回来哟。"皇上又说道。

"好。"

见皇上带着小太监缓缓走开，顾了了这才又抬起头来，望向亭子里。里面的男子，微弱的星光下，看得并不清晰。隔着很远很远，却觉得，她与他，始终离得很近。哪怕是在最绝望的时刻，她心中依然有着执着与信念。

相信这一生，他们必然能执手相伴到老。就是这样的信念，支持着她，走到今天。这世上，纵然有无数好男子，甚至比楚千觞更温柔更英俊更年轻的，但那些人都不是他，不是他啊。在她心中，他永远是独一无二的存在。

痴痴望着亭中人，顾了了只愿时间在这一刻停住。什么都不用想，什么都不要做，就这么一直望着他……直到地老天荒。

"了了，地上凉，起来吧。"忽而听到一阵叹息，楚千觞竟抬眸，直视这边。顾了了吓出一身冷汗。她慌张起身，欲逃走。

"了了，你还想跑吗？"论轻功，楚千觞是顾了了的师父，加之内力精纯，远在她之上。他飞身而起，站在顾了了面前。顾了了深深垂下头。

"了了，你终于愿意来找我了。"楚千觞的话语中带着欣喜。

"我——才不是来看你的。"顾了了极力否认。

"哦？"楚千觞挑眉，"那是看谁？放眼整个皇宫，除了我，你还能来看谁？"顾了了无语望天。"总之就不是来看你。"顾了了耍赖。

楚千觞摸了摸下巴，笑道："不看我，你为何又要趴在草丛中这么久？"顾了了呆了呆，"你……什么时候知道的？"

"从你进宫那一刻起。"楚千觞微微一笑。他们早已料定，有了柳祈枫提供的简图，顾了了势必会忍不住来找他，所以吩咐侍卫放顾了了一路通行。

顾了了翻了个白眼，难怪她会觉得夜闯皇宫如此简单，还以为那些侍卫都是吃白饭的呢。想来早就被算计了，她还真是笨哪。其实内心隐隐约约有个答案，却依然是控制不住自己。所谓旁观者清，当局者迷，多半如此吧。

她认命地叹了口气，"好吧，我的确是来找你。"楚千觞凝眸，眼底有了浅浅的笑意。

顾了了硬着头皮问道："你——要娶谁？"眼底的笑意越来越大，楚千觞执起她垂下的一缕发丝，轻声道："了了，嫁给我，好不好？"

顾了了愣了愣。一瞬间，心中涌过千万道思绪，最后都化作一个念头，呼之欲出。如此作秀，敢情都是为了摆给她看，等着她上钩的？

顾了了双手叉腰，大笑道："我听说江湖第一美男楚千觞有姬妾三千，若是嫁给你，你那三千姬妾怎么办？"

楚千觞微微一愣，三千姬妾？见顾了了坏笑，知她刁难自己。于是他也跟着邪邪一笑，不在乎道："那些只不过姬妾罢了，我还没有娶妻。"

顾了了敛笑，"可是我不想嫁给一个老男人。"楚千觞嘴角抽了抽，"你还小，不懂得老男人自有老男人的魅力。"

"哦，是吗？"顾了了扬眉，不依不饶道，"老男人有何魅力？"

楚千觞不动声色地将她纳入怀中，而后低下头，准确地噙住那张柔软却伶俐的小嘴，"魅力嘛……嫁给我之后你自然知晓。"唔……话语被楚千觞尽数吞入，过了许久，两人才气喘吁吁地分开。

"我才不要嫁给你。"顾了了娇嗔道。楚千觞坏笑，"由不得你。知道刚才皇兄去干什么了吗？他去写我们两人的婚书了。"

顾了了愤愤然，挥舞着小拳头抗议道："不带这样的。"

"还是你希望我娶其他女子？"楚千觞目光幽怨。顾了了别过头，不吭声了。

"算了，看在你这么老的分上，本姑娘勉强收了你！"片刻之后，顾了了又不甘地抬头，狠狠瞪着楚千觞说道："娶了我，你就必须遵守'三从四得'。"

楚千觞："……敢问娘子，是哪'三从四得'？"

"咳咳，三从是——娘子出门要跟从，娘子命令要服从，娘子讲错要盲从。四得是——娘子装扮要等得，娘子花钱要舍得，娘子生气要忍得，娘子生日要记得。"

楚千觞："……娘子，为夫可不可以不娶你？"顾了了杏眼圆睁。

"为夫嫁给你，由娘子来遵守'三从四得'可以不？"

顾了了："……"

不行！

关于初吻

某日，顾了了回忆起自己纯洁无比的少女时代，纠结于自己的初吻，在一个不浪漫的时间不浪漫的地点献给一个不浪漫的男人时，某个厚颜无耻的男人靠在床头，看着自己的小娘子一脸抑郁，坏坏笑。

"初吻？我记得当年不知道是哪个臭丫头抱住我的脖子便亲一个上来，而且一吻便命中红心。"只看到顾了了的脸立马由红转为菜色，枕头呈抛物线状飞来，被某人准确无误接住，顺便无耻地嗅了嗅。

"娘子好香，"那人继续无耻，"再来一口。"

顾了了："……"

关于定情

楚千觞发现，这几日顾了了两眼泛着青灰。他检讨与自我检讨，是不是最近太不节制了，可是无论怎样减少次数，第二日顾了了还是一副极度缺觉的模样。

楚千觞终于按捺不住，问道："了了，你怎么最近整日哈欠连天？"

顾了了回头，瞪了他一眼，"还不是因为你。"楚千觞愣了愣，他？他已经很克制了有木有。

见某人傻愣愣的模样，顾了了撇撇嘴道："最近老做噩梦。"还是一些关于前世不太好的记忆，比如梦见她的初恋男友居然是癌症晚期先自己一步去世之类的。

楚千觞唔了一声，了然道："你夜里睡觉时把风月剑放在床头。"

"为何？"顾了了不明白，这不就一定情信物吗？难不成还有辟邪避孕神马的功能？

"传说风月剑能够镇鬼神。"楚千觞答道。

"真的？"顾了了惊讶。

楚千觞耸肩，"我也是听师父他老人家说的，所以当年柳相才派那么多杀手来找琉璃宫的麻烦。"

"琉璃宫和风月剑有什么关系？"顾了了眨眨眼，好奇宝宝模样。

楚千觞微微一笑，双手搂住她微微隆起的小腹，下巴搁在她的肩上，闻着她身上淡淡香气道："傻瓜，风月剑是琉璃塔里存放着的宝贝，他害怕小芳姑娘报复，自然想要得到。"

听楚千觞这么说，顾了了越发不解，"风月剑这么珍贵，你当初怎么轻易就送给我了呢？"经她这么一说，楚千觞陷入沉思，"是啊……莫非我那时候就预感到了你将来会成为我的娘子？"

顾了了听后满脸黑线，其实你是有恋童癖吧，啊啊啊！

关于初婚

一日，孩子们围在顾了了身边，要她说当年和爹爹之间的故事时，顾了了带着回忆的笑容说道："你们的娘呀，当初差一点就要嫁给别人。"

这一语立刻惹来一旁某人的不满，原本在假装看书的某人将书放下，淡淡道："结果还不是没嫁成。"顾了了瞪了那人一眼，负气道："是啊，谁叫你突然来闹场。"

"顾了了，你搞清楚，到底是谁闹场。"

见爹娘难得吵起来，孩子们兴奋得不得了，千载难逢的机会呀。别人家的爹娘怎样的孩子们不知道，他们只看到自家的爹娘成天腻在一起，都四十多岁，还肉麻兮兮的，简直是为老不尊。

顾了了扫了楚千觞一眼，别过头不愿理他。

她却不知，那一场将成未成的婚礼，是楚千觞心头永远的一根刺，好似永远在那儿，拔不出来，没入骨髓地痛。

"你那根本不算，后来嫁给我的时候还是穿着大红色的嫁衣不是？"楚千觞小声嘟囔。

女子只有在初婚时，才能着大红色嫁衣，以后再婚，便不可再穿此色。

关于年龄

很久以后的某日清晨，顾了了正在对镜贴花黄。楚千觞本是立于她的身后静静看着她，突然叹了一口气。"怎么了？"顾了了问道。

楚千觞眉头微蹙，语气却温和得能腻死人，"这么多年过去，我的了了还是如此年轻美貌。"

镜中的少女，不过二十出头，正值最美好的年华。顾了了浅笑，她知道楚千觞话中含义。"都说男人四十一枝花，你这枝花只准插在我这个花瓶里，不准随便出墙，听到没有。"顾了了威胁道。

楚千觞听闻，眉间的忧愁一扫而空，开怀大笑，"世人都只将女人比作花，还是第一次听到把男人比成花的。"

顾了了哼了一声，暗暗磨牙，还有人把女人比作豆腐渣的。

关于小三

这是发生在几年以后的故事……

相传民间百姓最爱八卦两件事，其一，是江湖纷争，其二，是朝堂风云。江湖纷争，又以忆锦楼、落凤宫和倾城山为主，忆锦楼楼主李云陌，落凤宫朱雀护法顾清玄，还有倾城山弟子柳轻寒，这三人，并称江湖三大高手。

朝堂风云，又多围绕着几位王爷展开，尤以楚王和安王为多。传说楚王富甲天下，而安王，美貌无双。这还不算，更传奇的是，楚王年过三十好几才成婚，至今也只有王妃一人，没有纳一房小妾。

于是乎，人们纷纷猜测，那王妃大概是好妒之人，不许楚王沾美色。后来却不知从哪儿传出，有官员欲讨好楚王，趁着楚王饮酒时大献殷勤，请来一班美艳胡姬，楚王震怒，在场官员无不受到训斥贬责。至于那些胡姬，楚王看都未看，甩袖离开。人们便说，那楚王不是好男色，便是能力……不行。

因而又有人献上清倌小生，结果，唔……鉴于场面太血腥暴力，少儿不宜，咱们就不继续探讨了。

既不喜欢美女，又不喜欢美男，人们的推测只剩下一种可能……此后不断有人送上各类补品、牛鞭等，更有甚者带着游医上门。结果……自然是被人踢出来了。

究竟是什么原因，让尊贵无比的楚王殿下不纳妾呢？

当楚王的长子、长女呱呱坠地时，那些关于王爷"能力不行"的谣言不攻自破，于是又有人动起脑筋……然而下场无一不悲催无比，不是被楚王训斥，便是被楚王府的人踢出大门。

当然，这一过程中，传说中好妒的王妃，始终没有露面。众人这才想到，难不成是王爷自愿不纳妃的？啊啊啊，难道王爷是书上所描写的，百年难得一遇的痴情种？

谁都知，朝中权贵哪一个不是三妻四妾，外面还养着女人，时不时逛逛青楼喝喝花酒，唯有楚王殿下，关于他的负面传闻寥寥无几。

唯一的负面传言，也便是猜测他究竟是断袖还是不行。据称，有人亲眼看见楚王带着王妃、小世子和小郡主一道游玩，一家人和乐融融。当这一传言飞出时，破碎了一票少女的芳心。也让那些想要动歪脑筋讨好楚王的人收敛不少。

但总是有不怕死的……某日，王府中送来几位美艳的女子。这些宫女是贵妃所赠，为庆贺楚王四十岁生辰。当是时，王府的女主人，瞬间脸白了，随即转为青色，然后彻底黑了。

当是时，王府的男主人恰巧外出不在，皇室所赠的女子，王府管家不敢随意处置，默默望着王妃。见王妃久久不发话，管家小心翼翼问道："要不要奴才把她们送到其他庄子里去？"

王妃甩袖，冷哼了一声，"不是说本王妃好妒吗？留在这里，让王爷自行处置吧。"女子们听说要等王爷回来发落，顿时个个眉开眼笑。

"那王妃您现在要去……"

"本王妃要去哪儿还要禀告你吗？"

见王妃带着小世子、小郡主气势汹汹地出门，管家小心肝颤了颤。他能预料到，未来的几个月，王爷、王府众人的日子都不会好过哪。可是王妃要做什么，他一个管家能拦得住吗？

三个月后……

后宫承欢殿内，某皇上笑嘻嘻，心情颇好。

"陛下，何事这么开心？"贵妃娘娘问道。

"朕算了算，九弟差不多这几日就要来京城了吧。"皇上答道。

贵妃抿唇一笑，道："说到楚王，臣妾在王爷生辰那一日也送了一份礼物。"

"哦，什么礼物？"皇上饶有兴趣地问道。

贵妃神秘一笑，美目流转道："楚王府只有王妃一人，未免空旷了些，臣妾就——"话还未说完，只见皇上脸色突变，"别告诉朕，你送了女人给皇弟。"

贵妃见皇上一脸惊慌，跟着慌张起来，"臣妾命人挑选的都是年轻美貌的女子……"

"完蛋了完蛋了。"皇上抱头痛呼，挥袖道，"朕先回去了。"

"皇上，臣妾可有做错什么？"贵妃在身后叫道。

皇上满脑子都是贵妃刚才那一句话，头也没回，健步如飞，一下子便不见踪迹。那一晚，据说在含章殿值守的侍卫都听到一声长啸，好像是从殿内传出的，凄厉哀怨。

与此同时……

四月江南，烟雨蒙蒙。青石街、马头墙、通幽径、石板巷……白衣少妇打着油纸伞，穿梭其中。犹如一幅幅水墨画，画中浓墨淡彩，勾勒出宁静美好的景致。

少妇身边还跟着两个孩童，一个梳着男孩的发髻，一个梳着女孩的包包头，粉雕玉琢，甚是可爱。

"娘亲，我要吃糖葫芦。"男孩指着那红艳艳的葫芦串说道。

"不许吃。"少妇一口回绝。

男孩咬着手指，露出可怜兮兮的模样。

"妹妹、妹妹，你想吃糖葫芦不？"

"不想。"女娃娃清脆地答道，"娘亲，我们去吃五珍包子好不好？"

"哦，燕儿竟然知道五珍包子？"

女娃娃咽了咽口水，"爹爹说了，江南五珍包，美味无比。"

提到"爹爹"二字，少妇立马没好气道："他说什么就什么。"

面对两个孩子懵懂的目光，少妇闭上嘴，没有多言，隔了片刻才缓下口气道："走吧，娘亲带你们去吃五珍包。"

五珍包子，自然指的是包子内的馅料，由五种江南特色美食做成，价格当然也不便宜。少妇带着两个孩子叫了三笼包子，坐在窗口细细品尝。孩子们吃得欢天喜地，一边的少妇嘴角渐渐翘起，时不时地，她轻抚腹部，眼中带着丝丝甜蜜。

附近的食客皆忍不住偷看那一桌，且不说那两个孩子，个个都像年画上的小人儿一般，便是那少妇，生得眉目如画，举手投足之间都透着一股别致的风韵。

很快，便有人坐不住了。那人起身，缓缓走到少妇那一桌，含笑道："这位夫人，如此良辰美景，不知是否愿意赏脸，与在下共饮一杯？"

好生厚颜无耻的男人！以上是众人的心声，更是在座男子内心愤怒的呐喊。只是因为当下便有人认出此人是李知府家的二公子，生性风流，因家中有权有势，无人敢开罪于他。

少妇堪堪抬眸，目光扫过他，又视若无睹地继续吃包子。二公子一脸尴尬。从未遇过如此不给面子的女子，但越是如此，越是激起他的兴趣。这名女子与他过去所见的，截然不同，风韵于婉约中透出淡淡的雅致。

可惜她梳着妇人的发髻，身边还带着两个孩子。不过若是娶回家做妾，也不算亏待她。

"夫人可愿去在下府上？"二公子得寸进尺道。少妇脸上划过一丝怒色。她却不动声色，亦没有吭声。

"为什么要去你家啊？"倒是身边的小男孩仰起脑袋，眨巴着大眼睛问道。

二公子见那男孩生得粉嘟嘟的，煞是可爱，一双眸子如黑珍珠一般，透出无尽的华彩，心中一愣，暗想能生出这样的孩子，父亲也差不到哪去。不过比起自己，嗯嗯……肯定是差多了。

二公子笑嘻嘻道："叔叔家有好吃的东西哦。"

"真的？有没有糖葫芦？"小男孩两眼亮晶晶。

"当然有。"二公子毫不犹豫答道。

对面的女娃娃投以一个鄙夷的目光，"要去你自己去，我和娘亲才不会去。"

二公子奇道："为何不去？叔叔家可好玩了。"

小女孩对天翻了个白眼，"叔叔，你想泡妞晚了二十年，娘亲已经有爹爹了。"被女娃娃一语道破，二公子脸色一阵红一阵白。

"哦，怎么晚了二十年？你娘亲看起来很年轻啊。"二公子试图挽回一点面子。

"我爹爹说的，他二十年前初见娘亲就已经定下她来。"

少妇手颤了颤，抬起头，目光温柔至极，"燕儿，你爹爹真是这么对你说的？"燕儿重重点头。

少妇脸颊染上淡淡的红晕，叫人看得惊艳不已。也看得二公子那个心啊，一颤一颤，热浪滚滚而来。他伸手欲握住少妇的手，却在快要碰触到时，被什么东西击中，疼得龇牙咧嘴。

"哪个浑蛋偷袭本公子。"二公子恼羞成怒道。

回头间，却见一白衣男子缓缓而来，只远远一眼，便觉得此人气质非凡。俊逸的面庞，始终挂着宠溺的笑容。

"爹爹！"两个孩子同时叫道。

男子走到少妇身边，少妇低头不理会他，他们二人一坐一站，旁人只觉得这一对夫妻简直是绝配。二公子自然悲剧地沦为陪衬的炮灰。

"了了，不生气了，好不好？"男子开口，声音清脆如珠落玉盘。少妇别过头，不理他就是不理他。男子苦笑，瞅了一眼两个孩子，“江南好玩吗？”孩子们点头如捣蒜。

“爹，我想吃糖葫芦。”男孩道。

男子颔首，又转头问女娃娃：“燕儿想吃什么？”

女娃娃对男子眨了眨眼，“爹爹，娘亲最近很爱吃杏子，你不如多买点杏子给娘亲吃。”

“杏子？”男子面色含疑，再看看少妇，看到她手放在小腹上，那里似微微凸起。

男子顿时面色一变，拉住少妇的手，问道：“了了，你是不是、是不是……”

少妇赌气地噘嘴道：“你不是有一屋子的美人儿吗，管我做什么？”

男子无奈一笑，随即坐在她身边，柔声道：“我已经将她们全数送走，你又不是不知道我……”

少妇瞪了他一眼，“今日是送走了，来日又送来呢？”

男子淡笑道：“你放心，我保证没有下一次了。”

“哦？”

男子捏了捏她的手，露出一个坏坏的笑容，在她耳边低语道：“皇兄那里……”少妇扑哧一声笑出来，“半年不上朝？这主意也只有你想得出。”男子含笑不语。

两个人动作亲昵自然，将二公子彻底晾在一边。

二公子忍了又忍，终不甘道：“夫人，还没想好吗？”

“想什么？”男子接口道。

二公子骄傲地仰起头，“本公子请夫人去府上坐一坐。”

“府上？”

“正是，本公子父亲可是本城知府李大人。”怎么样，小样，怕了吧。二公子一脸得瑟。男子沉吟片刻，道：“好，了了，我们就去李知府家看看吧。”少妇微微一笑，没有拒绝。

见他们两人站起身，不等自己便带着孩子走出去，二公子忙提起脚，紧跟在后。喂喂喂，他才是这里的主人好不好！怎么搞得像颠倒过来一样。

二公子愤怒了，更坚定了他要将那少妇娶回家的决心。“那个男人看上去好像不好得罪啊。”一边的小厮提醒道。二公子跺跺脚，愤然道：“知府可是一城之主，这里有谁有爹爹官大？”

的确，单就这个城镇而言，是没有人大过知府。只不过……当知府大人看到男

人亮出的牌子，瞬间吓得趴在地上，叩头道："臣参见楚王殿下。"随即，二公子的春心破灭了，胆，也吓破了。

由于知府大人盛情难却，楚王殿下决定与王妃以及小世子、小郡主在知府府上小住半年。

最后所花费用，统统算在二公子的头上。二公子血泪心声：泡妞有风险，把妹需谨慎！

　　顾了了的前世，并不叫顾了了，而是叫——慕双，打小熟悉她的人都喜欢叫她双双。所以当她第一次听到凌霜霜说出自己的名字，微微愣住，思绪飘飞到那遥远的时空。

　　要说她是如何穿越而来的，慕双自己也不知道。

　　穿越之前，她刚毕业不久，在一家外企工作，凭着优秀的成绩、姣好的容貌，以及不错的家世背景，她在外企里虽说不上呼风唤雨，倒也顺风顺水。

　　唯一让她烦恼的，就是那个家。在很小的时候，慕双的父母就离异，她的母亲远渡重洋，去了美国，父亲则娶了另一个女人。可慕双知道，父亲的心里，其实一直忘不了母亲。慕双长得和母亲有八分像，父亲每每看到慕双那张笑容时，都会黯然失神。

　　她的继母，和许许多多女人一样，对慕双算不上顶好，但至少不坏。直到她的弟弟慕逸出生。慕双仿佛瞬间失去了所有，父亲的关注，还有那为数不多的母爱。

　　那时候慕双已经上了高中，她自嘲地笑笑，自己已不再是孩子，不再需要那些疼爱。可是看见她的继母、父亲抱着弟弟，逗弄他玩耍，一家三口其乐融融时，慕双突然觉得，自己是多余的。

　　后来她填报志愿时，选择的学校一个比一个离家远。父亲担忧地问：双双，可以吗？慕双没心没肺地笑，有什么不可以，她是多余的，何必要装作依依不舍的模样。

　　录取通知书来了，她去了遥远的北方，继母一脸欣喜，慕双悲哀地想，没有了她，大概他们三人会更加幸福吧？！

　　美国的母亲打来电话，询问过她境况后便断了。拽着话筒，慕双无悲无喜。

　　她已经习惯这种不冷不热的相处方式，想来人心淡漠，更何况相隔着这么遥远的时间与空间，即便有着血缘关系，再见面时，恐怕形同陌路。

你看，这就是人，卡夫卡笔下异变了的甲壳虫，有价值的时候利用到死，没有价值的时候唾弃至死。她自嘲地笑，慕双，还好，你对你的父亲、继母，有价值。

北方的名校，外人问起时，父母皆是一脸骄傲之色。慕双拒绝父亲去送，硬是说，自己一人去，她拿着报纸指着新闻说道，你看，那么多家长去送孩子上个大学，结果连住的地方都没有，睡体育馆里。

父亲欣慰地称赞她长大了，却没有人知道，慕双讨厌离别，更讨厌那些假惺惺的眼泪、不舍以及叮嘱。

新的学校，对于慕双而言，是一个新的开端。凭着出色外表以及出挑的气质，她很快在这个男多女少的学校中走红起来。大家都知道，化工学院百年难得出了一个校花级美女，美女不但长得美、气质好、身材好，学习工作各项能力都是名列前茅的。

于是追求慕双的男士数不胜数，却被她一一回绝。对不起，我不喜欢你。这是慕双大学四年中说得最多的一句话，直到遇见那个人为止……

夏励，无论在什么时候什么地方与他相遇，都会有一种如沐春风的感觉。清新、干净，还有说不出的舒服。这样一个男人，嘴角总是挂着纯净的微笑，喜欢穿白色衬衫，戴着金属边框眼镜，更衬得他气质斐然。

许多女生都偷偷喜欢着夏励，而慕双，最初对他只有欣赏。是的，仅仅是欣赏而已。

他是她的老师，她是他的学生。

大学的课堂，老师与学生永远不会有太多的交谈，所有的课程仿佛都是如此，老师在讲台上喋喋不休地讲课，底下学生或是看小说、或是玩手机PSP，要么干脆逃课不来。夏励的课，却鲜少有人会逃，不因为别的，套用女生一句话——哪怕冲着他那张脸去，也是一种美的享受。

慕双不屑于此，她有着睡懒觉的嗜好，几乎所有早上第一节课成为必逃课。很不巧，夏励的两节课就是周二早上一二节。所以当所有女生都在花痴地注视着夏励那张英俊的面孔时，慕双依然趴在床上呼呼大睡。好在夏励从不点名，慕双也就这么混过去了。

只是在学期末，有一次夏励突然心血来潮，说要认识一下全班同学。慕双睡得正酣时，接到室友的紧急电话，她七手八脚爬下床，胡乱梳洗完，慌慌张张冲向教学楼。

半路上撞倒一个正在骑自行车的同学，慕双甚至来不及去看自己撞倒的是谁，她一心想着要快点去上课，匆匆丢下一句"有事请找化工学院材料化学二班慕双"便消失在人群中。

被她撞倒的男生拍拍裤子站起来，嘴角噙着一抹笑，慕双，久闻大名。

慕双冲进教室时，不早不晚，正遇上夏励报出自己的名字。他的声音低沉而温和，犹如一把大提琴，缓缓拉奏出最美的音符。慕双在门口气喘吁吁说，老师，我就是。

夏励转身，见门口少女披着直长发，白色碎花连衣裙，一手扶着门框，一双乌黑的眸子闪烁着灿烂至极的光芒。

巧笑倩兮，美目盼兮——他的脑海中，不受控制地跳出这两句话。

"这位同学，你迟到了。"秉承一贯的风格，夏励微笑道。

慕双有些不好意思地拢了拢长发，"对不起，下次不会了。"

"我想，可能没有下次了，这节课是本学期最后一节。"夏励做了个请的手势，"你先进来吧。"慕双几乎是忐忑地坐在室友留给她的座位上，看着夏励与其他同学对话，同桌捅了捅她的胳膊，小声道："怎么样，夏老师很帅吧。"

慕双不置一词地笑笑。

"就你，每次都逃课，其他学院的女生想听他的课都听不到。"

"你不是也经常逃课吗？"慕双反唇相讥道。

"那不一样，夏老师可是本院聘请的外籍教师。"

"外籍教师？"慕双惊讶，夏励黑头发黄皮肤，一口标准的普通话，怎么会是外籍教师。同桌吃吃地笑，"小道消息，夏老师可是美国国籍哦。"

慕双默然，美国国籍……"美国有什么好的。"她不屑道。同桌撇撇嘴露出一副"你这是吃不到葡萄说葡萄酸"的表情。

慕双耸耸肩，她不喜欢美国，不是因为别的缘故，是因为那个遗弃她和父亲的女人，远在那个国度。至今，她依旧不能原谅。

下课铃响起，慕双拿起书包准备离开时，夏励突然叫了一声她的名字，"慕双同学，请留下来一下。"在同学们羡慕的目光中，慕双无奈地走上讲台，"夏老师，有什么事？"

同学很快都离开了，只剩下她和夏励二人，慕双清脆的声音回荡在空荡荡的教室上空。夏励尔雅一笑，递给她一个U盘。

"这个是……"

"你很少上这门课吧。"夏励直言不讳道。

慕双不禁尴尬起来。

"因为你这张面孔比较陌生。"夏励解释道，"经常来上这门课的学生我都会有个印象。"

慕双不由在心中暗骂一句，不是说夏励带了好几个班的课吗？不只是他们材料化学，其他几个系也有他的学生，怎么他记忆这么好，连学生有没有来上课都知道。

见慕双没吭声，夏励以为她在担心什么，笑道："这个U盘里是本学期的课件，对考试很有帮助。这门课按照学校规定，平时成绩占百分之三十，考试成绩占百分之七十，你如果能考到八十分，我就不挂你。"

"真的？"慕双瞪大了眼睛问道，刚才她是隐隐在担心，夏励知道自己经常逃课，会不会将她平时成绩算零分，这样一来她十有八九下学期要参加补考。

这学校规定向来很变态，逃课三次以上就不能参加期末考试，以这样的规定来算，慕双不知要挂多少门课。

夏励点头，"我平时成绩会给你十分，你考到八十分，也就过了及格线。"慕双双手合掌，故作可怜道："多谢夏老师。"说完，拿着夏励给她的U盘，朝外面走去。

"慕双。"夏励在她身后又叫一句。慕双回头，见夏励一副欲言又止的模样，问道："嗯？夏老师还有什么事吗？"

夏励犹豫了一下，开口道："我听说你考了雅思。"慕双点头，不知道夏励是从哪儿听说的，答道："是呀。"

"不考虑考托福吗？"夏励问道，"其实你这个专业，去美国发展更好。"不明白夏励为何这么说，慕双随口回答："去英国只要考雅思一门，去美国除了要考托福，还要考GRE，太麻烦了。"

夏励摇头，"这不是问题，你再好好想想，美国大学无论硬件设备还是软件都堪称一流。"夏励的提议很快就被慕双抛之脑后。

她从没有想过要去那个国度，如果不是随后发生了那么多事的话，或许她一辈子都会如此，平平淡淡，无风无浪……

考试结束后，她没有回家，而是申请暑期留校，父亲接到电话后，语气有些失望，但听慕双语气坚决，知道她打定主意不愿回家。"只要你过得开心就好。"挂电话前，父亲叹息着说道。

慕双顿了顿，嗯了一声，脸上无悲无喜。

开心哪，她视线不觉落在外面，天气闷热，不知何时才会凉快下来。留在学校，借口自然是暑期打工，而她却并没有急着找工作，只在校园内瞎逛。

暑假打工，无非是去做做家教什么的，而现在中小学还未放假，所以她趁着这段时间打算好好放松一下。在超市里买了一个甜筒，还未剥开，就听到有人在后面喊她："慕双同学。"慕双回头，见一个男生推着自行车，冲自己笑。

慕双眯起眼睛，慢吞吞地说道："你叫我有什么事吗？"这样的搭讪，她见得太多了，因此显得有些不耐烦。男生似看出她的冷淡，不在意地瞥了眼自行车，说道："你不记得了，那天……"

慕双看到他的自行车，猛地记起那天早上，她匆匆赶去教室时好像是撞倒了一个人，却没有留心是谁，事后也抛到一边去了。

原来是他！慕双勉强笑笑，"你的自行车坏了吗？"

男生摇头，"哪那么容易坏呢。"

"那你叫我有什么事？"慕双问道。

"……"男生显然没意识到，他会得到这么一个回复。他挠了挠脑袋，无辜道："没事就不能叫你吗？"

慕双冷冷一笑，从上到下打量着男生，相貌算是阳光那一类，五官也很端正，不过比起夏励，还是要差许多……为什么会突然扯到夏励，慕双不明白，她努力甩开那张英俊的容颜，若无其事地剥开甜筒。

"如果你没什么事，我先走了。"慕双说道。男生一愣，而后急忙叫道："我叫程默，教育学院应用心理系的。"他推着自行车，与慕双并行，"能不能交个朋友？"

慕双敷衍地点点头，"好了，我知道你了。"

"那……能不能留个联系方式？"程默追问道。

还有完没完哪。慕双强忍着怒气，扭头直视程默，无意间瞥见他眼底的不安与羞涩，顿时愣住。羞涩……这年头，还会有人流露出这样的表情吗？

她觉得好笑，再看程默时，也不像刚才那般，只觉得他是个无聊之人。慕双报出一串数字，"这是我的QQ号。"程默大喜，掏出手机，记下来。

"还需要重复吗？"

"不用不用，我记着呢。"程默笑嘻嘻道，"回去就加你。"

起先，慕双并没有将程默的话放在心上，直到晚上登录QQ时，跳动的头像提示她，有人要加自己。慕双点开，看到备注写着"被你撞倒自行车的可怜家伙"时，不由扑哧一笑。

她想，如果程默只写自己姓名的话，她未必会同意他为好友。但这么一写，即便想要拒绝，似乎也没有借口。出乎意料的厉害啊。

番外二　彼岸流年

慕双点了接受，顺手修改了备注名。片刻后，程默的头像开始在她电脑工具栏上一跳一跳。是一只可爱的小狗。

慕双点开，见程默发了一个大大的笑脸。慕双一时玩心大起，发了一个狗头给他。

程默："……"

慕双："……"

不就比谁的省略号多吗，慕双不在意地回复。最后还是程默憋不住了，叫了一声大姐。

慕双从善如流：小弟。

程默：泪。

慕双：哈哈哈。

程默：姐，你真幽默。

慕双：那是，迷上了姐吗？

程默：……

慕双：别迷姐，姐只是个传说。

程默发了个吐血的图案。聊着聊着，慕双渐渐戒心消除，说话也不那么拘束。

程默：你暑假不回家吗？

慕双：回家没意思。

程默：那你准备做什么？

慕双：随便啊，找一份家教吧。

程默：我下周有个心理学实验，你要不要来参加？

慕双：心理学实验？可以吗？

程默发了一个大大的笑脸：我正愁人手不够呢。

慕双：……

慕双：你要发工钱！

程默：好啊，我请你吃可爱多。

慕双：~~~~(>_<)~~~~

慕双：好！

对于程默口中那个心理学实验，慕双还是有几分好奇的。但程默说了，她什么都不需要准备，只要下周一八点准时在校门口集合就可以了。

周一早上八点，慕双穿着一件白底印花格子裙，提着小包，准点出现在校门口。程默见她来了，两眼一亮，连忙招手，"慕同学。"

慕双小跑过去，见还有几个不认识的同学，知道是程默小组的成员，点头打过招呼，露齿一笑道："叫慕同学多生疏呀，叫我双双就好。"

"可以吗？"程默眼睛放光问。

"不——可——以！"慕双故意拉长声音，"我是对安学姐说的。"

安学姐，也就是这次心理实验小组组长安若溪微微一笑，脸颊漾起甜甜的酒窝，"双双真可爱！"慕双做了个羞涩的表情，程默在一旁呕吐。包包飞起，伴随而来的是某人的惨叫声。

被程默这么一闹，气氛顿时活跃起来，慕双也不觉得生疏，很自来熟地与其他几位同学打成一片。她身后，安若溪似笑非笑地捅了捅程默胳膊，"程大帅哥，你莫不是看上了双双小妹？"

程大帅哥耸肩，可怜兮兮道："我看上有什么用，人家未必看得上我呀。"安若溪不轻不重给了他一拳，"你还担心这个？咱程帅出手，谁与争锋。"

程默贼笑，"那安学姐可不能袖手旁观哦。""没问题，"安若溪豪爽道，"为朋友两肋插刀嘛……"程默受宠若惊，慕双听到身后窃窃私语声不禁回头。

安若溪继续道："不过要是为双双小妹，要我倒插朋友两刀也没问题。"程默泪流满面。

心理学实验出乎意料的简单，只是给孩子们讲一个故事，然后再问几个问题。

慕双知道那些问题才是实验中最重要的环节，程默提前对她解释了，这次实验主要是仿照科尔伯格的道德两难故事测验进行的，想要对福利院中孤儿的道德发展水平做一个调查。

实验结束后，程默说今天由他请客，随即便有人叫好，说是要去最贵的饭店好好敲诈他一顿，几个人争来吵去，最后安若溪一掌敲定，说，别吵了，我们去采轩酒店。

采轩酒店，算是本城最贵的饭店之一，慕双听后不由吃惊说："去这么贵的地方，不太好吧？！"安若溪满不在乎地笑，"那小子家里穷得只剩下钱，不帮他花花对不起我们这群'富人'。"

慕双抿嘴一笑，不再多说什么。

采轩大酒店位于市中心，地理位置得天独厚，从高层望去，能看到远处独特的风景，湖在城中，城依山而建。

菜单呈上，程默那几个同学都往最贵的点，慕双看着菜单上标价不下三位数，忽而感到有些胃疼。真是……暴殄天物！

回想起福利院里孩子们的笑容，讨好着带些许卑微，不由轻叹一口气，将菜单合上。"你不点些什么吗？"坐在她身边的程默问道。

慕双摇摇头，说："你们点吧，我这个人比较随意，有什么吃什么。"

"喝酒吗？还是要饮料？"对面的安若溪突然问道。

"饮料吧。"她虽然会喝酒，但很少和外人一起喝，终归觉得女孩子不该随便在外面喝酒。

一顿饭下来，其他人都吃得有说有笑，唯有她，极端沉默，很少开口。程默似看出慕双不开心，努力找话题，想要逗她笑。结完账后，几个人朝外走去，正见一群人推门而入，走在最前面的几名男子身着西装，器宇轩昂，只远远扫过一眼，便觉得气势不凡。

擦身而过时，慕双突然听到有人在叫她的名字。"夏老师。"她脚步一顿，潜意识地回复道。夏励和身边的人低声交谈了几句，便让那些人先走，自己却转身走到慕双面前，笑道："慕双，你暑假没回家吗？"慕双嗯了一声。

"学校还住得习惯吗？"长辈一般和蔼的问候，让程默等人不由猜测那位夏老师和慕双之间的关系。"还好。"慕双回答得有些不情不愿，她和夏励只不过是普通的师生关系，平时也没说过几句话，怎么今天就这么自来熟了呢？

"有什么困难可以来找我，"夏励似对慕双的神情视而不见，继续说道："对了，你手机号是多少？"

"……"可以不回答吗？众人面前，慕双不敢拂了夏励的面子，再怎么说他还是自己的老师，下学期依旧有他的课，万一得罪了此人给自己穿小鞋什么的……万般无奈之下，慕双飞快报出一串数字。

但愿他记不住，慕双默默祈祷。事与愿违的是，夏励不但牢牢记下，保存在手机中，还反拨了一个电话给慕双。

"我的手机号，你大概没有吧？！"看到慕双手机屏幕上跳动的一排数字，夏励微微一笑。末了，他又加了一句，"其实第一节课上我就将所有联络方式写在黑板上了。"

慕双："……"

慕双以为，她只要不主动去招惹夏励，那么他们之间的联系便止于此。但她没料到的是，不主动招惹，不等于不被人招惹。手机铃声轻快地响起，屏幕上显示着"夏老师"三个大字。

慕双不敢不接，按下接听键，夏励好听的声音从听筒里传来。"慕双吗？你周末没事吧？！帮我一个忙好吗？"夏励开门见山说道，根本不给慕双拒绝的机会。

过了很久，慕双有气无力地回答："不知道夏老师有什么事情需要我帮忙？"
夏励轻笑，似听出她不情不愿，低声说："很简单的事情，帮我整理一些资料。"

"……"靠，这么简单的事情还需要人来帮忙！慕双差一点就骂出声来。"那不太好吧？！"慕双委婉回绝，"我这个人笨手笨脚，万一资料弄错了……"

"呵……"话筒传来夏励的笑声，"没关系，只是一点不重要的资料。"

"……"夏老师，您这不是要我玩吗？

不管怎么说，很少有学生能够拒绝老师的委托，况且下个学期似乎还是夏励授课。

"如果没有什么别的事我就挂电话咯。"

夏励的声音将慕双拉回现实，"……嗯，好的，我知道了。"

"那好，周六上午八点在校门口见，我会来接你。"

手机传来嘟嘟的忙音，慕双趴在桌上，痛苦地抱头呻吟。电脑里QQ的声音响起，慕双点开对话框，跳出一张大大的笑脸。是程默发来的。

程默：今天多谢你了。

程默：下次还来吗？

程默：你不在线？

程默：……

程默：看来真的不在线。

……

慕双：此人已死，无事烧纸。

程默：……

程默：那有事呢？

慕双：死一死就能找到她了。

程默：==你受刺激了！

慕双：我被雷劈了！

程默：完了，你不正常了！

慕双：我一直不正常。

程默：完了完了，你真的不正常了！

慕双：TAT

程默：告诉哥哥，被哪道雷劈了？

慕双：被夏励那位雷哥哥劈了。

程默：夏励？雷哥哥？

程默：夏励，听起来有点耳熟。

慕双：我们系的教授，你今天还见过他。

程默：是那位事业有成的男士？

程默：原来他是你老师呀！

慕双：不然呢？你以为是谁？

程默：我以为他是你爸。

慕双：滚！

程默：来，和哥哥说说，那位雷哥哥怎么劈你的？

慕双：他周末要我去帮他整理资料。

程默：有JQ。

慕双：……

慕双：我真相了。

程默：？？？？

程默：难道真的有JQ？

慕双：原来你才是雷哥哥！

程默：……

……

不管慕双是否愿意，周六她还是如约八点守在校门口。夏励怎么接她过去呢？是开车？还是打的？是走路？还是坐公交？抑或……干脆骑自行车？

慕双脑内YY夏励穿着白衬衫、骑着自行车搭自己的模样，顿时起了一身的鸡皮疙瘩。那样也忒恶心了点。她如是想。

于是根本忘了观察周围的情况，直到一辆汽车停在她跟前，车门打开，夏励冲着她微笑时，慕双才回过神。

"在想什么，鸣了那么久的喇叭都没有回应。"

慕双打死都不会说她在YY他，好奇地看了看夏励的车子。

"兰博基尼。"夏励介绍说。

慕双对车子没什么研究，点点头，"比QQ好看。"

夏励："……"

周六早晨，道路不算拥堵，很快车子就开入一个小区，慕双看得出，是高级私人住宅区。能住在这里，开这样的车子，啧啧，夏励果然是有钱人啊。

或许是慕双的眼神太过于露骨，夏励笑笑说："这是我朋友的房子，借给我住，车子也是。"

"啊？"慕双一下子没反应过来。

"我刚从美国回来，还没来得及买车买房。"

慕双点点头，"还好还好……"

"什么还好？"夏励困惑地看着她。

慕双煞有介事地说："夏老师大概还不了解现在女生择偶要求吧？！"

夏励扑哧一笑，"有哪些要求，我不符合吗？"

慕双嘿嘿笑，"有车有房父母双亡呀。"

"……太恶毒了。"他说道。

慕双点头，"所以我要求不高，只要能上得了厅堂，下得了厨房，写得了代码，查得出异常，杀得了木马，翻得起围墙，开得起好车，买得起新房，斗得过小孩，打得过流氓！"一边念叨，她一边用余光瞄了瞄夏励。

夏励抖了抖，"的确要求……不高。"

"那是那是。"慕双恬不知耻地笑起来。灿烂的笑容，让夏励在一瞬间失了神。

夏励所谓的整理资料，其实只不过是将近十年的相关文献资料进行分类整理，并标示关键词。对此慕双表示不解。

夏励好脾气地解释，"你知道美国一个科研人员在科研项目中研究图书情报资料上花费多少时间吗？"慕双摇头。

"占全部科研时间的三分之一至二分之一。"夏励双手交叉，坐在慕双对面的椅子上，嘴角挂着一丝悠然的笑意，"所以我们在做科研项目之前，首先要做的就是把所有的相关资料进行整理归类，再读取有价值的部分，既避免重复劳动，也能够提高效益。"

夏励一席话让慕双心服口服，她平复下各种杂乱的心绪，开始认认真真审核资料。

这些文献，虽是在她的专业领域，但有些还是难度偏高，不得不请教夏励。

白炽灯下，灯光打在少女的面庞上，镀上一层柔和的光泽。夏励的眼神，也渐渐迷离起来。两个人废寝忘食地工作，直到下午时才想起午饭还没吃。

夏励拿起手机准备叫外卖时，慕双突然心血来潮地问道："夏老师，你家有蔬菜吗？"

"怎么？你想做菜？"夏励挑眉，不动声色地放下手机。慕双兴奋地点点头，瞥了眼夏励家中的厨房，如此高档的家居装修，厨房自然也不会差……

最主要的是，她很久没有下厨，手有点痒痒了。在学校时是没有条件自己做饭，而读大学前，一直都是自己亲自下厨。

夏励拉开冰箱，只有几瓶牛奶，还有两包泡面。

"那还是算了吧……"慕双眼中的失望一晃而过。

夏励扑哧一笑，拿起外套说："走吧。"

"去外面吃？"

"去菜市场买菜！"

"……"无语了片刻，慕双瞪了一眼夏励，"老师不带这么抠门的。"

夏励坏坏笑，"有人愿意亲自下厨做饭，老师还会傻到去外面吃？"不等慕双拒绝，他便换鞋出门。

无奈之下，慕双只得跟着出去。好在这附近有一家大型超市，夏励开着车直奔超市而去。

习惯了在脏兮兮菜场挑菜砍价，一下子换作了超市，慕双一时间有些不适应。好在不是她付钱，所以价格再怎么昂贵慕双犯不着心疼。只是看到黄瓜的价格比市面上贵了一倍，她嘴角还是克制不住地抽了抽。这就是有钱人的生活啊。

买好了菜，夏励笑嘻嘻地提着袋子问道："你准备做什么给我吃？"慕双回头，抿嘴一笑，"做好了你不就知道了吗？"

夏励哑然失笑，"好，那我拭目以待了。"

慕双嫣然一笑，那笑容让某人的心猛地一颤。不过当看到一桌子色香味俱全的佳肴时，夏励还是愣了好一会儿。

"怎样？"慕双一手拿勺一手拿碗，脸上尽是得意之情。

夏励尝了一口黄嫩嫩的鸡蛋，又喝了一勺咖喱牛肉汤，抬头，幽幽道："不知道将来会便宜哪个臭小子！"那神情，委实像一个吾家有女初长成的父亲。

慕双怔了怔，许久才缓过神，长睫遮住眼底的眸光，她轻笑说："快吃吧，你不饿吗？"

"饿，我快饿死了。"夏励嘟嘴抱怨道。完全没有为人师表的风范，倒有几分像邻家淘气小弟。

这一个暑假，慕双便在和程默的插科打诨，在夏励三天两头借口整理资料实则蹭饭的压榨下度过。似乎是第一次，漫长的假期不再难熬。慕双仰头，望着九月湛蓝的天空，心中有丝丝甜蜜。

开学后，室友惊讶地发现，慕双像是变了个人，不再逃课，尤其是夏励的课，从不缺席，期末考试也轻松通过。除此之外，不少人都发现，在课上，但凡遇到难以解答的问题，夏励都会在问过所有人之后点慕双起来回答。

倘若慕双答出，夏励英俊的面庞上便会扬起一丝笑容，那笑容，带着三分赞许七分宠溺。倘若是连慕双都答不出，夏老师则抱歉地笑笑，说或许他问得太难。

于是所有人都嗅到JQ的味道。渐渐地，有不少暗恋夏励的女生开始找慕双的碴儿。不过呢，咱们的慕双，从来不是什么柔弱的女生，她向来有仇必报锱铢必较。

所以，虽说吃了几次亏，但随后又赢回来了。对此，慕双少不得向夏励抱怨，不满地看着他说："都是你害的，害我现在像过街老鼠一样。"

"过街老鼠还不至于。"夏励揉了揉她的发梢，笑得一脸温和，"你这样的脾气，除了我还有谁欺负得了你。"

慕双气鼓鼓地瞪了他一眼。此时，他们早已开始交往，这样的关系，在学校已经算是不是秘密的秘密了。只不过夏励是校方从美国聘来的教师，尚没有人敢捅破。

直到一名女子的出现，这样暧昧的局面才最终被打破。就像所有天雷狗血的言情小说一样，年轻英俊才华横溢的男主角，势必被诸多女子觊觎。

坐在慕双对面的女人，一身昂贵的名牌服饰，悠闲地品尝咖啡，仿佛并不把慕双放在眼中。好像能把她约出来谈话，已经是天大的恩赐。

慕双打定主意，对方不开口她便奉陪到底。不就比谁更会装吗？终于，一杯咖啡见底，女人优雅地擦了擦嘴，说："我想你明白，我为何约你出来。"

慕双眯起眼，"抱歉，我还真不明白。"

女人脸上神色一变，带着几分凶狠，"不要给你脸不要脸！"

慕双扑哧一声，笑得十分欢快。

"你笑什么？"

"没什么没什么。"慕双笑眯眯道，"我只是觉得这样的场景很眼熟啊，好像电视剧里女二号背地里破坏男女主角时候的台词。"

"不要脸！"女人口不择言地骂起来，"你以为就凭你能得到阿励的喜爱？他不过是贪图你年轻新鲜而已。我看你被他抛弃的时候怎么哭！"

"怎么哭啊……"慕双慢条斯理地回答，"这好像是我的事，和你没有半点关系哟。"

女人气得说不出话来，狠狠瞪着她说："我劝你赶紧离开他。"

"哦……可是离不离开是我和他的事，我为什么要听你的？"慕双好心地问道。

女人噎了一下，咬着嘴唇道："因为、因为我是他的未婚妻。"

啧啧啧，这还真是……狗血得一塌糊涂。慕双自顾自摇摇头，不知自己该是配合着仰头大笑还是故作委屈。不过，好像哪一种都不符合她的风格。

自然，女人说她是夏励的未婚妻，这一面之词她是不信的。但她还是小小地吃了一下醋。等到事情解决了，一定要讨回来。慕双暗暗道，手伸入包中摸索什么。

"你如果不肯听我的劝告，等见到阿励的母亲一定会后悔的。"女人咬牙切齿地说道。

慕双挑眉，"这么说你已经见过咯。"

"你——"女人被她顶得无话可说。

"我想，不但见过了，而且后悔了，对不对？"慕双继续说道。

女人没有回答，交叉握在一起的双手却泄露出她此刻的情绪。

慕双心情颇好，端起杯子抿了一口，不紧不慢道："让我来猜猜吧，你来找我，并不是出于什么好心提醒，你只是担心如果夏励真的喜欢我，可能会不顾他母亲反对和我在一起，对不对？"

"又或者，你在夏励母亲面前，充当了什么角色。"

"什么角色？"女人脸上难得露出惶恐之色。

"比如告密者之类咯。"慕双轻笑。

"你胡说！"女人激动地反驳道。

"我有没有胡说，你该比我更清楚。"

女人咬着嘴唇，没有说话。她原以为慕双只是个普通的女大学生，只需放几句恐吓的话，便可以任自己欺负，没想到对方根本不吃这一套。

话已经说到这个份上，女人知道自己再说什么都不过是强词夺理，然而又不甘心就此服输，只能勉强维持最后一分面子。

"我要说的就是这些，小妹妹，你不识好歹将来可不要怨我。"

慕双干笑两声，表示万分不屑。

"双双要怨，也只会怨我。"身后一人替她做了回答。

女人一听到那个声音，身子一颤，抬起头，夏励站在慕双身后，双手搭在她的肩膀上。

"阿励……你什么时候来的？"女人结结巴巴问道。

"刚来不久。"

女人正要松一口气，又听到夏励开口，"不过你说的那些话，我都听到了。"

对面，慕双笑眯眯地挥了挥手机，屏幕上显示着夏老师三个大字。

女人顿时脸黑了，"没想到你小小年纪心机就这么重。"

"多谢夸奖。"慕双甜甜一笑，很高兴看到女人气得浑身发抖却偏偏不敢发作的模样。

夏励似乎不愿多说，抬眸冷冷发话，"你的警告我们已经知道了，现在你可以走了。"不是询问，而是命令。

找不到留下来的借口，幽怨的目光在慕双和夏励身上转了一圈，对方终于提着包趾高气扬往外走去。没走两步，突然被绊了一跤，差点摔得四脚朝天。

"贱人，你敢绊我！"女人站起身，愤怒地对慕双吼道。

慕双一脸无辜地望着她，"大婶你看清楚，我坐在里面的位置，腿再怎么长也伸不到你脚下。"

"是我做的。"夏励接口，淡淡回答。

"不可能，一定是她。"女人指着慕双，张口欲骂。

夏励上前两步，挡在慕双前面，脸上的表情不怒自威，"怎么不可能？你给我记住，我夏励小肚鸡肠睚眦必报，你今天惹了她多少，来日我便回报你多少。"

望着女人狼狈不堪的背影，慕双笑得见牙不见眼。

"现在开心了吧？"夏励在慕双身边坐下，又点了两杯咖啡和一碟蛋糕。慕双立刻收起笑容，哼了一声，"我很不高兴！"

夏励像是早已猜到她会这么说，笑得越发温柔，"我们的慕大小姐要怎样才能高兴？"慕双噘嘴，想了想，在夏励耳边嘀咕了几句。

夏励嘴角的笑容瞬间冻结，脸色一沉，"不行。"

"有什么不行的嘛。小气！"慕双发脾气道，"明明是你的那点破事，结果惹到我身上来，还要我帮你擦屁股！"

咳，夏励被咖啡狠狠呛了一下，擦屁股……是中国的语言太博大精深了还是他学艺不精，一下子难以领悟到这三个字的精髓？

"反正这件事你不答应也要答应。"慕双耍赖道。夏励一脸哭笑不得，在慕双狂轰乱炸之下终于艰难地点了点头。

慕双提出的要求是——新年联欢会上，化学系将献出一场舞台剧，咱们英俊潇洒的夏老师将友情客串其中的一个重要角色……猪妖！

关于那个新年联欢会……唔，不提也罢，总之他们化工班在得知夏老师要参演舞台剧时，极尽所能地将剧本中猪妖的形象大肆渲染一番，结果那部舞台剧定名为……美女与猪妖！

囧rz，原本化为怪兽的英俊潇洒的王子靠边站了，半路杀出来的一只猪妖反客为主，夺得公主芳心，最后抱得美人归。夏励对此沉默了许久，在慕双一脸期待的目光中憋出了一句话，"这是谁编的剧本，太有才了。"

慕双得瑟一笑，"根据《美女与野兽》改编，不过这个结局是我新写的，怎么样，不错吧。"夏励郁闷道："不是说我客串的吗？"

慕双瞥了他一眼，"里面有个王子与公主KISS的镜头，莫非你想看？"夏励："……我发现演猪妖还不错，至少台词不多。"

慕双满意地点头，"那是，猪妖在最后才变成人，之前都只要哼哼就行。"

夏励："……"哼哼！

于是，一场爆笑恶搞的《美女与猪妖》在迎新晚会上热闹地上演了，自此之后，夏老师又有一个新的外号，叫——萌萌小猪！据说那是因为夏老师的哼哼声实在太萌了，引得无数少女尽喷鼻血。

寒假过后，迎来了第二个学期，此时慕双步入大三下学期，即将面临毕业找工作各种事宜。

不过有夏励陪伴，慕双对这些事并没有太多考虑，她喜欢顺其自然，毕业了，然后找一份不好不坏的工作，和自己喜欢的人一辈子走下去。

唯一的遗憾是，程默在迎新晚会之后就像消失了一般，再没联系了。只是在晚会结束的时候，她接到了一个电话，程默问自己，是不是在和夏励交往。

"是的。"慕双爽快地承认。之后便是一片忙音。

慕双隐约猜到了什么，但她不愿细想。于她而言，程默只是个朋友，仅此而已。可是，随后发生的一件事，让慕双措手不及，甚至改变了她的一生。

就在一个春末夏初的夜晚，夏励突然约慕双出来。慕双以为是单纯的约会，将长发盘成一个可爱的发髻，穿着自己最喜欢的一件连衣裙，开开心心地出门。

然而，她永远想不到，夏励对她说的第一句话是——双双，我要回去了。回去？慕双迷茫地盯着夏励那张略带忧愁的面庞，仿佛失去了听力，不懂他在说什么。

"你想我陪你回家吗？"良久，她讷讷道，心中还残留着几分期盼。夏励却残酷地打破她仅有的希冀，冷静地摇了摇头，"对不起，我要回美国了，我们分手吧。"

砰的一声，慕双的手提包落在地上，那还是夏励不久之前陪着慕双逛了一下午才买到的新款，慕双一直非常宝贝，不舍得用。

"你……在和我开玩笑吗？"慕双轻轻问道。

"对不起。"夏励松开握住慕双的手，声音颤抖。

"是在开玩笑，对不对？"慕双猛然抬头，揪住夏励的衣领。

夏励没有挣扎，甚至一动也没有动，就让慕双这样看着自己。他眼底的忧郁久久没有散去，清澈的眸子倒映着慕双年轻美丽的面庞。

"我们……不合适……双双，你还年轻……还会有更好的出现……"夏励近乎呓语般，艰难地把这一段话说完。

慕双缓缓松开手，连连退了几步，像是受到了极大的刺激一般，双手捂住嘴，隔了片刻，猛地转身逃走。夏励一直望着她的背影，直到她消失不见，依然站在那儿许久，仿佛在期盼什么……

可是，是他亲手将一切打碎的，不是吗？他还有什么资格去希望？夏励苦笑，许久轻叹一声，拖着疲惫的步伐离去。

夏老师回美国的消息像是一阵狂风，骤然席卷了整个校园。同学们哗然一片，纷纷报之以怀疑的态度，但是等到夏励亲口承认的时候，大家都不由将目光转向后面慕双惯常坐的位置。那里空无一人，已经很久没有人坐在那个位置上了。

夏励嘴角浮起一个涩然的笑容，他早就知道如此，每一次课，都期盼能再见慕双一面，只一面就好，却每一次都是失望而归。其实他已从别的老师那边得知，慕双现在正跟着学院里一位非常有名望的教授在外边做实习项目。

慕双天生聪明，悟性高，成绩又好，老教授一直希望将她收作关门弟子。这样也好，读研，毕业后工作，结婚……像别的女人一样，安安稳稳度过一生，也是很好的。

只是，终其一生，恐怕再不会有自己出场的机会了。他剩下的时间，早已不多了。

以后的许多年里，慕双曾无数次回忆，倘若那时候，她能够再坚持一点、再信任夏励一些，结局是不是会不一样呢？可惜人生永远没有如果，永远不会重新开始。

也……不尽然！

直到生命的最后一刻，慕双眼中没有多少恐惧与留恋，而是轻轻闭上眼，叹息一声。夏励知道自己去世的消息，会不会伤心？如果他能流下眼泪，哪怕为她流一滴泪，她这一辈子也就完满了。

上一世的慕双，去世时才不过二十五岁，正是最美好的年华，却孑然一身，与世别离。

她的葬礼上，来的人并不多，却没有多少人真心为她哭泣。唯独程默，眼中噙着泪光，不停地呢喃——双双，你真傻……真傻……

"孩子，你是双双的男朋友吗？"身后，一名中年妇女神色和蔼，然而眼中的悲痛丝毫不少于程默。程默惊讶地从她的眉眼中发现她与慕双有不少神似之处。

他早知道慕双父母离异，暗中猜测此人会不会是她的亲生母亲。

"不……我只是她的同学。"程默黯然神伤地答道。

女子惋惜地轻叹道："你喜欢双双对不对？"程默没有否认，默默点头。事到如今，已经没有隐瞒的必要了。

"好孩子，错过了你，是双双的损失。"女子由衷说道。

程默苦笑，他回头，再看了一眼挂在墙上的遗像，"如果有来生的话……我希望比其他人都要早遇到她……陪着她……守着她……"

顾了了从梦中惊醒，她摸了摸面颊，指尖的水珠还留有余温。

好像做了一个梦，一个很长很长的梦，梦见了上辈子那些遥远的事情……已经是上辈子了，不是吗？她的人生，再度开始了，不再是那个悲伤的结局。

顾了了垂眼，低头细细看躺在身边的男子。清俊的眉目，消瘦的面庞，还有薄薄的嘴唇……有时候会不知不觉和一个人的相貌重叠起来。那个人，还好好地活在那个世界吗？

顾了了将脸埋在膝盖中，像是个软弱的孩子，失去了父母的庇护，无依无靠。

尽管前尘已矣，那些感情、那些往事早已随之云淡风轻，可是她依然难以分清，她对夏励，究竟还抱有多少感情？也许，已成了一种对往昔的怀念吧？！仅此而已。如今的千觞，才是她的一切。

顾了了定下心神，缓缓躺下。楚千觞翻了个身，将她紧紧抱在怀中。很快，顾了了便沉沉进入梦乡，她的嘴角，噙着满足的笑意。

"双双，"从楚千觞嘴中呓出一句叹息，"对不起，我可能陪不了你走到最后……如果、如果能有来生……"

忘川河畔，一碗孟婆汤，带走前世的种种。今生为人，不为回溯前尘，只为在熙熙攘攘的红尘中，与你再度相恋……

番外 三

美人留步

美人，请留步！

曾经有一个女人对他说：顾美人，你接触的异性太少了，所以你会错把习惯当成爱情。后来，顾美人想了又想，纠结了又纠结——怎样才能寻求到真爱？

难道要如她所说，阅尽千帆？好吧，为了能不再听到某个老爹的唠叨，不再看到某个姐姐异样的眼神，顾美人决定踏上寻求真爱之旅。

这一路，他降妖除魔、遇神杀神、遇佛杀佛，顺便把那些他觊觎的、觊觎他的女子都一并赶跑了，只留下一个疯疯癫癫的小傻子，对着他叫——美人，请留步！

顾美人怒：别叫我美人 (╯╰)#！

小家伙笑呵呵：那叫你美女成不？

顾美人大怒：我是男人！（悲愤地胸中呐喊一百遍啊一百遍）

小家伙噘嘴：骗人，有哪个男人会长得比女人还美！

顾美人怒极反笑：你是在妒忌我长得比你美？

小家伙双手叉腰：放P！老子是英俊潇洒玉树临风人见人爱花见花开车间爆胎一朵梨花压海棠江湖人称玉面小飞龙的容宜！

顾美人扬眉，若注定寻不到真爱，偶尔拿这个容宜寻寻开心也不错。

美人，成亲吧！

话说名震江湖的玉凤山庄庄主顾冥磊，一生收养了一女一子。撇开顾庄主的那朵掌上名花，本文的主角，同样是一朵花，确切地说，是一朵奇葩。

姓名：顾美人

性别：……男

爱好：女！

亲爱的读者，你们没有看错，顾美人他的的确确货真价实是一个男人。不但是一个男人，还是一个相貌异常妖孽的男人。加之他从小因一系列的阴错阳差，被当成女孩抚养。SO……这个故事，基本上是讲述顾美人的寻求真爱之旅。

玉凤山庄场景1——老爹顾冥磊VS奇葩顾美人

"美人啊，过来看看这几幅画。"

顾美人凑近脑袋，一排仕女图，"爹爹，你何时喜欢看美女了？小心被娘亲发现。"

顾老爹神色一紧，眼珠子瞅了瞅窗外，道："美人啊，我可是冒着被踢下床的危险给你送来这些画卷，你好好挑挑，看看喜欢哪个。"

顾美人："……"视线扫了一眼，看上去都差不多。他表情淡定道："这事还是爹爹定比较好。"

顾老爹大惊——美人他他他，想开了？终于想要娶妻了？！泪流满面啊。

"不过我有一个要求。"顾美人慢条斯理道。

顾老爹满脸泪痕，"尽管提，你喜欢高的矮的胖的瘦的，老爹都能帮你弄回来。"

顾美人，"……我只要个长得比我好看的就行。"

顾老爹泪奔ing。

玉凤山庄场景2——姐姐顾了了VS奇葩顾美人

"美人，过来，和姐姐谈谈心。"顾了了拍了拍身边的座位，"难得我们姐弟二人聚在一块。"

顾美人："……"什么时候他们成了姐弟？顾了了不是一直最喜欢在他面前女扮男装以大哥自诩？

"美人啊，爹爹都跟我说了，你想找个比你还好看的女人结婚。"

顾美人沉默片刻，在顾了了灼灼目光下不得不承认道："那是敷衍他的。"顾了了咧嘴笑，"我就知道，说吧，你可有喜欢的女子？"

顾美人缓缓摇头，毫不犹豫道："无。"顾了了想了想，小心翼翼看着他，问道："可有喜欢的……"

面对顾了了质疑的目光，顾美人咬牙切齿，"顾、了、了！"

顾了了知道他动怒了，慌忙摆手，讪笑道："我是开玩笑的。"

顾美人冷哼一声，半晌盯着顾了了，不怀好意地笑道："要说喜欢的人，也不是没有。"

"谁啊谁啊？"顾了了激动ing。

"姐夫！"顾美人精准地吐出两个字。

顾了了："……"

你丫的连你亲姐姐的人都不放过！某人的小宇宙瞬间爆发，而后轰的一声——鉴于场面太暴力，不适宜少年儿童参观，作者在此不作详述。

综上所述……

当所有人都来劝顾美人成亲吧，顾美人悲愤了、发怒了，难道在他们眼中，他是一只娶老婆想疯了提前进入发情期的某种家禽？

于是乎，某年某月某日，某美人终于无法忍受这非人的折磨，毅然决然拍案而起，甩甩袖子，帅气地转身——踏步，向前走。

"顾美人，你这是要做什么？"

"离家出走。"

"离家做什么？"

"寻找真爱去。"

于是，俺们滴顾小美人，就这样，雄赳赳、气昂昂，踏上寻求真爱的旅途。

神啊，请赐给我婚恋指南吧！

怎样才能寻求到真爱呢？关于这个问题，顾美人很虚心地向他人求教。所谓的他人，不是别人，而是顾美人的姐夫，也就是顾了了的丈夫——楚千觞。

为何会去找楚千觞呢……话说，其实顾美人也不想去找楚千觞的……（这是一句很废的话）只是除了他，貌似也找不到第二个人能够回答这个问题。

难不成要他吧嗒吧嗒跑回头去请教顾老爹？头可断、血可流，老爹不可求。至于顾了了嘛，顾美人觉得男女之间有着质的差别。

一圈下来，顾美人数来数去，一朵花被他扒光了花瓣，最后定格在去上。趁着顾了了回家探亲楚千觞没有跟来，顾美人一路快马加鞭，赶往常州。

　　楚千觞见到顾美人时，小小地吃惊了一下，却很是高兴。毕竟，顾美人是他的妻弟，讨好了，自家娘子说不定不会总想往家跑。以上，是楚大人的美好愿望而已。

　　"美人，找我有何事？"

　　顾美人支支吾吾了许久，终于拐弯抹角地表达出自己的意思。

　　"姐夫，你是如何知道自己喜欢姐姐的？"

　　楚千觞闻弦知雅意，这几日恰巧收到顾了了的信，里面提到家里欲为顾美人安排女子相亲一事，结果他离家出走，说要寻找真爱去。想到顾了了那封满满十大页纸的信，楚千觞却不嫌啰唆，反反复复看了好几遍，还觉得短。

　　思绪随着顾美人的话飞扬起来，楚千觞甚至暗暗思忖，是不是该亲自去一趟玉凤山庄，把自己玩忽职守的小娘子抓回来。

　　久久没有得到回答，顾美人抬头，见楚千觞一副神思恍惚的模样，嘴角含着一抹甜蜜的微笑，眼中闪着动人的光泽。顾美人顿时妒忌了……

　　"姐夫？"

　　顾美人再三召唤下，楚千觞收回思绪，蹙眉想了想，一本正经道："从我的视线再离不开她的身上，我的脑海无时无刻不出现她的身影，我的想念伴随着她一路漂泊至今时，我就知道自己爱上了了。"

　　顾美人："……"好、好肉麻呀。却恁是羡慕。

　　楚千觞莞尔，又说道："美人，这世上会有属于你的真爱。"

　　"真的吗？"顾美人深深怀疑。

　　楚千觞点了点头，"一定会的。"

　　"那姐夫能不能告诉我，如何找到真爱？"顾美人眨眨眼，"或者，有什么秘籍指南之类的也可以？"

　　楚千觞："……"

　　"我听姐姐说，姐夫以前有不少姬妾。"顾美人补充一句。

　　楚千觞："……"

　　"那是你姐姐瞎掰的。"楚千觞有气无力地反驳道。

　　顾美人哦了一声，脸上有点小失望。楚千觞低咳了几声，道："这样吧，我帮你搜罗一下，看看有没有什么秘籍或者指南。"

　　之后，从常州刮起一阵征集旋风，后蔓延至其他地区。据说朝廷广收婚恋指南，百姓纷纷踊跃献言献策。再过不久，《恋爱三十六计》、《十万个爱什么》、《恋爱百科全书》、《谁动了我的婚姻》、《代表凹凸曼，消灭负心汉》等书籍风靡全国。

好女人，倒贴也要追！

清晨，雾色还没有散尽，大路上隐约听到嘚嘚的马蹄声。那坐在马上的人，正是咱们的男主角——顾美人。他一手紧拽着缰绳，一手拿着一卷书，正聚精会神地翻阅。

书名为——《老鼠为什么会爱大米》。

……

书中内容在此就不浪费口舌探讨了，让我们把目光拉长一点，拉至路的另一端……

有一名蓝衣少年，正坐在路边一块巨石上，嘴中叼着一根草，一脚搭在膝盖上，晃啊晃。他听到马蹄声时，一跃而起，手搭凉棚放眼远眺。然后……

路上惊现一条"美"腿……马晃悠悠地从那条腿上踏过去……顾美人连头都没抬一下。蓝衣少年怒了，一个飞身，朝顾美人跃去。手中书卷向后一拍，顾美人只使出三分力，少年便摔得四脚朝天。惊起四周一片乌鸦叫傻瓜……

少年锲而不舍，继续飞身上前，结果又被打下马背。就这样，来来回回十几次，顾美人手中的书散页了，少年依旧不肯放弃。

他从地上爬起来时，一页纸落在脚边，目光在低头时无意间掠过一行字……——好女人，倒贴也要追！蓝衣少年握拳，正准备再一次被打趴时，马突然停下来，顾美人掉转马头。

他手中执着半卷残书，俊眉微皱，绝色的容颜染上一层寒霜。便是这张美丽极致的面孔，让蓝衣少年彻底震惊了。"下一页掉到哪儿去了？"顾美人喃喃自语。

他的目光落在少年的身上。少年一时看痴了……两人的目光都停在对方身上，久久没有挪开。气氛安静得充满JQ的气息。

很久很久以后，少年听到顾美人平淡无波的声音——"你踩到我的书了！"嘎嘎？少年傻眼。顾美人挥了挥手中的残卷。少年才意识到，对方指的是他脚下的那一页纸，顿时内牛满面。

许久之后，少年将那残破的一页捡起，颤巍巍地递给马上某人。顾美人接过书页，对照上下文，正是他找的那一页。

"谢了。"顾美人继续骑马看指南，慢慢走。少年望着一人一马渐行渐远的背影，咽了咽口水，终于壮胆高喊道："公子，请留步！"

顾美人毫无反应。少年小跑过来，追着马说道："请问公子是不是去渝州，能否搭我一程？"顾美人的双眼终于从书上挪开，扫了眼跑得气喘吁吁的少年，淡淡说："男女授受不亲。"

少年顿时眼睛瞪得圆溜溜的，"公子原来是女子？难怪长得这么美。"顾美人："……"

顾美人脸上突然露出意味不明的笑容，勒住马，勾了勾手指，"你若真要我载你一程，也可以，不过得坐在我怀中。"少年挠头想了想，果真依言翻上马背，佝着身子倚靠在顾美人怀中。

"美人姐姐，我叫容宜，谢谢你。"一边说，他还一边往顾美人身上蹭。

握着缰绳的手抖了抖，顾美人他……脸红了。这场景若是让他老爹或是姐姐看见了，绝对会热泪盈眶的。

我的性别，你需要验证一下？

古书曾记载：渝州多佳丽。所谓"佳丽"，指的便是美女。

顾美人思索了许多日，最后定下渝州城作为自己寻找真爱之旅的目的地之一。出门之前，顾了了一直向顾美人反复强调：看美人儿，就如同看山看水看风景，是一件令人赏心悦目的事。但如果是你被别人看，会不会觉得赏心悦目呢？……多半是不会吧？！

走在大街上，顾美人感觉像是被无数苍蝇蚊子叮一般，无论到哪儿都是目光的聚焦点所在。

都说渝州城多美女，怎么那些路人搞得像没见过人似的，一个个目光如狼似虎，直扑而来。当然，以上皆是男子的反应。至于女子嘛……目眦欲裂凶相毕露，什么大家闺秀小家碧玉都成了浮云，全然是情敌当前、小三突袭的表情。

顾美人不由脚下步子加快，这让跟在后头的容宜苦不堪言，他牵着马一路小跑，好不容易追上顾美人。

"美人姐姐，我们这是去哪儿？"

"你为何还跟着我？"心情异常不好的顾美人瞪着身后的少年。

容宜被他这气势惊住。他嘿嘿笑了两声，搓着手道："其实美人姐姐，我是逃出家来的，无处可去。"

顾美人："……"原就打算把少年送到渝州城不再管他，顾美人脚下生风，飞快离去。容宜一惊，连忙牵着马跑起来，挥袖高呼道："美人姐姐，请留步！"

顾美人怒，"不准叫我美人姐姐。"

容宜在后头笑呵呵叫道："那叫你美女姐姐成不？"

顾美人终于失去耐心，他悲愤了，"我是男人。"这家伙是在装傻还是真傻。连他都看出来她是女人了，她还感觉不到他是男人？

容宜一听，瘪嘴不信道："骗人，哪有男人长得比女人还美的。"

顾美人："……"若不是街上还有那么多人，若不是附近有那么多目光注视着他们，他真想狂扁某人一顿。顾美人决定给容宜一点教训，猛地停下脚步，伸手拽住容宜，将她拖入一条僻静的小巷。

"我是男人还是女人，你要不要验证一下？"顾美人怒极反笑。

容宜歪了歪头，毫不知危险将近，还傻乎乎问了一句："如何验证？"

顾美人抓狂地解开衣襟，绯衣之下，白玉般的胸膛缓缓露出来，衬着红衣黑发，显得格外魅惑。"怎样，你这会儿该相信了吧？！"顾美人恶狠狠瞪着他说道。

容宜怔了片刻，突然捂住鼻子，在顾美人不解的眼神中，鼻血飞流直下。"嗷嗷——我受伤了。"容宜一见满手的血迹，吓得满地打滚，尖声叫道，声音一声比一声凄厉。

很快，巷子口因容宜的惨叫聚了不少人，一个个对那红衣男子指指点点，窃窃私语。

"真是禽兽不如！"

"就是，那么小的孩子怎么下得了手！"

"这年头，人不可貌相，越是长得好看，就越是恶毒！"

……

顾美人在风中彻底凌乱了。流个鼻血，至于闹得跟身负重伤生命垂危不久于世一样吗？容宜不好意思地摸了摸鼻子，那里被顾美人塞了两个小纸团，"我是第一次流鼻血。"

顾美人用余光瞥身边垂着头的小人儿，明明一眼就能看出是个小姑娘，却偏偏喜欢穿着不尴不尬的男装，越发像个小傻子。忽然之间，顾美人觉得，留着这个小傻子在身边也挺有意思，至少无聊时还能逗个乐子解解闷。

"想要待在我身边也不是不可以。"顾美人慢慢说道。

容宜两眼冒光，"美人姐姐肯收留我？"

顾美人恶狠狠地瞪她，"以后必须叫我公子，否则我立马把你丢得远远的。"

容宜吐了吐舌头，哦了一声，背后却不怕死地嘟囔道："我还是觉得叫你美人姐姐更合适。"

"嗯？"顾美人威胁地看过来。

容宜精神一振，抬头挺胸收腹提臀，"是，公子！"

是，公子！

来到渝州，自然是要做正事。

"公子，你在看什么？"容宜好奇地望着顾美人手中的书卷。顾美人不停地翻来翻去，随口答道："《渝州百美图》。""哦。"容宜似懂非懂地点点头，又问："为什么要看这个？"

啪的一声，厚厚的书落入容宜怀中，顾美人说道："一百个太多，你选十个出来。"

"是，公子！"

"要十个最漂亮的。"

"是，公子！"

"选好后我们挨个儿上门拜访。"

"是，公子！"

"我就不信我找不出一个真爱。"

"是，公……子？你拿错书了吧，这上面全是姑娘。"

"……闭上你的嘴。"

真爱NO.1：黄小姐

"黄家大小姐？"顾美人对着书念道。

"是，公子，书上说黄小姐沉鱼落雁、闭月羞花。"能把四大美女一网打尽，这位小姐应该够漂亮了吧？！

"好，就这个。"顾美人一锤定音，两人直奔黄府。看门的小厮捧着顾美人出示的玉凤山庄腰牌去回复黄老爷，片刻之后，黄老爷腆着大肚子亲自出来，眉开眼笑地将二人请入。

"顾公子大驾光临，令小室蓬荜生辉，不胜荣幸。"黄老爷讨好地说道。

顾美人最烦嘘寒问暖这类客套话，开门见山直奔主题，"听说黄小姐正值及笄之年，可曾婚配？"身边噗的一声，容宜放下茶杯，不停地咳嗽。

顾美人视若无睹，盯着黄老爷。大概是头一回遇到人理直气壮问自家女儿婚事，还是位年轻的公子哥，黄老爷尴尬地咳了两声，才命人把大小姐请过来。

黄小姐姗姗来迟。大概是希望越高，失望越大。黄小姐登场时，容宜缩回伸长的脖子，哀怨地看着顾美人，"画百美图的那个画师肯定没见过你。"否则也不会把"沉鱼落雁，闭月羞花"这八个大字安在黄小姐身上。

顾美人："……"

黄小姐并非不美，只是有个更美的人在，难免被比下去了。

"莺儿，过来见两位公子。"

黄莺儿无限娇羞，"莺儿拜见二位公子。"

黄老爷约莫猜中顾美人的来意，聊了一会儿，便吩咐黄莺儿带客人去后花园逛逛。那黄莺儿一路与顾美人并肩而行，俊男美女，穿行于回廊之间，像一幅画似的。容宜偷偷抓了一把瓜子，跟在后面看热闹。

黄莺儿不愧是大家闺秀，举手投足之间都落落大方，引着他们到了凉亭，又吩咐小丫鬟端茶倒水，还亲手做了点心招待客人。

"公子，莺儿今早泡了一壶明前龙井，茶水是用去年冬天收藏的雪，现在去拿来给公子尝尝？"

"多谢。"顾美人莞尔一笑。

黄莺儿带着贴身丫头离去，顾美人心情颇好，"看见没，这才是女人该有的样子。"

容宜吐掉口中的瓜子壳，傻头傻脑地应道："公子，瓜子没了。"

吃吃吃，就知道吃！顾美人恨其不争，"自己去拿。"

"哦。"容宜果然跑去找瓜子了。

顾美人："……"

一盏茶的工夫，容宜还未回来，黄莺儿倒是端着一壶茶上来了。

"另一位公子呢？"黄莺儿一边为顾美人倒茶，一边体贴地问道。

回答去找瓜子无疑太丢人了，顾美人想了想，随便找了个借口，"她肚子不太舒服。"

不知为何，黄莺儿拿着茶壶的手猛地一颤，茶水险些要倒在桌上。"是、是吗？"黄莺儿脸上的笑容有些难看。

顾美人眯起眼，细细打量起眼前的少女，直把对方看得不好意思，深深低下头，说："公子，还是先品尝茶吧？！"

"不必。"顾美人起身，冷笑道，"黄小姐的茶，顾某怕是无福消受。"说罢起身便走。他在半路上遇见怀揣着瓜子的容宜。

"公子就喝完茶了？"

顾美人横眉，"加了料的茶你想喝？"

容宜嘿嘿笑，"我听见黄小姐说往里面加巴豆，想来只是让公子拉肚子而已，谁叫您比这位渝州城第一美人还漂亮。为了讨好美人，吃点苦总归要的。"

顾美人怒了，准确无误地从容宜怀中抢过瓜子，"蛇蝎美人我可要不起。"怀中空空，容宜委屈，"公子也不能拿我撒气啊。"

顾美人瞪眼，"我就是喜欢拿你撒气。"说着颠了颠手中的瓜子，满意道："味道还不错。"

容宜欲哭无泪，公子啊，一包瓜子也要和我抢，您也忒小气了点吧？！

真爱NO.2：赵小姐

第二日，艳阳高照。

顾美人端着百美图反复向容宜确认，"你都打探好了，赵小姐性子温柔？"容宜顶着一双黑眼圈对天发誓，"我问了一条街的人，都这么说。"

"一条街？"顾美人怀疑，"不是大门不出二门不迈的赵家三小姐吗？怎么会有那么多人都知道？"

"或许是赵家自己传的吧，究竟怎样公子看了不就知道了吗？"

于是乎，顾美人又带着容宜上了赵府。面对闻名天下的玉凤山庄顾小公子，赵老爷心动不已，忙吩咐丫鬟领了三小姐出来。赵三小姐不比黄小姐那般美艳，但大眼睛小嘴巴基本上还是符合美女的标准。安安静静地站着，说起话细声细气，也是小家碧玉一枚。

有了前车之鉴，顾美人不敢乱吃东西乱喝茶。唯独苦了容宜，顾美人眼皮底下不敢明着来，只得暗地里偷抓几把花生，吃得很是辛苦。

她几次抬头，以防被顾美人抓个现行，却发现每每顾美人视线要转向自己时，赵小姐突然轻声开口说话，将顾美人注意力引走。容宜因此得以安心吃完一整盘蒜味花生。

见小丫头又悄悄端上一盘，容宜感激地看了一眼赵小姐。赵小姐抿嘴一笑，羞涩地垂下头。最是那一低头的温柔哪。

容宜下意识地望了眼顾美人，发现他非常满意地看着赵小姐，嘴边噙着的笑容似乎在说——他找的真爱就是这位了。不知怎的，嚼在嘴里的花生有些变味。唔，一定是第二盘花生换了一个师傅做。一定是的！

容宜噼里啪啦地剥着花生，试图想引起顾美人的注意力，却哀怨地发现，自己完全被某位公子忽视了。离开赵府时，顾美人心情舒畅，"就这位赵小姐了，明日我就来提亲。"

容宜闷闷答道："公子决定得会不会太草率了？"

想到公子成家后，也许不能再像现在这样跟在他身后，容宜觉得自己胸口有些不太舒服。似乎有什么东西堵在那里，出不来，下不去。她大概是……生病了。

因而次日顾美人上门提亲，容宜没跟着去。这天，顾美人是笑着脸出门黑着脸回来。容宜趴在床上没起来，正一脸邋遢，见顾美人砰的一声推门而入，脸上写满愤怒二字。

"公子，怎么了？"容宜慌得从床上跳起来。

顾美人走到床前，上上下下来来回回反反复复瞪着容宜看了十几遍。"那个女人真没眼光。"顾美人一脸鄙夷。

"……哈？"

于是真爱二号就这么被PASS掉了。

真爱NO.3：陈小姐

"性子温不温柔没关系，你确定这位陈小姐喜欢的是男人不是女人？"顾美人这一回连百美图都懒得看了。

容宜愣了半天，说道："陈小姐喜欢女人不是更好吗？"顾美人拍桌而起，本着我不入地狱谁入地狱的精神，道："走吧，就这个陈家七小姐。"

容宜看着桌上的那本厚厚的百美图，觉得顾美人此刻的表情很是刺眼。她半吞半吐地说道："公子，我可不可以不去？"

顾美人蹙眉，"你哪里不舒服？我去叫人请个大夫给你看看。"

容宜连连摇头，"不用不用，已经好多了。"不知怎的，有些事她并不想让顾美人知道。比如这个莫名其妙的病……

陈家这位七小姐，相貌清秀，声音甜美，性子温婉，最重要的是——面对顾美人时，双目居然脉脉含情。陈老爷捋着胡须，对顾美人也是万分满意。

于是，就在双方你情我愿郎情妾意柳暗花明顾美人提出要迎娶陈小姐时，容宜突然跳起来。"你怎么了？"被人打断，顾美人不高兴地问道。

容宜低头看着脚尖，小声说道："公子，我不太舒服，想先回去。"

顾美人想想，抱拳对陈老爷说："顾某此次前来，过于匆忙，想来还需回去细细准备，再来正式造访。"陈老爷哈哈大笑，"好说好说，随时欢迎公子大驾光临。"

回到客栈，容宜没精打采道："公子，我先去休息了。"

"站住！"顾美人叫道。

容宜停下脚步，背对着顾美人，"公子，还有何吩咐？"

"容宜，你可知错？"顾美人蹙眉。

容宜猛地转身，倔强地看着顾美人，"敢问公子，容宜何错之有？"

"没病装病，这是其一；不听公子吩咐，这是其二；今日险些坏了我的好事，这是其三！"顾美人一一细数。容宜脸色苍白，张了张嘴想要辩解什么，却终究未置一词，转身离开。

顾美人怔怔看着容宜失魂落魄的背影，觉得自己做错了什么，却又不知错在哪里。

他说的每一句话、每一个字都是有凭有据，并未污蔑容宜半分，不是吗？

姑娘，你相信一见钟情吗？

容宜走了。面对空无一人的房间，顾美人面无表情。店小二却连退两步，表示气场很强大很暴力，他是无辜的，有木有！

"公公公子，这是那位公子要我转交给您您您您的。"店小二哆哆嗦嗦地递来一本《渝州百美图》。顾美人只看一眼，转身便走。

店小二实在忍不住好奇心，不怕死地探出头问了一句："公子去哪儿？"他本不期待有任何回答，岂料顾美人丢下一句话，"寻找真爱去。"

莫非这位公子继续去相亲了？本着一颗无限八卦的心，店小二原想继续打探，甚至他们客栈还在街头开赌下注，押这位来头不小的顾公子会迎娶哪家千金小姐。然而，顾美人却像是凭空消失一般，渝州城再无此人半点音讯。

让我们把目光再次转回到玉凤山庄。半年多不见自家儿子，顾老爹热泪盈眶，一上来求拥抱求安慰，却被顾美人一手无情地推开。

"嘤嘤嘤，儿子，老爹可想你了……"顾老爹假哭。

"爹，帮我找个人。"

"好，儿子，谁啊？"

"容宜。"

"儿子，是男人还是女人？"

"女人。"

"女、女人？"顾老爹惊了。比起顾老爹的震撼，顾美人淡定依旧，"她是你儿媳妇，找不到的话你以后就别想抱孙子。"

儿媳妇？孙子？顾老爹泪流满面，"不愧是我儿子，这么快都搞定了！"他又拍着顾美人的肩膀保证道："儿子，放心。别说你娘子在哪儿了，就是她家一只猫生了几只猫崽子我都会帮你查得一清二楚！"

顾美人："……"那个不必了，爹。

一个月后，皇城容府。

后院花园中，一名少女坐在秋千上，荡来荡去。

"小姐，有客人来了，老爷叫小姐过去。"

少女停下秋千，说道："就说我不舒服，不想去。"

"可是，客人好像是……"丫鬟欲言又止。

"好像是什么？"少女不耐烦地问道。

"是、是向小姐提亲。"

"什么？"少女瞪大双眸，不可置信地叫道。

丫鬟小心翼翼说道："老爷已经同意了，正要小姐过去看看。"

"我爹他答应了？"少女从秋千上跳下，在院子里来回踱步，"不行不行，我不答应。我现在就走！"

"小姐！"

少女满心盘算着怎样离家出走，等到回过神时，发现自己竟走到离前院不远的竹林中。要不要去看一眼呢？少女犹豫了。那个人大概已经找到了真爱吧，或许连自己是谁都记不清了。何况，她当初告诉他的，还是大哥的名字。

眼中写满失落，少女转过身，慢慢往回走。却不曾料到，身后出现一抹红色的身影。

"姑娘。"熟悉的声音传来，少女身子一颤，不敢回头。"姑娘，你可相信一见钟情吗？"那人的笑声带着些许无赖。

少女咬牙切齿，"不相信。"

"唔，本来我也不相信的，在遇见你之前。"